此书获得文艺学校级重点学科建设专项经费资助

# 文创时代的文学回应
## ——文艺学多维视野

沙家强◎主编

中国文联出版社
http://www.clapnet.cn

**图书在版编目(CIP)数据**

文创时代的文学回应:文艺学多维视野 / 沙家强主编.
—北京:中国文联出版社,2018.9
ISBN 978 - 7 - 5190 - 3904 - 2

Ⅰ.①文… Ⅱ.①沙… Ⅲ.①文艺学 – 研究 – 中国 –
当代 Ⅳ.①I206.7

中国版本图书馆 CIP 数据核字(2018)第 223296 号

**文创时代的文学回应:文艺学多维视野**

主　　编:沙家强

出 版 人:朱　庆
终 审 人:朱彦玲　　　　　　复 审 人:王　军
责任编辑:刘　旭　　　　　　责任校对:傅泉泽
封面设计:人文在线　　　　　责任印制:陈　晨

出版发行:中国文联出版社
地　　址:北京市朝阳区农展馆南里 10 号,100125
电　　话:010 – 85923043(咨询)85923000(编务)85923020(邮购)
传　　真:010 – 85923000(总编室),010 – 85923020(发行部)
网　　址:http://www.clapnet.cn　　　　http://www.claplus.cn
E - m a i l:clap@ clapnet.cn　　　　liux@ clapnet.cn

印　　刷:北京市金星印务有限公司
装　　订:北京市金星印务有限公司
法律顾问:北京市德鸿律师事务所王振勇律师
本书如有破损、缺页、装订错误,请与本社联系调换

开　　本:710 × 1000　　　　1/16
字　　数:495 千字　　　　　印　　张:25.25
版　　次:2019 年 1 月第 1 版　印　　次:2019 年 1 月第 1 次印刷
书　　号:ISBN 978 - 7 - 5190 - 3904 - 2
定　　价:98.00 元

祝贺河南财经政法大学文化传播学科，面对当代社会，面对现实，散发出更绚丽的光彩。我深信，边发毛既照耀别人，也照亮自己。

浙江大学传媒与融媒理论研究所　王　杰

2017年9月6日 于杭州

# 文创时代文学如何回应

## ——王杰教授访谈录

### 王杰　沙家强

王杰教授：中华美学学会副会长、马克思主义美学专业委员会主任委员、教育部长江学者、浙江大学传媒与国际文化学院教授委员会主任、《马克思主义美学研究》主编。

**沙家强（以下简称沙）**：王教授您好！很荣幸您能在百忙之中，接受我的访谈，您作为知名学者能给予我们支持，我们甚为感动。谢谢！

**王杰（以下简称王）**：不客气，见到你，我也很高兴。

**沙**：我至今还记得几年前王教授寄给我的两本专著，即《审美幻象研究——现代美学导论》和《审美幻象与审美人类学》，让我的研究视野大开，这是对晚辈青年学人莫大的帮助。我知道，您有两个主要研究方向：马克思主义美学和审美人类学，并且多年来，依托《马克思主义美学研究》杂志正积极建设新的学术共同体，颇具影响力。现在我要问的是，王教授除了以上丰硕的研究成果外，目前，正关注新的学术领域，或开拓新的学术增长点有哪些？

**王**：应该说这十几年我一直在思考的一个问题，就是我这两个研究方向如何融合？这两个研究方向是历史形成的。马克思主义美学是我从硕士研究生阶段就确定的研究方向，并且一直在做，博士毕业之后回到广西师大又根据广西师大的地域性特点，在民族地区又开启了审美人类学的学科。自从我离开广西以后，我一直在考虑这两个研究方向如何建立联系。现在，感觉到通过最近几年的研究逐渐找到了一种学术研究的路径，这两者是可以打通的。具体来讲，我现在主要研究的就是我自己承担的两个项目。

一个是国家社科重大项目"当代美学基本问题与批评形态研究"，当代社会我们称为文化经济时代，或者称为审美资本主义时代，在艺术、美学，包括整个文化方面都发生了新的变化，我们努力做出理论上的阐释。另一个是"中国悲剧观念的形成与发展研究"，这个课题是以马克思主义美学为视角，阐释中国社会现代化过程中的悲剧性。社会有悲剧性的矛盾，反映在文学艺术上就必然有悲剧性的艺术。实际上，这两个项目是有内在的关联的。我正在写一篇讨论中国"悲剧人文主义"的文章，最近会在《马克思主义美学研究》杂志上发表。"悲剧人文主义"概念是伊格尔顿最近几年比较积极倡导和推动的。我认为在我们中国的学术界，在消费主义时代，或者说审美资本主义时代，对于悲剧人文主义的研究和阐释，可能对于我们中国现在进行的社会主义市场经济具有非常重要的意义，即重塑文化自信。在我看来，文化自信最重要的就是当代社会能够有立足于我们自己的文化的那种根本点，能够做出我们自己学术视角的阐释和理论上的建树。

**沙：**近期，您策划了一系列会议，令人关注。例如，7月底进行的"当代中国艺术批评中的美学问题"国际研讨会，在英国威尔士卡迪夫大学举行的第六届国际马克思主义美学论坛，即将于9月召开的"当代美学与人类学：时尚研究"国际学术研讨会，等等。这些会议话题具有诸多共同点：体现出学者对时代的热情、敏锐、使命担当及理论自觉精神，与时代对话，并言说时代，解决时代困惑。您的《文化创意时代的美学转型》一文很有时代张力。请问，当今时代彰显出什么样的属性？何谓"文创时代"？

**王：**《文化创意时代的美学转型》这篇文章是我和阿列西教授共同主编《批判美学与当代艺术批评》的总序。在我那个"当代美学基本问题与批评形态研究"开题的时候，针对很多专家学者提出的有关研究范围的疑问，我做出了说明：作为当代中国学者，立足于中国的本土，从中国的角度对当代美学问题进行研究。从这个意义上来讲，"当代"具有两个内涵：一个是整个全球化时代，另一个是中国的语境和中国的问题。这是我们中国今天理论非常有活力的地方，你刚刚讲到我们今年筹办了一系列的会议，就是与这方面话题密切相关，吸引了不少学者的关注。

马克思晚年研究了人类学，出现了人类学转向，马克思对此投入了巨大的热情。后来人类学问题引起中西方学者很大的关注。处在当代世界格局中的中国，正在经历这样类似的问题。今年马上要开金砖五国会议，去年我到杭州，不久就开了G20会议，中国确实成为世界很重要的一个增长点或者说一种新的文化和社会矛盾的交汇点。那么，这其中就包括它的美学表现。所以我近段时间很关注英国威廉斯的概念"情感结构"。其实"情感结构"现在在西方的理论研究已经比英国的威廉斯要复杂了，其中也引进了神经美学的理论来研究。"情感结构"理论在我看来，是和我原来一直比较关注的审美意识形态理论一脉相承的，它实际上就是审美意识形态理论的具体化，我现在更关注怎样把握住当代中国社会的这种"情感结构"。我现在感觉把握住这种"情感结构"，即握住了文化创意时代的基本美学的特质，包括积极的、消极的、矛盾性和复杂性等方面。

我认为"文创时代",实际上包含两个内涵。第一个内涵是文化经济时代。文化经济时代和我课题所定位的概念"当代"是对应的。"当代"本来是一个活的概念,而我们现在讲的就是我们这个时代的"当代",即文化经济时代,也是互联网经济时代。现在人的思想感情的传达比较自由,几乎所有的人在一定程度上都可以通过网络表达,有的甚至可能成为网红。面对这种现象,关键是我们如何解释?那么,"文创时代"的第二个内涵就显得重要了,即"审美资本主义"。当前文化成为经济的主要驱动力。"文化经济时代"是个公共性比较强的概念,所有人都能够使用。而"审美资本主义"体现了马克思主义理论方法。在这里,文化经济是资本主义发展的一个高级阶段,即审美成为社会中的一种结构方式。以前社会的结构方式是生产资料和生产关系,现在是"审美"带来了从经济基础到上层建筑的一系列变革,这是审美资本主义一个很深刻的概念,但又是一个不可回避的概念。就这一点,我们中国学界虽然已开始关注,但研究得还不够。在这方面,马克思已经把问题的两极交给我们,一个是最经济基础的生产和历史的关系,另一个是离经济基础最远的审美。但二者存在什么联系呢?现实已经把这两极结合在一起了,就是"审美资本主义"。如今几乎所有的大的企业家都投资艺术,政治家和企业家都阅读有关美学的书,都能从艺术中获得创新的灵感。又可以说,审美的很多原则又直接成了社会改革和经济管理的指导思想和操作的原则。可以说,我们现在已经进入了文创时代,已经进入了审美资本主义的时代。当然,就中国现代化而言,呈现多元化情况,有的已经进入审美资本主义,或者已经进入文化经济时代,有的还未脱贫。以辩证的思维看待这些事实,我们理论界就是要既看到现实的复杂性,同时又努力去看它积极的方面,这是我们今天理论界应该做的。

**沙:**像刚才您提到的每一个人都可以把他创作的产品,通过互联网表现出来,也就是文创时代与个人的个体生命创造性相联系,它给人的生活增加更多的自由或愉悦。那么,这里是否隐藏这样一个逻辑,即生命的贫乏需要救赎。恰恰,由马克斯·韦伯提出的"祛魅时代"、斯蒂格勒提出的"精神贫困时代"、大前研一提出的"低智商社会",与这个逻辑又是如此相通。我的问题是,"文创时代"与这些学者提出的社会形态有何关联或区别?

**王:**文创时代确实很复杂,应该说从韦伯、斯蒂格勒、大前研一,以及整个法兰克福学派,他们都和马克思当年的思想是一脉相承的,就是把资本主义发展过程中的大众文化,视为一种意识形态现象来研究。从英国的伯明翰学派文化研究,包括威廉斯、霍尔,一直到托尼·本尼特的许多文化研究,都注意到,大众文化是与社会底层文化、那种被压迫者的社会边缘人的文化,有着一种共性的存在,往往很多最有创造性的文化现象,是从这里面发展出来的。可以看到整个社会有一种双向的文化,双向的运动。有一些很有创造性的东西,其实是从底层冒出来的，而这些我们应该认真研究，应该努力发掘。我国从改革开放开始进入市场经济，社会机制才真正开始转型了，学者们也从学术上关注市场经济中新的文化现象，如日常生活的审美化。

就你刚才提及的那些学者，他们从批判性的角度分析文创时代的文学艺术，有可能被政治意识形态利用。不过，他们的批判也是必要和合理的。因为很多新的东西或社会关系往往就在市场中，在市场的强大机制作用下，在多语境叠合下，得以产生和创造。审美关系也是在这种多重语境叠合中产生的，关键是我们要运用马克思辩证法思维进行比较分析，即分析不同语境中文化现象产生的合法性，以及丰富多维的内涵，这就涉及我课题中提及的审美意义的"滑动性"。同是一个凡·高，同是一个老炮儿，在不同的语境下，包括现在正在热播的《战狼》，不同的人，就会感受出不同的意义，而在不同的理论框架中，也会阐释出不同的文化含义，这就是今天文创时代的文化现实和艺术现实。所以今天的理论一定要强调辩证性，一定要强调复杂性，如果我们用一种比较简单的思维方式，比如说，简单的二元对立，或者甚至稍微复杂一点的分析方法，那么我觉得都不能够真正地分析我们当代的文学和艺术。我现在已经连续用讨论的方式，比较分析当下中国电影现象，比如讨论《战狼》《皮绳上的魂》等。我们以各自不同的立场，不同的学术方法，不同的学术理念，在一起碰撞，形成了那种语境的具体性，然后才能够把握住作品的真正意义，所以在这样的语境中来讨论问题，我们就能够做到相对辩证。

**沙**：对，您刚刚从辩证法的角度分析前面几位学者谈的意识形态问题，是在资本主义的后工业这个社会的情况下发生的，同时你也指出了技术在资本主义后工业时代这些亚文化和一些边缘文化的活力，文创时代恰恰是为这些文化提供了一个机会。那么另外就是回到我们中国的具体情况，我们中国的文创时代给我们中国人提供了怎样的生存境遇？文化消费和审美资本主义在我们中国的语境下又该做怎样的理解呢？

**王**：最近我写的两篇文章，我把中国的现代性，或者是中国社会的转型，定位在甲午海战，我认为122年前的那场战争对我们中国来说影响是非常深刻的。中国现代化的一个特点，是充满着悲剧性，用悲剧理论来阐释中国的现代化可以阐释得比较辩证和深刻。习总书记现在强调的中华文化的伟大复兴，就是强调中华文化与西方文化的不同，增强文化自信，以此找到我们社会发展的方向。你看我近几年开的几个会议，我们连续讨论人道主义、乌托邦、中国梦、美学的政治转向，以及中国现代化区别于西方的特质等问题。自改革开放的现代化进程以来，我们的文化真的呈现出一种爆发式的力量，真可谓"精神原子弹"。辩证地分析中国现代化进程中的文化现象，即运用马克思主义方法来审视，我们会发现，艺术不是一种纯粹的形式，它是有内容的，是和社会生活相联系的。人的情感结构是由社会关系和审美关系所决定的，然后用艺术的形式表达出来。比如说《二泉映月》，我昨天还在听，好像说跟社会现实没有太直接的关系，但是我们中国人就能够从中间感受到一种无穷的东西。无穷的悲愤也好，无穷的忧伤也好，和我们的现实存在感联系起来，大量的中国艺术我觉得都是这样。所以我认为，马克思主义作为一种宏观的方法来讲，仍然是最重要的方法。那么，要研究文创时代的美学或者审美资本主义时代的美学，还必须结合人类学的方法、精神分析的方法、符号学的方法，才能把这些美学的特征更实证、更具体地梳理出来。马克思主义告诉我们，不同的社会结构，就有不同的意识形态，也就有不同的美的理念。一定要在具体的社会结构中，或者在具体的语境中，你才能够把握住它。

**沙：** 在文创时代，文学作为人类生存不可或缺的精神食粮，受到不同方式的关注：有人认为文学已濒临危机或死亡，更多的人则在坚守文学的永恒生命力。那么文学何为，以及文艺学何为，都值得我们深思。请问王教授，在文创时代下，您如何阐释"文学"，以及文艺学的内涵与边界如何界定？

**王：** 这是一个很大的问题。现在有学者在讨论"文学之死"。我认为文学不会死亡，因为文学实际上是人的一种乌托邦冲动，是人在一个必然性的社会条件下，拥有一种符合最高人性的对理想的追求。就像卡夫卡对文学的描述："你受命运受现实的压迫时，你的一只手挡住命运的压迫，另一只手写下你的感受，这就是文学。"文学是现实的，但人是有理想的，有一种存在状况更符合人性，符合以人的那种同情、友爱、互相支持的心情的表达，我认为这是文学中很重要的品质，这个品质应该说在社会没有达到一个完全合理，或者说完全自由的状态的情况下都存在。谁也消灭不了文学，只是说文学的形式会不断地变化。从马克思主义角度理解，不同的社会结构具有不同的文学表达方式、文学生产方式，所以只要社会仍然存在着不合理性，人就有追求自由、追求合理的冲动或者欲望，那么文学就必然存在，文学一定是永恒存在的。事实上，人类不可能达到一个没有矛盾，没有一点不合理性，没有任何误解的那种社会境界，那是不可能的。因此，马克思主义应该是能够说明文学这种永恒的生命力的。那么现在的难题是文艺学的边界和内涵怎么界定。此时，文创时代解决这个问题的理论提出来了。原来对文学的定义是基于韦勒克和沃伦的文学理论，或者说新批评理论，他们的问题是把文学和现实割裂了，说文学是内向的。但在拉康那里情感结构是会变化的，就像中国美学所强调的，人有不同的人生境界，可以通过不断的磨炼，以此达到一个比较高的精神境界，所以人的情感结构可以呈现不同的阶段。

那么，据此我们认为文艺学这个概念本身也应该是变化的。文艺学的概念是从苏联过来的，英国没有文艺学的概念，只有比较文学，它是一个学科，要么就是文学理论，要么就是文化研究。没有一个在我们的意义上的关于所有文学艺术的基本理论，而所有文学艺术的基本理论就是美学。所以我所进行的文艺学研究，更多的是在进行美学研究或讨论。这样，相对来说在学理上显得要清晰。在我看来，文艺学的内涵和美学的内涵是重合的。但美学比文艺学相对来说要大一些，因为它包括对自然美的研究，包括对社会美的研究，那是美学仍然要面对的，文艺学应该是在黑格尔意义上的艺术哲学，是关于文学艺术的一些研究。我认为，文艺学的边界不应该太确定化，它实际上是随着社会结构的变化而不断迁移的。比如原来不把网络文学放进文学研究的对象里面，我们也曾经不把流行歌曲放到文学里面。你看，去年的诺贝尔文学奖，还出现了一个很滑稽的现象，引起了一个事件，怎么把一个文学奖颁给了一个唱流行歌曲、唱摇滚的歌手，很多人不理解，但是后来大家认真一分析，觉得摇滚歌曲确实是文学的一种形式，它确实表达了那个时代的最复杂、和未来相联系、人与人之间能够实现共鸣的那么一种东西。能打动人，能震撼人，能使人产生共鸣，这就是文学，它和莎士比亚作品起到的效果一样。所以我们应该用一种开放的心态，用一种发展的理念来理解文艺学的内涵和边界，我们不要草签画地为牢，画地为牢实际上会容易使自己的学术研究僵化。

**沙：** 这种学科体系在中国划分得很细致。

**王：** 是这样的，但实质上现在的学术研究都是跨学科进行的。所以，一定要跨学科，一定要面对当代问题，一定要强调问题意识，我这几年的研究比较注重这方面。

**沙：** 文创的概念是从经济学的角度来提的，而文学更多的是和精神联系在一起，这两者之间存在什么样的交集？那么在文创时代，文学和文艺学如何回应文创产业？比如说是否可以从文字符号、情感再塑、文化记忆、传统文化的双创转化等方面进行考虑？请您谈谈这方面看法。

**王：** 这是个很有意思的问题。我记得去年上海交大120周年校庆，有一个会议叫作科学与人文的交流与对话，主题就是实证主义和人文主义的碰撞问题。二者在资本主义上升时期是矛盾的，但在今天已经交流在一起了，经济学从美学和文学艺术中获得创新，美学艺术又从市场，尤其是更多的大众文化从很多经济活动中获得它的灵感和活力。这中间二者已经互相交融，所以我们今天一定要从传统对文学艺术的看法中走出来，其实这种看法是知识分子的精英主义情结表现。

在今天，经济管理和大企业里面，恰恰是最人文的。比如，优秀企业一定是很有文化的，不管是中国还是外国，那种最有活力的企业，比如微软、苹果、好莱坞、阿里巴巴、海尔电器等，都有一种文化，一种理念，而且这种理念又变成一种具体的，能够成为人的一种行为的一种习性，或者说人的一种对待事情的态度，这些在今天的经济学家那儿用得很好，有许多研究。如果今天我们的一些文学理论或文艺学研究学者还强调精神贵族习惯性的话，这恐怕就难以解释现实中的变化。我们不要再固守在传统的知识分子概念里面，托尼·本尼特提出的"实践性知识分子"概念，我非常赞同。他认为要做一个建设性的实践性的知识分子，打破传统的批判性知识分子的那种二元对立思维。批判性知识分子最典型的就是精神贵族和二元对立思维。他是启蒙者，只有他自己启蒙了，然后才能去唤醒你们。其实不是这样的，社会在不断地发展变化，你只有投入到社会中，才能从社会的实践中感悟到新的东西。没有一个人注定一启蒙就能达到上帝一样的存在，然后就可以不断地去唤醒别人，没有这样的人。所以我们这样来看学科也好，看思想方法也好，包括看这个经济和文学的关系也好，如果走出这种对立性的思维，走出这种纯文学和大众的低层次文学这种简单的划分，那么就会走进各学科相融合的世界，管理学和经济学与文学就是相通的。很多电影导演在读经济学方面的书，很多管理学者和经济学者也会读文学和美学方面的书。比如，现实中如何来管理？因为管理就要和人打交道，管理不是管理机器而是管理人，它一定要有一种文化才能把人协调起来，才能把人的创造力全部激发起来。所以我认为，现在很多、很好的管理学的书，如《第五项修炼》，里面有很多哲理，书中讲，在好的企业或者好的市场中，人的劳动应是愉悦和愉快的，并且人的劳动是和自己的创造力和自己情感的表达是一致的，好的管理达到这种状态，这其实与美学所讲的不矛盾是一致的。所以我们今天一定要走出艺术和资本主义生产方式相敌对的观点，其实经济学家，包括政治家他们都很懂艺术，而且他们的艺术嗅觉，或者说那种艺术的时尚感，不比我们很多在大学里从事文艺学研究的学者差。

**沙**：刚才您谈到，在这些精神贵族的知识分子看来，在文创时代的文学艺术服务于经济产业的发展，给人一种顺应感，这往往被认为是向经济献媚，文学丧失了批判性。那么，在文创时代文学是否还有这个批判的功能，文学如何彰显逆向的批判精神？

**王**：我认为，不仅文学有这方面功能，而且美学、文艺学也有，但难就难在如何获得具体性。现在很多文学有一种存在方式就是经典的存在，包括卡夫卡、乔伊斯、布莱希特的作品等，也有另一种存在方式是与当代冲突。经典的东西，你只要把它激活放到具体语境中，把自己的情感投进去，进行再创造，它就具有当代性，也具有曾经具有的那种非常犀利的批判性，但不一定每个人都能够激活它。第二个就是当代艺术，当代艺术其实很复杂。当代艺术难就难在，我们怎样去判断，怎样去甄别它，因为这其中的确有媚俗的，有被资本俘虏的，有为权利服务的，等等。我认为，一个优秀的美学家的重要品质就是能够比较好地做出审美判断，审美判断是一个人很重要的能力，有没有审美能力即能不能做出正确的审美判断，标志着他是不是一个具有审美能力的人。有些人是要通过别人教他，然后他才感受到好，但有审美能力的人一看到某种东西，自然就感觉到好。现在很多人，按照现象学讲被潜在思维，被某种意识形态，被某种习惯，被某种东西固化了，带着这种眼光判断某种事物，那是很可怕的。如果我们在以上两方面能够把握住审美经验的完整性，无论是经典的艺术，还是当代的艺术、美学或艺术批评，你都一定会获得一种当代的立场，并且以这种立场看现实，你就自然具有批评性眼光。问题是你能不能获得这个审美经验的完整性，有了这种立场，你就会判断哪些东西是世俗的，哪些东西是过分意识形态的，这是我自己从事美学研究和艺术批评切实的体会。因为一旦你获得了审美经验的完整性，你就具有了对现实的批判性和对未来的憧憬，就达到了自由的境界。一个人获得了完整性，他就超越了，他就深化了，他就达到了一个更高的境界了。如果他再回过头看现实，自然就发现现实是不合理的、有毛病的、有缺陷的，那么他的批判性自然就出现了。所以不存在理论是故意地献媚还是故意地顺应，而是他没有达到这种境界，没有获得那个基点。他在概念上推来推去，那当然是顺应，有的是顺应资本，有的是顺应政治，其实他还没有找到自己的存在，即他没有找到自己的审美的存在，他没有自己获得审美经验的完整性，他在现实中仍然是一个漂浮的存在。现在有些学者就是老愤青，他们容易迷惑一些社会上正处于叛逆期的年轻人，但是当这些年轻人真正心智和情感都成熟成长了以后，他们就会把这些所谓的"人生导师"都抛到一边去，因为他们是脱离现实的。所以文学艺术、美学一定不要被某种概念所局限，最重要的是把所有的观念都去掉，就是现实的还原，按照你自己在现实中的存在和情感，然后完全开放地去感受。若你自己就把自己设置一个立场，你就不会感动了，就找不到真正的、正确的立场。正确的立场一定是在一个具体的语境中，然后把握住审美的那个基点，才能获得审美感动，获得审美体验，达到那种审美经验的完整性，这样你自然就升华了。若你再回头看现实，你就有一种新的眼光，这种新眼光的批判性、建设性都在里面。其实，美学的批判性和建设性是联结在一起的，只有批判没有建设，那不是真正的审美。一个人常常像愤青一样，其实他仍然没有找到真正的自我，更没有找到这一个时代真正的最有活力的那一个点。

**沙**：所以文学艺术的批判性不是来自某种立场。

**王**：对，不是来自某种立场和观念，而是来自自身的经验，来自现实的经验，来自自己的感受。

**沙**：在今天"互联网＋"或"文创＋"的这样一个时代，这些媒介对文艺学的发展产生了很多影响。众所周知，现在谁都离不开微信或微信公众号，而且微信公众号也在学术共同体的建设上面发挥了很重要的作用。但是，微信往往成为很多人发泄情绪的场所，您如何看待这种"微情绪"？

**王**：首先，"微情绪"是一个客观的存在，而现实确实是多元的，我们也应该承认不同的人有不同的情感结构，很多复杂的情绪在微信里面表达，这是客观存在的。其次，我认为这也是一个好事。微信群就像圆桌会议一样，那是一个对话的空间，一种有对抗性的思维，就能够激发人的创造力。若一个学术语境只有一种声音，比如说我作为老师组织学生讨论，如果我一发言，那么所有的学生都顺着我的思路来发言，我就会觉得这个讨论没有意思，根本没有必要讨论。我希望设置一个话题，大家不同的观点碰撞，甚至质疑和论辩，都可以。这样可以把一个人的潜能进一步激发，另外就是按马克思所讲的叫思想的体操，锻炼你的思维，它让你思维严谨，因为它指引你，它从不同的角度指引你，你不断地被指引，你的思想表达自然就会严谨，而不会很莽撞。我认为，从文化的生态，从不同的角度去碰撞，都是有利的，正因为如此，微信群现在是最活跃的，一有新东西出来，马上就有一种不同的意见提出来，有时候会有几种不同的意见出来，充满着对话性，这正是微信的魅力所在。一方面，我作为一个刊物的主编，已关注到电子媒体对纸质媒体的挑战，若现在刊物的总数是纸质版和电子版的订数在上升，就说明这个杂志是在上升。另一方面，我们要思考，纸质版的怎样去适应这个时代的问题。我们现代纸质版的期刊书籍，就要努力做到让人家读我们的书，就像去电影院看电影一样，是一种享受，而且更容易达到我们所讲的审美经验的完整性。所以随着人的审美经验越来越丰富，而不是越来越肤浅，那么他就不再满足于简单地在电视上或手机上去获得。只要你的文章足够好，只要你的杂志足够好，它就一定会有市场，也一定会有读者。这是基于我对人性，对人存在的复杂性的看法基础上作出的判断。

**沙：**所以既有危险也有机遇，不要只看到挑战。王教授，有个情况需要向您说明一下。我所在的河南财经政法大学是一所以"经""管""法"为主流学科的高校，文学等人文学科如何借势发展，是我们面临亟待解决的难题。经过严格评审，学校于 2014 年批准文艺学科为校级重点学科，这为我们学科发展提供了良机。文艺学科从此成为学校重点发展的学科，我校的汉语言文学专业也是走特色化建设道路，即"中华优秀传统文化"方向。作为学科带头人，我压力不小。我们深知，要想取得发展，不能走传统文艺学科发展的道路，务必把文学、美学与"经""管""法"主流学科融合交叉，在原文艺美学研究基础上，办出特色，借势发展，开拓新的学术增长点：中华优秀传统文化研究、文化产业发展研究、管理美学和法治文化研究等。请王教授对于该学科发展等方面提出些指导性意见或看法。

**王：**我觉得这很好，你作为学科带头人确实是有很重要的责任把这个学科带好。让这个学科在学校的整个学科群或者学科专业培养里面发挥它最大的效果。我自己也是做了很久的学科建设工作，我认为学科的定位是非常重要的。作为财经政法大学的一个文艺学科，我认为你们的定位是合理的，也是很有必要的。比如在中华优秀传统文化研究方面，这对财经政法类高校学生来说确实需要学这方面的知识，这能够真正提升学生的审美能力，培养好的审美习惯。你们学校应该说是一个以教学为主型的，学科偏应用，我认为你们应把重心放在"文创"研究上，把文学和经济、管理、法律以及社会其他的应用型学科建立起结合点。

有个事实要认清，即当前社会有越来越细的分工，但又是一个有机的整体，社会有很多形式把它结合起来，其中一个很重要的形式就是情感的形式。有情感的共同体，才会有文化认同这种现象。这种情感就是要靠文学艺术或文创专业去培养，人们由此会有一种好的审美品位，有一种好的审美认知能力，有一种好的鉴赏力和判断力，人们会逐渐明白把自己的工作和所感受到的、看到的艺术打通。人们看电影或看小说能够得到情感激发，进而转化为对工作、对社会的正义、对社会的很多现象作出判断，因为美学和文学往往同情弱者、被压迫者，这能保持住人类的基本良知。比如，法律文本是感受不到温度和良知的，而一个最优秀的法官不只是把法律文本背熟了，关键的是他要有这种良知，他才能在最敏感、最难判断的时候作出最好的判断，作出最正确的判决。因为法官一判就是决定人家的生死，决定社会正义和邪恶到底谁胜出。美学和艺术最重要的是情感，你去推销产品，你去组织你的企业创新，你都要有情感。所以我认为你们学校还是有远见的，把文艺学科定为重点学科。我始终认为，财经政法类高校学生若只把财经政法知识学好就算完了，那他就不能成为优秀的法官、优秀的企业家和优秀的社会管理者。而他们要成为优秀的法官、优秀的企业家和优秀的社会管理者的前提，就是他们要是一个优秀的人，要有优秀的审美能力和审美判断。经济和法律是现代社会非常重要的两个领域，在整个现代化过程中，我们国家现在强调依法治国，推行市场经济，这两种东西都是你们学校的主要学科，你们再把文学、艺术、美学和这两个学科的关系进行充分的研究，其实这是你们很好的研究空间。在这个结合点上用力，出成果，做有特色的学科建设，前途大有可为。

**沙**：为了凝聚团队力量，发挥团队优势，我们正精心编辑出版一本文艺学专业学术论文集。这也是我院首次对团队科研成果的一次集体展示。请王教授对此论文集的出版及相关板块策划方面，提出一些好的意见和宝贵的建议。

**王**：我认为你们考虑得还是很全面的，说明你们对文创时代、文学的这种多维性，以及文学、经济和法律的这种结合点，已经有所考虑，这是你们团队做得很好的地方。你们在这方面有自觉，而且已经有所思考、有所研究，所以你们这个论文集，对整个文艺学学科的建设和美学学科的建设都是有建设性意义的。我很希望你们把中国的东西更好地用现代学理方式表达出来，比如说中国的经济与中国的传统文化和文学艺术存在什么样的关系，若能更好地把这方面作出一种理论的阐释，可能会有"精神原子弹"的效力或影响力。我还时常回过头看我自己的经历，我很庆幸自己选择了这个专业。这个专业确实很有活力，与我们的人生的意义，与我们的幸福指数都有联系。我在这里也预祝我们河南财经政法大学的文艺学学科能够像你们已经做的那样，面对当代社会，面对现实，把自己的创造性潜能在面对当下的审美经验的过程中得到充分的激活、充分的释放，散发出更绚丽多彩的光芒，我深信这光芒既照耀别人，也照亮自己。

**沙**：非常感谢王教授给予我们的寄语，这对我们是一种莫大的鼓舞。再次感谢王教授接受我的访谈，期待王教授能来河南财经政法大学讲学！

**王**：也感谢你们，祝你们一切顺利！

2017 年 9 月 6 日于杭州

# 目　录

## 第二部分　中华优秀传统文化研究

## 第三部分　文化产业发展研究

## 第四部分　管理美学研究

# 第一部分

## 文艺美学研究

"文创时代"文学回应的一个重要方式，即是极具学术张力与厚度的"文艺美学"，这是对当下文学、美学等热点问题的关注与探究。文艺美学研究是美学研究与文艺学研究的相结合。美学研究以西方哲学、中国古典哲学思想为理论支撑，对审美活动进行纯概念地思辨和推演；文艺学研究多着眼于具体的审美活动，探寻文艺创作过程，考察文艺欣赏价值，分析文学、艺术作品的结构和意义等。文艺美学研究既建立在文艺实践经验基础之上，又是对实践经验的升华。一方面克服了传统美学研究那种纯粹思辨、脱离了具体审美活动而导致的"美学不美"的倾向；另一方面也可以使文艺实践、艺术现象的分析具有理论前提和哲学意味。"文艺美学研究"板块所涉论题丰富而深刻，得益于以古典文献学、文艺学、古代文学、现当代文学等专业领域为核心的科研团队。这一团队或着力于文学创作理论、文体美学、现代写作学、法律文书类写作、应用文写作等文章学系列研究专题；或结合文艺心理学、西方美学，积极探讨中国古典美学和生存美学等研究专题；或重点开展中国古典诗歌规律、中国现当代作家作品和文学现象等研究，取得了丰富的学术成果。此板块几乎涵盖了全校多个部门相关专业的文学博士及专家教授，是真正的学术聚焦平台。各位学者坚持以基础理论问题为导向，紧扣时代前沿，突出问题意识，注重文本解读和学术对话，体现出团队科研成果的厚度与特色，为更好地发挥基础学科对"经""管""法"主流学科的支撑作用打下了基础。

　　本团队立足于各自专业基础和以往的学术积淀，从文章学研究、法律文书、中西美学、文学理论、文学批评、作家作品专题研究等多个方面，深入探索文艺规律和价值，应对新的文艺现实和发展，从理论上去探索如何运用美的规律创造更多优秀的文艺作品，力争在经济、管理和法学等研究领域，开拓出新的学术空间。

——编者按

# 新时期现代写作文化建设中的学术争鸣与发展

杜福磊*

新时期 20 多年来，在现代写作理论文化的建设与发展历程中，始终是伴随着学术争鸣推动理论研究不断向前发展的。争鸣与发展，成为学科建设的主旋律。争鸣成为推动学术发展和繁荣的动力，每发生一次争鸣，都相继产生了一批重要的思想理论成果，从而推动了写作理论文化建设的进步和繁荣。由此推论，对新时期现代写作理论研究中的学术争鸣与理论发展的经验进行认知和总结，对于建设先进的现代写作文化来说，具有重要的理论与实践意义。

总览新时期 20 多年的现代写作理论研究历程，较大规模的学术争鸣（或讨论）共有六次：

## 一、对"三无论"的争鸣，增强了树立写作学的理论权威意识

这场争鸣发生在 1978 年前后，我国社会主义现代化建设进入了一个新时期，社会各行各业急需现代写作人才，各级各类受教育者急盼写作理论指导，写作学迎来了一个千载难逢的发展好时机。然而，有些高校却出现了与社会需求相悖的怪现象，即有人认为"写作无大学问""搞写作研究无大作为""当写作教师无大前途"。一时"三无论"蔓延起来，有些高校的写作课教师趁机要改行，全国高校的广大写作教师背上了沉重的精神压力。面对这种严峻的形势，一大批有胆识、有作为的写作教师举行了一系列写作学专业研讨会，由讨论写作课的社会作用、前途和出路开始，继而产生了组建"中国写作学会"的愿望，并产生了振兴写作学科、创建崭新的现代写作学科的构想。经过两年的研讨、争鸣和谋划，1980 年中国写作学会终于宣告成立，1981 年《写作》杂志正式创刊，从此，写作学研究有了全国性的学术团体和学科阵地。1980 年 12 月 24 日至 27 日，在武汉大学举行的中国写作学会第一次代表大会暨学术年会上，代表们广泛交流了全

　* 作者简介：杜福磊（1953—　），河南罗山人，河南财经政法大学教授、硕士研究生导师，主要从事汉语言文学、法学、新闻传播学的教育和研究工作。先后兼任中国写作学会副会长、河南省写作学会会长、国际汉语应用写作学会副会长、中国写作学会现代写作学研究会副会长、中国应用写作学研究会副会长、全国财经院校语文研究会副会长、河南省法学教育研究会副会长等学术职务。

国高校的写作教学经验，并集中研讨了如何建立写作学理论的科学体系问题。代表们经过争鸣与研讨，最后一致认为：写作学是一门古老而又年轻的新兴学科，写作学里有学问，写作研究有作为，写作教师有前途，高素质的写作人才将越来越被社会各行各业所重视和需要。从此，写作学研究已由自发的个人行为变成了有组织的自觉行为，中国翻开了写作学理论研究与建设发展的新篇章。这场大讨论大长了广大写作教师和写作学研究者的志气，进一步坚定了开创现代写作学理论研究与建设新局面的信心，增强了全国写作学者立志树立写作学科理论权威的现代意识。

## 二、对"学科归属"问题的争鸣，增强了确立现代写作学独立地位的学科意识

这场争鸣发生在 1981—1983 年。1981 年以后，写作学界研究和讨论"文章学"的声浪逐渐高涨起来，《写作》杂志增辟了"文章学学科体系讨论"专栏，这就自然引发了写作学与文章学关系问题的讨论和争鸣。大致有以下几种争鸣意见：第一种意见认为，写作学是研究写作理论和写作实践的一门基础学科，这个研究总是离不开具体文章的，总要研究文章写作的规律和技巧，因此，写作学也可以称为"文章学"；第二种意见认为，还是叫"写作学"好，因为研究文章，重点在研究文章写作的规律与技巧，以提高写作能力为主要目的，叫"写作学"更符合本学科的实践性特点；第三种意见认为，文章学是研究文章的本质、构成和写作规律、方法的一门学科，文章学应包括写作学，写作学从属于文章学；第四种意见认为，写作学应是语言学的一个分支，从属于语言学；第五种意见认为，从文体分类学的角度看，文学作品和实用文章是两大部类，"文学"和"文章"这对孪生兄弟同属于"写作"这个大家族，文学学与文章学是平行关系，它们从属于写作学，写作学包括两大分支即文章学与文学学；第六种意见认为，写作学是研究文章写作的特点、过程和规律的一门学科，写作学概念的内涵与外延应大于文章学的研究范畴，从递进层次看，先研究文章写作活动的规律，进而才导入到对写作的成品——文章的构成、阅读、赏析的研究上，因此，写作学包括文章学，文章学是写作学的一个分支学科；第七种意见认为，"文章学和写作学都有自己的特定研究对象，都可以成为一门独立的学科，不存在从中确定一个的问题。"现在看来，文章学、写作学都应该得到发展，谁也取代不了谁，同属于科学"九分法"中的"文"，同属于自然科学与社会科学两大部类中的"社会科学"。（裴显生：《再谈现代文章学的建设问题》，载《殷都学刊》1985 年第 4期）至此，这场大讨论渐趋结束，大家经过争鸣，在集思广益的基础上，比较赞同第六种意见和第七种意见。因为"写作"和"文章"是两个不同的概念，写作是"活动"——制作精神产品（文章）的劳动；文章是"成品"——定型化

的精神产品。由于"写作"的是"文章",所以"写作"概念的范畴大于"文章"概念的范畴,故"写作学"的研究范围,大于"文章学"的研究范围。两者虽然密不可分,具有包容关系,但又各有各的研究对象、范围和任务。通过这场对写作学归属问题的争鸣,写作学界进一步增强了确立现代写作学独立地位的学科意识。

## 三、对"补课论"的争鸣,增强了建构全新的现代写作学理论体系和教学体系的专业化意识

这场争鸣发生在1984—1985年。1984年2月18日,叶圣陶先生在《中国教育报》上撰文,指出现在高校的写作课属于"与中学相仿"的"补课"性质的课,"如今虽然还处于增长的趋势中,将来总得要取消。"由此,有些刊物上先后出现了一些否定高校写作课的言论。这样就引发了高校写作学界的一场大讨论,就此言论大家展开了激烈的争鸣。《写作》杂志于1984年第4期、第5期专门开辟了《振兴写作学科笔谈》专栏,一连发表了全国16位知名学者的争鸣文章。大家通过摆事实、讲道理,提出了与"补课论"和"取消论"等完全不同的看法。多数学者认为,叶老要"取消"的只是"与中学相仿"的"补课"性质的大学写作课;现在的高校写作教学有着与中学完全不同的理论层次、培养目标、任务和要求,这种理论层次、目标、任务和要求将随着时代和文化教育的不断进步而不断提高;大学阶段的写作课必须通过改革来充分体现其专业性特点;建立新兴的现代写作学科是社会和时代的需要,写作学是一门充满生机和希望的崭新学科,永远都不可能取消。紧接着,《写作》杂志第5期发表了全国政协主席邓颖超同志1984年8月20日为《写作》杂志的题词:"振兴写作学科,为四化建设服务。"此后,《写作》杂志陆续发表了三位全国人大副委员长、一位全国政协副主席和十一位社会知名人士有关发展建设写作学科的题词,极大地鼓舞了全国广大的写作学者。

通过这场争鸣,维护了写作学科的生存和发展,使广大的写作学者增强了对建设现代化、科学化的写作学理论体系紧迫性的认识,增强了"走现代化科学化之路",形成了全新的现代写作学理论体系和教学体系的专业化意识。

## 四、对"引进综合"与"内核本质"问题的争鸣,增强了"走现代科学宏观综合之路""建立科学化的现代写作学理论体系和训练体系"的攻坚意识

这场争鸣发生在1986—1989年。1986年在山东烟台召开的"现代写作学学术研讨会"上,提出了"走现代科学宏观综合之路""实现写作学的现代化"的理论主张。此后,写作学界的学者们迅速更新了研究观念、知识结构和研究方

法，开展了立足写作学本体的跨学科理论综合研究活动。1987 年第 3 期《写作》杂志发表了《建立科学化的写作理论体系和训练体系》（作者杜福磊）一文，该文设想了构成现代写作学理论体系和训练体系的诸如"写作原理学""写作文体学""写作心理学""写作美学""写作信息论""写作系统论""写作行文学""写作阅读学""写作训练工程学"等分支学科，并对各分支学科的研究对象、任务和范围作出设想。后来，《写作》杂志陆续发表了许多学者对有关"写作美学""写作心理学""写作信息论""写作系统论"等分支、边缘学科的理论研究文章。1987 年第 7 期《写作》杂志发表了《关于写作学内核本质的思考》（作者郭望泰）一文，该文认为，写作学的内核本质是"人脑的思维和思维向言语的转化"，据此，"写作学应为钱学森同志划分的九种人类科学之一的思维科学的子系统"。该文虽然同意把思维科学、语言学、心理学等"相邻学科的成果'拿来'为我所用"，但认为这样容易把写作学理论变为"对相邻学科的证明和注释"。因此，引起了一场对"引进综合"与"内核本质"问题的大讨论。

《写作》杂志 1988 年第 1 期发表了《也来一番思考——兼谈〈关于写作学内核本质的思考〉》（作者张明）一文，该文对"写作内核本质是人脑的思维和思维向言语的转化"之说提出了不同看法，认为写作学"研究对象所具有的特殊矛盾性就是写作主体和写作客体之间构成的'怎样才会写'（包括'怎样写'）的矛盾"，而"对怎样才会写的矛盾的研究就是写作学的内核本质。这一内核本质是其他任何学科都无法替代的。"

《写作》杂志 1987 年第 10 期发表了《写作学研究对象之我见》（作者刘晓刚）一文，提出"写作研究必将会由于范围的无限扩大而最终导致对象的迷失"的问题，认为写作研究的主要对象是"写作过程"，"写作过程只能从作者萌发写作意图开始，写作研究也只能从这里开始"。该文对"写作内核的本质"问题做出了一个研究对象范围的界说。

随后，《写作》杂志 1988 年第 5 期发表了《关于写作学研究的几个问题》（作者马正平）一文，该文对主张写作学研究对象范围"只能"确定在"写作过程"——"从作者萌发写作意图直到文章最终完成这一过程"的观点提出异议，认为这是一种传统写作学观念上的狭隘的"过程观"，认为作者萌生写一篇文章的原因是"写作意图"产生之前头脑里已形成了"文章图式"，即关于文章结构与美感的表象。据此，该文主张写作不仅要研究"写作过程"，而且还要研究形成"文章图式"的特殊认知结构，还要研究产生"写作动力"的心灵建构的认知活动，以及产生"写作动力"的规律，并认为这是应该提倡的一种现代写作学的"过程—动力"观的研究思路。

此后，1988—1989 年，《写作》杂志又接连发表了多篇研讨争鸣文章，集中对现代写作学理论建设中合理"引进综合"问题，以及与此相关的对其研究对象、范围、（内核）本质的认识问题等，展开了越辩越明的学术讨论。通过这场大讨论，进一步明确了现代写作学理论建设的目标和任务，进一步增强了"走现代科学宏观综合之路""建立科学化的现代写作学理论体系和训练体系"的攻坚意识。此后，写作学界把宏观理论、高层次理论研究的突破，作为主要的攻坚目标；把理论体系与训练体系建设的科学结合，作为重点的攻坚任务。

### 五、对"强化写作本体还是淡化写作本体"的争鸣，增强了研究"建立以写作本体为中心的现代写作学理论范畴体系"的发展意识

这场争鸣发生在 1990—1997 年。当时，现代写作学研究在对其他学科（诸如心理学、思维学、美学、文艺学、语言学等）理论研究新成果的借鉴中，以及对科学方法论（旧"三论"、新"三论"等）的引进综合过程中，一时还缺乏良性消化，未能达到融会贯通的程度。对此，有些学者发表文章认为，借鉴、引进、综合容易使写作学"失去自我""丧失写作主体"，沦为其他学科的附庸，这样也就"难以形成写作学自身的基本概念和范畴"，因而也就"难以建立起现代写作学自己的本体理论"。由此，引发了一场"如何正确处理引进综合与学科独立性的关系""是强化写作本体还是淡化写作本体"的学术争鸣。在这几年中，《写作》杂志发表了许多对此问题展开讨论和争鸣的文章。

到了 1990 年 6 月，中国写作学会第六届学术年会在西安举行，大会对近年来学科建设中的一些重大问题展开了激烈的争论，争论的焦点集中到"是强化写作本体还是淡化写作本体"上，讨论的问题主要在三个方面：一是在跨学科理论综合中，写作学与借鉴引进相关学科之间哪是"主"哪是"从"？二是在纵向延伸上，写作学研究的基点是本体的写作行为还是泛化的写作现象（包括"潜写作行为""显写作行为""后写作行为"）？三是作为学科理论的建设目标，是建设重"行为"的实践写作学还是重"理论"的经院写作学？大家各抒己见，讨论热烈。大多数学者认为，现代写作学要健康发展，必须处理好借鉴、引进与学科独立性的辩证关系，我们既要反对在传统的圈子里自我封闭，又要防止在开放的视野中丧失自我，立足于写作本体研究是"主"，借鉴引进是"从"，"主""从"要分清；本体的写作行为研究是重点，这是"显写作行为"阶段的操作理论建设；"潜（或前）写作行为"阶段和"后写作行为"阶段的研究也很重要，写作学理论研究应延伸到写作实践活动的全过程，这种开拓性的宏观理论研究应力争有所突破；"实践写作学"是"术"科的研究，而"原理写作学"是"学"科的研究，现代写作学理论建设的方针应是"学"（基本原理）与"术"（操作理论）的研究并举，二者同时发展。

这场争鸣关系到学科的发展方向、矛盾的展开与解决，促进了学科理论研究的健康发展。通过这场大讨论，使大家认识到：写作本体的研究只能强化，绝不

能淡化；应以加强本体研究为主，从而带动跨学科综合的"外围"研究；要以现代化的科学研究方法来推动学科理论建设，使写作学具有"现代品格"，要在"理论定位""学术定性""框架定体""范畴定序"等方面形成独特的学术品格，以尽快建立起现代写作学的概念、范畴体系。通过这场争鸣，进一步增强了加快进行"以写作本体为中心的现代写作学理论范畴体系"研究的发展意识。

## 六、对"市场经济条件下写作学价值取向与功能变化"的争鸣，增强了更新写作观念、方式和手段的创新意识

这场争鸣发生于20世纪90年代—21世纪初。20世纪90年代以后，随着社会主义市场经济体制的逐步确立，随着商品经济大潮对人们思想观念的冲击，给写作学科的研究工作必然带来一些影响。同时，写作学当然也要对市场经济的社会走势作出积极回应。这些影响具有两重性：即写作学在被市场经济建设的社会大需要中获得了发展的机遇；同时，它又面临着严峻的挑战。首先是写作的价值取向和功能发生了变化。在写作走向市场、服务于社会、为经济建设服务方面，写作的智力财富随之市场化、商品化了。这使得精神产品的创制具有了市场化和经济效益化的价值取向。一部分人的写作劳动把追求经济效益和社会效益的统一作为价值取向，还有一部分人只把追求经济效益作为价值取向。这时，紧密结合市场经济建设实际，直接为经济建设服务的实用写作大受社会欢迎，不断走向市场。写作界中的一部分人凭自己的智能建立的"广告公司""写作培训中心""企业文化策划中心"等大受欢迎，也赢得了较好的经济效益。学术研究走通俗之路，从事应用性开发研究的符合市场的要求，就赢得了广大的市场。然而，站在学科理论研究的前沿，从事高层次理论研究的学术成果，却难以取得经济效益，难免要忍受"寂寞"和"贫困"。

在写作的价值取向发生了市场化和经济效益化的新变化之后，曾一度出现了一种借走向"市场"之名，行无学术的炒作之实的不正常现象，片面追求经济效益的假冒伪劣性的"精神产品"一时泛滥起来，以致被有些人视为"多余文化"进行贬斥。

写作学在市场经济条件下发生的"应用热市场"与"学术冷板凳"的两极分化矛盾，引发了写作学者对学科发展对策的思考，自然引起了一场学术争鸣。《写作》杂志从90年代初起，连续发表了多篇讨论"市场经济条件下的写作学面临的挑战和发展""写作价值观问题"等文章。

1994年4月，中国写作学会第八届学术年会在珠海召开，针对近期写作学研究面临的新问题，学会把这次会议的中心议题定为：探讨在社会主义市场经济条件下写作学科的发展与改革问题。经过广泛深入的研讨，大家的基本看法是：写作不仅是一种反映社会生活、表情达意的意识形态，还是一种推动物质生产的精

神生产力；有效地发挥写作生产力的作用，将有利于促进社会主义市场经济体制的建立，也给写作学科的建设和发展开辟了广阔的道路；但必须防止写作价值观的颓废和沦丧。珠海会议后，这场学术讨论一直持续下去。在长达数年的讨论与争鸣中，大家分别从不同角度、不同层面具体探讨了写作学作用于市场经济的基本方式问题；写作行为同市场经济相互作用的关系形态和运行轨迹问题；写作学在市场经济条件下的价值取向与功能的科学定位问题等，应该说是问题越辩越明，共识越来越多。

1997 年，中国写作学会现代写作学委员会第三届学术研讨会在南京召开。会议以"坚持正确的学术导向"为主题，强调写作学科的健康发展必须始终坚持正确的学术导向。会议提出，现代写作学科的理论研究要与社会主义市场经济体制建设的实际相结合；会议号召，要开创把马列主义的普遍真理与中国写作实际相结合的现代写作学理论建设的新时期，再创 21 世纪的学术辉煌。会议认为，"坚持正确的学术导向"，必须"执正、驳奇、批谬"。要发扬实事求是，追求真理的科学精神和严谨、求实、开拓、创新的优良学风，抵制浮躁、炒作、急功近利的不良学风，鞭挞假冒伪劣的精神产品，为维护学科尊严、净化学术环境做出贡献。南京会议实际上是对前一阶段的学术争鸣作了一个总结。

南京会议后，人们进而转向对市场经济条件下写作学价值取向与功能变化的对策问题进行更深入的思考和研究。通过不断深入的研讨，写作学界形成了以下共识：一是当前的现代写作学研究，应从理论上尽快寻找并建构符合时代精神和现代社会需要的、能文明规范和正确引导市场经济运行的写作功能体系；二是现代写作学研究，要以造就现代化、高素质的写作人才为宗旨，以树立一代人的文化文明为导向，通过精神产品，规范人们的社会主义道德原则，强化精神文明建设；三是无论从事应用性研究还是学理性研究，都不能只做金钱的选择，必须重在做价值的选择，写作研究的价值取向应是经济效益和社会效益的相统一、物质文明与政治文明和精神文明的协调化、全面化发展；四是写作学研究者应有甘于寂寞和清贫的敬业奉献精神，不可一味追求"商品"效应，要将高层次的理论研究作为现代写作学建设的"支柱"；五是写作学界已经迎来了一个写作工具、方式、手段的革新时代，面临着高科技、计算机、多媒体对传统写作方式的挑战，在"信息就是财富"和计算机网络日益进入千家万户的时代大潮中，写作工具、方式和手段的变化必然促使写作观念以及方式的更新，写作学研究者不能忽视繁荣背后潜伏的"危机"，要及时将危机转化为发展的契机，及时将挑战转化为发展的机遇；六是现代写作学研究要实现功能转变，就要及时适应面向世界、面向未来、面向现代化的需要，及时适应社会主义市场经济体制建设和发展的需要，始终把提高写作人才的素质、提高国民的先进文化素质、推动社会主义先进文化建设作为现代写作学的根本任务。

通过这场对市场经济条件下写作学价值取向与功能变化的学术大讨论，进一步更新了人们的研究视野和观念，大大增强了写作学界重视实用写作研究、迅速革新写作观念、方式和手段、及时迎接时代发展的新挑战、力创学科建设新业绩的创新意识。

综上所述，新时期的现代写作学在蓬勃发展的 20 多年历程中，共展开了六次规模较大的学术争鸣和讨论，正是通过这一次次的学术争鸣和讨论，才能不断推动写作理论文化研究与建设的向前发展，经历了一个由"创立"到"兴盛"的蓬勃发展历程，经过了一个由"自发"到"自由"的百家争鸣时期，最终达到了求同存异的理论梳理和重构，构建了一个由"七种类型"和"三个层次"构成的现代写作学基本理论范畴体系。"七种类型"为：写作原理理论型、写作动态过程分支理论型、边缘分支理论型、文体写作分支理论型、发展史理论型、技法技巧理论型、写作训练技术型；"三个层次"为：基础理论层—技术理论层—训练工程技术层。从学科性质上看，由此实现了从"传统"到"现代"的转变、由"术"（写作操作技术）到"学"（写作学原理）的理论升华。

（《中州学刊》2005 年第 6 期发表）

# 论法律文书价值的冲突与平衡①

王长江*

## 一、法律文书价值冲突释义

法律文书价值是指人们关于法律文书的现实目标和理想追求。法律文书价值的主体是人，客体是法律文书。法律文书是人们运用法律解决社会矛盾和冲突的产物，其满足法律活动主体的价值取向和选择更趋向于多样化和复杂化。所以法律文书的价值既可以在现实的法律体系或法律文书写作中体现为具体的价值目标，也可以在理想的境界中体现为人们对于法律文书的精神追求。②

无论是现实层面的法律文书价值，还是理想层面的法律文书价值，都不是单一的，而是多元化的。在多元化的法律文书价值并存的情况下，就存在两个或多个法律文书价值发生冲突的可能性，在现实的选择中则往往会出现厚此薄彼，甚至会出现取此则舍彼的现象。法律文书价值冲突具有不可避免性和相当程度的复杂性。例如：实体正义价值与程序正义价值之间的冲突，公正价值与效率价值之间的冲突等，都是在法律实践中经常需要面对的现实问题。

从应然角度看，法律文书诸价值之间应当是一种辩证统一的关系。虽然各价值之间有对立、冲突的情况存在，但从根本上来说是统一的，文书制作者应当尽量避免出现冲突的情况。理论上的研究也应该关注如何使多种法律文书价值实现辩证统一。实则不然，法律文书价值的主体是人，意味着不同的主体对法律文书价值会有不同的好恶与取舍。加之主体的价值观又会受到客观环境诸如行政干预、人情世故等非主体自身因素的制约与影响，导致对同一法律文书价值的评判、理解、价值实现方式等都会出现差异。同时，也应该看到法律文书价值的冲突是法制不断完善过程中必然产生的现象。正如随着社会的进步，人们越来越重

\* 作者简介：王长江（1967—　），教授，硕士研究生导师，河南财经政法大学文化传播学院院长，主要研究方向为法律文书学和社会法学。

① 本文为司法部国家法治与法学理论研究项目《法律文书价值研究》的阶段性成果。课题编号是 06SFB2007。

② 杜福磊、赵朝琴：《法律文书写作教程》，高等教育出版社 2006 年版，第 25 页。

视程序法的制定和完善一样，重实体、轻程序的观念也在不断得到改变，只要结果不要过程的现象也在逐步得到纠正。反映诉讼程序的法律文书的价值也在逐步得到人们的认可。

法律文书价值冲突是法律实践中的永恒现象，是必然的，而不是偶然的，但这不等于说人们只能被动地面对冲突。理性认识冲突、妥善解决冲突具有非常积极的社会意义和实践意义，这有利于法治的进步和社会的和谐发展。

给法律文书价值冲突下一个准确的定义是比较难的。首先，学术界对法律文书价值本身有不同的观点，没有形成定论。对法律文书价值的研究也处于初始阶段，有待于在百家争鸣中出现更多的有价值的成果。其次，法律文书属性的多重性导致法律文书价值的多元化，对诸价值进行具体的量化分析和明确的层次分析也是比较困难的。再次，对具体的法律文书价值进行取舍时，哪些是合理的，哪些是不合理的，必须具体案件具体分析。最后，只有通过对各种法律文书价值冲突的表现形式进行分析，才能理解和把握法律文书价值冲突的实质。

## 二、法律文书价值冲突的表现形式

从表现形式的角度，可以把法律文书价值冲突分为二元价值冲突和多元价值冲突。从量化标准来分析，二元价值冲突应该是法律文书价值冲突中最显著的特点。二元价值冲突有两种基本的表现形式：一是取此舍彼，二是厚此薄彼。有学者把前者称为排他冲突，"此"与"彼"是绝对对立的，不可调和的一对矛盾；把后者称为位列冲突，"此"是主，"彼"是次，经纬分明。常见的法律文书二元价值冲突有实体正义价值与程序正义价值之间的冲突，正义价值与效益价值之间的冲突，正义价值与秩序价值之间的冲突等。法律文书的价值冲突有时表现为多元化的价值冲突。法律文书多个价值元素相互交织，彼此都有取舍，使冲突更加复杂化。多元化的价值冲突是排他冲突与位列冲突的混合，增加了主体取舍与平衡的难度，是研究领域需努力厘清的课题，也是实务部门在操作过程中既无法回避又必须正确解决的问题。如法律文书的实体正义价值、程序正义价值与效益价值等之间的冲突。本文重点分析一下二元价值冲突。

### （一）实体正义价值与程序正义价值之间的冲突

法律文书的法律属性决定了法律文书必须反映法律内容，法律内容包括实体法内容和程序法内容。法律文书的正义价值既包括实体正义价值，又包括程序正义价值。实体正义价值属于法律文书的外在价值，而程序正义价值属于法律文书的内在价值。但在历史的发展过程中，两种价值不是等量齐观的，受到的待遇也是不平等的。正如有的学者所说"诉讼法的发展史可以在某种程度上被视为一种程序内在价值从无到有、从依附到独立的发展史。"[1] 中国法制发展过程中，历来是重实体轻程序的，在相当长时期内法律的程序价值被边缘化，法律文书独立的程序价值也就长期得不到认可，甚至有时把程序正义价值排除在法律文书价值范畴之外。所以，在法律文书诸价值冲突中，实体正义价值与程序正义价值冲突最为明显。其具体表现是：重实体、轻程序，不要过程、只要结果，视程序为累赘。把程序价值作为实体价值的附庸或工具，不承认程序正义的独立价值。

（二）正义价值与效益价值之间的冲突

法律文书的效益价值，是指法律文书的投入成本与实际收益的比例，以较少成本投入换来既定水平收益，或以既定成本投入达到较大收益，都可以提升法律文书的效益价值。[2] 法律文书的效益价值既包括经济效益，又包括社会效益。经济效益是可以计量的，包括人力、物力、财力和时间资源等方面。社会效益是可以评估的，包括对当事人、对法院、对社会所发生的实际效果。效益价值既与实体正义价值产生冲突又与程序正义价值产生冲突。

实体正义价值与效益价值冲突，主要表现在司法资源的有限性限制了对实体正义的追求。诉讼需要国家投入相对充分的司法资源，而国家的司法资源在一定的历史时期总是有限的。所以受制于有限的司法资源，实体正义的实现并不是绝对的，有时甚至是令人很不满意的。同时，司法资源配置是否科学，也关系到诉讼的目的能否实现。基于法律文书的效益价值考虑，实体正义价值的实现应当是有限的，所以造成有些案件的实体正义价值虽然得以实现，但是却限制了效益价值的最大限度实现。

程序正义价值与效益价值之间的冲突主要表现在：（1）程序公正性的增强会导致资源耗费的增加，如需投入大量的司法资源人力、物力等，从而不可避免地降低和削弱诉讼的经济效益。程序正义价值强调程序的独立价值，对程序正义价值的追求，会导致诉讼文书制作效率的降低。诉讼程序公正性的增强意味着程序过程的复杂化，必定损及诉讼效益。（2）对效益价值的过分追求往往会使程序正义价值的要求无法真正实现。效益价值要求实现最大限度上对当事人的权利和义务进行分配，或者最大限度上实现对犯罪的惩罚，必然会视体现程序正义精神的烦琐的程序为障碍，为此，必然与追求程序正义相矛盾。

（三）正义价值与秩序价值之间的冲突

法律文书的秩序价值是法律秩序价值的组成部分。法律秩序是法律关系主体的合理定位，权利、义务的优势结构，及法律关系的合规律、合规则的分布或动作状态的总称。秩序价值是法律文书的直接追求，是法律文书的基础价值。发生

---

[1] 陈瑞华：《刑事审判程序价值论》，载《政法论坛》1995 年第 5 期。

[2] 杜福磊、赵朝琴：《法律文书写作教程》，高等教育出版社 2006 年版，第 36 页。

法律效力的法律文书，是调解各种法律关系或规则的重要手段，是确保社会秩序免遭非法破坏和干扰的有力凭证，起着引导人们行为标准、规则和尺度的重要作用。

法律文书的正义价值与法律文书的秩序价值之间的关系可以从四个方面理解：其一，作为现实目标的法律文书秩序价值，体现了人们对规范有序的法律文书的现实需要。法律文书承担着将抽象、静态的法律制度运用于具体、生动的案件中的重要使命，从这个意义上说，法律价值最终要通过法律文书来实现。具体的法律文书往往体现出当时人们的认识水平，符合人们当时所追求的社会生活秩序，也是法律价值的现实目标得以实现的典型标志。这个时候法律文书的正义价值得到很好的体现，秩序价值的目标也得以实现，价值之间是相对平衡的，因此，可以理解为相对统一的关系。其二，由于我们处于法制的初级阶段，立法并不完善。对同一问题的立法，不同层级之间的法律可能就存在冲突，这时为了追求法律文书的秩序价值往往会与正义价值之间发生冲突。其三，作为理想追求的法律文书秩序价值，体现为人们关于法律文书秩序正当性的永恒追求，这种追求不是永恒不变的，而是要求越来越高的，在这个过程当中，会不断地与正义价值之间发生冲突，需要不断地解决冲突以达到新的平衡。其四，就法律文书制度（如诉讼法中关于法律文书的写作要求、法律文书格式等）而言，在其刚形成时往往是符合当时人们所追求目标的，是一种理想的模式。但是，随着政治、经济、文化的发展，当时所推崇的法律文书制度所代表的秩序价值就变得越来越难以满足人们的需要，越来越成为阻碍法律文书其他价值特别是正义价值实现的桎梏，与正义价值形成了冲突。

**（四）效益价值与秩序价值之间的冲突**

过分强调对秩序价值的追求，必然限制或削弱法律文书效益价值的最大限度的实现，从这个角度来说，法律文书的效益价值与法律文书的秩序价值之间存在着此消彼长的冲突关系。

从法律文书秩序价值具体目标的三个方面可以看出，无论是秩序价值的规范性目标、调节性目标还是保护性目标，其实都有可能与法律文书的效益价值产生冲突。

首先，法律文书秩序价值的规范性目标的重要内容是制度层面的统一性。法律文书制度层面的统一性是必要的，也是符合法律文书特征的。法律文书的写作必须要反映这种统一性，如果无视这种统一性，由作者任意确定写作内容和写作方式，那么将会损害法律的严肃性，甚至会影响法律的实施和执行，法律文书的秩序价值也无从实现。但是，过分的统一会使法律文书呈现出呆板的、机械的特征，不可避免地限制效益价值的发挥。统一制度的不完善及漏洞也会影响效益价值的正常实现。

其次，从法律文书秩序价值的调节性目标来看，法律文书承担着解释法律规则，填补实体立法上的漏洞，甚至还有创造先例的任务。这样的过程是复杂的，有时是痛苦的，甚至是承担风险的，是与效益价值的追求相背离的，因此，冲突也是在所难免的。

最后，从法律文书秩序价值的保护性目标看，保护性目标要实现保障权利行使与督促义务履行，必须维护法律权威，建立保障法律文书写作质量的良好机制。这些目标的实现都需要相关部门投入大量的人力物力去完成。比如说，建立保障法律文书写作质量的良好机制方面，我国各地目前采取了不少措施。诸如将裁判文书质量作为考核法官的一项标准、在判决书中公开合议庭不同意见、在媒体上公开裁判文书、让公民查阅生效裁判文书、请专家点评法律文书等，都对法律文书写作质量的提高起到了重要的推动作用。但是，这些措施可能与效益价值相冲突。

## 三、法律文书价值冲突的解决原则

### （一）兼顾原则

所谓兼顾，是指同时照顾几个方面。所以，法律文书价值冲突平衡的兼顾原则，是指法律文书在追求正义价值时，照顾效益价值及秩序价值的实现，形成多元化价值目标上的高度组合。以程序正义保证实体正义的实现，从而提高法律文书效益价值，是该原则的价值追求。兼顾原则提倡的是正义、秩序、效益三种价值的完美统一，这是一种最理想的解决冲突的原则，也是平衡法律文书价值冲突的终极目标。

兼顾原则要求法律文书制作主体对各价值的追求不偏不倚，不仅要看到各价值之间的对立和冲突，还要看到它们之间相容的一面，用对立统一的观点分析问题、解决问题。应该看到法律文书的三大价值之间从根本上具有一致性，是相互包容和互相促进的，任何违反这一要求的片面做法，都不能真正称其为具有公正、秩序、效益的价值。从法律文书的价值层面来看，人们的愿望或需求脱离不开公正价值目标的指引。效益价值所追求的不过是以最经济的方式来实现公正目标，秩序价值的实现又可以最终帮助实现最佳效益。如果片面追求效益而结果却背离公正，那么这一程序运作的过程就是无效的；同时，如果正义的实现是以牺牲高昂的诉讼成本和司法资源为代价的，那么这一诉讼活动也不能称其为真正意义上的公正，也是与法律的基本价值相背离的。因此我们说，法律文书各价值之间的冲突绝不意味着是绝对排斥的或者不可调和的。恰恰相反，它们之间在本质上是一致的，是能够互相协调和平衡兼顾的。正是这种平衡和兼顾使诸价值之间形成"合力"，最大限度地达到诸价值之间的协调一致和完美统一。

### （二）正义优先原则

所谓优先是在待遇上优先。因此，正义优先原则是指在法律文书的正义价值、秩序价值、效益价值之间以体现正义价值为主,正义价值的实现是第一位的,其他价值的实现是从属的、次位的;在实体正义与程序正义之间,程序正义为主,实体正义为次。这是在兼顾原则无法实现的情况下,求其次而不得已要坚持的解决法律文书价值冲突的原则。

正义是法律文书的生命,是法律文书的首要价值。在穷尽一切手段无法真正兼顾其他价值的情况下,就要让位于正义,因为"任何司法模式如果失掉效益还可以认为是司法模式,但如果失掉公正就失去了司法模式的生命"。① 所以,在法律文书的诸价值中,正义始终处于首要的、根本性的价值地位。

正义优先原则还应该包括,在实体正义与程序正义发生冲突时,程序正义优先的原则。实体正义与程序正义互相作用,整体体现法律文书的正义价值。司法实践中由于受各种因素的制约,不是每个案件都是正确的,也就是说不是每篇法律文书都能真正体现实体正义的价值,但每篇法律文书都必须体现程序的公正性,这是最低限度的正义要求。正如有的学者所说:"人们判断审判结果的正当性一般只能从制度上的正当程序是否得到了保障来看。"② 程序正义的核心因素是参与性,即诉讼参与者对由于自己的权益之争所引起的实体法的适用同样享有诉辩的权利。一方面,法律文书的法律选择要理性化,必须选择与冲突事实最贴近的法律条文加以适用;另一方面,法律选择要接受当事人的监督与制约,当事人有权了解法院对事实判断的推理过程,有权就法律的适用发表意见。所以,现代法治国家崇尚以正义为内在品质的法律程序。坚持程序正义具有以下作用:(1)可以从审判的外观上消除当事人及公众对审判结果的公正的合理怀疑,增加裁判文书的公信力,使审判制度获得社会的广泛支持,赢得人们的普遍信任;(2)可以消除当事人因程序主体地位得不到尊重而对裁判产生的合理性的不满;(3)可以使当事人对因程序正义而产生的裁判结果负有责任,从而自觉履行法律义务,减少当事人无谓缠讼;(4)可以有效弥补实体规范的不足,确保法律权威,维护审判机关的形象。

### (三)趋利原则

利者、利益,与害相对。有的学者在研究实体法的冲突时,提出平衡冲突的原则有"利害原则",即两利相权取其大、两害相权取其轻。它包括三层意思:一是在利与利相比较时,取其大的利;二是在害与害相比较时,取其小的害;三是利与害相比较时,取利而弃害。趋利避害是人类所共有的心理与行为取向。它既是个人对待社会和人生际遇的行为准则,也是人类社会得以发展进步的重要原

---

① 马贵翔:《公正、效率、效益——当代刑事诉讼价值目标》,载《中外法学》1993 年第 1 期。
② [日]谷口安平著,王亚新、刘荣军译:《程序的正义与诉讼》,中国政法大学出版社 1996 年版,第 11 页。

因和经验总结。① 但是，如果把"利害原则"硬套在法律文书价值冲突的平衡与解决之中，有其局限性：首先，法律文书的诸价值都是客观存在的，都是法律文书所固有的属性，虽然它们之间存在冲突，但并不存在利与害的冲突，只能认为是利与利的冲突。其次，法律文书价值是否充分体现，要根据不同的案件具体分析，不能一概而论。所以，解决法律文书价值冲突应在利大与利小之间衡量，追求最大的利，从而使适用个案的实体法和程序法的目的得以完整实现。

趋利原则应包括如下两层意思：（1）法律文书价值的体现应与法律价值体现相匹配。虽然法律文书具有独立的价值，但法律文书最终还是要完成实体法和程序法的使命。就个案来说，如何解决好当事人之间的诉讼是法律文书的终极使命。这就是"大利"，法律文书诸价值之间冲突如何解决要围绕前述"大利"进行；（2）法律文书诸价值之间虽然都是利与利的冲突，但价值本身是有主次和层级关系的。在解决法律文书诸价值之间关系时既要考虑主次和层级因素，又要考虑不同的案件性质及特点。

### （四）追求效益最大化原则

"效益最大"应该有绝对和相对之分。绝对的效益最大，可能会以损害其他价值为代价，使法律文书价值追求目标本末倒置，不是我们所追求的。因此，我们所追求的效益最大化，应理解为最佳效益，即相对效益最大化。

法律文书价值冲突的追求最大效益的原则体现了法律文书的法律属性及写作属性的共同要求，是法律文书价值追求的核心原则之一。从法律文书的法律属性来看，首先，必须正确反映实体法的内容。法律文书的首要任务就是贯彻法律，法律属性是法律文书的实质与灵魂，"徒法不足以自行"，没有法律文书，再完备的法律都将是一纸空文。其次，法律文书必须如实反映所涉及程序法的内容，如实反映案件的处理过程。从法律文书的写作属性来看，要遵循格式，规范写作。要掌握法律文书的语言特点，运用法言法语进行写作。最后，必须正确运用具有法律文书特点的写作方法。只有三者相结合，才能最终达到语言简练、叙事清楚、说理充分、结论正确、事项齐全。只有真正体现法律文书的法律属性和写作属性，才能实现追求效益最大化的目标。

## 四、法律文书价值冲突的解决方式

### （一）立法解决

立法解决的方式即通过立法途径解决法律文书的价值冲突。在程序法的立法或修法的过程中实现法律文书的规范及完善，使诸价值之间得到相对平衡。通过立法手段解决法律文书价值冲突是最根本的解决方式。

---

① 卓泽渊：《法的价值论》，法律出版社 2006 年版，第 617 页。

我国的三大诉讼法在立法中都不同程度地关注和体现了法律文书的价值问题。首先，在法律条文中明确规定了法律文书的有关内容。其次，根据案件简易与复杂的程度采取了繁简分流的办法，民事诉讼和刑事诉讼既设立了普通程序，又设立了简易程序。这些程序的设立客观上起到了平衡法律文书价值冲突的作用，使法律文书在制作过程中根据立法需要而体现其价值。但是，我国的程序法对法律文书的规定存在很多问题、很多缺陷。明文规定的文书太少，即使明文规定的文书，很多内容也太笼统，操作性不强。这是我国长期存在的重审判、轻文书现象的具体反映。鉴于以上分析，我国在立法上解决法律文书价值冲突时可以采取以下几种方式：

其一，明文规定法律文书的种类、各法律文书的内容与形式。既可以蕴含在程序法的主文之中，又可以以法律附件的形式出现在法律主文之后，具体体现法律文书的法定原则。使各种法律文书价值的体现有法可依，并使各价值的冲突在法定的框架下得到解决。

其二，不断改革诉讼法的起诉制度，适当扩大简易程序的适用范围，既可体现起诉制度繁简分流的原则，又可以正确解决法律文书在制作时各种价值的冲突问题。注重诉讼效益是现代民事诉讼和刑事诉讼的重要价值原则。简易程序的完善可以使法律文书制作更好地体现诸价值之间的平衡，特别是在正义价值与效益价值之间找到平衡的切入点。

## （二）司法解决

目前，我国法律文书制作方面的问题最主要的是通过司法的方式解决。司法解决的方式主要体现在法律文书制作过程的规范化。

以司法的方式解决法律文书价值的冲突，首先，必须从司法角度改变观念，承认法律文书的独立价值，提高加强法律文书质量建设的认识。裁判文书的制作是整个诉讼活动的终结性标志，是当事人和人民法院据以执行的唯一根据。既要体现实体正义，又要体现程序正义，同时也要兼顾秩序价值和效益价值的实现。其次，司法解决必须有更加完备、科学、合理的文书样式作为规范。样式即样本，样本必须依照。样本的树立，必须建立在真正反映诉讼程序之上，格式规范、事项完备、语言简练、说理充分、结论正确，从而使法律文书各项价值合理、充分地体现。最后，裁判文书必须反映诉与判的一致性，真正反映涉及的实体法和程序法的精神。司法实践中，经常出现诉归诉、判归判的现象，使法律文书内容上出现前后冲突和不一致的情况。有的裁判文书的案由部分，公诉机关指控的是涉嫌故意伤害，判决书的结论部分却是故意杀人；公诉机关指控的是枉法裁判，审判机关的判决结论却是受贿。实事求是地讲，这些判决符合最高人民法院 1998 年发布的《关于执行〈中华人民共和国刑事诉讼法〉若干问题的解释》第 176 条的规定："起诉指控的事实清楚，证据确实、充分，指控的罪名与人民法院审理认定的罪名不一致的，应当作出有罪判决。"但是，控与判的不一致反映到法律文书之上，削弱了法院审判工作的裁判性，凸显法院以职权表现出的行政属性，使人们对判决书的正义性难免产生怀疑。

## （三）行政解决

以行政的方式解决法律文书价值冲突，包括两个方面：其一，以司法行政的方式规范法律文书的格式与内容，使法律文书制作规范化。其二，各类司法机关，都要高度重视法律文书写作。我国各级人民法院，在加强审判制度改革、提高审判人员素质、确保案件审理质量的同时，针对法律文书制作进行了不少有益的探索。例如，有的法院施行了优秀法律文书评审制度，把法律文书的制作作为考评法官业务水平的一项标准，从而客观上促进了法律文书质量的提高。

行政手段解决法律文书的质量问题必须要有针对性的措施。在人的素质问题解决的同时，首先，要解决"谁判谁写"的问题。"判者"不但知其结果，更了解其过程，是诉讼活动的主导者和亲历者。由"判者"来"写"法律文书时，既有助于体现实体正义，又有助于体现程序正义。如果经过长期的锤炼，法律工作者在法律文书制作时就可能达到表述准确、语言精练、说理充分等效果，使法律文书的效益价值得到更好体现。其次，各级各类法律部门为促进法律文书提高而制定的制度和采取的措施，应该与文书制作者的职称、职务的变动挂起钩来，由他律变为自律，促使法律工作人员自觉提高法律文书的制作质量[①]。最后，各种行政手段都要有长效机制，不能朝令夕改，而要保持制度的连续性，并注意使法律文书制作质量赶上时代步伐，符合立法和司法的现实需要。

（《河南社会科学》2009 年第 5 期发表）

---

① 宁致远、顾克广、陈天恩：《以文载法，依法治国》，中国法学会法律文书分会 2008 年年会报告。

# 中国古代知类文化与文体分类

## 王章才[*]

中国传统文化既重"德",也重"知"。自先秦开始,我国就形成了丰富的知类文化。中国知类文化源远流长,其影响也广大深远。就文体学方面说,知类文化对文体分类的影响最显著。但是学界关于这个问题的探讨,迄今未见。今尝试论之,以抛砖引玉,并盼方家指正。

### 一、中国知类文化概说

何为知类文化?请先从"知""类"二字说起。

按东汉许慎《说文解字》的解法,"知"是会意字,"从口从矢";清代段玉裁注曰:"识敏,故出于口者疾如矢也。"[①] 意思是,对事物熟知了就可以轻快如射箭般地讲出来。"知"字既可作动词用,也可作名词用。作动词的"知"意为求知、探索;作名词的"知"谓"知"的结果,即知识、理论。

另外,在古代,"知""智"二字一般通用。二者虽义近,但不同:有知识、有理论的人可谓知者(学者);知者(学者)如能运用其知识及理论为社会、为国家或为人类谋利益,就是"智者"。两者的关系是:有知未必就有智,但有智必须先有知。两者是体与用的关系。

再看"类"。"类",繁体作"類",从犬,頪(lèi)声,本义指一种动物的名字。《山海经·南山经》:"亶爰之山,有兽焉,其状如狸而有髦,其名曰'類'。"又《列子·天瑞》:"亶爰之兽,自孕而生,曰'類'。"按《说文解字》:"类"是形声字,"种类相似,惟犬最甚。从犬,頪声。"[②] 可见,"類"本指犬科动物。犬的种类最多,最能杂交,也最相似,故从犬。这样,"类"的早期含义与"族"等极近。故《左传·僖公十年》曰"神不歆非类,民不祀非族",《左传·成公四年》曰"非我族类,其心必异"等。但是,"类"与"族"

---

* 作者简介:王章才(1967—  ),文学博士,河南财经政法大学文化传播学院教授,中国文心雕龙学会会员,主要从事中国古代文学、文论和文体学等方面的研究。

① [东汉] 许慎撰,[清] 段玉裁注《说文解字注》,中州古籍出版社2006年版,第227页。
② [东汉] 许慎撰,[宋] 徐铉校订《说文解字》,中华书局1963年版,第205页。

不同义。"类"谓物类（尤指动物，植物之类曰种），"族"谓人类。"族"的本义，从方、从人、从矢，指旌旗下面的箭头，借代指旗帜。这个意思其实就是"镞"的本字。古代同一氏族或宗族的人，不但有血缘关系，还要在同一族旗下协力活动。故演义为种族的族，其本意后改作"镞"。

笔者认为，中国传统文化既重德，也重知。重德不论，兹论重知。那么，知的对象是什么呢？当然是知物。然天远地阔，物类纷纭，且又千变万化——吾知也无涯，而人生也有涯，如何识遍万物、知周宇宙呢？这就需要"以类知物"。即欲知遍万物，须先知其类。所谓"知类"，其实就是"以类知物"。简而言之，就是"知类"。物虽繁，类可穷。"精于物者以物物，精于道者兼物物"（《荀子·解蔽》）。物的个体无法——尽知，但物类是可以穷尽的。此之谓"以道观尽"（《荀子·王制》）。以类知物，始可提纲挈领，以少总多，以简驭繁，也可以以所已知推测所未知。

欲知类，就必须先分类。《周易·系辞上》："方以类聚，物以群分。"《庄子·渔父》说："同类相从，同声相应，固天之理也。"物本有类，这是"天理"，是自然的、客观的。所谓"知类"就是要先研究和揭示出这个客观的类目来。可见，知类文化既是主观的，也是客观的，正确的分类或知类应当是这两者的高度契合或统一。

中国自古以来在知识领域里就非常重视分类。不过，分类的关键是确立客观的、科学的标准。这就需要尽可能地对事物的本质特征做出客观、准确、全面的分析、把握和概括，然后据此以订立正确的标准；有了正确的标准方有可能做出科学而又实用的分类。反过来说，人们不能根据事物的非本质特征甚至任意特征来对事物作分类，那样的分类"不伦不类"，没有什么意义。

国学大师王国维曾说："抑我国人之特质，实际的也，通俗的也；西洋人之特质，思辨的也，科学的也，长于抽象而精于分类，对世界一切有形无形之事物，无往而不用综括（Generalization）及分析（Specification）之二法，故言语之多，自然之理也。吾国人之所长，宁在于实践之方面，而于理论之方面，则以具体的知识为满足，至分类之事，则除迫于实际之需要外，殆不欲穷究之也。"[①]王国维认为，中国人不善于理论，也不善于分类。此说固有理，但也是相对而言，不可绝对地看待。但王国维的话，也显示了"分类"的重要性。事实上，分类学是一切科学研究的前提和基础。恩格斯曾在《反杜林论》中强调指出自然科学的分类"是最近400年来在认识自然界方面获得巨大进展的基本条件"[②]，文学自然亦不例外。

---

① 王国维：《静庵文集》，辽宁教育出版社1997年版，第116页。
② 中央编译局编著：《马克思恩格斯选集》（第3卷），人民出版社1956年版，第60页。

## 二、中国知类文化的内涵和特点

第一，中国知类文化源远流长。从先秦诸子百家开始，一直到宋明理学，中国传统文化都很强调"知"，同时也很强调"以类知物"（或"知类"）。基于以类知物，中国的先哲们把所有的学问或文化也概括为三大类：即天文、地理、人文。"全知"就是要"上知天文、下知地理、中知人和"。"三知"以外，世无学问。由此可见，古人的以类知物有多厉害！还有，被誉为中华元典的《易经》，其本意就是要预知事物未来的发展、演变情况的。而《易经》的八卦说、六十四卦说、六爻说、正卦变卦说等也都是极具概括意义的"以类知物"的绝佳案例。事实上，《易经》的卦类观、爻位观等也早已出离预测学，向着其他诸多文化领域衍射，成为很多学问建言立说时分类的最大思维源和方法论。再如，中国文化很讲谋略。这当然也是重知的体现之一。所谓谋略，实际就是试图通过主观的努力，来预知并进而最大限度地影响或扭转事物未来发展演变的趋势或结果。而谋略学往往也是以类呈现的。如果不能以类呈现，那还奢谈什么谋略呢？无论古今，最需要谋略的领域自然是军界、政界和商界，于是简明实用的"三十六计"应运而生，盛行至今。"三十六计"也不都在同一档次上，有所谓"上策""中策"及"下策"之别。总之，这些谋略都是基于分类的，此可谓"以类知谋"。

在先秦诸子百家里，最擅长逻辑的是墨家，墨家于知类文化的贡献最大。《墨子》一书有很多这方面的宝贵论述。限于篇幅，兹不展开阐述。其他诸子当然也有所言说。如纵横家喜欢权谋，提出了"用计第一"的口号，在知类文化的应用性开发或实战化方面有独特的贡献。儒家也不排斥"智"，儒家"五常"——仁、义、礼、智、信，"智"赫然居一。西汉大儒扬雄《法言·君子》中有一句名言："圣人之于天下，耻一物之不知。"此意后来被宋明理学打造成一句"口头禅"式的格言："一物不知，儒者之耻。"孔子则被树为先知先觉、全知全觉的"大成至圣文宣王"。

知类文化如此兴盛，可是文艺界对它却一向关注寥寥，更未曾意识到这些思想对文艺学尤其是文类学的影响、意义和价值。

第二，重视知穷万物，并进而知"道"。知有一知半解之知，有全知全能之知。中国知类文化自先秦诸子百家开始，都是既重视知，也重视知的数量和质量。知的少，无意义。全知全能，方为知的理想境界。刘勰在《文心雕龙·诸子》中说："丈夫处世，怀宝挺秀。辨雕万物，智周宇宙。"即是此意。当然，知的最高境界是知"道"。但知"道"须基于知全，而知全要仰赖知类，即以类知物。总之，以类知物，方可穷尽宇宙万有之妙。

第三，中国式分类往往有两个极端，要么极简，要么极繁。欲知类，须分类。事越多，类越繁。但过繁之分类，也就失去了提纲挈领之义，反而不利于知物。繁之至，不顾理性，甚至有悖学理，动辄几十，甚至上百、几百。

过犹不及，过简亦然。简之至，就是二分法，在很多领域，一分为二总行得通，总有市场。但其学术价值往往要打折扣。

第四，阴阳学说与易经卦爻辞等既有迷信占卜成分，也是较抽象的事物分类，对后来的各种知类和分类起着标本和启示的作用，两者在中国知类文化中占有举足轻重的地位。

第五，与西方相比，中国知类文化比较偏于感性，总是含有一些非理性的成分。其中最严重的问题是随意化、个性化和实用主义化。众所周知，中国文化总体上属于感性文化。诚如上文中王国维所说，中国人偏重经验，偏重归纳，偏重实用；不重逻辑，不重演绎，不重理论。这就导致中国的分类往往过于感性和随意。只有少数真正的理论巨子，如墨子、荀子、王充、刘勰、叶燮等先辈，始终能做到以理囿情，以整统散，并实现学理自洽。

第六，中国知类文化的"类"主要是一个逻辑概念，但有时又泛化为一个关系术语。事物只要近似、类似，似乎就可以构成类属关系——这在逻辑上是说不过去的——这其实不是类属关系，而是类比关系。类属关系异乎类比关系。类属是逻辑思维，是科学术语；类比是修辞方法，是文学术语。类属回答"是什么"的问题；类比解决"怎么说效果好"的问题。《孟子·告子上》："故凡同类者，举相似也。"这是对的，也是合逻辑的。但是反过来说：相似则同类，或如《墨子·经说上》所说的"有以同，类同也"，这就未必了。比如，两条腿的不都是人，也可能是鸟。

第七，中国古人的类型论还常常与等级说交叠，这一点在儒家话语体系里犹然。如《论语》中的"子曰"动辄君子如何好、小人如何孬。这既是在"类"人，也是在褒贬人。儒家本来就喜言等级贵贱，所以他们讲的类型大多兼有等级之意。这是违背科学与客观的，是我们应注意的。其实类型论（或类属论）是事实判断、是非问题，等级论（或贵贱论）是价值判断、对错问题。两者不同论。

无论如何，传统的知类文化在整个中国文化中还是具有极其重要的意义，是非常值得重视的。知类文化不只是讨论分类问题，实质上也是在强调逻辑思维，强调科学理性，它广泛涉及诸如概念内涵的确立、概念外延的划分、规律与个案、演绎与归纳以及推理、判断、预测等诸多抽象的理论问题。古代的一些习用说法诸如以少总多、举一反三、以简驭繁、纲举目张、遗形取神、触类旁通、以此类推、不伦不类、有教无类等，大都是知类文化的体现和缩影。对整体上偏于感性、重视情感的中华民族来说，如此理性之光当然是弥足珍贵的。

不过，话又说回来，与西方的科学话语系统相比，中国的知性文化言说也的确总有一种"隔了一层"的感觉。这是因为中国知类文化中既含有理性成分（是非），也混有非理性成分（对错）。不过，大体上可以说，或至少在知性文化领域，理性是大于感性的，逻辑是压倒文艺的。当然，就这个话题，学界仍存在争议。此点与本文主旨基本无涉，故不赘言。

## 三、中国知类文化与古代文体分类

中国知类文化的影响很大。它不仅是思想体系，也是方法论。作为方法论，其影响强劲，辐射诸多文化领域。诸如中国传统哲学、政治学、军事学、医药学、天文历算、文艺学等领域，无不时时晃动着知类文化的硕健身影。这里只讨论知类文化与文体分类的关系问题。

知类文化与文体分类的关系，主要有以下几点：

第一，重视辨体。

受知类文化影响，中国古代文体学非常重视文体辨析，文体辨析的目的就是为了搞好文体分类。只有文体分类搞好了，才有可能"以类知文"。"文"也是"物"，而且是很重要的"物"，当然是知的重要对象了。

上文已述，古人认为，欲知物，须知类。欲知文学，当然也要首先搞好分类。但是，分类是一项复杂的思维活动，要分好类，须先摸清个案、详研个案，然后汇总、归纳出一些本质特征，以之为标准来分类。文体分类当然也要这样进行。这就离不开对一个个文体个案的研究，以及相同或相近的文体之间的异同的辨析。同时，中国文类繁杂，文类之间的混融或文类互文也很普遍，所以更需要辨体。对写作者而言先辨明体制也很重要，否则，就有可能"失体"，画虎不成反类犬，甚至四不像。在中国文化里，"失体"或"失大体"都是很严重的问题。文体方面亦然。此乃中国传统文体论领域中文学"辨体"活动一枝独秀且又长盛不衰的深层文化原因所在。

辨体活动早在先秦时期就已经开始了。如《尚书·尧典》就已区分了"诗"与"歌"："诗言志，歌永言。"又如成书于春秋中期的《诗经》把诗歌分为风、雅、颂三类，《诗经》当时就是按照此三体编排的。秦汉以后，文体大备，辨体活动更趋向于活跃："盖自秦汉而下，文愈盛；文愈盛，故类愈增；类愈增，故体愈众；体愈众，故辨当愈严。"[1] 宋代，辨体意识普遍高涨。"辨体批评成了这个时期文学批评的重要内容……许多作家和批评家坚持文各有体的传统，主张辨明和严守各种文体体制。"[2] 辨体之精微，莫过于明代。明代涌现出了多部辨体论著。如吴讷的《文章辨体》、徐师曾的《文体明辨》、贺复徵的《文章辨体汇

---

[1] 徐师曾：《文体明辨》，人民文学出版社1962年版，第78页。
[2] 吴承学：《宋代文章总集的文体学意义》，文载吴承学、何诗海编《中国文体学与文体史研究》，凤凰出版社2011年版，第228页。

选》、杨慎的《绝句辨体》、许学夷的《诗源辨体》、符观的《唐宋元明诗正体》等。明代还有一些著述虽不冠以"辨体"之名，但实际上也是以辨体为主的，如《唐诗品汇》《艺苑卮言》《诗薮》《唐音奎签》等。朱迎平说："传统文体论以辨体为核心，而且重点在个别文体的辨析。"①

所谓辨体，就是辨析不同而相通的文体或同一文体的不同亚体及分支之间的差别、各自的特点及共通性的，辨析的目的是方便分类和准确分类。不同的文体并不意味着彼此泾渭分明，不需要辨析，因为所有的文体都是"本同而末异"（曹丕《典论·论文》）的，所以通融互渗是常事，但是两个文体如果过于靠近或无视边界也不行，因为世界需要不同，这就需要辨体。如文史之辨、文子之辨、文经之辨、经史之辨、文白之辨、诗文之辨、文笔之辨，以及古今之辨、正奇之辨、雅俗之辨等。辨析大致同类的文体的亚体或分支的细微差别，如雅与颂、赋与颂、辞与赋、诗与赋、诗与词、词与曲、古文与时文、古文与骈文、古文与小说，等等。上述明代的多部辨体著作，就既有辨不同文体的，也有辨同一文体的亚体（或变体、分支）的，这些辨别工作常常表现为分类后的再分类（子类），甚或再再分类。如贺复徵的《文章辨体汇选》把文章分为 132 类，"论"类属其一，然后在卷 390 "论"类下又分为 8 个子类：即理论、政论、经论、史论、文论、讽论、寓论、设论等。由此可见，辨体与分类之间的密切关系。两者其实是一回事：辨体是分类的前提，而分类是辨体的结果。

第二，重视文体分类。

早在先秦，《墨子·大取》就明确提出要"辞以类行""立辞而不明于其类，则必困矣"。这说明墨子已经开始讲究文辞的分类了。比墨子还早的《尚书·尧典》也已从分类的角度区别了诗与歌："诗言志，歌永言。"《周礼·春官·大祝》有"六辞"，实谓六种文体：辞、命、诰、会、祷和诔。作为我国第一部诗歌总集，《诗经》把诗歌分为"风""雅""颂"三种，《诗经》就是这样编成的。汉代文体大备，因而文体分类也进一步发展。如毛传（《诗·鄘风·定之方中》提及卜、命、铭、誓、说等几种文体）、刘歆的《七略》、班固的《汉志》、王充的《论衡》、蔡邕的《独断》、刘熙的《释名》、桓范的《世要论》等，都有各自的文体分类，或都对文体分类做出了一定的贡献。其中刘歆的《七略》可谓我国文体分类学的发端，在文类学、文献学等诸多文化领域都具有筚路蓝缕的意义。我国第一篇文论专论，曹丕的《典论·论文》提出了"本同末异"说和"四科八体"的划分，"末异"即指不同的文体。随后，陆机的《文赋》、刘勰的《文心雕龙》、萧统的《文选》、任昉的《文章缘起》等都有各自的文体划分，并体现出各自的文体观和文体分类观。唐宋时出现了很多种诗文集，这些集

① 朱迎平：《集成与开新——清末民初文体论著述评》，文载吴承学、何诗海编《中国文体学与文体史研究》，凤凰出版社 2011 年版，第 368 页。

书在编纂时大都按一定标准先划分文类，划分的标准一般是"每体自为一类"（语出明·吴讷《文章辨体·凡例》）；然后编文时"以类相从"（语出宋·姚铉《唐文粹·序》）；每类之中，再"以时代相次"（语出梁·萧统《文选·序》）。以后的文集编纂也大率如此。但这些著述的分类大都较烦琐，也各有其不合理之处。"因而从清代开始，文体论者则注意到文体的归纳问题。其一般作法即将文体首先分门，然后系类，以克服列类烦琐，而取得纲举目张的效果。"① 此之谓"分门别类"之法也。其中做得较好的是姚鼐的《古文辞类纂》和曾国藩的《经史百家杂钞》等。虑及篇幅，不再申论。

总的来看，我国古代文体分类经历了一个由简到繁、再化繁为简的"螺旋"式演进过程。

第三，影响文体如何分类。

知类文化与阴阳、八卦有密切关系。阴阳学说对应于一分为二的方法论；八卦学说对应于细类划分。当然，八卦是可以继续推演的，如两卦相叠，可推演出六十四卦；三卦相叠，又可推演出 512 卦；等等。受此影响，中国的文类划分也长期并存有两个极端，一曰趋简，二曰趋繁。

简之极，就是一分为二，就是两分法。此种极简的分法在古代文体分类里是长期通行的。隋唐以前，两分法曰文笔；隋唐以后，两分法曰诗文。诗文对举，一直延续至清代。另外，我国又有所谓"四分法"，即经史子集。此说开始于西晋荀勖《中经簿》，定型于《隋书·经籍志》，大成于清代《四库全书》。但四分法是对所有文本而言，不只是文学文类学，不过由此更可以看出古人的文体分类是多么的简约。

趋繁就没准了，很容易弄得很复杂、很烦琐。曹丕《典论·论文》分文为四科八体；陆机《文赋》列举有 10 类文体。这些分类虽不算烦琐，但曹、陆的分类属举其要者，并非针对"全体"。《文心雕龙》《文章缘起》等都比较"体大虑周"，也就是说尽可能照顾"全体"，此两书论及的文体都在 80 种以上；《文章流别集》《文选》属选集，但其罗列的文体也都在 40 种左右；吕祖谦《宋文鉴》类文 59 种；吴讷《文章辨体》59 种；徐师曾《文体明辨》127 种；贺复徵《文章辨体汇选》132 种；黄佐《六艺流别》则多达 150 余种；清末吴曾祺编《涵芬楼古今文钞》，将古今文体分为 13 大类，213 小类，类目之繁多，可谓造极！近人陈澹然说："近世文家，文体，议、辩、解、说、传、志、碑、铭、叙、记诸体，剖及毫芒，体愈多则文愈剧，文教所由衰也。"分类太繁，不如简易，"《易·系辞》曰：'易则易知，简则易从''易简而天下之理得'。"②

"繁"不仅表现在绝对数量上，也表现在层级上。南宋末真德秀《文章正

---

① 褚斌杰：《中国古代文体概论》（增订本），北京大学出版社 1998 年版，第 33 页。
② 陈澹然：《文宪例言》，见《历代文话》，复旦大学出版社 2007 年版，第 6807 页。

宗》列文时首次先分门、再系类，开创了二级文体分类制；至清代，我国文类学渐渐形成了三级文体分类体系，即门（或部）、类、体。体归于类，类又归于门。如曾国藩《经史百家杂钞》等。民国初年，张相编《古今文综》，总共六部、十二类、四百多体，又在部、类、体三层级之下，根据主题或内容再细分子目，实际上形成了四级分类体系。层级越来越多，体类越来越繁。真可谓"千条万绪，无复体例可求，所谓治丝而棼者欤！"①

不过，繁与简，既矛盾，又互促。无繁不深，无简不明。繁可以充分展示其文体规范，简则有利于宏观把握。繁简相结合，则既见树木，又见森林。

第四，知类文化的短处也体现于文类学中。

主要是知类文化的非逻辑性，也体现于文体分类中。由于不太讲究逻辑和理性，所以中国传统文类学缺陷较多。总括有三个方面：一是烦琐。古代文类学常常"每体自为一类"，这样分类并非不可，但辨体太苛细，分类过繁复，最终各自是非，难成体统。二是泛而不全。中国文类很泛滥，很庞杂。这与"类"的"关系术语"性有关。其实类似不等于同类，似是而非者多矣。比如同为"文"，应用文体显然只是与文学文体类似，而实不同类。再比如，经史子集固然为体互异，但即使同为"集"中之文，为体也可能很不同，甚至有不宜视如"集"文的。如屈原《天问》就与《楚辞》其他篇章高度不同类。韵文是不是都自然地属于"文学"？也未必。《礼记》中的《夏小正》虽是韵文，但内容是讲历法与农事的，属应用性韵文，非文学性诗体。司空图《诗品》也不是文学作品。这些中国古人往往都混为一谈。而且，古代文类学虽然很庞杂，但仍有残缺：这主要指正统文体学、文类学长期无视民间文学、戏剧和白话小说等文体，这都是不合逻辑的。三是昏昧。昏昧源于保守和主观。文体浑融经常发生，但正统文论家一味主张尊体正体，排斥浑融，这是保守的；主观主要是过恃经验，偏爱归纳，导致传统文体学思辨性、概括性和明晰性等都较差。主观的另一个意思是人各不同，过于随心任性，甚至稍有独见，即疯狂叫躁，蛮横武断。个性是有了，也很热闹，但严肃性、科学性却悄悄溜走了。

当然，中国古代文体分类的欠科学性与实用性有时也是矛盾统一的。比如散文一体，西方逻辑文类学是没有其地位的，但中国文类学一直有之而且很看重；同样地，骈文在我国文类中也不可或缺，明清文人更重视骈文，这些就形成了文类学的"中国特色"。另外，烦琐也自有其长处，如中国文类学对某些文体比如说理文等就"言说"得非常地细致入微。

## 四、知类文化对中国文论其他方面的影响

综上所述，知类文化对于文体分类的影响，主要表现在文体辨析、重视分类

---

① ［清］永瑢、纪昀等：《四库全书总目》，中华书局1965年版，第1750页。

和如何分类等方面。但作为类型学的典范理论，中国古代知类文化不仅影响文类学，还在其他文论领域产生较大的影响。如对作家分类论、风格类型论、字典的体例编排、大型类书及丛书的编纂等，都有一定影响。

比如就作家分类论方面来说，汉代王充在《论衡·超奇》中把文士分为"儒生""通人""文人""鸿儒"四种，其中他最推崇的是"鸿儒"（即文学家）；再加上汉代其他一些人的论述，足以证明汉代文人已经被大致分为两大类型：文学之士和文章之士。后者即今所谓作家、文学家。这些认识，实际上已经开启了汉魏文学自觉的大门。而文学自觉或文体自觉是中国文学史上的大事体！由此可见，知类文化这一论题，是非常有意义的。但是关于知类文化的研究，不应仅局限于中国传统哲学或文化学领域，还应推衍至古代文论领域，尤其它对古代文体学、文类学的影响，是非常值得做进一步的探讨。

（《中华文化论坛》2017 年第 2 期发表）

# 老子的《道德经》及其文章观

张同钦*

　　自战国以来，各种宗教、学术界的不同流派和某些政治家，对老子其人、其书及其道，一向争论颇多，分歧百出。在最近的半个世纪，学术界内部的相关讨论更为热烈和集中，而不同意见的对立也愈见明显。上述情况的形成，不仅源于其生平经历的扑朔迷离，《道德经》版本多而存异，也源于人们从不同的需要出发，对其学说加以解释和利用，其实换个角度看，也恰好反复印证了其学说的难解性。特别需要说明的是，此前关于老子的研究，焦点集中在对其著作思想内涵的透析、对语句的注解和诠释，及其对后世影响的延展性发掘等方面，而对老子著作的综合特点和文章理论，则很少提及。本文不求折中，更不求全面，仅侧重于从老子的生平经历、著作特点以及文章观几个方面，略述浅见。

## 一、生平评介

　　老子，姓李名耳，字伯阳，谥曰聃，后人亦称为老聃，春秋时楚国苦县（今河南省鹿邑县）厉乡曲仁里人。他是春秋时期重要的思想家和文章家，道教始祖。其生卒年月已不可详考，有人推算大约在公元前580—前500年，有人认为他出生于公元前571年左右。总而言之，"说他是周简王（公元前585年起）至周敬王中期（公元前500年左右）时的人，可能性较大"①，与孔子是同时代人，略长于孔子。《史记·老庄申韩列传》中曾说："孔子适周，将问礼于老子。"《庄子·天道》中也说："孔子西藏书于周室。……往见老聃，而老聃不许，于是潘十二经以说。"《礼记·曾子问》记载，孔子自己多次说："吾闻诸老聃。"《吕氏春秋·当染》中甚至有"孔子学于老聃"这样显示二者师承关系的话。以上四者，均可为据。至于有人根据《史记·老庄申韩列传》中提及太史儋和老莱子，即说老子是太史儋或老莱子，因缺乏可靠证据，不足以采信。司马迁在指认老子即老聃的同时，又借"或曰"提出两种看法：一说老子即老莱子，因二

　　* 作者简介：张同钦（1965— ），河南财经政法大学副教授，中国高等教育学会秘书学专业委员会常务理事。主要研究方向为秘书学和先秦文学。

　　① 陆元炽：《老子浅释》，北京古籍出版社1987年版，第3页。

者皆为楚人，并与孔子是同时代人；二说老子即太史儋，但太史儋的活动竟在孔子死后一百二十九年。可见司马迁的观点是基本明确的，将此三人并举，无非认为他们俱是通达世事之人，对此不必多加考证。

《史记·老庄申韩列传》称老子"周守藏室之史也"。藏室是周朝收藏文献图书的机构，"守藏室之史"，即管理文献图书的史官。老子的学识渊博，正与此密切相关。他中年时代，受朝中权贵迫害，一度被罢官，逃至鲁国避难，后又被召回复职。《史记》记载他"见周之衰，乃遂去"，指的是公元前526年周景王死后，王室内部为王位纷争，景王之子携王朝藏书出走，老子即离去。关于老子的下落，司马迁也说"莫知其所终"。对此后世惯有两种说法，一说他西出函谷关入秦，之后客死秦国；二说回归楚国苦县，隐居至死。最近又有新说，称在"周的这次最严重的庶孽之乱前后，老聃离周返故里苦县，然后才西游于秦"。①

老子留下的唯一著作就是《道德经》，又名《老子》。全书共八十一章，分上下篇，前三十七章为上篇，之后为下篇。有的版本上篇题名"道经"，下篇题名"德经"。《史记》记载："老子修道德，其学以自隐无名为务。居周久之，见周之衰，乃遂去。至关，关令尹喜曰：'子将隐矣，强为我著书。'于是老子乃著书《上下篇》，言道德之意五千余言而去。"后世研究者尽管对《道德经》与老聃的渊源关系心存疑虑，但以现有资料却不足以推翻司马迁的说法。凭着这一著作，从《庄子》到元代吴澄《道德经注》，均称老子为"古之博大真人"，"从东汉张陵创五斗米道，就尊老子为'太上老君'，后来道教利用老子为教主，一直奉为'太上老君'。"②

## 二、《道德经》及其著作特点

为了行文的方便和统一，著作名称取《道德经》而舍《老子》。

### （一）关于版本问题

自成书以来，《道德经》的版本甚多，各版本文字略有差异，字数也多少不等。唐玄宗命司马子征三体写本有五千三百八十个字；傅奕据项羽妾本、安丘望本、河上公本合校，有五千七百二十二个字；洛阳官本有五千六百三十五个字；王弼注本有五千六百八十三个字。1973年12月，在长沙马王堆三号汉墓的考古发掘中，又出土了《道德经》的两种抄本，分别称为帛书甲、乙本，为校订文本工作提供了新的资料和契机。比较突出的影响是有人以帛书为据，对此前流传较广的王弼注本提出了诸多怀疑，认为它出于"以道证玄"之目的，有意对原文做了篡改。但帛书《道德经》文字错漏、行文颠倒及误增现象较多，属较早的版本，并非最好的版本。

---

① 晁福林：《读〈庄子·寓言〉札记》，载《中国文化研究》2002年（春之卷）。
② 陆元炽：《老子浅释》，北京古籍出版社1987年版，第165页。

版本问题也是诱发关于作者和著书年代之争的关键因素之一。有鉴于此，尚须澄清一条与作者相关的资料。《史记·孟荀列传》中说："自邹衍与齐之稷下先生，如淳于髡、慎到、环渊、接子、田骈、驺奭之徒，各著书，言治乱之事，以干世主。……慎到，赵人，田骈、接子，齐人，环渊，楚人，皆学黄老道德之术，因发明序其旨意。故慎到著《十二论》，环渊著《上下篇》。而田骈、接子皆有所论焉。"本资料中楚人环渊所著，显然是指《道德经》的上下篇。这与前文的结论是否相左，或者本来就是司马迁的自相矛盾呢？"这里关令尹即是环渊，关令尹与环渊，只是一声之转。环渊这个人有很多异名，……还有'玄渊'之称。"① 依郭沫若考证的结论，楚人环渊是《道德经》的集成者，《道德经》是老子的语录，就如同《论语》是孔子的语录，《墨子》是墨翟的语录一样。郭沫若还说，环渊在集成老子的语录时，不像孔门弟子那样质实，他用自己的文笔润色了先师的遗说。

**（二）著作的主要特点**

在以下文字中，《道德经》的正文，以陈鼓应著《老子注译及评介》的《老子》校订文为据。这是较新也较好的校订本，陈氏对此曾这样说明："《老子》书，错简（指文句段落颠倒）、衍文（指误增）、脱字及误字不少，今以王弼本为蓝本，参看帛书本及傅奕本等古本，根据历代校诂学者可取的见解，加以订正。"②

1. 落笔在"道德"，用意于广远

老子以《道德经》五千余言为载体，构筑了以"道"为核心的客观唯心论体系，以精致、严密的唯心论，代替了粗俗、浅陋的唯心论。"道"是一个极其复杂的概念，通体笼罩着神秘的光晕。在无数人潜心研究的基础上，我们可以概括出"道"的这样几层含义：

第一，"道"是宇宙万物的本源。

"道冲而用之，或不盈，渊兮似万物之宗。"（四章）
"道生一，一生二，二生三，三生万物。"（四十二章）

第二，"道"是万物发展变化所依循的规律，是自然的本体。

"昔之得一（一即道。引者注）者，天得一以清，地得一以宁，神得一以灵，谷得一以盈，万物得一以生，侯王得一以为天下正。"（三十九章）
"人法地，地法天，天法道，道法自然。"（二十五章）

---

① 王成竹、宋育文：《道德经译注》，中州古籍出版社 1993 年版，第 239 页。
② 陈鼓应：《老子注译及评介》，中华书局 1984 年版，第 2 页。

第三，"道"是超时空的绝对精神。独来独往，独有自己；无状之状，无物之象；不迁不流，无始无终。

"寂兮廖兮，独立而不改，周行而不殆。"（二十五章）

"视之不见，名曰夷；听之不闻，名曰希；搏之不得，名曰微。……迎之不见其首，随之不见其后。"（十四章）

《道德经》所体现的老子思想的根本逻辑是："道为本体，德为器用，把德看成是'道'的体现和作用。"[①] 在这一逻辑主线的统领下，将玄妙的"道"，与现实的政治、社会、生产、人生、战争密切结合，触及认知世界里的许多重大问题，闪烁着智慧的光芒，也打上了时代和自身局限的烙印。

2. 文字简约，微言大义

《道德经》虽只有区区五千余言，但对后世的哲学、社会伦理、文化思想和兵法等众多领域，产生了深刻的影响；在我国漫长的封建社会中，以老子为代表的道家思想，是能够始终与以孔子为代表的儒家思想分庭抗礼的最大思想流派。著作具有文字简约、微言大义的特点，使得老子的思想深邃而广博，但也为后人理解困难埋下了伏笔。比如：

在要求统治者简化政令，保持虚静、和谐时，老子说：

"多言数穷，不如守中。"（五章）

在总结人类行为的基本原则，阐明其辩证法思想时，老子说：

"曲则全，枉则直，洼则盈，敝则新，少则得，多则惑。"（二十二章）

"将欲歙之，必固张之；将欲弱之，必固强之；将欲废之，必固兴之；将欲取之，必固与之。是谓微明。"（三十六章）

老子著作具有文字简约、微言大义的特点，还特别表现在为后世留下了大量的格言警句和极富生命力的成语。例如：

"千里之行，始于足下"；"知人者智，自知者明"；"天网恢恢，疏而不失"；"以正治国，以奇用兵"；"民不畏死，奈何以死惧之"；"抗兵相若，哀者胜

---

① 王成竹、宋育文：《道德经译注》，中州古籍出版社 1993 年版，第 268 页。

矣";"出生入死";"大器晚成"……

3. 善用比喻，达意精微

《道德经》在阐述抽象道理时，富于想象，善用比喻；其用作比喻的材料十分丰富，正所谓"或喻于声，或方于貌，或拟于心，或譬于事"[①]，方法也灵活多样。且往往比喻在前，抽象议论相承，形象生动，达意精微。比如：

老子在讲平和之气时强调，要把"德"含蕴在自己的身心之中。他把将这两者结合深厚的人，比作柔弱不争、精气未散、无知无欲的婴儿。

"含'德'之厚，比于赤子。"（五十五章）

"上善"即老子所指的圣人。他认为，接近于"道"的最好的美德就像水那样，灌溉滋润万物而不与万物争利，却默默地流向众人厌恶的低洼之处。

"上善若水。水善利万物而不争，处众人之所恶，故几于道。……夫唯不争，故无尤。"（八章）

4. 正反推论，逻辑性强

老子在阐述"道德"时，非常重视逻辑的力量。他对于自然逻辑的范畴，找到了所谓"有无""同异""损益""刚柔""静躁""巧拙""攻守""进退""清浊"等有关"道"的观念形式，因而发现了这些正反概念的转化关系，并进而形成了解析和论证自然、社会诸方面正反辩证的思维形式。这种思维形式有时常借助于反证法和归谬法得以显现。比如：

"天下皆知美之为美，斯恶已；皆知善之为善，斯不善已。"（二章）

"以道莅天下，其鬼不神（即伸，起作用。引者注）。非其鬼不神，其神不伤人。非其神不伤人，圣人亦不伤人。夫两不相伤，故德交归焉。"（六十章）

"不自见（表现自己。引者注）故明"，（二十二章）"自见者不明，自是者不彰；……故有道者不处。"（二十四章）

5. 巧布节奏，音韵铿锵

《道德经》在语言上十分重视节奏安排，骈散相结合，音韵铿锵、和谐。故而不少研究者称其为哲理诗，并对其这一语言特点大为推崇。仅以现代汉语的一

---

①　周振甫：《文心雕龙选释》，中华书局 1980 年版，第 211 页。

般发音，就可证明此说。比如：

"万物作而弗始，生而弗有，为而弗恃，功成而弗居。夫唯弗居，是以不去。"（二章）

"合抱之木，生于毫末；九层之台，起于累土；千里之行，始于足下。"（六十四章）

"我有三宝，持而保之。一曰慈，二曰俭，三曰不敢为天下先。慈故能勇；俭故能广；不敢为天下先，故能成器长。"（六十七章）

然而，《道德经》自问世至今，历时久远，加之流传中的各种讹误，我们在许多地方很难确切领会其音韵之美。不过，有人不避艰难，要"复五千言古本与乎声韵文句之真，并借以窥见古代哲学诗之真面目焉。"①

## 三、老子的文章观

论及老子的文章观，首先需要说明的是，迄今为止，我们尚未见到有关的、较为系统的阐述。这是一个有相当难度的问题。纵观整本《道德经》，并没有直接表述文章理论的内容，在这一点上，老子与他同时代的孔子不同，但他多次谈到了"言"的问题。老子所谓"言"，更多的情况下是一种泛指。一方面是指说话，如"行不言之教""多言数穷""悠兮其贵言""希言自然"等，内含的意思均指声教法令；另一方面，虽不明指撰文著书，但实际涵盖着这部分内容。应当说，老子关于文章写作的理论，还是有开创性见解的，这些见解本身就已经蕴含在《道德经》形成的实践过程中了。

### （一）在反映的内容上贵真疾伪

"言有宗，事有君。"（七十章）

"信言不美，美言不信。"（八十一章）

"大直若屈，大巧若拙，大辩若讷。"（四十五章）

"故以身观身，以家观家，以乡观乡，以邦观邦，以天下观天下。吾何以知天下然哉？以此。"（五十四章）

"为学日益，为道日损。损之又损，以至于无为。"（四十八章）

老子主张，说话撰文必须有真实的对象和依据（宗），如实反映事物的客观情状（信），进而必须对事物有所主张，做出或真或假的判断。唯其如此，才会

---

① 朱谦之：《老子校释》，中华书局 1984 年版。

产生"甚易知，甚易行"的强大说服力。所谓"大辩若讷"，就是指真正善于辩说的人，要以"言之难"的思想态度，坚持合乎自然客观规律的辩说之道，谨慎出言。在老子看来，贵真疾伪，有赖于观察、认识和学习的积累，但认识"道"，则必须排除所有的感官及理性认识的干扰，使心灵处于清静无瑕、自然天真的状态，正所谓"损之又损""涤除玄览"。这里凸显着其认识论的偏激成分和一定的神秘色彩。

"绝圣弃智，民利百倍；绝仁弃义，民复孝慈；绝巧弃利，盗贼无有。此三者以为文，不足。故令由所属：见素抱朴，少私寡欲，绝学无忧。"（十九章）

对上面这段文字的内涵历来争议颇多，有人据此认为老子要毁灭一切文化，诱使人们放弃学习，倡导愚民政策。实际上，这段文字中的"文"，有机巧、虚假、文饰之意。老子认为，圣智、仁义、巧利，此三者只是蒙蔽人的文饰而已，非真而伪。正如《道德经》第三十八章所言，"夫礼者，忠信之薄，而乱之首"，批评的矛头直指奴隶制上层建筑的柱石。他提出"绝学"，就是主张摒弃那些虚伪的学问，自外于私欲的诱惑。尽管这里表现了他认识论中消极偏激的一面，但也集中展示了他关注现实、贵真疾伪、敢于大胆抨击权贵的精神。

## （二）在表达方式上推崇"正言若反"

"正言若反"。（七十八章）
"明道若昧，进道若退，夷道若纇。上德若谷，大白若辱，广德若不足……大器晚成，大音希声，大象无形。"（四十一章）
"祸兮，福之所倚；福兮，祸之所伏。孰知其极？其无正也。正复为奇，善复为妖。"（五十八章）
"众人熙熙，如享太牢，如春登台。我独泊兮，其未兆；沌沌兮，如婴儿之未孩；累累兮，若无所归。众人皆有余，而我独若遗。我愚人之心也哉！俗人昭昭，我独昏昏。俗人察察，我独闷闷。众人皆有以，而我独顽且鄙。我独异于人，而贵食母。"（二十章）
"上德不德，是以有德。下德不失德，是以无德。"（三十八章）

从以上例句中我们可以发现，老子"正言若反"的表达方式，在其形成和用途上表现为几种复杂的情况：有时是讲事物的现象和本质的关系；有时是讲事物的对立、依存和转化关系；有时是基于对现实的不满，故意正话反说；有时是缘于词性和词义的变更。总之，是发现了正反概念之间的转化和映衬关系，在此基础上提出了"正言若反"的表达方式，"并以之作为论证自然、社会诸方面正反辩证的思维形式。"①

"正言若反"是老子大力推崇,并在其《道德经》中反复实践的一种表达方式。这种表达方式极具辩证色彩和强力表达效果,使得《道德经》在语言和文风上独树一帜。王弼注本"大音希声……道隐无名",在马王堆汉墓帛书《老子》乙本中作"道褒无名",《帛书老子校注》针对前者"道隐无名",认为与"此文正言若反之辩证语义不类,足证其皆有讹误,当从帛书订正"。② 此例可为旁证。

**(三)在内容与形式的关系上主张信美统一**

"信言不美,美言不信。"(八十一章)
"美言可以市尊,美行可以加人。"(六十二章)

有不少人对老子"信言不美,美言不信"的本意产生误解,认为在表达上,老子是主张信、美对立的。这种误解,缘于断章取义和拘泥于对字句的咬嚼。刘勰在《文心雕龙·情采》中一语破的,他说:"老子疾伪,故称'美言不信',而五千精妙,则非弃美矣。"老子极重归"朴","信言"自然无须美饰。这里的美饰,不是指修辞用语,而是指内容上的伪诈巧饰。而所谓"美言不信",则是对巧言令色、专事空谈者的批评,这与老子说的"善者不辩,辩者不善",用意正相吻合。

老子在强调"信言"的同时,是主张信美相统一的。"美言可以市尊"就是说美好的言辞可以博得人们的尊重,但"美言"要以"信"为内核。《道德经》本身,就是在内容和形式上信美相统一的典范,上文称之内容博大精深,又善用比喻、巧布节奏、音韵铿锵,恰好说明了这一点。所以,有些研究者誉之为哲理诗,也就不难理解了。

(《河南大学学报(社科版)》2003 年第 2 期发表)

---

① 汪奠基:《中国逻辑思想史》,上海人民出版社 1979 年版,第 169 页。
② 《帛书老子校注》,中华书局 1996 年版,第 25 页。

# 论诗的禅趣美

陈世杰[*]

诗属文学形态，禅归宗教范畴，诗与禅属于两种不同的文化现象。诗助人认识世界人生，而禅助人否认客观真实，其归趣显然有别。虽然二者殊归，但诗与禅均需敏锐的内心体验，注重启示和象喻，注重追求言外之意，故而二者又同途。应该说，二者在通往不同终点的道路上，曾是亲密地结伴而行。在路上，二者互相帮助，互相扶衬，互相照耀，走过辉煌的历程，留下美丽的履痕。

诗给了禅美丽的彩衣，禅给予诗新的视点。禅所倡导的生存方式、观物方式、表达方式，的的确确存在着诗人激发审美自觉的可能性。所以，唐宋两代诗歌高峰刚过，金代杰出诗人元好问就给诗禅关系做了一个精彩的总结：

诗为禅客添花锦，禅是诗家切玉刀。

不是么？且看《五灯会元》中崇慧禅师与门徒的一段对话：

如何是道？
白云覆青嶂，蜂鸟步庭花。
如何是西来意？
白猿抱子来青嶂，蜂蝶衔花绿蕊间。
如何是禅人当下境界？
万古长空，一朝风月。
如何是亡僧迁化的去处？
潜岳峰高长积翠，舒江明月色光辉。
如何是天柱（崇慧居处）境？
主簿山高难见日，玉镜峰前易晓人。

---

* 作者简介：陈世杰（1962—　　），河南信阳人，教授，河南财经政法大学文化传播学院副院长，硕士研究生导师，全国大学语文研究会副秘书长，河南省写作学会副会长，主要研究古代诗歌理论、写作理论等。

> 如何是天柱家风？
> 时有白云来闭户，更无风月四山流。
> 如何是和尚利人处？
> 一雨普滋，千山秀色。

不仅语言优美，而且意味无穷。

在这里，最高的禅理（道、西来意）、现在和永在的禅悟、禅心、禅观，都与具有某种象征意义且又平易亲切的诗意、诗境谐和一起，交汇一处，亦禅亦诗。这些，无疑有助于诗人对诗的语言、诗的形象、诗的意境的思考。

禅对于诗的渗透，其切入点在以下两方面：

## （一）以禅入诗

以禅入诗即把禅意引入诗中，将诗写得既有诗意又具禅趣。诗有禅境，体现这一特点的诗人比较早的当数晋代陶渊明了。他的《饮酒二十首》中，有不少诗都含有幽深淡远之心境，寂空虚静之禅境。

### 之一

> 暧暧远人村，依依墟里烟，
> 狗吠深巷中，鸡鸣桑树颠。

### 之五

> 采菊东篱下，悠然见南山。
> 山气日夕佳，飞鸟相与还。
> 此中有真意，欲辨已忘言。

宋代诗论家张成认为："渊明'狗吠深巷中，鸡鸣桑树颠''采菊东篱下，悠然见南山'，此景物虽在目前，而非至闲至静之中则不能到，此味不可及也。"王国维也指出，"采菊东篱下"一联，展示了"无我之境"。

南朝谢灵运的山水诗，更有一种令人折服的诗境禅趣。他能捕捉到自然界最传神的一瞬，将发生于一刹那间的细致而又复杂的感受传达给读者。其《登池上楼》诗"池塘生春草，园柳变鸣禽"句，十字之内，蓬勃春意跃然纸上。其《岁暮》诗"明月照积雪，朔风劲且哀"，寥寥十字，就把我们带入天空地旷、寒光逼人、哀风攒心的冰天雪地，既写了景，又传了情，令人"目击"而"道存"。难怪后人有诗赞曰："春草池塘一句子，惊天动地至今传""池塘春草谢家春，万古千秋五字新"。

陶、谢之后，通过描绘山水来展示佛禅心境最为杰出的诗人当数唐代王维了。王维信奉佛教，又因参究佛禅义理颇有心得，受慧能弟子神会之托写过著名的《六祖能禅师碑铭》。从他撰写的《六祖能禅师碑铭》看，他对禅学是很有研究的。他认为，禅的精义在于齐有无为一体，合动静为一如，既出世又入世。同时，他又认为，要达到此境，在于一心。一个人如果能够以不即不离的超脱心态去观照万物，外物也就呈现了真原面貌，展示了禅的境界。

譬如他的《鹿柴》：

> 空山不见人，但闻人语响。
> 返景入深林，复照青苔上。

禅宗重视"返照"的功夫，"返景入深林，复照青苔上"，从字面上也使人联想到禅宗的教义。进入诗中一看，原来这里是一片"悟"境。

寂静无人的空山，隐隐约约的人声，它仿佛来自另一世界。而这里，只有悄悄穿过密林的落日残晖，将微弱的金黄之光洒在冷得发青的苔藓之上。随着夕阳西下，这色彩斑驳的一瞬也将最终消失在亘古的冷清和空寂里。然而，诗人似乎忘记了这一切，他徜徉在幽深的境界里，沉醉在瞬间的观照中，以一瞬为永恒，以当下包摄了过去、将来，在这里入定了、超脱了，将生命融入了这刹那终古、一滴万川、有限无限为一的境界里。"一悟寂为乐"，也许诗人正是从这里悟出了一点什么。

如果说在上两首诗中，我们还可以看到诗人抚琴长啸的身影，体察到他那在观照、在感受、在思索的心程，那么《辛夷坞》和《鸟鸣涧》两首诗则把我们带到了一个"无人""无心"的境界。

先看《辛夷坞》：

> 木末芙蓉花，山中发红萼。
> 涧户寂无人，纷纷开且落。

这是一个"洪钟未击"时的原始境界。人迹已无，人心不到。只有一个亘古寂静的原始时空。在这空寂得发冷发白的背景下，唯有猩红色的辛夷花历尽千载万载，自开自落。这里，没有哀乐，没有追求，没有任何活的身影、任何心灵的震颤，时空仿佛凝固了，又仿佛化成了任运自然的悄悄细流，在无声地回旋。何等冷清、空寂、淡漠！而"纷纷"二字又显示了大自然的自满自足、冷然超然。人们不禁要问：既曰"无人"，诗人又怎么能发现这种境界？我们只能说，诗人这时既已从里面化作了这般原始境界，又正在从外面用"眼界今无染，心空安可迷"的心境冷冷地观照着这般境界。在此境中，天与人、物与我、情与景、观照者与观照对象已浑然一体、完全合一了。

再看《鸟鸣涧》：

> 人闲桂花落，夜静春山空。
> 月出惊山鸟，时鸣春涧中。

　　花落、夜静、山空。无声的月光惊鸣了山鸟，山鸟的鸣叫又带来了更幽深的寂静。这是一个在无声中颤动、寂静中回旋的世界。

　　此时，我们仿佛在观赏深潭里生机勃勃的游鱼、暗夜里无声飞舞的流萤，既感到了它的自由自在、无羁无系，也感到了它的如梦似幻、空漠冷静。这是默渊无声的象征？还是原始时空时"充塞大千无不韵，妙含幽致岂能分"的境界？我们无暇也无须细辨，只感到它有一股吸摄力，使人像那鸟的鸣叫声一样，坠入了寂静混沌的深处。

　　佛学认为，就人生来说，"是身无常，念念不住，犹如电光、暴水、幻炎"；就世界来说，一切事物也"如幻、如焰、如水中月、如虚空、如响，如犍闼婆城、如梦、如影、如镜中象、如化"，均系"性空假有"。

　　面对一朵花，佛禅义理说："是花所出生散我上者，化作耳，化成耳。此花化花，亦不从树出……亦不从心树出。"因为它"无所从出"，所以是"非花"。佛学认为，世间如"花"，一切都是似是而非，朦朦胧胧，飘浮短暂，不知从所而来，亦不知从何而去。

　　面对一朵花，而诗人说："花非花，雾非雾。夜半来，天明去。来如春梦几多时，去似朝云无觅处。"（白居易《花非花》）

　　诗与禅在这里结缘：白诗是写落花？还是写夜雾？抑或另有所喻？很难确定。看来，这只是诗人对世间如梦、人生短暂的一种诗意感受。悠悠地读着它，慢慢地品着它，仿佛置身于一种如梦似幻的氛围，是禅是诗，已分不清，也不需要、没必要去分清了，且尽情地在这幻梦中浸泡沐浴吧。

　　苏轼一生坎坷多艰，他的诗词中常有"人生如梦"的感叹，因情感直露，给人印象并不深刻，倒是一些浸透了佛家意味的诗词，却每每令人回味。他曾经写过一首次韵章质夫杨花词《水龙吟》：

似花还似非花，也无人惜从教坠。抛家傍路，思量却是，无情有思。萦损柔肠，困酣娇眼，欲开还闭。梦随风万里，寻郎去处，又还被莺呼起。

不恨此花飞尽，恨西园、落红难缀。晓来雨过，遗踪何在？一池萍碎。春色三分，二分尘土，一分流水。细看来，不是杨花，点点是离人泪。

章质夫的原词是：

燕忙莺懒芳残，正堤上、柳花飘坠。轻飞乱舞，点画青林，全无才思。闲趁游丝，静临深院，日长门闭。傍珠帘散漫，垂垂欲下，依前被、风扶起。

兰帐玉人睡觉，怪春衣、雪沾琼缀。绣床旋满，香球无数，才圆却碎。时见蜂儿，仰粘轻粉，鱼吞池水。望章台路杳、金鞍游荡，有盈盈泪。

章词不过是水平一般的咏物言情之作。虽然描写得栩栩如生，但终因其内容浅显，被人说为"章词原作似和韵，苏词和韵似原作"。上片对杨花飘坠的细致描写，"傍珠帘散漫，垂垂欲下，依前被、风扶起"，将杨花起伏情状写得很传神；下片写思妇触景生情，一味铺叙，意脉浅露，无可深味。

而苏词熔铸了浓厚的人生空幻、飘忽之情，写得亦真亦幻，哀婉动人。起句的"似花还似非花，也无人惜从教坠"，就以一种空幻、飘零、孤独之感笼罩全篇。接着，诗人透过"抛家傍路"这"无情"的事实，发挥了奇特而丰富的想象，用拟人化手法，多情地思量了杨花的命运。在诗人眼里，这点点飘洒的既是杨花，又似乎是思妇在"萦损柔肠，困酣娇眼，欲开还闭"时所做的梦的幻化。梦飘飘忽忽地"随风万里"去寻郎，遇到的却是"被莺呼起"的命运。这意味着梦断花落，愁从恨生。下片写梦断花落之时的环境是"落红难缀"；写梦断花落的归宿是"二分尘土，一分流水"。梦也好，坠落的杨花也好，都像短暂的春天，来去匆匆；也像遍地狼藉的落红，遗踪不定。一切都消逝了，一切也终将消逝。因而，如梦的杨花，杨花般的梦，都包含着离人之泪……在这里，杨花和梦以及春天、落红都交织、融汇在一起，难分难解，而短暂、飘忽、空幻，却是它们相同的命运。这不单是在写杨花，写思妇，而是写出了一种为命运拨弄、无可奈何、深含隐痛的人生之情和具有普遍性的深沉的人生哀怨。诗乎？理乎？禅乎？尽在其中。

由此可见，清静虚空的禅趣，大大地拓展了诗的表意厚度，丰富了诗的审美趣旨，以至于后来的诗家学者每每以禅喻诗。

### （二）以禅喻诗

以禅喻诗有以禅参诗、以禅衡诗和以禅论诗的区别。以禅参诗是用参禅的态度和方法去阅读和欣赏诗歌作品。以禅衡诗是用禅家所谓大小乘、南北宗、正邪道的说法来品评诗歌的高低。以禅论诗则是用禅家的妙谛来论述作诗的奥妙。这是不同的以禅喻诗方法，前人把它们混在一起，所以讲不清楚，下面分开来加以阐述。

1. 以禅参诗。苏轼《夜直玉堂携李之仪端叔诗百余首读至夜半书其后》诗中有这样两句："暂借好诗消永夜，每逢佳处辄参禅。"李之仪字端叔，有《姑溪集》，其《赠祥瑛上人》诗曰："得句如得仙，悟笔如悟禅。"《与李去言书》说："说禅作诗本无差别，但打得过者绝少。"李之仪的诗富有禅意，苏轼以参禅的态度读他的诗，是欲寻找字句之外的理趣。徐瑞《论诗》曰："大雅久寂寥，落落为谁语。我欲友古人，参到无言处。"这里，他明确地说道，参诗参到无言处，就是寻找诗歌那可悟而不可言传的妙境。

范温在其《潜溪诗眼》中说："识文章者，当如禅家有悟门。夫法门百千差别，要须自一转语悟入。如古人文章，直须先悟得一处，乃可通其他妙处。"这是说欣赏诗歌和参禅一样，也靠一个"悟"字。禅宗原来是自居教外，单传心印，不立文字的。他们认为"真如"不能用语言文字明白地表达出来，所以常用比喻、隐语或令人警醒的动作去启发人。《五灯会元》里记载的禅师们的语录大都属于这一类。而参禅的人则要靠自己去领悟那言外的意蕴，一旦悟有所得，就修成正果了。苏轼等人以参禅的态度和方法去读诗，是因为不满足于诗歌语言之内有限的含义，而欲寻求诗歌语言之外无尽的韵味。也就是不执着于语言文字本身，不死于章句之下，这确实是符合诗歌欣赏规律的。

2. 以禅衡诗。其代表人物当数严羽，其《沧浪诗话·诗辨》中集中阐述了他的诗歌理论。在《答出继叔临安吴景仙书》中，他说："卜之《诗辨》乃断千百年公案，诚惊世绝俗之谈，至当归一之论。其间说江西诗病，真取心肝刽子手。以禅衡诗，莫此亲切。是自家实证实悟者，是自家闭门凿破此片田地，即非傍人篱壁、拾人涕唾得来者。李杜复生，不易吾言矣。"这段话打出了以禅衡诗的旗帜，指出了自己理论的针对性，是理解其《沧浪诗话》的一把钥匙。严羽把诗划分为汉魏晋盛唐、大历以还、晚唐三个等级，以比附禅家的大乘、小乘、声闻辟支果三个等级。他说：

"禅家者流，乘有大小，宗有南北，道有邪正。学者须从最上乘，具正法眼，悟第一义。若小乘禅，声闻辟支果，皆非正也。论诗如论禅，汉魏晋与盛唐之诗，则第一义也。大历以还之诗，则小乘禅也，已落第二义矣。晚唐之诗，则声闻辟支果也。……看诗须着金刚眼睛，庶不眩于旁门小法。入门须正，立志须高。以汉、魏、晋、盛唐为师，不作开元、天宝以下人物。"

这些话既衡量了历代诗歌的高下，也指出了学习诗歌创作取法的标准。他认为江西诗派、永嘉四灵以及江湖诗派的弊病，就在于取法不高，未得大乘正法眼。严羽以禅为喻，旨在强调盛唐以前和大历以后诗歌的差别，禅，只是一种比喻，没有更深的含义。至于他对诗歌高下的这种衡量方法是否公允、得当、符合实际，可再研究讨论。

3. 以禅论诗。北宋末年的吴可有《学诗诗》三首，在当时就已引起了诗人们的注意。诗曰：

学诗浑似学参禅，竹榻蒲团不计年。
直待自家都了得，等闲拈出便超然。

学诗浑似学参禅，头上安头不足传。

跳出少陵窠臼外，丈夫志气本冲天。

学诗浑似学参禅，自古圆成有几联。

春草池塘一句子，惊天动地至今传。

　　吴可少时以诗为苏轼所赏识，他所著《藏海诗话》，往往阐述苏轼的诗论。苏轼以禅喻诗偏重在欣赏上，吴可则偏重在创作上。三首《学诗诗》论的是诗歌创作：第一首诗是说学习写诗有一个长期修养的过程，下了足够的功夫，就有可能一旦飞跃，达到超然的境地，此即所谓"了悟"。到那时已无须雕章琢句，信手拈来即成妙趣。所谓"超然"，是指超越了雕琢字句的阶段，而达到自如的地步。吴可的这首诗是融合了北宗所讲的"渐修"和南宗所讲的"顿悟"，揭示了学习诗歌创作的过程。宋人韩驹在《赠赵伯鱼》中有这样四句诗也可以参看："学诗当如学参禅，未悟且遍参诸方。一朝悟罢正法眼，信手拈出皆成章。"

　　第二首诗是强调诗人自身的参悟，反对因袭前人。即使是诗圣杜甫，也不可因袭模仿，使他成为束缚自己创造力的模式。禅宗的主旨是指示人人自身本来具有的心性，能彻见心性即可成佛。它不需要烦琐的经典，更反对生吞活剥、句剽字窃，甚至敢于呵佛骂祖。吴可的这首诗正体现了这种精神，赵蕃在和吴可的《学诗诗》中说："学诗浑似学参禅，要保心传与耳传。""学诗浑似学参禅，束缚宁论句与联。"曾几在《读吕居仁旧诗有怀其人作诗寄之》中说："学诗如参禅，慎勿参死句。"葛天民在《寄杨诚斋》中说："参禅学诗无两法，死蛇解弄活鲅鲅。"戴复古在《论诗十绝》中说："欲参诗律似参禅，妙趣不由文字传。"意思相近，可以互相参照。

　　第三首诗是标举"圆成"，《楞严经》曰："发意圆成一，切众生无量功德。""圆成"就是成就圆满的意思。吴可将"圆成"看作一种极高的诗歌境界，自古以来能达到的寥寥无几。所以谢灵运的"池塘生春草"才具有极强的艺术魅力。所谓圆，含有自然、完整、流转、贯通等多方面的意义。钱钟书先生《谈艺录》有"说圆"一节，旁征博引，所论甚详。吴可以禅论诗，而以圆成为极致，的确是独具慧眼的。

　　严羽以禅论诗的见解也富有启发性。他说："大抵禅道惟在妙悟，诗道亦在妙悟。"所谓"妙悟"指特别颖慧的悟觉、悟性。《涅槃无名论》曰："然则玄道在于妙悟，妙悟在于即真。"严羽那两句话就是从这里来的。妙悟可以表现为对禅的识见力，也可以表现为艺术感受力。严羽在《沧浪诗话》里以"学力"与"妙悟"对举，有这样一段话："孟襄阳学力下韩退之远甚，而其诗独出退之之上者，一味妙悟而已。"他并不否认学的重要性，但认为更重要的是悟。妙悟是第一位的，学力是第二位的。"惟悟乃为当行，乃为本色。"严羽这样说，与他对诗歌特点的认识有关："夫诗有别材，非关书也；诗有别趣，非关理也。然非多读书、多穷理，则不能极其至。"诗歌创作离不开形象思维，必须有审美判断。然而，即使是擅长形象思维和审美判断的人，也要多读书、多穷理，借助前人的知识和自己的理性判断，才能达到诗的极致境界。妙悟可以使人悟得诗道，能悟而又肯学，学而又能取法乎上，才有希望登上诗之顶巅。妙悟之诗，其好处就在于"透彻玲珑，不可凑泊，如空中之音，相中之色，水中之月，镜中之象，言有尽而意无穷。"这就需要诗歌扩大语言容量，通过有限的字句给人以无尽的启示，取得多义的效果。因为是多义的，所以不停止在一种解释上，这就叫作"不可凑泊"。因为是多义的，所以单从任何一个角度都不能完全把握它，这就叫作"空中之音、相中之色、水中之月、镜中之象"。这几句话因为和禅宗搭上了界，所以总让人觉得有点神秘的色彩。其实并不神秘，严羽不过是指出了诗歌语言的禅性和诗歌意象的多义性而已。

但是，以禅喻诗也有其不科学的一方面。首先，在言语文字方面有分野。刘克庄说："诗家以少陵为祖，其说曰：'语不惊人死不休。'禅家以达摩为祖，其说曰：'不立文字。'诗之不可为禅，犹禅之不可为诗也。……夫至言妙义固不在于言语文字，然舍真实而求虚幻，厌切近而慕阔远，久而忘返，愚恐君之禅进而诗退矣。"其次，在诗句与禅语的创作来源上有分野。潘德舆说："以妙悟言诗犹之可也，以禅言诗则不可。诗乃人生日用中事，禅何为者?"这些批评不无道理，以禅喻诗有时难免陷入自相矛盾的困境。尽管说以禅喻诗不尽科学，然而，任何比喻都是蹩脚的，以禅喻诗当然也不能丝丝入扣。但是在强调自身妙悟在创作和欣赏过程中的作用、标举兴趣而排斥理路、以圆成和言有尽而意无穷为诗歌艺术的高标准这几个方面，禅确实能为"诗家切玉刀"。

（《郑州大学学报（社会科学版）》2000 年第 1 期发表）

# 记忆危机："艺术终结"的一种预兆

## —— 兼论文学记忆研究的现实必要性

### 沙家强[*]

## 一、问题的提出

在消费主义盛行的社会，经济成为社会的主题词之后，历史正在按部就班地转型，作为精神形式存在的文学则受到了前所未有的空间挤压。艺术存在的合法性逐步成为当下艺术家思虑的一个紧迫话题，而对"艺术终结"论的关注就是其中近年来国内外学术界讨论得比较多的一个学术热点。"艺术终结"论，最早是19世纪初由黑格尔在海德堡的一次美学讲演中提出的，1984年"艺术终结"论被美国的学者阿瑟·C. 丹托以专著《艺术的终结》的形式再次提及，从而引起学界的广泛关注。如今，我国学界对"艺术终结"论的研究也投入了极大的热情。

本文所讨论的问题主要集中在什么是艺术终结、艺术会不会终结、艺术终结的原因是什么及艺术将走向何方等方面。这里既有多篇学术论文的发表[①]，更有专著出版[②]，这些无疑对问题的探讨有很大的意义。但就整体而言，我国的艺术终结讨论大多数理论性强，显得很抽象，"很少针对我国或者国际的当代艺术实践来批评"[③]。具体地说，在所讨论的理论文本中很少看到富有质感的艺术本身，即使谈到艺术，也大多数从造成艺术危机的外在语境来分析，文本内在的或作家的精神因素则很少被关注。在这里我们要追问的是，忽略艺术实践的批评是不是

---

　　[*] 作者简介：沙家强（1975—　），文学博士，副教授，河南省高校青年骨干教师，河南财经政法大学文艺学校级重点学科带头人，主要从事文学理论、中西美学和文化产业发展等方面研究。

　　[①] 如朱国华：《艺术终结后的艺术可能》，载《文艺争鸣》1999年第4期；周计武：《现代性语境中的"艺术的终结"》，载《文艺理论研究》2004年第6期；毛崇杰：《科技腾飞与艺术终结——关于高新科技与艺术的几个问题》，载《文艺研究》2002年第1期；童庆炳：《文学独特审美场域与文学人口——与文学终结论者对话》，载《文艺争鸣》2005年第3期；吴子林：《"文学终结论"刍议》，载《文艺评论》2005年第3期等，这些文章都对"艺术终结"提出了很有价值的看法。

　　[②] 刘悦笛：《艺术终结之后》，南京出版社2006年版。

　　[③] 何建良：《艺术终结论研究：现状与问题》，载《中南大学学报》（社会科学版）2008年第2期。

显得很虚空？而从作家的何种精神现象批评入手方能避免这种虚空？在此，笔者正是带着这些问题，试图以记忆视角来解读"艺术终结"论，或许可以开掘出一条解决问题的理想路径来。

所谓记忆，就是人脑对过去经验中发生过的事物的反映，是对输入信息的接收、编码、储存和提取的过程。作为一个精神现象，记忆由最初的心理学和医学意义上的概念，因越来越引起哲学家尤其是现象学家和存在主义者的注意，从而上升为一个哲学思辨的范畴，人们对记忆赋予了更多的哲理思考。"此在的存在在时间性中有其意义"①，人正是在连续的时间链中确切地感悟着存在的意义。而人是有意识的精神存在物，过去更不可能真正消失，所以人现实地存在于过去的生活中，一句话概括，人就是记忆存在物。记忆为存在做证，进行历史的还原，给历史以还魂。人们在记忆的过程中永远是向被回忆的东西靠近，通过文化记忆以求接近历史的真实，回到事物本身，从而获得确切的存在感受。可以说，每一个时代都向过去探索，在其中寻觅发现自己。所以，记忆不仅是指对过去岁月的再现，还指对记忆本身所负载灵魂的沉思和凝视，即对人存在本身的真理上的追寻。所以，对"存在"的遗忘本身就是一种严重的失忆。如果说忘记过去的岁月是一种无知的话，那么忘记基于过去而发生的历史反思意识即存在的真理则可以说是一种背叛。若最终这两方面都忘记了则会产生不可预测的人文危机，所以人要不断打捞个人记忆，而人类则要持续地拯救集体记忆。那么，担当了更多社会责任的作家若出现了不必要的遗忘，即不能对历史进行记忆和回望，也会造成作家经验的贫乏和文本的浅薄，这就是文学记忆的危机。正是基于这种考虑，笔者发现了"艺术终结"论研究的缺陷，进而尝试从作家精神深处即记忆入手来诊断当今艺术出现的症候，这样或许会使对"艺术终结"论本身的研究不显得模糊和虚空，畅想文学美好的未来才不是一句空话。

## 二、"艺术终结"论内涵的解读

很长一段时间以来，J. 希利斯·米勒对"全球化时代文学研究会继续存在吗"的发问深深地刺痛着每一个爱好文学的人的神经，文学的"危机"和"终结"论证以一种前所未有的压迫之感逼问着我们不得不去探寻文学的终极所指。如今，文学的现状似乎正验证着黑格尔的"艺术终结"论，这不得不让我们冷静地对文学进行"症候性"分析，以求从多维的角度来找出问题所在，拯救神圣的文学。在此，我们以记忆的视角切入，并以此来审视和解读"艺术终结"论，这或许能帮助我们找到"症结"所在，进而看到文学未来的希望。

1828 年，黑格尔在海德堡做了一场著名的美学演讲，在演讲中，他惊人地

---

① ［德］海德格尔：《存在与时间》，陈嘉映、王庆节译，三联书店 1999 年版，第 23 页。

提出:"从这一方面看,就它的最高的职能来说,艺术对于我们现代人已不是过去的事了。因此,它也已丧失了真正的真实和生命,已不复能维持它从前的在现实中的必须和崇高地位。"① 这就是后来引发无数争论的"艺术终结"论。不过同时黑格尔也认为:"所以艺术的科学在今日比往日更加需要,往日单是艺术本身就完全使人满足。今日艺术却邀请我们对它进行思考,目的不再把它再现出来,而在用科学的方式去认识它究竟是什么。"② 但不管怎样,黑格尔对艺术的看法给人一种正如朱光潜先生所说的"悲观"色彩。事实上,黑格尔本人并没有在讲演中明确提出什么"艺术终结","艺术终结"只是后辈学者依据黑格尔对艺术诸如"希腊艺术的辉煌以及中世纪晚期的黄金时代都已一去不复返了"③"我们现在已不再把艺术看作体现真实的最高方式"这些言论的情绪基调④,提炼出来的一种说法而已。不过,我们能从黑格尔演讲词中看到他推断"艺术终结"的基本思路:人曾经在艺术中直接认识世界,所以那时艺术具有崇高的地位,但今日艺术却不能把我们直接带入世界(或世界真理),因此必然失去其昔日的辉煌地位,所以艺术就终结了。另外,从《美学》这个庞大的体系中,我们获知黑格尔所谓的"终结"主要是指艺术的形式发生了变化,即艺术最初融会在宗教里,最终却被归并在哲学里,哲学吞并了艺术。这样艺术丧失了自身的规定性之后,以"哲学的形式"出现,艺术被"哲学化了"。然而问题是:黑格尔"艺术终结"的观点是说艺术不再有存在或发展的可能性了吗?并非如此。在这里,关键的是我们如何理解"终结"一词。一般来说,所谓终结,无非是两个原因,一是使命已经完成了,二是不能完成使命了。就上面的引文来看,黑格尔所说的终结正是指艺术已经不能完成它的使命了。那么艺术的使命又是什么呢?黑格尔认为,艺术的最高使命也就是"最高职责"在于"成为认识和表现神圣性、人类的最深刻的趣旨以及心灵的最深广的真理的一种方式和手段"⑤。黑格尔进一步说:"我们尽管可以希望艺术还会蒸蒸日上,日趋于完善,但是艺术的形式已不复是心灵的最高需要了。我们尽管觉得希腊神像还很优美,天父、基督和玛利亚在艺术里也表现得很庄严完善,但是这都是徒然的,我们不再屈膝膜拜了。"⑥ 这意思是说,尽管艺术自身会日益发展、日趋于完善,但对于心灵的最高需要来说,艺术不能再使我们对其顶礼膜拜了,"哲学化"了的艺术就是因失去了心灵理念的核心内涵而引起黑格尔对这种艺术现实的不满。可见,黑格尔的"艺术终结"论根本不是在谈艺术本身的问题,而是在谈艺术的内在精神表

---

① [德]黑格尔:《美学》第 1 卷,朱光潜译,商务印书馆 1979 年版,第 15 页。
② [德]黑格尔:《美学》第 1 卷,朱光潜译,商务印书馆 1979 年版,第 15 页。
③ [德]黑格尔:《美学》第 1 卷,朱光潜译,商务印书馆 1979 年版,第 14 页。
④ [德]黑格尔:《美学》第 1 卷,朱光潜译,商务印书馆 1979 年版,第 131 页。
⑤ [德]黑格尔:《美学》第 1 卷,朱光潜译,商务印书馆 1979 年版,第 10 页。
⑥ [德]黑格尔:《美学》第 1 卷,朱光潜译,商务印书馆 1979 年版,第 132 页。

现的问题，并且以此为基点获得"一种绝对理念或者说主体自我意识运作的逻辑结果"①，简单地说，就是为其"美是感性的理念显现"这个著名命题做铺垫。

由此可见，黑格尔的"艺术终结"指涉的不是艺术本身没有存在的必要，而是作为感性形式的艺术往日给人以感动的内在精神即真理缺失了，所以艺术就不能指引我们去认识世界了。要更深刻地理解"艺术终结"，我们务必要明晓黑格尔当时演讲的语境。他说："我们现时代的一般情况是不利于艺术的。"② 这里的"时代"是指19世纪资本主义初步发展时期，在这个时期思想家已经敏锐洞察到资本家卑鄙地榨取着工人的剩余价值，而这种唯利是图的时代精神和偏重理智的文化氛围的时代境地是不适合诗和艺术发展的。所以，黑格尔是站在他当时的时代基点对艺术的现状进行批判，对传统的、优美的古典艺术表达着怀念与重温之情。在这里，我们可以明显地感觉到，黑格尔当时具有浓烈的怀旧情绪。他怀念的不仅是过去的艺术形式，更重要的是艺术内在的真理属性。那么，何谓艺术的真理？真理又哪儿去了？海德格尔、阿多诺、伽达默尔等思想家都对此做出了呼应。但笔者认为，最能切近艺术本身呼应的还是米兰·昆德拉。

昆德拉在《小说的艺术》中着意探讨的是，在成为陷阱的世界里，"科学的高潮把人推进到各专业学科的隧道里。他越是在自己的学问中深入，便越是看不见整个世界和他自己。"③ 海德格尔称为"存在的被遗忘"，很为昆德拉所赞服。他指出，笛卡尔之后，人变得无比强大，而人自身却被他自己创造产生的诸如科技、政治、历史等力量所控制，最终导致个体也被遮蔽了，"人具体的存在，他的生活世界，没有任何价值，没有任何意义：人被隐去了，早被遗忘了。"④ 人本身就被遗忘了，那么作为"关于存在的诗意的沉思"的小说境况又如何呢？从昆德拉关于小说的一些观点中，我们可以看出：如果小说不能发现唯有小说才能发现的东西，小说"若不发现一点在它当时还求知的存在"⑤，那么小说就谈不上能永恒地照亮"生活世界"，小说只能是"在重复制造着已失去了小说精神的形式"⑥，这样小说就没有存在的理由了，小说自然会走向死亡。而现实是，小说正在遭遇着挑战，随时在务实精神和功利主义盛行的时代面临着危机，甚至终结。面对这种情况，昆德拉认为小说家应该勇敢地承担起探询存在的使命。"小说审视的不是现实，而是存在"⑦，所以昆德拉以自己勤奋的创作实践用心守护着这种"存在"，即批判的、宽容的、对话的和关怀他者的精神。昆德拉对

① 刘悦笛：《艺术终结之后》，南京出版社2006年版，第29页。
② ［德］黑格尔：《美学》第1卷，朱光潜译，商务印书馆1979年版，第14页。
③ ［捷克］米兰·昆德拉：《小说的艺术》，董强译，上海译文出版社2004年版，第4页。
④ ［捷克］米兰·昆德拉：《小说的艺术》，董强译，上海译文出版社2004年版，第4页。
⑤ ［捷克］米兰·昆德拉：《小说的艺术》，董强译，上海译文出版社2004年版，第5页。
⑥ ［捷克］米兰·昆德拉：《小说的艺术》，董强译，上海译文出版社2004年版，第19页。
⑦ ［捷克］米兰·昆德拉：《小说的艺术》，董强译，上海译文出版社2004年版，第54页。

"存在"命题的终极探询是小说家式的，是他所认为的"小说的智慧"的显现，他希图以小说的方式解答现代人类如何诗意栖息的问题。

### 三、由记忆危机到"艺术终结"

在这里，昆德拉由"存在的遗忘"关注小说的消亡与黑格尔由真理的缺失思虑艺术的终结达成了相通。对于昆德拉来说，黑格尔所关心的"真理"正是其一再强调的"存在"，应该说这是对黑格尔"艺术终结"论更为具体地回应。另外，笔者有趣地发现，面对着各自所处时代令人失望的艺术现状，黑格尔怀念着中世纪的"黄金时代"，而昆德拉眷恋着"欧洲近四个世纪"，我们可以理解，在那逝去的时代里，有着对存在的真理的执着坚守，有着艺术得以生长的理想土壤。然而如今，"真理"缺失了，"存在"被遗忘了，随之而来的是艺术丧失了"真正的真实和生命"，"韵味"更是"没落"了，过去美好的怀念已经不复存在。那么问题在于，我们应反思的是：这个"时代"出了什么问题，这些问题对艺术构成什么样的影响？事实上，黑格尔和昆德拉所面临的时代和艺术问题在我们当下同样存在，可以说"艺术终结"是不同时代特别是资本主义文明诞生以来的人们共同关切的话题。在如今欲望膨胀、消费主义盛行的时代，一些作家渐渐失去了对文学艺术中"真理"的虔诚守护，不再愿意对过去、对历史再进行回望，更是忘记了过去蕴含真理的诗意栖息，而相应地陶醉于"现在时"中麻醉式的狂欢与欲望沟壑的填充，人们几乎处于失忆的状态。在当下，"存在的遗忘"不仅是指自身内在的失衡，还包括对过去岁月的无情抛弃。这样，文学所关注的时间段仅是狭窄的"现在"，文学不再回望厚重的过去，这样造成最终的后果就是艺术趋向于危机，进而走向终结。

由此可见，"艺术终结"这个严肃的命题迫使我们不得不全面反思文学艺术的合法性：也就是说，文学何以会长存下去？又是什么事件致使文学走向了"坟墓"？通过上文论述，笔者认为存在的"真理"才是支配文学得以长存的内在隐秘的结构，而在主体处于"失忆"的情况下，即记忆危机的出现会加速艺术走向危机甚而"终结"。也就是说，如果作家在当下的欲望社会不能守护好艺术真理的底线，即它与生俱来的人文关怀，即满足人的审美需要、批判理性的张扬和对人的存在价值和意义的终极追问，没有对过去历史意识的穿透，而仅仅停留在"现在时"的欲望满足上，作为以"时间性"存在个体的时间连续性出现了断裂，那么就会造成记忆的缺失。没有了记忆的文学是肤浅的，没有了历史意识的文学更是轻薄的。事实上，作为人一种精神现象的"记忆"栖息着人的灵魂，负载着人的生存智慧，记忆成为人存在的一种方式。如此一来，"真理"的缺失和"存在"的遗忘正是当今病态社会中人生存危机的一种表征。因此，可以这样说，归根到底记忆的问题就是生存的问题，记忆的危机就是一种生存性危机，是个体或人类自我本真的丢失和畸形发展。进而，从这种"记忆"的"存在"汲取养料的文学因营养的断链而逐步趋向于萎缩了，艺术的终结似乎也就成为可能。正是在此意义上我们说，记忆的危机乃艺术终结的一种预兆，也是作家精神向度本身存在的一种症候。也正是由于这种症候的存在，我们有必要对作家记忆即文学记忆进行深入地反思和系统地研究。

## 四、文学记忆研究的现实必要性

当我们厘清了由记忆危机来解读"艺术终结"论的思路后，还要深入探讨造成作家记忆危机的外在语境、这种精神危机在文本上的体现及文学记忆对象多元化转向，以此来强调文学记忆研究的现实必要性。

当前全球化趋势让地球变得很小，各种思潮纷至沓来，对人们精神结构起到了很大的改塑作用。尤其是市场经济通过将商品观念越来越深入地渗透进文艺中，通过提供新的艺术生产手段（主要是现代大众传媒）、新的文化消费方式和文化市场，改变着文艺家和文艺消费者对待文艺的态度。如今消费主义盛行，社会正经历着从原来以政治为中心向以经济为中心过渡的转型时期，经济的杠杆作用不仅调整着宏观的社会肌体，而且深度地影响着人们的精神结构。人们浸染于由疯狂的欲望世界、拥挤的生存空间、冷漠的人际关系等所构成的复杂多元化的世俗生态中，经济的繁荣和文明的推进虽然表明了人们生活质量的提高和生活方式的丰富多样，但是对物质的片面强调却会使人性极度异化。这主要表现在，人们的生活节奏变得很快，人在疲惫的状态中打发着时光，于是"现代人注定要忘记过去，因为现代人总是被快速的变化驱赶着。"[①] 如此一来，无数人不再回忆了，无数人还根本不知道发生过什么，人们的记忆力出现了群体性衰弱，很多曾经美好的记忆正处在危险的边缘，可以说人类正行走在消失之中。正如一位学者所说："城市生活不仅消解着个体的完整性，取消了人们有效地把握外部世界的能力，也模糊着人们对历史的记忆。[②]"人类的记忆出现了危机，长此以往，有人预言我们躲开了什么，终将会再遭受重伤一次。

那么就文学记忆而言，文学也随之出现了新的"创伤"。作家若不加选择地一味满足市场需求，就容易导致其主体性失落，也容易产生低级趣味的媚俗之作。更为重要的是，如今是后现代思潮风靡的全球化时代，人们抛弃了对文学深度探寻的韧性，一切似乎在"重估"的大旗下颠覆了曾经的宏大与崇高，从而走向了极具个人化的狭窄空间，对过去与传统慢慢淡忘了，甚至直接宣称要与之"断裂"[③]，这样人们的记忆力会明显下降了。所以，在欲望浓厚、消费盛行、后

---

① ［美］王斑：《全球化阴影下的历史与记忆·导言》，南京大学出版社 2006 年版，第 3 页。
② 祁述裕：《市场经济下的中国文学艺术》，北京大学出版社 1998 年版，第 10 页。
③ 韩东：《备忘：有关"断裂"行为的问题回答》，载《上海文学》1998 年第 10 期。

现代思潮流行这样的语境中滋养出来的作家记忆往往会呈现出异质，即"记忆"显得是那么"轻""快""尖"，并且具有明显的极端"个人化"趋势。正是基于此，王干在评论70年代"美女"作家时说她们是"没有记忆的一代"①，至少可以说那样的记忆已失去了历史的和公共性底色。如果要把这种具有鲜明特质的精神现象也称为"记忆"的话，笔者就把这种记忆命名为"消费性记忆"，即在市场消费欲望驱使下滋生出来并为满足社会消费需求的"轻"而"浅"的记忆。但不管如何考察、解读当下的"记忆"，我们发现与那些曾经厚重的既有个人诗意情性又有对历史对民族灵魂追寻和铸造的"严肃性"记忆相比较而言，"消费性记忆"恰恰表征了记忆危机的存在。那些传统富有情性的、诗意的、厚重的文学记忆似乎正远离我们而去，在当前语境下文学记忆伴有很多杂质，最突出的一种新样态是只要"现在"，抛弃"过去"，"现在时"的欲望膨胀浸入到文学肌体之中。在这里，我们要从深层次上认识到，这种记忆危机表面上看是由市场消费盛行所至，但归根结底则明证了文学家生存的精神向度出现了危机，这就是人类当下的生存性危机，这也正是时代精神状况在文学中的一种体现，这种危机带来的后果可能会是文学"失重了""终结"了，文学的终结正是这个层面上得以明证。面对如此紧迫的现实问题，我们不得不反思和内省：人的记忆遭遇了什么？当下的文学记忆又给我们什么样的警醒？我们又需要什么样的文学记忆？负载着"苦难"的沉重、对人类历史命运的关注、积极参与社会公共空间的建构以及对"他者"关怀的"严肃性"记忆应该是我们诉求的对象，而不能是仅仅对"身体"欲望轻率的挖掘和对城市缤纷的迷恋。

当然，在当今复杂的语境中，讲文学记忆的危机并不是说当下文学一无是处了，我们所强调的是贵在反思中来发现问题和开拓文学生产的新空间。所以，我们已发现在人们对这种记忆危机症状进行反思后出现了一些新的记忆对象的转向。一是在后现代思潮这个大语境下，整个社会价值趋向多元化，文学的目光逐步投向了那些被遗忘的碎片存在。以前单一的呆板的霸权机制正受到人们前所未有的质疑和颠覆，新历史主义的全新叙事视角，让我们以惭愧之心去激活历史中被人忽视的弱小和边缘个体。所以，"边缘"的激活是当前文学记忆中所关注对象的明显转移。民间、底层、草根这些曾经被遮蔽的"边缘"群体正在从作家的记忆深处复活②。二是作家以更严肃的良知来关注人类的危机，那些关乎人类生存的要素正处于危险的状况之中，作家的使命就是极力把那些慢慢消失而被人忘记的全人类财富拯救出来，可以说这是进行集体记忆的挽救。这样的文学记忆带有强烈的焦虑意识，很有紧张力和压迫感。如作家越来越关注非物质文化遗产及生态环保等。事实上，不管当下记忆出现了何种形态，但归根到底还是涉及人

① 王干：《边缘与暧昧》，云南人民出版社2001年版，第20页。
② 沙家强：《记忆深处的生命复活——非经典文学的价值取向探析》，载《文艺评论》2008年第5期。

性问题，涉及形而上学的生存论问题。"现在时"的凝视也好，"边缘"的激活也罢，还有对人类自身面临各类危机的关注，我们通过穿透其中深层次结构，发现这里关乎人的生存这一根本性大问题。而且，这几个方面从记忆的视角阐释得还不够。因此，从这里出发开展文学记忆问题的研究，就显得很具有人性根据和生存论根据，其中的必要性就不言自明了。看来，解决好"艺术终结"这个问题的一个理想路径就是要认真做好文学记忆研究，即从生存美学的视角来对文学记忆进行深度阐释，从作家心灵深处的记忆流动来研究文学生成和延展的规律，以此来激活和唤醒已经失忆了的人们（主要是作家），拯救和重新恢复文学往日的辉煌。

以记忆的视角来研究文学本身，可以发现在这种记忆精神现象里存在着一种病理，我们要做的工作就是认真研究这种病理，以此来拯救处于"终结"边缘的文学艺术。我们相信，文学的未来理应令人期待。

（《社会科学》2009 年第 10 期发表）

# "妙悟"的审美特征

李 莹[*]

"妙悟",又名禅悟,是中国禅宗的一个重要概念,其根本要义是指人们通过参禅来"识心见性,自成佛道"[①],从而达到空灵清澈、本心清净的至高精神境界。从刘勰强调的"情以物迁,辞以情发"、王昌龄的"目睹其物,即入于心,心通其物,物通即言"、严羽的"惟悟乃为当行,乃为本色"、叶燮的"妙悟天开"等都可以看出,中国审美的内在世界已经层层内转,而且从"相感"深入到了"相融"。"妙悟"一词最初见于后秦佛经。僧肇的《涅槃无名论》:"然则玄道在于妙悟,妙悟在于即真,即真则有无齐观,齐观则彼己莫二,所以天地与我同根,万物与我一体。"[②] 另《长阿含经序》云:"晋公姚爽质直清柔,玄心超诣,尊尚大法,妙悟自然。"[③] 此语一出,"妙悟"一词便在魏晋南北朝的佛教中被普遍使用。禅宗思想和老庄的美学观念相互渗透且融合发展,对中国审美观念产生交互影响。因此,作为禅宗思想的"妙悟"也同"气韵""境界"等范畴一样逐步成为中国的美学理论上一个极富价值和生命力的美学观念。

## 一、"妙悟"作为一种独特的审美直觉

审美活动作为人把握世界的特殊方式,是人在感性与理性的统一中,按照"美的规律"来把握现实的一种自由的创造性实践。人类的思维主要有形象思维、逻辑思维和直觉思维三种,"妙悟"作为一种审美活动,是一种特殊的审美直觉,它与西方审美直觉理论有着明显的差异,它是一种"智慧观照"和"天人合一"的直觉活动。

### (一)以"智慧观照"为本源的直觉活动

佛教禅宗提出的"妙悟",其过程特别强调本心的恢复,因为"妙悟"是由

---

* 作者简介:李莹(1974— ),刑法学硕士,河南财经政法大学文化传播学院副教授,主要研究方向为文艺学、美学。

① 《坛经》,尚荣译注,中华书局 2010 年版,第 10 页。
② 单培根:《肇论讲义》,方广文化 1996 年版,第 121 页。
③ 孙昌武:《佛教与中国文学》,上海人民出版社 2007 年版,第 93 页。

"智慧"发出的,其过程就是对"慧"的感知和恢复。妙悟作为一种直觉活动,是对人的本性面目的直接觉悟,强调以定心发觉智慧,以慧心观照万物,所以是一种慧的直觉。而"慧的直觉"既不是建立于感性认识上的瞬间体味,也不是立足于理性思维上忽然间对物象的本质把握,而是对灵魂深处的智慧力量的发现,对人的真实存在的地位的发现。"悟"在禅宗里就是又发现了事物本质内涵的意思,就是悟出了最初的本原,是对人心灵中本来具有的特性的体味和恢复,其本质就是人的性,人的觉性,人的性灵的本原,人精神中的灵悟之性。所以在佛教中,"妙悟"被称为"智慧观照"。禅宗对传统佛教的一个重要革新,就在于致力于内心世界的大彻大悟,而不重视外在的宗教仪规。按照它的观点,现实世界的一切都是虚幻的,只有超现实的"佛性"才是真实的,而"佛性"就存在于每个人自身。因此,要成佛作祖,无须到自身以外去追求,只要破除对现象世界的种种迷妄执着,认识本身固有的"佛性",就算进入了悟境。唐代禅宗的开山祖师慧能说过:"若起真正般若观照,一刹那间,妄念俱灭;若识自性,一悟即至佛地。"在中国艺术理论中,唐代画家张璪的"外师造化,中得心源"的核心思想内涵就是"智慧观照"。严羽在《沧浪诗话》中也说:"羚羊挂角,无迹可求。故其妙处,透彻玲珑,不可凑泊,如空中之音,相中之色,水中之月,镜中之象,言有尽而意无穷。"① 如此,传统的确定、有限的形象显然已经成为精神寄托的媒介,已无法充分表现心无感应的复杂过程,心随物流转,以心即物,其结果就是不确定、空灵境界的转向。与此相应,与象、经验世界相关的"妙悟"产生。"妙悟"与境、心灵世界相通,其关键之处就是"智慧观照"。一切都是由于既超越外在世界又超越内在心灵的直觉的必然结果。因此,正是由于智慧之光的观照,审美妙悟过程实际上就是发现智慧之光的过程。

禅宗美学智慧所孕育的呈于心而见于物的瞬间妙境的揭示,使得中国美学的内涵更为精致、细腻、丰富、空灵。从内在世界的角度,也导致了中国美学从以"无心""无为"观照物象转向以"平常心"观照物象的趋势,这是一种真正的"无待"、绝对的自由的观照。在心物交流的过程中,中国美学的精神向开阔处无限打开,不断趋于高远深邃,趋于逍遥无碍,趋于超越人生的空漠之感。

## (二)以"天人合一"为核心的审美直觉

人从审美活动中解放精神,释放情感,就是要从生活的广泛世俗功利状态达到普遍的审美"去功利""无目的"状态,最终达到真正诗意栖居的"合目的"存活状态,达到与审美对象,即与天地万物的合一境界。"天人合一"是古代中国人对待自然界和精神界关系的基本思想,其突出特征强调:人与自然合二为一,自然是内在于人的存在物,而人又是自然界中的一部分。人要服从自然规

---

① 严羽:《沧浪诗话校释》,郭绍虞撰,人民文学出版社 1961 年版,第 78 页。

律，人性即天道，人的道德原则与自然界的规律一致，人生的最高理想就是天人和谐；人与天地万物合为一体，是中国人文精神追求的最高目标。这种审美价值，符合人类从对现实社会的不满意、不满足而产生的超越现实经验的进步理想。古代中国人认为，思维过程、人生过程、历史过程、自然过程四者在本质上是同一的。朱熹看来，"人与天地本一体，只缘渣滓未去，所以有间隔；若无渣滓，但与天地同体。"① "渣滓"就是"私意人欲之未消者"②，是"勉强用力，不出于自然而不安于为之之意""闻乐就可以融化了"③，是殊相与共相的矛盾处及人与天地之间隔处。

文艺和审美的本体就是使人感悟到无限丰富、生气流动、自由解放的精神境界，产生灵府朗然、快感心悦、神愉志畅的审美感受。人类在漫长的进化过程中，和自然界中有利于生存幸福的对象，如艳阳明月，碧水青山，形成了稳定和谐的适应关系。人类意念的正方向，必然倾向于这些对象，这些对象因有对人类有益的特性，形成客观的自然之美。这种审美体验的转换瞬间就能领悟获得，它不像逻辑理性那样将对事物的认识一点一点地累加，最后获得对事物的完整看法，只有诗"悟"才能把握生命体验"合一"的诗意情感。只有这样物我契合的无间无离，才可以较好地传达出自然生命的流动变幻、不滞于物的特性，这种生命的特性仅依靠逻辑理性思维难以传达，在一定程度上，中国古代诗歌不仅审美情感内容具有这种完整流转的生命灵性，其形式规律也有这种生命灵性。王昌龄强调的就是"目睹其物，即入于心，心通其物，物通即言。"④ 人类赋予许多自然对象以联想的象征意义，在自然对象上搜寻引发奇情异趣的属性。这些意义或属性转化为对象特性，在吻合人们的意念愿望正方向的指向时，这种自然属性的美还会和道德精神美交互的融会与激发，这种"极致"，往往因流动空灵的氛围而模糊其生活中的现实性，就成为自然之美。"和以自然之分，任其无极之化，寻斯以往，则是非之境自泯，而性命之致自穷也"⑤，而且是"有真人而后有真知"⑥。

## 二、"妙悟"作为一种特殊的审美体验

### （一）虚静坐忘是"妙悟"的前提

禅宗的真如、涅槃境界和诗的空灵意境，并非枯寂空无，而是包容着活泼自由的生命和无限活力的生机。苏轼说："空故纳万境"。禅宗和诗文审美的"妙

---

① 黎靖德：《语类》卷45，中华书局1986年版，第65页。
② 黎靖德：《语类》卷45，中华书局1986年版，第39页。
③ 黎靖德：《语类》卷45，中华书局1986年版，第40页。
④ 陈应行：《吟窗杂录》，中华书局1997年版，第438页。
⑤ 陈鼓应：《庄子今注今译》，中华书局2009年版，第8页。
⑥ 陈鼓应：《庄子今注今译》，中华书局2009年版，第12页。

悟"并非观照虚无、体味虚无，而是包容了灵悟感受和想象移情的瞬间顿悟。

古代中国人认为，主体契合宇宙内部的生命节奏，实现同和宇宙同一，必须通过审美环节实现，即让主体意识审美化，让主体把对世界本原的领悟，具体落实到审美体验层面，以审美过程打通天人之碍，贯穿人生境界和哲学境界。具体来说，这种主体意识的审美化必须构筑澄明虚静的审美心境，也就是虚静坐忘，澄怀物象。《老子》十六章有："致虚极、守静笃。"①《庄子·大宗师》有："离形去知，同于大通，此谓坐忘。"② 中唐时期著名的美术史家张彦远在《历代名画记》中指出："遍观众画，唯顾生画古贤得其妙理，对之令人终日不倦。凝神遐想，妙悟自然，物我两忘，离形去智。身固可使如槁木，心固可使如死灰，不亦臻于妙理哉！所谓画之道也。"③ 张彦远的"妙悟"，不但含有"联想""想象"的心理成分，还包含了老庄"虚静""坐忘"的思想。

例如，陶渊明《归园田居》笔下的农村平常的事物以及生活场景，村舍、鸡犬、豆苗、桑麻等平淡事物，在诗人笔下物我契合，在冲和平淡中有了浓郁的美感。"方宅十余亩，草屋八九间。榆柳荫后檐，桃李罗堂前。暧暧远人村，依依墟里烟。狗吠深巷中，鸡鸣桑树颠。"④ 自然本真、生活本真、人性本真，因独具慧眼，以虚静澄怀的心灵体验对生活进行哲学思考，认识到真就是美，将平凡生活艺术和美化，使"真"敞显，焕发出美。同时，在审美过程中，思想得到净化，精神达到极致，体味到澄怀审美的最高境界。《周易》提出"仰则观象于天，俯则观法于地"⑤，在俯、仰之间洞察天机的"流观"之法，南朝宗炳在《画山水序》中云："圣人含道映物，贤者澄怀味象"⑥，指的就是在澄净空明的审美心态中去体味宇宙间的大道与真美。"为无为，事无事，味无味；被褐而怀玉；见素抱朴，少私寡欲，绝学无忧"，通过"弃知绝圣，闭门塞兑，涤除玄览"，而复归于婴儿状态，通过心斋、坐忘等途径达到纯洁素朴的虚静状态，达到"与天地并生，与万物为一，与造化同流，与日月同辉"的"逍遥游"状态。这启示我们从虚静的精神状态中消解苦闷郁结。这是自然之大美，也是物象与情感合一的理想境界，对中国古代文学创作实践和理论都产生了深远影响。

（二）虚实结合，强调从有限与无限的统一之处切入

范温说："识文章者，当如禅家有悟门，夫法门百千差别，要须自一转语悟入。如古人文章，直须先悟得一处，乃可通其他妙处。"⑦ 如果找不到悟门，就

---

① 朱谦之：《老子校释》，中华书局1998年版，第56页。
② 陈鼓应：《庄子今注今译》，中华书局2009年版，第24页。
③ 张彦远：《历代名画记》，人民美术出版社1963年版，第201页。
④ 陶渊明：《陶渊明集》，逯钦立校注，中华书局1979年版，第31页。
⑤ 张立文：《帛书周易注释》，中州古籍出版社2008年版，第106页。
⑥ 宗炳：《画山水序》，陈传席译解，人民美术出版社1985年版，第41页。
⑦ 王大鹏、张宝坤、田树生：《中国历代诗话选》，岳麓书社1985年版，第77页。

不可能领会到诗文的妙处。中国古人看到了宇宙自然的和谐秩序，反观到人与自然天地的和谐，向外得出了"乐""中和"的观念，即《乐记·乐论》说的"乐者，天地之和也"，向内发现了人心的"先天价值原理"（仁、义、理、智），这就在于"妙悟"，其思维方式是般若直觉，直指自心，才能达到默契、顿悟、内证、自照的境地。它勘破了如道家的"道"和儒家的"仁"那样派生万物的"本体"，把自己的所得之"意"赋之于"境"，并且以"妙悟"的方式去实现，冲破了无形的精神枷锁和种种物质束缚，解构了"法执我执"，要求保持一颗"平常心"，做到"本来无窒碍""随处任方圆"。

中国美学十分重视透过有限的自然形态或有限的笔墨、色彩、节奏、线条等来传达无限的生命意蕴和情感体验，我国古代审美体验和标准美也是虚实相生、有无统一、形神兼备、情景交融。作为中华传统文化基石的审美艺术，从来不是纯粹以形式自足，是载负着深沉的人生宇宙意识及其使命感，执着于"为人生"的审美艺术。老子"大音希声，大象无形"、庄子"唯道集虚"、王弼的"得意忘象"等从哲学上开启了美学智慧，艺术家们因此十分强调借有限的一言、一线、一笔、一音来观照宇宙的无限无尽。论画，清代笪重光说："空本难图，实景清而空景现。神无可绘，真境逼而神境生。……虚实相生，无画处皆成妙境。"① 论诗，唐代皎然说："但见情性，不睹文字，盖诗道之极也。"② 宋梅尧臣说："必能状难写之景如在目前，含不尽之意见于言外；然后为至矣。"③ 这些中国特有的意境理论，都强调通过有限与无限的相统一来展示宇宙大化的至美和个体生命的活力。

中国古典美学是一个追求人与自然、人与社会及个体人生、人格理想的全面和谐的审美性文化，即中国文化之独特个性、美丽精神正在于这种注重和谐、注重"妙悟"的"韵外之致""味外之旨"，是中国审美艺术的文化特性。"妙悟"的审美特征给予我们重要的启示：审美的本体是寻求包含有自由解放的精神境界和终极关怀意义的审美价值。其方法是通过对来自生活、又高于生活的意象的智慧观照，以情写意，体现味外之旨和象外之象，以及对自由解放境界的理想追求。这种精神境界不可言说，只可意会和感悟，要体验，如盐溶于水，有味无痕，通过"妙悟"形象，动人以情，诱人进入理想境界。"妙悟"作为中国古代文艺审美的重要方法，越来越成为一个能够代表中国乃至东方审美的中心美学概念。

（《宁夏社会科学》2012 年第 6 期发表）

---

① 笪重光：《画筌》，王石谷、恽寿平评，吴思雷注，四川人民出版社 1982 年版，第 25 页。
② 皎然：《诗式校注》，李壮鹰校注，人民文学出版社 2003 年版，第 71 页。
③ 欧阳修：《六一诗话》，凤凰出版社 2009 年版，第 82 页。

# 约瑟夫·坎贝尔神话理论述评

罗　涛[*]

## 一、坎贝尔的神话理论

美国神话学家约瑟夫·坎贝尔（1904—1987）是 20 世纪西方最著名的神话学家之一，主要作品有《千面英雄》《神的面具》《世界神话历史地图》等，他的理论对美国民众的精神生活和文化创造产生了广泛的影响。在莎拉·劳伦斯学院进行了 38 年的神话研究和教育后，坎贝尔在晚年通过《神话的力量》等一系列广播和电视节目，在美国掀起了学习神话的热潮，被称作新时代运动的先知。[①] 坎贝尔把神话当作心理学，将英雄的外在历险置换成对内在自我的追寻，被当作荣格的追随者，他的研究致力于复活神话和创造神话，强调神话的形而上学性和指引人生的作用，被当作神话学家中的异类。

一切研究都是基于当代现实的研究，而坎贝尔所处时代最基本的现实，就是人类社会已经联结成了整体，必须共同发展，所以他着重于探求神话对于当代社会的普遍性、全球性的意义，这是他的研究的价值取向和逻辑起点。坎贝尔认为，现代人的精神处于荒原状态，是因为失去了解读神话的能力，生活得不到神话的指引。因此，他的研究目标就是为人们解读神话，揭示神话对作为人类整体的当代人的功用，复活原有的神话，并呼吁艺术家去创造代表时代知识和梦想的新神话。

坎贝尔解读神话的第一部作品是《千面英雄》，这部著作为他带来了世界声誉，主要有两个方面的内容。一是英雄的旅程。坎贝尔将世界各国纷繁的神话总结为英雄的旅程，即"启程—启蒙—回归"的神话模式，具体表述就是"英雄从日常生活的世界出发，冒种种危险，进入一个超自然的领域。他在那儿跟各种奇幻的力量相遇，并且赢得决定性的胜利。然后英雄从神秘的冒险归来，带回能

---

* 作者简介：罗涛（1982—　），文学硕士，河南财经政法大学文化传播学院讲师，主要从事西方文学与文论研究。

① 新时代运动（New Age Movement），起源于欧美的现代社会运动，具有世界主义、神秘主义和生态主义的思想倾向，主张人的灵性觉醒，20 世纪 80 年代在美国达到鼎盛。

够造福他同类的力量。"① 英雄之所以为英雄，是因为他能够放弃现有的安稳和财富，接受冒险的召唤，能在异域经受极致的考验，在获得万能药之后能够归返，给他原来的世界带来提升。英雄的旅程是以成长仪式为原型的，坎贝尔发现原始的成长仪式具有"引导人们跨越那些要求改变意识以及无意识生活模式的艰难门槛"的作用。② 因为成长仪式具有再生般的成长效果，原始社会成员通过一段时间的隐修，在心理上摆脱旧的束缚，并由导师引导接受同新的社会身份相应的心理训练，回归日常生活后就很容易适应新的角色，在仪式中的宗教象征带来的神秘感是这种心理转化最重要的催化剂。坎贝尔认为，解读神话的诀窍就是把神话当作象征来解读，外在宇宙和内在宇宙是一致的，英雄的外在探索之旅就是内在自我的探寻之旅，英雄经过历险，发现他所追寻的真理其实就是他自己。所以，我们应该追随"内心之喜悦"，③ 感受它，听从它，才能让自己的生命意识觉醒，超脱出精神的荒原状态。二是宇宙发生的循环。"宇宙普遍的原则教导我们，世界上所有的有形结构——所有的事物与存在都是一种无所不在的力量的产物，它们产生于这种力量，在它们显形的期间予以支持和充实，而它们最终必须消融回去。"④ 英雄的旅程是同整个宇宙的运行相统一的，英雄带来了所在环境同整个世界的联系，揭示出另一个世界只是我们所处的世界被遮蔽的部分，有限世界和无限世界是一体的，这是世界运行的真相。坎贝尔把英雄神话当作研究对象，是一种有意识的选择，因为英雄处在神和人的中间，是我们所处的自然世界和超自然世界的连接点。

坎贝尔对各民族神话进行比较研究后，在《千面英雄》中所提出的单一神话的观念，是我们理解坎贝尔神话理论的重要支点。我们认为，单一神话不能简单地等同于英雄的旅程，它是坎贝尔神话理论的核心概念，英雄的旅程是它外在的表现，是概念的图解，单一神话和英雄的旅程代表了坎贝尔神话理论在内涵和形式上的统一模式。单一神话内在意义的确立，在于坎贝尔在比较神话研究的过程中，倾向于认同东方世界从印度教、佛教、中国禅宗和日本佛教一脉相承的宇宙内在同一、人心与宇宙同一的观念，冯友兰将这种宇宙本源称作"宇宙的心"。而统一神话模式的确立是坎贝尔追寻神话普遍性的逻辑结果，来自于他在研究中对各民族神话模式相似性的直观感受，也来自于阅读乔伊斯、荣格等人从文学和心理层面将神话整合成一体的作品的启示。坎贝尔在其作品中首先确立神话世界的单一本源：整个世界是同一的，存在神秘的联系，万事万物都是超越者

---

① 菲尔·柯西诺：《英雄的旅程——与神话学大师坎贝尔对话》，梁永安译，金城出版社2011年版，第5页。

② 约瑟夫·坎贝尔：《千面英雄》，朱侃如译，金城出版社2012年版，第5页。

③ 坎贝尔取自《奥义书》的观念。指的是内在自我会在无意识的状态下，通过内心的喜悦提示你应该走的路。

④ 约瑟夫·坎贝尔：《千面英雄》，朱侃如译，金城出版社2012年版，第165页。

的体现，英雄找到自我，也就找到了世界的秘密，他要用这个秘密使所在的群体获得新生，英雄的行为融入了宇宙的循环。其中，超越者代表存有的终极根基，它是不可言说、超越人的思想范畴的境界，坎贝尔把心理学的心理动力、物理学的能量、各宗教的神等各种类的世界本源统称为超越者，作为形而上世界的代称。我们可以用公式表述为：内在自我（人心）＝宇宙奥秘（宇宙的心）。坎贝尔从这种世界本源的同一性发展出神话模式的同一性，他从成长仪式的动作结构和对各民族英雄神话故事模式的综合归纳中总结出英雄的旅程，还发现了它同宇宙发生的循环在结构上的一致性，即"启程—启蒙—回归"和"流出—转化—消融"的一致性，我们可以用公式表述为：英雄的旅程＝宇宙的循环。所以，单一神话是坎贝尔将人类和世界融为一体的成果，是神话的秘义所在。

此外，坎贝尔十分重视对古典神话的移译，致力于在单一神话的基础上创造当代的神话。"神话是由象征性的意象和叙事所构成的体系，它用隐喻的方式，表达出某个特定时间、特定文化所具有的可能性和现实性。"[①] 创造我们时代的神话，就是在我们当代的科学认识基础上的，找到当代最具象征性的意象和叙事，创造单一神话的最新版本。坎贝尔从人类的太空探索中感受到了新神话的曙光，从太空传回的地球照片，是人类第一次直接观察到作为一个整体的地球，这个蓝色星体是我们时代最具魅力的象征，因为在外太空看到的地球景象中，看不到国家的边界，世间的纷争变得毫无意义，地球是我们共同的美丽家园。坎贝尔强调，创造神话是艺术家的职责，艺术家在不断地创造之中能够找到崭新的全人类的神话。

在传记性的著作《英雄的旅程——与神话学大师坎贝尔对话》中，我们可以看到坎贝尔对神话作用的集中表述，他揭示神话功能的作品还有《神话的力量》《指引生命的神话》《坎贝尔生活美学》等。

坎贝尔认为神话既是心理学，也是形而上学。神话的心理学性在于神明是我们内在能量的象征拟人化，神话是一种从无意识中提取出的超意识，它内含我们的精神原理，以一种严格控制的方式——仪式——作用于我们的内心，给人以生活的指引。神话的隐喻对社会至关重要，它们是全体社会思想与生活的主要支柱，"因为这些隐喻确实触碰到人类心灵整体的生命能量，并加以运用。"[②] 神话的形而上学性即它的超越性，坎贝尔把它当作神话的关键，有三个方面的表现。一是神话能够让人取得与大自然的协调一致，让自己的本性和自然的本性相契合，以使我们在环境中取得心灵的滋养，这是将我们的生活环境超越化。二是神话象征能越过日常世界和意识的阻碍，使人会超越二元对立的境界，获取有关世

---

① 菲尔·柯西诺：《英雄的旅程——与神话学大师坎贝尔对话》，梁永安译，金城出版社 2011 年版，第 158 页。

② 约瑟夫·坎贝尔：《千面英雄》，朱侃如译，金城出版社 2012 年版，第 162 页。

界终极奥秘的直观经验。"现在，我对神话的定义就是：一个对超越者透明的隐喻。"① 超越者超乎言说和逻辑，不能通过理性和知识来认识，只能通过神话的指涉才能体悟。三是神话能指引人们找到灵性自我。"神话的功能在于让你跟你的极乐联系起来，让你发现它的真正所在。"② 我们在找到灵性自我的同时也找到了超越者，因为在超越的层面上看，人和万事万物一样，同超越者是一体的，这就是神话的境界。总之，神话的心理学性是其指引现实人生的基础，神话的形而上学性是其指引人的精神的基础。

具体来说，神话有四种功能：神秘主义功能、宇宙论功能、社会学功能、教育功能。神话的神秘主义功能就是指涉超越者的功能，它打开我们的心，把人引向终极奥秘；神话的宇宙论功能，"是要把同时代的科学或知识所揭示的世界图像转化为圣像，让它可以反射出人的自我的光芒。"③ 神话是在产生时代的科学认识基础上形成的，神话把对世界的知识转化为象征，以作用于人的内心；神话的社会学功能指的是神话维持社会系统的功能，让人以神话的方式把握到人我一体，以及同世界的同一性；神话的教育功能是指可以指导个人穿过人生中无法避免的危机，"让人以很深邃的方式，参与到社会中去。"④ 这四种功能是层层深入的："首先是把个人导向社会，然后再把他分离出来，让他透过对象征的神秘主义式的冥思与理解，回归到生命的座席。"⑤ 这同成长仪式的过程是一致的，也正是英雄之旅的要义。

坎贝尔的理论强调神话的现实作用，他认为只要进行象征性地解读，通过将神话同我们的生活和环境相连的种种体验，来建立我们的神话感受，原有的神话对现代人仍然具有引导作用，而要使现代人突破理性中心的控制，体会到共同的命运，只有靠能代表我们这个时代的知识和梦想的神话来指引，创造这种全球性的神话才是坎贝尔宣扬单一神话理念的真正目的。他的理论的最大亮色是从神话中凸显了人的主观能动性，充满了英雄主义和理想色彩。他告诉我们只有积极面对人生的种种考验这一条路可走，每个人的生活从心理层面看都是孤身一人的英雄历险，但是依照神话的指引，我们必将在这种追寻之后收获自我的解放。

---

① 菲尔·柯西诺：《英雄的旅程——与神话学大师坎贝尔对话》，梁永安译，金城出版社2011年版，第44页。

② 菲尔·柯西诺：《英雄的旅程——与神话学大师坎贝尔对话》，梁永安译，金城出版社2011年版，第243页。

③ 菲尔·柯西诺：《英雄的旅程——与神话学大师坎贝尔对话》，梁永安译，金城出版社2011年版，第183页。

④ 菲尔·柯西诺：《英雄的旅程——与神话学大师坎贝尔对话》，梁永安译，金城出版社2011年版，第185页。

⑤ 菲尔·柯西诺：《英雄的旅程——与神话学大师坎贝尔对话》，梁永安译，金城出版社2011年版，第185页。

## 二、坎贝尔与荣格：两种理论倾向

荣格思想中同神话关系最密切的是集体无意识和原型概念。荣格在个人无意识之下发现了集体无意识。"集体无意识是全然的客观性，既和世界一样宽广，又向全世界开放，在那里，我是每一个主体的客体，截然不同与我的平常意识，因为在平常意识中，我总是有客体的主体。在那里，我与世界完全合一，如此深刻地成为世界的一部分，以致我轻而易举地忘记了我是谁，恰如其分地描述这一状态的一种说法是'迷失在自我之中'，但是如果意识能够注意到它，这个自我便是世界，这就是我们必须知道我们是谁的原因所在。"① 荣格揭示了集体无意识的作用，集体无意识打破了现代科学意识下个人意识中心导致的原子性存在状态，把个人同人类总体联系在一起，它是人类共有的"大我"，它包含着人的本能和原型，包含着人的全部可能性。

但是集体无意识处于人的心理底层，我们知道它存在，却无法到达，只能通过原型来认识。原型是集体无意识的形式因素，神话是原型的显现形式。原型存在于无意识之中，却常常突破阻拦闯入人的意识，它在人的梦和幻觉中呈现为一种神话形象，这种形象可以经过分析和比较来体验、接纳。荣格认为宗教象征对原型具有引导和控制作用，而从基督教新教运动开始，西方人放弃了重要的宗教象征和仪式，孤立无援地处在原型的侵袭之下。就整个社会群体来说，这种原型带来的深层力量具有更大的破坏性，若被加以错误的引导，将带来人类的悲剧，如德国纳粹主义就是这种原型冲动被错误控制的产物。

荣格的原型具有东方的辩证法思想，即原型可以转化。原型所带来的深层力量若无正确的认识和引导，就表现为一种毁灭性的力量，这时我们的意识不应该害怕和逃避它，更不应该打破自己完全由原型控制，而是极力地扩充自己，认识和包容这些原型。但是也不是将原型和意识混合，而是把它放在意识控制之下，获取它的力量，这样，原型就从一个否定性的力量变成肯定性的力量。荣格的原型理论还具有深刻的病理学特征，意识是在原型的巨大冲击之下，抵抗住各种反方向的撕裂的痛楚，尽力地扩充自己，将各种相反的力量包容进去，从而获得提升的。荣格继承了欧洲知识分子的人本主义传统，欧洲的困境在他的内心撕扯，而他也立志找到解救欧洲的方法，他在自己的心灵困境的深渊来寻求救赎的灵药。他正是在克服自身心理疾病的过程中，发现了神话的救赎力量。所以，这是荣格在欧洲的痛苦现实中体悟的结果，也是将传统基督教的受难意识和悲剧精神进行心理学式的重演，将原有的神话带入心理学。

坎贝尔十分崇敬荣格，他把和妻子去荣格家中做客的经历比作朝圣，并且对

---

① 卡尔·古斯塔夫·荣格：《原型与集体无意识》，徐德林译，国际文化出版公司 2011 年版，第20 页。

这个行程做了英雄历险的类比。① 坎贝尔把神话定性为心理学，用心理学解读神话，研究神话对我们心理的影响，这是荣格的直接影响。在《千面英雄》中，荣格的一系列无意识原型，是他解读神话的钥匙，依此，他将千面的英雄神话，提炼出一个英雄的旅程的统一模式来。并且，原型的两面性转换在坎贝尔作品中发扬光大，《千面英雄》中既有对冒险召唤者、边界护卫、阴影、天父、生与死的两面性转换的分析，又把英雄行为的两面性表达出来，如接受和拒绝冒险召唤、归返和拒绝归返的不同后果，强调了人的主观能动性或者说精神自主性的本质特征。他将英雄的外向探索之旅看成追寻内在自我，也是受荣格深层心理同神话的关系的论述启发的。此外，荣格的集体无意识的"大自我"观念，对他的英雄个人的行动的世界意义的建构有引导作用。我们看到，同荣格一样，坎贝尔已经不仅仅把人类当作理性的主体来看待。他的思考中心是人类及其处境，人类不是孤立的主体，自然不仅仅是对象，人类与世界是同一的。总之，坎贝尔的理论是以荣格理论为底色的。

但是，坎贝尔和荣格却又有诸多不同。首先表现在对基督教和东方宗教的不同态度上。一方面荣格对西方教会的颓败感到担忧，他认为欧洲人没有认识到教会包容原型的力量，当原型涌现，他们已经失去了教会象征和仪式带来的神话性的壁垒，带来了欧洲普遍性的世纪病。而人们在失去基督教象征之后，却欢欣接受东方的新鲜的象征，似乎这些充满新奇魅力的神祇能够给他们带来福音。荣格认为这些异地的象征的假面具，无法解决西方人的象征贫乏带来的困境，因为它们产生于异地，带着当地地域、种族、血缘、文化、历史的印记，同西方的病症是不对症的。坎贝尔反对基督教贬抑自然和神话的一面，也反对其狭隘的选民思想，这使他认同与自然一体的东方宗教思想，并将其作为神话的形而上学基础。另一方面，对基督教会，荣格是惋惜和怀念，坎贝尔是批判的。对异教的神话象征，荣格将信将疑，坎贝尔却欣然接受。坎贝尔的理论基调仍然是从东方神话中寻求救治西方的资源，这同荣格在印度神话和中国的炼丹术中寻找资源是一致的。但是荣格对这种资源的有效性持怀疑态度，坎贝尔却确信，把我们联结在一起的，不是作为自然之外的纯粹精神本体的上帝，而是具有东方底蕴的同整个世界和谐一致的"超越者"。

处在欧洲这个现代社会的核心地带，荣格经历了欧洲的世界大战和精神的崩溃，更真切地感受到现代社会带来的创痛。他重视社会历史发展的内在驱动因素，他认为人类的冲突和困境其实来自意识的冲突和困境，要解决外在世界的问题，首先要处理好内心世界的问题。所以，荣格致力于对精神疾病的治疗，告诉人们面对突然涌出的无意识原型，我们不能同阿克特翁一样转身奔逃被撕裂而

---

① 菲尔·柯西诺：《英雄的旅程——与神话学大师坎贝尔对话》，梁永安译，金城出版社 2011 年版，第 52 页。

死，而是同卡德摩斯一样杀死巨龙，获得宝藏。坎贝尔的世界，能感受现代性的危机，却又不如荣格的欧洲那样深重，所以形成了积极的、乐观的精神面向。坎贝尔看到了神话的指引作用，认为神话象征可以指引生活，使人获得意识与无意识的联系，并使人同社会和整个世界建立和谐的关系，坎贝尔寄望于新神话的来临，所以他主要的工作就是为人们解读神话并呼吁创造新的神话。

坎贝尔的理论不只有心理学的面向，后期越来越转向灵魂、灵性，神话成为灵性修炼的教科书。坎贝尔从荣格内在心理（集体无意识）的统一转向灵性的统一，从东方的万物同一的思想中发展出作为世界精神的"超越者"。所以，我们可以把荣格和坎贝尔的理论看作两个系统，"现代心理诠释系统的关键之匙可以这样表达：'形而上学的领域＝无意识。'因此，由另一种方式打开这扇门的钥匙便是同一公式的反转：'无意识＝形而上学的领域。'"① 因此，从某种意义上说，荣格把神话变成心理学，而坎贝尔通过心理学来解读神话，又把这种心理学还原成神话，他研究神话不是为治疗疾病，而是为了提升精神。

### 三、坎贝尔神话理论的价值分析

坎贝尔所处的时代背景、文化环境和他的个人经历是其理论产生的客观基础，同时，他的理论也回应了时代面临的问题，引领了美国文化发展的一个重要方向，并对美国民众的精神生活产生了巨大影响。

#### （一）回应了现代社会面临的重要问题

人类社会经历了血缘、信仰、理性维系方式，新的普世价值维系方式也已经初露端倪。同之前的信仰维系时代相比，理性维系的现代社会，无疑带来社会的巨大进步和人类精神的巨大成长。但是随着社会的发展，理性维系出现了困境，那就是人类内心的灾难和"文明的冲突日益尖锐"。②在奉科学和理性为圭臬的现代社会，人们被工具理性和主体中心的理性所控制，缺少对无限性的追求，"本来对无限的那种正确的直觉被抛弃了，转而成了对这种转瞬即逝的平面世界中的物质的永无餍足的追求"。③ 这种被物质挟持的孤独状态带来了无尽的纷争，给人类发展带来障碍，需要找到新的维系方式来替代，如何回应时代提出的问题，找到解决这种时代困境的方法，是现代人类面临的共同课题。

坎贝尔认为现代社会的问题在于人们放弃了神话的指引，"因为个人自主的民主理想，动力驱使机器的发明，以及科学研究方法的发展，大大转变了人类的

---

① 约瑟夫·坎贝尔：《千面英雄》，朱侃如译，金城出版社 2012 年版，第 165 页。
② 刘建军：《四大维系方式更迭与欧美文学价值流变》，载《上海师范大学学报》（哲学社会科学版）2013 年第 3 期。
③ ［美］肯·威尔伯：《性、生态、灵性》，李明等译，中国人民大学出版社 2009 年版，第 539 页。

生活，以致长期传承下来的永恒宇宙象征为之崩解。"① 人类客观上已经命运与共，但由于理性中心的限制，还不能体验到地球是一个整体。因此，他致力于发展出一套内与外、人与自然、个人与社会和谐共处的全球性的神话系统，指引现代人领悟这种共同的命运并和谐相处。这种全球性的神话就是单一神话，这就是坎贝尔依照单一神话的直觉，从世界各地纷繁的神话中总结出一套共有的神话模式的原因。也正因为他的神话理论融合了各种神话，具有深刻的全球性意识，有利于新的普世价值的形成，才能够在当代文化中引起巨大的反响。

### （二）形成于美国文化，又塑造了美国文化

现代美国的历史是神话性的历史，从引导欧洲人大规模登陆美洲的"新大陆"神话，到边疆开拓时期引导全世界人民涌入美国的花园神话和淘金梦，发展到完成工业化后的美国梦神话，美国文化的一个鲜明特色是一直具有强烈的神话性，这使得美国人习惯于对世界进行神话式的理解，并积极追求新的神话来引领民族发展。但是我们可以看到，美国神话一直是现代性意识下的神话，缺少原始神话的神秘主义和形而上学的追求。坎贝尔的理论强调神话的时代性和无限性追求的这两重内涵，深化和丰富了美国神话的意蕴。

美国文化的另一个鲜明特色是它的多元性，作为移民国家，美国接纳了世界范围内的种族和文化，它们同美国的环境融合发展，形成了极具包容性和多元性的文化系统。这也形成了一种实用主义的文化态度，各种文化都能够纳入美国文化之中熔于一炉。美国文化的这种多元性和包容性，是坎贝尔坦然接受东方文化的核心观念的原因。坎贝尔的理论从一开始都是面对现实人生的，他发现神话对现实人生的指引作用，并确信人类的神话遗产能够指引当代生活，进而以创造新时代的神话为追求，都是文化环境所赐。同理，也只有这种文化能够吸收他的理论，使其在美国当代文艺领域大放异彩。他的思想也深刻地影响了美国的小说、诗歌、音乐、电影等艺术的发展，特别是在电影领域，斯皮尔伯格、卢卡斯等电影大师都在他的作品中找到灵感，他的"英雄的旅程"的模型成为好莱坞电影编剧的故事蓝本。

20 世纪的美国产生了一系列巨变，从学生运动、黑人解放运动的社会解放追求，到嬉皮士运动、摇滚乐的爆发和新时代运动的兴起，包括考菲尔德的游荡和《在路上》穿越美国的狂奔，展现出了美国人从现实解放到寻找灵魂解放的本能的激情，这是坎贝尔的关注点从神话的心理作用转变到灵性指引作用的内在原因。他的《千面英雄》在 20 世纪 60 年代成为嬉皮士们的"圣经"，而新时代运动继承了坎贝尔理论的世界主义、形而上学和对个人内在自我的追求，他也因此被称作新时代运动的先知。

---

① 约瑟夫·坎贝尔：《千面英雄》，朱侃如译，金城出版社 2012 年版，第 264 页。

### （三）不是"为知识"的研究，而是"为人生"的研究

从《英雄的旅程——与神话学大师坎贝尔对话》中我们可以看出，坎贝尔的人生经历和研究生涯都具有自主探索的色彩。他按照内心的暗示来选择生活道路，从他早期求学、留学欧洲、隐修岁月，到教书生涯和婚姻生活，他总是在内心的指示下进行选择，而这种个人生活同单一神话的英雄旅程形成了有趣的同构。我们看到，坎贝尔的人生中似乎总是有一种明确的指向性，没有犹豫、挣扎以及压抑，同帕西法尔一样信马由缰地找到了"圣杯"——他的内在自我。这使他相信自己的内在灵性，进而相信所有人共同存有潜在的灵性。

坎贝尔特别强调了在莎拉·劳伦斯学院这所女子学校工作对他理论发展的影响，因为这些女学生不是单纯追求知识，而总是要追问知识对自己的生活意义，工作的客观要求使他去追寻神话对人生的指引作用，所以，坎贝尔的神话理论不是单纯的知识，而是从神话中找出人生的学问。坎贝尔的神话教学取得了实际的效果，通过引导女学生在生活中体验神话，带来了她们内在灵性的觉醒。坎贝尔也一直将自己当作引导人们认识神话、体验神话的导师，同带着灵药归返的英雄一样，告诉人们连接两个世界的秘义。1986年，坎贝尔与电视记者比尔·莫耶尔的八期电视谈话节目《神话的力量》引起了轰动，带动了美国人学习神话的热潮。"每周固定吸引了全美250万名观众，根据对谈节目所出版的同名书籍亦跃升全美畅销书之列。"①

## 结 语

坎贝尔的神话理论是在神话学发展的语境中，在时代、文化和生活的现实土壤中移译神话的突出成果，是对突破理性中心的一种有益的尝试，它对人的主观能动性的重视、它的全球性视野和现实面向对我们继承传统文化和接纳外来文化具有借鉴作用。从我们自身文化发展上看，我们所处的社会正在经历巨变，现在正是前现代、现代和后现代的社会形态混杂相处的时代，古今中外的各种理念相互冲突，这种状况不仅改变着我们的生活环境，而且也带来内心生活的混乱，要协调和发展好这些精神资源，最重要的是对它们进行创造性的综合和转化，为今天的人们服务。此外，党的十八大报告多次提到的人类命运共同体，是我们处理世界关系的一种新理念，但是用何种方式才能更好地传递这种共识，是我们文化工作者共同的课题。

（中国高等教育学会外国文学专业委员会成立30周年纪念大会暨"30年来中国外国文学教学与研究新发展"研讨会论文集发表，2016年4月版）

---

① 约瑟夫·坎贝尔：《千面英雄》，朱侃如译，金城出版社2012年版，第9页。

# 《文心雕龙》"神"论

桓晓虹*

《说文解字·示部》言"神"曰："引出万物者也，从示申。""神"在西周主要指祖先，祭祀意味厚重；在战国指天神、地祇等神物。伴随着后来的文化分流、开拓、延伸，"神"成为中国古代重要的巫术、哲学、宗教、医学、文学艺术范畴，也在"示"义基础上发展成为集超自然性、神圣性、神秘性、规律性和具体化的生命力特征、个体修养境界追求、医学诊治养生核心依据与目标、技艺的水平层次等于一体的华夏文明核心范畴。在各家经义中虽各有侧重，但都没有偏执于某一单义。

## 一、刘勰"神"范畴理论溯源

伴随着人物品藻、人化批评、佛教形神观的影响，"神"在魏晋六朝时期发展成为绘画、书法、文学理论批评领域的文艺范畴，顾恺之"传神"、宗炳"畅神"为绘画界代表，王僧虔"神采为上"、庾肩吾"神化"为书法界代表，文学批评领域当以刘勰、钟嵘为典型代表。刘勰更是以理论总结和创新的姿态，以其"神"系列范畴扎实奠定了"神"在文学理论领域的核心地位。

刘勰"神"范畴理论兼容并蓄了诸多先哲圣人的思想精神。如牟宗三所言："《易经》之学即是由蓍草之布算见到生命之真几。"①《易经》可谓中国文化的重要源头之一，集哲学、原始生命医学、卜筮预测、宗教等思想于一体。《易经·坤下巽上》曰："观天之神道而四时不忒，圣人以神道设教，而天下服矣。"此"神"既有宇宙自然的客观规律之神秘、神圣，也有圣人感传神道化为言教的崇高，而神道之"神"是抽象的、哲学的、形而上的，圣人以神道设教之神道是具体的、实践的、形而下的，圣人便是沟通形而上和形而下之间的媒介，是兼具神性和人性的。可以说"神"的形而上的可感性、借助圣人而具有形而下的实践性早在《周易》便已确立。孔子更以《易传》的实际行动感知"神道"

---

* 作者简介：桓晓虹（1979— ），文学博士，河南财经政法大学文化传播学院副研究员，主要研究方向为文艺理论、文化批评。中国博士后科学基金第 55 批面上资助阶段成果。

① 牟宗三：《心体与性体》，上海古籍出版社 1999 年版，第 263 页。

"以神道设教"而充分演绎、发展了"神"之内涵。

生生之谓易……阴阳不测之谓神。(《周易·系辞上》)易无思也,无为也,寂然不动,感而遂通天下之故。非天下之至神,其孰能与于此。(《周易·系辞上》)惟神也,故不疾而速,不行而至。(《周易·系辞上》)极天下之赜者,存乎卦……神而明之,存乎其人;默而成之,不言而信,存乎德行。(《周易·系辞上》)古者包羲氏之王天下也……近取诸身,远取诸物,于是始作八卦,以通神明之德,以类万物之情。(《周易·系辞下》)阴阳合德,而刚柔有体,以体天地之撰,以通神明之德。(《周易·系辞下》)昔者圣人之作《易》也,幽赞神明而生蓍。(《周易·说卦》)神也者,妙万物而为言者也。(《周易·说卦》)

孔子的"神"既具有高高在天的、形而上的"不疾而速,不行而至""阴阳不测"的神秘、神圣、他在性,又具有稳稳扎根于人间的、形而下的"可感""可通""可明""可赞""可研""存乎人""存乎德行""民咸用之""妙万物而为言者"的具体性、实践性、共在性。"神也者,妙万物而为言者也",正是三不朽之一"立言"的神圣性的理论根据。孔子还发展出神之个体德行修养的境界和内涵。孔子通过设"神道"之教解《周易》、论神、著书立说,为后世追圣之贤树立了可供效法的圣人"不朽"之典范。以孔子为代表的儒家虽然不言"怪力乱神",但对神作为天道规律、生命力的核心特征、养生修性的境界追求却是倍加推重的。

道家更是集哲学、巫术、宗教、医学、文学艺术于一体,可以说是对"神"义推崇颇为丰富的一家。尤其《庄子》中除少数几篇外皆有论及,其"神"大致有人之精神、宗教神、神妙之变化或境界等三个方面的内涵,庄子明确具体地将"神""降至"人体之生命,指出精神生于道,形体生于精,依赖于精神;形体有荣枯盛衰而"神"可永恒,形全可助神全,执道养德可全形;形体的劳扰亦可乱神摇精,所以要"无视无听,抱神以静"(《在宥》)以养神从而使神昌旺、使形长生。他还提出吹呴呼吸、吐故纳新、熊经鸟申等守形、养形之法和坐忘、心斋、见独、朝彻等守神、养神之方。通过"庖丁解牛""梓庆削木为镰""佝偻者承蜩"三则故事,他别出心裁地提出了"用神"之道:"以神遇而不以目视""以天和天""用志不分,乃凝于神"充分发挥神、道的妙用。庄子的这种以神论技艺、论人体生命、论养生、论修性,并将之融为一体的实践,为后世原道、征圣、宗经之著作树下典范。

《黄帝内经》对"神"的理论建构颇成体系,其"神"有天地万物生成变化神秘规律之"神",有"见其色知其病,命曰明;按其脉知其病,命曰神;问其病知其处,命曰工。""知一则为工,知二则为神,知三则神且明矣"(《灵枢·九针十二原》)之技艺"神"、先圣"神",有"神游失守位,使鬼神外干"之病邪"神",有"神乎神,耳不闻,目明心开而志先,慧然独悟,口弗能言,俱视独见，适若昏，昭然独明，若风吹云"（《素问·八正神明论》）之灵感"神"，有通过修德行、虚静寡欲等以全神、养神达到至真境界的"神"，以上皆是对儒道等宇宙、生命哲学的吸收借鉴，唯其在吸收借鉴古代哲学阴阳不测、万物生化之依据的"神"的基础上，所发展出的总称生命规律及其各种机能活动的范畴——"神"：人体一切生命现象皆蕴含其中的"广义神"和"人体自身调控制律和人类特有的心理活动规律（即狭义神，神、魄、魂、意、志五神，情欲、灵感等心理活动皆属），以及神所表达生命规律在临床诊治疾病中的应用"① 等，为《内经》对"神"之兼具形而上和形而下的进一步发展。《内经》"神"所具有的丰富而鲜活的生命力内涵和特征正好适应了"文学人化批评"进行理论阐说的需要。

　　魏晋南北朝时期中医学发展状况和社会性流行疾病等也是刘勰"神"被造就的渊源背景之一。此时期中医学取得全面发展、空前普及，整理、研究、注译丰富，著作倍出；社会上由于服石、养生、炼丹的流行，产生大量的精神、情志疾病。丹石中的有毒矿物药具有损坏人体神经中枢、导致精神错乱、发癫、发狂等毒副作用，"相当于现代医学所言的急性中毒性精神病、慢性中毒性精神病以及由于慢性中毒症状发展期及后期而导致的人格改变。"② 因此，各个医家针对精神、情志疾病展开各种诊疗实验、理论研究和探讨。如《神农本草经集注》中对云英、麻蕡、防葵、莨菪子等药多服用令人出现见鬼狂走的症状的记载。《魏本纪·太祖道武皇帝》记载拓跋皀服石致多疑、忧满不安、喜怒乖常、嗜杀等人格变态，甚至带来朝野人情各怀疑惧的社会性神志疾病后果。《北齐书》卷三十三记载有徐之才治疗皇帝"行散"病："针药所加，应时必效。"在疾病治疗实践基础上，有关"神"的医论在此时期取得较大发展。诸多神志疾病现象及其理论、诊治实践，使"神"成为此时期社会的核心词汇，成为"神"在名士算数、医学皆综之③的魏晋六朝全面进入画论、书论、文论、诗论的社会、思想、文化根源之一乃至理论来源之一。

　　但不可否认的是其他著作中"神"对博览好读的刘勰的影响仍然是非常重要的。如陈良运先生所说，刘勰"古人云：'形在江海之上，心存魏阙之下，'神思之谓也"，是对《淮南子·俶真训》"是故身处江海之上，而神游魏阙之下，非得一原，孰能至于此哉"的话语转换，"神与物游"是从对《淮南子·俶真训》"神与化游"的话语转换而来，通过这些转换刘勰使其"神思"范畴最终实

　　① 张登本：《论〈黄帝内经〉"神"的内涵及其意义》，载《中华中医药学刊》2008 年第 26 卷第 8 期。

　　② 王凤兰：《魏晋南北朝关于精神疾病的论述》，载《中国中医基础医学杂志》2003 年第 9 卷第 9 期。

　　③ 章太炎：《五朝学》，《章太炎全集第四册》，上海人民出版社 1985 年版，第 75 页。

现了对"神游"范畴的文论转换，① 很是中的。再如郭绍虞先生指出，扬雄首先将"神"应用到文学批评方面，但语焉不详，阐发不透，仍是"神"在文学批评上明而未融的时期。② 从这个意义上扬雄对刘勰的影响和启发之功实不可没。陆机《文赋》的"志往神留"，在"神"的心理层面特别是构思、灵感、想象等方面的内涵，仍然对刘勰有直接影响。

## 二、《文心雕龙》"神"

此前论《文心雕龙》"神"，多从巫术、宗教、哲学、艺术等角度出发，少有从古代生命医学（中医哲学）视角管窥，今斗胆尝试之，以期抛砖引玉，能于文心之"神"解上助益一二。

在《文心雕龙》全文中"神"达63处之多，有神理设教、神教、神理、神道之"神"，有群神、神灵、神怪、鬼神等超自然"神"，有祖先"神"，有可通神之神圣人、蓍龟之"神"，有指称精微玄妙之"机神"（和神道有重合之处），有人生命之"神"，有技艺之"神匠"，有灵感之"神"，仅如此便可见刘勰之"神"的超自然性、神圣性、神秘性、规律性和人的生命力特征、技艺之水平层次等多重义。细析《文心雕龙》，可知其中所涉"神"之最重要的部分乃人之"神"，具体有神思、神明（刘勰"神明"有两义，一指天神等超自然神，二指人生命之神）、玄神、精神、神志、象通之神（神用象通）、遁心之神（神有遁心）、使心虑言之神（心虑言辞，神之用也）等。其中精神、玄神为"神"之别称，是兼备抽象和具象、形而上和形而下的"广义神"，神气、神明、神志属于五神的"狭义神"。同时，还涉及有神有遁心、神远、神思方运、降神等创作过程中思路堵塞、想象、运思、心虑言辞、灵感状况等生命具体运作功能即具象的形而下的"神"（心理活动，狭义神）。有"神用象通"用神之法、运思诀窍，有更为详尽具体的用思为文过程和方法，有用神不节不当而致病伤命的情况，有澡雪精神、"玄神宜宝、素气资养"等中医养神卫气之说，还有和构思才能、言语修辞技巧等相关的"神志"范畴的建构等。这是一个具有医学特点的完整而合理、富有依据的创作论系统，这种系统，是与算术、医学皆综之的六朝名士的接受视域恰相契合的。

从《黄帝内经》等古医论来看，古人认为，思考谋虑、文艺创作等是五脏居主导五脏六腑、脑等诸多器官功能通力合作的结果。其中，心神在思维包括言语思维上起着主导作用；肾志主技巧，是语言技巧所出的重要器官；肝魂主谋虑，肺魄负责治理调节，脾意主思考和智周，所以五脏和平是基础性的创作心理状态，只有五脏和平，内心虚静，五脏之神通力协作，人的才力、思虑等才可发

---

① 陈良运：《〈文心雕龙〉与〈淮南子〉》，载《文史哲》2000年第3期。
② 郭绍虞：《照隅室古典文学论集》，上海古籍出版社2009年版，第47页。

挥并有可能达到最佳状态。所以“心虑言辞，神之用也”，即心神进行言语思维、构思为文，是在心神功能主导下五脏之神协作的结果。

刘勰创造性地用“神思”来指称五脏之神协同下的创作活动及其效应。“神思”被刘勰作为为文之首术、大端，是刘勰“神”范畴群中特别重要的范畴之一。在《文心雕龙》中，刘勰描绘了详尽具体的神思机制、过程和方法：通过虚静、净化精神，凝神如一，使五脏和平而发动，借助先天禀赋才能和内心志向、蓄积愤郁之动力，以日常培养之健旺神气为保证，通过积学、酌理、研阅、驯致，借神用象通、心虑神用、志盛思锐、灵感想象、依循声律等而使神思形诸于外、迹化为文。中医学者王米渠指出：《素问·著至教论》认为人的认知过程是诵、解（理解、概念形成）、别（分析类比）、明（判断、抽象），总目的是“彰”，并由《说文解字·彡部》“彰，文彰也”知古思想家称为“神思”的理论渊源。[①] 王先生所解读的“神思”是一个经历了诵、解、别、明最终达到彰明无蔽的活动，自己彰明无蔽则形为文章（古“章”可通“彰”），由彰而形成的文章再带来读者的彰明无蔽，王先生以医者的视角对“神思”所做的别样阐释，正契合于刘勰所言积学、酌理、研阅、驯致的活动过程，不仅有助于对“神思”的更好理解，也有助于解读刘勰何以将“神思”置于为文之首术、大端的至高地位。

为文用思，五神之中，心神、肾志之功尤为关键。“神志”一词，是刘勰首先将之用于文学理论批评的。据张显成考证，首先是“神气”医学原义（“精神气息”）直接渗入全民用语中，继后又新产生了六个引申义：神志；神情、神态；状态、状况；风格气韵；神采焕发、有生气；得意、傲慢。[②] 由此可知神气、神志等范畴的医学渊源。《素问·解精微论》言：“（肾）水之精为志，（心）火之精为神，水火相感，神志俱悲，志与心精共凑于目，是以目之水生也。”此处“神志”是心神之“神”、肾志之“志”的合称。《宋书》卷七十五：“腠理合闭，荣卫惛底，心气冲弱，神志衰散”中的“神志”便是此义。后在书写和日常使用中发展出泛指人之五神生命功能及其表征的含义和代指人所具备的禀赋、才能、志向之义。《晋书》卷三十六有：“司空瓘……欲及神志未衰，以果本情，至真之风，实感吾心。”此处便是泛指之义。《晋书》卷一百三还有：“神志可教者，千五百人，选朝贤宿儒明经笃学以教之。”此“神志”显然合指禀赋、志向。在人物品评领域“神志”有神气、神情之义，偏重于由内而外的“神志”之表征状况，比如《魏书》卷二十一“神志骄傲”、卷五十二“神志肃然”、卷七十一“神志自若”等。刘勰“神志外伤，同乎牛山之木”之“神志”，既指由外因而致的五神受到损伤，又指五神内伤而表之于外的神情状况，结合此句之前对偶句中“沥辞镌思”可知，还强调指五神之心神言语思维功能和肾志

① 王米渠：《中医心理学》，天津科学技术出版社1985年版，第155页。

② 张显成：《先秦两汉医学用语研究》，巴蜀书社2000年版，第131页。

之语言技巧功能以及它们表于外之征，所以刘勰之"神志"既有泛指之义，又有在"五神"中强调心神和肾志之义。关于"肾志"，《素问·脏气法时论》曰："肾者，作强之官，伎巧出焉。""两精相搏而神生，是知肾为生神之本，强神之本，思维敏捷由肾所出。正因为人之生殖伎巧、思维伎巧、行为伎巧无不由肾所出，故曰。"① 可见，肾对五神脏的调控保障着神志的正常活动，作强和技巧是肾的功能在神志活动中的具体体现。由此可知，刘勰"志盛者思锐"和在论"神思"之理时言"志气统其关键"（志气即肾气）的含义和由来。

刘勰论"神"颇具理论的系统性。除了论及"神"的功用、神思、神志外，还进一步论述了为文伤命，运思用神不节，过度而致之"神"病：困神、神伤、神疲气衰、神劳、神志伤乃至驱龄伐性等。五神功能尤其心神的言语和构思功能的发挥程度，超过了其生理和心理的承受限度，便会发生相应的不适或病变。古医著多有讨论：

思则心有所存，神有所归，正气留而不行，故气结矣。（《素问·举痛论》）心怵惕思虑则伤神，神伤则恐惧自失。（《黄帝内经·灵枢·本神》）神劳则魂魄散，志意乱。（《黄帝内经·灵枢·大惑论》）

劳者，劳于神气也……思虑过度则伤心。（《中藏经》）思虑销其精神，哀乐殃其平粹。（嵇康《养生论》）多思则神怠。（《小有经》）神大用则竭，形大劳则毙。（《养性延命录》）②

由此可见，用神思虑过度而导致神伤气损为《黄帝内经》至魏晋六朝医家的普识。刘勰将作者创作用神的生理和心理承受限度界定为"性情之数"（《养气篇》），他指出创作要根据自己的先天才能禀赋、性情之数，无视自己的实际情况而勉强搜肠刮肚、锤炼词句、刻营思路，导致精气迅速大量流泻损耗，使神志受到严重损伤，甚至因五神、气血受损严重而导致悲伤惊恐之病，也是可推知的。刘勰关于神伤、气损而致惊恐畏惧之病状的认识，正合于《黄帝内经·灵枢·本神》"是故怵惕思虑者则伤神，神伤则恐惧流淫而不止"的临床记载。通过文坛病案，刘勰反引出"志于文也，申写郁滞""吐纳文艺"可以养性情、神气的文学治疗、文学养生之见，指出"务在节宣，清和其心，调畅其气""意得则抒怀以命笔，理伏则投笔以卷怀，逍遥以针劳，谈笑以药倦"的用神节制与创作节奏自我调适之法，并总结提出"常弄闲于才锋，贾余于文勇，使刃发如新，腠理无滞"的为文神志健旺保持之法以及"玄神宜宝，素气资养""无扰文虑，郁此精爽"的防为文失度伤及神气的保养之法。

---

① 李如辉：《"肾者，作强之官，伎巧出焉"的发生学原理》，载《浙江中医学院学报》2001 年第 25 卷第 2 期。

② 严世芸、李其忠主编：《三国两晋南北朝医学总集》，人民卫生出版社 2009 年版，第 32、131、1134、1133 页。

### 三、"神"之志与思

《类经·藏象类》明确指出："神之为义有二，分言之，则阳神曰魂，阴神曰魄，以及意志思虑之类皆神也；合言之，则神藏于心，而凡情志之属，惟心所统，是为吾身之全神也。"① 也即心神、魂、魄、意、志、思、虑、才、智、七情六欲等皆为神，为全神。志、思在《文心雕龙》中多见，且意义并不单一，在"神"义解读方面颇有助益。

"志"在秦汉六朝有狭义、广义之分。狭义志作志向、意志、思考讲，为肾所主。广义志是医学和古代汉语中志的旗帜、标志之义融合的结果。《文心雕龙》中"志"有多重义，既吸收了其广义、狭义的含义，又有所发展，并体现为范畴群的状态，从而也相应地带来含"志"范畴的多义性。

"狂言者，是失志，失志者死。"（《素问·评热病论》）"言"是肾志的集中表现之一。言可表征内在的志向、意志、思考等。诗为言，诗作为言表征"志"，故"诗言志"之"志"有志向、意志、思考之义，"诗言志"便有诗作为言表征作者的志向、意志、思考之义。

"神志"发展为人之五神生命功能及其表征的泛指，和志的标志、旗帜之义有直接关系，是共含里之"五神"和表之"志""表里一体"的（如面部不同部位的色泽状况是五神反映于面部的标志）。刘勰之"神志外伤"便是言因构思用神不节不当之处因（非内脏因）而致里神伤、表志亦伤之况。所以此"志"又具有五神功能发挥结果的表征义和蕴藉五神功能的含蓄性。由此可知，刘勰"诗言志"便是"诗"作为"言"表征作家五神功能及其功能发挥的状况与结果之义。这当也是由文见才、文如其人的根据之一。

好恶、喜怒、哀乐，春秋战国时称为六志，汉朝《礼记》时称为六情，六情或六志所表达的对象没变，名称已别，即情、志所反映的是同一对象情的两个侧面，情表达心动时的内心体验，而志则表达心动时的外在表现，即表情。② 孔颖达为《昭公二十五年》中"六志"疏曰："此六志，《礼记》为六情。在己为情，情动为志，情志一也。"可见"情志"是共含里之情和表之志"表里一体"的。刘勰之"情志"亦如此。情之表于容外为志，"志"蕴藉了里之"情"的成分。因此，文学言志不离情，文学解读更可由"志"观情。刘勰之"志"亦如此，"诗言志"也相应具有了诗作为言表征情的内涵。

《文心雕龙》中"志"包含了志向、意志、思考，五神内在功能及其功能发挥出的才能、禀赋、智慧、技巧的表征，情之动于中表于外等多重含义，犹如面部之色泽既是五神的表征，又蕴藉含蓄着内之五神一样，"志"作为表征具蕴藉

---

① 张景岳：《类经》，中国中医药出版社1999年版，第587页。
② 乔明琦、张惠云：《中医情志学》，人民卫生出版社2009年版，第27页。

里之内容的含蓄性，是深刻地集表里属性于一体的。由此也可窥见《文心雕龙》中"表里相资""可相表里""表里必符""表里发挥""表里一体"等"表里"观念突出的由来及其在《文心雕龙》中的内在统一性。

《说文解字·思部》有："思，容也。从心，囟声。凡思之属皆从思。"在古人看来，思是心、脑之共同功能。《灵枢·本神》云："因志而存变谓之思，因思而远慕谓之虑，因虑而处物谓之智。"此处思即心脑之思考、思虑、思想、构思等认知、思维功能。思还有情感属性，《素问·阴阳应象大论》曰：脾"在志为思。思伤脾，怒胜思"，提出脾的情感功能是思，思虑过度则伤脾甚至损心。《素问·痹论》曰："淫气忧思，痹聚在心。"认为忧思而导致气结，血凝不行，痹阻心中，遂出现心痛心悸之症。《素问·刺法论》还言："脾为谏议之官，知周出焉。"《甲乙经》有："思发于脾而成于心。"思是心居主导、心脾共同作用的结果，兼具思维和情感的双重性质。这种被现代医学临床证明确实存在的双重性则决定了在谈思的思维属性时无法将情志之思完全排除，在谈思的情志属性时，也无法完全排除思的思维属性，区别只在于用者所侧重的不同。从《文心雕龙》中涉及"思"文本特别是思出现在《神思》篇的高频率和思虑多处并提可知，刘勰的思侧重其思维属性。《墨子·经上》曰："虑，求也。"《说文解字》曰："谋虑也。"由此可见，虑是有目的的谋求之思，是一种深入的思考。思、虑之思维功能在《文心雕龙》中的反复使用，实乃刘勰论为文之用心的"用"之必然。

《文心雕龙》"神"范畴内涵之复杂、多义、难辨由以上内容可以窥见。刘勰兼容并蓄，将神范畴系列化地转化为文学创作论话语，结束了"神"在文学批评领域明而未融的时期，开拓出了一个文学批评之"神"兼具具象与抽象、共备形而下与形而上的明而融通的新时代。刘勰是否接触过中医学，虽已无法直接考证，但是显而易见，《文心雕龙》"神"在文学理论领域前所未有地、集中而典型地具备了超自然性、神圣性、神秘性、规律性和具体化的生命力特征、个体修养境界追求、医学诊治养生核心依据与目标、技艺的水平层次等多重内涵，具备了"神"的抽象和具象兼具、形而下与形而上共备的华夏文明核心范畴的复杂性和独特性。

（《中国社会科学院研究生院学报》2015 年第 3 期发表）

# 论叶燮《原诗》中的"神明"

崔花艳*

　　"神明"一语渊源已久，最初是宗教和哲学领域中的一个重要概念，多用来指祖先和神灵。六朝的人物品评中也多用"神明"指人的精神敏慧。"神明"一语后来还用于论艺和论诗，形容艺术创作所达到的神妙莫测的境界。今人关于"神明"一语的研究多集中在宗教和医学领域，而对其在文学领域的作用关注不多。澳门大学的施议对先生在《文学与神明：饶宗颐教授文艺观》一文中论及了饶宗颐先生对文学与神明关系的论述。饶宗颐先生认为文学是人与神明沟通与协调的产物，从最早的文学即甲骨卜辞开始就是如此。他还注重"神理"在文学创作中的重要作用，并因此而推崇六朝文学。对于刘勰《文心雕龙》论文从神思入手，不讲神理，他进行了批判，认为刘勰之论未能达到天人之际。① 由此可见，饶宗颐先生所论"神明"多限于其原始含义即神灵，而且他所论文学与神明的关系也多侧重于哲学对文学的影响。本文则以清代诗论家叶燮《原诗》中对"神明"及其相关词语的运用为中心，来探讨"神明"一语在其诗学中的含义与价值。在此之前，我们先就"神明"一语的语意演变及其在不同领域中的运用作一简单的梳理。

## 一、"神明"含义溯源

　　"神明"一语在古代哲学文献中，使用相当普遍。它的意义可分别为两类：一是指神灵；二是指内心或精神。"神明"一语的其他含义多由此两种含义引申而来。

　　"神明"一语最初多被用来指祖先、神灵。这与儒家崇祖敬天的传统密不可分。《毛诗大序》说："政有大小，故有小雅焉，有大雅焉。颂者，美盛德之形容，以其成功告于神明者也。"②《诗经》中的"颂"多为宗庙祭祀之歌，表现出

　　* 作者简介：崔花艳（1983—　），文学博士，河南财经政法大学文化传播学院讲师，元代文学学会会员，主要从事元代文学和中国古代诗学理论研究。

　　① 施议对：《文学与神明：饶宗颐教授文艺观》，载《江海学刊》2008 年第 3 期。
　　② ［唐］孔颖达编撰：《毛诗正义》《十三经注疏》，中华书局 1980 年影印阮元校刻本，第 272 页。

对上天的敬畏和对祖先的颂扬，这里的"神明"就是指祖先、神灵。"神明"一语还被引申为玄妙莫测的变化："夫道者，变化无常，得一之原，以应万方，是谓神明。"（《文子·自然》）"神明"还被用来指像神灵一样神圣高妙，如《淮南子·兵略训》说："见人所不见谓之明，知人所不知谓之神。神明者，先胜者也。""神明"还被用来指人的内心，如荀子说："积善成德，而神明自得，圣心备焉。"（《荀子·劝学》）"神明"亦可用来指人的精神，如《韩非子·喻老》云："空窍者，神明之户牖也。"认为人的感官是精神通往外界的户牖。"神明"也还被用于强调高妙莫测之理论，需要自心的领悟。《周易·系辞上》曰："化而裁之存乎变，推而行之存乎通。神而明之，存乎其人。"这是说易道的高深玄妙，只有圣智之人才能领会。"神明"或用来指人内心的清明："食谷者智慧而巧，食气者神明而寿，不食者不死而神。"（《大戴礼记·易本命》）

六朝时期的人物品评中也多用"神明"一语。如《世说新语·纰漏》云："（任育长）童少时，神明可爱，时人谓育长影亦好。"[①] 在《世说新语·容止》注中，刘孝标引《魏氏春秋》中语曰："武王姿貌短小，而神明英发。"[②] 其中的"神明"可以理解为人的精神，而偏指人的精神之敏慧。品鉴人物而重"神明"，也正是魏晋时期"重视人、重视人的自然情性、重视人格独立"[③] 的时代风气的一种反映。这正如刘勰在《文心雕龙·时序》中所说，"文变染乎世情"[④]。而这种注重个性、注重自我的时代风气在文学创作中则表现为注重个人性情的抒发。如谢灵运《述祖德诗》二首诗其一中的"达人贵自我，高情属天云"[⑤] 两句就表现了魏晋名士的以自我为中心、崇尚抒发高情远致的人格特质。这种注重个性的时代风气，在诗学理论上则体现为对"性情""性灵"的重视。如钟嵘在《诗品序》中说："气之动物，物之感人，故摇荡性情，形诸舞咏。"他强调了物色对个人性情的感发在诗歌创作中的重要作用。南朝梁萧子显在《南齐书·文学传论》中说："文章者，盖情性之风标，神明之律吕也。蕴思含毫，游心内运，放言落纸，气韵天成，莫不禀以生灵，迁乎爱嗜，机见殊门，赏悟纷杂。"[⑥] 其中的"生灵"，应指性灵而言，他认为文学发自性灵，是个人情感性格的表征，也体现个人的精神气韵。而不管是魏晋时期人物品鉴时对"神明"的关注，还是南北朝时期诗歌品评中对"性情""性灵"的关注，都体现了自魏晋以来个性觉

---

① ［南朝宋］刘义庆著，［南朝梁］刘孝标注，徐震堮校笺：《世说新语校笺》，中华书局1984年版，第487页。

② ［南朝宋］刘义庆著，［南朝梁］刘孝标注，徐震堮校笺：《世说新语校笺》，中华书局1984年版，第333页。

③ 罗宗强：《玄学与魏晋士人心态》，天津教育出版社2005年版，第51页。

④ ［南朝梁］刘勰著，范文澜注：《文心雕龙注》，人民文学出版社1958年版，第675页。

⑤ ［梁］萧统编，唐李善注：《文选》卷十九，岳麓书社2002年版，第607页。

⑥ ［梁］萧子显：《南齐书》，中华书局1972年版，第908页。

醒的时代风气对文学的影响。

"神明"一语也被用于论艺，多用来形容艺术作品所达到的高妙境界。清代唐岱的《绘事发微》一书中有《宋张怀论画》一篇曰："画至通乎源流，贯乎神明，使人观之，若睹青天白日，穷究其奥，释然清爽。非造理师古，学之深远者，罔克及此。"① 这里论及了绘画的高层境界。其中的"贯乎神明"指画作中所充溢的画家自身的精神气韵。"神明"一语被用来论书，则指书法的技艺达到了神妙通神的境界。清代卞永誉的《式古堂书画汇考》中录越州罗坤对祝允明《楷书东坡记游》的书跋："钟司徒书法，惟宋仲温窥其堂奥，希哲此卷，俱从《季直》《宣示》诸帖神明变化，良足宝也。"② 称赞祝允明此卷得钟繇《季直》《宣示》诸帖之精髓，并能神明变化。"神明"还被用来论乐，如《初学记》引《瑞应图》曰："师旷鼓琴，通于神明，而白鹄翔。"③ 这是形容师旷鼓琴的技艺已经达到了出神入化的境界，能致祥瑞，能通神明。

"神明"一语还被广泛运用在诗学批评领域中。"神明"或被用来指人的精神，如刘勰在《文心雕龙·附会》篇中说："夫才量学文，宜正体制，必以情志为神明，事义为骨髓，辞采为肌肤，宫商为声气，然后品藻玄黄，摛振金玉，献可替否，以裁厥中。斯缀思之恒数也。"④ 这里的"神明"指精神。刘勰于此将一篇文章看成一个像人一样的生命体，肯定"情志"亦即作者的思想感情高于一切的统领地位。"神明"或被用来强调人的主观精神在诗歌创作中的重要作用。如清代的朱庭珍《筱园诗话》中说："可知诗家工夫，始贵有我，以成一家精神气味。迨成一家言后，又须无我，上下古今，神而明之，众美兼备，变化自如，始无忝大家之目。"⑤ "神明"或被用于称赞诗歌创作的变化莫测、独超众类，如清代屈复的《唐诗成法序》云："诗犹兵也，无法而有法，有法而无法，微矣。《三百篇》闾巷歌谣，太史采之，夫子删之，似无所谓法者，神明变化，自合风云，如黄篇、太公遗书，孤虚背攻，鬼神莫测。"⑥ 他认为诗歌创作如同用兵，虽然有法可循，但以"神明变化，自合风云"为作诗的最高宗趣。质言之，"神明"无论用于论艺还是用于论诗，其含义都是对其在哲学领域之含义的进一步引申。

清代学者叶燮喜用"神明"一语来论诗。在其诗学著作《原诗》中，他比较集中地运用了"神明"这一语。据笔者统计，在《原诗》中"神明"共出现

① ［清］唐岱：《绘事发微》，上海人民美术出版社1987年版，第49页。

② ［清］卞永誉：《式古堂书画汇考》卷二十五，文渊阁四库全书本。

③ ［唐］徐坚：《初学记》（卷十六），中华书局1962年版，第387页。

④ ［南朝梁］刘勰著，范文澜注：《文心雕龙注》，人民文学出版社1958年版，第650页。

⑤ ［清］朱庭珍：《筱园诗话》（卷四）//郭绍虞编撰，富寿荪校点：《清诗话续编》，上海古籍出版社1983年版，第2393页。

⑥ ［清］屈复：《唐诗成法序》，《唐诗成法》卷首，乾隆八年刊本。

8次。此外，由"神明"一语演变而来的"神而明之"出现2次，与"神明"一词含义相关的"神理"出现3次，"神"出现2次，"神妙"出现1次。叶燮所运用的这些词语，其意义用法虽不完全同于"神明"，但都以"神"为核心，与人之精神直接相关。其中"神明"多被用来指诗歌创作者之精神。"神理"则是指诗歌创作中所体现的作者的精神意趣。虽然诗法的高妙之处是不可言说的，优秀的诗作的产生也是不可复制的，但是诗歌创作中所体现的古人之精神却是可以自心悟得的，而这种悟得的过程亦是运用我之"神明"的过程。"神妙"一语则更多地沾染了"神明"一语"神灵"的本意，侧重于指诗歌风格如鬼神一样之变化莫测。而这种诗歌风格的变化莫测，也是创作者之神明在作品中的体现。就《原诗》而言，"神明"可谓是其诗论的核心理念。叶燮关于"神明"的论述贯穿于其诗歌发生论、诗法论、师古论和风格论等诗歌理论之中，强调了人的主观精神在诗歌发生、创作和批评中的重要作用。因此，以"神明"为考察视角不失为凸显叶燮论诗主"变"的诗学纲领、阐释其《原诗》诗学价值的一条可取理路。

## 二、"穷尽此心之神明"：诗歌之发生

关于诗歌发生的问题，中国历代诗论家皆有所论述。在《原诗》中，叶燮对诗歌的发生问题作了比较系统和精当的阐述。在他看来，创作诗歌的关键就在于"穷尽此心之神明"[①]。他说："曰理、曰事、曰情，此三言者足以穷尽万有之变态。凡形形色色，音声形貌，举不能越乎此。此举在物者而为言，而无一物之或能去此者也。曰才、曰胆、曰识、曰力，此四言者所以穷尽此心之神明。凡形形色色，音声状貌，无不待于此而为之发宣昭著。此举在我者而为言，而无一不如此心以出之者也。以在我之四，衡在物之三，合而为作者之文章。大之经纬天地，细而一动一植，咏叹讴吟，俱不能离是而为言者矣。"[②] 这里的"神明"指创作者的主观精神，具体而言，则是指诗歌创作者内心所具有的清能灵识。这一段话可谓叶燮诗歌发生论的总纲，分析这段话可知，叶燮认为诗歌创作的过程就是"穷尽此心之神明"之过程，以此为中心，叶燮分别从主体与客体两个方面来阐述诗歌的发生问题。

在诗歌发生问题上，叶燮对创作主体的才能、胆量、见识、笔力等方面提出了要求。他认为，"才、胆、识、力"四者，足以概括人心所具有的各种能力，足以"穷尽此心之神明"。"形形色色，音声状貌"即一切事物都凭借人的这四种能力而得以表述出来。诗歌乃至一切文章，就是创作主体凭借自身的才、胆、识、力这四种能力来表现客观事物及其发展规律和变化情状的结果。此外，就主体条件而言，叶燮还强调诗歌创作者要"先有胸襟"，这是"诗之基"。这里的

---

① ［清］叶燮著，霍松林校注：《原诗》，人民文学出版社1998年版，第23页。
② ［清］叶燮著，霍松林校注：《原诗》，人民文学出版社1998年版，第23—24页。

"胸襟"是指诗歌创作者的高尚思想、广阔视野和远见卓识。在叶燮看来诗歌创作者要想作出好的诗歌，必须具有广阔的胸襟。他在《原诗》内篇下中说："由是言之，有是胸襟以为基，而后可以为诗文。不然，虽日诵万言，吟千首，浮响肤辞，不从中出，如裁剪之花，根蒂既无，生意自绝，何异乎凭虚而作室也?"①在他看来，如若没有胸襟而去作诗，就像裁剪之花一样，虽然外表炫人眼目，但却没有根底，纵使生硬地作出了诗，其诗也是完全没有艺术生命力的。由此可见，创作者拥有高尚的情趣和审美眼光，这是诗歌发生的前提，正如元代学者陈栎所言"必有胸中之丘壑，而后能得丘壑之丘壑；有胸中之风月，而后能得风月之风月。"② 诗歌创作者必须自有胸襟，才能发掘自然和社会中的无限诗情，才能创作出上品诗歌。

就表现对象而言，叶燮将诗人所表现的多姿多彩的客观对象，概括为"理、事、情"。他说："曰理、曰事、曰情，此三言者足以穷尽万有之变态。凡形形色色，音声形貌，举不能越乎此。此举在物者而为言，而无一物之或能去此者也。""理"指万事万物的变化规律；"事"即指万事万物；"情"则是指万事万物的变化情状和存在状态。叶燮认为理、事、情涵盖了一切诗歌及文章的表现对象。这意味着，在叶燮那里，创作主体具有的这四种能力是诗歌创作的主观前提，而理、事、情则是诗歌创作的客观前提，这两个前提对于诗歌创作皆不可或缺。

叶燮认为诗歌创作的过程是主客体交融的过程，亦即是心物交融的过程。他说："凡形形色色，音声状貌，无不待于此而为之发宣昭著。此举在我者而为言，而无一不如此心以出之者也。以在我之四，衡在物之三，合而为作者之文章。大之经纬天地，细而一动一植，咏叹讴吟，俱不能离是而为言者矣。"这便是叶燮所阐述的诗歌发生的过程，简而言之，即所谓"以在我之四，衡在物之三"。在叶燮看来，客观外物，不仅是诗歌创作的表现对象而已，还是触发作者创作灵感之根源所在。于此，叶燮还提出了"触物起兴"之论。如其在论述创作主体之"志"的重要性时说："然有是志，而以我所谓才、胆、识、力四语充之，则其仰观俯察、遇物触景之会，勃然而兴，旁见侧出，才气心思，溢出于笔墨之外。"他认为，创作主体除了志存高远，具有才、胆、识、力之外，还要"遇物触景"，接触外物而有所感，这是诗歌发生的前提。这也说明诗歌创作来源于现实生活，创作主体要多接触生活，融入生活，而不能脱离生活而去闭门造车。他在《原诗》内篇下中说："欲其诗之工而可传，则非就诗以求诗者也。"③ 叶燮认为学诗者要从事诗歌创作，必须重视诗外功夫。因为诗歌创作的灵感来自对社会生活和自然环境的观察和感悟，所以诗人想要创作出脍炙人口的诗篇，就不能"与

① ［清］叶燮著，霍松林校注：《原诗》，人民文学出版社1998年版，第17页。
② ［元］陈栎：《自得楼诗序》，《陈定宇先生文集》卷一，台湾新丰文出版社1985年版。
③ ［清］叶燮著，霍松林校注：《原诗》，人民文学出版社1998年版，第16页。

世为漠然不相关之人"①。

叶燮以"穷尽我心之神明"为中心建构其诗歌发生论。叶燮认为诗歌的发生，是创作主体利用自己的才、胆、识、力表现客观的理、事、情，表现多姿多彩的客观世界的过程。他还从内、外两个方面对其诗歌发生论进行限定。对创作主体而言，内要自具胸襟，具有诗人的审美眼光和审美情趣，这是能发现诗情的前提；外要有所触发，这就要求诗人多接触社会生活，从生活中汲取创作灵感。叶燮的诗歌发生论兼顾作为创作主体的诗人自身的主观条件又注重表现对象的客观情况，可谓通达之论。

## 三、"神明之法"：诗歌创作之方法

由于叶燮注重诗歌创作者之"神明"，相应地，在诗法论上，他也主张不拘定法，强调"神明之法"。他在《原诗》内篇下中说："彼曰：'凡事凡物皆有法，何独于诗而不然！'是也。然法有死法，有活法。若以死法论，今誉一人之美，当问之曰：'若固眉在眼上乎？鼻口居中乎？若固手操作而足循履乎？'夫妍媸万态，而此数者必不渝，此死法也。彼美之绝世独立，不在是也。又朝庙享燕以及士庶宴会，揖让升降，叙坐献酬，无不然者，此亦死法也。而格鬼神、通爱敬，不在是也。然则彼美之绝世独立，果有法乎？不过即耳目口鼻之常，而神明之。而神明之法，果可言乎！彼享宴之格鬼神、合爱敬，果有法乎？不过即揖让献酬而感通之。而感通之法，又可言乎！死法，则执涂之人能言之。若曰活法，法既活而不可执矣，又焉得泥于法！"②

在这里，叶燮把诗歌与人相比拟，并以衡量人之美丑的标准来类比诗法对于诗歌的重要作用，把诗歌作为与人一样有生机和活力的精神载体来看待。他认为"眉在眼上""鼻口居中""手操作而足循履"是衡量人容貌之美的基本标准，但是这些标准却不能成就绝世之美，美之绝世独立者没有固定的标准，只是独特的精神灵气贯穿于耳目口鼻之中，已经超越了人容貌之美的基本标准。正如对于美的评价标准不能拘泥一样，名篇佳作的产生也不能拘于定法。诗歌创作中既有"死法"，即诗歌创作的一般法则，又有"神明之法"，即作者变化生心之法。作者以"神明"比喻诗法，比喻诗法的精妙之处是如鬼神一样变化莫测，不能言传的，而需要创作者本人的自心体会。所谓的"神明之法"，本无法可言。而若能"神而明之"，其中自有法存，而其法终不可言。

在《原诗》中，叶燮还以诗中用事为例来说明诗歌创作不可拘泥于成法，倡导"神明之法"。他说："韩诗以旧事而间以己意易以新字者、苏诗常一句中

---

① ［清］叶燮：《怀轩说》，《己畦文集》（卷二十一），《丛书集成续编》（第 152 册），台湾新丰出版公司 1988 年版，第 627 页。

② ［清］叶燮著，霍松林校注：《原诗》，人民文学出版社 1998 年版，第 20 页。

用两事、三事者；非骋博也，力大故无所不举。然此皆本于杜。细览杜诗，知非韩、苏创为之也。谓一句止许用一事——如七律一句，上四字与下三字，总现成写此一事，亦非谓不可；若定律如此，是记事册，非自我作诗也。诗而曰'作'，须有我之神明在内。"① 他还进而将作诗之法与兵法相比拟。他说："如用兵然：孙吴成法，懦夫守之不变，其能长胜者寡矣；驱市人而战，出奇制胜，未尝不愈于教习之师。故以我之神明役字句，以我所役之字句使事，知此，方许读韩苏之诗。不然，直使古人之事，虽形体眉目悉具，直如刍狗，略无生气，何足取也！"②

在诗歌之用事的问题上，叶燮主张"以我之神明役字句，以我之所役之字句使事"，不能"直使古人之事"。韩愈和苏轼的诗歌用事之法，虽然同为学杜，但都不拘定法，别有开创，学习前人而能自有面目，所以不失为大家。而将"神明之法"与作战时不守成法、出奇制胜相类比，叶燮意在凸显"我之神明"，主张作诗不可死守固定模式。这两处的"神明"即"穷尽此心之神明"的"神明"，指诗歌创作者内心所具有的清能灵识。

叶燮在诗歌创作方法上所强调的这种"神明之法"与人们常说的"活法""诗无定法"在精神实质上具有一致性，但更突出了诗法神妙莫测，不可言说的一面，而且把诗法问题最终归结到创作主体之精神的层面上来。此外值得提及的是，叶燮虽然主张不拘定法，强调"神明之法"，但并非认为诗歌创作不需要任何句法、章法，可以随意为之。"而是反对用死硬的模式去套丰富多彩、变化万端的客观现实。"③ 质言之，在叶燮看来，诗歌创作有定法，亦有"神明之法"。"神明之法"只可意会，不可言传。诗法的运用如用兵法一样，虽然有诗家常用之法，但优秀诗歌的产生往往是不拘常法，出奇制胜。此即陆游在其诗作《文章》中所说的"文章本天成，妙手偶得之"④。

## 四、"得其神理"：诗歌创作之师古

虽然叶燮强调诗歌创作中有不可言说、不可把握的"神明之法"，但是他并不反对向古人学习。在诗歌师古的问题上，叶燮主张"得其神理"。这里的"神理"是指诗歌创作中所体现的作者的精神意趣。它是诗歌创作者内心所具有的清能灵识在作品中的具体体现。也就是说，诗歌创作者在创作之时运用自己的"神明"，表现在作品中即为作品之"神理"。叶燮认为，诗歌创作者在学习前人之时，要得古人诗作之真精神，即神理。从而将"神明"这一核心理念贯彻到了诗歌师古论中。叶燮既反对前后七子摹拟窃袭，也反对公安、竟陵派的师心自

---

① ［清］叶燮著，霍松林校注：《原诗》，人民文学出版社 1998 年版，第 51 页。
② ［清］叶燮著，霍松林校注：《原诗》，人民文学出版社 1998 年版，第 51 页。
③ ［清］叶燮著，霍松林校注：《原诗》，人民文学出版社 1998 年版，第 7 页。
④ ［宋］陆游：《陆游集》（第四册），中华书局 1976 年版，第 1933 页。

用，认为他们皆非正途，将诗歌创作引入了偏狭的境地。他在强调创作者的胸襟对诗歌创作的重要性时说："则夫作诗者，既有胸襟，必取材于古人，原本于《三百篇》《离骚》，浸淫于汉、魏、六朝、唐、宋诸大家，皆能会其指归，得其神理。以是为诗，正不伤庸，奇不伤怪，丽不伤浮，博不伤僻，决无剽窃吞剥之病。"① 他认为，创作者本人自有胸襟，在创作之时就可以得《诗》《骚》，汉、魏、六朝、唐、宋诗之"神理"，从而驱遣文字，游刃有余。

在师古的范围和对象上，叶燮主张学诗者也要"神而明之"，师古之要不在于时代的远近，形貌的相似，而在于把握古人诗作的精髓所在。针对有人认为温柔敦厚的诗教只有在去古未远的汉魏时代才有，从而主张学汉魏的论调，叶燮用形象的比喻来加以阐述和批驳。他说："'温柔敦厚'譬如一草一木，无不得天地之阳春以发生。草木以亿万计，其发生之情状，亦以亿万计，而若者为不得者哉！且'温柔敦厚'之旨，亦在作者能神而明之；如必执而泥质，则巷伯'投畀'之章，亦难合于斯言矣。"② 此处的"神而明之"具体是指创作者对"温柔敦厚"诗旨的体会要灵活，把握到"温柔敦厚"诗旨的精神实质。叶燮认为，"温柔敦厚"之诗教为体，表现这种诗教的文辞为用，一代有一代之温柔敦厚，其用不同，其体不异。学诗者，要善于学之，而不能胶柱鼓瑟、拘于成法。而针对有的学诗者"逆而反之"，摒弃汉魏、盛唐之诗，主张只学唐以后之诗的论调，叶燮认为这些关于师古对象的唐前、唐后之争，都是"偏畸之私说"③。对此，他批评道："窃以为相似而伪，无宁相异而真，故不必泥前盛后衰为论也。"④ 也就是说，学诗者如果偏执于一端，一味地模仿古人，即便得古人诗作之形貌，也是"优孟衣冠"，终无神采。他于此强调诗之"真"，即诗歌要抒发自己的真性情，师古的目的不在于泥古，而在于创作出独具风格的作品。

对于这些在学古问题上的偏颇之见，叶燮认为，在学古的问题上，作者的识见很重要。在他看来，学诗者具有"识见"，才能在学古的问题上不囿于成见，把握古人诗作之真精神，从而"变化神明而达之"。

"吾愿学诗者，必从先型以察其源流，识其升降。读《三百篇》而知其尽美矣，尽善矣，然非今之人所能为焉；即今之人能为之，而亦无为之之理，终亦不必为之矣。继之而读汉魏之诗，美矣、善矣、今之人庶能为之，而无不可为之；然不必为之；或偶一为之，而不必似之……又继之而读唐人之诗，尽美尽善矣，我可尽其心以为之，又将变化神明而达之。又继之而读宋之诗、元之诗，美之变而仍美，善之变而仍善矣；吾纵其所知，而无不可为之，可以进退出入而为之。

---

① ［清］叶燮著，霍松林校注：《原诗》，人民文学出版社 1998 年版，第 18 页。
② ［清］叶燮著，霍松林校注：《原诗》，人民文学出版社 1998 年版，第 17 页。
③ ［清］叶燮著，霍松林校注：《原诗》，人民文学出版社 1998 年版，第 3 页。
④ ［清］叶燮著，霍松林校注：《原诗》，人民文学出版社 1998 年版，第 33 页。

此古今之诗相承之极致，而学诗者循序反覆之极致也。"①

叶燮认为，学诗者要提升自己的眼界和学识，途径就是学习前人并有所辨识。对于古往今来的优秀诗歌都要进行阅读和学习，但这些诗作也各有其升降层次，要细味之而明辨之，要"察其源流，识其升降"。他在论及对唐诗的学习时，也凸显了"神明"这一理念。他认为唐诗"尽美尽善矣"，那么，应当如何学习唐诗呢？他提供的方法是"我可尽其心以为之，又将变化神明而达之"。他再一次强调了在学古的问题上，运用自己的主观精神的重要性。唐诗所达到的"兴象玲珑、不可凑泊"的神妙境界，不仅需要学诗者"尽其心以为之"，而且需要其自心悟之而有所得。实则，这不仅仅是学习唐诗的方法，也是学习一切优秀诗歌的不二方法。

## 五、"变化神妙"：诗歌之风格

叶燮认为，诗歌的发生是为了"穷尽此心之神明"，诗歌创作的过程也是创作者运用自己神明的过程。而诗歌风格是创作者之神明在作品中之体现。叶燮的诗歌风格论，也贯穿着他的"神明"理念。出于对创作者"神明"之重视，叶燮主张诗歌创作要各有其性情面目。而对于杜甫诗歌的"变化神妙"、合于自然之风格特别推崇。其中的"神妙"是指"神""妙"兼达的审美境界。而这种境界的获得正是诗歌创作者充分运用自身的清能灵识进行创作的结果。不同的诗人自有其风格，不同时代的诗歌风格自有其特色，从这点出发，叶燮在风格评论上能够不偏执一端，而有公允之论。

叶燮强调诗歌创作者要创作出显示自己个性面貌的艺术作品来，"各不相袭""矫然自成一家"②。这是他注重作者的"神明"在诗歌风格方面的必然要求。他认为"诗如其人"③，人各不同，所以诗歌风格也应像造化生物一样千姿百态、变化莫测。由此可知，叶燮非常欣赏杜甫诗歌在法度之外的"变化神妙"，推尊杜甫为"诗之神者"。在《原诗》外篇下中，叶燮以杜甫的《赠曹将军丹青引》为例来论述杜甫诗歌的"变化神妙"、合于自然。他说："杜甫七言长篇，变化神妙，极淡经营之奇。就《赠曹将军丹青引》一篇论之……章法如此，极森严，极整暇。余论作诗者，不必言法；而言此篇之法如是，何也？不知杜此等篇，得之于心，应之于手，有化工而无人力，如夫子从心不逾之矩，可得以教人否乎！使学者首首印此篇以操觚，则滞板拘牵，不成章矣。决非章句之儒，人工所能授受也。"④ 叶燮在这里用"变化神妙"来形容诗歌创作达到了奥

---

① ［清］叶燮著，霍松林校注：《原诗》，人民文学出版社 1998 年版，第 35 页。
② ［清］叶燮著，霍松林校注：《原诗》，人民文学出版社 1998 年版，第 4 页。
③ ［清］叶燮著，霍松林校注：《原诗》，人民文学出版社 1998 年版，第 62 页。
④ ［清］叶燮著，霍松林校注：《原诗》，人民文学出版社 1998 年版，第 73 页。

妙难测与造化同工的自由境界。在叶燮看来，杜甫的诗歌并非不守诗法，而是章法"极森严，极整暇"，但是其诗歌创作却能"得之于心，应之于手""变化神妙"，这与自然生物的变化莫测、鬼斧神工，有异曲同工之妙。

由于叶燮重视诗歌创作者之"神明"，他不仅推崇杜甫诗歌的"变化神妙"，而且也主张诗歌风格之变化多样，从而对于诗学史上存在争议的一些论题，有通达之论。关于诗歌风格的"陈熟"和"生新"之论是中国古典诗学一直在探讨的问题，叶燮对之便有自己的独特见解。他说："近今诗家，知惩'七子'之习弊，扫其陈熟余派，是矣。然其过：凡声调字句之近乎唐者，一切摒弃而不为，务趋于奥僻，以显怪相尚；目为生新，自负得宋人之髓。几于句似秦碑，字如汉赋。新而近于俚，生而入于涩，真足大败人意。夫厌陈熟者，必趋生新；而厌生新者，则又返趋陈熟。以愚论之：陈熟、生新，不可一偏；必二者相济，于陈中见新，生中得熟，方全其美。若主于一，而彼此交讥，则二俱有过。然则，诗家之工拙美恶之定评，不在乎此，亦在其人神而明之而已。"①叶燮因此认为，对于诗歌的"工拙美恶"的评判标准不在于"陈熟"，也不在于"生新"，而在于诗歌批评者自身的"神而明之"。这里的"神而明之"则强调诗歌批评者在诗歌品评的过程中要运用自己的主观精神。叶燮实则认为，诗歌风格的品评没有绝对的标准，需要品评者本人自心悟之。清代诗坛反对明代前后七子"诗必盛唐"② "不读唐以后书"③ 之说，具有合理性的一面，但是却走向了另一个极端，即只读唐以后书，甚至连近乎唐代的字句声调都一概排斥，专门追求"生新"，结果流于奥僻、险怪。叶燮反对这种弊端，认为对诗歌的"陈熟"与"生新"，不宜刻意求其一端，要在"其人神而明之"，而且只有二者相结合，相辅相成，才能得其全美。

总的来看，叶燮以"神明"论诗歌之发生、诗歌之创作和诗歌之风格，凸显了创作者的主观精神对诗歌创作的重要作用。在诗歌的发生问题上，他主张"穷尽此心之神明"；在诗法的运用上，他强调"神明之法"，主张诗歌创作者要"以我之神明役字句"，不拘定法，别有开创；在师古问题上，他以"得其神理"为纲；在诗歌的风格上，他欣赏杜甫诗歌的"变化神妙"，而出于对"神明"这一理念的重视，他也赞赏诗歌风格的变化多样。叶燮《原诗》中关于"神明"的论述贯穿于其诗歌发生论、诗法论、师古论、风格论之中，而且叶燮在他的诗学批评中践行了他的"神明"理念，所以他能够对许多诗学论题有自己的通达之见。

（《北京社会科学》2015 年第 2 期发表）

---

① ［清］叶燮著，霍松林校注：《原诗》，人民文学出版社 1998 年版，第 44 页。
② ［清］张廷玉：《明史·李梦阳传》（卷二八六），中华书局 1997 年版，第 7348 页。
③ ［清］永瑢等撰：《四库全书总目提要》（卷一八九），中华书局 1965 年版，第 1717 页。

# 《修道士》与《百年孤独》的黑色美学特征比较

姚萌萌*

《修道士》（*The Monk*）于 1796 年 3 月在英国问世之后产生了强烈反响，它与《尤道夫的神秘》（*The Mysteries of Udolpho*）和《意大利人》（*The Italian*）并称为"经典哥特小说"①；马尔克斯于 1967 发表的《百年孤独》（*One Hundred Years of Solitude*）也为拉丁美洲带来了荣誉，并享誉欧美，后来被称为魔幻现实主义的巅峰之作。从产生的地域与年代上看，两部作品相距甚远，但从小说文本本身来看，两部作品都存在着黑色的美学特征。对启蒙运动所鼓吹的理性主义的强烈抗击决定了哥特小说的黑暗色彩，在《百年孤独》中出现的与《修道士》毫无二致的逼仄的生存空间，暴力、凶杀、情欲、乱伦缺一不可的黑色题材，以及孤独、宿命与死亡等黑色主题正是这种黑色经典的题材展现。不仅如此，与负面题材相对应的是，两部作品在表现黑色的技巧和内涵也有着相似的特征关联，即都通过魔幻技巧赋予小说一种迷离的黑暗色彩，也从非理性的层面上反映出在民族发展进程中表现出的与文明对立的阴暗面的社会思考。

## 一、黑色题材与主题表现

黑色性是哥特小说最重要的艺术特征之一，"十八世纪中后期的许多文学作品偏好黑夜与阴暗，乍看令人费解，其实意在对抗启蒙运动对于知识和理性的过分强调。"② 哥特小说倾向于让故事发生在黑暗的地点，多使用传统的黑色题材，并对一些沉重压抑的主题进行了折射。所以，布吕奈尔在《什么是比较文学》中将哥特小说称为"黑色小说"；在中国学者李伟昉的《黑色经典（英国哥特小说论）》一书中，作者将包括《修道士》在内的英国哥特小说称作"黑色经典"；肖明翰也说，哥特小说所谓的"黑"指的是其题材与主题的非正面展示。③ 将哥

---

* 作者简介：姚萌萌（1980—　），文学博士，河南财经政法大学文化传播学院讲师，河南省比较文学与世界文学学会理事，主要研究方向为英美文学。

① David Punter, *The Literature of Terror: A History of Gothic Fictions from 1765 to the Present Day*, London: Longman Group Limited, 1980, p. 132.

② 苏耕欣：《哥特小说——社会转型时期的矛盾文学》，北京大学出版社 2010 年版，第 10 页。

③ 肖明翰：《英美文学中的哥特传统》，载《外国文学评论》2001 年第 2 期。

特小说的黑色作为美学特征提出来的是美国学者柏廷，他认为黑色不仅是哥特小说的美学特征，能够带来黑色的情绪体验，还具有时代象征性和一定的反理性的思想特征："黑色性：一种消极美学影响下的哥特文本。"①

在《修道士》中，富有特色的经典黑色题材的运用使得暴力与凶杀无处不在，情欲与乱伦控制了小说的情节。从林间横行的强盗团伙到瞒天过海的女修道院长，再到道貌岸然的安布罗斯都是暴力的执行者；丛林的过客、天真的少女和病弱的老妪都是无辜的受害者。出于这样又或那样的原因，一桩又一桩的凶杀事件在小说里或隐或显：血性修女死于非命化为冤魂骚扰生者；丛林客栈里床单上的血迹展露种种杀戮的迹象；雷蒙德的仆人被强盗杀死；安东尼娅的母亲遭遇午夜凶杀等，暴力使得小说中充斥着一种势不可当的赤裸裸的毁灭。小说的结局则更充分地诠释了安布罗斯的命运悲剧，揭秘了他的身世，随之使单纯的情欲变成了乱伦：从魔鬼那里得知，被他残害的安东尼娅正是他的妹妹，而他亲手杀死的安东尼娅的母亲正是他自己的母亲，最终他再也无法获得救赎，彻底坠入了堕落的黑暗深渊。这些题材除了本身的黑色性之外，其所在之处，无不通过失控的欲望揭示出人性的阴暗，以及由此造成的毁灭性后果。

同样地，在《百年孤独》中，情欲的泛滥、乱伦的主题与家族的毁灭交织在一起——表兄妹之间、姑侄之间、母子之间隐约暧昧的情欲魅惑奇幻地重叠勾连，主导了小说情节的发展：老布恩蒂亚家族因乱伦的情欲而生，马贡多因情欲而建。在情欲明明灭灭的故事发展过程中，人物与命运被乱伦的情欲所左右：老布恩蒂亚与乌尔苏拉的乱伦婚姻；阿玛兰妲和自己侄子乱伦；老布恩蒂亚家族的最后一代依然是乱伦的近亲婚姻；最终因为乱伦婚姻中的情欲，又生出了带有猪尾巴的孩子，"到这时，他才发现阿玛兰妲·乌尔苏拉不是他的姐妹，而是他的姨妈，而当年弗朗西斯·德雷克袭击里奥阿查不过是为了促成他们俩在繁复错综的血脉迷宫中彼此寻找，直到孕育出那个注定要终结整个家族的神话般的生物。"② 这部小说同样也是暴力与凶杀的活跃之所：寻找马贡多是因为老布恩蒂亚杀死了和他斗鸡的普鲁登西奥，搬到马贡多之后他的大儿子被枪杀，其二儿子的十七个孩子除了老大之外，同一天都被杀死，小说中的男人大部分都死于非命，这简直就是暴力与凶杀的大集合。在情欲、乱伦、暴力与凶杀的纠缠交错中，家族毁灭，村庄夷平，一切来自于荒诞，最终又归于虚无，这无疑是对哥特小说的颇具震撼力的黑色题材的放大与交混，由此而构筑的故事情节也不禁令人叹为观止。

对宿命与死亡的表现也使得这两部小说增加了离奇色彩：安布罗斯从小受到教规训诫，最终不仅未能获得救赎反而堕落，他自小孤独却没想到最终会残害亲

---

① Fred Botting, *Gothic*, London and New York: Routledge, Introduction, p. 2.
② 加西亚·马尔克斯：《百年孤独》，范晔译，南海出版公司 2011 年版，第 359 页。

人。而老布恩蒂亚家族的宿命更是出于预言，起于带有猪尾巴的后代，最后仍终于斯，这样的命运历经百年六代颠扑不破。虽然这两部作品都体现出对死亡的思考，但是却能体现出异质文化对待死亡的相同态度及不同理解：基督教社会人们相信来世，不惧怕死亡，但是惧怕死后的不被救赎，所以他们重视今世的德行；拉美社会同样不惧怕死亡，甚至能够平静地对待死亡，因为鬼魂虽死犹生，会时刻伴随在活人左右，死人与生者之间的纠葛会永远存在，不止不息。这种对死亡与宿命的演绎与西方文学传统中的俄狄浦斯式悲观宿命论何其相似，无论怎样选择，毁灭的结局都已经设定，死亡是必然要表现的主题，正是由于这种主题的表现，不仅使得这两部小说显示出狰狞黑暗的色调，也在更深层次上使其具有了更加震撼人心的绝望色彩。

虽然孤独、宿命与死亡等是这两部作品都大力进行表现的黑色主题，但这种主题却反映了 18 世纪的英国和 20 世纪的拉美社会不同的发展状况。在哥特小说中，孤独主题侧重人的心理感知，从心理探究方面显示了对人物内心阴暗面的思考，如在《修道士》中就通过对人物内心的洞察去观照其孤独的阴暗面；而在《百年孤独》中，从个人到家族，从外在处境到精神世界，孤独无处不在。这两部作品都对孤独主题进行了表现，但是这两种孤独却表现出了不同的文化与民族内涵。隐含了对困境中的人所面临的普遍性问题的思考，孤独的枷锁实际上是宗教的蒙昧遮蔽和社会的愚昧落后。

《百年孤独》的黑暗色彩虽然与《修道士》具有传承与同源的关系，但是 18 世纪英国哥特小说中的这种黑色，被马尔克斯移用到了反映拉丁美洲百年风云的《百年孤独》中，也有着自身的民族原因：《修道士》的故事发生在阴暗的山间丛林、闹鬼的哥特式古堡、教规森严的修道院以及黑暗的教堂墓地；而在《百年孤独》中，拉丁美洲大陆的贫穷与落后是作者力图描绘的，和所有对自己热爱的土地怀有炽热情感的作家一样，这片土地上阻碍拉丁美洲进步的根深蒂固的愚昧也是作者要揭示的。因此，《百年孤独》小说大量展示了马贡多炎热艰窘的生存空间，并将其置于挥之不去的绝境之中：环境是炎热的，物质是匮乏的，精神是贫穷的，命运是不变的寂寞轮回；作者怀着一种悲悯在种种令人不适的黑色元素中铺开了对拉丁美洲黑暗现实的揭示，反映了拉美民族心理中的现实改变欲望与革命诉求。

## 二、魔幻性演绎

在英文中，magic 一词就有"魔法、魔力、巫术"的意思，更等同于"不可思议的"。这两部作品的魔幻性主要体现在魔幻手段和魔幻色彩上，其魔幻性的独特之处则在于借助魔法、魔鬼与鬼魂、超自然力量等魔幻元素，达到时间与空间的主客观交混的效果，营造出多维的魔幻空间，进而呈现出不可思议的魔幻色彩。柏廷说:"如果知识与调查的理性过程和建立在自然、经验主义的现实之上的理解联系起来,那么哥特形式就扰乱了认知的边缘,并且召唤出模糊的他世界现象或者是以错觉、幽灵和欺骗为特征的'黑暗艺术',炼金术、神秘的和超自然的形式。"[1] 而对于魔幻现实主义小说来说,"所谓的魔幻现实主义,就是通过'魔法'所产生的幻景来表达生活现实的创作方法。"[2] 魔幻的手法与现实相结合就是"用魔幻的东西将现实隐去,展示给读者的是一个循环往复的、主观时间和客观时间相混合、主客观事物的空间失去界限的世界。"[3] 具体来看,在《百年孤独》中正是通过魔法、魔鬼与鬼魂等超自然因素在情节中的综合运用,使时间与空间都出现了主客观交混从而使得小说展现出不可思议、扑朔迷离的幻景。这样的运用不仅不为这两部作品所独有,更不是魔幻现实主义的原创,其实哥特小说中早就大量用到了这种魔幻手段。《修道士》更是借此营造出同样离奇的多维魔幻空间,使真实与虚幻混淆并行,营造出小说中怪诞的魔幻色彩;《百年孤独》也使用同样的魔幻手法,在拉美的现实世界中植入一个魔幻的世界,并使两者扑朔迷离、合而为一。

首先,魔鬼、魔法、鬼魂等超自然因素在小说中大量存在,并成为现实情节逆转的主要因素。在《修道士》中当情节冲突发展到一定程度行将结束之时,一般会因为魔法或者鬼魂的介入而使情节得以继续,并一步步走到冲突的高潮。例如故事中有三组关系,一为马蒂尔德和安布罗斯,二是安布罗斯和安东尼娅,三是阿格尼丝与雷蒙德,而这三组关系持续贯穿了整个情节。往往在这些关系理所当然寿终正寝的当口,超自然因素或者鬼魂的干扰使其得以持续。其一,当马蒂尔德因为救下被毒蛇咬伤的安布罗斯而命不久矣的时候,她利用魔法保住了自己的性命,使得他们的关系得以延续;其二,当安布罗斯的阴谋被艾拉维拉发现而禁止接近安东尼娅的时候,马蒂尔德利用魔法使得安布罗斯再次有了接近安东尼娅的机会;其三,当阿格尼丝和雷蒙德为了对抗阿格尼丝的姑妈准备用私奔来解决他们之间障碍的时候,血性修女就出现了,他们之间的矛盾得以继续发展并最终引领情节达到了高潮。在《百年孤独》中超自然现象以及鬼魂则出现得更为频繁,也使得故事情节既不可思议又格外真实。马贡多出生的第一个孩子奥雷里亚诺在母腹中就会哭泣,生下来就大睁着双眼,可以用预言驱使汤锅掉在地上摔得粉碎;死人的鲜血可以穿堂入室报告其凶讯;俏姑娘蕾梅黛丝抓着床单就升上了天空;垂死的老乌尔苏拉无须双眼却可以观察到一切景象。

---

① Fred Botting, *Gothic*, London and New York: Routledge, Introduction, p.2.

② 刘长申:《加西亚·马尔克斯的小说创作与"魔幻现实主义"》,载《解放军外语学院学报》1995年第6期。

③ 刘长申:《加西亚·马尔克斯的小说创作与"魔幻现实主义"》,载《解放军外语学院学报》1995年第6期。

其次，魔鬼、魔法、鬼魂等超自然因素在左右小说情节的同时，也构筑现实世界之外的不为人知的黑暗空间。《修道士》本来描写的是与修道院生活有关的欧洲现实社会，但是却因为魔幻因素的介入而使小说的情节不断地发生逆转，体现出时间的交错性与空间的多维性。小说展示了两条与婚姻有关的线索，即以雷蒙德为主的线索和以安东尼娅为主的线索。在第二条线索发展的过程中第一条线索却以主观叙事的方式展现，客观现实的发生顺序是一前一后，主观感觉是同时发生，这是时间上的主客观交混。《百年孤独》也借助鬼魂与魔法因素勾连了现实与未知的空间，呈现出时间的动态交错与空间的丰富展现。老布恩蒂亚为了躲避被他杀死的普鲁登西奥的鬼魂的纠缠，外出寻找到了马贡多这个亡灵地图上的盲区，因为这里不曾有人死去，所以鬼魂找不到这里，因而才有了老布恩蒂亚一家百年六代在马贡多与命运的博弈。吉普赛人梅尔基亚德斯也是一个拥有魔力的人，他是智慧和全能的象征，又在冥冥之中操控着马贡多的命运。在梅尔基亚德斯的全知视角下，马贡多在一阵狂风之后凭空消失，一切归于虚无，拉丁美洲的百年历史也在真实和虚无中被编织出来，贫穷、黑暗、落后与愚昧的拉丁美洲跃然于纸上，尽管情节不可思议但是其反映的内容又真实可信，自然之人、冥界亡灵与未知的超自然世界和谐并存，使小说有了史诗的神秘与宏大。

总之，无论是体现在超自然、魔幻的多维空间还是恐怖和诡异的魔幻色彩上，《修道士》中的魔幻技巧对后代文学的发展都有着一以贯之的影响，而《百年孤独》也在利用魔幻技巧混淆光明的现实世界与黑暗的虚幻世界之间继续发展，在黑色性的表现上，表现出拉丁美洲民族的奇幻色彩，在利用黑色性对时代文明进行颠覆与反叛方面也表现出新的时代特色。

## 三、非理性内涵

哥特小说对黑暗世界的描绘其实是通过非理性来展现的。大大有别于18世纪现实主义小说的具有道德训诫意义的写实手法，非理性的表达不仅是哥特小说的重要特色，而且也是魔幻现实主义的显著特征。对于哥特小说而言，其魔幻性正是基于对18世纪现实主义小说创作与当时在欧洲占据统治地位的古典主义崇尚理性的颠覆与反拨，"哥特小说沉迷于鬼怪恐怖，在一定程度上是在抗拒启蒙运动令人窒息的理性。霍勒斯·沃波尔曾在一次信中坦承：'绝对有必要来个神，或至少来个鬼，把我们从太多的理性中解放出来'。"[1] 也正如霍勒斯·沃波尔在谈到《奥特朗托城堡》的创作初衷时所说，"我写此书正是为了蔑视那些规则、批评和哲学理念"[2]，正因为如此，霍勒斯·沃波尔的《奥特朗托城堡》再版时遭到《学术评论》（Critical Review）的批评，指责其鼓吹"盲目的哥特式魔鬼的

---

① 苏耕欣：《哥特小说——社会转型时期的矛盾文学》，北京大学出版社2010年版，第10页。
② Stephen Gwynn, *The life of Horace Walpole*, London: Thorton Butterwort, 1932, p.432.

迷信"①。而丁文林在《魔幻现实主义与超现实主义》中指出，"反现实主义"是魔幻现实主义的明显特征之一，而"反现实主义的特征主要来自欧美现代派文学的影响。我们知道，现代派很突出的一个特点就是'非理性'"②，迈吉·恩（Maggie Ann Bowers）在《魔幻现实主义》（*Magic( al) Realism*）中更明确"'魔幻'是指任何非同寻常的偶然事件，特别是理性科学不能解释的精神事件，在魔幻现实主义作品中的魔幻事件包括鬼魂、失踪、奇迹，不寻常的人物、怪异的气氛"③。非理性因素在《修道士》与《百年孤独》中体现为预言与梦境、不可知力与主观的自我毁灭等。

古老的预言（An ancient prophecy）和具有洞察力的凶恶预兆（Omens，portents，visions）理所当然是哥特小说的重要元素④。《修道士》开头吉普赛女人对安东尼娅的古老预言和洛伦佐的可怕梦境预示了她未来不可思议的结局——"好色的人和狡猾的魔鬼将共同导致你的毁灭"⑤，伪善与邪恶的女修道院长在吉普赛女人的预言和洛伦佐的梦境中都有清晰而准确的性格分析，故事的结局也在此得到揭示——"随着一声凄厉而恐怖的叫喊，那怪物陷入地狱，在下陷时她企图把安东尼娅也拽下去，但未得逞"，而安东尼娅则"顿时长出两只闪烁着金光的巨翅，腾空而去"。安东尼娅的毁灭在预言中显得无比凄厉，而她在现世的毁灭也异常的惨烈。安布罗斯的结局也在魔鬼的安排下一步一步的实现，这样的结果在一开始就具有邪恶无比的先知色彩——他戕害了自己的母亲，玷辱了自己的家族，其灵魂则陷入万劫不复的境地。

《百年孤独》中的神秘预言与梦境也预示了家族的毁灭，同样也属于典型的非理性因素。老布恩蒂亚家族与他们赖以生存的马贡多的命运早已在古老的羊皮古卷中被赋予了可怕预言——"家族中的第一个人被绑在树上，家族中的最后一个人正在被蚂蚁吃掉。"⑥ 而老布恩蒂亚家族中的最后一个人在鬼魂的引领下破解羊皮古卷之日，就是这个家族消亡之时，这个预言神秘地存在，无人知晓，但最终又昭然若揭，显示出介于未知与已知之间神秘的存在，将小说中所描述的空间展现的波澜壮阔又曲折入微，这样的魔幻效果不禁令人惊叹。如果说马贡多的命运预测是隐秘的，那么老布恩蒂亚家族的毁灭则验证了老乌尔苏拉母亲的担忧。近亲结婚会给家族带来灾难，这个家族以乱伦而生的怪胎而始，又以乱伦而生的怪胎而终，这个凶恶的预兆在小说的开篇就已存在，而后多年的挣扎最终归

---

① Anonymous，"*A Review of the Castle of Otranto*：*A Story*"，Critical Review（January 1765），pp. 50 – 51.

② 柳鸣九主编：《未来主义·超现实主义·魔幻现实主义》，中国社会科学出版社 1987 年版，第 373 页。

③ Maggie Ann Bowers：*Magic( al) Realism*，London and New York：Routledge，2004，p. 20.

④ See Patrick Sing，*Elements of Gothic Novel*，2008，p. 68.

⑤ 马修·刘易斯：《修道士》，李伟昉译，上海译文出版社 2011 年版，第 31 页。

⑥ 加西亚·马尔克斯：《百年孤独》，范晔译，南海出版公司 2011 年版，第 358 页。

于早已命定的消逝。马贡多缘梦而生孤独地矗立数年又凭空消失，昔日的繁荣与挣扎也南柯一梦般地烟消云散。按照凶恶预兆的提示，马贡多的人类在徒劳艰辛的挣扎之后最终招致了毁灭的命运，马贡多也在一片混乱中按照吉普赛人的预言离奇消失。在《百年孤独》中预言的神奇与恐怖就在于，预言在空间上先于事实而存在，但是其现实谜底的揭晓却是和可怕现实的出现是同步的。所以，当预言中揭示的现实真相大白之时，毁灭的命运同时完成，这样的安排巧妙地传达出现实世界中的人面对孤独与毁灭的无能为力的绝望。

　　无论是在《修道士》中，还是在《百年孤独》中，这种对于预言、魔法等另外一个未知世界的表现，不仅进一步加深了小说的黑暗色彩，也表现出对现存社会文明发展与既有秩序的反抗。在《修道士》产生的 18 世纪，欧洲社会的科学已经有了显著的进步，英国社会也沉浸在一个以光明和理性著称的世界中而沾沾自喜，而哥特小说以文学特有的敏感性传导了社会的危机，正如柏廷所言："首先出现在 18 世纪中期的哥特小说，这也是一个启蒙运动建立它统治世界的显著地位的时期，哥特故事被设定在中世纪，或者是黑暗时代。黑暗———一种理智、安全和知识之光的缺乏———赋予了这种类型以外观上的、情绪的和内涵上的特征。"[1] 而 20 世纪的拉丁美洲，一方面是西方入侵带来的文明，另一方面则是拉丁美洲身处的灾难与愚昧，《百年孤独》也正是借用这种蒙昧与迷信的非理性因素对拉美现实社会进行了烛照，同时，这种带有浓厚民族色彩的非理性表达也正反映了作者矛盾的民族情感。

## 结　语

　　通过对这两部时间跨际如此之大的作品之间众多相似性甚至雷同的比较，我们可以看到包括《修道士》在内的英国哥特小说的黑色美学传承。其实这些黑色性在各类小说中并不少见，"重新审视世界小说史，我们就不难发现，许多经典作家的经典作品中，都或多或少地含有英国哥特小说的因素……正是这种'黑色'性，铸就了那些作品的经典性和生命力。"[2] 哥特小说作为黑色经典的魅力在不同的国家与地区也发生了文学与美学内涵的变异，无论是在传承还是在变异上，《百年孤独》都是一个极为突出的例子。由于受到拉丁美洲国家反动当局的迫害，很多作家都流亡国外，魔幻现实主义作家如危地马拉当代著名作家米格尔·安赫尔·阿斯图里亚斯，古巴当代著名作家阿莱霍·卡彭铁尔等都长期流亡欧美，加西亚·马尔克斯更是被派驻欧洲，长期旅居国外。在此期间，马尔克斯直言受到了福克纳、海明威等美国小说家的重要影响，而哥特小说的繁盛之地除了英国之外，还有德国和美国，尤其是美国，"尽管哥特小说在英国产生和繁

---

① Fred Botting, *Gothic*, London and New York：Routledge，Introduction，p. 2.
② 李伟昉：《黑色经典———英国哥特小说论》，中国社会科学出版社 2005 年版，第 17 页。

荣，但 19 世纪 20 年代以后，哥特小说发展的中心似乎移到了美国。"① 更进一步认识到哥特小说与马尔克斯创作之间的关系。同样作为拉丁美洲的魔幻现实主义代表作家的阿莱霍·卡彭铁尔的一段话非常重要，他在《〈这个世界的王国〉序》中说："在感受了毫不夸张的海地的魔力、领略了中部高原的红褐色道路的奇妙、倾听了彼特罗和拉达的鼓声之后，我不禁将这亲身体验的神奇现实同近三十年来欧洲文学时行的和竭力渲染的神奇相比较，发现后一种神奇或源于布罗赛良达森林、圆桌骑士，墨林术士、亚瑟传等旧框框；或流于描写市民的职业、变态的市民（法兰西的青年诗人难道不厌烦兰波在炼字中弃绝的市民风情与小丑?）……或出自纯粹的文学神奇：萨德的《米利埃特》中的国王、雅里塑造的超级男子汉、刘易斯的修道士以及英国黑色小说那令人毛骨悚然的招数，如鬼怪、幽居的神父、变狼病患者、钉在城堡门上的手等。"② 这里明确提到了《修道士》以及具有明显哥特特征的英国黑色小说，并将其中描绘的世界称为"纯粹的文学神奇"，之所以这样指称，目的是因为衬托出后来出现在魔幻现实主义作家笔下的拉丁美洲的神奇现实的活力，表面上是在强调两种不同的神奇，其实是提出了在两块大陆上都存在的神奇的两种不同形态，即现实神奇和文学神奇。所以，《修道士》与《百年孤独》在重要的文本特色方面的遥相呼应绝非偶然，因为拉丁美洲的文学先驱在立足现实指引拉丁美洲文学的方向时，是建立在对欧洲古老文学传统的理解与把握之上的，之后的拉丁美洲魔幻现实主义小说也有不可避免地受到欧美文学传统影响的可能性，其中自然包括英美文学中的哥特传统。

（《郑州大学学报》2016 年 9 月第 3 期发表）

---

① 肖明翰：《英美文学中的哥特小说》，载《中华读书报》2001 年 9 月。

② 阿莱霍·卡彭铁尔：《〈这个世界的王国〉序》，陈众议译，柳鸣九主编，《未来主义·超现实主义·魔幻现实主义》，中国社会科学出版社 1987 年版，第 469 页。

# 杜威美学中一个容易被误解的概念

## ——"an experience"的内涵及其审美意义

魏 华*

在《艺术即经验》一书中，杜威提出了一个重要概念——"一个经验"（an experience）。"一个经验"在杜威实用主义美学理论中居于核心地位，同时也是通往审美经验的桥梁，可以说，"一个经验"是理解杜威美学的关键。但是，这个关键性的概念却非常容易被人们（尤其是中国学者）所误解。其中一个重要原因是由于英语与汉语的语言差异。在英语中，"experience"作为名词使用时有可数和不可数之分，两者在词义上是不同的①，在词形上也会有变化。而在汉语中，这种区别则不是很明显。此外，英语中的"a/an"和"one"虽然都有"一"的含义，但它们在用法上是有很大区别的。"one"有明确的"一"的数量概念，而"a/an"则没有明确的数量意味。"an experience"在翻译成中文时，一般会被直译为"一个经验"②，容易被误解为是一个"经验"。其实，在杜威的美学理论中，"一个经验"中的"一个"并不表示数量词的意思，而是有深刻的哲学内涵。

容易引起误解的另一个原因也许要归咎于杜威的写作方式。由于杜威认为将日常生活世界之外再隔离出一个艺术世界的做法是错误的，当前美学或艺术哲学的一个重要任务就是要恢复艺术品经验与日常生活经验之间的连续性。因此，他常以"闲庭信步式的平淡语气，用日常的街头巷语试着展现他那些非比寻常的观

---

* 作者简介：魏华，（1977— ），美学博士，河南财经政法大学讲师，主要从事艺术美学、中西美学等方面研究。

① Experience 作为不可数名词使用时意为 "knowledge or skill gained while doing a job"（从事一件工作时获得的知识或技能）；作为可数名词使用时意思是 "something that happens to you or something you do，especially when this affects or influences you in some way"（你做或遇到的某事，尤其当它以某种方式影响了你）。（参见《朗文当代英语词典》对"experience"词条的解释）

② 杜威的《Art As Experience》国内有两个译本，一本是高建平翻译的《艺术即经验》，由商务印书馆 2007 年出版；另一本是程颖翻译的《艺术即体验》，由金城出版社 2011 年出版。在这两个译本中，"an experience"均译为"一个经验"，只不过高建平的译本遵从杜威原文在"一个"下面加了着重符号。

念，而这给读者的印象是，抓住日常的含义时反倒以为掌握了真正的思想。"①
相比其他哲学家，杜威希望有更多的普通读者能阅读他的书，而不仅仅是哲学家
们。所以，杜威在写作《艺术即经验》时避免使用一个专有名词来代替"一个经
验"的说法。在他看来，如果那样的话会斩断"一个经验"与人们通常理解
的"经验"之间的连续性。但是这样做的一个后果是使人们系统地误解了杜威
的思想。人们更多地将目光投向杜威所说的"经验"的内涵，而不是"一个经
验"。

## 一、杜威的"经验"

要理解"一个经验"，必须首先弄清楚杜威所说的"经验"一词的内涵。
"经验"是杜威哲学中的核心概念。在其主要著作中，关于经验的论述都占了相
当长的篇幅，甚至还出现在了他的几部代表性著作的书名中，如《经验与自然》
《艺术即经验》等。在西方哲学史上，将经验上升到哲学层面来论述的并不只有
杜威，在他之前，有不少哲学家曾关注过人类的经验。其中，最有影响力的当属
18 世纪英国的经验论哲学。

英国的经验论哲学是在近代科学兴起的背景下产生的，其中以洛克、贝克
莱、休谟为主要代表。洛克认为人的心灵就像一张白纸，上面原本没有任何东
西，但是作为知识材料的观念是从哪里来的呢？应该是从经验来的。"我们的一
切知识都是建立在经验上的，最终是导源于经验的。"② 洛克关于一切知识起源
于经验的论断成为英国经验主义的基本原则，对后来的经验主义哲学有很大的影
响。贝克莱在洛克的基础上，通过对人的认识和心理活动的经验研究，提出了
"存在就是被感知"的著名论断。休谟也是主张经验主义的。他把他自己的哲学
称作"人性科学"，认为人性科学必须建立在观察和经验之上。得出的一切结论
都必须从经验中获得，并以经验作为其可靠的根据。任何超出于经验的原则和结
论都应被看作是无效的假设。

与英国的经验论哲学家们的观点相对立的是大陆理性派哲学家。他们则普遍
把经验看作是谬误的根源。比如：笛卡尔就认为依照经验，人们甚至永远无法确
定自己是在做梦还是处于清醒状态。但是，无论是重视经验，还是轻视经验，
"经验"一词的含义对于西方近代哲学家们来说都是没有分歧的。即经验指的是
凭感官对外物的直接接触而得来的感性知识，它是与从逻辑概念中推理出的理性
知识相对立的一个哲学认识论上的概念。

然而，杜威并不赞同这种将经验理解为对外部刺激被动接受的反映论的观

---

① ［美］亚历山大·托马斯：《杜威的艺术、经验与自然理论》，谷红岩译，北京大学出版社 2010 年
版，第 15 页。
② ［英］洛克：《人类理解论》，关文运译，商务印书馆 1997 年版，第 68 页。

点。他认为该观点的一个最大问题是在主客两分的二元论基础上谈经验的，这种主客两分的观念完全是人类反省、思维的产物，其实并不存在独立于客体之外的主体和独立于主体之外的客体。杜威说："把人与经验同自然界截然分开，这个思想是这样地深入人心，有许多人认为把这两个词结合在一块儿用就似乎是在讲一个'圆形的正方形'一样。"① 因此，这种哲学并不是真正从经验得到的事实出发的，因而也是不可靠的。真实的情况是人与动物一样，与环境总是处于互动之中，经验与自然是一体的。离开经验，无所谓自然；而离开自然，也谈不上经验。自然只有通过经验才能得到揭示，而经验只有通过与自然的互动，才能得以深刻化和丰富化。经验过程是一个积极的过程。当人与事物相遇时，不是主体遇到了客体，而是有机体与环境的相互作用。这其中既包括环境作用于有机体所产生的"受"（undergoing）的过程，又包括有机体作用于环境所产生的"做"（doing）的过程。因此，杜威所说的"经验"与英国经验主义讨论的经验在本质上是完全不同的。两者的差别在于杜威并未将经验看作某种心理性的东西。

杜威的经验理论是建立在达尔文进化学说基础上的，该学说认为自然选择是通过一些微妙的偶然变化起作用的随机过程，细微的变化经过长时间的累积可以导致新物种的形成。我们的世界是处于一种变化、发展的过程之中，这个过程包括遗传和变异两个因素。变异的存在使世界成为一个相对的（而不是绝对的）、开放的（而不是封闭的）、偶然的（而不是必然的）世界。此外，我们人类也是长期进化的产物，我们的身体和心灵也一直在进化着，因此，并不存在一个由造物主预先创造的本质的存在等着我们去发现。以往的哲学就陷入这样一个误区当中，总是将对"终极的绝对的实在"② 的探究作为哲学的首要任务。杜威认为"不管你多么相信世界有内在的而先验的必然性，都必须从经验本身开始，而不是从一个假定的形而上学的假说开始，这才是真正的经验的方法。真正的经验方法简言之就是从混乱复杂的原初经验出发，通过对经验材料的提炼反省将其上升为清晰明确的经验，并将这种分析的产物放到现实经验中去检验。""经验方法的全部意义与重要性，就是在于要从事物本身出发来研究它们，以求发现当事物被经验时所揭露出来的是什么。"③

运用经验的方法，从经验得到的事实出发，会发现有些在以前的经验主义者看来不是经验的东西，也应该属于经验的内容。杜威说："'经验'指开垦过的土地，种下的种子，收获的成果以及日夜、春秋、干湿、冷热等变化，这些为人们所观察、畏惧、渴望的东西；它也指这个种植和收割的工作和欣快、希望、畏

---

① ［美］杜威：《经验与自然》，傅统先译，中国人民大学出版社 2012 年版，第 1 页。
② ［美］杜威：《哲学的改造》，许崇清译，商务印书馆 1997 年版，第 14 页。
③ ［美］杜威：《经验与自然》，傅统先译，中国人民大学出版社 2012 年版，第 4 页。

惧、计划、求助于魔术或化学、垂头丧气或欢欣鼓舞的人。"① 因此，经验从内容上讲，应该既包括经验的对象，又包括经验的过程及方式，还包括作为经验主体的人。

从以上分析可以看出，杜威在实用主义立场上重新诠释了"经验"一词的内涵。第一，经验从性质上讲应该是"直接的"。这种直接性体现在经验远在它为探索中的知识而存在之前，它本身不是认知的。第二，经验是动态的，而非静态的。经验是"正在进行"（on - going）的过程，是连续的。这种连续性不仅体现在它不是人与自然分隔的屏障而是与自然相连续的这一方面；而且体现为经验在广度和深度上都是一个生长和发展的过程，经验是可以累积的。第三，经验是主动参与的，而不是被动反映的。经验的过程包括"受"与"做"两个方面。是人与环境的相互作用。第四，经验从内容上说不仅指经验的事物，还包括经验的过程。杜威将其总结为经验是具有"两套意义的字眼"，即"它不仅包括人们做些什么和遭遇些什么，他们追求些什么，爱些什么，相信和坚持些什么，而且也包括人们是怎样活动和怎样受到反响的，他们怎样操作和遭遇，他们怎样渴望和享受，以及他们观看、信仰和想象的方式——简而言之，能经验的过程。"②第五，按照杜威的经验的方法，经验又可分为初级原始的经验和次级反思的经验两种。初级原始的经验是指那些粗糙的、宏观的、未加提炼的经验，这些原始经验经过反思提炼形成更高级的经验。次级反思的经验的作用是澄清初级经验的意义，使我们能够理解这些初级经验，而不仅是只有一些感觉。

## 二、"一个经验"中"一个"的内涵

由于经验是有机体与环境的相互作用，所以经验会不断出现。但是这种经验往往是初步的，不完整的，还不是一个经验。正如杜威所说："事物被经验到，但却没有构成一个经验。"③ 只有这些经验内部实现整合以后，也就是"我们在所经验到的物质走完其历程而达到完满时"④，才会形成一个经验。这是一种连续性的行动，随着意义的不断增长和累积，最后到达终点并被感到是一个过程的完成。可见，杜威的"一个经验"与"经验"在内涵上是既有联系又有区别的两个概念。"一个经验"可以理解为是一种完整的典范的经验。因此，杜威在讨论"一个经验"时，将"一个"（an）使用了斜体标示⑤，以突出"一个经验"的特殊性。

---

① ［美］杜威：《经验与自然》，傅统先译，中国人民大学出版社 2012 年版，第 9 页。
② ［美］杜威：《经验与自然》，傅统先译，中国人民大学出版社 2012 年版，第 9 页。
③ ［美］杜威：《艺术即经验》，高建平译，商务印书馆 2005 年版，第 37 页。
④ ［美］杜威：《艺术即经验》，高建平译，商务印书馆 2005 年版，第 37 页。
⑤ Dewey, *Art as Experience*, New York, The Berk Ley Publishing Group, 1980. P36.

在"一个经验"中，"一个"显然是一个需要引起我们特别关注的词语。这里的"一个"不能简单地理解为数量词，因为一个经验并不一定是（绝大多数情况下也不会是）由一个普通经验组成。一个经验的形成是需要经验之间不断地融合，"每个相继的部分都自由地流动到后续的部分，其间没有缝隙，没有未填的空白。与此同时，又不以牺牲各部分的自我确证为代价。"① "一个"表明该经验应是一个时间性的连续性的事件。它有自己的开端和结尾，并且结尾应是圆满完成而不是中断。在这里，结论不是分离和独立的事物，不是终点和结束，而是一个有预期的积累的运动的完成，是实现某一过程的时刻。该过程是连续的，中间没有空洞，没有机械的结合，没有死点。

"一个"还表明一个经验是一个整体。它带有整体的个性化特征。当我们在回忆这些情形时，会发现一种特征充分占据着统治地位，以至于可以用它来表示作为一个整体的该经验。它使我们能够感觉到一个经验的存在。比如：我们经历了一场暴风雨，这场暴风雨的经历在成为一个经验时一定是惊心动魄的，一定具有与其他暴风雨的情形不一样的经历。形成整体经验的每一个部分，自身的特征或性质并没有消除或失去，但整个一个经验又有整体的性质。因此，一个经验也可以命名。比如：那餐饭，那次旅行，那次聚会等。

然而，在一个经验的内部，也会存在着停顿、静止之处。需要注意的是这种停顿并不是中断，更不是行为的中止。因为中断和中止是与连续性和圆满相对立的概念，如果出现中断或中止的情形，一个经验就不会形成。杜威所说的"停顿"（punctuate）有些类似于一篇文章中的标点符号，如果没有停顿，不断地加速就会使人透不过气来，使我们不能领会句子的意思。一个经验也是如此，停顿能够更好地总结已经经历过的事情，防止其消散和失去，从而使其中的部分获得独特性。

需要指出的是，并不是所有的经验都会形成一个经验。在杜威看来，我们生活中的绝大多数经验都没有能走完其历程以达到最后的圆满。因而与普通的经验相比，一个经验只占其中一小部分。其主要原因在于外在的干扰或内在的惰性。比如：我们把手放到犁上，又缩了回来；我们开始了一件事又停了下来等。因此，要想获得一个经验，首先，必须专注。只有我们全身心地投入到某件事情之中，我们的经验才不会被其他事物所打断，才有可能获得一个经验。其次，还必须持之以恒。经验是需要在实践中去感受的，虽然经验自身有走向完满的内部需要，并且一个经验的审美性质能够激励我们圆满完成某件事情，但是，人的惰性又往往使我们在遇到困难时停滞不前。因此，日常生活中我们在多数情况下都没有获得一个经验。

---

① ［美］杜威：《艺术即经验》，高建平译，商务印书馆2005年版，第38页。

另外，还有两种情况，即使活动本身已完成但仍不能算是一个经验。其一，是活动过于自动化。这种机械性的活动虽然是高效率的行动，但由于缺少思考，其中的障碍被精明的技巧所克服，无助于培养经验。虽然行为已经到达终点，但却没有到达意识中的圆满与完美。其二，是无目的的活动。我们经常在行动时动摇、易变、摇摆不定，行动过程也会变得没有条理。虽然有开始和停止，但没有真正的开端和结尾。一个经验实现的过程应是在自身冲动的驱动下完成的，要带着欲求盼望最终的结果，而不是屈服于外在的压力和惯例。现实的情形是我们在绝大多数情况下都不关注一个事件的前因后果，往往随波逐流。这种经验过于松弛散漫，因而也不是一个经验。

从经验的本性上讲，"一个经验"与"经验"存在着共同的模式。因为它们都是有机体与其周围环境的相互作用的结果。不过，对于"一个经验"而言，两者的相互作用组成了总体经验，使之完满结局的是一种感受到的和谐的建立。"一个经验"与"经验"虽然都同时包含了"做"与"受"两个过程。但相比之下，"一个经验"还要兼顾两者的关系，要使"做"与"受"达到平衡。有时我们过于关注所做之事，充满了行动的热情，但忽视了其中的感受；有时又过于关注经历之事的感受性，缺乏进一步的行动。这样都会使经验变得片面和扭曲。正如杜威所言，"当不存在做与受的平衡时，没有什么能在心灵中扎下根。"①

总之，"一个经验"与"经验"在杜威的实用主义理论中是两个内涵不同但又有一定联系的概念。"一个经验"中的"一个"不能简单理解为数量词，因为在杜威那里被赋予了特别的含义。

### 三、"一个经验"的审美性

一个经验具有情感性，正是这种情感性使一个经验具有了审美性质。杜威所说的情感不应被理解为一种独立的实体存在——经验中存在有称为情感的独立事物——而是一个运动和变化中的复杂经验的性质。杜威说："经验是情感性的，但是，在经验之中，并不存在一个独立的，称为情感的东西。"② 情感是从诸如观看舞台上的一出戏或阅读一部小说的经验中体现出来的。情感必须依附于运动过程中的一个事件，是情境的一部分。比如：当一个人在感到羞愧时脸红，这种脸红不是情感的反应，而是本能自动的反应。但是，一旦它们跟具体的情境相联系就会转化为情感。也就是说，只有当一个人在思想上将他的一个举动与其他人对他的不赞成的反应联系起来时，羞愧才是情感。同样地，在一个经验中，也不存在称为情感的独立事物。情感不是一个抽象事物，情感如同行动一样，直接跟特定的对象相联系。正是这些对象使我们的回应得以清楚阐述，并连续不断发

---

① ［美］杜威：《艺术即经验》，高建平译，商务印书馆2005年版，第48页。
② ［美］杜威：《艺术即经验》，高建平译，商务印书馆2005年版，第44页。

展，以致形成一个经验。

此外，杜威理解的审美情感不是一个生理学意义上的概念，而是一个文化概念。在杜威看来，一个处于悲伤状态中的人所流露出的伤感与一个演员（或一个画家）所表现出来的悲伤的情感是不一样的。前者是生理情感，不具有审美意义，而后者则是一种审美情感。因为后者的情感是建立在经验基础之上的。也就是说，一个演员（或一个画家）在表现这种悲伤情感时，他的内心并不一定要悲伤，他可以将自己悲伤的经验通过自己的作品表现出来。因此，一个经验的情感不能与非审美经验的日常情感混淆在一起，尽管后者可以作为审美探索的材料。

一个经验的情感不是人们瞬间的感受，而是经验的完整经历。在一个经验的形成过程中，情感具有一种黏合的力量，它能整合各种性质不同的经验使之统一为一个经验。正是由于情感的作用才使得各不相干的经验对象聚集在一起，形成一个整体。因此，情感对于一个经验的形成起着关键性的作用，它是那些毫无目的的发展的经验达成完满的重要驱动力和调节手段，是使经验成为一个经验的基础。正如美国学者 Thomas Alexander 所说："在杜威的理论中，情感扮演发挥揭示性作用的角色。……情感从活动一开始就是一个回应，并且反映了相互作用的潜在动力学。"① 一个经验正是通过参照行为过程中人的情感反映，来控制其朝向最后终点发展的。

这种与情感联系在一起的感受是审美的。杜威说："就对一个经验的发展是通过参照这种直接感受到的秩序与完成的关系来控制而言，经验在本性上主要是审美的。"② 正是这种知觉感受去驱使一个艺术家调整和控制他的作品，使之具有艺术的魅力。由此可见，凡是一个经验都具有审美性质。一个经验与审美经验没有质的区别，只存在审美程度上的差别而已。用一个比喻来说，一个经验与审美经验就像是河流的下游与上游。审美经验是一个经验的巅峰状态，两者有区分但却没有明确的界限。"审美既不是通过无益的奢华，也不是通过超验的想象而从外部侵入到经验之中，而是属于每一个正常的完整经验特征的清晰而强烈的发展。"③ 换一句话说，审美经验仅仅指的是那些审美性在其中占据支配地位的一个经验而已，它是一个经验的集中与强化。例如：如果说《庄子》中的庖丁解牛的过程是一个经验的话，那么比庖丁技术略逊一筹的屠夫也有可能获得一个经验（只要全身心的投入并使解牛过程得以圆满完成），两者解牛的过程都具有一定的审美性，只不过程度上有差异，就像优秀的艺术

---

① ［美］亚历山大·托马斯：《杜威的艺术、经验与自然理论》，谷红岩译，北京大学出版社 2010 年版，第 163 页。
② ［美］杜威：《艺术即经验》，高建平译，商务印书馆 2005 年版，第 54 页。
③ ［美］杜威：《艺术即经验》，高建平译，商务印书馆 2005 年版，第 49 页。

大师与二三流艺术家之间的差别一样。

用"一个经验"的理论去理解艺术和审美欣赏，会得到一种全新的解释。杜威认为，我们总是习惯于将艺术理解为一种生产行为，而将审美理解为知觉和欣赏行为，其实两者并不是分离的两种事物。因为一个经验是"做"与"受"两者的完美统一。

一方面，艺术的生产过程是与审美有机地联系在一起的。"艺术以其形式所结合的正是'做'与'受'，即能量的出与进的关系，这使得一个经验成为一个经验。"① 一个画家在画画时必须时刻感受到他画出的每一笔效果，必须站在接受者的立场感受画面，然后才能思考下一步该做怎样的调整。否则的话，他就不知道他在做什么。艺术不应仅仅被理解为一种技巧。杜威说："归根结底，技巧要具有艺术性就必须有'爱'。"② 因此，对于一位优秀的艺术家而言，不仅应具备很强的艺术实践能力，而且应具有敏锐的审美判断力。

另一方面，审美欣赏也不是被动地接受。感知（perception）并不等于认知（recognition），认知往往服务于审美之外的其他目的。比如，我们在街上认出某人，往往不是为了欣赏而是为了向他打招呼。当我们遇到一个不认识的人时，知觉便取代了单纯的认知。单纯的认知总是满足于为对象加上合适的标签，由于其太容易实现，所以很难激起有机体的兴奋。审美感知与认识则不同，它是有机体与对象之间持续的相互作用，是一种创造行为。杜威说："为了进行知觉，观看者必须创造他自己的经验。并且，他的创造必须包括与那种原初的创造者所经受的经验相类似的关系。"③ 也就是说，为了形成一个经验，欣赏者也必须像艺术家那样不断地进行整体的调整。

## 四、"一个经验"美学思想的意义

由于一个经验带有审美性质，所以审美并不局限于艺术领域。任何实际的活动，只要它们是圆满的、完整的，并且是在自身冲动的驱动下得到实现的，都将具有审美性质。一方面，人们可以像艺术家创作作品那样去做好每件事情、每项工作，并在其中得到审美享受。另一方面，艺术也不应局限在架上绘画、雕塑等传统媒介形式上。艺术家可以大胆地突破传统的艺术手段和材料，创作出具有一个经验的艺术作品。

这也是杜威美学的独特之处。他看到了在我们这个时代由于人的异化而出现的艺术与生活的分离，高雅艺术与通俗艺术的对立。从艺术发展史来看，一些在我们看来伟大的艺术品在当时只不过就是人们生活中的一个器具、一个物品，它

---

① ［美］杜威：《艺术即经验》，高建平译，商务印书馆2005年版，第51页。
② ［美］杜威：《艺术即经验》，高建平译，商务印书馆2005年版，第51页。
③ ［美］杜威：《艺术即经验》，高建平译，商务印书馆2005年版，第58页。

有着自己的使用价值。比如，被称为古典艺术典范的古希腊雕像在当时只不过是宗教观念的载体而已，它们是日常生活的一部分。只是后来随着社会的发展，艺术逐渐与日常生活分离，出现了一个独立的艺术世界。人们的日常生活被排除在艺术世界之外。

资本主义私有制的出现更是加速了这种分裂。① 它使得艺术收藏变成了资本积累，艺术家成为资产阶级的雇用劳动者。艺术成了有钱人的游戏，一些有钱和有闲的阶级用高雅艺术来装点自己。但是普通的中低收入阶层并没有放弃对审美的生理需求，他们转向了廉价的被称为通俗艺术的东西，艺术出现了高雅艺术和通俗艺术的分化。这种分化对艺术来说是不利的，它使得前者失去了大众，后者则失去了品位。

这些分裂使得我们的观念出现了偏差，传统美学和艺术理论陷入一种二元对立的泥潭中而无法自拔。因此，杜威认为如果要获得对艺术的正确的观念，就必须"绕道而行"（detour）②。所谓"绕道而行"，是指不能从博物馆中的艺术品的研究入手。因为在我们还没有找到艺术的本质的情况下，先凭借感觉圈定一些艺术作品作为研究对象，再从中总结出艺术规律的做法是一种循环论证，只不过是在还原之前的感觉而已。正确的做法是从人作为一种活的生物与自然环境的关系入手。最终杜威用"一个经验"来弥合了艺术与生活、高雅艺术与通俗艺术的分裂。

艺术在杜威那里被理解为一种经验的张力，而不是一个实体，一个物质对象。我们欣赏一件艺术品，并不是欣赏其物质形式，而是通过作品这个中介体验到艺术家的一个经验，体验到艺术家为之陶醉的巅峰体验。同时，日常经验也具有审美性质，日常经验也可以发展到一定的高度。需要注意的是，杜威并不是想将艺术等同于生活，而是要恢复两者的联系。因为在优秀的艺术作品中的一个经验可以成为生活中经验的范本。因此，他认为，艺术哲学的主要任务就是要"恢复作为艺术品的经验的精致与强烈的形式，与普遍承认的构成经验的日常事件、活动，以及苦难之间的连续性。"③

由此可见，杜威的美学给人们提供了一种积极的人生态度，使我们像享受艺术一样享受生活。他希望人们不再麻木不仁地看待生活，而是带着一种艺术的激情来欣赏生活之美。

（《湖北社会科学》2015 年第 8 期发表）

---

① 张艳芬、孙斌：《分裂的经验：资本主义时代的艺术——从杜威和马克思的视角出发的一个考察》，载《现代哲学》2008 年第 3 期。
② ［美］杜威：《艺术即经验》，高建平译，商务印书馆 2005 年版，第 2 页。
③ ［美］杜威：《艺术即经验》，高建平译，商务印书馆 2005 年版，第 1—2 页。

# 女性与自然："被现代"的文学

林丹娅　张欣杰[*]

　　"性别与自然"作为修辞手法或表意系统，在文学叙事中的运用由来已久。由于人类男权文化历史给性别打上的"阶级/性政治"烙印，男女性别与自然的关系便会在叙事中成为具有不同意象与意旨的象征符码。

　　现代性语境中的"自然"概念一般分为两个层次，一个是外在于人类的自然界，另一个是内在于人的非理性世界。启蒙时代的牛顿学说认为人类可以凭借科学和理性知识认识和征服自然，这成为现代精神的主要隐喻。启蒙世界观把公众世界与自然界分开，宇宙的一部分被理性统治着；另一部分，即它的次要领域统治着非理性的一切。[②] 无论是外在于人类社会的大自然，还是内在于人的非理性欲望、情感等，都是理性世界的对立面。男性中心主义话语系统中的"女性"符码同样隶属于非理性的世界。生育、哺乳等特殊生理现象使女性从远古时代起就被认为是更贴近自然的、更为生物性的存在。精神分析学在貌似公允的临床医学和生理学话语基础上，为女性外在于理性文化的历史和现状提供了科学依据。[③] 为性别偏见提供科学依据的现象并不鲜见。实际上，现代科学话语及其运行机制本身就具有性别特征。"科学研究的主要隐喻、它的语言的非人格性、科学中权力和交往的结构机器内部文化的再现，所有这一切都来自性别化世界中占

---

　　* 作者简介：张欣杰（1985— ），文学博士，河南财经政法大学图书馆馆员，主要从事性别文化、中西美学等方面研究。此文得到我博士生导师林丹娅的悉心指导，在此表示感谢。

　　② 约瑟芬·多诺万：《女权主义的知识分子传统》，江苏人民出版社2003年版，第4页。

　　③ 弗洛伊德认为，由于拥有阴茎，男孩的阉割情结抑制了俄狄浦斯情结，帮助他塑造一个强大的超我；而女孩的阉割情结却为俄狄浦斯情结开辟道路，超我的形成就会受到妨碍，不能具有文化意义的力量和独立权。见弗洛伊德：《精神分析导论讲演新篇》，国际文化出版公司2000年版，第135页。拉康认为，男孩在由镜像期走向俄狄浦斯阶段的过程中，完成了对母亲静默原初的子宫状态的分离和对以父亲代表的象征秩序和语言世界的认同，男孩不仅进入主体性和个性，而且内化了统治秩序和负载着价值的社会角色；而由于生理结构的不同，在同样的阶段中，女孩不能完全与父亲认同，也就不能充分接受和内化象征秩序，她被排斥在象征秩序之外，或被压抑在象征秩序之内。参见罗斯玛丽·帕特南·童：《女性主义思潮导论》，华中师范大学出版社2002年版，第290页。同弗洛伊德一样，拉康也不能在人类文化中为女性找到合适的位置。

支配地位的男性的社会地位。"① 在人类文学话语的象征系统中，女性与自然的"自然"联系或联想，并非真的出自它们有着所谓本质上的联系，而是因为它们在男性文化象征系统中所处的位置与性质相类似。

现代性由西方植入中国，成为近现代中国文本叙事的宏大主题。西方现代性的侵入从"政治经济制度、知识和感受之理念体系、个体——群体心性结构及其文化制度之质态"② 三个结构层面猛烈冲击了中国社会和传统文化，这也造成了近现代知识人身份认同的危机。因此，寻求认同成为20世纪中国文学最重要的意义关切，"这一关切同时意味着一个知识、意义系统的建造，它无疑要吸纳最广泛的象征资源，要诉诸一系列文化象征符码。性别作为社会象征体统中极为重要的文化符码，必然与这一知识、意义系统的运作密切相关。"③ 20世纪初，许多青年从乡村来到城市，这一旅程具有隐喻的时代内涵，它象征着一段现代性的时间旅程，通过这段旅程，他们从传统的过去抵达了现代的当今，他们在精神上也融入了20世纪的意识形态。④ 世界观的变化使他们亟待描绘和确立新的现代主体，他们创作的文本便蕴含了有关现代主体建构的大量信息。反映当时的文学叙事中，我们可以看到的是，一方面是除旧布新的社会大变革背景带来的思想自由，使文本符号系统较充分呈现了不同知识群体对现代主体的不同想象；另一方面是不同作家群体所创作的各不相同的文本对此都有一个共同的表达形态，那就是通过将女性与自然范畴编织到文本中来实现其对现代主体身份的认同。本文将从颇具代表性与文学史影响力的乡土写实小说、新感觉派小说和京派作品入手，透过"女性与自然"这个修辞形态抑或表意系统如何成为现代文学中的一种象征符码实践，我们抑或可以洞察到一种文化意义的产生与再造，或换而言之，它在现代文本象征系统建造过程中起到怎样的作用，以有助于我们对现代文学中所隐含的父/男权制话语形态表现的识别与认知、批评与反思。

一

乡土写实小说作家在从乡村到城市的旅程中感受到了极大的文化和文明反差，他们接受了启蒙现代性，以现代理性精神和强烈的民族国家忧患意识批判

① 康奈尔：《男性气质》，社会科学文献出版社2003年版，第8页。
② 刘小枫：《现代性社会理论绪论》，上海三联书店1998年版，第3页。
③ 王宇：《性别表述与现代认同》，上海三联书店2006年版，第3—4页。
④ 李欧梵：《二十世纪中国历史与文学的现代性及其问题》，季进编：《李欧梵论中国现代文学》，上海三联书店2009年版，第19页。

传统封建文化，反映在他们的乡土写实小说①中，对"女性与自然"的表述，便成为其体现与表达这种文化行为与价值取向的最佳象征符码。同时，"女性与自然"符码作为一种必要的构成性因素，参与到乡土写实小说作者现代主体身份认同的过程中。

乡土写实小说最为关注自然/大地的生产状况以及与人的关系。农业文明极端依赖自然环境状况，尤其依赖大地。大地的丰产是其赖以生存和延续的关键。在世界各地的文化中，普遍存在着对"大地母亲"的崇拜。基于远古的"相似率"巫术思维②，女性与大地生育功能层面的相似性，使得它们的"身体"都蕴含着生命的奥秘，于是在生殖崇拜领域，女性与大地都成为具有"丰产"意义的符号。这是一种基于原始思维的建构，并有着深刻的集体无意识渊源。同样基于"相似率"的思维方式，丰乳肥臀、丰满壮硕的女性被认为是擅长于生育的标志，在生殖崇拜的原始信仰中是生殖力、丰产的象征，因而也是美的；而平胸、窄臀、瘦弱、苗条则被认为于生育不利，在象征层面上对于大地的收获也是不吉祥的，因而也是不美的，③ 这种原始信仰在整个封建农耕社会都是存在的。

乡土写实小说对自然环境和乡村女性形象的表述并不局限于其自身的意义，它们同样是在象征层面上起作用。破败萧条的大地和虚弱困苦的乡村女性，被用来象征他们眼中正走向日暮途穷的封建制度与封建社会。鲁迅"苍黄的天底下，远近横着几个萧索的荒村，没有一些活气"（《故乡》）不仅是对乡村自然环境的描写，更是落后乡村的表征。这样一幅暮气沉沉、了无生趣的景象，在柔石、罗淑、艾芜、许杰、彭家煌、鲁彦等乡土写实小说作家的描述中比比皆是：贫瘠的土地、荒草连天，灾祸频仍，生计维艰。即使丰收，果实也在土豪劣绅的盘剥掠夺下所剩无几。叶圣陶《多收了三五斗》中就写到丰收反而成灾，艾芜《一个女人的悲剧》就是因其辛苦劳作的果实而酿成的。腐朽的封建制度给丰产的大地带来噩运，肥硕丰满的"大地母亲"原型则化身为贫病瘦弱、走投无路的乡村女性：鲁迅《祝福》中的祥林嫂、艾芜《一个女人的悲剧》中的周四嫂、柔石《为奴隶的母亲》中的春宝娘、罗淑《生人妻》中的妻子、彭家煌《阿银》中的年轻寡妇……她们最终都无不是求告无门、心如

---

① 丁帆认为将"五四"以后的"人生派小说"与"乡土写实派小说"进行分类并不科学，因为"人生派"的许多作家（包括鲁迅）一开始创作就是致力于"乡土小说"的。因此，在这里把他们的作品统一都叫作"乡土写实小说"。见丁帆：《中国乡土小说史论》，江苏文艺出版社1992年版，第43页。

② 弗雷泽通过大量的文化人类学考察，在《金枝》中提出了人类远古的巫术思维，其中一种是"相似率"，即认为一个事物与另一个事物表面相似，则这两个事物就拥有同样的性质。见弗雷泽：《金枝》［M］，北京：大众文艺出版社1998年版，第89页。

③ 具体论述及相关考古学例证请参见叶舒宪：《高唐神女与维纳斯》，陕西人民出版社2005年版，第14页。

死灰。生存的艰难致使她们希望破灭、生命枯萎，不仅"大地母亲"化生万物、滋养哺育的能量消失殆尽，就连她们自身也走到毁灭的边缘。有些女性不得不出卖自己的身体以维持丈夫和子女的生存，有些女性选择死亡来结束悲惨的生活，有些女性在吃人的礼教中耗尽一生……

美国学者詹姆森指出包括中国在内的第三世界文学的特征："第三世界的文本，甚至那些看起来好像是关于个人和力比多趋力的文本，总是以民族寓言的形式来投射一种政治：关于个人命运的故事包含着第三世界的大众文化和社会受到冲击的寓言。"① 乡土写实小说中乡村女性的命运正是个人对于民族国家政治意义上的投射。譬如鲁迅的《祝福》，祥林嫂初到鲁四老爷家时健康能干，完全可以凭借自己的力气生存。然而经历了买卖婚姻，儿子的死，雇主的嫌弃和冷眼，以及最为致命的封建节烈观、鬼神观等对其精神的逼压，祥林嫂渐变为"脸上瘦削不堪，黄中带黑，而且消尽了先前悲哀的神色，仿佛是木刻似的；只有那眼珠间或一轮，还可以表示她是一个活物"，她最终默默死在新年的雪夜。乡村女性个人命运的悲剧指向的是封建社会制度合法性的消失。

大地的悲剧和女性生命的枯竭都指向对封建社会及其礼教伦理的有力控诉，它们作为乡土写实小说象征系统中极为重要的符码承担起了"反封建"的重任。在政治层面，大地和女性的悲剧都来自封建制度和与其相适应的封建意识形态，而对悲剧的展示指涉了对现代性"他者"的想象。灾荒不断的大地与病弱困苦的女性形象是一种象征，是关于封建制度与现代性之间关系的隐喻。将病弱、衰朽的大地母亲树为他者镜像，进而对走向穷途末路的封建社会的审视、解剖、想象与揭露，体现了乡土写实小说作家在中国社会剧烈变动时期主体精神的潜在焦虑，也使它们成为乡土写实小说作家寻求对新的民族主体身份认同过程中必不可少的一种构成性因素。

秉持现代理性精神的乡土写实小说作家在城市生活中对乡土世界的逆向精神回返，想象并抒写乡村大地和女性生存之艰难以喻示封建社会的趋亡，正如"铁屋子"里的呐喊，试图惊醒沉睡的众人。这种启蒙式的写作立场和写作实践本身造成了持有现代观念体系的作者个人主体与乡土世界中的封建制度、价值体系、运转法则等的疏离，有助于确立作者的现代个体身份认同。同时，由于小说中的"大地母亲"他者镜像指涉的不仅是具体的对象，而往往是更为广阔的、与封建制度相适应的一套封建伦理、价值观念和生活方式，对这一系统的批判与揭露就是对整个封建社会系统的拒绝；再加上"启蒙"本身就是一种宏大的民族国家话语，"启蒙的目标，文化的改造，传统的扔弃，是为了国家、

---

① 弗雷德里克·詹姆森：《处于跨国资本主义时代中的第三世界文学》，张京媛主编：《新历史主义与文学批评》，北京大学出版社 1993 年版，第 235 页。

民族。"① 包含民主、科学、自由、解放等的启蒙话语承担着对现代民族国家之未来在文化象征系统层面上想象与建构的责任。这样，乡土写实小说在将"大地母亲"奉为神圣的牺牲时，作家主体的个人认同与民族国家认同合而为一。

乡土写实小说中的"女性与自然"范畴作为一种必不可少的、极为重要的象征符码参与到启蒙个人主体和现代民族国家主体身份认同的过程中。恰是因为其在现代认同环节中如此重要的位置和作用，它又同时处在双重主体话语的压迫之下，承担起"不能承受之重"。对凋敝的自然乡土与病弱的乡村女性他者镜像功能的想象与描述，表面上成就了进步的、现代的、强势的"反封建"启蒙话语和现代主体，在本质上却是对最为古老的男性中心主义话语系统的回访和延续。它迎合了潜在的父／男权制话语霸权预设，使"女性与自然"范畴停留在其作为他者镜像的文化象征资源层面，而远非将"女性与自然"本身作为审美形象或讨论对象。

## 二

新感觉派小说可以理解为是他们对现代城市文明及其价值系统急切认同的产物。新感觉派小说首次相对完整地描述了现代知识人对西方现代文明影响下中国都市生活方式的体验和想象。新感觉派的文本符号系统吸纳了性感迷人的都市女郎、清新自然的田园风光和难以驾驭的非理性力量（内在自然）等象征符码，它们作为文化资源在新感觉派小说中的意义，及其在新感觉派现代主体建构中的功能，正是此处需要探讨的。

新感觉派小说中的都市生活体验，首先是以一系列具有西方都市异域风情的现代事物来表达对都市生活的沉迷。其次是以清新自然的田园风光来舒缓都市生活中的疲惫身心，而这两重体验都是通过对女性的想象和描述来展开的。前者如穆时英《黑牡丹》《CRAVEN "A"》、刘呐鸥《两个时间的不感症者》等文本的女主人公，她们手指夹着香烟喷云吐雾，习惯喝咖啡和酒，穿网袜和性感的丝裙，还往往长着希腊式的高鼻梁，在男性之间周旋婉转。她们是都市生活的物质载体，充满现代生活气息和西方异域风情。后者如刘呐鸥《热情之骨》中"像是从春神的花园里出来的"姑娘，穆时英《公墓》中令他想起"山中透明的小溪黄昏的薄雾"的玲姑娘，《CRAVEN "A"》中引起男性各种自然地貌联想的性感女体，以及《黑牡丹》中的"牡丹妖"等。她们也是都市中的女性，却完全体现了男性对都市生活的另一重需求。

女性形象承担并满足了以上提及的男性都市生活双重体验的双重期待。以

---

① 李泽厚：《中国现代思想史论》，三联书店 2009 年版，第 6 页。

《黑牡丹》中的女主人公为例。黑牡丹涂着鲜艳的红唇，穿着黑缎高跟鞋，随着音符飘动着动人的舞姿。她是文本中两位男性主人公口中谈论的"牡丹妖"。女性被想象成自然物，或自然物幻化为女性，将女性与自然建立起了严丝合缝地同构关系。女性与自然界的异类互相幻化其实是男性文化中的一种传统性别思维方式。从《离骚》的"香草—美人"到《聊斋志异》的花妖狐怪，女性与自然物共同作为异类徘徊在男性主体世界的边缘，展示着"男性文化对女性有意识上的排斥和无意识上的欲望"①之难解的矛盾。这里对都市女性与自然物互相幻化的想象，是传统性别思维方式与现代男性对都市生活的期待相结合时产生的变体。对女性作为都市尤物与自然梦境的双重身份的想象，在黑牡丹身上出现，差异如此鲜明，以至于仿佛呈现出了女性形象上"致命的断裂"②，然而又恰因为男性对都市生活的沉迷、欲望，以及对郊外生活的自由、清新的双重需求，使得这种"致命的断裂"在同一女性形象上得到了弥合和消解。类似的表述还有《CRAVEN "A"》中被表述为自然地貌的欲望化为都市女性身体。然而这样的女性形象恰恰又体现了男性对女性与自然他者化的想象之思维局限，导致真实的都市女性生命体验无从产生。与大自然无缘的都市女郎形象是沉迷于都市生活的男性欲望的投射，他们只需从都市女郎身上就可以满足对现代生活的欲望和想象；而都市女性与自然风情的相融合，同样有赖于都市男性生活体验中的另一种渴望与期待。女性与自然的分离或融合，或女性与自然在文本象征系统中的意义，都来自男性主体主观欲望的操纵，在此过程中，都市男性的主体身份得到确认。这再次证明女性与自然的关系是文本的建构，而并不存在所谓本质上的关联。

　　都市生活的第三重体验是通过对潜意识的描述来表达的，这是新感觉派之所以为"现代小说流派"的重要特征。对人的潜意识、非理性内在自然的表现是西方现代文学极为重要的层面。排斥理性、开发直觉和本能的现代文学与诉诸理性的科技现代性，构成了现代性内部两个对立的维度③。《白金的女体塑像》《石秀》《魔道》《梅雨之夕》等诸多文本都探讨潜意识，并将理性自我与难以驾驭的非理性自我的关系设置在两性关系域中进行表现，这种男性/理性自我、女性/潜意识（内在自然）的自我与他者关系的设置，显然表明新感觉派在有意识地探讨潜意识。对潜意识的关注和考察使得新感觉派成为最有可能

---

① 孟悦、戴锦华：《浮出历史地表》，中国人民大学出版社2004年版，第25页。
② 李欧梵：《上海摩登》，北京大学出版社2001年版，第233页。
③ 现代性概念本身是一个悖论式的概念。现代性本身包含了内在的张力和矛盾。在欧洲，现代性是和世俗化的过程密切相关的，因此，它集中地表现为对理性的崇拜，对经济发展、市场体制和法律/行政体制的信仰，对合理化秩序的信念，我们可以把这些信念概括为一种现代化的意识形态。但是，产生于同一个进程的现代主义文学却具有激烈地反资本主义世俗化的倾向。现代性在某种意义上是一个"自己反对自己的传统"。见汪晖：《死火重温》，人民文学出版社2000年版，第9—10页。

突破"民族寓言"式的文学表达、接近个体式内心世界表现的文学流派，为新感觉派抵达现代主义文学的深层精神维度提供了绝佳契机。

新感觉派小说的作者往往将潜意识、非理性的内在自我的萌生诉诸某个女性的引诱，如《白金的女体塑像》中性欲亢奋的女体，《石秀》中风骚的潘巧云；或将难以驾驭的内在自然直接外化为具体的女性，如《魔道》中的黑衣妖妇，《梅雨之夕》中的姑娘。这同样是一种女性与自然之他者地位的建构。施蛰存的《魔道》欲表现一种混乱的"恐慌"，通篇将这种潜意识外化为无所不在的黑衣"妖妇"。叙事者对"妖妇"充满敌意，她被描述为一种威胁主体性的强大异己力量。这意味着作者并未坦然接受理性自我与非理性自我的分裂与抗衡。对潜意识更为极端的表述体现在《石秀》中。潘巧云被描述为石秀性欲的引诱者，被她引发的强烈性欲令石秀疯狂，于是他便将难以控制的性欲之恨转嫁到潘巧云身上，对她血淋淋地宰杀意味着对自身内在自然不清醒的认识、不彻底的胜利，和对依然无法战胜的性欲的潦草征服。在这些表述中，理性自我与非理性自我（内在自然）的二元对立，被放置在性别的二元对立、甚至性别暴力模式中来实现，这种典型的男性中心主义思维方式不仅使女性与内在自然的关联成为一种建构，还将文本卷入激烈的性别政治的旋涡中，甚至产生超出性别文化的后果：通过对内在自然所外化的女性的敌视或剿杀来实现对非理性力量的敌意与仇恨，这在象征层面意味着对潜意识的压抑和消灭。也许正是这种表意方式，使其现代文学试验在一定程度上局限于对意识流、象征等现代表现手法的热衷，而阻断了其正视与释放潜意识的契机，使得新感觉派失去了抵达更深广的文学文化空间的可能，与真正意义上的现代主义文学精神失之交臂。如果说，新感觉派并未发育成为真正意义上的现代主义小说流派，其根本原因在于当时中国还缺乏现代工业文明经济基础的外部条件，那么，上述的分析可谓是源其文本内部的因素了。

事实上，这种表述方式显示了新感觉派小说作家对一个有着坚定理性精神的现代主体的想象和建构，这在某种程度上是与时代精神的暗合。自由民主与科学的启蒙话语是理性精神的突出代表。理性精神是民族国家危亡时代强大民族国家话语的表达方式。即使新感觉派小说作家也并未放弃认同坚定不移的理性主体。代表都市生活欲望和自然田园风情的女性与自然他者镜像，是男性主体需求的一部分，对理性主体不存在威胁，因此男性对其是喜爱的。而潜意识世界中非理性的强大力量则对现代理性主体构成了强烈威胁，而这样的女性与自然表象必须要被压制和消灭。新感觉派对现代理性主体的建构是以抵押作品的精神深广度来实现的。

三

与乡土写实小说作家一样，京派作家同样将写作热情献给广阔的乡土世界。京派作家抱持现代理性精神在乡土世界建立全新的家园，以显示对封建伦理和现代工业文明的拒绝。不同于乡土写实小说中病弱痛苦的大地母亲，京派作家笔下的女性和自然是优美的、诗意的、健康的，女性与自然在京派文本中的价值，及在京派作家想象和建构现代主体中的功能，成为这一部分主要探讨的问题。

京派作家拥有"乡下人"和现代知识人的双重视角，他们看到了现代文明的畸形发展所带来的人性失落和道德沦丧，对现代城市生活中泛滥着的腐化、无聊和庸俗感到愤怒，转而用全新的眼光去发现乡土世界的现代价值。乡土社会未被现代工业文明浸染的大自然成为他们社会理想、精神追求的家园。对乡野自然象征系统的有意识建构，体现了他们对功利、进取的现代主体的批判和反思，对审美的、超越的现代主体的想象与认同。京派文本是对现代性的理性反思。京派文本仿佛将大自然建构成为一个充满生命力的"象征之母"，与庸俗功利的现代文明"象征之父"摆成对阵之势。

京派所建构的自然乡野"象征之母"，并不是现代性语境中隶属于非理性世界的自然界，亦不是精神分析女性主义理论中的原初母体，而是现代理性精神标尺下母亲化的"象征界"。远离尘嚣的自然乡野象征系统，是一个有着独特价值观、伦理观、时间观和独立运行机制的有机体系。

首先，自然之母旺盛的生命力和创造力是这个体系运转的原动力。不同于乡土写实小说中常遭灾荒的自然乡土，京派的乡野自然草木葱茏、万物滋生。河流、山峦、竹林、桃园、鸟兽等构筑了生机勃勃的生态世界，这本身就是生命力的象征。这其中一个个纯洁美丽的少女被自然风日长养、教育：《边城》中的宁静灵秀的翠翠、《萧萧》中一派天然的萧萧、《竹林的故事》中白璧无瑕的三姑娘、《桥》中温厚贤惠的琴子和活泼率真的细竹等，她们是京派文学世界，也是自然乡野象征系统中的精魂。大自然还孕育了沈从文笔下尤为珍视的"人性"。将沈从文描写都市生活的《八骏图》《绅士的太太》《虎雏》等与描写乡野"优美、健康、自然，而又不悖乎人性的人生形式"[1] 的作品相对比，即可体会大自然对"人性"的滋养哺育功能。

其次，正是大自然所生养的"人性"——朴素正直的自然伦理——是这个体系的运行法则。对"人性"的赞美显然是有意针对现代文明"唯实唯利庸俗人生观"[2] 的批判。妓女与水手对爱情誓言的践行、老船夫和渡船者为一把铜钱的推拒、婆家对媳妇失身早孕的宽恕等，朴素的"人性"对应于亘古不变的民间美德：正直、善良、宽容、守信、利他……人们按照这些美德为人处世，不仅造就了单纯的人际关系，而且依顺了对生命的守护。

---

① 沈从文：《从文小说习作选》，上海良友图书公司 1945 年版，第 5 页。
② 沈从文：《〈长河〉题记》，《沈从文选集》（第 5 卷），四川人民出版社 1983 年版，第 235 页。

这一自然体系最为核心的部分是与其自然空间相对应的一种近似于循环论的时间观。沈从文在散文《老伴》中提到了一位绒线铺的姑娘，17 年后作者故地重游，恰恰又在同一个绒线铺见到了她，一样的容貌和年龄。17 年前铺子里的是少女的母亲，17 年后，女儿接替去世的母亲站在那里。这种梦幻一样的时间感给沈从文很大震动，他就是以这种审美的"常与变"的时间观来看待人生。时间之"常"仿佛是历史的循环，而人世的一切都在静默的时间中运转、变化。湘西的很多故事就是在"常与变"的时间观中被讲述着。《边城》开篇时翠翠在白塔小溪边守着渡船，结尾时翠翠还是在白塔小溪边守着渡船，然而一切都已不同：老船夫和大老已死去，二老也已驾船出走。《萧萧》中："萧萧抱了自己新生的月毛毛，却在屋前榆腊树篱笆看热闹，同十年前抱丈夫一个样子。"

城市空间中依赖科技、工业的现代文明有与之相匹配的线性时间观，其价值标尺是物质、利益等。京派作者在自然空间中感悟到生命在大自然中的循环，与之相适应的价值标尺则是健康、优美的人性。这两个时空截然不同，然而却并不是各自运转、相安无事的。沈从文清醒地意识到湘西社会在现代物质文明的入侵下，"农村社会所保有的那点正直朴素的人情美，几乎快要消失无余，代替而来的却是近二十年实际社会培养成功的一种唯实唯利庸俗人生观"。[①] 以沈从文循环时间观的价值标准来看，线性时间观所谓的"进化论"只能是一个神话。现代文明对人类自然、和谐、健康的生命形态的戕害，不仅不是进步，反而是倒退，是对人类文明的逆袭。他对现代性"父之法"之所赖以运行的线性时间观坚决拒绝。在"象征之母"的自然空间中让生命在"常与变"的循环时间中流转，不仅是对现代性线性时间观的排斥，而且也是个人理想、精神追求、哲学思考的铺展。循环的时间观不以物质功利为标尺，转而进入感悟生命哲理的精神层面，具有审美的、超越的特征。在自然空间与循环时间中，有着独立自由精神追求的现代知识主体得到建构。

饶有意味的是，主流现代知识人的身份认同危机来自民族国家的生死存亡与西方世界的强大威胁，而京派知识人的身份认同危机来自西方现代文明的渗入与朴素人性人情的消失。他们明知想象中的故乡不过是一片并不存在的桃花源，还是建立起了梦幻般的乡野自然家园，使诗意的精神得以栖居，超越的、审美的主体得以建构。这显然刻意与民族国家话语保持了距离。然而"象征之母"对他们来说并不是父系"象征界"，而是外在于他们的客体镜像。他们并不内在于"象征之母"，这个象征世界的中心和灵魂是那些美丽纯洁的少女。自然空间中的循环时间观，总是通过女性（绒线铺母女、翠翠、萧萧等）来做

---

① 沈从文：《〈长河〉题记》，《沈从文选集》（第 5 卷），四川人民出版社 1983 年版，第 235 页。

象征性展现，恰恰是因为女性的生命周期和大自然的生命周期具有同构性（由萧萧十年前后怀抱婴儿的景象对比便可知），而这也不过是一种基于性别生物性的男性中心主义思维的建构。美丽诗意的女性与自然世界，有效地调解了庸俗功利的现代文明给京派作家带来的精神危机，协助他们确认了对独立自由的现代主体身份的认同。可是，在"自然—女性—循环时间"的封闭象征系统中，京派作家并没有给自己留下位置。他们只能站在遥远的现代城市做忧郁的精神返乡，却始终不曾以主体身份（以象征符号而存在的主体）存在于象征之母的世界。

卡洛琳·麦茜特说："在田园意象中，自然和女人都是从属的、本质上被动的，她们培养而不控制或展示被破坏的激情。这种田园模式尽管将自然视为仁慈的女性，却被作为都市化和机械化压力的解毒剂而创造出来。"[1] 京派作家笔下的女性与自然不仅仅只具有"解毒剂"的精神慰藉功能（新感觉派小说中具有自然风情的都市女郎也在这个功能层面产生意义），它们还是突出身份差异的他者镜像，却远不是现代主体本身。

## 结　语

"自然的概念和女性的概念都是历史和社会的建构"[2]，确实如此。乡土写实小说中灾荒不断的自然和病弱困苦的女性形象，在文本表意系统中承担起"反封建"的重任，有助于小说作家对启蒙现代主体的想象和确立。女性与自然在宏大的民族国家话语中背负起"不能承受之重"，在此意义上获得自身价值。男性中心主义话语与民族国家话语的重叠，使乡土写实小说文本表述中的女性与自然生活在双重主体话语的阴影中。新感觉派小说中性感迷人的都市女郎与清新自然的田园少女是都市男性主体欲望的投射，满足了男性主体的双重期待；而性别政治模式下对女性/内在自然的压抑和剿杀，使新感觉派小说未能够抵达真正现代精神的彼岸，却有助于树立坚定的现代理性主体。京派小说文本中的纯洁美丽的少女与宁静悠远的自然不仅对反对现代文明的京派作家具有精神慰藉功能，而且还是突出差异的客体，有赖于它们，京派作家确立了独立自由的现代知识主体。在同一历史时段的文本中，现代主体话语将对女性与自然的表述据为己有，使得它们作为主体的整体性被抵制、掩埋和割裂，在多层次的叙述结构中呈断裂式存在。作为建构现代主体的他者镜像，它们被不同作家群体的文本表述各取所需、填充为各种不同的所指内涵，却不过都是"空洞的能指"，这在事实上构筑了一种深刻的父/男权制话语霸权。这种话语霸权压制、忽略或遮掩了二者的本真存在，使得女性与自然范畴似乎只能在父/男

---

① 卡洛琳·麦茜特：《自然之死》，吉林人民出版社 1999 年版，第 10 页。
② 卡洛琳·麦茜特：《自然之死》，吉林人民出版社 1999 年版，第 3 页。

权制话语象征系统中实现意义和价值。上述有关女性与自然的文本实践恰似印证了朱迪丝·巴特勒之所指：它们"承受男性特质的意指行为的镜面仅仅返还了一个（虚假的）影像，保证了菲勒斯中心的自足性，却没能为自己做任何贡献。"① 文本中的父/男权制话语表述不仅仅是对话语霸权的建构，还是一种再生产。女性与自然作为他者镜像在父/男权制话语表述中的结构性功能被文本表述再生产，最终指向的是社会实践和心理、观念层面。因此，本文意欲通过这种分析与揭示，以抵达一种新的认知彼岸。

（《社会科学》2013 年第 6 期发表）

---

① 朱迪丝·巴特勒著，吴曦译：《身体至关重要》，见汪民安、陈永国主编：《后身体：文化、权力和生命政治学》，吉林人民出版社 2003 年版，第 204 页。

# 《金瓶梅》的政治学底蕴和经济学价值

徐继忠[*]

## 一、《金瓶梅》的现实意义

《金瓶梅》一书的主旨不仅仅是让读者欣赏作品中的西门庆及其妻妾们等众多艺术形象，更重要的是让读者思考晚明时期整个社会之所以黑暗、腐败、丑恶、糜烂的内部运行机制、外部表现形式和未来发展态势。综观《金瓶梅》一书，作者是想向世人昭示一个真理：一连串个人的毁灭的总和导致整个社会的毁灭；一个西门庆的罪恶就是整个社会罪恶的缩影。作者的创作意图就是要鞭挞这个社会，否定西门庆这样的人，目的是控诉晚明时期的社会罪恶。正如伟大作家席勒所说："谁要是抱着摧毁罪恶的目的，……那么，他就必须把罪恶的一切丑态在光天化日之下暴露出来，并且把罪恶的巨大形象展示在人类的眼前。"西门庆正是作者笔下的"罪恶的巨大形象"。

在《金瓶梅》中，作者要揭露的是腐败的政治和黑暗的经济，至于丑恶的心灵和糜烂的生活则是从属于腐败政治和黑暗经济的。那些色情语言和色情行为是对具有丑恶心灵和过着糜烂生活的人的最本质、最深层、最生动的刻画。也只有那些以追求无限性欲满足为乐的丑恶之人才能使政治越来越腐败、经济越来越黑暗、人民越来越贫困。封建社会的皇帝也是这样的人，封建社会的官吏是这样的人，晚明社会的官商一体者西门庆更是这样的人。《金瓶梅》中的色情描写是服务于腐败政治和黑暗经济的，权钱勾结下的政治与经济又将色情演绎得超出了平民百姓的正常性生活水平。当我们从这个角度去把握和认识西门庆的兽欲时，就不难理解晚明时期整个社会的政治、经济因何而腐败和黑暗了。

诚然，今天的新中国与晚明时期的旧中国已迥然不同：新中国经历了民主主义革命和社会主义革命，建立了社会主义制度；新中国在中国共产党的领导下，实行人民民主专政；新中国取得了举世瞩目的伟大成就，已成为世界上有

---

* 作者简介：徐继忠（1970—　），经济学硕士，河南财经政法大学文化传播学院副教授，主要从事明清小说和中国经济思想史等方面的研究。

影响力的发展中大国。但是，这并不等于我们已扫除了所有来自于封建社会的障碍和糟粕，也不等于我们当中每一个人的头脑中完全没有了封建社会的丑恶思想和陈旧观念。就这些糟粕和观念而言，它们是不会因革命的胜利和成绩的取得而立刻消失的，它们会在社会的每一个角落寻找适合它们生长的机会，苟延残喘般顽强地流传着。而研究《金瓶梅》的政治学底蕴和经济学价值就是要为当今社会中存在的诸多问题找到源头和土壤，为腐败摄取历史影像，让各种各样的丑恶显露观念原形。正如郑振铎先生所讲的那样："表现真实的中国社会的形形色色者，舍《金瓶梅》恐怕找不到更重要的一部小说了。……它是一部很伟大的写实小说。"又说："要在文学里看出中国社会的潜伏的黑暗面来，《金瓶梅》是一个最可靠的社会资料。"

## 二、《金瓶梅》的政治学底蕴

政治是研究权力的产生和权力的运用的。如果权力的产生偏离了正轨，那么权力的运用必然走得更远。正所谓"失之毫厘，谬以千里"。在中国的封建社会，权力的源泉存在于世袭制中的皇帝那里。皇帝的任命就成为其他人获得权力的重要途径。但皇帝的任命是有限的，更多的时候是皇帝手下的大臣任命他人使之成为有权力者。在《金瓶梅》中，权力的产生和权力的运用是这样的：当蔡京爬上了左丞相、吏部尚书的高位后，其长子蔡攸也随即当上了祥和殿学士兼礼部尚书，九子蔡修出任九江知府，妻兄宋盘荣升陕西巡按御史。门生陈文昭任大理寺寺正，连假子蔡蕴也当上两淮巡盐御史。蔡京是当时掌握权力资源配置的人，他手中的权力分配给谁并没有客观标准，他只根据与自己关系的亲疏和本人的好恶决定权力的分配。

西门庆最初是一个与蔡京根本无任何关系的人，但通过勾结太师蔡京的管家翟谦而与蔡京搭上了桥，于是派来保、吴主管给蔡京送寿礼。（第三十回）这是典型的吏治腐败。

> 翟谦先把寿礼揭帖，呈递与太师观看。来保、吴主管各抬献礼物。但见：黄烘烘金壶玉盏，白晃晃减靸仙人；锦绣蟒衣，五彩夺目；南京纻段，金碧交辉；汤羊美酒，尽贴封皮；异果时新，高堆盘盒。如何不喜！太师又向来保说道："累次承你主人费心，无物可伸，如何是好？你主人身上可有甚官役？"来保道："小的主人一介乡民，有何官役？"太师道："既无官役，昨日朝廷钦赐了我几张空名告身札付，我安你主人在你那山东提刑所，做个理刑副千户，顶补千户贺金的员缺，……"……又向来保道："你二人替我进献生辰礼物，多有辛苦。"……唤堂候官取过一张札付："我安你在本处清河县做个驿丞，倒也去的。"……又取过一札付来，把来保名字填写山东郓王府，做了一名校尉。

作为对西门庆屡次赠送厚礼的答谢，蔡京不但把"一介乡民"的西门庆一下子封为执掌一省刑狱的理刑官，而且还把为西门庆送礼的奴才来保和吴主管也封了官。西门庆与蔡京之间的钱权交易关系至此形成。西门庆以其厚礼（金钱）换来了副千户（权力），再以副千户的权力换来更多的钱。在这里，我们看到了晚明社会的生活基调和升迁规律：主宰社会情势的，只有权势和金钱、官吏与商人；权势用来敛聚金钱，金钱用来收买权势。权钱并重，官商齐名。两者的相结合所产生的巨大力量，推拥着滋生它们自身的社会以无可挽回之势走向解体。最能代表这种力量底蕴的莫过于西门庆的"独立宣言"："咱只消尽这家私，广为善事，就使强奸了姮娥，和奸了织女，拐了许飞琼，盗了西王母的女儿，也不减我泼天富贵！"（第五十七回）这表明西门庆在权钱的庇护下是多么地横行霸道和无法无天。

如果说吏治的腐败反映出社会秩序的混乱，那么法治的腐败则反映出社会公正的丢失。毋庸置疑，西门庆的权力来自于金钱。通过行贿获得权力的西门庆又是怎样运用其手中的权力呢？苗员外的仆人苗青，为图谋财产杀害了主人性命。案发后被告到清河县提刑院，西门庆为贪污一千两贿银而"贪赃卖法"，私放了苗青。（第四十七回）这是西门庆如何运用自己手中权力的最好证据之一。西门庆不仅有权决定罪犯的生与死，还有权决定他人的升迁。山东巡按宋乔年，因为任职期间常受西门庆经济上的接济，差满时举劾地方官员，要西门庆推荐人才，西门庆便乘机推举了送过二百两银子给他的荆都监和自己的妻兄吴锴。于是宋巡按奏本中称荆都监"年力精强，才犹练达，冠武科而称儒将"，又吹嘘充其量不过是清客帮闲的吴大舅是所谓"一方之保障""国家之屏藩"，以及"驱兵以捣中坚，靡攻不克；储食以资粮饷，无人不饱"。于是两人均"特加超擢"，以"鼓舞臣僚"。（第七十六回、七十七回）足见黑金政治可以颠倒黑白、混淆是非。

西门庆滥用权力的过程，也是他践踏法律的过程。西门庆又是凭借什么践踏封建社会法律的呢？研究发现，西门庆是靠封建社会中的高层统治者，如杨提督和蔡太师。西门庆最开始不过是一个开生药铺的浮浪子弟，通过钱财，勾结杨提督，用毒药害死武大，娶了武大之妻潘金莲为妾。杨提督作为西门庆的最初靠山，不但不予惩办西门庆，反而将武松刺配孟州。后来，杨提督倒台了，西门庆面临着唇亡齿寒之危机，这使他再一次想起了"权门之利益如响，富宝之贿赂通神"的人生信条。于是，西门庆立即派人赶往东京，设法通过蔡京之子的关系找到当朝右相、资政殿大学士兼礼部尚书李邦彦府上。李见是"蔡大爷分上"，又"见五百两金银只买一个名字，如何不做分上？即令左右抬书案过来，取笔将文卷上'西门庆'名字改作'贾庆'"。（第十七回）这时，西门庆的政治靠山已不再是倒了台的杨提督，而是握有重权的太师蔡京及其子蔡大爷。

西门庆的行为只是众多贪官污吏的一个缩影。西门庆自身有了权力，具备了横行乡里、鱼肉百姓的条件；西门庆通过金钱获得了政治靠山，获得了草菅人命、践踏法律的保护伞。而西门庆之所以能偷奸李瓶儿、气死花子虚、陷害蒋竹山、霸占宋蕙莲、害死蕙莲父亲宋仁等之后仍安然无恙，皆因有以蔡京为代表的封建官僚势力为其开路助威。西门庆在生理上的寻欢作乐，在色欲上的放荡荒淫也是凭借金钱和权势支撑起来的。西门庆是这样，千千万万个西门庆都是这样。西门庆死后，张二官接替了他的位置，和他一样作恶多端、贪赃枉法就是证明。（第七十八、八十七回）《金瓶梅》作者绝不是只写了西门庆一人之丑恶，其实是写了一群人、一个阶层、一个社会的丑恶。因此，张竹坡对此评道："西门之恶，纯是太师之恶也。夫太师之下，何止百千万西门，而一西门之恶已如此，其一太师之恶何如也。"

回首中国封建社会统治者建立的封建政治秩序被破坏的整个过程，我们发现：封建政治秩序是由封建统治者自己建立的，也是由他们自己破坏的。为了满足个人财富上的私欲，太师蔡京可任"一介乡民"为副千户（后又转成正千户）；为了满足无限膨胀的色欲，西门庆阴狠毒辣、不择手段，可以为所欲为。显然，统治阶级内部成员的个人私欲和肉体色欲超越于法律之上、正义之上。这种情况下，由封建统治者自己建立的封建政治秩序只能成为惩罚百姓的绳索，而对封建统治阶级内部成员毫无约束力。当立法者践踏法律、当权者滥用权力时，封建政治便走到了尽头，等待它的只能是灭亡。当然，封建社会中也有一些操守清廉的官员，如《金瓶梅》中的曾孝序，但"一二良吏不能补千百人之患"。

反观当今的中国社会，尽管我们的领导干部绝大部分都是好的，但是极少数领导干部贪污腐败也是不可饶恕的。晚明时期存在的腐败政治在当今仍有尚未铲除尽的余灰：像太师蔡京任人唯亲、滥用权力、搞裙带关系者有之；如西门庆贪赃枉法、行贿受贿、色胆包天者有之；似封建官僚统治者那样过着"大宴三六九、小宴天天有"的生活的人有之。我们研究《金瓶梅》的政治学价值，就是要让人们看到，中国的过去曾经是那样的黑暗，中国封建社会的官吏曾经是那样的丑恶。如果不想让那前车之辙碾过我们今天这峥嵘的岁月，那么，就只有清醒地认识我们国人的过去，深刻地思索我们国人的品性，正确地评价我们国人的得失，以期我们不再犯类似错误，从而通过革新自己劣根性的命，实现尽真尽善尽美的政治。

### 三、《金瓶梅》的经济学价值

政治是经济的集中表现，经济是政治的物质基础，二者相辅相成，缺一不可。如同描绘晚明社会的政治图景一样，《金瓶梅》的作者也为我们描绘了晚明社会的经济画卷。在这幅经济画卷中，济济跄跄的官僚私欲膨胀，熙熙攘攘的富商借势生财，盛气凌人的恶霸巧取豪夺，只有贫穷不堪的老百姓民不聊生。《金瓶梅》的作者就是想真切地为广大读者诠释这幅经济画卷的来龙去脉和深刻内涵，以使读者清楚晚明时期社会腐败、糜烂、异化的内部机理和运转动力。

《金瓶梅》的经济学价值在于它向读者阐明了晚明时期社会所走的由商而官、以官助商、官商勾结的半封建半资本主义性质的原始资本积累之路是如何灭亡的机理。西门庆就是这条道路上的代表，他摒弃了封建地主靠土地发财致富的老路，走上了一条靠封建势力支撑和商业资本循环的半资本主义道路。西门庆商业活动的半资本主义化和封建官僚政治活动的商业化为中国晚明时期资本主义萌芽蒙上了黑暗势力的阴影，使在中国封建社会土壤中成长起来的资本主义从一开始就没有摆脱封建化制度的束缚，令这个集官僚、恶霸、商人三者于一体的"东方怪物"因其自身的反动性、腐朽性、丑恶性而走向他自己亲手为自己设置的坟墓。这是因为，如果商人在封建官府的庇护下进行商业活动，那么，商人之间的竞争必然不可能是公平的。而在不公平竞争环境中成长起来的商人不可能具有创新精神和冒险精神。这正是旧中国社会中许多像西门庆一样的"东方怪物"始终不可能成为真正资本家的根本原因。《金瓶梅》所反映的这一经济学主题，对中国今天正在进行的社会主义市场经济建设而言，仍具有深远的现实意义。

西门庆从一个地方"破落户财主"发展成为富甲一方的显赫人物，是通过一系列商业活动和各种形式的生财之道实现的。关于西门庆的商业活动和生财之道在文嫂对林太太的谈话中有详细说明。

县门前西门大老爹，如今见在提刑院做掌刑千户，家中放官吏债，开四五处铺面：段（锻）子铺、生药铺、绸绢铺、绒线铺，外边江湖上又走标船，扬州兴贩盐引，东平府上纳香蜡，伙计主管约有数十……家中田连阡陌，米烂成（陈）仓，赤的是金，白的是银，圆的是珠，光的是宝……（第六十九回）

这是西门庆做了掌刑正千户后的家道情形。最开始的原始资本积累则是在没有做正千户之前通过娶了孟玉楼和李瓶儿之后才逐渐阔绰起来的。孟玉楼长得并不漂亮，只因"手里有一分好钱，……"西门庆听后便动了心，丢下刚刚搭上手的潘金莲，急不可待地将孟玉楼娶进家中。孟玉楼的财产是布商杨宗锡赚下的，杨宗锡去世后，孟玉楼带了大量财产嫁给西门庆，这为西门庆的家中添了一笔不小的财产。李瓶儿本是太师蔡京的女婿梁中书的小妾，后嫁于花太监之侄花子虚。李瓶儿的财产是源于花子虚，花子虚的财产又是从花太监那里继承来的，而花太监的财产只能是源于国库。这样，李瓶儿就间接拥有了源于国库的花太监的财产。随着李瓶儿嫁给西门庆，李瓶儿一百颗西洋大珠和从花太监手里所接受的一大笔遗产，包括六十锭元三千两，两个描金箱柜的珍宝环好之物等也进了西门庆家。因此，第二十回写道："西门庆自从娶李瓶儿过门，又兼得了两三场横财，家道营（殷）盛，外庄内宅焕然一新。米麦陈仓，骡马成群，奴仆成行……又打开门面两间，兑出两千两银子来，委付伙计贲第传开解当铺。"

再来看西门庆走标船的生意是如何进行的。在商品运转过程中，西门庆常常使用贿赂官府、偷税漏税的手段，为自己商品经营赚得更多的钱财。西门庆的伙计韩道国从杭州运回一万两货，西门庆问："钱老爹书下了，也欠些分上不曾？"韩道国道："全是钱老爹这封书，十车货少使了许多税钱。小人把段箱，两箱并一箱，三停只报了两停，都当茶叶，马牙香柜上税过来了。通共十大车货，只纳了三十五两五钱银子。"（第五十九回）值万两的货物，本应纳几百两银子的税，靠行贿加取巧的办法，居然只纳了三十五两五钱银子的关税！后来，来保的南京货船到，也如法炮制。（第六十回）这说明行贿官府、官商勾结、偷税漏税已成为西门庆大发横财的惯用手段。

走标船和兴贩盐引是相继进行的。西门庆先是靠三万盐引变成了钱，再用此钱到杭州购买绸绢货物，然后送到潮州、南京卖出。西门庆在做这些生意之前，早已用钱买通了就任两淮巡盐御史蔡一良，所以当韩道国、来保等一到扬州，就顺利地支出了这批盐，支出盐卖了，就往湖州支了丝绸来，再将丝绸卖掉。这样三万盐引加一千两本银换来价值三万两银子的缎绢货物。（第五十回、五十八回、六十四回）

从小说《金瓶梅》中我们看到，西门庆自从官商化以后，依靠他用金钱结交下的封建官吏之势力，打击其他商人的正常经营活动，从而达到了垄断市场的目的。在他所获得的所有利润和非法收入中，其去向有三部分：一部分以贿赂的形式再转化为滋润封建官僚的膏血，一部分用于建立和维护自己利益的封建地方势力，一部分用在挥霍消耗于极端荒淫无耻的糜烂生活之中。可见，西门庆发财致富的经验是：加速商业资本的循环和获得政治官僚的支持。西门庆出场时二十六岁，直到他纵欲身亡时三十三岁。在第七十九回中，西门庆弥留之际向吴月娘交代家中财产情况时，可知他的财产已达十万两银子以上。在仅仅七年的时间里，西门庆以极快的速度和非法的手段积累了十万两银子以上的财富。"富贵必因奸巧得"的人生信条在西门庆的一生中得到了验证。但是随着他的早亡，千金散尽。

一个西门庆死去了，千百万个有着自私、弄权、献媚灵魂的西门庆又将诞生。《金瓶梅》所要描绘的正是有着这样灵魂的丑恶者发家致富的历史轨迹。时代前进了，但丑恶者灵魂的净化却没有跟上时代的步伐，他们仍然会以各种形式出现在新时代的舞台上。不是吗？西门庆借势生财，而今在承包工程中出现的钱权交易亦可看到；西门庆偷税漏税，而今通过非法经营坑害国家者仍然不乏其人；西门庆巧取豪夺、独断专行，而今玩弄权术、横行市场者屡见不鲜。虽然我们的经济发展了，我们的国家富强了，但西门庆这样的人并没有被彻底洗净其灵魂。正如鲁迅所说："历史上都写着中国的灵魂，指示着将来的命运，……试将记五代、南宋、明末的事情的，和现今的状况一比较，就当惊心动魄于何其相似之甚，仿佛时间的流逝，独与我们中国无关。……难道所谓国民性者，真是这样地难于改变的么？"现在，我们把《金瓶梅》的经济学价值理解为对国民劣根性的批判则一点也不过分！

# 新时期以来儿童叙述的主题研究

## 齐亚敏[*]

随着时代的发展，儿童关怀在很多领域都越来越引起人们的关注，比如教育学、心理学、社会学等许多学科。但是，在文学研究领域中，尤其是对新时期以来的文学研究中投入儿童关注的评论还不多见，虽然也有一些研究者曾就此探讨过某些个案，比如某个作家的儿童视角，或者是某些儿童文学作家的风格等。但从宏观上，还没有人对于新时期以来的儿童世界书写去做一下宏观的梳理和探讨。本论文试图通过"类"的方式，从表现主题的倾向上对于新时期以来的儿童世界书写进行概括总结。而这样的整理，一方面可以开掘出文学写作所具有的美学、教育学、心理学、社会学等多元化的意义；另一方面，它也可以成为新时期小说研究的一个全新的视角，在此综述的指引下，可以继续深入探讨一系列的问题。

对于儿童的关注，在中国较之在欧洲要晚得多。在中国古代，儿童往往只被看成是缩小了的成人。他们所接受的一切都使得他们成为成人的附庸，所谓的"父为子纲"就是一个鲜明的写照。直到"新文化运动"的到来，伴随着各种新思想的蜂拥而入，于是就有了"妇女"的发现和"儿童"的发现。在这个强调人性平等和独立的思想解放时期，"儿童"的发现使得未成年人开始有了被关注的可能。一方面开始有了适合儿童阅读的报刊如《少年杂志》《蒙学报》《寓言报》《学生杂志》《儿童教育》等；另一方面，还有一些成人的报刊也以一定的篇幅倡导和呼吁对儿童的重视。[①]但是，现代文学时期对儿童的关注更多集中在儿童文学的提出和体系的建立上，其关注多是对外国童话的改写和重述，作品创作上大多以童话和散文为代表，如叶圣陶和张天翼的童话，冰心和丰子恺的散文等。虽然在鲁迅等大作家的小说中儿童也有一些鲜亮的形象，但就整个现代文坛来说整体上还是缺乏一种创作上的大潮流。

1949 年之后，新的时代的到来使得儿童开始成为众多文学作品中所表现的

---

　* 作者简介：齐亚敏（1979—　），文学博士，河南财经政法大学文化传播学院副教授，主要从事当代文学中的儿童文化研究、当代儿童文学研究等。

　① 孙建江：《二十世纪中国儿童文学导论》，江苏少年儿童出版社 1995 年版，第 93 页。

对象，尤其是 1979 年新时期开始后，文学独立性的苏醒不仅带来了儿童文学的繁荣，而且在成人作家中也有大量的作家关注儿童的生活，在抚摸自身成长的创痛和意识回溯的过程中，他们和儿童文学作家们一起共同在笔下为我们呈现了一个繁华的儿童世界。像王安忆、余华、铁凝、苏童、王朔、林白、迟子建、陈丹燕、梅子涵、秦文君、曹文轩、杨红樱、常新港、刘厚明、彭学军、李建树、谢倩霓、左泓、刘健屏等，另外还有一些儿童文学期刊上的优秀之作，除此之外，少年作家的创作也有相当一部分优秀地表现当代少年儿童的作品。比如韩寒、蒋方舟及其他一些优秀而新锐的少年作家。众多作家所表现的儿童生活，纷繁多样，各具特色。这样一个庞大的却一直被人忽视的群体，融合了当下作家们的社会历史反思、独特的美学理想以及深切的人文关怀。这时期的儿童世界是丰富而多元化的，但是我们通过梳理，会发现它们所表现的主题可以分为几个类型。

## 一、成长主题

"成长"这一主题应该是文学由来已久的一个话题，而如今当我们提到成长小说时，它的界限似乎已经演化到了没有年龄的限制。在这些成长主题的小说中，成长更多地已经脱离了它原初的本意，而成为一种心灵发展史。正像曹文轩所说的："我希望将成长小说规定在某一个年龄段上，不要漫无边际。""'成长'这个词语是有所指的。它的含义不是无边的。一个人的一生，确实处在变化中，但我觉得用另一个词语更好，它叫'发展'。""成长就是那种类似于麦苗得雨露而拔节时的变化。此时，一个人所面临的问题是特有的：烦恼、害臊、多疑、虚幻、苦闷……"① 从这个角度来讲，少年儿童的成长就更贴近成长本质的含义，因为在这个年龄阶段中他们经历着生理上的巨大转变，并由此带来心理与自我意识的变化和重新定位。所以"成长"从最本质和原初的含义上讲，就是身体的生长和发育。所以，基于少年儿童身体发育而带来的成长，才真正还原了"成长"一词的含义，这也是成长主题的最根本的意义所在。不管是身体的发育、爱情的萌动、还是初入社会时的惶惑，都是这个主题之下丰富的内容。而在这一类型的描写中，我们也能看到文学笔触的变迁，以及文学与社会学交互影响的地方。

当代有关于少年儿童成长的小说有很多具有鲜明代表性的作品。在这些由身体的成长而引发的对于此时少年儿童存在状态的关注是此类小说的写作初衷。他们或者关注身体的发育所带来的身心的变化，如秦文君的《十六岁少女》、陈染的《与往事干杯》、陈丹燕的《上锁的抽屉》、吕温清的《多彩的小河》、韦伶的《出门》、任大霖的《人生的青果》，杨红樱的《女生日记》等，这些作品关注更

---

① 梅子涵、方卫平、朱自强、彭懿、曹文轩：《儿童文学 5 人谈》，新蕾出版社 2002 年版，第 150—151 页。

多的是缘于身体的发育而引发的各种矛盾情绪。身体的发育必然引起有关"性"的话题的引入和觉醒。人性所潜隐在心底的渴望在这个蓬勃爆发的年龄中显得尤为强烈和好奇。余华的《在细雨中呼喊》、林白的《一个人的战争》、王安忆的《流水三十章》、王晓一的《隔壁》、蒋方舟的《正在发育》等一类作品都大胆正视"性"的话题，呈现纷繁的甚至是带有争议的未成年人的"性问题"，作家在梳理个人成长记忆的同时，也为我们开启了一个很好的认知与教育的窗口。

异性情感也是在成长话题下具有争议的事实。从1984年丁阿虎的一篇《今夜月儿明》在儿童文学界所引起的争论开始，对于异性情感的话题从来都是有关于未成年人生活的一个敏感点。秦文君的《告别裔凡》、张洁的《男孩和女孩在1982》、程玮的《今年流行黄裙子》、罗辰生的《一个中学生的"侃山"记录》、萧萍的《和方舟约会》、孙宏艳的《蝴蝶吻》等，在大量地描写少年儿童生活的小说中，都毫不避讳地对这种朦胧的异性之恋投入作家属于个人的看法。从《今夜月儿明》带来的爆炸性效果到现在作家对于此话题的自然常态，小说呈现的不仅是单纯的文本问题，还有文本背后的那个日渐宽舒的文化环境。

对每个人来说，成长的意义应该是全方位的，既有生理的也有心理的，但就意义来说，真正的成长应该始于心灵开始觉醒的那一刻。在那些单纯的岁月里，突然在某一天，我们的内心被一个叫作人生的东西所打动，它在不经意间打断了孩童般的单纯，引领我们到了一个充满各种滋味的境地，在那里，我们既学会了思索，也学会了沉默，学会了用心灵感受种种生活所赋予我们的东西。于是，就在这一次次的震撼与觉醒中，我们的整个人，随着成熟的身体，慢慢地强壮起来。对孤独感和死亡的认知、对于成人世界的老练、无情和激情退化的切身体验，这些都成为少年儿童走向成长的必经之路。王安忆的《纪实与虚构》《忧伤的年代》、张抗抗的《"万宝路"和我们》、梅子涵的《双人茶座》、陈丽的《少女与死神》、陈丹燕的《九生》、常新港的《青苔上身》、方国荣的《第691种烟壳》、金曾豪的《因为那片绿草地》等一批小说，所关注的正是心灵意义上的"成长"。

身体的发育、性意识的觉醒、异性情感的萌动以及心灵的一次次被碰撞和觉醒，这些关注少年儿童成长主题的小说，它们为我们呈现了丰富多彩的儿童的内在世界、经历身心发育过程所必然要面对的种种人生体验和作家人文性的思考，同时这些形象也成为每个人慎思人生过往的一面镜子。

## 二、教育主题

新时期以来有关于儿童的小说，有相当一部分都涉及教育的话题。不管是制度内的学校教育，还是制度外的父辈教育，这类形象成为引发成人反思的一个载体，经由这一主题，我们可以看到文学写作所具有的批判现实主义的特点。

　　教育一方面指的是制度内的学校教育。中国在破除千年的科举考试以及私塾教育的基础上兴起了新兴的学校教育，学校教育和文化生活更成为此时期作家表现当代少年儿童生活的一面窗口。读书与学习是他们生活的第一主题，也是绝大多数少年儿童在今天这个社会通向将来的必经之路。陈丹燕的《女中学生之死》、韩寒的《三重门》、谢学军的《跨越围城》、谢倩霓的《日子》、李亮的《苇塘班有支小唢呐》、梅子涵的《林东的故事》、马丁的《苏童的一天》、张之路的《在长长的跑道上》、刘慧军的《疯》等一批小说中，儿童们依然受着中国绵延千年的读书教育观念的影响，这些小说反映了在学习重压下的孩子们的扭曲和呐喊，鲁迅"救救孩子"的呐喊与当下有了隔代的呼应。此外，在相当一部分作品中，也开始关注新型教育观念的萌动：北村的《另一种阳光》、任哥舒的《留级生沙龙》、范锡林的《一个与众不同的学生》、韩辉光的《教庭教师》、张之路的《题王许威武》等一批小说，在体制教育的主题之下，我们能够窥见到当代学校教育的优缺得失，而作家们也在这些形象的塑造中，投入着属于文人的社会性思考。

　　教育的另一方面则具有更加广泛的意义，那就是学校外围的广大的成人教育。在这个成人施教与孩童被教育的过程中，孩童并不是完全被动的，他们往往会成为成人们慎思自身行为的一面镜子。成年人在孩童的发展中起着怎样的作用，一直以来这都是一个争论颇多的问题。截至目前主要有两种主流的观点：一种观点是以赫尔巴特为代表的成人中心论。他把孩童的自然本性比喻为一只大船，只有依靠成人这个舵手，这只大船才能顺利地到达人生的目的地。而另一种观点以卢梭和杜威为代表，他们认为在孩童的发展过程中，成人仅仅起着辅导性的作用，因为未成年人他们自身也有着相对的独立性和主动性。而成人在这个主动的过程中担任着"催化剂"的作用，他们可以引导、激发和促进他们更好地发展，但却不能够完全掌握他们的发展。可以看出这两种观点虽然在程度上有着一些差别，但是都毫无疑问地把成人看成是孩童教育中的重要角色。而通过这类主题的作品，我们能够更加全面地看清成人自身。在这里，重心已不仅是孩子们，而更在于成人自身的种种问题：王朔的《我是你爸爸》、张洁的《晚茶花香》、彭学军的《废船》、张之路的小说《鼓掌员的荣誉》、武志刚的《孩子的太阳》、蒋丽华的小说《夏日的探访》、葛冰的《一个孩子的临终奇言》、张文宝的《钓蟹》等小说都涉及成人在面对孩子时的一种自我身份确认问题。此类小说的目的，不仅在于发现存在于二者之间的这种微妙关系，更在于对成人姿态的一种思考和反省，反观他们身上所存在的某些局限。同时也是对成人教育言行和心态的一种自由的呼唤。而成人在调整自我与孩子的关系的同时，也能够更好地完成对于孩子的教育。在追究成人自身的责任问题上，沈石溪的小说《淘金少年》、曹文轩的《阿雏》、鲁晓纾的小说《老鼠的儿子》、李建树的《流星》、宗介华的

《太阳花》、李开杰的《汤圆》、胡纯琦的《头儿》、王平的《风雪中的小店堂》、王巨成的《第三只手》、余雷的《游戏的代价》等开始关注边缘少年，他们或者是性格孤僻的孩子，或者是流浪儿，甚至还有少年犯，通过对于边缘少年的生活的关注，写作者不约而同地提出了一个成人自身责任的问题。由此而引发一系列的对于爱、家庭和教育等问题的思考。也就是说，这一主题的写作牵引出来的是弗洛伊德的所谓"审父"的话题，当然这里的父不仅是父母，也指父辈的成人群体。以"父"为代表的整个成人世界和既定秩序，成为少年儿童独自面对世界时所必须要体验的一种外界施加的感受，而在由"父"所代表的成人世界与"子"所代表的孩童世界的复杂关系中，不仅有来自成人的教育、误导或压迫，同时还包括了来自孩童的审视和对其的质疑，他们在这种复杂的碰撞关系中产生的是丰富而值得思索的文化现象。

## 三、社会浪潮的冲击

表现时代浪潮对于孩童的冲击，同样是近 30 年来有关儿童书写的一个重要内容，通过儿童的视角来呈现更加全面的社会影像。如果说，在一个不断发生着重大变革的时代里，成年人总是在起着主导与推动作用的话，那么少年儿童在这种日益更新的环境中则总是扮演着被动的参与和被影响的角色。他们在一个大的社会氛围中因为年龄与经历的限制而总是处于一种社会参与的外围，但是社会的风云际会往往也使得他们不能逃避这种社会演进中的影响。于是，在他们的世界中，也必然写下时代的痕迹。回顾新时期以来的 30 年历程，我们的社会经历了"文革"创痛的修复时期、经济建设的发展时期和近些年多媒体崛起后的时尚、娱乐和光影冲击。在文学作品中，也在主题方面体现出对不同环境因素的观照和反思，在少年儿童的世界里，同样抒写着社会演进中的共性和个性。少年儿童所生活的环境是一个相互联系的有机整体，而如果仅仅从家庭与学校这些微观环境来考察分析他们的成长与发展，那么必然因为遗漏了整个社会背景的因素而流于偏颇。而这里所要展开探讨的，就是从儿童视角来反观社会浪潮的深层影响。

在新时期解冻之后，"文革"创痛的修复成为相当多的作品表现的主题，而儿童形象也参与了这一时期的控诉，并增强了控诉的全面和力度。因为孩子单纯的身份而强化着"文革"所带来的负面作用，更充满了控诉力，因为在一个价值观念模糊不清的年代中，孩子们相对于直接决定和参与社会活动的成人们来说，他们所受的伤害就更显得无辜。最初对"文革"首先发起批判的小说，就是刘心武的《班主任》，这个具有标志性的小说最终成为新时期文学的开始。刘心武饱含着对纯洁无知的孩子们的人性关怀，发出了挽救灵魂受损的孩子的呼救。此外还有如王安忆的《69 届初中生》、陈丹燕的《九生》、常新港的《白山林》、金逸铭的《一岁的呐喊》、左泓的《经历夏天》、梅子涵的《我们没有表》、毕淑敏的《同你现在一般大》等一批作品，都从儿童的角度表达了对于"文革"的反思。"文革"是我们社会的一次严重的发病，在那样长达 10 年的发病过程中，孩子们也无可避免地因为毒素的侵入而沦为"喝狼奶长大的一代"。他们的被伤害、他们的控诉甚至还有他们被异化后的"害人"，这些都是作家通过孩童的视角对社会历史慎思的独特体现。

改革开放和经济的发展带来金钱意识的觉醒。郁秀的《花季雨季》、谢华的《楼道》、鱼在洋的《阳光下的迷惘》、卢振中的《乡村的迷惘》、李树松的《二子》等一批小说虽有着共同的主题关注，但有的反映了最初触碰到的对于金钱的迷茫感；有的反映了在一些孩子们身上所沾染的对于金钱的奴性；还有的反映了那些展现经济发展对未成年人世界侵入程度不同的影响。这些都体现了丰富多样的作家的价值判断，也体现了在新时期中金钱意识觉醒后给孩子们带来的各种变化。

进入 21 世纪，多媒体的兴起，使得追星、时尚、个性、网络这些开始成为新一代孩子们生活中的关键词，经历了动荡的政治年代与经济改革之初的彷徨，因为大众传媒的介入，社会的日益开放性结构，带来孩子们成长过程的复杂化、个性塑造的多样化，这些都是新时代潮流所引发的一些值得思考和研究的社会现象。陈村的《另一种阳光》、饶雪漫的《花都开好了》、孙昌建的长篇小说《我为星狂》、戴中明的小说《酷的故事》、伍美珍的《非常 QQ 事件》、黄春华的《盛夏的礼物》、萧萍的《E 时代的中学段落》、张弘的《e 班 e 女孩》等，在这些充满了动感和生命力的内容背后，是时代赋予孩子们的日渐丰富的生活姿态。社会在儿童社会化的过程中，扮演着毫不逊色于父母和老师的第四个教化的角色，甚至在一定程度上对孩子的成长起着决定性的影响，"文革"一代孩子的无知或野蛮，社会发展初期孩子们的觉醒和彷徨，还有当下这些充满了个性和行动性的新一代，都鲜明地体现着社会演进中儿童群体的感受和参与。

## 四、精神家园的建构

孩童因为其纯真的存在状态，往往成为人们建构精神家园的一个重要因素。当代有很多作品都通过孩童的形象来抒发这样的情结。王统照在《童心》中曾这样追问："只已遗落的'童心'，不知藏在何处？""我曾经遍地祈求，十方觅取。／为谁夺去？为谁玷污？／终未能一见它的踪迹！"① 这种追问成为具有童年情怀的作家经常反复出现在小说中的情结："梦想童年的时候，我们回到了梦想之源，回到了为我们打开世界的梦想。……向往童年的梦想使我们又看到最初形象的宏美。于是童年如同遗忘的火种，永远能在我们身心中复萌。心灵与世界因

① 王统照：《王统照文集（第 4 卷）》，山东人民出版社 1980 年版，第 3 页。

此一同向难以回忆的时代开放。"① 但是，因为童年的一去不复返，所以"童年快乐的终结使童年情绪成为成年人最发自内心的宗教情绪，追忆童梦则成为成年人寻找精神家园的基本内容之一。"② 而所谓"儿童是成人之父"其意义正在于此。在此主题之下的一批作品中，我们读出的是古典之美在当下的承续。在这些表现理想精神家园的小说画面中，我们常常可以看到那些纯真的孩童，他们用自身的青涩与原味，守望着人们内心的精神家园。而在文学创作的意义上，描写此类儿童形象和主题的作品在当下的商业化创作中也有着重要的平衡作用。

在这些儿童形象中，有的是作家个人的怀旧情结的体现，比如迟子建作品中的那些孩子们：不管是《北极村童话》中的"我"，《清水洗尘》中的天灶，还是《树下》中的七斗，《雾月牛栏》中的宝坠，还有《日落碗窑》里的关晓明，《朋友们来看雪吧》里的鱼丸等，如此众多的孩子的形象在迟子建的小说中构成了一个充满了鲜活和灵动感的世界。在这个世界中，有快乐，有忧伤，有困苦，也有坚强，他们充满了人性自然状态的美好与感动。正像她在《北极村童话》引子里所写的："假如没有真纯，就没有童年。假如没有童年，就不会有成熟丰满的今天。"③，迟子建就是这样一个充满了对纯真岁月无限怀念的作家，一个执着于反复摹写故乡和童年优美风情画的人。曹文轩也是当代一个执着于表现童年情怀的作家。他的《草房子》中的桑桑、杜小康、细马，《红瓦》中的"我"抑或是《白栅栏》《甜橙树》《阿雏》《红葫芦》等作品中的儿童形象，他们或者调皮、或者害羞、或者善良、或者孤傲，和迟子建执着于表现于北方黑土地上的孩子的稚拙有所不同，曹文轩作品中的孩童充满了江南水乡孩子的灵动，但他们相同的却是那份永恒的童年怀想。除了迟子建和曹文轩之外，当代也有一些单篇的作品也有着相通的主题，这些作品中的儿童形象都成为作家个人情绪的寄托，儿童在这里成为小说创作中的温情岁月的代表，他们和他们身后所代表的人类的童年时光，一起成为美好人性的代言。

另有一些作品中的儿童形象成为作家理想生活的构成元素，充满了田园牧歌式的乌托邦色彩。中国自古那些充满田园气息的诗歌中，孩童就是一个重要的不可少的元素。"老妻画纸为棋局，稚子敲针作钓钩。"（杜甫《江村》）"知有儿童挑促织，夜深篱落一灯明。"（叶绍翁《夜书所见》）"儿童篱落带斜阳，豆荚姜芽社肉香。"（乐雷发《秋日行村路》）等。人类理想的生活状态常常不是走向烦琐与教化，而是还原人类的自然的天性，这便是历史在演绎的过程中文人们反复在咏叹的一个梦想。这类作品和怀旧式写作相比，更充满了乌托邦的理想色彩。比如汪曾祺的《受戒》、铁凝的《哦！香雪》、左泓的《冬天》等都是这样的作

---

① ［法］加斯东·巴拉什：《梦想的诗学》，三联书店1996年版，第166页，第128—130页。
② 汤锐：《儿童文学本体论》，江苏少年儿童出版社1995年版，第41页。
③ 迟子建：《北极村童话》，人民文学出版社2000年版，第169页。

品，这些孩童的形象至纯至真，如冰雪般剔透，所以在《麦田里的守望者》中那个 16 岁的霍尔顿唯一想做的事情就是："我呢，就站在那混账的悬崖边。我的职务是在那儿守望，要是有哪个孩子往悬崖边奔来，我就把他捉住……我整天就干这样的事。"① 因为他要为人性保留这纯真和美好。

此外，作为构建人类理想精神家园主题的作品，更多地是出现在儿童文学的创作中，像秦文君的明朗和乐观、陈丹燕的哀伤中的优美、梅子涵的幽默与戏谑性格、金曾豪的纯净如自然的孩子，还有杨红樱的健康而阳光的新一代孩童等。在这些儿童文学作家笔下，我们还能阅读到当下创作中比较缺失的人性关怀和正面情绪，这些儿童文学中的精品和某些表现此类主题的成人文学作品一起，共同为我们创造了一个丰盈而美好的世界，在这个世界中，儿童的意义已经远远超越了他们的存在本身，而成为人类精神家园的另一个代名词。

虽然新时期以来有关于儿童书写的作品非常多，但是在类的整理之下，我们会发现它们基本上都能涵盖在这些主题之下。而每一个主题所能够开掘出的研究空间，也将是非常广阔的。在这样一个繁华的少年儿童世界面前，主题的研究仅仅是打开了一扇进入这个世界的大门，在这个方向上，还有很多东西值得深入地研究和探讨。在文学自身多元化研究以及文学和其他社会交叉学科研究方面，都将有着重要的意义。

（《河南社会科学》2012 年第 7 期发表）

---

① ［美］J. D. 塞林格：《麦田里的守望者》，译林出版社 1999 年版，第 123 页。

# 武则天情诗《如意娘》写作时间探析

司海迪*

武则天有一首名为《如意娘》的情诗，曰：

> 看朱成碧思纷纷，憔悴支离为忆君。
> 不信比来长下泪，开箱验取石榴裙。①

《乐苑》上说："《如意娘》，商调曲，唐则天皇后所作也。"有人怀疑此诗是代笔之作。笔者认为虽然自古帝王多有代笔，然武则天才情亦非庸流，既是抒发个人情怀，倒也没有代笔的必要。这首诗是武则天诗作中唯一的一首情诗，充满了真挚的情感，极写相思愁苦，头两句直抒胸臆，说自己因思念情郎出现了视觉错误，点睛之处莫过于"看朱成碧"之句。笔者认为，此句主要有如下几层意思：一是女主人公思念过度，精神恍惚间竟然将红、绿两种反差极大的颜色看错了。二是女主人公的情绪渐渐由热烈期盼转化为凄冷哀伤，故而将暖色调的红色错看成了冷色调的绿色。三是女主人公苦苦思念情郎，辜负了大好的青春年华。红色象征花开正好、青春正艳，而绿色则象征红花落尽、青春流逝。女主人公看朱成碧流露出其正因思念之苦变得日渐衰老。四是感叹自己青春正好，情郎不在身边，红颜薄命无人怜惜，正如红花缺少绿叶相扶。从这两句诗流露出的凄切、寂寞和哀怨之意来看，女主人公看似对情郎已经大大失望，后面两句却笔锋一转，"不信比来长下泪，开箱验取石榴裙。"——如果你不相信我近来因思念你而流泪，那就开箱看看我石榴裙上的斑斑泪痕吧！不难看出女主人公对情郎的一片执着真情，同时也隐含着女主人公的无奈和凄苦。

由此不难看出，诗中这副凄楚的小女儿心态与其威震天下的女皇形象差异甚大。那么这首诗究竟是写给谁的呢？是在何时写的呢？武则天与他的恋情又是何种状态？下面试深析之。

---

　* 作者简介：司海迪（1982—　），文学博士，西北大学博士后，河南财经政法大学讲师，主要从事武则天、唐太宗等唐代政治人物的人际关系、政治心态、文学成就等方面的研究。

　① ［唐］武则天：《如意娘》，选自［清］彭定求等：《全唐诗》卷五第47首，中华书局1960年版，第58—59页。

## 一、《如意娘》写作对象

这首诗极言相思之苦，写作对象应该是与武则天有过密切关系的男性，应不出太宗、高宗、薛怀义、二张等几位男性。从诗中的真挚情意和相思之苦来看，二人不太容易见面，感情交流也异常艰难。

这首诗是不是写给太宗的呢？要搞清这个问题，应该分析一下武则天与太宗的感情：史载武则天在太宗后宫的十一年里，既没有升职，也没有怀孕生育。卢向前考证出太宗出征辽东高丽时，当时军中携带妃嫔数十人，其中并无武才人①。由此可见，太宗并不宠爱她。那么是否有可能是武才人对太宗抒发热烈的单相思呢？笔者认为这种可能性极小。理由如下：

首先，武则天对太宗没有真挚的情感期待。史载武则天是父亲武士彟再婚所生。父亲原配早亡，留下了两个年纪稍长的儿子。母亲是父亲的继室，婚后育有三个女儿，次女就是武则天。武士彟死后，武则天母女受到了异母兄长及武家族人的欺凌。兄长的欺凌，族人的冷眼，母亲姐妹的软弱无助，寄人篱下的生活，这一切都让生性好强的少女武则天感到痛苦和压抑。史载得知女儿即将入宫为太宗才人的消息，母亲杨氏"恸泣与诀"，武则天却"独自如"，言："见天子庸知非福，何儿女悲乎？"②普通女子入宫前，往往担忧前途，如杨贵妃初入宫廷时，"与父母相别，泣涕登车。时天寒，泪结为红冰。"③元稹《上阳白发人》言道："良人顾妾心死，小女呼爷血垂泪。"武则天的表现是十分反常的。这固然反映了她性格的冒险和大胆，也流露出她对新生活的向往和信心。她是为摆脱痛苦压抑的生活现状、得到改变命运的机会而心生欢喜。这种乐观心态应是以对太宗的幻想和期望为底色的。因此，除了和一般妃嫔一样想借助太宗获得荣华富贵外，她应该还想借助太宗之力提高自身地位，让宫外的母亲和姐妹扬眉吐气。以她的才貌，她还是很有一些信心的。实际上，她的想法是绝大多数女子甘愿冒终生自由幸福之大险入宫搏一搏的重要原因。家人凭借后妃之宠得以荣达的事例比比皆是，如大约和武则天同时进宫的徐惠就做到了这一点。也就是说，武则天对太宗的"先前"情感定位并不是爱情，而是想借助太宗改变生存境遇。这种功利性的情感期待恐怕很难产生诗中因思念精神恍惚的真挚情感。

其次，武则天对太宗的感情掺杂着浓重的恋父情结。我们知道，女孩子在青春期一般会有恋父情结，尤其是父爱缺席更容易出现这种情况。即使情窦初开的武则天对年纪比她大二十多岁的太宗有情感需求，恐怕也很难说是爱情。早年丧

---

①　卢向前：《武则天与刘洎之死》，载《浙江大学学报》2007年第3期。

②　［宋］欧阳修、宋祁：《新唐书》卷76《则天武皇后传》，中华书局2000年版，第2848页。

③　［五代］王仁裕等：《开元天宝遗事十种·开元天宝遗事》"红冰"条，上海古籍出版社1985年版，第92页。

父和由此带来的生存环境恶化很容易使武才人产生恋父情结。武才人和太宗相差二十五岁，正好符合父女的年龄差距。比起丈夫，少年武则天更需要偶像和保护者。她入宫前应该多次听闻太宗威名：他是一个高大威猛的马上英雄，是英明神武的大唐皇帝。显然，太宗比父亲更强大，也更适合担当"父亲"的角色。太宗也确实是一个好父亲，是少女的寄托恋父情结的理想对象：太宗对子女心存慈爱，爱护有加。即便是立太子如此国家大事，太宗也为身后儿子们的安全着想。当时李承乾、李泰二子争储，矛盾甚深。太宗揣度若将来其中一人继承帝位，另一人必然被杀，因此"先措置晋王，始得安全耳"①。太宗为了身后儿子们的关系痛彻心扉，以至于在大臣面前"自投于床""又抽佩刀欲自刺"②。侍奉一旁的武才人极有可能见过这些场景。她很容易对太宗产生敬爱向往之情，加之她年少离家，不得与亲人相见，极有可能对太宗产生"父爱期待"。因此，她很容易将太宗当作父亲的替身，希望得到他的关怀和爱护。事实上，武则天晚年仍对太宗念念不忘：

> 他日，顼奏事，方援古引今，太后怒曰："卿所言，朕饫闻之，无多言！太宗有马名师子骢，肥逸无能调驭者。朕为宫女侍侧，言于太宗曰：'妾能制之，然须三物，一铁鞭，二铁楇，三匕首。铁鞭击之不服，则以楇楇其首，又不服，则以匕首断其喉。'太宗壮朕之志。今日卿岂足污朕匕首邪！"③

她在臣子面前絮叨自己当年如何滔滔不绝地发表驯马言论，太宗又是如何对她表示赞赏。此段材料有一点可疑之处：她将驯马步骤说得非常详细，意在震慑臣子，后面说太宗表示赞赏是借尊者之言进一步肯定自己，以增强语言的说服力和震慑力。按说她对太宗之言也应该有一番具体生动的话，而且越是具体生动，说服力就越强，震慑效果也就越好，最好是照搬原话。实际上只有一句"太宗壮朕之志"④ 完事。极有可能是太宗听完后大吃一惊，然后了然无词，最多是啧啧称奇。她却一直以为引起了太宗的注意而自鸣得意，晚年还忍不住拿出来炫耀。其实，太宗一向喜欢娴静本分、知书达礼的女子，不喜欢刚烈狠辣的女子，听了武则天的驯马之言，应该是很吃惊的，恐怕不会有赞赏之言，即便赞赏，恐怕也

---

① ［宋］司马光：《资治通鉴》卷197 "太宗贞观十七年四月" 条，中华书局1956年版，第6195页。

② ［宋］司马光：《资治通鉴》卷197 "太宗贞观十七年四月" 条，中华书局1956年版，第6196页。

③ ［宋］司马光：《资治通鉴》卷206 "则天后久视元年正月" 条，中华书局1956年版，第6544页。

④ ［宋］司马光：《资治通鉴》卷206 "则天后久视元年正月" 条，中华书局1956年版，第6544页。

是圆场之言，毕竟武则天当时还是个不太懂事的小姑娘，又是杨氏群妃的外门之女，纵然不喜欢，也不至于当众呵斥。武则天却对太宗的反应甚是陶醉，到了晚年还拿出来在臣子面前显摆。可见她很珍惜太宗对她的评价，一直对太宗怀有敬仰尊崇之情。这种情感很像子女、学生对父亲、老师等长辈男性、权威男性的依恋之情，而不是男女之情。

最后，武才人对太宗的感情掺杂着浓重的功利因素。前文已述，武才人对太宗有浓厚的恋父般的情感，并无真挚的爱情期待，那么随着年龄的增长，她对太宗是否产生了爱情意识呢？笔者认为，即便她对太宗有爱情意识，但其真挚性仍然值得怀疑。入宫时她十四岁，刚刚进入青春期。这个年纪的女孩子几乎都有对爱情的幻想和憧憬，而且越是家庭不幸的女孩子，对爱情的渴望就会越早、越强烈，对爱情的期待值也会越高。这种女孩子由于早年不幸，对现实的认识更加清醒务实，很懂得在爱情中获得情感安慰和命运转机。这种情感补偿规律发生在丧父遭欺的武才人身上应该并不奇怪。根据其一生的表现来看，她也确实是一个非常现实功利的人。当时她也流露出了这一倾向。前文已述，她在太宗面前卖弄驯马术时，提到用铁鞭、铁棵驯之不服后，"则以匕首断其喉"①。按照她的意思，宝马即便名贵，不受人驾驭，对人而言也是毫无价值，即可杀死。一般来说，珍贵之物很少因其无用遭到舍弃毁坏。武才人毁掉不受调驯的宝马，反映了她极度功利的价值观。这种价值观的人在感情上也难免如是。我们知道，权力是情欲的催化剂。在后宫，太宗不仅是君权、政权和神权的统一化身，而且理所当然拥有对包括武才人在内的全体妃嫔的丈夫之权。武才人对太宗即便有爱情需求，恐怕也很容易受到了权力的影响。再者，宫中男女比例严重失衡，只有太宗一名男性，后妃们对他的关注可想而知。也就是说，武才人的爱情对象实际上并无选择余地。最后，武则天一生康健，情欲旺盛，自她六十二岁临朝称制起到八十二岁离开政治舞台，身边一直配有年轻面首。她的生育能力也很强，先后给高宗生育了多名子女，生养幼女太平公主时已经四十二岁了。据此可以认定她在年轻时情欲应该也是很强的。她青春大好，却在宫中备受冷落，情欲长期受到压抑。其对太宗的爱情期望极有可能是情欲长期压抑造成的爱情幻想，只不过碍于宫中只有太宗一位幻想对象罢了。也就是说，即便武才人对太宗产生了爱情意识，也不可避免地掺杂着权力、情欲等因素。

综上所述，武则天对太宗的感情不是爱情，而是奋斗者对贵人的期盼之情，晚辈对长辈的敬仰之情，无疑与《如意娘》中的缠绵悱恻的男女之情大大不同，因此，我们可以断定，这首诗不是写给太宗的。

这首诗亦不是写给面首的。笔者认为，武则天和面首之间并无爱情。武则天

---

① ［宋］司马光：《资治通鉴》卷206"则天后久视元年正月"条，中华书局1956年版，第6544页。

配置面首时是一名坐拥天下的老妪，而薛怀义、二张均是出身不高的青壮年男子。这种年龄、地位的差距不太容易产生爱情，且他们相识的前提是武则天需要满足情欲、舒缓身心，面首们需要改变命运、荣华富贵。这种相识模式也不太容易产生爱情。

另外，她和薛怀义相处十年，和二张相处八年，他们有没有可能在长期相处中产生爱情呢？笔者认为没有。薛怀义侍奉武则天长达十年，后来武则天移幸他人，薛怀义"恩渐衰"。他得知后"恨怒颇甚"①，纵火烧了明堂和天堂，对武则天似乎动了真情。相比之下，武则天对他却没有如此深情，史载薛怀义从南门入宫时遇到了宰相苏良嗣，被他命人"批其颊数十"②。薛怀义带着满脸伤痕和满腹委屈向武则天告状。武则天也没给他撑腰出气，只告诉他以后从北门入宫即可，最后只能不了了之。薛怀义因情妒纵火后，武则天"恶之"③"羞之"④"耻而讳之"⑤，不久就命人将他秘密处死。《旧唐书》说武则天"令太平公主择膂力妇人数十，密防虑之。人有发其阴谋者，太平公主乳母张夫人令壮士缚而缢杀之。"⑥《资治通鉴》说她"密选宫人有力者百余人以防之。壬子，执之于瑶光殿前树下，使建昌王武攸宁帅壮士殴杀之。"⑦《新唐书》说她"密诏太平公主择健妇缚之殿中，命建昌王武攸宁、将作大匠宗晋卿率壮士击杀之。"⑧ 三处记载略有差异，但均能看出她处死薛怀义十分干脆利落，并无不忍之情。她和二张就更不可能产生爱情了。爱情往往具有强烈的独占性和排他性。三角关系在三方都知晓的前提下很难持久稳定，情敌之间往往争风吃醋，互相攻讦。然而她和二张之间的"三角关系"却十分稳定。她未尝特别中意二张中的某一人，二张相处也非常融洽。张易之其实是张昌宗主动引荐给武则天的。

笔者认为，武则天和面首们关系长久的主要原因应是色利互换。当然，他们亲密关系久长，哪怕一开始没有感情，仅仅是出于生理需要、利益驱使，但相处时间长了亦会产生种种情愫。另外，和谐的亲密关系在毫无情感的男女中亦会生发出种种爱意。她和面首们经过长期的耳鬓厮磨，很有可能产生类似于爱情的男女情感，但是她似乎也没有必要秋行春令地给年轻面首大写情诗。因为薛怀义虽

① 〔后晋〕刘昫等：《旧唐书》卷133《薛怀义传》，中华书局1975年版，第4743页。
② 〔宋〕司马光：《资治通鉴》卷203"则天后垂拱二年六月"条，中华书局1997年版，第6441页。
③ 〔后晋〕刘昫等：《旧唐书》卷133《薛怀义传》，中华书局1975年版，第4743页。
④ 〔宋〕欧阳修、宋祁：《新唐书》卷76《则天武皇后传》，中华书局2000年版，第2853页。
⑤ 〔宋〕司马光：《资治通鉴》卷205"则天后天册万岁元年正月丙申"条，中华书局1956年版，第6499页。
⑥ 〔后晋〕刘昫等：《旧唐书》卷133《薛怀义传》，中华书局1975年版，第4743页。
⑦ 〔宋〕司马光：《资治通鉴》卷205"则天后天册万岁元年二月"条，中华书局1956年版，第6502页。
⑧ 〔宋〕欧阳修、宋祁：《新唐书》卷76《则天武皇后传》，中华书局2000年版，第2853—2854页。

然长期住在宫外，但她当时已是权倾天下的太后、女皇，想见薛怀义非常容易，没有必要因思念精神恍惚。二张整日住在宫中陪伴，她与他们在公开场合卿卿我我，并不避讳，思念之苦更是无从谈起。

综上分析，这首诗只能是写给高宗的。武则天与高宗相知相伴三十余年，那么这首诗究竟是何时所写？当时又是何种情形？

## 二、写作时间

再来看这首诗的写作时间。武则天二度入宫后即为高宗宠妃，二人长期伴随，谈不上相思之苦。因此，这首诗应该作于武则天二度入宫之前。学界普遍认为，此诗是武则天在寺庙中日夜思念高宗时所写。当时高宗在宫中即位，武则天按例入寺为尼，在寺庙中苦等高宗到来，万般思念之下写成此诗。赵文润、苏者聪等人均持此观点[1]。笔者并不赞同，当时武则天已是一名麻衣女尼，诗中何来泪染石榴裙之语？有人认为，高宗即位之初，杂事纷繁，又碍于礼法，不得不忍痛将恋人送入寺庙，但武则天也因此并未削发[2]。无论她削发与否，她作为先帝妃嫔在寺庙修行，按照清规戒律是没有机会穿着石榴裙的，暗中保存石榴裙之类的女性服饰也是不被准许的。武则天此时担忧前途，以她的谨慎、智慧而言，应该不会自毁前程。因此，笔者认为，这首诗的写作时间还应往前推一段时间，可能是她出宫前不久所写。

这就涉及高宗和武才人的恋情到底产生于何时的问题了。史书对此记载不一。此等情感隐私本来就不易为外人知悉详情，加上史书刻意隐讳，故多有争议。目前主要有如下三种说法：

第一种说法认为高宗登基后不久去寺庙祭祀先帝，与已经为尼的武才人相遇相悦，因而收纳宫中。这种说法并不可信。首先，史载高宗在太宗忌日去寺庙行香，与在此出家的武才人见面，"武氏泣，上亦泣"[3]。二人强烈的情感反应说明前番早就认识，并且关系非同一般。其次，高宗一向仁孝稳重，后宫佳丽如云，当时他初登皇位，长孙无忌、褚遂良等一干太宗托孤重臣全力辅佐，正是意气风发之际，他应该不会在一群为先帝守节祈福的女尼中挑选妃嫔。最后，武才人此时已是麻衣女尼，想必魅力大不如前，那些与武才人同时出家的嫔妃不见得姿容在她之下。高宗行香得见这些女尼，也未必一眼就看上了武才人。

第二种说法认为二人是在太宗病榻前产生私情的。太宗晚年病重，武才人专

---

① 赵文润：《武则天及其评价》，载《山东图书馆学刊》2009年第1期；苏者聪：《简论武则天其人其文》，载《武汉大学学报》1991年第5期。

② 宁志新：《武则天削发为尼一事考辨——与台湾学者李树桐商榷》，载《华中师范大学学报》1990年第1期。

③ ［宋］司马光：《资治通鉴》卷199"高宗永徽五年三月"条，中华书局1956年版，第6284页。

管太宗起居饮食，自然侍奉左右。太子当时也在病榻前侍奉病父，有时甚至住在宫中。武才人和太子共侍一人，自然免不了有所接触。武才人长期受到冷落，备受寂寞之苦，而太子因侍奉病父暂时离家，亦缺乏情感慰藉。二人正值青春，又都美貌多才，遂生私情。赵文润等人均持此观点①。笔者认为不然，史书中多次提及太子性格仁孝。诸史说他"宽仁孝友"②"孝爱"③"仁孝"④，正是此意。太宗远征前，他"悲泣数日"⑤。太宗远征归来，他远道"奉迎"，为父"进新衣"⑥。太宗背上有"病痈，御步辇而行"。他"为上吮痈，扶辇步从者数日"⑦，直至太宗病愈。太宗"疾未全平，欲专保养，诏军国机务并委皇太子处决"。他"日听政于东宫，既罢，则入侍药膳，不离左右。上命太子暂出游观，太子辞不愿出"⑧。有人上书"请上致政于皇太子"，他"闻之，忧形于色，发言流涕"⑨。太宗病危之际，他"昼夜不离侧，或累日不食，发有变白者"。太宗深受感动，泣曰："汝能孝爱如此，吾死何恨！"⑩太宗驾崩时，他"拥无忌颈，号恸将绝""哀号不已"⑪。其《即位大赦诏》中有"思遵大孝，不敢灭身，永慕长号，将何逮及"之语⑫。由此可见，他对父亲的尊敬、爱戴和孝顺。首先，这样的孝子恐不至于在父亲病危之际对父亲病榻前的年轻庶母产生兴趣。即便太子为父悲痛，美貌多情的武才人上前安慰，心情极度低落又倍感压力的太子极有可能借助疯狂短暂的男女欢愉来排解苦闷，但是由此产生长久爱情的可能性是极低的。其次，皇帝病危、新君登基前夕最易发生政变。太宗驾崩后，长孙无忌做主"秘不发

① 赵文润：《武则天的"荒淫"与"残忍"辨析》，载《唐都学刊》1999 年第 1 期。

② ［后晋］刘昫等：《旧唐书》卷 4《高宗本纪上》，中华书局 1975 年版，第 65 页。

③ ［宋］司马光：《资治通鉴》卷 199"太宗贞观二十三年四月"条，中华书局 1956 年版，第 6267 页。

④ ［宋］司马光：《资治通鉴》卷 197"太宗贞观十七年四月"条，中华书局 1956 年版，第 6196 页。

⑤ ［宋］司马光：《资治通鉴》卷 197"太宗贞观十九年三月"条，中华书局 1956 年版，第 6218 页。

⑥ ［宋］司马光：《资治通鉴》卷 198"太宗贞观十九年八月丙辰"条，中华书局 1956 年版，第 6231 页。

⑦ ［宋］司马光：《资治通鉴》卷 198"太宗贞观十九年十二月辛丑"条，中华书局 1956 年版，第 6232 页。

⑧ ［宋］司马光：《资治通鉴》卷 198"太宗贞观二十年二月己巳"条，中华书局 1956 年版，第 6235 页。

⑨ ［宋］司马光：《资治通鉴》卷 198"太宗贞观二十一年八月己丑"条，中华书局 1956 年版，第 6249 页。

⑩ ［宋］司马光：《资治通鉴》卷 199"太宗贞观二十三年四月"条，中华书局 1956 年版，第 6267 页。

⑪ ［宋］司马光：《资治通鉴》卷 199"太宗贞观二十三年四月"条，中华书局 1956 年版，第 6267 页。

⑫ ［唐］唐高宗：《即位大赦诏》，见［清］董浩：《全唐文》卷 11，中华书局 2009 年版，第 139 页。

丧"，太子入京后才"发丧太极殿，宣遗诏"①。为以防万一，长孙无忌还不让一向觊觎太子之位的李泰前来奔丧。此等非同寻常时候，太子恐怕也无心流连艳事。最后，太子稳重沉静，并不是一个冲动的人。早年不参与李承乾、李泰的争储斗争，中年与武则天发生争权斗争时也是步步忍让，做过最冲动的事情莫过于将武则天接入宫中立为皇后和宣上官仪起草废后诏书这两件事了。接武则天入宫是经过王皇后的支持方才成行，立后是经过了武则天长女暴夭、厌胜事件、贿赂长孙无忌等一系列事件才得以办成。起草废后诏书之事也是来得快去得也快，事后他立即示弱。因此，太子在太宗病榻前不太可能做出非分之事。此外，他当时侍奉太宗，由于心情悲伤和劳累过度，头发都变白了，饮食也不规律。他晚年在《遗诏》中说："往属先圣初崩，遂以哀毁染疾，久婴风瘵，疢与年侵。"② 由此可见，当时太子因侍奉病父已经影响到了身体健康，在这样的状态下恐怕很难产生影响他一生的伟大爱情。更何况太宗何等威严，太子一向惧怕父亲，估计也没有胆量在他眼皮底下染指其妃嫔。

第三种说法认为二人相识相恋的时间还要早。不少人认为在太宗晚年，高宗作为太子出入宫廷，与在太宗一旁侍奉的武才人相识相悦。如高本宪认为太子是随太宗在大明宫居住时与武才人熟识的③。贞观十九年（645）、二十年（646）后，太子常常入宫向太宗学习政务。贞观二十年（646）后，太宗病笃，委托太子处理政务。太子处理完政务就"入侍药膳，不离左右"，太宗"乃置别院于寝殿侧，使太子居之"④。贞观二十三年（649）三月，太宗病重，又"敕皇太子于金掖门听政"⑤。无论是入宫习政，还是入侍药膳，太子均不离太宗左右，与专管太宗食宿的武才人相识相悦的可能性就很大了。于是就有了太子"入侍太宗，见才人武氏而悦之"⑥ 的说法，即太子在北阙侍候父皇的同时，熟识并喜欢上了武才人。多年后，高宗在立后诏书中这样描述二人的相识："朕昔在储贰，特荷先慈，常得待从，弗离朝夕，宫壶之内，恒自饬躬，嫔嫱之间，未尝迕目，圣情鉴悉，每垂赏叹，遂以武氏赐朕……"⑦ 分明是说二人在太宗在世时就认识。

笔者认为，第三种说法还是比较可信的。由于史料有限，二人相识相恋的具

① ［宋］司马光：《资治通鉴》卷199"太宗贞观二十三年五月壬申"条，中华书局1956年版，第6268页。

② ［唐］唐高宗：《遗诏》，见［清］董浩：《全唐文》卷13，中华书局2009年版，第163页。

③ 参见高本宪：《唐高宗与大明宫》，载《文博》2008年第5期；雷家骥：《武则天传》，人民文学出版社2001年版，第68—69页。

④ ［宋］司马光：《资治通鉴》卷198"太宗贞观二十年二月己巳"条，中华书局1956年版，第6235页。

⑤ ［后晋］刘昫等：《旧唐书》卷3《太宗本纪下》，中华书局1975年版，第62页。

⑥ ［宋］司马光：《资治通鉴》卷199"高宗永徽五年三月"条，中华书局1956年版，第6284页。

⑦ ［唐］唐高宗：《立武昭仪为皇后诏》，见［清］董浩：《全唐文》卷11，中华书局2009年版，第143页。

体时间地点实难考证，但二人在太宗驾崩前就认识则是确定无疑的。根据现代心理学理论，爱情的新鲜期是 15 个月，即爱情最长的保鲜期为 15 个月。即使最伟大的爱情在 15 个月以后，激情也会慢慢退却。在这 15 个月以内，爱情双方会产生非常强烈的"晕轮效应"。对方在自己眼里是完美无缺的，也最愿意为对方做出牺牲。爱情遇到的阻挠越大，爱情主体冲破阻挠的决心和力量就越大。这与精神失常的症状十分相似。一旦外力去除，二人的激情也会慢慢退却，反而容易滋生内部矛盾。谚语说："伟大的爱情都是短暂的。"就是这个道理。从后来高宗寺庙私会武才人，又不顾其父妾、女尼身份将其接入宫中大加宠爱来看，二人的爱情应该产生于太宗驾崩前 15 个月以内。卢向前经过考证，认为二人是在贞观十九年（645）太宗征辽、李治留守定州时产生暧昧之情的。太宗失利军还后得知李治与嫔妃厮混，但是未能明了具体对象，刘洎因失察不得不死。其后，二人关系继续发展，太宗遂将武则天赐予李治①。笔者认为这种说法有些不妥。太宗在贞观二十三年（649）驾崩，也就是说，武则天和李治从产生不伦恋情到正式结合（武则天二度入宫后）至少有四年时间。从爱情心理上来讲，不伦恋情在高压之下很难维持如此之久，况且高宗还是拥有大批后宫佳丽的年轻皇帝，浪漫之事唾手可得，若非十分必要，根本无须舍近求远。另外，太宗为秦王时，因争储诬告太子李建成和齐王李元吉"淫乱后宫"，待二人奉诏入宫向高祖澄清之时，在玄武门被伏兵杀之②。太宗曾宠爱魏王泰，让他从延康坊宅移居武德殿昔日太子李建成在宫中的旧院时，被魏征谏止，亦是出于避免此类情况的出现③。在这种情况下，太宗恐怕很难将自己的妃嫔赐予犯错的太子。

既然二人是在太宗驾崩前不久相识相恋的，那么关于当时二人的关系，仍有一点需要特别指出，那就是二人是否发生了亲密关系？笔者认为，这种可能性很小。二人眉目传情，暗送秋波，但是碍于宫规森严，不见得就能遂愿。若是遂愿，根据爱情发展的普遍规律来看，刚刚陷入热恋的年轻人自控能力很差。二人极有可能控制不住情感的闸门，频繁幽会。武才人的相思之苦得到了慰藉，也就不会因思念情郎变得精神恍惚、看朱成碧了。从诗中还可以看出当时武才人的心理压力很大，倒不一定是因为做了不伦之事担忧事发，也许是苦于恋情不得遂愿又不为世容。需要指出的是，当时太宗威震天下，太子孝顺懦弱，加之宫规森严，人多眼杂，二人虽然两情相悦，但是未必有机会亲近，也未必敢发生亲密关系。前朝有太子杨广染指父妾宣华夫人之丑事，太子不会不知。他的太子之位来得有些侥幸，应该不会做出此等大逆不道之事。再者，当时避孕技术并不发达，

---

① 卢向前：《武则天与刘洎之死》，载《浙江大学学报》2007 年第 3 期。

② ［宋］司马光：《资治通鉴》卷191"高祖武德九年六月己未"条，中华书局 1956 年版，第 6009 页。

③ ［后晋］刘昫等：《旧唐书》卷76《濮王泰传》，中华书局 1975 年版，第 2653—2655 页。

二人青春年少，正当生育年龄，武才人生育能力又很强，若是有亲密关系，武才人极有可能怀孕，但是武才人初次入宫并无怀孕生育记录，由此可见此时二人存在亲密关系的可能性并不大。骆宾王在《代李敬业讨武氏檄》中说武则天"秽乱春宫"①，当时她的第一位面首薛怀义尚未出现，此言只能是指她为才人时与太子李治有不伦之事。这是经不起推敲的，然二人此时已经"精神出轨"则是成立的。极有可能的一种情况是，武才人见太子对自己有爱悦之情，出于改变命运的需求和爱情需求，大胆写诗向太子表示挑逗。太子读诗后深受感动，故而对多情的武才人念念不忘，总想找机会亲近一番，无奈宫规森严，不得遂愿。太宗驾崩后，他虽有意留下武才人，但当时政治形势紧迫，武才人也只能先按例入寺为尼，日后再做打算。这样似乎也更能解释为何二人交往初期并无不伦之实，却在寺庙重逢时激情对泣。因此，这首诗大致可以认定是武才人出宫前不久写给太子的情挑之作。

通过上文分析，不难看出，这首诗是武才人出宫为尼前不久写给互生情愫的皇太子李治的，流露出其身处困境中的孤独、痛苦与对爱情的执着。这副楚楚可怜的小女儿心态与其幼年丧父、家庭变故、早年离开家人又多年备受太宗冷落有关。这种多年的不幸经历造就了她内敛、孤僻、善于思考的独特气质。由于怀着爱情的希望，所以孤独才是可以忍受的，甚至是甜蜜的。这种偏于内向的孤冷气质是高宗其他妃嫔们所不具备的。从日后高宗不顾其父妾、女尼身份将其接入宫中又大加宠爱并立为皇后来看，这首诗独特的艺术魅力显然对增进二人的感情有重要作用。

（《名作欣赏》2015 年第 23 期发表）

---

① ［唐］骆宾王：《代李敬业讨武氏檄》，见［清］董浩：《全唐文》卷199，中华书局2009年版，第2009页。

# 茅盾笔下民族资本家形象的悲剧命运

## ——以《子夜》为中心

孙泰然*

20 世纪三四十年代，中国的资本主义获得了短暂而快速的发展，资本家群体成为社会新兴的群体之一，民族资本家形象也走进了文学创作者的观照视野。王瑶在《茅盾对中国现代文学的历史贡献》一文中指出："茅盾在五四以来现代文学的形象画廊中，提供了'民族资本家'和'时代女性'两大人物形象系列，这在文学史上是有着突出的历史地位的。"[1] 从《子夜》中的吴荪甫、朱吟秋、周仲伟、孙吉人、王和甫，《多角关系》中的唐子嘉，《第一阶段的故事》中的何耀先，《霜叶红似二月花》中的王伯申，《清明前后》中的林永清，到《锻炼》中的严仲平等，最终形成了茅盾笔下的资本家群像。

一

《子夜》是茅盾描写民族资本家的第一个文本，吴荪甫又是着墨最多的一个民族资本家。与身边的其他民族资本家相比，吴荪甫更具有典型意义，更能表现出 20 世纪 30 年代民族资本家面对生存困境时的强悍性格。在兵荒马乱、百业萧条的困境中，他仍然憧憬着民族的远大未来，雄心勃勃地想构建一个庞大的商业帝国：高大的烟囱在吐着黑烟，轮船在乘风破浪，汽车在驶过原野。因此，他肯于脚踏实地，不仅在故乡双桥镇创办当铺、钱庄、油坊、电厂，梦想着使落后的农村乡镇变成一个工业发达的城市，还将事业发展壮大，在上海开办了实力雄厚的丝厂。同时，还与几个志同道合的商业伙伴如孙吉人、王和甫组建信托公司，借以摆脱帝国主义财团的控制，从而扩充自己的实力，发展民族工矿企业。他富有"冒险的精神"和"硬干的胆量"，自信坚毅的目光常常煽动起别人勃勃的事业雄心。"他喜欢同他一样的人共事，他看见有些好好的企业放在没见识、没手段、没胆量的庸才手里，弄得半死不活，他是恨得什么似的。"小说通过吴荪甫

---

* 作者简介：孙泰然（1983— ），文学博士，河南财经政法大学讲师，研究方向为中国现当代文学。
① 王瑶：《茅盾对中国现代文学的历史贡献》，《茅盾研究论文选集》（上册），湖南人民出版社 1983 年版，第 19 页。

购得朱吟秋的丝厂，收购八个小厂，在公债市场上和买办资本家赵伯韬斗智斗勇等一系列事件，充分显示了他大刀阔斧的魄力和过人的才智。在政治局势动荡混乱，帝国主义又企图扼住他的喉咙的极端逆境中，他也曾有过动摇惶惑、苦闷沮丧，但绝不投降，即使倾家荡产也在所不惜。同样，他的同志孙吉人也有着高瞻远瞩的气魄，不仅瞩目于中小企业，而且准备经营交通、矿山等关系到国计民生的大企业。何耀先、严仲平等都曾在战火纷飞的情况下苦苦支撑企业的发展，林永清夫妇则以极大的勇气冒着日本帝国主义的炸弹，将设备从上海拖到汉口，又拖过三峡。在人手不够、交通工具缺乏的艰难处境中，林永清亲自写下标语，鼓励自己和工人们："炸弹可以毁灭物质，不能毁灭精神；万一今天炸毁工厂，明天我们就重新恢复！"

如果把茅盾笔下的这些"新人"形象排列一下，抛掉那些狡猾奸诈，不配拥有民族资本家称号的败类（唐子嘉）和只知道追求个人金钱利益的人（王伯申），不难发现他们大多奉行"实业救国"的理念，接受了西方经济价值观念和科学知识的熏陶，向往中国也能顺利走上资本主义的发展道路。在他们的心目中，往往是把工商业作为摆脱中国落后挨打命运的妙药。尽管他们所从事的实业种类各异，但是这些行业对于以农业为主，有着浓厚的封建关系的中国来说，是一种先进的经济形态，代表着先进生产力发展的方向。

二

尽管茅盾塑造了一批类似于西西弗斯一样强悍的民族资本家，但当他站在时代的高度去观照民族经济时，不能无视这样一个现实：作为半殖民地国家，中国从近代以来就一直是帝国主义列强进行政治压迫和经济侵略的对象，中国的民族工业始终只能在帝国主义的夹缝中艰难抗争。帝国主义的经济压迫和商品倾销是阻碍中国民族工商业发展的重大因素之一。特别是 1929 年前后，资本主义世界爆发了空前的经济危机。为了转嫁危机，缓解国内矛盾，帝国主义以商品倾销为手段加紧了对中国的经济侵略。政治的软弱使中国的进口关税形同虚设，大量外国货低价倾销到中国，民族工业中的丝绸、纺织工业等首当其冲，衰落最为严重。

正如朱吟秋所说，丝业可怜得很，被四面围攻，"工人要加工钱，外场销路受日本丝的竞争，本国捐税太重，金融界对于放款又不肯通融"，真是"成本重，销路不好，资本短缺"，没有什么希望。吴荪甫的裕华丝织厂最终倒闭，固然取决于多种因素，受洋货入侵之累显然是主要因素。

除此之外，民族资本家在现实中不仅得不到政府的支持，而且还要负担沉重的捐税，腐朽的封建地主阶级甚至农民、工人都成了他们推动巨石前进的限制性因素。作为执政党的国民党，表面上支持私人资本，还经常予以保护和奖励，但在其最根本的国策上，始终不积极支持甚至还加以限制。早在孙中山的三民主义纲领中，就主张"一切有关国计民生的部门通通由国家掌握，余下一些不太重要的、难以垄断的或比较分散琐碎、不适宜国家经营的部门，才可留给私人资本"①。连当时所谓的"工业货款"在林永清看来也不过是做做样子："历届工贷分配到民营工厂的到底有百分之几？而且手续之麻烦，办事之迟慢，一言难尽！人家打发叫花子的还干脆爽利得多呢！"沉重的赋税也压得民族资本家难以承受，如《子夜》中的丝绸老厂陈君宜所言，除了原料税，"制成了绸缎，又有出产税、销场税、通过税，重重迭迭的捐税，几乎是货一动，跟着就来了税"。在《霜叶红似二月花》中，王伯申的"小火轮"将闭塞的农村与繁华的上海联结了起来，并把上海的新鲜事物快速地传到农村，正如王伯申所说："本县的市面，到底是靠轮船才振兴起来的。现在哪一样新货不是我们的船给运了来的？上海市面上一种新巧的东西出来才一个礼拜，我们县里就有了，要没有我们公司的船常来开班，怎能有这么快？"轮船运输确实为农村的发展带来了生机，但是"小火轮"在涨水的河道里行驶，屡次将农民的防水堤冲垮，淹没了河两岸的庄稼，这又引起农民的愤怒。而他要创办具有现代化气息的"平民习艺所"，又遭到地主赵守义的反对和报复。《多角关系》中的唐子嘉，一方面因为恶劣的生存环境而被迫停产，另一方面又遭遇工人和当铺存户的围追堵截，狼狈不堪。

英雄的主观努力是徒劳的，无论怎样挣扎都不能摆脱宿命，正如强悍的西西弗斯敢于对抗死神，但最终还要被罚日复一日地推着巨石攀登高山，无法逃脱命运的诅咒。《子夜》一经发表，韩侍衍在《〈子夜〉的艺术思想及人物》中说，《子夜》所描写的是"一个新兴的民族思想的企业的资本家在帝国主义压迫下的个人悲剧""这个英雄的失败被写得像古希腊神话中的英雄的死亡一般地使人惋惜"。② 正如话剧《清明前后》中机器制造厂的老板林永清所说："中国的工业家，命运注定了要背十字架。"这句话几乎可以用来概括茅盾笔下所有民族资本家的共同命运。

## 三

从民族资本家形象问世以来，围绕难逃失败悲剧命运的民族资本家，人们就不断地批判他们自身所存在的软弱性和两面性。实际上，在大多数情况下，他们的软弱并不是缘于个人品质，每个人或许都有软弱性和两面性。他们在现实环境中所做出的每一个选择，所采用的每一种手段背后都是有原因的。《子夜》中杜竹斋是和吴荪甫一起走进公债市场这个冒险领域的，自己的内弟吴荪甫在与赵伯韬斗法的最关键时刻，他竟然将自己的全部资本抽出，这加速了吴荪甫的灭亡。

① 孙中山：《民生主义》，《孙中山选集》（下卷），人民出版社 1956 年版，第 802 页。
② 韩侍衍：《〈子夜〉的艺术思想及人物》，载《现代》1933 年第 1 期。

但是仔细去分析他的所作所为，我们不难看出他总是担心自身利益受损，他的每一个选择都有其认为合理性的存在。民族资本家为了生存和发展，在无法和外部因素对抗的情况下，只能加紧对工人的剥削，或延长工作时间，或克扣工资，这必然会引起工人的强烈不满，工人便以怠工乃至罢工的方式表示反抗。为了避免如火柴厂厂长周仲伟一样在破产的威胁下走向买办的结局，吴荪甫重用精明能干的屠维岳，利用黄色工会，离间分化，削弱工人的力量，从而保住自己的工厂。正如韦伯所说："谁要是不使自己的生活方式适应资本主义成功的状况，就必然破产，或者至少不会发家。"① 以上种种，并非为民族资本家开脱，但是倒可以证明软弱性和两面性并不是造成民族资本家悲剧命运的致命缺陷。

张鸿声指出："中国资本主义经济的发展由于政治、战争原因，发展并不充分，在整个现代阶段，仍处于广大的农耕经济的包围之中。"② "中国早期资本家给人们留下的是极不协调的形象，他们既已顺应时代潮流，热心投资近代企业，穿上了资本主义新装，但与此同时又在身后拖着一条封建或买办的大尾巴。"③ 20 世纪初，顶着地主阶级顽固派的重重压力发展现代工商业的轮船老板王伯申在当时算得上开风气之先的人物，但一旦面对儿子的婚事，就立刻显露出封建家长的本来面目，强迫儿子接受他订下的包办婚姻。连吴荪甫这个曾经游历欧美有着现代企业家风采的人物，无论在家庭里还是在社会上都坚持"他必须仍然是威严神圣的化身"，习惯于把自己的专横意志强加于别人。甚至兄弟姊妹的事情，都要由他来决定才行。工厂的管理，也仍然沿袭着血缘近亲式的用人制度。中国的民族资本家有发展民族工业的雄心壮志和实力，但是封建传统观念仍深深扎根在他们的思想深处，而这恰恰对他们新兴而脆弱的资本家身份构成了内在消解，使他们在实业救国的行动中不时会走走封建的老路。在《子夜》中，一些资本家不仅是工厂的经营者，同时也是拥有大量土地用来出租的地主。他们依然对土地有着或多或少的依托，虽然披着金融的时新外衣，但是内里依然是封建剥削的骨架。吴荪甫以土地作为最后的坚守和对投资的补给，在最后的博弈中也试图从他的双桥王国寻找补给资金来对抗赵伯韬的经济封锁。冯云卿式的寓公更是依靠土地盘剥农民，公债只是其追求利益的途径，完全没有发展实业的概念。事实上，依然残留的封建意识才是中国民族资本家真正的致命缺陷。

如果说民族资本家所处的时代环境是造成他们悲剧命运的外在原因，那么，拥有封建意识就是造成他们悲剧命运的内在原因。在这个意义上，中国民族资本

① 马克斯·韦伯著，于晓、陈维纲等译：《新教伦理与资本主义精神》，生活·读书·新知三联书店 1987 年版，第 28 页。

② 张鸿声：《论中国现代文学中的民族资本家形象》，载《周口师范专科高等学校学报》1995 年第 3 期。

③ 马敏：《过渡形态：中国早期资产阶级构成之谜》，中国社会科学出版社 1994 年版，第 39 页。

家们的"悲剧"历史命运，隐含着中国工商业以致现代化发展道路曲折坎坷的诸多命运密码。民族资产阶级作为一种客观的历史存在是不容回避的，对茅盾笔下这一群中国早期民族资本家悲剧命运的重新审视，或许可以帮助人们拓宽对历史的理解，为现实寻找更有价值的参照空间。

（《名作欣赏》2015 年第 17 期发表）

# 回忆的荒凉与归乡的无望①

## ——《二十四城记》《出梁庄记》合论

### 马春光*

　　《二十四城记》是由贾樟柯执导、2008 年上映的一部电影，《出梁庄记》是梁鸿出版于 2013 年的一部纪实文学作品。前者讲述了一家国营军事工厂的前世今生，以及这一裂变中三四代人的生活变迁，而后者则说出了一个中国乡村的历史与现状，传统乡村在现代进程中的内在困境清晰可见。虽然就艺术形式而言，两个文本截然不同，但是两个文本在叙述模式上都启用了"受访者"大篇幅的言说这一方式。在《二十四城记》中，"受访者"在一个个长镜头中言说自己的故事；而在《出梁庄记》中，由一个个受访者的录音转化的文字构成文本的主体。在对"中国故事"的讲述以及"中国经验"的深层开掘这一层面，两个文本构成了互文，在某种意义上，两个文本所触及的转型期中国的"工"与"农"的历史演变，正是当前中国故事的典型语境，这其中的中国故事与中国经验，构成了考量当下中国的一个入口，一起见证了转型期中国的特定精神主体"回忆的苍凉"与"归乡的无望"。

## 一、"记"："70 后"精神回乡的见证

　　两个文本不约而同地以"记"的方式来讲述他们的故事，在这种趋同性的背后，有某种共同的创作驱动力。"记"作为一种体裁和书写类型，在《说文》《广雅》《文心雕龙》中均有记载。"记"作为一种叙事文体，在文学中得到了更加广泛的运用。从记载言语，到记载事体，"记"的文体张力也日益丰满。"记"在大多数的时间和空间中，潜藏了一种"纪实"的基质。而作为一种文学样式，它是想象力发挥作用的虚构的产物，比如著名的古典小说《红楼梦》，它最初的名字便是《石头记》。《史记》《西厢记》《西游记》《老残游记》等史学或文学经典，构成了"记"这种文体在中国历史中的复杂承载。

---

　　* 作者简介：马春光（1985—　），文学博士，河南财经政法大学文化传播学院讲师，主要从事中国新诗研究。
　　① 获中国社科研究生院 2015 文学学科全国博士生学术论坛征文三等奖。

　　"记"同样贯通了西方的文化历史，《圣经》里便有《出埃及记》《约伯记》等，承载了叙述故事、记录言行的重要体式。在西方的文学传统中，英国作家笛福的《鲁滨逊漂流记》、美国作家马克·吐温的《汤姆·索亚历险记》等，从某种程度上建构着"记"的文体序列。历史的车轮进入现代中国，"记"同样参与着中国文学的历史书写。撞开古老中国封建思想大门的正是鲁迅的《狂人日记》，鲁迅还写有《伤逝——涓生手记》，当代中国文学以宗璞的《南渡记》《东藏记》等为代表的书写，同样构建了"记"这种文体对历史、时代的回应序列。

　　两个文本的作者都出生于 20 世纪 70 年代。这一代有他们独特的历史观念与现实体验。时代赋予他们的身体记忆和灵魂创伤是独特的。霍俊明用"尴尬的一代"命名"70 后"诗人——这几乎可以用来指涉一代人，他们中的"代言者"替整整一代人说出了隐秘的心声。他们艰难地周转在城市生存和农村记忆之间、斡旋于前现代和后现代之间，夹在缓慢蜗行的中国和飞速发展的中国之间，从童年、少年一路走来，忽然间"人到中年"，竟然成了无根——生存之根、精神之根——的人。梁鸿在《出梁庄记》中描述了一个名叫梁磊的青年，他从梁庄走出，考入重点大学，然后到南方工作，梁鸿在书中对他的言说从某种程度上也是对自己、甚至是对整整一代人的言说，"他看到的、听到的和他所经历的，都使他无法找到亮光来支撑行动。他和他的同代人，经历了这个国度最大的变幻，他们在前现代那一刻出生，在日新月异的巨变中经历童年和少年，等长大时，展现在他们面前的已经是一个后现代社会的超越景观。而此时的他们，感受最深刻的不是景观的宏大耀眼，而是这景观背后的支离破碎。"① 贾樟柯是"第六代导演"的代表人物，他的电影语言独树一帜，电影风格奇崛而艰涩。他善于通过长镜头来细腻、精准地抒写底层人生存的艰难。而当今的电影艺术，有太多"炫"、太多的特技与空幻，而贾樟柯是一个电影艺术的"逆行者"，他一直在做着"电影的减法"，到了《二十四城记》，这种减法甚至已经减到了无穷小。正是在这种近乎笨拙的叙述中，贾樟柯奇迹般地钻进了中国社会的地心。梁鸿是最近 10 年在文学学术界渐渐闻名的，她的成长故事是与贫穷而安静的乡村生活紧紧缠绕在一起的，从贫穷的河南小村庄到繁华的北京，她的成长经历和人生变迁紧紧地与中国改革开放 30 年来的命运相连，并因此而保持了观察生存世界的独特角度。

　　两位作者在世俗的眼光中都有些背离他们表层的文化身份，在电影娱乐化的当今时代，贾樟柯固守着电影的现实关怀，而作为学者的梁鸿并没有固守学院的"象牙塔"，而是以敞开的形式将社会历史现实纳入笔下。这正是他们作为"有机知识分子"的重要表征。20 世纪 90 年代以来，商品文化、大众文化在中国迅速蔓延，当"70 后"登上艺术舞台、展开艺术活动时，正与其不期而遇。随着

---

① 梁鸿：《出梁庄记——中国的细节与经验》，花城出版社 2013 年版，第 68 页。

对历史、时代的深入探询与观照，"70后"正不断地朝"有机知识分子"的身份转向。他们不满于自身的"体制"和"身份"，甚至肆无忌惮地僭越，以便更加"有机"地融入这个社会。"当'70后'一代人渐渐过了而立之年向不惑之年走近的时候，黑暗中门缝里透露出来的依稀的灯光让他们不能不集体地面对往事，回首乡村，反观来路，而越是在物欲化的城市里，这种回望的姿势越是频繁而深入。"① 这正是"70后"一代人的精神表征。因为他们是"夹缝"中的一代，他们没有"80后""90后"那种"娱乐至死"的精神气质，也没有早一代人那样坚固、执拗的精神之根，所以只能不停地寻找。只要一有机会，他们就会返回，向着空间和时间索要答案，这是一种精神之渴。贾樟柯和梁鸿把对历史现实的反思与叩问，融进了最为古老的艺术体式中——用"记"的方式见证了他们精神的回乡，并真实呈现了转型期的"中国故事"与"中国经验"。

## 二、"工"与"农"：中国故事与中国经验

改革开放以来，中国迎来高速发展，一个崭新的中国飞速前进，反映在艺术上，那些表现时代变迁、历史前行的作品尤其多。然而在"中国"这个庞然大物飞步疾走之时，除了那个更高更美的中国形象之外，还存在着一个身后的"看不见"的中国形象，它可能就藏匿在前者的身后，在时代的主流中，它很容易被遗忘。从某种意义上讲，正是这种"盲视"使得一些艺术家不断地产生"回望"的念头。那是一种反抗遮蔽的内心冲动，是历史深处的"呼愁"在叫喊，这代人，毫无意外地和这个形象相遇了。"这一代人以自己特有的青春与成长，见证了中国社会自20世纪80年代以来的历史巨变，也深刻地体会了生活本身的急速变化对人的生存观念的强力制约。"② 和其他同类题材的艺术文本相比较，他们关注的角度更加独特、更加内在。同是关注中国的工业变迁，之前有所谓的"改革文学"，集中于最尖锐的问题，突出主要人物，注重宏大叙事，但它们很少真正从一个普通工人的角度、用普通工人的眼睛去观照生存世界；农村乡土题材的文学一直很热，但梁鸿的这一系列著作却更加真实，它直接洞彻了农民内心的黑洞和无法企及的绝望，写出了"生活挫折对内部精神的挤压"。近年来比较优秀的乡土文学作品，虽然也写农村的凋敝，但它们多在象征与隐喻的意义上进行书写，而梁鸿的"梁庄"系列的"最与众不同之处，就是借助对乡村农民和'农民工'生活的表现，让乡村说出了自己的声音。"③

在《二十四城记》中，几个叙述者娓娓道来，观众不仅是在"听"，同时还

---

① 霍俊明：《尴尬的一代——"70后"诗歌研究》，广西师范大学出版社2009年版，第56页。

② 洪治纲：《再论新时期作家的代际差别及划分依据》，载《当代文坛》2013年第1期。

③ 贺仲明：《如何让乡村说出自己的声音——读梁鸿〈中国在梁庄〉〈出梁庄记〉有感》，载《文艺争鸣》2013年第7期。

在"看"，倾诉者说话的语调、表情甚至身体某个无意识的动作，都在昭示他们的生活，同时也在揭示着时代变迁中的辛酸、迷茫无助甚至绝望。从建厂之初的元老（影片中何锡昆言语中讲述的师傅，工作时勤俭无比，而老年生活无比清苦），到上海来的美女厂花（影片中的上海姑娘顾敏华，因长得标致而被称为"厂花"，却在一连串的错过中，耽误了婚姻），到荡出体制的"80后"女孩（影片中的娜娜，厂领导的女儿，极端叛逆，以替别人在港台买奢侈品赚取中间费为生），三四代人的生活与一个工厂的命运紧紧相连。贾樟柯的精心设置，在效果上至少有这样几点好处：第一，真实性。虽然影片有陈冲、吕丽萍和陈建斌等著名影星在表演，但一个接一个地对着镜头说，反倒造成了一种"诉说命运"的"真实"的"假象"，所以，它远比精心设置一些精彩场面、斥巨资还原历史场景来的真实。第二，这种讲故事的方式，更容易契合我们的内心。在纸张、影像、网络没有产生之前，我们的文学、艺术都是口耳相传的，"口耳相传"有着悠久的历史，更何况我们的民族有着悠久的说唱文学的历史，可以说，我们的血液里有"讲故事""听故事"的基因。第三，贾樟柯让人物在镜头前静静地说，其实是解放了观众的想象力。每个人在头脑中都有一个仅仅属于他自己的、独特的对历史的回忆与想象，再精妙的画面、再精准的还原，也不可能契合所有人的回忆和想象，所以"静静地说"由一个人的话语出发，收获的是无穷多的内心景象。我们的国家不断地进行改革，政策和宏观景象往往是乐观的、主流的；而"媒体"往往只关注那些最典型的社会现象；我们甚至已经把自己淹没在大国盛世的繁荣、进步的幻象中而怡然自得。是《二十四城记》让我们从另外的角度看到了"现代化"进程中的"前现代图像"和"后现代碎片"，原来历史和社会从来都没有我们设计的、想象的那么整齐、那么单一。

梁鸿的"梁庄"书写，是一个浩大的工程。第一部《中国在梁庄》，即考察"梁庄"这个河南村庄所呈现的中国的细节和特殊面貌。这部书把梁庄作为一个"社会有机体"来书写，包括梁庄的政治、经济、文化、教育、道德、宗教等诸多层面。从多维的角度呈现一个破败的、凋零的中国农村，正是因为"在每一个村庄里都有一个中国，有一个被时代影响又被时代忽略了的国度，一个在大历史中气若游丝的小局部。"① 第二部《出梁庄记》，则把视线转移到漂流在外（西安、北京、内蒙古、郑州、青岛、东莞、南阳等）的梁庄籍打工者。这部书的角度很独特，甚至是唯一的、别致的。在以往的农民工书写中，大多是从"城市"的角度来书写这些"闯入者"，或者是从"中立"的角度来书写这些"生存者"，总起来说是一种"他者"的视角，而梁鸿是从"自己人"的角度来书写那些"漂泊者"，这样的一种眼神和城市人投来的眼神正好相反，它更接近这些人的

---

① 熊培云：《一个村庄里的中国》，新星出版社2011年版，第32页。

内在心理，因此更真实、更有震撼力地写出了农民工身份的复杂性。恰如她所言，"农村与城市在当代社会中的结构性矛盾被大量地简化，简化为传统与现代、贫穷与富裕、愚昧与文明的冲突，简化为一个线性的、替代的发展，简化为一个民族的新生和一个国度兴起的必然性。我们对农村、农民和传统的想象越来越狭窄，对幸福、对生活和现代的理解力也越来越一元化。实际上，在这一思维观念下，农民工非但没有成为市民，没有接收到公民教育，反而更加农民化。"① 出现在梁鸿书中的西安三轮车夫、内蒙古的河南校油泵的，都弃绝了以往农民工书写中的"他者"视角，"梁鸿在很多时候让打工者直接出场说话，把话筒交给他们，让他们自己讲故事、经历、遭遇、现状，对所在城市、工厂的态度、对梁庄的态度等，不通过转述，如此更能突出打工者的情况与心境"，② 进而从另一个视角直接逼近农民工生存的核心。

两部作品分别书写"工业"与"农村"，他们的题材完全不同，但内在里却有很多一致，它们共同象征着"70后"一代人回忆的荒凉与归乡的无望。贾樟柯象征的是中华人民共和国工业家庭之子的回乡，而梁鸿象征的则是乡土中国之子的回乡，这种精神回乡最终抵达的恰恰是"永远回不去的故乡"。在这个意义上，梁鸿所言的"我无法不注视它，无法不关心它，尤其是，当它，以及千千万万个它，越来越被看作中国的病灶，越来越成为中国的悲伤时"③，构成了一代人的复杂精神隐喻。《二十四城记》的结尾，军工厂的老厂址被一个叫作"二十四城"的现代化小区所取代，现代的"房地产"商业取代了前现代的"军工厂"；而在"梁庄"系列中，梁庄已经面目全非，变得支离破碎，它在某种意义上已经不再是那个内心的村庄。在这个意义上，两部作品都是寻找失落家园的路途上的一次心灵探险。"这一代作家中的绝大多数人，都在努力寻找自身的写作与现实生活之间的秘密通道，立足于显豁而又平凡的'小我'，展示庸常的个体面对纷繁的现实秩序所感受到的种种人生况味。"④ 他们在寻找的过程中，共同抵达了这个秘密通道。他们渴望找寻到那个答案，期待尽可能地抵达真实，都从当事人自己的角度出发，让他们"静静地说"，前者通过影像、声音，而后者通过书页、文字，这是多么巧合。从这个角度来说，这两个文本在内在的艺术精神上是一致的，它们也达到了近乎一致的表达效果，文本中的"他们"确实说出了那个我们以前没有听过、没有看到但又确实存在的无声的中国：这是身后的中国，无比真实的中国。

① 梁鸿：《出梁庄记——中国的细节与经验》，花城出版社 2013 年版。
② 刘涛：《近年三种乡村叙事》，载《南方文坛》2015 年第 1 期。
③ 梁鸿：《中国在梁庄》，中信出版社 2014 年版，第 156 页。
④ 洪治纲：《再论新时期作家的代际差别及划分依据》，载《当代文坛》2013 年第 1 期。

### 三、人文观照，或社会救赎

贾樟柯的电影公映是在 2008 年，彼时，中国正沉浸在北京奥运的巨大盛世幻象中；而梁鸿的"梁庄系列"出版是 2010 年以来的事，中国城市的房价飙升，而农村大面积凋敝。两个艺术文本在内在精神和言语形式上构成了互文，一起见证了"70 后"个人精神视域中的中国经验。

作为一部社会学与文学交相融合的作品，《出梁庄记》显然弃绝了单一的人文观照或社会学还原，它有着更加难以言辩的复杂性。文学与社会学融合所彰显的人文观照，在文本的"缝隙"——章节前引言中得到表征。梁鸿在文本的每章节前的引言，第一部还是社会学层面的征引，第二部就多用诗歌的形式。梁鸿援引了里尔克《世界上最后的村庄》的诗句，"离弃村落的人们流浪很久了，/许多人说不定死在半路上。"以及雅罗斯拉夫·塞弗尔特《故乡之歌》中的诗句，"当生命的最后一刻来临/我们将长眠在她那苦涩的泥土之中。"诗歌这种最具人文意识的形式被嵌进了他们的文本，使得他们文本中的人文内涵更加丰富。巧合的是，贾樟柯在《二十四城记》中很好地动用了诗歌的表意功能，不管是欧阳江河"整个造飞机的工厂是一个巨大的眼球/劳动是其中最深的部分"的隐喻表达，还是叶芝的"我在阳光下招摇/现在，我萎缩成真理"的哲理表达，都潜隐了贾樟柯的诗性人文观照。

伴随着这种浓郁的人文关怀，作者还鲜明地体现了一种自审意识。我们从梁鸿的文本中能够鲜明地感受到作者分裂的感受，她一方面想深深地进入这个村庄、这个乡土中国的内部，去发现它的"细节与经验"；另一方面，她又一直在表达着对这一切的厌弃。这不由得让人想起鲁迅，文本中作者的童年伙伴小柱的死亡，不正是 21 世纪的闰土吗？只不过新时代对小柱的戕害更加显豁，这种显豁不仅表现在精神上，更表现在身体上，小柱这一"无名农民的无名死亡"，暗含了更加丰蕴的历史内涵与精神伤痛。贾樟柯在《二十四城记》中，充分调动镜头的影像功能，言说者讲述时无意识的动作、表情，都彰显了作者深沉的人文观照。影片开头何锡昆的哽咽以及喉结的颤动，厂花顾敏华言说自己经历时双手一直在无意识地揉搓，还有那些工人麻木的表情，以及他们中的大多数言说过程中不自觉地哭泣，都表达了作者在进行"群像"展示时所渗透的人文观照。

两部作品精准地展示了在中国飞速现代化的道路上被甩出轨道的那些人的生活。它们善于展示"现代性"的"转型期"背后的东西。一个很明显的共同点就是对"凋敝景观"的展示，梁鸿在书中一次次提及老屋的凋敝，乡村的荒凉，并且用大量的照片进行直观展示。《二十四城记》通过长镜头对"成发集团"旧址、宿舍区的残破与凋敝进行展示。这些景观其实是一种"无声的语言"，它们和那些被采访者一起，共同讲出了腾飞中的中国背后的故事。而所有这些景观，又是和作者的回忆相联系的，这些景观已经变成他们"触不到的记忆"，彰显了"回忆的荒凉"，对它们的展示，是一种讲述，一种寻找，更是一种担当："梁鸿用《中国在梁庄》和《出梁庄记》，再次验证了'中国经验'作为人类历史上规模空前的现代转型的重要性，也召唤着中国知识分子独有的担当。"①

著名学者陈平原在一次访谈中谈到20世纪90年代至今"人文科学"的隐遁和"社会科学"的勃兴②，并对其做出了肯定。这暗含了一种敏锐的警醒。当代中国的经济转型，使得以经济学为代表的社会科学被置于前台，经济社会取得突飞猛进的发展，但正是这一过程中，产生了更多的社会问题。《二十四城记》中的一个细节可以说明这一问题，1994年是中国经济发展中很重要的一年，正是这一年，影片中的侯丽君下岗了，她的苦难生活从此开始。实际上，以经济社会发展为主导的"宏大叙事"在一定程度上严重遮蔽了相当大一部分普通民众的"日常生活"，他们的世界与经济腾飞无关，而是人生厄运的开始。社会的发展需要"人文关怀"，但在一些重要的历史发展时期，大量社会问题的出现，靠的是社会学的解决。文学、电影等艺术通过艺术形式展现一些社会问题，它最终要得到的是社会学的解决。历史的某个时期，往往是"人文思潮"催发了社会活力，迎来的是扎扎实实的科学研究和社会学"田野作业"。"人文"学科和"社会"学科有良性互动的社会，才是一个健康的、良性的社会有机体。但21世纪以来，我们日益变成一个"娱乐至死"的社会，畅销的、娱乐性的小说处于文学的正宗，电影艺术和商业、娱乐业联姻，须臾不可分离，即便是这些年过热的"国学"也迅速在电视上、在畅销书中娱乐化，艺术正日益失去了它介入现实、批判匡正现实的"及物性"。而"社会学"也日益变得急功近利，甚至变得"势利"，它被牵制着关注那些所谓的社会"热点"，而逐渐失去关涉最底层、最急迫现实的勇气和能力。少数的、上层的话语权正日益遮蔽多数的、下层的生存现实。

两位"70后"用他们独特的文本为我们展示了当下中国的一个侧影，我们应该展开更深的思考。处于转型期的中国，在经济获得一定发展以后，怎样真正地在日常生活中将"人文观照"和"社会救赎"有机地融合在一起，这可能正是他们创作的内部动因，也可能是潜意识里祈求获得的社会回应。

（《中国石油大学学报（社科版）》2015年第4期发表）

---

①　房伟：《梁庄与中国：无法终结的意义——评梁鸿的长篇非虚构文学作品〈出梁庄记〉》，载《文艺争鸣》2013年第7期。

②　查建英：《八十年代访谈录》，北京三联书店2006年版，第232页。

# 疲惫地独舞：石评梅文学创作特质论

买琳芳*

作为中国现代文学史上觉醒的首批知识女性之一，石评梅参与了时代的狂飙启蒙，经历了诸多复杂的内心挣扎，在"五四"众多的女性作家之中，石评梅是独特的，她对自我女性身份地位的反思，对他者男性家长"父亲"的认知，或者是对整个社会启蒙的看法都呈现出特殊的风格。

随着时间的推移，学界对石评梅其人其文的研究也呈现出逐渐丰富和深入的趋势，本文在立足与借鉴前人研究的基础之上，尝试着从"五四"时代的大背景下来观照石评梅作品中所发出的独特声音，尝试着去挖掘其女性身份的性别意义在叙事中的独特价值。透过石评梅作品中展现的一系列情绪冲动，在她悲壮又决绝地喊出内心之声时，试图去聆听以她为代表的那个时代的女性苦闷又焦虑的集体诉求。

## 一、启蒙时代"父亲"形象的艺术重塑

"'五四'新文化运动，就实质而言，是由男性的子一代，封建阶级的逆子贰臣为主导对父辈封建传统文化的批判、反抗，形成观念上精神上的无父无君时代。"① 这场运动倡导的是对父权力量的反抗和斗争，体现在文学作品当中，则是作家明显张扬的"弑父"主题。因而，"审父"成为"五四"以来新文学的热门方向，现代文学的作家们都从不同的角度来贯彻这一主题。然而，石评梅却在这场"弑父"的象征性运动中有着异于其他作家的特殊立场，她从自身情感本真流露的角度出发，用生命去感知亲情，在其众多作品中塑造了典型的"慈父"形象，从而彰显了其独特的价值与意义。

在时代以及自己生活痛苦遭际的诱因之下，女性作家们毫无例外地卷入了这场时代的巨浪之中，庐隐、张爱玲、白薇、萧红、丁玲等都有着强烈的审父批判立场。庐隐以自我宣泄的方式表达了"五四女儿们"对旧有父亲的仇视；张爱

---

* 作者简介：买琳芳（1988—　），文学博士，河南财经政法大学讲师，主要从事中国现当代文学等方面的研究。

① 刘思谦：《"娜拉"言说：中国现代女作家心路纪程》，河南大学出版社2007年版，第37页。

玲从《金锁记》到《茉莉香片》都表达了她对家庭代际关系的思考，写出了父权力量对下一代人的强力控制与绝对主宰。而萧红更是以自身的悲剧命运来表达对封建父权的不满和愤怒。

透过一系列女性作家们的痛苦遭际，我们可以清楚地感受到封建父权意识对女性们的强力压迫，然而，同为启蒙浪潮影响下的女性作家石评梅却有着不同的立场，她一方面同情母亲以及家族中其他女性角色的悲苦命运，从而试图走上反对传统父权统治的道路；然而，另一方面，她天然地不具备"弑父"的基本条件，父辈们对她精神世界的巨大引导作用，对她情感走向的呵护与关怀，都使得她对"父亲"有着强烈的依赖和感激，尽管她也试图尝试过"审父"题材的相关创作，但最终依然无法与同时代反对"父亲"的女作家们站在一起。所以石评梅终其一生都困在自设的多重心牢之中，情感与理智、传统与现代，难分难解，无法脱身。这重重矛盾固然为她带来了烦恼与困境，却也在客观上为她提供了对"父亲"冷静思考的条件。阅读石评梅的众多作品，父女之间没有了传统关系中的隔膜，反而是可以互诉衷肠的平等师长朋友关系，开明体贴、慈爱善良的"父亲"便跳跃出来。她笔下的父亲不仅没有专制女儿使其成为父权之下的可怜虫，相反地，父亲还时时以女儿"精神导师""灵魂支柱"的形象现身。相对于同时代其他女作家笔下的"恶父"描写，石评梅可谓是"独具一格"。

这无疑与石评梅的身世有关。石评梅出生在山西一个大户之家，父亲为前清举人，亲自教授女儿诗书文学，可以说，石评梅思想和审美的形成，都得益于父亲的精心培养与教育，父亲是她的启蒙导师，因此，她与父亲的感情十分亲密。在陪伴父亲去察看他未来的墓地时，她跪在洞穴前祷告上帝"愿以我青春火焰，燃烧父亲残弱的光辉！千万不要接引我的慈爱父亲来到这里呵！"① 由此可见，石评梅对父亲的天然态度是亲近并且害怕失去的，她在生活和情感上都对父亲有着强烈的依赖。

散文《父亲的绳衣》中，父亲和女儿之间的相互挂念被展现出来，先是父亲对自己的关心和爱护，"想到儿一腔不可宣泄的苦衷时，我焉能不为汝凄然！"作为女儿的石评梅也不忍父母担忧，"父亲这微笑中的泪珠，真令我良心上受了莫大的责罚，我还有什么奢望呢！"② 石评梅经常回忆和父母一起相处的快乐时光，"夏天的一个黄昏，我和父亲坐在葡萄架下看报，母亲在房里做花糕；我们四周的空气非常静寂，晚风吹着鬓角，许多散发飘扬到我脸上，令我沉醉在这穆静慈爱的环境中，像饮着醇醴一样。"③ "父辈"对她的关爱与呵护，无形之中便构成了她笔下"父亲"形象的正面意义。可以说，石评梅反观情感本身，平静

---

① 李蓉选编：《石评梅作品精选》，长江文艺出版社2004年版，第105页。
② 李蓉选编：《石评梅作品精选》，长江文艺出版社2004年版，第62页。
③ 李蓉选编：《石评梅作品精选》，长江文艺出版社2004年版，第123页。

而客观地讲述自己的故事以及故事中那个温暖又慈爱的父亲，还原了"父亲"之为"人父"的人性本来面目，真实而细腻地捕捉到了父辈们对"我"的爱护与关心，相较于同时代的其他男性或者女性作家笔下的一系列"恶父"书写，其视角的确是独特的，她没有被时代狂潮的巨浪蒙住双眼，反而是在刻画"慈父"的形象中，摸索出了一条女性解放与突围的可行之路。

毫无疑问，在父权社会之下，女性出于天然的弱势地位，她们不可能像"五四"时期反传统的逆子们一样，挖掉文化之根，盲目地摇旗呐喊，毫无顾忌地"弑父审父"，女性性格本身柔性的一面以及自身社会地位的相对弱势，都使得她们对"父亲"的审视态度有所保留，显得不那么激烈，"女性的解放并非独立于父子冲突之外的，而只能是附属于这一冲突的，这是历史赋予她们的地位，而且只能是这样的地位。"① 尽管也有庐隐、白薇等女性作家对"恶父"形象的刻画和揭露，但她们也只能响应"五四"狂潮的审父口号，把"父亲"作为了一种符号来加以解构与消弭。

鲁迅的《伤逝》"其创作主题是要表现启蒙者与被启蒙者的尴尬处境"②；巴金在《寒夜》结束时借主人公之口表达了他对时代的感触"夜的确太冷了"，他寻不到温暖和光亮的出口；施蛰存在小说《诗人》中讲述了一个为社会所忽视的边缘小人物的生存困境，以"诗性"的叙述表达了一种"不宁静的创伤"。由此可见，在同时代的男性作家们如鲁迅、巴金、茅盾、施蛰存等作家们的诸多作品中，我们感受到更多的尚且是推翻文化之根后，找不到新的精神寄托时的苦闷彷徨和不知所措，这些"五四"反传统狂潮之下的弄潮儿们都寻不到出路，更何况那些在潮头岸边观望的众多知识女性们呢？由此可见，新女性们介于传统与现代的矛盾中间，介于理想和现实的冲突当中，父亲在女儿成长历程各个阶段起到的重要作用，都使得女性采取单纯的"弑父"手段来达到救赎之路的不具可行性，她们本身力量的弱小使得其自身的解放不得不依赖"父亲"的力量。故单纯地逃避"父亲"、否定"父亲"，都不可能达到女性自我的真正完善和成长，父性角色与地位的重新塑造，或许是另一种更适于女性自我身份意义建构的迂回可行方式。

## 二、新旧女性共同面对的悲剧人生

在"五四""审父"狂潮的席卷下，石评梅不慌不忙地从自我的真实生命体验出发，把一位位开明、慈爱、智慧、体贴的"父亲"形象重塑起来，对当时单一的"审父"角度进行了有力的补充和丰富。然而，"父亲"重塑之后，石评梅又关注到了与"父亲"相对应的一群——即"五四女儿们"，开始了她"审

---

① 刘思谦：《"娜拉"言说：中国现代女作家心路纪程》，河南大学出版社 2007 年版，第 37 页。

② 宋剑华：《花开花落：论中国现代女性解放叙事的社会想象》，载《学术研究》2011 年第 11 期。

妇"的历程。如果说对"父亲"形象的处理是石评梅无意识的情感本身表达，那么，对边缘女性、特别是被时代主潮所抛弃所遗忘的"失语"一群的关注，则是她有意识的重点思考。

石评梅笔下的女性书写，有少女、老妇、有婀娜多姿的交际名媛，还有甘于寂寞、承受孤苦而任由命运的各种情形降临的无抵抗主义的"七祖母"，可以说，石评梅笔下的女性角色是丰富中又有着鲜明个性特色和时代印记的"特殊女性"，她们或者随时代浮沉而丢失自我的本性，或者忍辱负重而听从内心道德良知的召唤，又或者在身心环境的几重矛盾之中进行着痛苦的挣扎，这些女性角色们都是丰富而饱满的，石评梅更是在对这些"边缘女性"的刻画中融注了自己一腔的同情与悲悯。《董二嫂》与其说是一篇散文，倒更像是一篇纪实的小说，石评梅在此篇中反思了妇女生存与解放的现实问题，"我"家的挑水用人董二，由于听从其母的教唆不断虐待媳妇，终于使她走向死亡，然而，人们悲苦的仅仅只是这样一件悲剧吗？董二媳妇被打死了，可董二还会娶妻，其母又还是个恶婆婆，悲剧并没有停止，也永远无法停止。于是只有悲伤是不够的，石评梅开始了类似托尔斯泰的"原罪"自省反思，"我是贵族阶级的罪人，我应该怨自己未曾指导救护过一个人。"① 她用一种感同身受的体验来对待女性的集体苦难。石评梅的多篇小说与戏剧之中，还有对另一类边缘女性——"弃妇"形象的关注，《弃妇》中的旧式女性表嫂，《林楠的日记》中的新式弃妇林楠，戏剧《这是谁的罪》中的李素贞，散文《董二嫂》中的董二嫂等。应该说石评梅较早注意到了启蒙时代的弃妇现象，她看到了启蒙对边缘女性的虚假解放，感受到了她们在这场狂潮之中的沉默缺席，并由此切入一个巨大的质疑，即"五四"婚恋自由的启蒙神话，真使女性们获得了解放吗？

启蒙倡导自由恋爱，而"失语"的边缘女性们却因自由恋爱而再遭抛弃，无言地充当了恋爱革命的牺牲者，她们被启蒙的时代主潮冲刷而起，却无奈搁浅在潮退的岸边，因启蒙而变得无所适从，失掉她们作为"人"所应享有的基本权利，这不得不说是一种意义的悖论。石评梅一方面反思启蒙之于众多"边缘女性"的虚假解放，关注她们在时代狂潮下的缺席地位，体会到启蒙之于女性整体解放的意义悖论；另一方面，她也不得不直面自身的爱情人生遭际，她对自身爱情体验的矛盾感受，正是她自我觉醒的一个体现。石评梅通过自身的爱情悲剧来达到对"五四""爱情神话"的解构，这一过程充满了痛苦和无奈。她曾经认为"青年人的养料唯一是爱"，然而经过了初恋的失败打击后，她感叹"我第一便怀疑爱"，什么"甜言、爱恋、海誓山盟、生死同命"这一套都是"骗"，"宇宙一大骗局"等，此种言语虽然有失恋后怨诉的嫌疑，但却也多少说明了石评梅情

---

① 李蓉选编：《石评梅作品精选》，长江文艺出版社 2004 年版，第 123 页。

殇之后对"恋爱自由"之"爱"的反思与质疑。初恋的打击之后不愿再接受新的爱情，然而失去第二次爱情之后又痛悔不已，石评梅在爱情中既渴望又拒绝的矛盾心理展露无疑。

在人生诸多问题的思考中，石评梅都是陷于一种无奈的自我矛盾之中，而尤以对爱情的态度最能表现她的这种复杂心态，她渴望的是一份纯粹而又美满的理想爱情，然而，现实的极不美好，使得石评梅开始动摇自己亲手编织的爱情美梦。因此当第二段炽热的爱恋摆在她面前的时候，她显得手足无措，"枯萎的花篮不敢承受这鲜红的叶儿"，她一次又一次地拒绝高君宇的示爱，但每一次拒绝之后却也都愈加徘徊犹疑，本身性格上的"道德完人"追求，使得她不忍心伤害高君宇妻子的情感，因而她便更加矛盾而无从选择了。直到高君宇的突然离逝，石评梅似乎才可能从多重的困境之中解脱出来，在这样一段"人鬼之恋"中，她倾倒了自己对爱情的全部渴望和热爱，"假如我的相思真化作一颗一颗的红豆，到如今我已替你堆集永久勿忘的爱心。""我爱，我吻遍了你墓头青草在日落黄昏；我祷告，就是空幻的梦吧，也让我再见见你的英魂。"① 可以说，她把心中完美恋人的所有特质都人为添加到已经逝去的高君宇身上，进行爱情童话的重新演绎，从而弥补自己初恋的伤痛，达到了心理上的某种补偿和满足。

花开花落，潮涨潮落，"五四"那一时期的女作家们，既受到传统文化的深刻影响，又接受了时代吹来的"启蒙"之风，她们介于"新""旧"之间，徘徊在各种价值取舍的天平两端，找不到自我的定位和人生的意义。她们被迫拉开了时代演出的序幕，充当启蒙的排头兵，退缩会被质疑，前进又找不到方向，因而只有原地进行着痛苦的挣扎与选择，其脚下踏出的每一步都异常艰难，血泪交织，这不知又是谁酿出的这些悲剧了。在时代众多知识女性的悲剧中，石评梅的生命样态可以说是最为激烈而极端的，她主动选择"独身"的素志，以埋葬青春和牺牲人欲来捍卫女性的独立，从而抵御男性的侵入与拒绝充当男性的附属角色。在恋人高君宇逝世后，石评梅又选择"殉尸"进行"人鬼情未了"的真实演绎，痛苦而坚定地拒绝其他诱惑，忏悔、赎罪直至"不能来到他坟头"的时候，这是一种决绝的宗教受难者形象。

我们在悲叹石评梅情路的坎坷之余，也应当注意到她对爱情婚姻的重新思考，从而由此来关注"五四"启蒙带给女性整体的真正含义。她从自我爱情的艰难抉择中，思考女性在爱情婚姻中的现实生存境况：自由恋爱依然是男权社会下两性不平等的一种体现，它是由男性构筑的一个爱情神话，甚至成为某些男性肆意使用的遮羞布，用来满足自身性欲或者使"自由恋爱"成为其"自由乱爱"的借口。因此，石评梅撕开这层爱情的形式，从观照爱情外部的形式转移到了对

---

① 李蓉选编：《石评梅作品精选》，长江文艺出版社 2004 年版，第 123 页。

爱情本身的观照：女性自身在爱情婚姻中的地位与意义何在？女性的作用又只有生殖和理家吗？女人仅仅依然还是男性的附庸，或沦为爱情家庭的空洞能指？而透过这一连串的思考和追问，石评梅在理性冷静的思考之中解构了"五四"启蒙带给人们的爱情婚姻神话，倡导了女性自身的生命觉醒与精神成长。

### 三、灵肉苦痛对于生活的另类感悟

石评梅创造了自我的悲剧囚牢与命运，并把自己结实地囚禁在自制的肉体折磨式的牢笼与精神挣扎式的困境里面，在"病身体"和"病精神"的双重病态体验中，最终将自己的青春与生命埋葬掉，自掘坟墓，又自我勇敢地跳进坟墓。

石评梅作为一个女性作家，其本身女性的性别特征即决定了她的书写必然打上女性的痕迹，"从事语言工作的作家，如果没有想到自身的性别，没有反映他们的性别态度及其对语言、说话、论述和写作的影响，是不可思议的。"① 因而，她的生命书写呈现出了一种夹杂着性别与爱情的双重经验，充满了女性特质的强烈又复杂的病态"疼痛体验"。她像殉道者一样不断地经历折磨，甘于受难，最终走向了自我身体的寂灭，年仅 26 岁便因延误治疗以及误诊等因素死于流行性脑膜炎病，以自我的身体死亡，来完成其信仰的自我建构。在石评梅的作品中，有许多关于"患者"的描写，"医院"的场景也不断出现。在现实生活中，石评梅本人由于脑膜炎过世，与她"生死相依"的恋人高君宇，也是病逝于肺结核与阑尾手术，可以说，无论是石评梅本人或者是她最亲近的恋人的生活都是缠绕在"病着"的状态之中，这些或许都促使了她对于"疾病"的特别关注。

石评梅独特的充满"病态"气息的审美意象，在她的作品中随处可见，《血尸》《殉尸》等作品中，"红粉佳人"对应"白骨骷髅"，"殉尸血衣"伴着"烟霞余影"；"象牙戒指""惨白枯黄""腐蚀致命"等意象与词语；"不幸的死使""噩梦""罪人""腐枯的少女尸骸"等种种骇人又沉重的病态女体符号，都使读者产生一种强烈的不安体验与痛苦情绪，"有病的女郎""受伤的骑士"，在她看来是"我不能比拟是那么和平，那么神秘，那么幽深。"② 她似乎沉浸并享受于自恋式的深度"病态"体验当中，乐于将美好的事物伴随着惊悚的体验，融合成为一种美与惧的复杂状态。由此可见，我们不仅可以从中看出，作者在她"病态"的精神体验中达到了某种写作的癫狂状态，更可以窥见作者内心隐隐的不安，她既被"圣母"（文中常常以"母亲"出现）保护眷顾着，却又不时地受到魔鬼的侵扰和挑逗。

石评梅以一种决绝而又残忍的态度与自己为敌，与以父权为中心的时代和文

---

① ［英］伊格尔顿编：《女权主义文学理论》，胡敏、陈彩霞、林树明译，湖南文艺出版社 1989 年版，第 385 页。
② 李蓉选编：《石评梅作品精选》，长江文艺出版社 2004 年版，第 123 页。

化为敌，她通过对自我主体"病态"的极端书写，来观照与自己一样同为女性的群体"阴性柔弱"状态，从而构成了与男性话语权抗争的暗流，实现其对所有生命本体的公平观照与终极关怀。正如法国女性主义大师西苏指出的那样："女性只能书写自己，女性的写作像影子一样追随着作家的生命：延伸生命，倾听生命，铭记生命。终其一生不放弃生命的观照。"①石评梅以她年仅26岁的青春女体实现了她对女性生命本身的终极观照。由此可见，石评梅的生命价值在"疾病"中命名，她在一系列的病痛体验中建构了属于自我的言说方式与表达基调，表达着自我对于整个世界与所处时代的绝望态度与无声反抗。女性生命体验的"病态"书写，即疾病女体的铭刻，这其中包括了女性的身体"病态"和精神"痛感"。石评梅是"五四"时期将"疾病"作为符号来言说的典型作家，然而，觉醒的大批其他知识女性们，如庐隐、白薇、萧红、张爱玲以及丁玲等，她们在各自的作品中也都不约而同地存在着与疾病有关的叙事表达。

"五四"时期的"娜拉们"，反抗男性家长与父亲传统，同时追求情爱与婚姻的自主，然而，她们在这种追求之中却都集体收获了"疾病"的创痛，疾病在对自我信仰的怀疑中，创痛在对自我价值的追问中。在庐隐早期的伤怀之作《海滨故人》里，我们明显地看到了其"女儿国"里"众女儿们"的"哲学病"，她们都有着年轻的健康身体，却一个个都被忧愁思虑围困着，或病或亡或放逐自我，最后悲剧收场。作家白薇更是以自己常年贫病交加的状态来进行创作，一肚子的痛苦"把全身的神经都憋疼了"，家庭的摧残，与恋人杨骚十年无果的苦恋，都让柔弱的她一次次病倒，用血泪书写自己的苦难经历。萧红更是将一个个受难的女体形象悲剧地呈现在读者面前，无论是《生死场》中"人和动物一样忙着生，忙着死"的人的非人状态，还是《呼兰河传》里，小团圆媳妇仅仅因为"不像个团圆媳妇"就被活活整死的悲惨过程，都展现了萧红的女性身体"病痛"经验以及女性自我疗伤的孤独心境，她在每段复杂又痛苦的感情投入后，绝望逃离，沉入女性悲剧的千年隧洞。"病身体"的创作是一部分女性作家们的言说方式，早熟又深刻的张爱玲和丁玲则给读者呈现了另外一重"疾病"隐喻的景象。张爱玲关注的是一个个精神病患者的女体形象，无论是《倾城之恋》中的白流苏，还是《茉莉香片》中的冯碧落，抑或是套着"黄金枷锁"的曹七巧，作者都直面她们被压抑内心的阴暗角落，将她们分裂又病态的隐秘欲望展现出来，她让道貌岸然的"饮食男女们"现出他们的真实面目，掀开他们隐藏在面具下面的七情六欲，从而完成另一种特殊的精神"病态"书写。现实和理想，这一对人类永恒的矛盾与冲突，被丁玲赋予了年轻的主人公莎菲，她在爱情的荒野中困倦又疲惫，身体和心灵都陷入到了一种虚弱的病态迷惘中，最

---

① 西苏：《从潜意识场景到历史场景》，张京媛主编，《当代女性主义文学批评》，北京大学出版社1992年版，第219页。

终，她甩掉了只会哭泣的苇弟，同时也离开了骑士风度里"躲着一颗卑污灵魂"的凌吉士，莎菲身上的"疼痛经验"不仅指向了对男性性别群体的失望情绪，更是对自身"生命意义"的可能性所进行的一次抉择，她的迷惘与思考彰显了那一时代知识女性们朦胧却又独立的意识。

这么看来，以石评梅为代表的"五四女儿们"，在经历了"何处是归程？""什么才是生命的最终意义？"这类"哲学病"的思考后，开始了一种属于女性自己的突围与抗争之路，不断地尝试却又不可避免地碰壁，几重压力之下做出了决绝的反抗，而反抗过后却又集体归于怀疑，直至到达"病态"的极致形态——死亡，并以此来书写与捍卫女性的独特存在。死亡，显示出一种决绝的反抗，更标榜了一种无可妥协的虚无坚持。"她们通过对自身生命的否定，否定了一个命式的女性范式，她们以死来拒绝了女性注定要做出的承诺。"①

启蒙之风吹拂下的女性作家们，通过对自己身体与精神的"病态"书写，更深一层记载了新女性的真实命运。她们用自身女体的疾病与死亡形态，来反思父权文化对女性压抑的真实情状。由于时代的特殊性，众多女性作家都不约而同地以身体与精神的病痛体验来表达自我，建构属于女性自身的叙事言说方式，透过石评梅充满血泪与苦痛的女性"病态"生命书写，我们看到了她对女性整体"被疾病"事实的关注和思考，从而完成了时代"病痛"的最终指向，展现了她对女性生命整体形态的关怀。从患病到死亡，石评梅的叙事笔触伸展到生命、社会甚至是终极生命的探索，她"愈想超脱，却愈自沉溺，使她深深绞锁在不能解脱的矛盾中。"② 情欲的苦闷，情爱的彷徨，以及命运的绝望，石评梅以一种独特的女性视角，来窥看与观察"五四"启蒙所带给女性解放的意义，是福利？抑或是更大的不幸？她凝视女人身体与精神的疾病与伤痛，把这些"骸骨""殉尸""骷髅"等血淋淋的可怖意象，放到父权文化的舞台上，让这些传统文化所回避的内容直面出现，从而刺激着本来就脆弱的时代神经。

"疾病，身体在石评梅的书写中所产生的意义，让她可以在身体的毁灭中重建时代新女性的自我。"③ 她以女性自我窥视、自我坦露、同时又近乎自我摧残、自我虐待的极端方式，将疾病、身体、死亡、革命、爱情等议题交织在一起，共同纳入了她的女性叙事文本之中。整体而言，石评梅笔下的女体"病态"叙事，既昭示了"五四女儿们"在过渡时代所经历的真实体验，同时也体现出了她对时代病症的关注。她将女性整体"被疾病"的命运赤裸裸地展现

---

① 孟悦、戴锦华著：《浮出历史地表：中国现代女性文学研究》，台北时报文化出版社1993年版，第93页。

② 石评梅：《涛语》，《石评梅作品集·散文》，北京书目文献出版社1983年版，第81页。

③ 林幸谦：《濡泪滴血的笔锋——论石评梅的女性病痛身体书写》，载《文学评论》2010年第5期。

在时代面前，用各种不安而恐怖的意象来强化这种事实，从而引起人们对于启蒙更加深入的思考。

在"五四"启蒙舞台上舞动着的众多女性作家之中，石评梅的舞蹈不仅是独自的，也是独特的，这个充满着石式风格的疲惫独舞，既意味着孤独的舞动，又象征着独特的舞姿。这种异于同时代女性作家们的石式表达，突出地体现在她对诸多事物解构之后急于建构的冲动情绪。对旧有"恶父"形象的解构，唤起了她还愿"人之子""人之父"本来面貌的愿望，"慈父"形象与符号的树立即昭示了这样的一种建构；她质疑"五四"启蒙之于女性解放的意义，反思新女性依然隶属被动的传统身份，因此，在对"五四"爱情婚姻神话的解构中，她倡导女性的生命觉醒与精神成长；对于"疾病"的执着书写，使她将"疾病"作为符号，透过女性身体和精神的痛感，来解构父权压力下的女性生存现实，展示女性整体"被疾病"的客观事实，从而指向整个时代的"病痛"现实。

（《中国现代文学研究丛刊》2014 年第 9 期发表）

# 第二部分

## 中华优秀传统文化研究

"文创时代"，中华优秀传统文化彰显出了时代的活力和文化自信的底气。中国传统文化的广义概念一般以儒学为核心，外包括我国固有的其他一切文化类目，是中华民族独特的精神标志，是全人类智慧的重要组成部分。近年来，对优秀传统文化的研究和应用成为一个热点，从上而下，得到国内各层面的普遍关注，学院派在传统文化尤其是儒学领域已经形成新的研究高峰，并以全国高校国学院长论坛等形式不断对国学教育热点进行讨论；社会大众对传统文化的学习热情也方兴未艾。同时，国家也一直不断以孔子学院等各种方式进行推广，在世界范围内产生了深刻影响。2017年1月，中共中央办公厅、国务院办公厅印发了《关于实施中华优秀传统文化传承发展工程的意见》（以下简称《意见》），《意见》指出："文化是民族的血脉，是人民的精神家园。文化自信是更基本、更深层、更持久的力量。中华文化独一无二的理念、智慧、气度、神韵，增添了中国人民和中华民族内心深处的自信和自豪。"这一举措对于传承中华文脉、全面提升人民群众文化素养、维护国家文化安全、增强国家文化软实力、推进国家治理体系和治理能力现代化，具有重要意义。

　　河南财经政法大学在发展经、管、法优势学科的同时，紧紧把握时代脉搏，非常重视中华优秀传统文化的研究，积极挖掘其当代价值，力求转化应用，服务社会。学校于2013年结合自身特色，以文化传播学院为主体、凝聚全校各相关专业师资力量，开办了以中华优秀传统文化为特色的汉语言文学专业，陆续引进了古代文学、古典文献等专业博士十余人，形成了一批科研教学师资队伍。目前，团队结合地域文化特色，拟建设中原文化传播研究中心，在中原文化研究这一具体方向发力，并与经济、管理、法律进行学科交叉研究，逐步形成一个具有影响力的平台，为增强河南地方文化软实力做出贡献。本团队立足于中原文化及当下热点，力求在传统文化研究和价值转化方面做出一定成绩。本板块所收文章即是团队在传统文化研究方面进行的一次有益尝试和集中展示。

——编者按

# 生存哲学视野下孔子与老子丧葬祭祀观之比较

沙家强[*]

春秋战国时期，丧葬祭祀礼俗已成为一种普遍的社会现象，作为儒家始祖孔子和道家创造者老子以各自不同的观点分别在《论语》和《道德经》文本中进行了提及或阐释。《论语》在谈及丧葬祭祀方面，文辞较多，20 篇中有七成都提到了这方面。孔子对于祭祀，从不回避，他的祭祀观是其人生观与价值观的集中体现。相对而言，《道德经》在提及丧葬祭祀方面却要少得多，直接或间接提及的不足五处。《道德经》五千言，总给人以神秘之感，老子以诗意的语言在谈及丧葬祭祀观方面总是惜墨如金，语词凝练而模糊，但是我们依然能从简洁的语句中把握到他的祭祀观，这对于我们研究传统的丧葬祭祀文化有着重要的参照价值。孔子与老子以各自的智慧由实实在在的具象来探讨或彰显着各自的大哲学——生命哲学。在此，笔者正是从生存哲学这个内在理路来探寻孔子与老子丧葬祭祀观的不同。

## 一、孔子与老子的生存论概述

孔子《论语》[①] 20 篇“仁”贯穿始终，也统摄始终，“仁”是孔子哲学最高范畴，也是基础所在。“人而不仁，如礼何？人而不仁，如乐何？”（《论语·八佾》）“仁者安仁，知者利仁。”（《论语·里仁》）“仁者不忧。”（《论语·子罕》）。“仁”的精神从人身心出发，超越狭隘的血缘关系，强调尊重他人权利并普遍性地爱他人，注重“克己”和“虚我”，认为“仁莫大于爱人”，这是一种主体性原则的体现，也就是说主体性在对他异的承认、参与和责任承担中完成自身的建构；仁者之乐是人对自身生命本性快乐的追求，对“仁”本身的恪守是为了实现人格上的自我完善，总之“仁”是个生命本体论的范畴。可以说，孔子思想对中国文化心理结构的改塑意义重大，使仁人君子理想成为知识分子的自觉追求；敬畏生命，悲天悯人，尊重历史，尊师重教，清贫自守，责己宽人。仁

---

* 作者简介：沙家强（1975—　　），文学博士，副教授，河南省高校青年骨干教师，河南财经政法大学文艺学校级重点学科带头人，主要从事文学理论、中西美学和文化产业发展等研究。

① 本文《论语》文献参考张以文：《四书全译》，湖南大学出版社 1989 年版。

学，突出个体精神和利他社会的群体精神的相统一。

老子《道德经》① 里的哲学思想是以"道"为基础建立起来的哲学体系，可以说，"道"是老子哲学的根本。"道"超常而玄妙，"道"无所不在，"天下有始，以为天下母"（第五十二章），"道"乃万物之母，可见老子确定了"道"的根本地位；另外，"道"又与万物截然不同，因为它"独立而不改，周行而不殆"，但"道"又是无法言说的，所以"道"是既超越又内存的，"人法地，地法天，天法道，道法自然"（第二十五章），"道"的自然状态就是顺乎天意的本然状态，一种"虚静"的"天人合一"。老子以蕴含丰富的警句来提高人的自觉意识，使人在精练而诗意的语言中去把握"道"，从而给人一种全新的哲思上的顿悟。所以，《道德经》所体现出的整体思想智能和对宇宙人生的透彻感悟，无疑具有超越时空而向我们敞开的精神魅力。

由此可见，孔子与老子的生存哲学存在很大差异，孔子秉持人伦关系，以人为中心，强调人的社会性，企盼天人合德，人要行善以求至善；而老子不以人为中心，他重视人的自然性，以"道"展现宇宙视野，人需智慧以求解脱。也就是说，老子从人在宇宙中的位置、人与宇宙万物之间的关系这一宏观超越的视角来审视人类社会生存问题。孔子与老子这种生存论的差异性在各自丧葬祭祀观中有着明显的体现，可以说正是二人不同的生存哲学决定着其丧葬祭祀观的迥异性。

## 二、真切的哀思与含蓄的超脱

孔子秉持以人伦关系为核心的生存哲学，他在对人本身的生存状况上体现出更明显的关切之心：对生者对他人强调更多的礼义，而对死者也常常以悲悯之情来表达他对逝者生命的敬畏。所以在对丧葬祭祀的主体态度上，孔子更为重视，且情感哀思真切流露；而老子那种在浩渺宇宙中追寻人存在意义的哲学视野，让我们时常会感觉到他往往以波涛不惊的超脱与冷静来达成对生命的彻悟，所以尽管言辞极少，但我们能从中把握到精妙的哲理睿思。那么，在对丧葬祭祀的主体态度上，老子则显得含蓄、客观而旷达，有时还富有批判性。

上古社会，人们对丧葬显得比较简单，正如《周易》② 所言"古之葬者，厚衣之以薪，葬之中野，不封不树，丧期无数"（系辞下），由此可见这个时代的丧葬是把死者与大自然相融合，显得草率而不敬重。但孔子则非常重视丧葬祭祀，且穿着、时间等方面有严格的规定。"子之所慎：齐，战，疾。"（《论语·述而》）孔子一生都慎重对待斋戒、战争、疾病三件大事，这里的"齐"即"斋"，祭祀前的礼仪，古人祭祀前必先斋戒，此处的"齐"可以作为"祭祀"

① 本文《道德经》文献参考傅佩荣：《解读老子》，上海三联书店 2007 年版。
② 本文《周易》文献参考周振甫：《周易译注》，中华书局 1991 年版。

的代名词，另外曾子强调"慎终追远"（《论语·学而》），从这两句话中的"慎"字很明显地可以看出孔子及学生对祭祀的态度，可谓"丧事不敢不勉"（《论语·子罕》）。另外，孔子借历代圣明君主治国的道理，提及"所重：民，食，丧，祭"（《论语·尧曰》），意在说明当权者应当重视丧葬祭祀，方能更好地治理国家。具体细节上，孔子更是讲究。穿着饮食上，"去丧无所不佩……羔裘玄冠不以吊"（《论语·乡党》），吊丧时和丧期过后，穿衣戴帽各有讲究；"齐，必有明衣。齐必变食，居必迁坐"（《论语·乡党》），斋戒时穿浴衣，饮食起居也有变化；"虽疏食菜羹瓜祭，必齐如也"（《论语·乡党》），祭祀不忽视小节；时间上，孔子更是强调"三年之丧"。一次宰我说"三年之丧，期已久矣"（《论语·阳货》），认为三年太长，改为一年就可以了。但孔子对其进行了驳斥，认为这"三年之丧"是对父母的"三年之爱"的回报，不可更改；具体祭祀仪式上，孔子提到"禘，自既灌而往者，吾不欲观之矣"（《论语·八佾》），这里的"禘"指的就是祭祀时的仪式，仪式不合礼了，孔子就不愿再看了。"祭如在，祭神如神。子曰：'吾不与祭，如不祭'"（《论语·八佾》），这里是讲，在祭祀时，要把祖先当作就在上面接受你的祭拜，并且做到本人亲自参加，可见对祭祀的虔诚。

　　如果说，以上祭祀细节是从外在条件来讲的话，那么孔子以实际行动和真情进行丧葬祭祀活动，则是内在情感悲思的真实流露，从中我们可以看到孔子富有情性的内心世界，悲天悯人，读来无不令人动容，常常让人与其有"戚戚焉"。孔子祭祀时非常重视真情哀思，"居上不宽，为礼不敬，临丧不哀。吾何以观之哉！"（《论语·八佾》）其中就强调，如果参加丧葬内心不"哀"即悲伤，那就让人看不下去了；"吾闻诸夫子：人未有自致者也，必也亲丧乎？"（《论语·子张》）这里从曾子之口可以看出，父母去世时最能尽情表达自己的感情；所以正如子游所说，"丧致乎哀而止"（《论语·子张》），服丧时充分表达了内心的悲恸就可以了。一个字，"哀"是孔子祭祀观中重要的情感标准，这种真切的"哀思"是对祖先诚挚的敬，是生人对先人养之恩德的缅怀。难能可贵的是，孔子不仅强调如何做，而且总是以身践行他的真情投入祭祀观，他得意的学生颜渊早夭而死时，"子哭之恸"（《论语·先进》），他非常悲伤地说："噫！天丧予！天丧予！"（《论语·先进》）颜渊之死等于上天在毁灭他，可谓悲痛之极，连跟随他的人也说他哭得太伤心了，孔子说"有恸乎？非夫人之为恸而谁为？"（《论语·先进》）由此可见，孔子动的是真情，我们完全可以真切地体会到孔子的伤痛之极的心情。更让人为之钦佩的是，孔子不仅对自己亲人进行敬祭，还对不认识的人也投入同情。"子食于有丧者之侧，未尝饱也"（《论语·述而》），吊丧时就没吃过饱饭；"子见齐衰者、冕衣裳者与瞽者，见之，虽少，必作，过之，必趋"（《论语·子罕》），连看见穿丧服的人，经过他们身边时，孔子也要加快步子，可谓尽显诚敬之心；"朋友死，无所归，曰：'于我殡'"（《论语·乡党》），对于朋友之死尽显大度，爽快安葬，这与孔子爱怜他人的思想是一致的。当然孔子虽然极为重视丧葬祭祀，但在进行丧葬祭祀时是反对滥祭的，主张节俭。"节用而爱人"（《论语·学而》），"麻冕，礼也。今也纯，俭，吾从众。"（《论语·子罕》）"大哉问！礼，与其奢也，宁俭；丧，与其易也，宁戚。"（《论语·八佾》）总之，丧葬祭祀一切以"俭"字当头。

从以上可以看出，无论是对外在细节的重视，还是内在投入的真情哀思，我们可以认为孔子对丧葬祭祀是以虔诚之心对之的，即对死者敬重和以严格的仪式进行哀悼。可以说，孔子真正是个让后人无比敬畏的性情中人。但老子的丧葬祭祀观主体态度与孔子比较起来，则要显得含蓄客观得多，有时显得冷漠，甚至有批判性特点，更让人看不到老子性情的流露。"天地不仁，以万物为刍狗；圣人不仁，以百姓为刍狗"（第五章），"刍狗"是以草扎成的狗，为古人祭祀时的用品，当用之时，备受重视，已用之后，随即丢弃。《庄子》① 有一段生动的描写："夫刍狗之未陈也，盛以箧衍，巾以文绣，尸祝齐戒以将之。及其已陈也，行者践其首脊，苏者取而爨之而已。"（《天运》）从庄子的"注脚"可以看出，老子客观地指出了作为祭祀用的符号物"刍狗"在祭祀前后的不同命运，在老子看来，这是正常的自然的，从中我们看不出来老子的悲恸心情，反而他显得很平淡，甚至有点过于冷漠；"众人熙熙，如享太牢，如春登台"（第二十章），"太牢"是上古祭祀的一种重要规格，从"熙熙"一词我们可以看出，老子给我们客观地描述出了当时祭祀时的盛况景象；"吉事尚左，凶事尚右。偏将军居左，上将军居右，言以丧礼处之。杀人之众，以悲哀泣之，战胜以丧礼处之"（第三十一章），这反映了老子的战争观，一种反战思想。"居右"是一种凶险的位置，老子说作战时要"以丧礼处之"，即使战胜了也要以"悲哀"的心情以丧礼来处置。这里的"悲哀"，笔者认为不能等同于孔子的"哀"，孔子的"哀"是一种个人内在的真情哀思，而老子是以宽广的视野来审视战争的，所以老子的"哀"更具有理性的思考，是其反战思想的精髓所在，即战争对于任何一方都是悲惨的、不幸的，这其中可见老子"丧礼"中批判性思辨色彩；"善建者不拔，善抱者不脱，子孙以祭祀不辍"（第五十四章），这里不是专门介绍祭祀的过程，也不是论述祭祀的意义，只是客观肯定地指出，当时"祭祀"已经延续下来，祭祀已经成为社会普遍现象，但具体细节如何，老子并没有告诉我们，只是理性地评判认为，享受祭祀这种修养可以使德行"真""余""长""丰"和"普"。总之，老子的丧葬祭祀观很少详细地描述，更多的是用诸如"太牢""刍狗"等符号进行客观简单地提及，对于他这方面的具体观点我们只有借用一些资料或个人

---

① 本文《庄子》文献参考杨柳桥：《庄子译注》，上海古籍出版社 2006 年版。

想象才能理解。

由此可见，孔子与老子的丧葬祭祀观呈现出明显不同的特色：一个注重细节，真情显露，另一个客观平淡，不动声色；一个让人为之动容，让我们窥视到其内心世界，另一个冷静理性，惜墨如金，模糊不明，让人无法走进内心，给人更多的是猜测。所以，这里一定有丧葬祭祀观的质的核心区别，这正是值得我们用心去探讨的。

### 三、"敬"人与人"静"

孔子生存论中关于"仁"的本体论思想是我们理解其对逝者之所以如此哀怜的一把关键钥匙，这就是对人的敬仰与尊重，所以笔者认为孔子丧葬祭祀观的核心实质就体现在一个"敬"字上。"敬"正是对人的尊重，一种"善"的表现，"未能事人，焉能事鬼？"（《论语·先进》）"孝弟"就自然而然的了。可以说，"敬"是孔子"仁"学思想即价值观的集中体现；而老子向往与"道"合一，以超然的大智慧来客观地审视万物，所以老子丧葬祭祀观的核心实质就是"静"，即那种"客观"审视中体现出来的"静"而"淡泊"的心理，一种解脱的心态。

孔子在祭祀时是真真切切的投入，可谓之虔诚，事实上这种对丧事的慎重和对死者的敬畏，最集中体现的是"敬"，即对人的敬重，其中"孝"只是重要的一方面，可见"敬"更凸显出人的主体。对圣君忠，对父母兄长"敬"，一直以来是周朝以后极为重视的人伦意识，祭祀本身就更体现了"孝心"，即对先祖的哀悼和崇敬。孔子后来对"敬"进行了延伸，始终重视孝道。"其为人也孝弟，而好犯上者，鲜矣……孝弟也者，其为仁之本与？"（《论语·学而》）"孝弟"，孝顺父母，尊敬兄长，这就是仁的根本啊！"生，事之以礼，死，葬之以礼，祭之以礼。"（《论语·为政》）即强调孝体现为活着时要敬养，死时要敬葬；"出则事公卿，入则事父兄，丧事不敢不勉。"（《论语·子罕》）家中侍奉父母尽孝心，丧事时更要尽力办好；上文提到宰我认为三年太长，改为一年就可以了，但孔子对其进行了驳斥，"予之不仁也。子生三年，然后免于父母之怀。夫三年之丧，天下之通丧也。予也有三年之爱于其父母乎？"（《论语·阳货》）由此可见，孔子认为对父母敬丧是对父母三年之爱的回报，更是一种"孝心"的体现。实质上，在这"敬"的背后，有着孔子关于"礼"的慎重恪守，"礼"成为孔子推行伦理教化的不可或缺的制度。关于孔子的丧葬祭祀观，我们可在《礼》中的《祭法》篇、《檀弓》篇等诸多篇目中能看到，"凡治人之道，莫急于礼；礼在五经，莫重于祭。"①（《祭法》）由此可见，礼对于祭祀的意义是很大的，所以在祭

---

① 王文锦：《礼记译解》，中华书局 2001 年版。

祀时有什么样的身份就按什么样的身份来进行，对于自己也是这样。一次孔子病重，其学生子路要按大夫礼（有家臣）安葬孔子，但孔子当时已不是大夫了，因此孔子责备子路，"无臣而为有臣，吾谁欺，欺天乎?"（《论语·子罕》）认为子路是冒越名分、欺骗上天。所以，孔子重视丧葬祭祀实质上是按"礼"来行"敬"的，不"敬"何谈"哀思"？何谈真情？何谈敬葬他人之死？"敬"成为祭祀内在的动力之源，这种"敬"是虔诚的伦理情怀。

相对而言，笔者认为，老子的丧葬祭祀观的核心实质是"静"。老子的客观冷漠其实是一种心态，一种生存的境界，一切万事万物都是顺其自然，而自身保持超然独立之态，其心态的淡泊令人羡慕和赞叹。"天地不仁，以万物为刍狗；圣人不仁，以百姓为刍狗。"（第五章）老子认为，把"万物"和"百姓"像祭祀时用的"刍狗"一样使其自行兴衰这是自然而然的，天地对其没有任何偏爱，可见老子客观的评判；在陈述了"如享太牢"的热闹情景后，老子一连用了六个"独"字，来描述自己超然独立于这种祭祀盛况的心境："我独泊兮，其未兆；沌沌兮，如婴儿之未孩；累累兮，若无所归。众人皆有余，而我独若遗。我愚人之心也哉！俗人昭昭，我独昏昏。俗人察察，我独闷闷……众人皆有以，而我独顽且鄙。我独异于人，而贵食母。"（第二十章）老子"独泊""独遗""独昏""独闷""独顽且鄙"，是在说明自己是"独异于人"，不盲目从流，由此可见，我们可以想象老子淡泊的洒脱之态：对于祭祀而言，我有我的超然静雅的心态品质。直到后面老子战争观的批判性色彩，从中可以看出，老子以理性的思辨，始终以一种静态的坦然姿态呈现在我们眼前：对于祭祀而言，老子显得独立而超然，他认为一切都有其本然状态，悲也好，哀也罢，关键是我们要突破狭窄的思维，以宽广的客观理性心态来审视祭祀，以祭祀来追怀祖先未必就是出于生人对先人的孝敬，而是一种广阔的大心态，此时个人情感哀思的流露就显得单纯了。由此可见，老子对祭祀的认识达到一个境界："平静"，甚至可以说纯粹的"静"，超越的"静"，透彻的"静"，澄明的"静"。正是基于此，我们可以说，老子的丧葬祭祀观实现了哲学的升华。事实上在《道德经》中，一共出现了十一次"静"字，"浊以静之徐清""守静笃""不欲以静"等，老子张扬"静默"，即清静淡泊方能观妙。在第二十章中，老子一口气用了六个"独"字，其中最后一句是"我独异于人，而贵食母"（第二十章），由此可以理解，老子面对祭祀的盛况保持一种迥异的姿态，原来是因为想重现那万物的母体即"道"啊，他操持的是一种寂静的本然状态的无法言说的境界，老子丧葬祭祀观"静"的核心本质就显现出来了。所以，对于丧葬祭祀而言，老子的客观甚至略显冷漠的心态就是一种"静"，他突破日常简单的祭祀活动，更看淡碎心的悲恸哀悼，以一种真正冷静的省思心态，进入一种玄妙的神秘境界。

## 四、生的高贵与死后的永恒

当以生存论视野来比较孔子与老子丧葬祭祀观时，笔者是从深层次的哲学内在逻辑上来探寻二者的泾渭。但当我们再进一步挖掘二者哲学基础上的差异时，可以发现关于丧葬祭祀观的看法，是与二人各自不同的"死亡"哲学观密切相关的。事实上，在西方哲学研究中，死历来作为一种生命哲学受到哲学家们的青睐，死亡成为哲学寻觅的无尽宝藏。苏格拉底认为哲学的定义是"死亡的准备"，西塞罗断言"哲学即是死"，叔本华说"死亡是真正激励哲学、给哲学以灵感的守护神，或者也可以说是为哲学指明路向的引路者"，[①] 海德格尔的"向死而在"的死亡哲学更是吸引人去不倦地解读和品味。可以说人在对死亡的自觉认识中常常体现着他毕生的道德观、伦理观、文化观、价值观等，一句话，就是整个生命观念。

《论语》和《道德经》就体现了各自不同的死亡哲学。《论语》一共出现了40个"死"字，其中本体论的就是著名的"未知生，焉知死？"《论语·先进》）。一次，子路向孔子请教"死"是怎么回事时，孔子说自己生还没弄懂呢，怎么知道死是什么？孔子教诲子路，应当注重人生现实的事情。孔子给我们留下了回避"死"或害怕"死"的印象，更让人误认为他有意地遮盖和屏蔽死亡本质，对死亡采取的是逃避和含混的态度。但笔者认为孔子承认客观的"死"，如"死生有命，富贵在天"，"自古皆有死"等（《论语·颜渊》），只不过孔子不愿思考玄妙的"死"的道理。在孔子心中，生命是高贵的，活着更要值得自己珍惜和获得他人的敬重。而相对于"生"来说，客观的"死"是悲惨的，所以生人应对死者或先人投以哀思，在丧葬祭祀中应高度重视，以显"孝敬"之心。《道德经》一共出现了20个"死"字，其中有不少有关本体论的死亡哲学。"谷神不死，是谓玄牝"（第六章），"谷神"用以描写那使谷成为谷的力量，亦即"道"，"道"是不会死的，"道"展现了神奇的生殖力，由此化生天地；"不失其所者久。死而不亡者寿"（第三十三章），这里的"所"是指本性，亦即只有守住"德"才可能长久。"死而不亡"，意指回归道体，精神长存，人将永远不会消逝，即使肉体不在，也因为负载着"道"而永恒。由此可见，这里与著名的存在主义哲学家海德格尔的"向死而在"——视存在为提前来到的死亡，人不得不向死而生——达成了一种呼应。总之，老子对于"死"看得如此透彻，坦然得令人可畏，真正达到了一种超越性的哲学高度，给我们以震撼心灵的警醒，体现了非凡的无惧无畏的勇气。那么就丧葬祭祀客观活动而言，老子就显得很"平静"了，一切是顺其自然的，何必大悲大泣？关键的是我们要寻求如何永生。

---

① ［德］叔本华：《叔本华美学随笔》，韦启昌译，上海人民出版社 2004 年版，第 204 页。

## 结　语

　　把孔子与老子丧葬祭祀观进行比较，我们发现最终还是要落到本体论即生命哲学这个基点上来，所以可以这样说，丧葬祭祀观里有着哲人的生存智慧，解读他们的丧葬祭祀观，是从边缘的角度来探掘"元典"博大精深的精神内涵，是"复兴"传统经学思想的一个有意义的路径。2500 年前我们的先哲们对生存问题如此忧心忡忡，这对当代的我们无不具有重要的参考价值，也是一种美学价值，即"在现代历史条件下古典美学所呈现的参照意义"①。随着人类"现代病"的日渐加剧，人类生存这一古老而又常新的课题似乎是以从未有过的分量摆在了人类面前，这迫使我们警惕、肃静和深思，所以我们就应及时地从"元典"中汲取营养，来寻求和建构出当代人类的生存智慧。如今，"清明"节已经定为国家法定节假日，这是对传统的庄重认可，是在追怀和崇拜祖先的祭祀活动中，增强国民的社会凝聚力，更是加深对我们传统文化的记忆。我们深信，这种"记忆力"的增强，能促使世界之外"发现东方"②，我们自己"发现"自身，让世界更多地听到我们的声音。

---

　　①　姚文放：《美学文艺学本体论》，社会科学文献出版社 2002 年版，第 3 页。
　　②　王岳川：《发现东方》，北京图书馆出版社 2003 年版。作者意在强调发出自己民族的声音，开始自己说话，增强自己民族的自信。

# 汉语方言"没₁"类和"没₂"类否定词之间的形式关系

陈 芙*

"没"是现代汉语最基本的一个否定标记词,"没有"是"没"的双音节形式,用法和"没"大体相同,口语中多用"没"。从词性上看,"没"在现代汉语普通话里是一个兼类词,既作否定副词,又作否定动词,我们分别记作"没₁"和"没₂"。一般认为,后接体词性成分时是动词,当"无"讲;后接谓词性成分时是副词,当"未"讲。

方言里,"没₁"类词与"没₂"类词之间主要存在以下三种形式关系。

## 一、"没₁"类与"没₂"类同形

这种情况与普通话的情况一致,"没₁"类词与"没₂"类词采用相同的形式(A),即某一否定形式(A)相当于普通话的"没₁"与"没₂"。例如:

四川成都话当普通话"没₁"讲的副词和当"没₂"讲的动词同形,常用"没得/没/莫得"。例如:

(1)成都:没得钱(没钱)。|天还没得亮(天还没亮)。|厂头里这个月还没得发(还没发)。

闽南本土的厦泉漳地区、潮州地区、广东雷州地区当"没₁"和"没₂"讲的词同形,都用"无"。例如:

(2)厦门:伊有兄弟,无姊妹。|汝无讲我拢唔知影(你没说,我都不知道)。

(3)雷州:我无钱。|工无做完啦。伊无来。

(4)潮州:我腰肚空空无半个钱(我袋子里空空的,连一分钱也没)。|老李京日无来上班(老李今天没来上班)。

粤语区很常见的"冇",相当于普通话的"没₁"和"没₂"。例如:

---

* 作者简介:陈芙(1983— ),语言学与应用语言学博士,河南财经政法大学文化传播学院讲师,主要从事方言语法、语言应用等方面的研究。

（5）广州：我冇书。｜冇买票。

广西北流粤语的"冇"兼有普通话"没₁"和"没₂"的用法，不过，该方言又衍生出"冇有"的说法，在接宾语时，虽然"冇有"与"冇"可以自由替换，但"冇有"却比"冇"更为常用。这证明该方言的"没₁"和"没₂"出现了一定程度的分化。例如：

（6）我冇有银纸了，借叮畀我呐（我没钱了，借点给我吧）？

河南浚县方言的"没、冇、没冇"相当于普通话"没₁"和"没₂"，这些词也都是兼有副词与动词双重用法的兼类词。例如：

（7）俺没钱（我没钱）。｜他没去。｜他冇这号儿书。｜衣裳我冇洗完。｜屋里没冇人。｜还没冇吃饭。

上海话的"呒没"兼有普通话"没₁"和"没₂"的用法，海门话的"呒得"也是如此。例如：

（8）上海：原来一些闲话呒没勒，又出现勒交关新个闲话（原来一些话消失了，又出现了许多新的话）。｜乡音我现在还呒没改。（刘丹青，2002）①

（9）海门：夷就两个儿子，呒得丫头个。｜葛只药呒得卖个特（这个药现在没卖的了）。

据罗昕如（2011）②的研究，湘语的武冈、溆浦"没₁"与"没₂"同形，武冈话用"冇（得）"，溆浦话用"冇（有）"。罗昕如文章中还提到，赣语的茶陵、吉水"没₁"与"没₂"同形，皆用单音节的"冒"。

江西宿松的"冇得"既相当于普通话的"没₁"，也相当于普通话的"没₂"。例如：

（10）我侬冇得钱（我没钱）。｜冇得送人（没送人）。｜冇得吃（没吃）。

## 二、"没₁"类与"没₂"类异形

这种情况与普通话的情况不同，"没₁"类与"没₂"类词采用不同的表达形式，"没₁"类用"A"形式，"没₂"类用"B"形式，不具有类似于普通话"没"的兼类用法。

贵州遵义、四川西充当"没₁"讲的用"没"，当"没₂"讲的用"没得"。例如：

（11）贵州遵义：我身上没得钱。｜屋里头没得人。｜他今天没来。｜早晨没落雨。

（12）四川西充：辣子还没红。｜我没得呢本书（我没这本书）。｜他肯定

---

① 刘丹青：《上海方言否定词与否定式的文本统计分析》，载《语言学论丛》2002年第26期。

② 罗昕如：《湘语与赣语的比较研究》，湖南师范大学出版社2011年版，第266页。

没得钱，莫去借（他肯定没钱，不要去借）。

湖北的武汉、赤壁、洪湖、安陆、英山等大部分地区当"没₁"讲的用"冇（冒）"，当"没₂"讲的用"冇（冒）得"。例如：

（13）湖北武汉：今天冒得雨。｜我冒得什么事来麻烦你。｜我今天冒读书。

（14）湖北安陆：资料库里冇得这篇文章。｜他昨天冇回来。

（15）湖北英山：冇得时间。｜冇得意见。｜冇吃。

山东济南当"没₁"讲的用"没价"，当"没₂"讲的用"没"。例如：

（16）我没钱。｜我没价走（我没走）。

陕西平利、神木当"没₁"讲的用"冇"，当"没₂"讲的用"没得"。例如：

（17）陕西平利：你嘱咐的话我冇说。｜车子没得油了。

（18）陕西神木：王伯来了冇（王伯来了没）？｜我只有姐，没得哥（我只有姐姐，没哥）。｜车子没得油了（车子没油了）。｜钱都没得了（钱都没了）

崇明话当"没₁"讲的常用"呒、呒宁"，当"没₂"讲的用"无"。例如：

（19）我点心还呒吃（我午饭还没吃）。｜花还呒宁开（花还没开）。｜夷今天有点无心聊搭（他今天没兴致）。

湘语的长沙、湘潭、汨罗、益阳、衡阳、衡山、涟源等地，当"没₁"讲的用单音节的"冇"，当"没₂"讲的用双音节的"冇得"。罗昕如文章中还提到赣语的新余、安义、都昌、余干等地，当"没₁"讲的用单音节的"冒"，当"没₂"讲的用双音节的"冒有"。

湖南常德当"没₁"讲的是"没要"，当"没₂"讲的是"没得"，否定副词与否定动词异形。例如：

（20）人没要走（人没走）。｜饭没要吃（饭没吃）。｜昨儿没要上街（昨天没上街）。｜没得人（没人）。｜没得水（没水）。

### 三、"没₁"类与"没₂"类同异并存

这种情况包括两个方面：一个方面指某些方言的"没₁"类词与"没₂"类词有某个相同的表达形式（A），即某个形式（A）既相当于普通话的"没₁"，也相当于普通话的"没₂"；另一个方面是在这些方言中，"没₁"类词与"没₂"类词也可以使用不同的表达形式。通常情况是，除了同形形式（A）外，"没₁"类、"没₂"类词中有一类存在另一种表达形式（B），也就是说"没₁"类或"没₂"类词中的一类有"A"和"B"两种表达形式，造成的结果是，如果"没₁"类、"没₂"类都用"A"形式时，"没₁"类和"没₂"类同形；如果"没₁"类、"没₂"类一个用"A"式，一个用"B"式时，则"没₁"类和"没₂"类异形。

黔东南地区的"没得"相当于普通话的"没₁"和"没₂"，除了"没得"

外，该地区的"没"也当副词"没₁"用，但不当动词"没₂"用。例如：

（21）你还没得十八岁（你还没十八岁）。｜屋头没得人（屋里没人）。｜我没/没得吃过苹果。

贵州锦屏话"没得"相当于普通话的"没₁"和"没₂"，兼有动词与副词的用法，但与普通话对应的"没₁"类词，除了用"没得"外，还可以用"没"。例如：

（22）我没得好多时间。｜我没得听倒他喊我（我没听见他叫我）。｜我没吃过火龙果。｜我昨天没去成。｜饭没熟好，等下子（饭没熟透，等一等）。

河南固始话中"没"相当于普通话的"没₁"和"没₂"，和普通话"没"的用法基本一致。但该地区的"没得"也常当"没₂"用。例如：

（23）他没得房子。｜他没上学。

获嘉方言的"没"相当于普通话的"没₁"和"没₂"，是个兼有副词与动词用法的兼类词。

（24）今儿个没风。｜外头没人。｜树上没鸟。｜他没去，还在家的。｜花儿还没开，还得几天。｜我没急，就是有点儿不放心。

但在获嘉话中，"没₂"类词不仅可以用"没"，还可以用"冇"。不过，"没"比"冇"适用的范围更广些，所受的限制也少些。如"冇"一般要求句末有"了"字对应，而"没"无此要求。例如：

（25）他家冇粮食了。｜你说不通，我也冇法儿了。｜锅里头冇饭了，不吃吧。｜这屋儿没人住过。｜他走了没两天就回来了。

天台话的"没"是个兼类词，相当于普通话的"没₁"和"没₂"。例如：没来｜没去｜天没亮｜没钞票｜没工夫｜没道理｜屋里没人。但天台话的"没₂"类词，不仅有"没"，还有"冇"。天台话的"冇"由"没"和"有"两个词（字）组合而成，它在天台话里是一个使用频率极高的否定动词。例如：冇人｜冇工夫｜冇问题｜冇感情。一般来说，"冇"比"没"的组合面更广，能用"没"的一般都能用"冇"，不过，在以"Neg + N + V"为规则的连动式和兼语式时，"没"比"冇"常用。如：没糖吃｜没水喝｜没人教｜没人去｜冇钞票用｜冇人讲。

南京方言的"没得"相当于普通话的"没₁"和"没₂"，"没得"既有动词用法又有副词用法。例如：

（26）没得米。｜小王也没得做完。（刘丹青，2002）

据刘丹青（2002）[①]的研究，除了"没得"外，南京话也有"没"的用法。当"没₁"类词用时，老派多说"没"，新派则多用"没得"。当"没₂"类词用

---

① 刘丹青：《上海方言否定词与否定式的文本统计分析》，载《语言学论丛》2002年第26期。

时，老派多说"没得"，新派"没得、没"都说。

赣语的黎川、南城等地，"冒"既可以当"没$_1$"类词用，也可以当"没$_2$"类词用。但相当于普通话的"没$_2$"类词除了可以用"冒"之外，还可以用双音节的"冒有"。

赣语的浏阳、醴陵等地，"冒"既可以当"没$_1$"类词用，也可以当"没$_2$"类词用，但相当于普通话的"没$_2$"类词除了可以用"冒"之外，还可以用双音节的"冒得"。

以上讨论了方言"没$_1$"与"没$_2$"类词的三种形式关系，分别是：（1）"没$_1$"类与"没$_2$"类同形，这和普通话的情况一致。（2）"没$_1$"类与"没$_2$"类异形，这和普通话的情况不同。（3）"没$_1$"类与"没$_2$"类词同形和异形并存，这和普通话的情况比较，是同中有异。从以上所述中我们不难发现，本文论及的"没$_1$"与"没$_2$"类词的三种形式关系，都不仅存在于某一种方言，而是在许多方言中都能找到，就本文的材料而言，"没$_1$"类与"没$_2$"类同形涉及吴语、湘语、赣语、粤语、西南官话、中原官话等，"没$_1$"类与"没$_2$"类异形涉及湘语、赣语、吴语、晋语、西南官话、冀鲁官话等，"没$_1$"类与"没$_2$"类同异并存涉及吴语、赣语、西南官话、中原官话等。同普通话相比，方言"没$_1$""没$_2$"类词的形式更为丰富，形式之间的关系也更为复杂。这其中的一个原因可能是一些方言本身存在的否定形式就比普通话丰富，也有很多方言在保留原有自身否定标记的基础上，还吸收了普通话的用法，这都有可能使得这些否定形式在功能上更为单一或细化。

（《长江学术》2013 年第 4 期发表）

# 刘昌与《中州名贤文表》考论

钟彦飞*

## 一、刘昌生平考略

刘昌，《明史》无传，现存主要传记资料为其友人陈颀所作《广东布政使司左参政刘公昌墓志铭》（《国朝献征录》卷九十九），后世其他传记多本于此，据之略梳理其生平行止如下。

刘昌（1424—1480），字钦谟，号棕园，其先河南柞城人，宋代后徙洛阳，元季又避乱江南居无锡，晚乃定居吴县，遂为长洲人。父公礼，曾为南京工部虞衡司主事，母计氏。刘昌早年以颖秀著称，入邑庠，博览群书。正统九年（1444），以首荐入京试，高穀读其文，谓"此必山林老学"，置为第一，为应天府乡试解元。次年会试，本为礼部第二，廷对大臣以其过直，抑置第二甲第二名，未几以疾乞归。景泰二年（1451），开史局诏续修宋元史，与昆山张和等入选。其后任职工部五年。天顺中，朝廷敕宪臣提督各地学校，昌与张和俱拜按察司副使，一赴河南，一赴江浙。刘昌在河南提学任中最久，逾九年，后擢广东布政使司做参政，又在广五年，丁内艰以归，成化十六年（1480）十月卒于家，年五十七。

明代对于刘昌的记述关注点大多集中在两方面，一为博学强记，以诗文闻名于当时。如约同时人李东阳《麓堂诗话》曾记载这样一则逸事：

夏正夫、刘钦谟同在南曹，有诗名。初刘有俊思，名差胜。如《无题》诗曰："帘幕深沉柳絮风，象床豹枕画廊东。一春空自闻啼鸟，半夜谁来问守宫？眉学远山低晚翠，心随流水寄题红。十年不到门前去，零落棠梨野草中。"人盛传之。夏每见卷中有刘钦谟诗，则累月不下笔，必求所以胜之者。后刘早卒，夏造诣益深，竟出其右。如《虔州怀古》诗曰："宋家后叶如东晋，南渡虔州益可哀。母后撤帘行在所，相臣开府济时才。虎头城向江心起，龙脉泉从地底来。人

---

* 作者简介：钟彦飞（1989—  ），文学博士，河南财经政法大学文化传播学院讲师，元代文学学会会员，主要研究方向为元明清文学、中国古典文献学、古籍整理与研究。

代兴亡今又古，春风回首郁孤台。"若此者甚多。然东南士夫犹不喜夏作，至以为头巾诗，不知何也。①

　　所谓"头巾诗"者，指其多迂腐酸儒雕琢之气，可以看出，夏寅虽用工甚勤，寿龄致力超越刘昌，然而终究没有受到诗学重镇东南士夫的承认，后世评价刘、夏二人的诗学成就也大致以此事为例。

　　对于刘昌的文学成就，明代的评价颇有不同声音。同时人陈顾在其所作《刘公昌墓志铭》中极力称赞："作为文章，才思华赡，言词尔雅，振笔可千百言，常若有余。诗律尤温丽可爱，海内称一时作者，盖未尝后。"② 其外甥、著名文士杨循吉亦称其"为文赡丽，诗宗盛唐，一时称为名家"③。其后"后七子"领袖王世贞作于嘉靖二十八年（1549）的《明诗评》曾历数明初直至正德间诗人一百一十八家，缀以小传，评点诗学，总体推许诗法盛唐者，批判有宋元诗风气者，对刘昌评价则总体不太高："刘钦谟才玄国琛，识穷夏鼎，尤工情丽，更足风情，脍炙菁华，能重洛阳之纸，雕虫缀羽，尚存吴闾之集，如村女簪花，非不丰艳，本态自如。"④ 尚以其风情情丽为可观之处。而后约于嘉靖三十七年（1558）至隆庆六年（1572）所作的《艺苑卮言》中则本于前述文字而持论更严，将刘昌与夏寅并列而言："刘钦谟如村女簪花，秾艳羞涩，正得各半。"⑤ 譬喻之体虽同，但态度则有所变化，前者尚称赏其"村女簪花"有本态自如之处，此处则以为有秾艳之弊，同书卷六更多有摒弃之语："成化中，郎署有诗名者无过于刘昌钦谟、夏寅正夫，钦谟《无题》与正夫《虔州怀古》诗，《麓堂诗话》亦载之，然俱平平耳，他作愈不称。"⑥ 虽谓各半，实寓贬抑之意，所谓平平者，盖谓此类并非有盛唐之音，而有艳情绮丽过剩之弊。《无题》者共五首，即效李商隐之体，钱谦益《列朝诗集》全部收录。通读这些诗作，总体哀婉绮丽，实为晚唐风格，与杨循吉所谓"诗宗盛唐"者不称。故其后钱谦益、朱彝尊亦同持批评观点，如"钦谟为郎时才名最著，《无题》五首一时传诵，其他诗可传者殊寡"⑦ "钦谟《无题》五首不脱元人旧染，而世顾称之。昔晋人之讥刘舆也，谓舆犹腻，近则污人。若钦谟及瞿宗吉、杨君谦、张君玉之艳诗，其不污人也仅矣。"⑧

---

① ［明］李东阳：《麓堂诗话》，《历代诗话续编》本，中华书局 2006 年版，第 1382 页。
② ［明］陈顾：《广东布政使司左参政刘公昌墓志铭》，《国朝献征录》卷九十九，明万历刻本。
③ ［明］杨循吉：《（嘉靖）吴邑志》卷十《人物志四》，明嘉靖刻本。
④ ［明］王世贞：《明诗评》卷四，《纪录汇编》本。
⑤ ［明］王世贞：《艺苑卮言》卷五，《历代诗话续编》本，中华书局 2006 年版，第 1032 页。
⑥ ［明］王世贞：《艺苑卮言》卷五，《历代诗话续编》本，中华书局 2006 年版，第 1041 页。
⑦ ［清］钱谦益：《列朝诗集小传》乙集，上海古籍出版社 2009 年版，第 205 页。
⑧ ［清］朱彝尊：《静志居诗话》卷七，人民文学出版社 2006 年版，第 182 页。

上述评价多以整个明代诗歌发展为着眼处，刘昌生活于明正统至成化年间，为明代前期人物，千篇一律、缺乏生气的台阁体文学正逐渐走向衰落，不再能引领主流，整个诗坛尚未有统一追求。刘昌为吴中人氏，主要受到地域诗风影响深刻，有人即以其为"吴中四杰"领袖高启文脉之续，高启在明代中期以后，即因诗风有元末纤秾靡丽习气而饱受批评，但作为明代地域文学主要重地之一，吴中诗派曾辉煌一时，其文学史地位始终为人所重视。与王世贞同时的长洲人刘凤即曾从此处为乡贤刘昌张目：

"吴为文者代变，昌乃授之季迪（高启），而弘农（杨循吉）复授之昌，皆好学不倦，至废其仕专攻之，意良苦，而非以为名。随所肆各极其力，质未开浑厚有余。虽尚沿近代，不至乎盛，亦斐然可观。迩乃至以谒请事王公大人，初未窥门阈而已志在名高，若为树赤帜焉，皆欺世而罔之，取虚誉矣。可胜罪哉！余为校饰厥文，亦颇有传者，故昌之业不坠。"①

其中所言"以谒请事王公大人，初未窥门阈而已志在名高，若为树赤帜"者，所指当即少年成名、肆意批评的王世贞。刘昌授之高启，时间上是不可能的，但现存《高太史大全集》景泰元年徐庸编刊本前有刘昌序，极力称赞高启之成就，以为"言多雄伟奇古，足以耸张德业，裨益治化"②，从实际诗歌风格看，刘昌也的确可以作为明代前期吴中诗派延续的代表人物，可惜由于其文集散佚不存，加以稍后沈周、杨循吉、"吴中四才子"等新一代文学中坚力量出现，与"七子"有分庭抗礼之势，刘昌的存在逐渐被掩盖，以致今日几无论及者。

刘昌另一为人称道者即著述丰富，蔚为大观。陈顼《刘公昌墓志铭》言：

"公云所著有《胥台稿》《凤台稿》《金台稿》《嵩台稿》《越台稿》，通若干卷；所编有《中州文表》若干卷，《悬笥琐探》若干卷；尝类本朝文章如《文选》《文鉴》，以彰一代之盛，未脱稿；又别有邑志《姑苏志》，亦未成书。噫！公盖有文章盛名，每思立言以华国，卒之不得其地，故自郎署副使参藩省，虽位望隆重，非其志也。"③

这些尚非其全部著述，其外甥杨循吉所作《吴中往哲记》"著作第四"中记述更为详细具体，并略记其主要内容及创作时间：

---

① ［明］刘凤：《续吴先贤赞》卷三，明万历刻本。
② ［明］刘昌：《高太史大全集叙》，《四部丛刊》影明景泰刊本《高太史大全集》卷首。
③ ［明］陈顼：《广东布政使司左参政刘公昌墓志铭》，《国朝献征录》卷九十九，明万历刻本。

"景泰史局开，首预抢选作史论；提学河南，搜集残碑，作《中州文表》，又作《河南志》；晚宦广中，悲忆太安人，作《炎台恸哭记》，以家在吴，作《苏州续志》，裒摄闻见，作《悬笥琐探》；记录海内人物，作《叙士生平》；所历大都曰金台，南都曰雨花台，河南曰嵩台，广东曰琼台，苏曰胥台，故有《五台集》。"①

五台之名略有出入，而总体皆以宦游之地为名，可知刘昌每到一地，不废吟咏，不辍笔耕。这部文稿最后结集为《五台集》二十二卷，据正统、嘉靖年间人李濂所言，当时已梓行于世②，其后黄虞稷《千顷堂书目》尚有著录，《明史·艺文志》因之，今已不可得见，当已佚。其他自著类目前所存者仅有笔记《悬笥琐探》一种，多为志人志怪之类，部头极小，不足以探其文学事业。除却个人著述之外，刘昌编纂作品也颇多，规模可观，如其提举河南学政时，主持修纂了《河南通志》，此书当是最早的河南全志，其后诸志皆在此基础上续修：

旧有《通志》一书，明天顺间，创始于提学副使刘公昌，后十余年，副使胡公谧略加芟润，后八十年，续修于都御史邹公守愚，又三年，而告成于都御史潘公恩。迄今百三十年矣，记载缺然。③

现今明代河南志有胡谧《（成化）河南总志》二十卷④，邹守愚、李濂《河南通志》四十五卷，皆延续刘昌天顺志，此志原貌已不可见。

刘昌自广东参政丁内艰归吴后，又与李应桢、陈颀、杜琼、陈宽等人纂修《姑苏郡邑志》，苏州知府丘霁与刘昌共同主持其事，得稿一百卷，据陈颀《刘公昌墓志铭》所说，此书在其生前未完全脱稿，弘治间张习、吴宽、都穆等续修，又未成，正德元年，终由杨循吉、王鏊完成此事，总而成书六十卷⑤，此书今存。

刘昌其他著作如《叙士生平》《炎台恸哭记》《选编明人文选》等，明代已鲜见流传，万历间人文震孟作《姑苏名贤小记》时曾感慨：

富矣哉！刘大中公之著述也。余盖求其所为杂志及《叙士》，而不可得见，

①　[明] 杨循吉：《吴中往哲记》"著作第四"，《吴中小志丛刊》本，广陵书社 2004 年版，第 51 页。
②　[明] 李濂：《读中州名贤文表》，《嵩渚文集》卷七十二，明嘉靖刊本。
③　[清] 贾汉复：《河南通志序》，清康熙刊本《河南通志》卷首。
④　未见此志，而傅增湘《藏园群书经眼录》卷五著录，残存十九卷，言前有"成化二十三年刘钦谟序"，按，刘昌卒于成化十六年，此处当有误。
⑤　纂修过程见明王鏊《重修姑苏志序》及刘昌《姑苏郡邑志序》，明正德刻嘉靖续修本《（正德）姑苏志》卷首。

然观其他所著撰，皆持正非漫然者。……则其人亦岂仅读书缀文者乎？后有金宪刘凤子咸者，著书至八十余不衰，持论每乖而词颇奥，勒成几数百卷。①

由此可见，刘昌著述丰富之名最为后人所称道，后清代顾沅编《吴郡名贤图传赞》，为刘昌图以小像，缀以赞语曰："早登甲第，健笔凌云，宦游豫粤，纂述多闻。"② 则是更言简意赅地概括了刘昌的主要事迹。

刘昌生长吴中文献重地，又仕宦四十几年，平生交游多一代名士，其中最为著名者为叶盛，引为平生知己，其余如高穀、刘溥、耿裕、夏寅、汤胤绩、黄仲昭、杨守陈等，皆闻名当时后世者。其子刘嘉德亦有诗名而早夭，唐寅为作《刘秀才墓志铭》。其甥杨循吉早年从其游，受其影响最深，嗜于著述，有钜名于当时。

## 二、《中州名贤文表》研究

刘昌被任命为河南学政后，致力于文化风教的倡扬实行，一项措施即是兴办书院学宫，最著名的政绩为天顺五年（1461）于开封创建大梁书院、并于其中立十贤祠，供奉周敦颐、邵雍、司马光、程颐、程颢、张载、朱熹、吕祖谦、张栻、许衡十人，为河南第一所官办省级书院，自其后至清末延绵不绝，培养中州人才无数。又参与襄城紫云书院建设，并曾主持重修唐县儒学。③ 这一系列举措，为经历元季战乱近百年元气未复的中州地区文教事业重新焕发活力奠定了基础。

刘昌另一项重要措施即搜辑刊印中州名人遗集，他因提举学校之务，巡视之迹遍布河南各地，对中州历史风物有更深刻的认知，先贤著名者自先秦申甫而下，汉有贾谊，唐有韩愈，宋有二程，元有许衡，认为这些中州名贤所言所行皆"本以仁义，用以礼乐，辅以诗书，饰以骚史，其言之所主要，皆教之所寓，而矩度开阔，铺张之大较，森然毕陈，此宜不戾于圣人而有传也。"④ 应予传播，以教化风俗，勉励士子。而其真正着手编纂则又契机于一件小事，怀庆府知府吕恕得许衡《鲁斋遗书》，刘昌"遂附之以姚文公燧、马文贞公祖常、许文忠公有壬、王文定公恽、孛术鲁文靖公翀诸集之仅存者，而表章显著之，盖皆中州之名贤也，故题之曰《中州名贤文表》"⑤。即现今所存之《中州名贤文表》三十卷。

---

① ［明］文震孟：《姑苏名贤小记》卷上，明万历刻清顺治重修本。
② ［清］顾沅辑：《吴郡名贤图传赞》卷十五，清道光九年刻本。
③ 分别见刘昌：《紫云书院碑记》，文渊阁四库全书本《河南通志》卷四十三；叶盛：《唐县儒学重修记》，明弘治刊本《泾东小稿》卷五。
④ ［明］刘昌：《中州名贤文表序》，明成化刊本《中州名贤文表》卷首。
⑤ 同上。

**（一）版本考述**

《中州名贤文表》现存版本主要有四种，略作考述如下：

1. 明成化七年（1471）刘昌刊本

此本为现存最早版本，存世极少，仅国家图书馆及天一阁有藏。前有成化七年三月朔旦姑苏刘昌序，共三十卷，按次序收许文正公衡六卷、姚文公燧八卷、马文贞公祖常五卷、许文忠公有壬三卷、王文定公恽六卷、孛术鲁文靖公翀二卷，每人文后有刘昌按语。正文卷端题"中州名贤文表卷数、内集、姑苏刘昌钦谟"，半叶十行，行二十字，版心自上至下依次标"内集、中州文表卷数、字数、页数、写工、刻工名"。全书为写刻本，由汤惠、劳莘二人以赵体字写板，黄百安、吴本中、马仁、李京等刊刻，版式精美。今《北京图书馆珍本古籍丛刊》第116册影印出版，较为便利易得。唯可惜年代久远，间有漫漶坏版处，较严重者有卷七第十八叶、卷十四第七叶、卷十六第三十叶、卷二十二第九叶、卷二十八第三叶、卷三十第二十叶等，又有数处当时因底本问题，补以墨钉者。

2. 清康熙四十五年（1706）汪立名刊本

成化本《中州名贤文表》至清初已历二百余年，流传已不广，王士禛（1634—1711）曾从黄虞稷千顷堂借观，叹为"足征元时之宽大"，然未暇抄录。后河南睢州人汤斌（1627—1687）出任江苏巡抚，王士禛曾劝其重刻此书而未果[1]。至清康熙三十九年（1700）十二月，王氏于京城慈仁寺书市又见此本，出金购之[2]，此时江苏巡抚任上为河南商丘人宋荦，遂又劝宋将此书与《梁园风雅》二书合刻于吴中，"以备河南文献"[3]。宋荦听从其建议，于康熙四十四年（1704）命陆廷灿重刻《梁园风雅》二十七卷，此书今存，其后又命弟子汪立名重刻《中州名贤文表》三十卷，成于康熙四十五年（1706），是为康熙汪立名刊本，今台湾华文书局《中华文史丛书》之七影印此本，可得以窥其面貌。

此版底本据宋荦言，为江苏巡抚任上"得于藏书家"，疑即王士禛所购成化本。此本前有姑苏刘昌序、康熙四十五年七月既望商丘宋荦序、康熙丙戌嘉平钱塘汪立名识。其后较成化本增加有《中州名贤本传》，为节选自《元史》六人传记。又增加目录，以文体分类。正文半叶十二行，行二十二字，内容与成化本完全相同，中间墨钉一仍原样，明版坏处或据流传别集补齐，或文集不传，遂加以墨钉，如卷三十孛术鲁翀《驻跸颂》墨钉最多，正为明刊坏版不清处。

3. 清乾隆间《四库全书》系列抄本

据《四库总目提要》，四库本底本为"浙江鲍士恭家藏本"，"此本实康熙丙

① ［清］王士禛：《池北偶谈》卷十七《文表》，中华书局1982年版，第412页。
② ［清］王士禛：《重辑渔洋书跋》，中华书局1958年版，第95页。
③ ［清］王士禛：《带经堂诗话》卷六，人民文学出版社2006年版，第156页。

戌宋荤授钱塘汪立名所刊"①。与康熙刊本对比，序文顺序一致，正文阙文亦同，而对于其中所涉蒙元时期人名、地名全部改为所谓"国语"，亦间有抄手致误处。故此本版本价值不高。

4. 清光绪三十年（1904）鸿文书局石印本

康熙本问世二百年后，除抄本外，此书未有刊本，光绪间，海虞邵松年为河南学政，访得刘昌《中州名贤文表》一书，为康熙汪立名刊本，与其所编《续中州名贤文表》六十八卷同付鸿文书局石印刊行。此版为石印本，故保持了康熙本的原貌，除篇首三序顺序略有差异外，其余体式、行款完全同康熙本，全书正文无框，半页十二行，行二十二字，阙文、墨钉亦完全一致，此书版本意义不大，但具有较高鉴赏收藏价值。

### （二）文献来源及价值

如果对元代集部文献留存情况整体加以观照的话，可以得出这样一种比较客观的认识，即时代上元初较中期以后为少，地域上北方作者较南方为少，加之元中期以后南北士人政治、文学地位的反转，又经过元末战乱，中原几无世家大族延续，文献之不足征可以想见。刘昌《中州名贤文表》共三十卷，收元代河南文士六人著作，其中许衡、王恽、姚燧可算元前期北方人士翘楚，马祖常、孛术鲁翀为中期代表，许有壬则为晚期殿军氏人物，在当时均有文章钜名，文集流传风行于一时，而至成化年间刘昌巡视河南学政时，却大多已飘零难寻，所见多为吉光片羽，刘昌极力搜辑，并每个人文集之后作多篇跋文纪录，差可考其文献来源，兹以其收录顺序加以考述如下。

1. 卷一至卷六，许衡，每卷卷端题名为"许文正公遗书"。据刘昌《中州名贤文集序》言，所据为怀庆守吕恕赠予的《许文正公遗书》，在卷六末尾题跋中又言："《遗书》六卷，大德十年安成尹苏显忠刻梓，当时已谓残编断简，多所失遗，况昌所得者乃录本，尤多缺误，故重加订定为五卷，复以制词神道碑为附录一卷，其缺误之无考者，并用略去，盖十之四云。"② 可见这个版本应为元大德十年（1306）安成县尹苏显忠刊本的转抄本。苏显忠本今已不存，而现存明成化十年（1474）倪颢刊六卷本《鲁斋遗书》，前有大德九年杨学文序，即为"中斋苏公"刊许衡遗稿所作，故成化本所据当即以大德本为底本。此本编次顺序为"卷一奏议，卷二、卷三无总目，自《读易私言》至《答丞相问》《大学明明德》凡五篇，皆论学之文，卷四杂著，卷五书，卷六诗章乐府编年歌括"③，以之对比《中州名贤文表》本，可见刘昌将大德本卷三与卷四删略合并，为"杂著"，并将制词神道碑重编为附录一卷，此本为大德本系统现存最早的明代传刻本，虽

---

① ［清］永瑢等：《四库全书总目》卷一八九《中州名贤文表》，中华书局2013年版，第1715页。

② 《中州名贤文表》卷六刘昌跋语，明成化七年本。

③ ［清］瞿镛：《铁琴铜剑楼藏书目录》卷二十二，清光绪间刊本。

内容有所减少，但具有一定的校勘价值。

2. 卷七至卷十四，姚燧，每卷卷端题名为"姚文公牧庵集"。按，姚燧文集据《元史》本传，"平生所著有《牧庵文集》五十卷行于世"，元至顺三年（1332）其门人刘时中曾搜辑全集，由中书省移文刊刻于江浙儒学，由江浙等处儒学提举吴善董其事，"与钱塘学者叶景修重加校雠，分门别类，得古赋三篇、诗二百二十二篇、序三十八篇、记五十三篇、碑铭墓志一百四十篇、制诰五十八篇、传二篇、赞十五篇、说十一篇、祝册十篇、杂著十三篇、乐府百二十四篇，总六百八十九篇，凡五十卷。"① 据卷十四末刘昌天顺八年（1464）跋语："姚文公《牧庵集》五十卷，其刻本松之士人家有之，昌尝闻李中舍应祯云，然南北奔走，竟莫能致。今所得乃录本，多残缺，视刻本不啻十之二。"② 刘昌访刻本未得，又曾在辉县百泉招见姚燧后人，而"鄙野质实，不复事儒艺"，仅得见所藏姚枢手书而已。《中州名贤文表》八卷姚燧文即以所得抄本收录，又附柳贯《姚文公谥议》、张养浩《牧庵姚文公文集序》，所据抄本应为未见全集刻本，而以《元文类》所收过录并略加搜辑者，《四库全书总目提要》言："刘昌辑《中州文表》，所选燧诗较《元文类》仅多数首，文则无出《文类》之外者。"③ 评价大略得当，然而此本为现存最早的姚燧文集刻本，具有较高校勘价值，今人查洪德整理《姚燧集》，即将《中州名贤文表》本列为主要校本。

3. 卷十六至卷十九，马祖常，每卷卷端题名为"马文贞公石田集"。按，元后至元五年（1339），马祖常文集由苏天爵呈请刊行，经其从弟马易朔与苏天爵共同搜辑整理，付扬州路儒学刊刻，此元刊本《石田先生文集》十五卷今存。《中州名贤文表》卷十九末有刘昌成化二年（1466）跋文，略可知其所据来源："昌前至光州，课士之暇，过兵部右侍郎霍公宅，公为体荐礼饮昌。昌因询马中丞遗事，公曰：'吾宅故中丞公石田庄也。中丞葬后，子孙徙居关中，不闻以儒显，多习武，间有为武官者，亦不甚知名。'相对慨然久之，且出所藏中丞公《石田集》示昌，昌假归属录于州守，今表于集中者是也。踰年至彰德，始得许文忠公所撰中丞公神道碑，并附焉。"④ 兵部右侍郎霍公，其人不考，《石田集》在此之前仅有元刊本，刘昌从其所得当即此系统，并据以刊刻，对比二书，《中州名贤文表》本文体分类顺序与元刊本同，而少了元刊本卷八"铭""箴""赞""杂文""策问""题跋"诸体，各体所收亦较元刊本为少，为节选本，不知底本即如此抑或刘昌曾加以删选，以《中州名贤文表》整部书所贯彻的求全之心推测，前者可能较大，卷末增加许有壬撰马祖常神道碑为附录。现存元刊本《石田

---

① ［元］吴善：《牧庵集序》，《武英殿聚珍版丛书》本《牧庵集》卷首。

② 《中州名贤文表》卷十四刘昌跋语，明成化七年本。

③ ［清］永瑢等：《四库全书总目》卷一六六《牧庵集》，中华书局 2013 年版，第 1433 页。

④ 《中州名贤文表》卷十九刘昌跋语，明成化七年本。

先生文集》所知仅国家图书馆一种，为周叔弢先生旧藏，其中卷二至卷四、卷十四至卷十五俱阙，为抄本补齐，而《中州名贤文表》本《石田集》是现存明代最早马祖常文集刻本，又源出元刊本，故校勘补订价值较大。

4. 卷二十至卷二十二，许有壬，每卷卷端题名为"许文忠公圭塘小稿"。按，《圭塘小稿》为许有孚洪武二年（1369）乱后搜辑先兄许有壬遗稿，当时百卷本《至正集》在侄许桢处，未暇得顾，仅得囊中酬唱诸人作，题《圭塘小稿》者为别集上，并先世所收《文过集》为别集下，厘为十六卷，总题《圭塘小稿》，当未刊刻。后五世孙许颙重辑《圭塘小稿》，自天顺八年（1464）在京师时，即与同年朱裡校正，并请叶盛作序，后以续辑故未刊。成化五年（1469）春，其出任南昌知府，请丘霁、张璜同校正为十三卷，别集二卷，续集一卷，外集一卷，总十七卷，绣诸于梓，成化六年工成，此本今存。《中州名贤文表》卷二十二刘昌跋语未提及所据底本来源，而有言曰"今其诸孙孟敬起进士，擢守建康，名称烨然"云云，则其与许颙当有交游，且参与其事的叶盛与刘昌有知己之称，二书刊刻前后紧接，则刘昌所据之本应与成化六年许颙编刊本《圭塘小稿》有密切关系，然而对比二书，则有多处差异，如《中州名贤文表》文体编次顺序与刊本不同，卷二十"歌行"置于五七言古律诗之后，而许颙刊本"歌行"则在古诗后、律诗前，卷二十"赞""题""跋"在"序记碑志"之前，而许颙刊本则置诸之后，各体所收诗文虽无出许颙刊本者，而卷二十一"记"中顺序为《河南省左右赞治堂记》《辽山县儒学记》《鲸背桥记》《上清储祥宫记》《公生明堂记》，此五篇文许颙刊本分置于卷七、卷八，顺序明显不同，又《中州名贤文表》本附录中欧阳玄撰许有壬父许熙载神道碑铭为搜辑拓本增入，为许颙本所无。由此可见，刘昌所据当非许颙成化六年新刊本，别为一本，而加以节选刊刻，因此对于校勘《圭塘小稿》有重要价值。

5. 卷二十三至卷二十八，王恽，每卷卷端题名为"王文定公秋涧集"。按，王恽《秋涧先生大全文集》一百卷曾于元至治二年（1322）由中书省移文刊刻于嘉兴路儒学，为其子王公孺编次家藏遗稿，此版今台湾"国家"图书馆藏有一部元刊明补本。《中州名贤文表》卷二十八末有刘昌跋语，略云："文定公子公孺、公仪皆能文，公孺子笴亦以文显，而笴后渐无闻。昌至卫，访之不可得，最后于史参政坐闻，参政举《玉堂嘉话》数事，顾谓昌曰：'此在王文定公集中，集板在嘉兴，可致也。'昌又遍访之。祥符儒官有自嘉兴来者，乃始托购文定公集，逾年而得，则残缺过半矣。又求山镌野刻于卫浚之郊，得文定公及公孺、公仪、笴文为多。"① 则可知刘昌所得亦为元至治二年嘉兴路儒学刊本，而残缺过半。对比二书，《中州名贤文表》六卷所录诗文分别见于《秋涧先生大全

---

① 《中州名贤文表》卷二十八刘昌跋语，明成化七年本。

文集》卷一至卷十一、卷十四至卷十七、卷二十一至卷二十三（以上对应卷二十三）；卷三十五至卷四十三（对应卷二十四、卷二十五）；卷四十九、卷五十一至卷五十八（以上对应卷二十六、卷二十七，而文章顺序与元刊本不同）；卷七十一（对应卷二十八），共为三十八卷内容节选，《秋涧先生大全文集》百卷本诗文词曲部分为七十七卷，故与刘昌所谓"残缺过半"大率得当。现存元刊明补本漫漶缺叶严重，虽有明弘治十一年（1498）马龙、金舜臣翻刻本，而阙文处仍多，故《中州名贤文表》本具有较重要的文献校勘价值，今人杨亮等所整理《王恽全集汇校》即利用此本为参校本。

6. 卷二十九至卷三十，孛术鲁翀，每卷卷端题名为"孛术鲁文靖公遗文"。按，据《元史》本传言，孛术鲁翀"有文集六十卷"，而历代书目皆未著录，当从未刊刻，久而散佚。《中州名贤文表》所辑遗文共十五篇，刘昌跋语亦未言及来源，其中九篇见于《元文类》而《大元奉元明道宫修建碑铭》《皇元故武略将军济南冠州万户府千夫长监末赤公神道碑铭》《河南淮北蒙古军都万户府增修公廨碑铭》《普济宫重建麻衣子神宇铭》《镇平县尹刘侯遗爱之铭》《张文忠公归田类稿序》六篇文仅见此书，可见刘昌又进行了搜辑补充，而《元文类》卷四十七《大都乡试策问》则不见于此书，当为漏收。此为孛术鲁翀文集首次搜辑刊刻，文献意义重大，其后缪荃孙即在此基础上重新辑录遗文，扩充为《菊潭集》四卷，收入《藕香零拾》丛书，今人李修生主编《全元文》收录孛术鲁翀文章，亦多以此书为第一底本。

## 三、余　论

刘昌所刊刻的《中州名贤文表》三十卷是明代地方官员整理元集活动的代表性成果，它的成书整体是在倡导文教、保存地方文献的思想指导下完成的。它的价值一方面是在文献意义上，通过具体文本内容的考察，可以看出所辑录的六家文集文献来源比较复杂，最后所呈现的面貌全是经过深度编辑的重编之本，其中不乏后世不存者，可见明代前期北方地区文献散落严重程度，也可知刘昌的辛苦搜辑保存之功。四库馆臣曾极力赞赏刘昌此举云：

考许衡《鲁斋遗书》、马祖常《石田集》、许有壬《至正集》、王恽《秋涧集》，虽尚有传本，而惟《鲁斋遗书》有刊板，余皆辗转传抄，舛讹滋甚，赖此编撷其英华，得以互勘。至姚燧本集五十卷，富珠哩翀本集六十余卷，见于诸家著录者，已久佚不传，独赖此仅存，其表章之功，亦不可泯矣。每集末有昌所作《跋语》数则，亦颇见考订。①

————————
① 〔清〕永瑢等：《四库全书总目》卷一八九《中州名贤文表》，中华书局 2013 年版，第 1715 页。

　　《中州名贤文表》另一方面的价值是在文化意义上。振奋文教，砥砺士风，这是地方官员刻书的最直接目的，刘昌刊行时所作关于六君子为学"有本"的论述，即在一定程度上起到了风化一地士俗的作用，如嘉靖间汴梁人李濂阅览此书后曾感慨："（六君子）诚所谓有本之学、经济之儒，非区区浮藻词华之士可望其万一。钦谟谓其文之行世，如河洛淮济之行地，人固无有御之，不待表之而后传者，盖确论也。……顾吾党之士，为诸先正之乡后进，可不熟读而取法矣乎？"① 此外，这部书规模可观，所包括的六位人物身份分别各有侧重，有理学家、史学家、文学家、政治家等，时代则贯穿了整个元代初中晚期，将他们汇辑成一帙，集中展示了元代中原文士的整体面貌，同时对后世关注中州理学文化渊源起到了思路启发作用，清代两部效仿其例的中州文献汇编续作，皆从理学角度出发，形成了元、明、清三朝的清晰脉络，而其所传递的文化理念被邵松年概括为："夫刊遗文、发潜德，使先贤立言立德永垂简册，儒者之责也；而述前言翼后进，使学者一趋一步，咸有准绳，尤儒者当为之事，不可废也。"② 这也正是大多数地方官员刊刻一地文献的普遍性思想出发点。

　　同时，作为河南首部的断代地域文献总集，《中州名贤文表》所实行的编纂体例也具有强烈的典型意义，其后中原文献的汇总成集，多有以之为标榜范本者，这正是其文献、文化两个方面价值相结合的重要体现。所知有：

　　（一）清光绪十年（1884）湘潭黄舒昺主持睢阳洛学书院时，仿其例收清代孙奇逢、汤斌、耿介、张沐、李来章、张伯行、窦克勤、冉觐、李棠、倭仁十位理学家，分文抄、诗抄、语录并事略、讲义、学规，名《中州名贤集》，共二十五卷。邵松年作序称："名曰《中州名贤集》，仿刘氏意也。"其书意在表章中州理学，今有一九九〇年江苏广陵古籍刻印社影印光绪十年本。

　　（二）清光绪三十年（1904），由于清末政局和社会的剧烈动荡，思想风气也处于一个重要转型期，西学东渐之风甚劲，最后一次科举会试也于当年在河南开封落下帷幕，清政府也于本年颁布《奏定学堂章程》，基本确定废除科举制，曾出任河南学政的海虞邵松年出于对西学的不满，加之中州文献元代有刘昌所搜辑《中州名贤文表》三十卷、清代有黄舒昺《中州名贤集》二十五卷，而明代尚付阙如，遂仿效二书体例辑明曹端、薛瑄、王鸿儒、何瑭、崔铣、尤时熙、孟化鲤、吕坤、张信民、理鬯和十位理学家文为《续中州名贤文表》六十八卷，与所得康熙本《中州名贤文表》同付鸿文书局石印出版。

---

① ［明］李濂：《读中州名贤文表》，《嵩渚文集》卷七十二，明嘉靖间刻本。
② ［清］邵松年：《中州名贤集序》，广陵古籍刻印社1990年影印睢阳洛学书院刊本《中州名贤集》卷首。

# 苏辙《道德真经注》"心性说"探微

杨　晴*

北宋时期，士人对《老子》的研究掀起了一个高潮，与汉代对儒经的研究重视章句不同，这一时期对先秦典籍的研究主要重视义理的阐发。① 苏辙《道德真经注》是北宋众多的《老子》注本中较有代表性的一种，它在融合儒、道、佛诸家学说后对"心性"说有所阐发，体现出北宋新儒学兴起时苏氏蜀学的特征。

苏轼对于其弟苏辙的《道德真经注》称赞有加："使战国有此书，则无商鞅韩非；使汉初有此书，则孔老为一；使晋宋间有此书，则佛老不二；不意晚年见此奇特。"② 苏轼的称赞虽不无过誉之处，但也反映出该注本的儒、道、佛三家思想汇通的明显特征。苏辙被贬筠州时与和尚道全往来颇为频繁，"予年四十有二，谪居筠州，筠虽小州，而多古禅刹，四方游僧聚焉，有道全者住黄陂山，……（道全）行高而心通，喜从予游，常与予谈道，……是时予方解老子，每出一章辄以示全，全辄叹曰'皆佛说也'。"③ 从中我们可以看出该注本的崇佛之倾向，援佛入道并用以阐释儒家之"心性"，其"心性"说也明显有着儒、道、佛三者合流的痕迹，如苏辙在注《视之不见》章时说："人始有性而已，及其与物构，然后分裂四出，为视、为听、为触，日用而不知反其本，非复混而为一，则日远矣。若推而广之，则佛氏所谓六入皆然矣。《首楞严》有云：'反流全一、六用不行'，此之谓也！"④ 在这里苏辙注道家之经典引用佛家之《首楞严》，可以清楚地看出其崇佛之倾向。

考察该注本的"心性"首先可以从苏辙对"道"的体认开始。其注《道可道》章时说："莫非道也，而可道者不可常，唯不可道，而后可常耳。今夫仁义礼智，此道之可道者。不可道，仁不可以为义，礼不可以为智。可道者不可常，

---

* 作者简介：杨晴（1985—　），文学博士，河南财经政法大学文化传播学院讲师，中国古代骈文学会会员，主要从事中国古代文学、文献研究。

① 曹道衡、刘跃进著：《先秦两汉文学史料学》，中华书局 2005 年版，第 226 页。
② 苏辙注，黄曙辉点校：《道德真经注》，华东师范大学出版社 2010 年版，第 95 页。
③ 苏辙注，黄曙辉点校：《道德真经注》，华东师范大学出版社 2010 年版，第 93—95 页。
④ 苏辙注，黄曙辉点校：《道德真经注》，华东师范大学出版社 2010 年版，第 14 页。

不可道则能常。然后在仁为仁，在义为义，在礼为礼，在智为智。可道不常而道不变，不可道之能常如此。"① 这里"道"分为"可道之道"和"不可道之道"，前者就是"仁义礼智"，是具体的伦理道德规范，可以说是"器"，而后者则是一个抽象的概念"道"，它的作用在这里规定着"仁义礼智"，有着无限的普适性，是不可言说的且不变的"常道"，是万物之本源。苏辙认为"道"与"器"是有统一性而又有区别的。苏辙在注《绝圣弃智》章时说："孔子以仁义礼乐治天下，老子绝而弃之，或者以为不同。《易》曰：'形而上者谓之道，形而下者谓之器。'孔子之虑后世也深，故示人以器而晦其道，使中人以下守其器，不为道之所眩，以不失为君子，而中人以上，自是以上达也。"② 苏辙以为"仁义礼智"只不过是孔夫子为"不失为君子"之人所设置的通往"道"的规范而已，就是"器"，而"中人以上"之人则不需要借助这些"器"就能到达明道的境界，显然这里"道"与"器"是分明的。

而"性"则是"道"所衍生出的一个概念，又在某种程度上与"道"有着千丝万缕的联系，"道"作用于人也就是"性"，苏辙注《有物混成》章时说："夫道，非清非浊，非高非下，非去非来，非善非恶，浑然而成体，其在于人为性。"③ 苏辙在注《不出户》章时说："性之为体，充遍宇宙，无远近古今之异。"④ 这说明"性"在空间上有着无限的延展性和时间上的无始无终，可以说"性"是一种永恒的存在。"性"之作用于人，苏辙注《宠辱》章说："性之于人，生不能加，死不能损，其大可以充塞天地，其精可以蹈水火，入金石，风物莫能患也。"⑤ 它不随人的生死而改变，而且其不能为外物所阻挡干扰，"性"是先验的，理性的。"性"又是沟通"道"与人的重要手段，因而，从"性"和"道"的特征上看，"性"是与"道"同源的，当然这种"道"是"不可道之道"。同样，苏辙也认为"性"也存在着体用之分，二者也是相互区别而又相互统一的，如苏辙在注《视之不见》章时说："此三者（视、听、搏）……要必混而归于一，而后可尔。所谓一者，性也。三者，性之用也。"⑥

由于"性"与"道"的同源性，"性"除了拥有与"道"同样的以上特性之外，其还有哪些特征呢？苏辙认为"性"还有着"朴"的特征，他在注《道常无名》章时说："朴，性也。道常无名，则性亦不可名也。"⑦ "朴"即为"质朴"，与"浮华"相对，老子以及苏辙都认为，人的本心都是质朴无华的，人不

① 苏辙注，黄曙辉点校：《道德真经注》，华东师范大学出版社 2010 年版，第 1 页。
② 苏辙注，黄曙辉点校：《道德真经注》，华东师范大学出版社 2010 年版，第 25 页。
③ 苏辙注，黄曙辉点校：《道德真经注》，华东师范大学出版社 2010 年版，第 33 页。
④ 苏辙注，黄曙辉点校：《道德真经注》，华东师范大学出版社 2010 年版，第 57 页。
⑤ 苏辙注，黄曙辉点校：《道德真经注》，华东师范大学出版社 2010 年版，第 13 页。
⑥ 苏辙注，黄曙辉点校：《道德真经注》，华东师范大学出版社 2010 年版，第 13 页。
⑦ 苏辙注，黄曙辉点校：《道德真经注》，华东师范大学出版社 2010 年版，第 40—41 页。

可过于追求浮华，心灵上尤其要保持自己独立的个性，不被外物所迷惑，追求"返璞归真"的境界，"朴"是"性"的本质特征。此外，"性"还有着"向善"的倾向，在苏辙的《道德真经注》中，他回避了自先秦以来的"性善""性恶"之争，主要说"复性去妄"，这也从侧面说明他认为人性有着向善的倾向性，否则他不会不遗余力地倡导"复性去妄"。总之，"性"本身的存在是客观的，是"道"作用于人的产物，有着和"道"一样的某些特性，但又有它自己的"朴"的主要特性，并且还规定着伦理道德。

对于苏辙这一"道"与"性"的观点，南宋的朱熹颇有非议，他专门写了一篇《苏黄门老子解》来辩驳苏辙的"道"，他说："愚谓道、器之名虽异，然其实一物也。故曰'吾道一以贯之'，此圣人之道所以为大中至正之极，且万世而无弊者也。"① 朱熹明确地反对苏辙的"道""器"之分，并进一步地阐明其"道"："愚谓圣人之言道，曰君臣也，夫子也，夫妇也，昆弟也，朋友之交也。"② 其实朱熹所谓的"道"是伦理道德之道，而不是道家哲学中的形而上之"道"。从这样的"道"出发，朱熹所谓的"性"也绝非苏辙主张的"性"，这也就显示出苏氏蜀学与朱氏理学的差异以及苏氏蜀学"心性说"的时代性特征。

再说"复性去妄"。为什么要复性去妄呢？苏辙和老子的立场颇为一致，主要是因为"人性尽伪"和世俗对人"性"的迷惑，才不断地提出复性主张："不以复性为明，则皆世俗之智。虽自谓明，非明也（《致虚极》章）。""万物皆复于性，譬如华叶之生于根而归于根，涛澜之生于水而归于水"（《致虚极》章），"虽天地、山河之大，未有不变坏不常者，惟复于性而后湛然常存矣"（《致虚极》章）、"道之大，复性而足"（《吾言甚易知》章）。

摒弃使人陷于迷惘的事物，回归自然之本性，这是道家所倡导的"人性"之主旨，这也是与佛家禅宗的"见性成佛"暗合的，这一点正是苏辙的《道德真经注》得以融合三家学说的契合点，《坛经》说："自性迷，佛即众生；自性悟，众生即佛。"③ 自心觉悟就是佛，自心不觉悟就是芸芸众生。在"复性去妄"的具体实施手段上，苏辙便援佛入儒道，用这样的观点来"复性去妄"并不是苏辙的独创。早在唐朝韩愈倡导儒家道统复归的时候，李翱已经在他的《复性书》中提到"复性去妄"的命题，显然这是不自觉地借用了佛家之观点，也就是"援佛入儒"的一种形式，李翱只是试图通过构建这样一个系统的"复性观"来最终实现儒家之道统，但是由于中唐以后唐帝国国运的衰微，通过"复性"来实现道统的复归的理念也被束之高阁了。时至宋代，由于欧阳修等人的积极倡导儒家精神和文士社会地位的提高，在人性说中也就为"复性去妄"的产生提

---

① 苏辙注，黄曙辉点校：《道德真经注（附录一）》，华东师范大学出版社 2010 年版，第 98 页。
② 苏辙注，黄曙辉点校：《道德真经注（附录一）》，华东师范大学出版社 2010 年版，第 99 页。
③ 慧能注，郭朋校释：《坛经校释》，中华书局 1983 年版，第 58 页。

供了温床。综观苏辙在《道德真经注》中关于"复性去妄"的主张，笔者认为苏辙主张"复性去妄"分为以下三个步骤：

首先，要在思想上必须认识到世上纷繁的事物对于"穷理知性"是不利的，它们魅惑人的真性情，是虚妄的存在，甚至也要认识到人自身的存在也是虚妄的。苏辙在注《视之不见》章时说："人始有性而已，及其与物构，然后分裂四出，为视、为听、为触，日用而不知反其本，非复混而为一，则日远矣。"① 人们日常使用视觉、听觉和触觉来感知世界，逐渐就会觉得这个世界就是感触的这个样子，而忘记了世界本来的质朴的面目，其在注《致虚极》章说："不以复性为明，则皆世俗之智。虽自谓明，非明也。"② "明"与"非明"已经成为人们克伪尽性的重要标准，苏辙甚至也要人们看到人自身的存在也是一种虚妄，"然天下常患失之本性，而为身唯见，爱身之情笃，而物始能患之……人知性而无坏，而身之非实，忽然忘身，而天下之患尽去，然后可以涉世而无累矣。"这里苏辙否定自身的存在之合理性，表现出他受佛家思想影响至深，不免有些失之偏颇。

其次，要在思想上进行自我更新以实现"性"复归于"朴"。苏辙在注《载营魄》章时说："道无所不在，其于人为性，而性之妙为神，言其纯而未杂，则谓之一；言其聚而未散，则谓之朴，其归皆道也，各从其实言之事，圣人性定而神凝，不为物迁，虽以魄为舍，而神所欲行，魄无不从，则神常载魄矣，众人以物役性，神昏而不治，则神听于魄。"③ "性之妙为神"那些圣人的"神"都是纯而未杂和质朴的，所以他们能够"性定而神凝"，不为外物所迷惑，众人要想达到圣人的这一境界必须在思想上"纯性"，思想上的"纯性"并不是一个主观见之于客观的实践的过程，而是心灵自我净化的过程，苏辙在这一点上主观唯心的色彩过于浓厚，其在注《为学日益》章时说："去妄以求复性，可谓损矣，而去妄之心犹存，及其兼忘此心，纯性而无余。"④ 甚至忘掉"去妄之心"才能真正达到"复性"的目的。

最后，要在行为上"虚静""顺从自然"才能与思想上的"纯性"相为表里，共同达到"去妄"。老子的哲学思想总的倾向即是"顺从自然""无为"，这一点苏辙以自己的见解来诠释老子思想，其在注《反者道之动》章时说："复性则静矣，然其寂然不动，感而遂通于天下之故，则动之所自起也。"⑤ 这种虚静并不是一种完全的静止的状态，而是"顺应自然"之动，即为"虚静"，不顺应自然则会"心动则气伤"。只有在感物应事的过程中固守本性而不为外物所惑，

---

① 苏辙注，黄曙辉点校：《道德真经注》，华东师范大学出版社 2010 年版，第 14 页。
② 苏辙注，黄曙辉点校：《道德真经注》，华东师范大学出版社 2010 年版，第 18 页。
③ 苏辙注，黄曙辉点校：《道德真经注》，华东师范大学出版社 2010 年版，第 10 页。
④ 苏辙注，黄曙辉点校：《道德真经注》，华东师范大学出版社 2010 年版，第 58 页。
⑤ 苏辙注，黄曙辉点校：《道德真经注》，华东师范大学出版社 2010 年版，第 50 页。

才能达到"体性抱神,随物变,而不失其真"的境界。

另外,值得注意的是,苏辙的《道德真经注》主张穷理、尽性、复命三者有机地统一在明道的过程中,而不是各执一端,其在注《致虚极》章时说:"圣人之学道,必始于穷理,中于尽性,终于复命。"① 这里"理"即是"仁义礼智","穷理"只是知道遵守所谓的"仁义礼智"等道德伦理规范,是明道的第一层次,能够做到这些的还只是一些世俗之士,在知道这些伦理规范的基础之上,才能"尽性","尽性"即为"复性去妄"即做到不为外物所蔽,"复命"即为明道的最高境界,悟到"道"。

在这里我们可以清楚地看到,苏辙企图通过"性",把道家的"道"为万物之本源与儒家的伦理道德紧密地结合,并为儒家的道德伦常寻找形而上的理论依据。② 由此我们可知,杂糅了道、佛、儒三家思想的"性",虽然内涵上超出了老子的"道",但是其骨子里的儒家的思想内核没有变。苏辙的《道德真经注》已不再是单纯意义上的注本,而是一部通过注解的形式表达自己心性论的著作。

(《安阳师范学院学报》2012 年第 1 期发表)

---

① 苏辙注,黄曙辉点校:《道德真经注》,华东师范大学出版社 2010 年版,第 18 页。
② 张岂之主编:《中国思想学说史》,广西师范大学出版社 1997 年版,第 235 页。

# 《庄子》"技""道"关系之辨正

刘晓燕*

  《庄子》中有多则关于"技"的寓言故事，常被学者引用以说明审美和艺术创作。技进于道，体道过程与艺术训练过程一致，得道之境界与艺术精神暗合，这是我们所惯于接受的庄子美学研究中的一些基本命题。但值得商榷的是，庄子本身无意于美或艺术，甚至在很大程度上说，庄子有反对美的倾向，其哲学核心——道与艺术是相背离的。有为之"技"与自然无为之"道"，道与艺术精神，对于它们之间的关系，需要我们重新予以梳理。

  庄子哲学的最高目标是道，《庄子》中与"技"相关的寓言是围绕如何得道而展开的。但由于"技"与"艺"的意义混融不分，以往学者对庄子美学思想的探索在很大程度上是围绕此类寓言展开的。欲分析这些寓言，技、道之关系是核心问题。对此，以往学者往往从两个方面进行考察：首先，从认识论的角度入手，认为技进于道，即技是通达道的前提和基础，诸多神妙之"技"之所以能够"与道为一"，是因为施技者长期艰苦习"技"。也就是说，道来自于技，技升华至道，习"技"就是在体道，艺术训练过程和体道过程是一致的。其次，许多学者基于"道是本、技是末"、"艺"高于"技"的判断，将"艺"与"道"对应起来，认为艺术家只有将"技"升华为"与道为一"的境界之后，才能创作出真正的艺术作品。因此，艺术家须重视人格修养，内心专注且看淡功名利禄，追求自由、崇高的艺术境界。彼时，艺术家不拘泥于技巧，不受名利之束缚，其"解衣般礴"的艺术境界与得道之状态并无二致，得道之境界与艺术精神由此相遇合。另外，在《庄子》文本中，神妙之"技"在实施过程中被赋予犹如音乐、舞蹈一般的艺术化的表现，一些学者便将这种比附性的描写称为审美的过程，创作者、欣赏者都可从中获得美的体验，这也成为得道境界与艺术精神相遇合的一个印证。然而，这些论断虽然符合中国古代书画理论，也符合艺术创作规律，却偏离了《庄子》之本意，无法揭示庄子哲学对文艺理论产生影响的根本之所在。

---

  * 作者简介：刘晓燕（1985— ），文学博士，河南财经政法大学讲师，主要研究方向为美学与文艺理论。

不可否认，庄子哲学是中国古代艺术史观、艺术理论的源头之一，对文学、书画创作及理论之影响十分深远。在肯定庄子思想的美学意义的基础上，进一步思考"技""道"之关系，我们会发现其中存在着含混不清的地方。庄子对"技"究竟是怎样的态度，是认为"夫残朴以为器，工匠之罪也"（《庄子·马蹄》），完全否定"技"，还是通过"见者惊犹鬼神"（《庄子·达生》）的赞叹来肯定"技"？庄子之"道"指向混沌无为的本然状态，不同于艺术活动，我们因何说庄子得道之境界是艺术精神？这些问题均值得深入考察。

## 一、何为"技""道"

庄子认为，世界有两种存在形态：一种是"未始有物""未始有封"（《庄子·齐物论》）的形态；另一种是已经分化的经验世界。前者是原初意义上的存在，庄子称为"混沌"。混沌是素朴、无为的，是一种理想的自然形态，实为本体论层面的一种预设。而经验世界中的事物总是千差万别的、分化的。分化的世界显然不符合庄子的理想，但它又确是人们所不得不面对的现实存在。在本体论意义上，庄子试图通过"循道而趋"（《庄子·天道》）来把握经验世界，也就是对分化的事物以道观之，使之回归到未分的视域中来。"道"是庄子哲学的最高范畴，而"技"是经验世界最直接的体现。

在《庄子》中，"技"字所见不多，内、外、杂篇共出现十四次。除《庄子·逍遥游》中"今一朝而鬻技百金"是指使手不龟裂的药方外，其余都是"技艺、技巧"的意思。《说文解字》曰："技，巧也。"又曰："巧，技也。"技、巧二字互训，字义相当。巧字属工部，《说文解字》曰："工，巧饰也。"段玉裁注："引申之凡善其事曰工。"由此可知，"技"表示擅长做某事。

《庄子·天地》云："能有所艺者，技也。技兼于事，事兼于义，义兼于德，德兼于道，道兼于天。"这句话对"技"有明确的表述，那么，何为"能有所艺者"？《说文解字》曰："埶，穜也。从坴丮，丮，持穜之。"段玉裁注："周时六藝字盖亦作埶。儒者之于礼、乐、射、御、书、数，犹农者之树埶也。"由以上可知，"埶"指的是持握种植，"埶"与"藝"是古今字的关系。艺的本义是种植，种植者本着一定的目的、具备一定的技巧去实施操作行为。从中可以看出，当时"技"与"艺"关系紧密，无法截然划分，"能有所艺者"表示某人擅长做某事或具备某种技巧。兼，林希逸解为合二为一[①]。事，郭象注曰"使人人自得其事"[②]，即用心专一、使自然本性得以充分彰显之"事"，而非有意而为之"事"。在庄子看来，"天"即自然法则，"兼于天"与"循道而趋"具有内在的一致性，彰显自然本性之技可兼于事，也可兼于道，技和道由此可以相通。

---

① 《庄子口义》：《景印文渊阁四库全书》，台湾商务印书馆1986年版，第469页。
② 郭庆藩：《庄子集释》，中华书局2013年版，第366页。文中所引《庄子》原文均出于此书。

《庄子·大宗师》云:"夫道,有情有信,无为无形;可传而不可受,可得而不可见;自本自根,未有天地,自古以固存;神鬼神帝,生天生地。"道是天地万物之本原,其存在以自身为根据,其创生万物是自然而然的,没有任何第一推动力的作用。道不能授受,也无法如日常经验之耳闻目见一般,五官感知对其是不起作用的。虽说道恬淡、凝寂且没有具体形态,但道却是真实存在的,在更深广的意义上,道具有无所不包、无所不含之性质。道是"可传""可得"的,可体悟。这样一来,道从创生万物的本原性基础上通往逍遥、自由的精神境界,是进入这种境界的方法和途径。

《庄子》中有多个篇目中描述了体道之法和得道之境界。《庄子·大宗师》通过"颜回坐忘"的故事,对实现"坐忘"的体道过程做了梳理,"堕肢体,黜聪明,离形去知,同于大通,此谓坐忘"。所谓坐忘,须忘掉四肢形骸,去掉聪明,只有消解了感官和心智的阻滞,才可与道融为一体,回归自然本真状态。《庄子·人间世》中通过"颜回将赴卫"的故事对另一种精神境界——心斋做了描述,其要点在于消除私欲,把心境打扫干净,做到"耳目内通而外于心知",也就是耳目向内且心智绝外。耳目本是用来接收外物的,向内便阻断了外物的进入;心智是用来认知外物的,绝外便停止了对外物的认知。当然,庄子并不是说完全不要与外物接触,而是说耳目、心智不要纠结于万物的外在形式。"无听之以耳而听之以心,无听之以心而听之以气!听止于耳,心止于符。气也者,虚而待物者也。唯道集虚。虚者,心斋也。"心斋全在一个"虚"字,即心境空灵,排除种种杂念。也就是说,庄子主张将天地万物的特点、属性、形象和功能全都泯灭于内心,摒除一切事物之间的界限,回归混沌的自然状态。同时,天地万物又都包容于心中,因为万物道通为一而了无分别,道存在于一切事物之中,虽然各种事物的外在形式并不相同,但其中都存在着道,道无所不在。总之,坐忘、心斋既是一种体道方法,也是一种精神境界。体道是从多种角度进行内心修养,得道之精神境界是排除感官、知性、情感活动的自然状态,如此才能体验到生命之本真。

庄子还用多则寓言来探讨体道之法和得道之境界。寓言是谓借他人、他物以寄托己意,将自己的观点寄托于虚设的情境之中,留待读者去体会本意。庄子之寓言大多"皆空语无事实"(《史记·老子韩非列传》),其中与技艺有着直接关联的有十五则。在这些寓言中庄子虚设了"大巧",借擅长某一技巧、具备特殊能力的人或物来阐发其思想。分析这些与技艺相关的寓言是辨析"技""道"关系之关键所在。

## 二、庖丁之"技"不是"有为"之技

如上文所述,"技""艺"同义,表示某人擅长做某事或具备某种技巧。庄子推崇自然无为之道,却用多则寓言来探讨"技",若有技艺操作又岂能无为?《庄子·养生主》中"技"字所见最多，凡三次，而技与道的关系集中体现在"庖丁解牛"这则寓言中。故事首段描写庖丁解牛之技炉火纯青，其动作如舞蹈一般，进刀解牛的哗啦声响、牛骨分离之声富有韵律，堪比"桑林之舞，经首之会"。《桑林》是殷汤乐名，《经首》是尧乐《咸池》中的乐章名，现场展现出一幅"中音"合乐之图景，全无屠夫宰牛的血腥、令人嫌恶之感，无怪乎文惠君赞不绝口。

"臣之所好者道也，进乎技矣"一句，乃是全段的关键之处。首先是对"进"字的理解，郭象认为"进乎技"是将道"直寄"[1] 于技，庖丁"所好者"并不是技。成玄英解"进"为"过"[2]，憨山解"进"为"用"[3]。林希逸认为庖丁之技"自学道得之，而后至于技，非徒技也"[4]。林希逸的解释最为清楚明晰，庖丁的解牛技艺是从学道而得来的。庖丁最初并非专注于学"技"，其根本目标是"道"，在得道之后，其解牛之"技"才能够如此神妙。

在这则故事中，庖丁所施展的神妙之"技"与"有为"的技艺是有区别的。文惠君赞叹"技盖至此乎"，是指日常经验中"有为"的技艺。"有为"之技有两层含义：一是有意而为，意指目的性；二是标准化、程序化的操作流程，须得经过反复学习、操练以致提升。庖丁说他所好的是道，且"进乎技矣"。庖丁是在体道，不刻意去追求解牛之技，也不是由习"技"去见道。也就是说，道并不是从具体的"有为"的技艺活动中升华而来的。当庖丁描述了体道的心得之后，文惠君"闻庖丁之言，得养生焉"，这暗示了庖丁之技的独特维度。庖丁似乎是在描述"技"的习练过程，而实际上是在用"解牛"来比附修"道"过程。

庖丁解牛的关键之处在于"依乎天理""因其固然"。万物各自具有自然之理，为人们理解和把握世界提供了形而上学的前提，而且万物之理也体现在人作用于世界的过程之中。庖丁顺应自然、任物于自然，然后解牛，方可无往而不利。顺应自然之"技"是坐忘、心斋，"天理""固然"即指庖丁通过坐忘、心斋之法以"齐物"。万物混沌不分，经验世界得以进入未分化的视域，"天理"自然而然地内化于心。这样一来，庖丁与牛只能是"以神遇"，而非一般感官的"目视"。庖丁之技秉承道而专注于物我两忘，这与庄周梦蝶的境界是类似的。相比较而言，良庖、族庖专注于积累解牛之经验以提升技艺，不似庖丁逍遥自由。由此我们可以发现，良庖、族庖之举是推"进"的积极过程，而庖丁则是坚持退"守"的消极过程。正是万物所蕴含的"天理""固然"，为游刃有余的解牛过程之所以可能提供了一个前提。也是在这个意义上，退守之"技"得到

① 郭庆藩：《庄子集释》，中华书局 2013 年版，第 112 页。
② 郭庆藩：《庄子集释》，中华书局 2013 年版，第 112 页。
③ 释德清：《庄子内篇注》，华东师范大学出版社 2009 年版，第 63 页。
④ 《庄子口义》：《景印文渊阁四库全书》，台湾商务印书馆 1986 年版，第 389 页。

了肯定。如此一来，"良庖岁更刀，割也；族庖月更刀，折也"，也就不难解释：他们反复更换刀具，经年累月，其"技"始终不能上升至出神入化之境，关键在于未能"循道而趋"，施展顺应自然之"技"。

庖丁解牛最初进入的阶段是"所见无非牛者"，中间经过"三年之后未尝见全牛"，最后达到"以无厚入有间，恢恢乎其于游刃必有余地矣"的境界。对这一过程描写，有学者基于此而得出结论：道是通过技术磨炼、提高而升华所至的一种境界。① "庖丁这种神妙的技巧，不是从虚无中得来的，不是从无知无欲的'心斋''坐忘'状态中产生出来的，而恰恰是他的感官的实践、心和手的实践，使他从感性认识上升到理性认识，逐渐摸索出了解牛的规律。"② 但这里须强调一点，庖丁对上述各个阶段的描述并不是以知识性的论证方式进行的。这些阶段不同于日常生活经验，并非不断了解、熟悉和驾驭的知识性的过程，也并非庖丁对客观对象——牛及其身体结构的认识过程。庖丁所描述的是生命依其自然之性的本真状态。"所谓技中见道或技进乎道的积极的升华过程（所谓修养功夫）在庄子书中其实并不存在，那种自由的逍遥游是由'心斋''坐忘'的看似消极的'守'经验来保证的。"③ 假如我们从认知角度理解庖丁对解牛之技术、规律的认识和把握，便是极大的误解了。若说庖丁欲通过技术操作、实践以得道，而道却指向逍遥自由的精神境界，如此明显的矛盾之处该作何解释？从这个层面来说，庖丁之神技并非现实中的"有为"之技，而是在得道之后才施展出的神妙之"技"，用"有为"之技对应"无为"之道，并非正解。

"在《庄子》当中，有许多让人惊叹的工艺作品和技艺展示。它们的作者全都否认自己出神入化的创作是由于技艺的娴熟，而恰恰是忘怀万物、摒除机巧的结果。"④ 坐忘、心斋才是施展神妙之技的前提，亦即无为之道。"痀偻者承蜩"的寓言中有痀偻者多日苦修的表述，但这并不是在描述积累技艺的过程，而是在突出"忘"的作用，也就是痀偻者的体道过程。痀偻者犹如枯树，两臂如槁木之枝一般，无知觉，忘记了身外的一切，同时也忘记了自己，真正做到物我两忘，才能把所有注意力集中于蝉，也就是"不以万物易蜩之翼"。痀偻者经过体道，粘蝉如在地上拾取一样轻而易举，这都归功于得道。吕梁丈夫游水之技令人叹为观止，他顺着自然本性，"不知所以然而然"，其游水技艺的修炼也是"忘"的体道过程。津人操舟若神，关键也在于"忘"。津人擅长游泳，其操舟技艺也出神入化，皆归功于无物、无我的得道之境界。纪渻子驯养斗鸡至静寂、淡漠似木鸡一般，便可以上场了。反之，东野稷驾车技术很熟练，但他心存功名之念，

---

① 见陈鼓应：《庄子浅说》，生活·读书·新知三联书店1999年版，第79页。

② 张少康：《先秦诸子的文艺观》，上海文艺出版社1981年版，第121页。

③ 张节末：《徐复观对庄子美学的发明及其误读》，载《浙江社会科学》2004年第5期。

④ 孙焘著：《中国美学通史》：先秦卷，江苏人民出版社2014年版，第291页。

既未忘物更未忘我，必然会失败；"金注"者的心思也是巧妙的，但因为对贵重的黄金有所顾惜，其心思反而笨拙了。可见，达到忘物、忘我，方能得道。

凡此种种，都可说明：其一，庖丁不是由技"进于道"，而是得道之后"至于技"。与其说施技者长期艰苦习"技"，毋宁说经过长时间修"道"，得道者才得以施展神妙之"技"。其二，庖丁之"技"是对得道者之境界的比附性描写，而非现实中的技艺。其三，得道须忘物、忘我，庖丁、承蜩者并未刻意去习"技"，只是专注于修道而已。

## 三、"技""道"关系

中国最早关于工艺制作的专著《考工记》在战国时已流传。《考工记》开篇概括了"百工之事"的特点，书中所记载的有官营手工业，有家庭小手工业，且对不同工种进行了分类记述，强调技艺的专门性和器械的实用性。大量考古发现展现了庄子所生活的时代手工技艺的进步。庄子曾任管理漆园的官职，他曾提到"漆可用，故割之"（《庄子·人间世》），"待绳约胶漆而固者"（《庄子·骈拇》），可见他对当时手工技艺的发展情况是有一定了解的。

有学者指出："无论是在哲学的意义还是在美学的意义上，对道家的理解都必须是以对儒家的评判为前提的。"① 儒家制定典章制度和礼制规范，为建构礼乐文化做出诸般努力。典章制度和礼制规范表现在各种繁文缛节之中，而繁文缛节的外在体现则是由技艺所创造出来的各项成果，如青铜器、漆器、服饰、宫室建筑等。从宫室的高度、格局和陈设到青铜器的大小、纹饰及使用数量，再到服饰的颜色、花纹都有严格的规定，礼制规范具体到生活的各个层面。由"铜器那种整齐严肃、雕工细密的图案，我们可以推知先秦诸子所处的艺术环境是一个'错彩镂金、雕绘满眼'的世界。"② 这些方面却都是庄子所反思、批判的。庄子对日常生活中的艺术环境持否定的态度，强调"朴素而天下莫能与之争美"，认为人工制作的"美"仅仅是残缺美。在庄子看来，无论是在日常生活中还是在经验世界里，人的作用都有其局限性，这种局限性内在地构成了无为的根据。尽管社会已经发展到分工很细密的阶段，但庄子认为，混沌是最理想、最完美的状态。庄子主张从充斥着有为之技的现实经验世界退出，回归素朴、无为的混沌状态。在他看来，智能越来越高，技艺越来越巧，也就越远离大道，如此何来自然而然的本真状态，何谈逍遥、闲适的人生。

庄子认为，对技的依赖造成了道的亏损，致使人类背离素朴、无为的自然状态。在《庄子·天地》中，灌园老人坚持抱瓮灌畦。机械用力小、见效快，但会导致"机事"，与彰显自然本性之"事"相悖，"机心"则招致"神生不定者，

① 陈炎：《多维视野中的儒家文化》，山东教育出版社2006年版，第78页。
② 宗白华：《美学散步》，上海人民出版社2005年版，第61页。

道之所不载也"。也就是说，存有机心、陷于机事的人，其自然之性无法完备；如若纯真的自然之性不完备，精神便不会安定。如此一来，是无法得道的。工匠掌握了操作器械的技巧便会意气日盛，逐渐沉溺于名利、外物，难以保养本真之性。欲得道，必须将思想、意念、情感等统统忘掉。否则，形体会逐渐衰败枯萎，进而心灵闭塞不通，再难恢复自然之本性。陶工使黏土"圆者中规，方者中矩"；木匠使树木"曲者中钩，直者应绳"；白玉毁为珪璋，离弃真性而用仁义礼乐，"五色不乱，孰为文采！五声不乱，孰应六律"(《庄子·马蹄》)，所说的都是对自然之道的背离。人们喜好智巧，任"技"驱遣，陷没于习练"六艺"，便不能无为恬淡，从而会背离大道，以至于天下大乱。这些例证都可说明，庄子从道的层面出发，对现实的技艺持否定态度。

许多学者在论及庄子的美学思想时，特别是在引入技艺寓言来说明中国的艺术精神时，已然预设了一个前提：艺术必定是高于技艺、技巧或技术的，实用目的必定低于审美、艺术精神。但实际上，在纯粹艺术观念产生之前的相当长的时期内，技术与艺术是无法截然分开的，对于二者的价值也不可贸然做出评判。就庄子来说，"技""艺"等位，不作高低之分，使其产生高低之别的是道，得道之"技"可超越有为之"艺"。有为之"技""艺"是人们所面对的经验世界的最直接的体现，无为之道是通往理想精神境界的唯一途径，因而，庄子所强调的是一种本体论意义上的超越。

庄子否定有为之"技"在体道过程中的作用，取消了现实技艺在其理想世界中的地位，从而站在了反艺术的立场上。颜昆阳在《庄子艺术精神析论》中指出："庄子不像西方美学家，将'美'或'艺术'视为知识客体，而加以正面、直接、明白的思考及论断。他也不像儒家，以'音乐'作为特定的艺术对象，去探求它的起源、内涵、技巧及功用。甚且，从庄子书中，还可以看出庄子贬斥一切落实于物象而被世俗视为艺术的成品。"[①] 在庄子看来，有为之"艺"用一种有意而为的方式去改造这个世界，与"循道而趋"是彼此排斥的。理想的方式，是顺自然之道，不是有意而为之的有为之"艺"。《庄子·齐物论》所谓天籁之音，是天地间万物的自鸣之声，自然而然地发声、消失，没有任何意志力在其中起作用，岂是丝竹管弦之乐可比拟的？天籁是道的直接显露，是在身心俱遣、物我两忘之自然状态下才可体悟到的，全程无须感官和情感的参与。《庄子·胠箧》中师旷、工倕、离朱一类人，陷没于外物、技巧而背离大道，终日东奔西忙，不得自由。在庄子看来，扰乱六律、销毁乐器、塞住乐师的耳朵；毁文饰、散五彩、粘住离朱的眼睛；断钩绳、弃规矩，折断工倕的手指，如此摒弃诸般智巧，然后才可保全本真之态。也就是说，毁掉用节奏、旋律创作的音乐作

---

① 颜昆阳：《庄子艺术精神析论》，华正书局1985年版，第1页。

品，用语言文字创作的文学作品，用色彩、线条创作的绘画作品，彻底否定人为创作的艺术作品，才是真正切合《庄子》之本义的。

庄子肯定神妙之"技"，否定"有为"之技。既然技、艺同义，否定"有为"之技也就是否定"有为"之艺术。从逻辑上说，摒弃技巧、技艺的"道"同艺术精神是无法直接遇合的。艺术家追求自由、崇高的境界，须摆脱精神束缚，任性情驰骋，这样的艺术精神同得道境界有着某些相似之处，但两者毕竟有本质区别。艺术家通过耳听感受节奏和旋律，通过目视感受线条和色彩，只有经由感官才能将对生命和自然的体悟转化为艺术创作。同时，艺术家是情感异常丰富的人，对自然、生命和爱恨有着非同寻常的体验，敏感且激烈。艺术家苦练技法直至忘却技法，是达到艺术升华的先决条件，感官形象、情感诉求是艺术创作、欣赏的重中之重。而对于体道、修道来说，这些都是需要完全排除的。中国画除过皴、擦、钩、斫、丝、点、渲、染、烘、托这样一套用笔、用墨的基本技法之外，还有各种具体的技术方法。而宋元君未见到如上技法中的任何一种，仅从画史"不趋""不立"而泰然自若的"解衣般礴"之态，便得出画史是"真画者也"（《庄子·田子方》）的结论。"真画者"静心养性，排除外物、杂念的干扰，达到自由之境，亦即得道者。从这个层面来说，得道境界具有形而上学的意义，是艺术家进行创作时的一种理想的艺术精神境界。我们不能否认，庄子思想具有回归自然，"法天贵真"（《庄子·渔父》）的美学意义，对于中国古代文学、书画创作及理论产生了深远的影响。也正因此，"尽管道家的道德修养本身与审美体验不同，但是前者可以启发出相应的艺术，转化出相应的美学。古代受道家思想影响的艺术家就创作出许多美的作品；受道家思想影响的艺术理论家也从道家思想转化出不少美学的范畴和命题，由此产生了具有道家精神的美学，这种美学可以被称作广义的道家美学。"① 庄子美学的正确位置应落实于此。

庄子主张排除一般的知性、感官、情感方面的活动，达到形如槁木、心如死灰、无物无我之本真状态，回归自然。在这种状态之下，任何现实的艺术创作都是无法也不必进行的。因而，技艺积累不能升华至道，体道过程与艺术训练过程不一致，得道之境界与艺术精神也不能简单相遇合。在技道关系与艺术、艺术精神关系的对称性结构中，二者显然不在同一个层面上。总而言之，我们不可只是着眼于《庄子》文本中合乎审美、艺术规律的只言片语，若仅仅关注到这些言论与审美活动、艺术创造相契合的表象，却忽视了对"技""道"之关系的把握，则难免失之偏颇，而且无法复原和准确定位庄子在中国美学思想史上的地位与价值。

（《河北学刊》2015 年第 4 期发表）

---

① 陈本益：《谈儒道佛三家思想的道德性——兼谈道家思想本身并不是美学》，载《社会科学战线》2011 年第 1 期。

# "邮，驿名"训释辨正

## ——《孟子注疏》的一个误字和误读

### 魏庆彬*

## 一、"邮，驿名"的出现

《孟子注疏》旧题宋孙奭疏，"邮，驿名"一句，出自该书《公孙丑上》疏文：

> 邮驿名云境上舍也又云官名督邮主诸县罚负①

自此以后，"邮，驿名"三字，被视作"邮"字之训，为后人所引用：

1. 邮亭，《孟子》孙奭疏：邮，驿名。《释名》：亭，停也，道路所舍人停集也。②

2. 孔子曰："德之流行，速于置邮而传命"……注疏曰："……邮，驿名，境上行书舍也。"③

可见明代人已用"邮，驿名"为训，并以为出自《孟子注疏》。这一用法又被后人继承，如《汉语大字典》"邮"字：

邮：1 古代传递文书、供应食宿和车马的驿站。《说文·邑部》："邮，境上行书舍。"《广雅·释诂四》："邮，驿也。"《孟子·公孙丑上》："德之流行，速

---

* 作者简介：魏庆彬（1988—    ），文学博士，河南财经政法大学文化传播学院讲师，主要从事经学文献与佛教文化方面研究。

① ［清］阮元：《十三经注疏附校勘记》，中华书局 1980 年版，第 2685 页。

② ［明］袁翼：《邃怀堂全集》，《续修四库全书》第 1515 册，上海古籍出版社 2002 年版，第 425页。

③ ［明］葛寅亮：《孟子湖南讲》，《续修四库全书》第 163 册，上海古籍出版社 2002 年版，第 354页。

于置邮而传命。"孙奭疏："邮，驿名。"①

再如《汉语大词典》"邮"字：

邮：1 驿站。古时设在沿途，供出巡的官员、传送文书的小吏和旅客歇宿的馆舍。马传曰置，步传曰邮。《孟子·公孙丑上》："孔子曰：'德之流行，速于置邮而传命。'"孙奭疏："邮，驿名。"②

## 二、"邮，驿名"训释质疑

以上所引，训"邮"为"驿名"，皆以为出自《孟子注疏》。那么，《孟子注疏》以前，有把"邮"训作"驿名"的么？按"邮"字最早训释见《说文解字·邑部》：

邮，境上行书舍。从邑、垂。垂，边也。③

最初，"邮"字指设于边境上传递文书的机构。后不限区域，凡此类机构皆称"邮"。颜师古曰："邮，行书之舍，亦如今之驿及行道馆舍也。"④ 另，"邮"字指"行书者"，当是传递文书的机构或渠道。《汉书·京房传》："房意愈恐，去至新丰，因邮上封事。"颜师古注："邮，行书者也，若今传送文书矣。"⑤ "邮"字还用作官号和姓氏，如《龙龛手鉴》卷八："邮，音尤，境上舍也。亦督邮，古官号也。又姓。"⑥

以上义项，以前两种最为常见。而"邮，驿名"这一用法，唯见于《孟子注疏》后。

## 三、"云……又云"失却主语

未能在古训中找到"邮，驿名"，或许所见未备。不过，还有一点值得注意。依"邮，驿名"点断：

邮，驿名。云"境上舍也"，又云"官名，督邮，主诸县罚负"。

---

① 汉语大字典编辑委员会：《汉语大字典》，湖北长江出版集团2010年版，第4028页。
② 汉语大词典编辑委员会：《汉语大词典》，上海辞书出版社1992年版，第643页。
③ ［汉］许慎：《说文解字》，中华书局1963年版，第132页。
④ ［汉］班固：《汉书》，中华书局2013年版，第3397页。
⑤ ［汉］班固：《汉书》，中华书局2013年版，第3165页。
⑥ ［辽］释行均：《龙龛手鉴（朝鲜本）》，《异体字研究资料集成》一期别卷二，雄山阁出版株式会社1996年版，第321页。

这里出现了"云……又云……"的句式，以此句式进行说明或训释，在《孟子注疏》中很常见，如：

1. 《史记》云："周襄王十六年，晋文公重耳立，是为元年。"又云："晋献公五年伐骊戎……"（《孟子注疏》卷第一下）

2. 《笺》云："昆夷，夷，狄国也，见文王之使者将士众，过巴国则惶怖惊走，奔突入柞棫之中而逃，甚困剧也。"又云："駾，突也；喙，困也……"（《孟子注疏》卷第二上）

3. 杜注云："堂阜，齐地，西北有夷吾亭，或曰鲍叔解夷吾缚于此。"又云："高傒，齐卿高敬仲也。"（《孟子注疏》卷第三上）

"又云"之"又"承上之词，三例分别是《史记》又云、《笺》又云、杜注又云，无一例外在"云"前皆有一名词（人名或者书名）作主语，否则不知何人或何书所云。回头看《孟子注疏》：云"境上舍也"，又云"官名，督邮，主诸县罚负"。"云"和"又云"均无主语，两处引文横空出世，与全书此类句式不合。

## 四、"驿名"当作"释名"

如果《驿名》是书名，就可以这样断句：

邮，《驿名》云："境上舍也。"又云："官名，督邮，主诸县罚负。"

历史上没有《驿名》这本书，但这个思路提示我们："驿名"可能是"释名"之误。如《四库全书》本《孟子注疏》径改"驿名"为"释名"①，如此则怡然理顺，可惜未作说明，不知何据。近人黄文弼亦认为：

宋孙奭疏引《释名》（今本'释'读作'驿'）云："邮，境上舍也"；又云："官名督邮，主县罚负"。（按刘熙《释名》无此语，当系引书昭《辨释名》，又引见《御览》二五三职官部。）②

此处亦改"驿"作"释"，而今本《释名》并无"邮"字。且后者据《太平御览》，认为"主诸县罚负"句当出自《辨释名》。今检《太平御览》卷二五三"督邮"条：

---

① ［宋］孙奭：《孟子注疏》，《文渊阁四库全书》第195册，上海古籍出版社2003年版，第70页。
② 黄文弼：《释居庐訾仓》，《国学季刊》1935年第5卷第2期。

韦昭《辨释名》曰："《释》云：督邮，主诸县罚以负督邮殷纠摄之也。"①

《辨释名》今佚，清人马国翰有辑本。书中多处"释云（曰）""辨云（曰）"对举，马国翰述其体例云：

此编以汉刘熙《释名》解有不合者，辨而正之。隋、唐《志》皆一卷，今佚。辑录二十五节，其二十三节皆论辨官制。先列《释名》原文，后加"辨曰"以别之，其无者，引文脱也。②

据此，"主诸县罚负"句为《释名》原文，《辨释名》则是转引③。进而可知，《孟子注疏》"云"前主语为《释名》无疑，"驿名"当为"释名"之误。

## 五、"驿"为"释"字之误

如果以上仍属推论，那么，检验早期版本无疑是最可靠的。

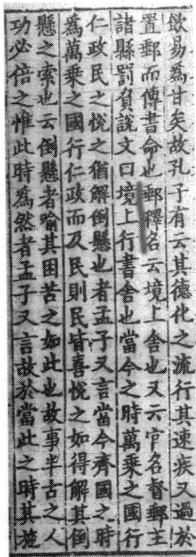

越刊八行本

吴氏丛书堂抄本

---

① ［宋］李昉：《太平御览》，中华书局1995年版，第1192页。
② ［清］马国翰：《玉函山房辑佚书》卷六二，清光绪九年（1883）长沙娜嬛馆刊本。
③ 又按《六臣注文选·长笛赋》（四部丛刊本），李善注：韦昭《释名》曰："督邮，主诸县罚负邮殷纠摄之也。"《新校订六家注文选》亦据《御览》更定为：韦昭《辨释名》："《释》曰：督邮，主诸县罚，负邮殷，纠摄之也。"亦以韦昭为转引。后附校记，可资参考。

《孟子注疏》现存最早版本为越刊八行本，为宋刻元明递修本，题名《孟子注疏解经》。此书现存三种：国家图书馆、北京大学图书馆各藏此书残本，台北故宫博物院藏有此书全本。另外，国家图书馆还藏有明吴氏丛书堂抄本《孟子注疏解经》，所据底本亦是越刊八行本，极具参考价值①。经过查验，发现两种《孟子注疏》皆作"邮释名"。

## 六、结　语

综上可知，今本《孟子注疏》"驿"字实为"释"字之误，据越刊八行本，此段文字应读作：

邮，《释名》云："境上舍也。"又云："官名，督邮，主诸县罚负。"

自"释"字误刻为"驿"后，就被点断为"邮，驿名"，随后被当作"邮"字的训释而广为流传，为后人误引误用。积非已久，当据越刊八行本更正。

（《中国典籍与文化》2017 年第 4 期发表）

---

① 李俊岫：《试析八行本〈孟子注疏解经〉的版本价值》，载《儒家典籍与思想研究》2013 年第 00 期。

# 以《观卦》辨析《论语》的"观"

赵　华*

对于《论语》中"观"字内涵，研究者的理解存在较大分歧。以杨伯峻先生《论语译注》为代表，这一种解释方案是把 11 个"观"字统一训为"观看"。① 另一种解释方案是随文作注，以成书于宋季的《论语注疏》以及清人刘宝楠的《论语正义》为代表。但是，上述方法都存在一些问题。前者无视具体语境的限制，流于粗疏；后者割裂了各"观"字之间的内在联系，失之琐碎。《论语》为语录体，主要记载了孔子及其弟子的言行。凡孔子所言"观"字，须有内部相通之处，方可一以贯之的前后沿用。就方法层面而言，以《周易》来训释《论语》字义的方法并非笔者首创，如《论语正义》以为《子路》篇的"君子泰而不骄"的"'泰'训'通'，见《易·序卦》"。② 今天有的学者将"诗可以观"的"观"，与《易经·观卦》直接联系起来，③ 这对于本文颇具启示意义。

## 一、《观卦》的启示

《易经》对于孔子思想体系的形成，有着不可忽视的重要性。"鲁国穆姜搬家，先要用《周易》占筮（《左传·襄公九年》）；叔孙穆子刚出生，也用《周易》卜筮（《左传·昭公二年》)"。④ 以上两事分别发生于公元前 564 年、公元前 540 年，而孔子大约生活在公元前 551 年至公元前 479 年。在这种文化氛围中，"信而好古"的孔子深受古代典籍的影响，很早就对《易经》产生浓厚的兴趣，

---

\* 作者简介：赵华（1985—　），文学博士，河南财经政法大学文化传播学院讲师，主要从事先秦两汉文学，中国古代文学理论等方面研究。

① 杨伯峻：《论语译注·论语词典》，中华书局 1980 年版，第 134 页。本文所引用《论语》的原文均出自此书。

② ［清］刘宝楠：《论语正义》，中华书局 1990 年版，第 547—548 页。

③ 黄震云：《中国经典诗学的现代科学阐释——读傅道彬〈诗可以观：礼乐文化与周代诗学精神〉》，见《文艺评论》2011 年第 4 期。

④ 杨伯峻：《论语译注·试论孔子》，中华书局 1980 年版，第 10 页。

与弟子交流对话时对《易经》信手拈来，<sup>①</sup> 晚年总结学《易》心得，"五十以学《易》，可以无大过矣"（《述而》），折射出昔日探索《易》理时的艰难曲折。至于说，《史记·孔子世家》称："孔子晚而喜易，《序》《彖》《系》《象》《说卦》《文言》。"这就是所谓孔子著"十翼"，统称《易传》，是后世研究《易经》不可或缺的材料。然而，"《易传》的著作时代至早不得过战国，迟则在西汉中叶"（顾颉刚《周易卦爻辞中的故事》），故其不能视为孔子对《易经》的解读，应立足于卦爻辞本身。

关于《观卦》的卦名，《说文解字·见部》称："觀，从見，雚声。"<sup>②</sup> 声符既原为象形字自亦有义，这种义隐没在声的后面了，以故后人可以由声求义。<sup>③</sup>有研究者指出，"疑萑雚一字，雚于萑加注声符'吅'"。<sup>④</sup> 赵诚先生的《甲骨文简明辞典》称："萑，或增'吅'为雚，即后代之觀。构形不明，甲骨文之用作祭品之名，亦用作该祭品进行祭祀之名。"<sup>⑤</sup> 祭祀常在庙宇内进行，因此后代与宗教相关的建筑物称"观"，如《史记·封禅书》提到的"上令长安则作蜚廉桂观，甘泉则作益延寿观"。<sup>⑥</sup> 作为庙宇，"观"比一般建筑物高大，后来引申出宫廷大门外两旁的高大建筑物的意思。《尔雅·释宫》称"观谓之阙"，"宫门双阙"，<sup>⑦</sup>《三国志·魏书·文帝纪》曰"'当涂高'者，魏也；象魏者，两观阙是也；当道而高大者魏"，<sup>⑧</sup> 皆可为证。

"观"字的生成与祭祀相关，而祭祀时场面宏大。作为名词时，"观"指庙宇等高大的建筑物；作为动词，它指观看高大或盛大之物。这一点在《观》的对卦《临》上也是所体现的。《说文·卧部》谓"临，监也"，"监，临下也"，<sup>⑨</sup> 临、监互训，临是居于高处而俯视低处的意思。观则反是，主体身处下方，向上仰观。

探索文字的起源，有助于笔者管窥"观"的特性，进而推衍出《易经·观卦》的宗旨。为了便于解读，兹录卦爻辞全文于下：

观：盥而不荐，有孚颙若。

初六，童观，小人无咎，君子吝。

六二，窥观，利女贞。

---

① 《论语·子路》称"不恒其德，或承之羞"，出自《恒卦·九三》。

② ［汉］许慎撰，［清］段玉裁注，许惟贤整理：《说文解字注》，凤凰出版社2007年版，第714页。

③ 王锺陵：《中国前期文化——心理研究》，上海古籍出版社1991年版，第105页。

④ ［汉］许慎撰，汤可敬释：《说文解字今释》，岳麓书社2001年版，第503页。

⑤ 赵诚：《甲骨文简明辞典》，中华书局1988年版，第244页。

⑥ ［汉］司马迁撰，［宋］裴骃注，［唐］司马贞索隐、张守节正义：《史记》，中华书局1959年版，第1400页。

⑦ ［清］阮元校刻：《十三经注疏》，中华书局1980年版，第2597页。

⑧ ［晋］陈寿撰，［宋］裴松之注：《三国志》，中华书局1959年版，第64页。

⑨ ［汉］许慎撰，［清］段玉裁注，许惟贤整理：《说文解字注》，凤凰出版社2007年版，第679页。

六三，观我生进退。

六四，观国之光，利用宾于王。

九五，观我生，君子无咎。

上九，观其生，君子无咎。①

　　首先，所观之物兼有高、大、多的特点。卦辞谓"盥而不荐，有孚颙若"。"盥"，是洗手的意思。荐，即"献牲"，②向神灵进献祭品。"孚"，"信也"，③意为诚信。"颙若"，形容高大、威严之貌，如《诗经·大雅·卷阿》"颙颙卬卬"，《小雅·六月》"其大有颙"。④主体的卑微与客体的高大，形成了一种巨大的差异，令观者不由心生敬畏。古人认为，"国之大事，在祀与戎""敬在养神"。⑤李炳海先生指出，《观卦》卦辞叙述的是祭祀场面，进行祭祀的人员用水洗手，准备向神灵奉献祭品。祭祀者内怀虔诚，显得庄严肃穆。祭祀人员众多，场面盛大，祭祀礼仪繁富，气氛凝重庄严，是盛大、崇高的观察对象。⑥

　　在爻辞中，被观之物以高大为主，兼具多的特点。初六提到"童观"，儿童身材矮小，其接触到的世界高于、大于己身。六二，"窥观"谓"一孔之见"。⑦主体自小孔、缝隙或隐蔽处观看，其所见大于观察的处所。六四，主体观察到的"国之光"，指典章制度、政教风俗等，"'吴季札聘鲁，请观于周乐''晋韩起聘鲁，观书于太史氏'，皆'观国之光'之事也"。⑧作为上层建筑，"国之光"囊括诸多事项，为崇高、盛大之物。总而言之，"所观者大，则利多弊少，可以免于灾患，不会出现凶险的结局"。⑨

　　"常道曰经，述经曰传"。⑩通过《易传》，我们能够更为深入地理解《易经》。《系辞》称"大观在上"，《序卦》谓"物大然后可观，故受之以《观》"。⑪段玉裁对此提出异议，以为"物多而后可观"。⑫几种解释之间的矛盾并非不可调和，在早期文献中，事物的高、大、多等不同属性可以浑融一体、彼

---

　　①　［清］阮元校刻：《十三经注疏》，中华书局1980年版，第36页。如无特殊说明，本文所引用的《易·观》原文部分均出自此书。

　　②　周振甫：《周易译注》，中华书局1991年版，第76页。

　　③　［汉］许慎撰，［清］段玉裁注，许惟贤整理：《说文解字注》，凤凰出版社2007年版，第203页。

　　④　李炳海：《〈诗经〉解读》，中国人民大学出版社2008年版，第298、424页。

　　⑤　杨伯峻：《春秋左传注（修订本）》，中华书局1990年版，第861页。

　　⑥　李炳海：《周易古经注解考辨》，华夏出版社2017年版，第149页。

　　⑦　周振甫：《周易译注》，中华书局1991年版，第77页。

　　⑧　［清］李道平撰，潘雨廷点校：《周易集解纂疏》，中华书局2004年版，第234页。

　　⑨　李炳海：《周易古经注解考辨》，华夏出版社2017年版，第151页。

　　⑩　［梁］刘勰著，黄叔琳注，李详补注，杨明照拾遗：《增订文心雕龙校注》，中华书局2000年版，第529页。

　　⑪　［清］阮元校刻：《十三经注疏》，中华书局1980年版，第96页。

　　⑫　［汉］许慎撰，［清］段玉裁注，许惟贤整理：《说文解字注》，凤凰出版社2007年版，第714页。

此兼容。《卫风·硕人》"硕人其颀","硕，大也",① "颀，身材修长",② 该句赞美了"庄姜的身材高大"。③ 显然，"硕人"是高大并举。《小雅·出车》称"采蘩祁祁","祁祁"为"众多"貌。④《小雅·吉日》谓"其祁孔有","祁，大也"。⑤ 在这里，事物的大以及多都以"祁"字来表示，可知这两种属性之间有相通之处。《桧风·隰有苌楚》"猗傩其枝","猗傩"即"婀娜"，意为高而多。⑥《商颂·那》"猗与那与","猗"是声音高亢的意思，"那"通"娜"，为众多之象。⑦ 事物的高与多两种属性并举，至后代生成联绵词"婀娜"。因此，"大观在上""物大然后可观""物多而后可观"，三种读解可以彼此贯通。

其次，只有主体处于相对低下的位置，断语才会吉利。在初六爻位上，"童观，小人无咎，君子吝"。童蒙幼稚，对社会自然的理解是肤浅的。"小人"，处于社会下层，对于社会的理解原本就不够深刻，所以"童观"不会引起"灾祸"。⑧ 相反，"君子"身居高位，对世界的认知不可能如"小人"一般浅显。如果也去"童观"，则不免于"疵"，⑨ 而遭遇艰难。"六二，窥观，利女贞"。在古代父权社会，"男主外，女主内"，女子主要管理家庭内部事务，无须深入了解外部世界。"窥观"所得有限，正与女子的社会地位相合。而且，六二是阴爻之位，处于单卦的中间，最终结果是利于长期居于家中的女子"卜问"。⑩ 与君子相比，女子的社会地位较为低下，顺应了《观卦》六二爻位的宗旨，所得结果是吉利的。"六四"，"利用宾于王"。"用宾"，表明观者主动将其自身置于从属、随顺的地位，不采取主动，更不去占据领导地位，是一种谦下的姿态，因而结果是吉利的。

最后，"童观""窥观"由于视角、视野的问题，所观必然有限。"国之光"则涵盖诸多事项，"自细视大者不尽",⑪ 故其所得不免于片面，也间接限制了主体的观察方法。一是前文提到的仰观，二是以小见大、见微知著。《观》《临》两卦是对卦，临为居高临下地俯视，观则反是，观察者身处下方，向上仰观。在初六爻辞中，由于身高的原因，儿童不得不仰观外界。《易经·系辞上》曰"仰以观于天文",⑫ "天文"既高且大，符合前文对于所观客体特性的论断。与初六

---

① ［汉］许慎撰，［清］段玉裁注，许惟贤整理：《说文解字注》，凤凰出版社2007年版，第422页。
② 李炳海：《〈诗经〉解读》，中国人民大学出版社2008年版，第120页。
③ 李炳海：《〈诗经〉解读》，中国人民大学出版社2008年版，第122页。
④ 李炳海：《〈诗经〉解读》，中国人民大学出版社2008年版，第122页
⑤ ［清］阮元校刻：《十三经注疏》，中华书局1980年版，第430页。
⑥ 李炳海：《〈诗经〉解读》，中国人民大学出版社2008年版，第243页。
⑦ 李炳海：《〈诗经〉解读》，中国人民大学出版社2008年版，第511页。
⑧ ［汉］许慎撰，［清］段玉裁注，许惟贤整理：《说文解字注》，凤凰出版社2007年版，第670页。
⑨ ［清］李道平撰，潘雨廷点校：《周易集解纂疏》，中华书局2004年版，第102页。
⑩ ［汉］许慎撰，［清］段玉裁注，许惟贤整理：《说文解字注》，凤凰出版社2007年版，第227页。
⑪ ［清］郭庆藩撰，王孝鱼点校：《庄子集释》，中华书局1961年版，第572页。
⑫ ［清］阮元校刻：《十三经注疏》，中华书局1980年版，第77页。

爻位相比，六四已居于高位，"观"相应地上升到了社会实践的层面"用宾于王"。既然所观所知为小，则其所图所谋为大，在方法论上表现为以小见大，见微知著，如《左传·庄公十年》"夫大国，难测也，惧有伏焉。吾视其辙乱，望其旗靡，故逐之"，①《韩非子·说林上》"圣人见微以知萌，见端以知末，故见象箸而怖，知天下不足也"，②《吕氏春秋·察今》"见瓶水之冰，而知天下之寒"。③孔子所学甚广，这一方法自然为其所掌握。

综上所述，《观卦》的"观"主要包含了三重意蕴：被观的客体可以兼具崇高、盛大、繁多的三重特性，从事观的主体则相对低下、渺小；观者怀敬畏之心；仰观是第一观察手段，而以小见大、见微知著的观察方法更具有现实性和社会价值。

## 二、《论语》"观"字意旨

在《论语》的"观"中，除《子张》篇的"虽小道，必有可观者"语出子夏外，其余10例皆出自孔子之口。就被观察对象的性质而言，它们分别涉及个人与社会两个不同的领域。以此为分类标准，下文将先论述个体的"观"的意旨。

《学而》谓"父在，观其志；父没，观其行"。对于"观其志"，孔安国释为"父在，子不得自专，故观其志而已"，然而"在心为志"，④志气居于人的内部世界，不能直接观察到，需要借助一些方法。《逸周书·官人》提到"方与之言，以观其志"，具体而言，"志向大而深的，他的语气宽缓而柔和，他的仪态恭俭而不谄媚，他的礼貌在人之前，言语在人之后，愿表现出自己的不足，叫作日益进步者；喜欢以脸色临人，用其实压人，用言语胜人，遮掩自己的不足，夸耀自己的才能，叫作日益退步者。他的性格刚直而不轻慢，他的言辞公正而不偏袒，不装饰自己的优点，不隐瞒自己的缺点，不遮掩自己的过错，叫作有质者；他的外表邪曲而谄媚，他的言语精心而巧妙，修饰那些鲜为人知的事情，求取小证以维护自己的观点，叫作无质者。"⑤所谓观志，主要是通过语气、言辞、仪态、行止等外部细节，来窥探一个人的志向、意志。

"观其行"，亦见于《公冶长》篇"听其言而观其行"。"宰予昼寝"，孔子讥其"朽木不可雕也，粪土之墙不可圬也"，此为听言观行之法的由来。然而，

①　［清］阮元校刻：《十三经注疏》，中华书局1980年版，第1767页。
②　［清］王先慎撰，钟哲点校：《韩非子集解》，中华书局2003年版，第180页。
③　王利器：《吕氏春秋注疏》，巴蜀书社2002年版，第1772页。
④　［清］刘宝楠：《论语正义》，中华书局1990年版，第27页。
⑤　黄怀信：《逸周书校补注译》，西北大学出版社1996年版，第332页。

宰我思想深刻，① 仅就"昼寝"一事，而下"朽木""粪土之墙"之类的断语，未免言过其实。从方法论的角度来看，孔子的观人之术是见微知著。同时，这也是将《里仁》篇"观过，斯知人"的理论付诸实践。

《泰伯》子曰："如有周公之才之美，使骄且吝，其余不足观也已。"《子路》谓"小人骄而不泰"，《卫灵公》称"小不忍"，其中"包括吝财不忍舍"。② 可见，"骄且吝"是"小人""小不忍"的行为，不符合被观对象须高大的要求，自是"不足观也"。

《为政》："视其所以，观其所由，察其所安。""瞻，视也"，③ 瞻、视互训。《论语·尧曰》称"尊其瞻视"，亦可为证。"瞻"，从目从詹。《尔雅·释诂》谓"詹，至也"。④ "瞻"，是目之所至、眼之所及的意思。因此，"视"是人的眼睛对外物不加采择地看。

"观"，如前所述，含由下而上的仰视之意。"察，覆审也"，"取覆而审之，从祭为声，亦取祭比详察之意"；⑤ 又"覆，从而，复声。而，覆也，从一者，天也，上覆而不外乎天，凡而之属皆从而"，⑥ 所以察是居高临下的仔细察看。视、观、察，是从不同的角度来观察他人，此即钱穆先生所谓"孔子教人以观人之法，必如此多方观察"。⑦

《颜渊》称"察言而观色"。观与察的要义不复赘述，这里主要探讨"色"与"言"的高下次序问题。《宪问》谓"贤者辟世，其次辟地，其次辟色，其次辟言"。"色"被置于"言"的上一等，可知二者有高下之别，也与前文察下而观上的论断相符。以上所论"观"字，均与个人生活紧密联系，而下文将转入对社会领域的"观"字意旨的辨析。

《八佾》称"禘自既灌而往者，吾不欲观之矣"。在解释《易·观》的"盥而不荐"时，李道平点明"祭祀之盛，莫过于初盥降神"，后引《论语·八佾》篇"禘自"句为证，谓"此言及荐简略，则不足观也"。⑧ 这表明，"不欲观"的"观"字意旨与《观卦》的理念相通。子曰："居上不宽，为礼不敬，临丧不哀，吾何以观之哉？"换言之，"居上宽""为礼敬""临丧哀"为可观之象。在下文，笔者分三段来解释。

---

① 《八佾》哀公问社于宰我。宰我对曰："夏后氏以松，殷人以柏，周人以栗，曰使民战栗。"《阳货》宰我问："三年之丧，期已久矣。君子三年不为礼，礼必坏；三年不为乐，乐必崩。旧谷既没，新谷既升，钻燧改火，期可已矣。"《雍也》宰我问曰："仁者，虽告知曰'井有仁焉'，其从之也？"
② 杨伯峻：《论语译注》，中华书局 1980 年版，第 177 页。
③ ［汉］许慎撰，［清］段玉裁注，许惟贤整理：《说文解字注》，凤凰出版社 2007 年版，第 237 页。
④ ［清］阮元校刻：《十三经注疏》，中华书局 1980 年版，第 2568 页。
⑤ ［汉］许慎撰，［清］段玉裁注，许惟贤整理：《说文解字注》，凤凰出版社 2007 年版，第 594 页。
⑥ ［汉］许慎撰，［清］段玉裁注，许惟贤整理：《说文解字注》，凤凰出版社 2007 年版，第 624 页。
⑦ 钱穆：《论语新解》，三联书店 2002 年版，第 36 页。
⑧ ［清］李道平撰，潘雨廷点校：《周易集解纂疏》，中华书局 2004 年版，第 227 页。

首先，解释"居上宽"的成因。《说文解字》谓"上，高也"，① 《尔雅·释诂》"天、帝、皇、王""公、侯，君也"。② 这里与"天"并举的诸人皆"居上"位，而"天尊地卑""卑高以陈"，③ 因此"居上"必高。"宽"，即"宽则得众"（《论语·阳货》《论语·尧曰》），④ 此谓"人君之事，无为而能容下"。⑤宽则包容、宽容，"容乃公，公乃王，王乃天"。⑥ 天，"从一大也"。⑦ 显然，"居上宽"为高大之象，也是可观之象。

其次，分析"为礼敬"的意义。李泽厚先生指出，"'敬'即畏敬"，"源于上古的'巫术礼仪'"，"直到孔子和《论语》一书，'敬'仍然保留了对神明的畏惧、恐怖、敬仰的情感特征"。⑧ "为礼敬"，此言从事礼仪活动必须保持敬畏之心，与《观卦》宗旨相合，成为可观之物。最后探讨"临丧哀"。一方面，丧礼本身就是场面盛大，人员繁多，礼仪宏富，"始死、小敛、大敛、殡、葬"，可谓"委屈详备繁多"。⑨ 另一方面，"临丧则必有哀色"，"礼不下庶人，刑不上大夫"，⑩ 而"君子勤礼，小人尽力；勤礼莫如致敬，尽力莫如敦笃"，⑪ 孔子的弟子子张也讲"士见危致命，见得思义，祭思敬，丧思哀"，所以"临丧哀"是居于高位的士大夫礼仪，是盛大繁多的可观之象。

最后，《阳货》子曰："诗，可以兴，可以观，可以群，可以怨。迩之事父，远之事君；多识于鸟兽草木之名。""兴观群怨"是文学理论史上的重要议题，对"观"的解释向来很多，如"观风俗之盛衰"（郑玄），"观盛衰"（《诗赋略序》），"考见得失"（朱熹），等等。在其他文献中，诗"可以观"的相关疏证主要是《左传·襄公二十九年》"吴公子札""观于周乐"。⑫ 前文提到，季札观乐为"'观国之光'之事"，则诗"可以观"能与《观卦》六四爻位的宗旨相通。"远之事君"与"用宾于王"，两者义理相通也是不言自明。所以，对于"兴观群怨"的"观"，可以结合《观卦》六四爻位的宗旨加以考察。

除了上述孔子的"观"外，《子张》篇中的子夏也提到"可观"之物，他说："虽小道，必有可观者焉；致远恐泥，是以君子不为也。"句中的"小道"，

---

① ［汉］许慎撰，［清］段玉裁注，许惟贤整理：《说文解字注》，凤凰出版社2007年版，第2页。
② ［清］阮元校刻：《十三经注疏》，中华书局1980年版，第2568页。
③ ［清］阮元校刻：《十三经注疏》，中华书局1980年版，第75页。
④ 杨树达：《论语疏证》，江西人民出版社2007年版，第52页。
⑤ 杨树达：《论语疏证》，江西人民出版社2007年版，第53页。
⑥ ［魏］王弼注，楼宇烈校释：《老子道德经注校释》，中华书局2008年版，第36页。
⑦ ［汉］许慎撰，［清］段玉裁注，许惟贤整理：《说文解字注》，凤凰出版社2007年版，第1页。
⑧ 李泽厚：《新版古代中国思想史论》，天津社会科学院出版社2008年版，第95页。
⑨ ［清］朱彬撰，饶钦农点校：《礼记训纂》，中华书局1996年版，第658页。
⑩ ［清］阮元校刻：《十三经注疏》，中华书局1980年版，第1249页。
⑪ 杨伯峻：《春秋左传注（修订本）》，中华书局1990年版，第861页。
⑫ 杨树达：《论语疏证》，江西人民出版社2007年版，第297、298页。

前人多解释为"诸子书",班固用以指代"小说家者流",所谓"小能小善,虽有可观","致远则泥,君子故当志其大者"。由此看来,"可观"采取的标准是大,所表达的理念是"物大然后可观"。综上所述,《论语》的"观"字,其内涵与外延不逾由《易经·观卦》所确立的宗旨。

### 三、余论:君子慎其所观、非礼勿观

在《易经·观卦》中,被观客体兼具崇高、盛大、繁多的三重特性,从事观的主体则相对低下、渺小,观者心中因而满怀敬畏,观察时以小见大、见微知著。《易经·观卦》要求行动主体满怀敬畏之心,以谦卑的姿态处世,这一宗旨逐渐演化为君子慎其所观、非礼勿观。《国语·周语》载,周穆王将征犬戎,祭公谋父谏:"先王耀德不观兵。"韦昭注:"不以小小示威武也。"① 兵强马壮,军容盛大,征战是军国大事,确实是可观之象,但是行动主体缺乏敬畏心理,征战的最后结果是"自是荒服者不至"。② 宏大、繁盛的布武之象虽可观,却必须持有审慎敬畏之内心,君子应慎其所观。

在孔子看来,"克己复礼为仁",后者细化为"非礼勿视,非礼勿听,非礼勿言,非礼勿动",意谓"视听言动,古人皆致慎之,所以勉成德行"。③ 这是从慎其所观,发展为非礼勿观。秉持这种原则,孔子著《春秋》记载鲁隐公五年,"公观鱼于棠"之事。对此,《穀梁传》曰:"非常曰观。礼,尊不亲小事,卑不尸大功。鱼,卑者之事也,公观之,非正也。"注:"非礼即非正。"④《左传》书曰:"公矢鱼于棠,非礼也,且言远地也。"⑤ 捕鱼不是祭祀与兵戎等重大事项,是常事而不可观,鲁国君主前往观赏,不符合礼制规范,留下了不好的历史名声,君子应非礼勿观。

总之,"观"字在《论语》中反复出现,具有一以贯之的使用方式和相对稳定的内涵外延,应结合其他文献,通过文献内证,来对其加以辨析。在儒家视野中,君子慎其所观、非礼勿观,是由谨慎敬畏的内在心态,发展为以礼节观的外化规范,其起源可以追溯到《易经·观卦》。

---

① 徐元诰撰,王树民、沈长云点校:《国语集解》,中华书局 2002 年版,第 2 页。
② 徐元诰撰,王树民、沈长云点校:《国语集解》,中华书局 2002 年版,第 9 页。
③ [清] 刘宝楠:《论语正义》,中华书局 1990 年版,第 484 页。
④ [清] 钟文烝撰,骈宇骞、郝淑慧点校:《春秋穀梁经传补注》,中华书局 1996 年版,第 41 页。
⑤ 杨伯峻:《春秋左传注(修订本)》,中华书局 1990 年版,第 44 页。

# "理"中寻趣

## ——朱子"理趣诗"及其理学内蕴

薛子平[*]

朱熹出佛入老，泛滥百家，并能追尊道统，在中国思想史上、文学史上都有着重要的地位，其诸多思想观念在现代仍然有着重要的启示作用。本论文拟以朱子诗歌中的"理趣诗"为切入点，一方面论述朱子"理趣诗"的特色，另一方面研究其"理趣诗"蕴含的理学内涵，通过此种方式具体感受朱子渊博的学识以及高深的思想。

### 一、朱子"理趣诗"的特点

首先，需要明确一个概念，就是何为"理趣诗"？"理趣诗"与哲理诗又有什么区别？所谓哲理诗就是诗人用以表达哲学观点或是反映哲学道理的诗。而理趣诗则是表达哲学观点或是反映哲学道理，并且具有感染力，能够激发读者审美情趣的诗。理趣诗属于哲理诗，但并非所有的哲理诗都可以称为理趣诗。

现存文献中，最早提出诗歌要讲求"理趣"这个观点的是南宋包恢的《答曾子华论诗》一文。包恢在此文中言道："古人于诗不苟作，不多作。而或一诗之出，必极天下之至精，状理则理趣浑然，状事则事情昭然，状物则物态宛然。"[①] 其认为古人"极天下之至精"的诗从内容上来说，无论是状理、状事、状物，必定要达到一定的要求，单就状理之诗来说，则需要做到"理趣浑然"。"理趣"这个词本身包含了两个层面的意思，理是内容要求，趣是表达形式的要求，合而言之，"理趣"即是要通过特定的形式表达"理"，从而使诗富有感染力，使读者获得一种阅读的轻松欣悦之感。

有些哲理诗，因为不注重表达形式而使诗歌显得毫无感染力，这类诗以东晋时代流行的玄言诗为代表，如孙绰《答许询》组诗。以其第一首为例，"仰观大造，俯览时物。机过患生，吉凶相拂。智以利昏，识由情屈。野有寒枯，朝有炎

---

* 作者简介：薛子平（1987— ），文学博士，河南财经政法大学讲师，元代文学学会会员，主要从事中国古典文献等方面的研究。

① ［宋］包恢：《敝帚稿略》卷二，台湾商务印书馆股份有限公司1969年版。

郁。失则震惊,得必充诎"①,确实称得上"理过其辞,淡乎寡味",毫无诗"趣"。而看五代后梁高僧布袋和尚的《插秧诗》"手把青苗插满田,低头便见水中天。六根清净方为道,退步原来是向前",其借助农夫插秧不断后退说明了人生中有时后退是为了更好地前进,通过这样一种类比的形式使诗歌鲜活生动,既含哲理,也饱含诗"趣",得"理趣"之妙。

朱子的理趣诗在众多诗人的理趣诗中别具一格,一方面其表现手法是由理化境(此境为具体的情景物事的概括),而不是借物(或借事、借景)说理,这既与朱子本人出入理学,注重格物有关,又与其精通百家,"胸中有丘壑"相关;另一方面,其诗歌语言以"平淡自然"为主,在陶渊明、韦应物、柳宗元等人的基础上更进一步,登峰造极。

由理化境的表现手法是朱子理趣诗最大的特点。理趣诗由来有自,许多著名的诗人都曾写过此类诗歌,比如苏东坡,在此且以其《题西林壁》为例:"横看成岭侧成峰,远近高低各不同。不识庐山真面目,只缘身在此山中。"② 这首诗是苏轼被贬官,从黄州到汝州任团练副使,经过九江游览庐山之后的真切感受,表达出一定的哲理,耐人寻味。又如王安石,也曾写过一些理趣诗,如《登飞来峰》:"飞来山上千寻塔,闻说鸡鸣见日升。不畏浮云遮望眼,自缘身在最高层。"③ 诗歌抒发了诗人登高望远,见到浮云无法遮挡的美景时的感慨,这首诗既包含登高望远的人生哲理,也暗含了作者自诩在政治上高瞻远瞩,并不惧怕奸邪作梗的勇气。这两首诗在表现手法上是由具体的境(此境亦是具体的情景物事的概括)而及理。而朱子的理趣诗在表现手法上侧重于将理化为境。朱子一些理趣诗所描绘的景、事并非是其当时当地的所见所闻。如《春日》一诗:"胜日寻芳泗水滨,无边光景一时新。等闲识得东风面,万紫千红总是春。"④ 单看诗歌的描绘,似乎是作者在水滨游春时的所见所感。但对"泗水"二字略加推敲,即可看出实际上并非如此。朱子生于宋高宗建炎四年(1130),在朱子生活的年代北方被金国统治,其是不可能在泗水边游春的。"泗水"隐喻着圣人之道。朱子这首诗的真正意图大概是说圣人之道能够像春风滋养万物一样催发人生的生机,人应当不断追寻圣人之道,从而使境界不断提升。作者在此用了水滨游春的场景暗喻了其欲表达的哲理。再以朱子最为人乐道的理趣诗《观书有感》两首七言绝句为例:"半亩方塘一鉴开,天光云影共徘徊。问渠哪得清如许?为有源头活水来。""昨夜江边春水生,艨艟巨舰一毛轻。向来枉费推移力,此日中流

① 逯钦立辑校:《先秦汉魏晋南北朝诗》,中华书局 2013 年版,第 899 页。

② [清] 冯应榴辑注:《苏轼诗集合注》,上海古籍出版社 2001 年版,第 1155 页。

③ 李之亮补笺:《王荆公诗注补笺》,巴蜀书社 2002 年版,第 961 页。

④ 刘永翔校点:《晦庵先生朱文公文集》(《朱子全书》第 20 册),上海古籍出版社、安徽教育出版社 2002 年版,第 285 页。

自在行。"① 读这两首诗，如果先略过题目，虽然能够朦胧地从诗歌描绘的场景中感受到一些哲理，但却很难坐实具体关乎哪一方面。加上题目，作者所欲表达的内在意义也就清晰地呈现出来，使读者豁然开朗，并且感到境、理相合，无比贴切。这都是因为作者在写这些诗歌时是先有理，后用最适合的现实场景加以描述所致。

朱子有时并不注重对"理"的明确表达。如《偶题》三首即是如此。朱子对于自己游览的地方所在往往会在诗名中显现，如《西郊纵步》《苓溪道中》《百丈山六咏》等，而《偶题》三首既没有注明所游的地点，所描绘的又非一时一地之景，可见此组诗是类似于《观书有感》的理趣诗，只是所含之理非一，故用《偶题》概括言之。其第一首云："门外青山翠紫堆，幅巾终日面崔嵬。只看云断成飞雨，不道云从底处来。"② 这首诗的表面意思是断成飞雨的云是由底处上升的水汽积累而来的，是有根源的。但因为没有明确的题目，这首诗隐喻的具体哲理，便难以卒断，只能感悟到其大概是说修身或是治学应该讲求持之以恒的积累。

朱子"理趣诗"的另一特色是语言风格的平淡自然，这一点与其由理化境的表现手法相得益彰。

元代的李淦在《文章精义》中高度评价朱子的诗"音节从陶、韦、柳中来，而理趣过之，所以不可及。"③ "理趣过之"，就是说陶渊明、韦应物、柳宗元的诗中也都有"理趣"，只是朱子的"理趣诗"更为出色。而"音节"指的是什么？就是指诗歌的语言特色，陶渊明、韦应物、柳宗元诗歌语言特色总体表现为自然与平淡，李淦认为朱子诗歌的语言特色同样是如此。朱子的诗歌的语言风格确是朴素无华，不求雕饰，平易流畅，"理趣诗"将这一点表现得更为突出，如"暖翠乍看浑欲滴，寒流重听不胜清。个中有趣无人会，琴罢尊空月四更"(《游密庵分韵赋诗得清字》)④ 显现出陶渊明"此中有真意，欲辨已忘言"的无穷韵味；"溪上寒梅应已开，故人不寄一枝来。天涯岂是无芳物，为尔无心向酒杯"⑤ 投射出一种生活气息，这里面既有淡淡的哲理，也蕴含着淡淡的乡愁。

朱子的这些诗歌几乎不用充满逻辑性的思维、抽象性的语言进行哲理阐述，

① 刘永翔校点：《晦庵先生朱文公文集》(《朱子全书》第20册)，上海古籍出版社、安徽教育出版社2002年版，第286页。
② 刘永翔校点：《晦庵先生朱文公文集》(《朱子全书》第20册)，上海古籍出版社、安徽教育出版社2002年版，第302页。
③ 王水照：《历代文话》(第2册)，复旦大学出版社2007年版，第1186页。
④ 刘永翔校点：《晦庵先生朱文公文集》(《朱子全书》第20册)，上海古籍出版社、安徽教育出版社2002年版，第502页。
⑤ 刘永翔校点：《晦庵先生朱文公文集》(《朱子全书》第20册)，上海古籍出版社、安徽教育出版社2002年版，第56页。

只是用平凡的语言娓娓道来。这种语言风格与题材的日常生活化、意象的内敛、境界的平易相配合，形成平淡自然的诗境，使得诗歌不刻意说理而理趣盎然。有时一首诗从头到尾未明显露出一个理字，但其描绘的场景投射出一股勃勃生气，充满理趣，让人精神振奋。如"擘开苍峡吼奔雷，万斛飞泉涌出来。断梗枯槎无泊处，一川寒碧自萦回"①（《偶题》三首之二）一诗让人体味到人生的磨难犹如风浪，即便来势汹汹，也总有雨过天晴的时候，不妨以平常心坦然面对，此诗理、趣并茂，极富感染力。

钱钟书比对过唐宋两代诗歌的不同，认为"唐诗多以丰神情韵擅长，宋诗多以筋骨思理见胜"②。严羽也曾说"唐人尚意兴，而理在其中"③。观朱子的理趣诗，极富形象性，不执着于说理然无不含理。所以朱子的"理趣诗"有着唐诗的丰神情韵。

## 二、朱子"理趣诗"的释道因子

朱子年少时曾受道家与佛家思想的影响，后来虽然寄身于儒学，但道家与佛家思想文化的一些因子却保留在了思想当中并且体现在作品中，这一点在其诗歌中有显现。"理趣诗"作为朱子诗歌的一部分，正因为含有道家与佛家的思想文化的因子，才呈现出一股清新超脱之气。

佛家思想对朱子理趣诗的影响主要体现在兴悟之趣。

朱子年少时曾研习佛学，这在《朱子语类》中还留有许多的痕迹，如卷104记录其"十五、六时，亦常留心于此"④（此，指佛家）。

钱钟书曾经探讨过理与诗的关系，并将之与佛家学说相结合，其言道"理之在诗，如水中盐，蜜中花，体匿性存，无痕有味，现相无相，立说无说，所谓冥合圆显。"⑤ 简言之，就是将"理"悄无声息地融入诗歌当中，观之不显，品之有味。朱子的诗歌正有这方面的特点。邱蔚华在《朱子诗佛禅情结诗性视界探微》一文中指出朱子的"理趣诗"中含有以禅悟思辨思维的兴悟之趣。邱蔚华以《春日》为例，认为此诗"以山水风物为诗歌骨架肌理，以阐传理学思想之灵魂的言说方式与某比丘尼悟道诗（尽日寻春不见春，芒鞋踏遍陇头云。归来笑拈梅花嗅，春在枝头已十分）借日月、山河、花草等传释禅情、禅意在活出观

① 刘永翔校点：《晦庵先生朱文公文集》（《朱子全书》第20册），上海古籍出版社、安徽教育出版社2002年版，第553页。
② 钱钟书：《谈艺录》，中华书局1984年版第1版，第2页。
③ 郭绍虞校释：《沧浪诗话校释》，人民文学出版社1983年版第2版，第148页。
④ 郑明校点：《朱子语类》（《朱子全书》第17册），上海古籍出版社、安徽教育出版社2002年版，第3437页。
⑤ 钱钟书：《谈艺录》，中华书局1984年版第1版，第231页。

照、强调顿悟的言说方式何其相似。①《春日》后两句也成为禅宗语录中的名句。所以，朱子诗歌中的"理趣"有时需要禅悟式的赏鉴。

然而，朱子的理趣诗与佛家的禅悟诗仍然有明显区别。禅悟诗有时注重对固定思维、日常逻辑的超越。试看唐代曹洞宗创始人之一的名僧本寂的一首《无题诗》："焰里寒冰结，杨花九月飞。泥牛吼水面，木马逐风嘶。"这首诗描写了四种不可能出现的场景，借以说明华严圆融无碍的法界观，具有奇趣，里面充满对固定思维、日常逻辑的超越。与佛家的禅悟诗不同的是，朱子的理趣诗包蕴的哲理有时虽不明说，却使读者容易领悟，这些诗并不注重甚至轻视思辨与逻辑的超越性。所以朱子的理趣诗不但充满奇趣，并且亲切可感。

道家思想对朱子理趣诗的影响主要体现在忘言之趣。

朱子年少时也曾受道家思想的影响。王利民在《从〈牧斋净稿〉看朱子的道教信仰》一文中总结出道家对朱子诗歌的影响，一方面"慕道山栖、离绝尘累的道门宗风使其早期诗歌表现出雅尚隐逸的世外高情，流露出高逸澄清又不免凄冷孤寂的韵味"；另一方面"热烈的道教情感给他的诗歌染上了浪漫的色彩"②。具体体现在"理趣诗"当中，则是忘言之趣与清新的风格。朱子有时会像陶渊明一样沉浸于无言的境界中，如"为客厌城市，还家辞世纷。朝昏何所见？但有四山云"③（《刘德明彦集祝弟以夏云多奇峰为韵赋诗戏成五绝》）；"若问明朝事，西山晻霭中"④（《舟中晚赋》）。淡淡的哲思融化在淡淡的忘言之趣中，使其诗歌呈现出自然清新的风格。

朱子在给即位之初的宋孝宗上的封事中有这样一段话："陛下毓德之初，亲御简策，不过风诵文辞，吟咏情性，又颇留意于老子、释氏之书。夫记诵词藻，非所以探渊源而出治道；虚无寂灭，非所以贯本末而立大中。帝王之学，必先格物致知，以极夫事物之变，使义理所存，纤悉毕照，则自然意诚心正，而可以应天下之务。"⑤朱子在学术上以理学为宗，是出于其政治理想，因为只有理学能够格物致知，极事物之变，用之修身可以正心诚意，用之治理国家则可以应天下之务，而释道两家不能起到"贯本末而立大中"的作用。但在文学尤其是诗歌创作中，朱子却无法也无意摆脱佛道两家思想的影响，道家老庄忘言之趣，佛家禅宗禅悟思辨伴随着朱子理学的"格物"内核，共同汇聚于"理趣诗"当中，使其理趣诗带有一种清新超脱的美感。

① 邱蔚华：《朱子诗佛禅情结诗性视界探微》，载《东南学术》2016年第3期。
② 王利民：《从〈牧斋净稿〉看朱子的道教信仰》，载《宗教学研究》2002年第4期。
③ 刘永翔校点：《晦庵先生朱文公文集》（《朱子全书》第20册），上海古籍出版社、安徽教育出版社2002年版，第419页。
④ 刘永翔校点：《晦庵先生朱文公文集》（《朱子全书》第20册），上海古籍出版社、安徽教育出版社2002年版，第399页。
⑤ ［元］脱脱：《宋史》，中华书局1977年版，第12752页。

## 三、朱子"理趣诗"的理学意蕴

朱子的理趣诗的理学意蕴是其"格物穷理"的认识论。

"格物穷理"是朱子的重要思想，朱子在《大学章句》中对其有详细的阐述："右传之五章，盖释格物、致知之义，而今亡矣。闲尝窃取程子之意以补之曰：'所谓致知在格物者，言欲致吾之知，在即物而穷其理也。盖人心之灵莫不有知；而天下之物莫不有理。惟于理有未穷，故其知有不尽也。是以《大学》始教，必使学者即凡天下之物，莫不因其已知之理而益穷之，以求至乎其极。至于用力之久，而一旦豁然贯通焉，则众物之表里精粗无不到，而吾心之全体大用无不明矣。此谓物格，此谓知之至也。'"① 所谓"致知在格物"就是要将客观事物纳入认识的范围。侯外庐在《宋明理学史》中认为朱子"格物穷理"的"物"，是指天理、人伦、圣言、世故。格物致知的目的，即是掌握天理、人伦、圣言、世故的道德之善②。但对天下之事、物之理不能有清晰透彻的认识，便达不到格物的目的，朱子也说过"虽草木亦有理存"，如果不参透草木器用之理，则无法参透天理、人伦、圣言、世故之理。

"格物穷理"是渐进式而非顿悟式的过程。朱子认为无论是孔子思想的核心"克己复礼"，还是《中庸》所主张的"致中和""尊德性""道问学"，《大学》所主张的"明明德"，侧重点虽然有所不同，其本质与核心则是相同的，就是"明天理，灭人欲"。想要使天理明朗，就必须通过格物的方式灭人欲。"今日格一物，明日格一物，正如游兵攻围拔守，人欲自消铄去。"③ 由此可见，"格物穷理"是一个长期艰巨的过程。

但通过何种方式实现这个过程？朱子提供了"格物"的步骤，首先要即物而穷其理，然后再"因其已知之理而益穷之"，这说明朱子认为不同事物的理与理之间具有相关性、相似性。这种事物的理之间的相关性、相似性正是朱子"理趣诗"得以成型的思想根源。朱子有着"理一分殊"的命题。其言道"只是此一个理，万物分之以为体，万物之中又各具一理"④。《新编中国哲学史》对此解释道"这个分不是剖分，而是万物各自禀有规定自身之一理，'分'既表明物物之性'未尝不殊'，但又统之以'天下之理未尝不一'，在'分'中体现'理'之广大精微。"⑤ 物是如此，天下间的事未尝不如此。正因为天下之理有相同处，

---

① ［宋］朱子：《四书章句集注》，中华书局 1983 年版，第 7 页。

② 侯外庐：《宋明理学史》，人民出版社 1997 年版，第 400 页。

③ 郑明校点：《朱子语类》（《朱子全书》第 14 册），上海古籍出版社、安徽教育出版社 2002 年版，第 367 页。

④ 郑明校点：《朱子语类》（《朱子全书》第 14 册），上海古籍出版社、安徽教育出版社 2002 年版，第 3126 页。

⑤ 冯达文：《新编中国哲学史》，北京出版社，2004 年版，第 71 页。

譬如读书积累到一定境界就能够懂得规律、懂得事理，与原来众人推移都不动的朦胧，如今借助风力在江中自在行驶的事理有相通处，朱子的理趣诗《观书有感》才能写得如此形象生动。前面提到的包恢曾从朱子游学，其提出"状理则理趣浑然"是否受到朱子影响也在可推敲之列。

"格物穷理"有时能将一种"理"化繁为简。朱子在《答袁机仲论〈启蒙〉》中写道："忽然夜半一声雷，万户千门次第开。若识无中含有象，许君亲见伏羲来。"[1] 朱子这一首诗若是用言语解释清楚，恐怕连篇累牍也未必将意思说明白，然而朱子用一个形象的比喻就将"坤复有无，动静窍妙"解释清楚了，这一方面是因为这个比喻与"坤复有无，动静窍妙"的道理相同；另一方面也是朱子格物"一旦豁然贯通焉，则众物之表里精粗无不到，而吾心之全体大用无不明矣"的成果。

既然诸多的"理趣诗"中映射出朱子穷理格物的成果，那么格天理、人伦、圣言、世故的成果是否能用"理趣诗"显现呢？

朱子格天理、人伦、圣言、世故的成果主要体现在《斋居感兴二十首》当中。朱子在《斋居感兴二十首》序言中言道："余读陈子昂《感寓》诗，爱其词旨幽邃，音节豪宕，非当世词人所及。如丹砂空青、金膏水碧，虽近乏世用，而实物外难得自然之奇宝。欲效其体，作十数篇，顾以思致平凡，笔力萎弱，竟不能就。然亦恨其不精于理，而自托于仙佛之间以为高也。斋居无事，偶书所见，得二十篇。虽不能探索微眇，追迹前言，然皆切于日用之实，故言亦近而易知。既以自警，且以贻诸同志云。"[2] 即是说朱子作此诗是为了"切于日用之实"。但实际上，其所追求的"精于理"的"日用之实"，并非是指日常衣食住行，而是贯穿了天理、人伦、圣言、世故的理学。此组诗第一首云："昆仑大无外，磅礴下深广；阴阳无停机，寒暑互来往。皇牺古神圣，妙契一俯仰；不待窥马图，人文已宣朗；浑然一理贯，昭晰非象罔。珍重无极翁，为我重指掌。"[3] 这首诗首先以磅礴深广的昆仑指代浩瀚无垠的宇宙，在时间长河中，阴阳造化、寒来暑往这些天地间的生成与变化从未停歇。直到伏羲出现，仰观宇宙之大，俯察万物变化，肇开人文，引领人们走出蛮荒时代。其创制八卦用来象征世间的万物之理，清楚明白，为后人寻求贯穿万事万物之理指引了方向。如今朱子去探寻世间的万物之理，也需从伏羲处寻找根源。这首诗提纲挈领，揭示了天地四方、往古来今"浑然一理贯"。

---

[1]　刘永翔校点：《晦庵先生朱文公文集》（《朱子全书》第20册），上海古籍出版社、安徽教育出版社2002年版，第528页。

[2]　刘永翔校点：《晦庵先生朱文公文集》（《朱子全书》第20册），上海古籍出版社、安徽教育出版社2002年版，第360页。

[3]　刘永翔校点：《晦庵先生朱文公文集》（《朱子全书》第20册），上海古籍出版社、安徽教育出版社2002年版，第360页。

此组诗以此为起点，探究世间规律，对人生修养、历史兴亡、治国之道、学术源流、人文教育都有所涉及。以其第十二首为例，"《大易》图象隐，《诗》《书》简编讹；《礼》《乐》轫交丧，《春秋》鱼鲁多。瑶琴空宝匣，弦绝将如何？兴言理余韵，龙门有遗歌。"① 这首诗表达了朱子对于《六经》的看法，体现了朱子的经学造诣。其并不盲目推崇《六经》，认为《六经》各有缺陷，以《易》为例，《易》缺少与经相配的图，所以意义隐晦难明。故此，朱子曾将从陈抟处传出的《河图》《洛书》作为《先天图》绘制于其所作的《周易本义》卷首，以明《易》旨。如果前两首诗所论的万物之理、世间规律是纲、是体，那么后十八首诗所论的人生修养等方面则是目、是用。朱子这组诗用精微严整的语言展现了其理学和史学的精髓，与东晋的玄言诗相比，这些诗歌言之有物，在内容方面有太多的超越。元代赵孟頫曾将此组诗写成书法卷轴，自然是"心有戚戚焉"。

这组诗中的大部分篇章可以称得上是哲理诗，却难以称为理趣诗。一方面，内容太过于"精于理"、语言太过于精微就削弱了诗歌的兴悟之趣与忘言之趣；另一方面，越接近理之体就越难用平凡的场景去描摹，所以这组诗直抒己见，省却了描摹比拟、以理化境的过程。

总之，朱子在即物而穷其理的过程中，勘透不同事物的理与理之间具有相关性、相似性，其在诗歌创作中巧妙地运用此种相关性、相似性，营造出言此即彼、言有尽而意无穷的效果。因此，朱子格物所领悟的事物之间的相关性、相似性正是其理趣诗以理化境的思想根源。

## 结　语

朱子的"理趣诗"是其诗歌中较有特色的部分，确有不同于前人之处。其用充满生活气息、富有形象的语境将"理"完全融化于其中，有理趣而无理障。从艺术层面来看，释、道两家文化因子与儒学正统思想互相渗透，彼此融合，为其诗歌注入了兴悟之趣与无言之趣。从思想层面来看，"理趣诗"与朱子"致知在格物"的主张相关，正因为朱子在追求终极之理的过程中，能够对世间万物之理有透彻的了解，所以才能够将理趣诗写得如此理趣并茂。

透过"理趣诗"这个切面，能够对朱子渊博的学识有所了解，对其"格物穷理"的理学修养有所领略。作为现代人，要不断从朱子的思想、文学中汲取养分，在增广见闻的同时不断思考、不断融会贯通世间之理便是其中之一义。

---

① 刘永翔校点：《晦庵先生朱文公文集》（《朱子全书》第 20 册），上海古籍出版社、安徽教育出版社 2002 年版，第 362 页。

# 近代"中华民族"观念的阶段性嬗变及其理论建构

## 王新立[*]

近代中国由于国势衰微，西方列强相继入侵，面临着生死存亡的民族危机，数千年来以爱国为核心的民族感情开始迸发，原本模糊、淡薄的民族意识开始逐渐觉醒。在中国历史文化中第一次出现了"中华民族"这样的整体概念，而且在近代的发展嬗变中，其理论建构也随之在不断演进深化。本文拟对"中华民族"观念和其理论建构在近代的演变轨迹，及其历史意义进行探析。

## 一、生成阶段：以建立民族国家为目的

"中华民族"作为一个整体概念，最早出现在清末梁启超的文章中，"齐，海国也。上古时代，我中华民族之有海权思想者厥惟齐"[①]（《中国学术思想变迁之大势》），这并不是说"中华民族"的概念是在近代突然出现的，而是与中国数千年来就存在的"自在的民族实体"[②] 密切相关，是中国历史文化与近代西方民族主义理论相结合的产物。"中华"是"中国"与"华夏"的合称，"中国"本没有近现代史上的国家含义，而是指中央之地，较早出现在周朝初期，在当时周武王的一次祭天告文中有"余其宅兹中国，自之辟民"[③] 之语，再如《诗经》中有"民亦劳止，汔可小康，惠此中国，以绥四方"之句，《孟子》中有"夫然后之中国，践天子位"等，刘熙为对此作注认为"帝王所都为中，故曰中国"，"中国"在当时多指帝王所居之地，自认为是居于天下中心的都城，是一个带有地理性质的概念。"中国"被赋予国家的含义，较早出现在西汉《史记·大宛列传》中，只是当时居于中原的汉朝与周边国家有或册封，或附属关系，并没有把"中国"与其他各国平等对待，这种状况在两宋时期发生了变化，宋王朝与辽、西夏长期处于战争状态，在处理二者关系时，对"中国"的使用，有了更接近

---

　　* 作者简介：王新立（1980—　　），文学博士，河南财经政法大学讲师，主要研究方向为晚清民国文学与文化。

① 张品兴：《梁启超全集》，北京出版社 1999 年版，第 573 页。
② 费孝通：《中华民族的多元一体格局》，载《北京大学学报》1989 年第 4 期。
③ 于省吾：《释中国》，中华书局 1981 年版，第 1 页。

于近代的国家概念，如北宋石介在《中国论》中有"居天地之中者曰中国，居天地之偏者曰四夷"之语，元代自称为"中国"，称日本、高丽、安南、缅甸等邻邦为"外夷"，虽然"四夷""外夷"仍然带有一些轻视之意，但相对于"普天之下，莫非王土"的认识已经有了明显的改变。时至近代，在与西方列强的交往中，"中国"才作为与外国对等的概念被普遍使用，同时也逐渐淡化了其本来的"天下中心"，或"中央之地"的含义。

关于"华夏"，《尚书》中有"冕服采章曰华，大国曰夏"，孔颖达的《春秋左传正义·定公十年》中有"中国有礼仪之大，故称夏；有服章之美，谓之华，华夏一也"[1]，吕思勉认为"吾族正名，当云华夏"[2]，华夏当是对古时多建国于黄河流域的族人的通称，带有种族之意，多指汉族。"中华"作为"中国"和"华夏"的简称，也是中国文化中自古就有的概念，较早出现在我国历史上民族大融合的魏晋南北朝时期，如《魏书》中有"下迄魏晋，赵秦二燕，虽地处中华，德祚微浅"，《晋书》中也有"今边陲无备豫之储，中华有杼轴之困"之语。"至近代，'中华'则逐渐成为指认全中国的一种文化符号"[3]，成为一种广义的，含有种族、地域、文化等认同意义的综合性概念。中国文化中本没有"民族"的概念，古代更多出现的是"族""部""族类"等词汇，多是一种群体性概念。"民族"一词最早出现在清末王韬的《洋务在用其所长》中，"夫我国乃天下至大之国也，幅员辽阔，民族殷繁，物产饶富，苟能一旦奋发自雄，其坐致富强，天下当莫与颉颃"[4]，但是真正得到普遍使用，还是始于梁启超，他在1899年多次使用了"民族"一词，如"学者苟专读此本（当时的世界史著作），亦可以识全球民族荣悴之大势也"[5]（《东籍月旦》）等。1901年，他在中国历史上第一次提出了"中国民族"的概念，把中国历史分为三个不同的时代，以上这些共同构成了梁启超提出"中华民族"概念的基础。

梁启超在这个阶段的理论阐述是为了唤起国人的民族意识，建立民族国家，以实现救国的目的。为此，1902年梁启超在提出"中华民族"概念之后，紧接着在《新民说·论新民为今日中国第一要务》中提出"今日欲抵挡列强之民族帝国主义，以挽浩劫而拯生灵，惟有我行我民族主义之一策，而欲实现民族主义之中国，舍新民末由。"[6] 接着在《新民说·论自由》中明确提出"今日吾中国所最急者，惟……民族建国而已"[7]，同年他在《论民族之竞争大势》中进一步

---

① 阮元：《十三经注疏》，中华书局2003年版，第2148页。
② 吕思勉：《中华民族源流史》，九州出版社2009年版，第93页。
③ 冯天瑜：《"中国""中华民族"语义的历史生成》，载《河南大学学报》2012年第6期。
④ 王韬：《弢园文录外编》，中华书局1959年版，第83页。
⑤ 梁启超：《饮冰室合集》，中华书局1989年版，第93、51页。
⑥ 梁启超：《饮冰室合集》，中华书局1989年版，第93、51页。
⑦ 梁启超著，黄坤评注：《新民说》，中州古籍出版社1998年版，第102页。

强调"今日欲救中国，无他术焉，亦先建设一民族主义国家也"①。明确提出只有建立民族国家才能救国，之后他曾多次对"中华民族"的概念进行阐释，如"吾中国言民族者，当于小民族主义之外，更提倡大民族主义。小民族主义者何？汉族于对国内他族是也。大民族主义者何？合国内本部属部之诸族以对于国外之诸族是也"②（《政治学大家伯伦知理之学说》）。小民族主义即是汉族，大民族主义是"合族"，即汉族之外的其他民族，主要包括满、蒙、回、苗、藏等。当时的清政府腐朽不堪，无力救国，所以才有反对满族统治的清政府，梁启超的大民族主义则认为排斥清政府不等于排斥满族，而是要建立各族合一的民族国家，这种认识在当时无疑是具有前瞻性的，但是他在 1906 年先是认为"今之中华民族，即普通俗称所谓汉族者"，又说"现今之中华民族自始本非一族，实由多数民族混合而成"（《历史上中国民族之观察》），这里的"今"与"现今"在时间上具体所指哪个阶段，并没有说清楚，文中分析了汉族之外的八个民族，却没有上文中提到的满族、回族、藏族、蒙古族等。同年他在《申论种族革命与政治革命之得失》中认为"彼满洲人实已同化于汉人，而有构成一混同民族之资格者也"，满族已经被汉族同化，是中华民族（实指汉族）的一部分。通过对比发现，梁启超前后对于中华民族的认识不是完全一致的，如他在 1902 年提出"中华民族"概念的同时，就认为"故中华建国，实始夏后。古代称黄族为华夏，为诸夏，皆纪念禹之功德，而用其名以代表国民也"③，这里的"中华"是指汉族。而且这里的八个民族"同化于中华民族"显示出了他的意识里，中华民族仍然还是汉族，再结合上文，可以推断，他所说的大民族主义并不是民族平等的联合，所谓"合"不是联合，而是同化，带有明显的大汉族主义，这在此后对以孙中山为代表的国民党人的民族观念产生了深刻影响。

在梁启超对"中华民族"概念进行阐释的同时，1907 年杨度认为"中华之名词，不仅非一地域之国名，亦且非一血统之种名，乃为一文化之族名"，"欲知中华民族为何等民族，则于其民族命名之顷，而已含定义于其中……华为花之原字，以花为名，其以形容文化之美，而非以之状态血统之奇"④（《金铁主义说》），这是具有广义的中华民族概念，没有了各个民族的差异与特色，视之为一个文化层面的民族共同体，是具有进步意义的。与梁启超在《政治学大家伯伦知理之学说》中提出的，民族以其语言，文字，风俗为最重要因素的民族观有相似之处。之后，坚持排满革命的章太炎在《中华民国解》中又把中华民族理解为汉族，"非我族类，不能变法当革，能变法亦当革；不能救民当革，能救民亦

---

① 张品兴：《梁启超全集》，北京出版社 1999 年版，第 899、1070 页。
② 张品兴：《梁启超全集》，北京出版社 1999 年版，第 899、1070 页。
③ 张品兴：《梁启超全集》，北京出版社 1999 年版，第 563 页。
④ 刘晴波：《杨度集》，湖南人民出版社 1986 年版，第 374 页。

当革"①。陶成章也认为"中国民族者,一名汉族,其自称曰中华人,又曰中国人"②。孙中山为代表的革命党人在1905年也提出了"驱除鞑虏,恢复中华"的口号,认为"欲免瓜分,非先倒满洲政府,别无挽救之法也"③。相比之下,梁启超是在维新变法失败后,认识到通过清政府达到救国的目的不可能实现,才提出建立民族国家,而革命派同样是要推翻清政府。尽管二者当时对于"民族"概念的理解有所差异,而且梁启超本人对此的阐释也往往不尽一致,但是都带有排满之意,实指汉族,都是针对腐朽的清政府提出的,都主张建立民族国家以达到自强救国的目的。1911年辛亥革命之后,排满意识淡化,孙中山提出"五族共和","合汉、满、蒙、回、藏诸族为一人,是曰民族之统一",1912年的"中华民族大同会"称,"凡我同胞,何必歧视",体现了在民族概念认识上的包容性。当时的革命党人已经转变了建立在大汉族主义基础上的极端民族主义观念,"承认中国是多民族国家,重视国家的统一和完整"④,1919年孙中山在《三民主义》中进一步认为汉族要"牺牲血统","与满、蒙、回、藏之人民相见于诚,合为一炉而冶之,以成一中华民族之新主义"⑤等,都是在民族国家的理论基础上对"中华民族"概念进行阐述。

## 二、发展阶段:以"民族自决"为主导

"五四"运动之后,列宁的"民族自决"理论渐渐影响国人对"中华民族"观念的认识与理解,梁启超此时的重心开始转向学术研究,仅在1922年的《中国历史上民族之研究》一文中认为"近四百年来,民族主义日渐发生,日渐发达,遂至磅礴郁积,为近世史之中心点,顺兹者兴,逆兹者亡","凡遇一他族而立刻有'我中国人'之一观念浮于其脑际者,此人即中华民族之一员也"⑥,继续论述民族意识觉醒的重要性,对民族意识的发展具有推动作用。1919年孙中山把革命党改为国民党后,基于北洋军阀袁世凯称帝的现状,先是认为"汉族号称四万万,或尚不止此数,而不能真正独立组一完全汉族的国家,实是我们汉族莫大的羞耻"⑦,主张建立汉族国家,1921年又认为"今则满族虽去,而中华民国国家,尚不免成为半独立国,所谓五族共和者,直欺人之语"⑧,主张所有少数民族同化于汉族中,建立所谓的大民族主义国家,把汉族等同于中华民族,

① 汤志钧:《章太炎年谱长编》,中华书局1977年版,第171页。
② 汤志钧:《陶成章集》,中华书局1986年版,第215页。
③ 《孙中山全集》,中华书局1981年版,第234、187页。
④ 都永浩:《辛亥革命前后的"中华民族"概念》,载《中国边疆史地研究》2012年第3期。
⑤ 《孙中山全集》,中华书局1981年版,第234、187页。
⑥ 梁启超:《饮冰室合集》,中华书局1989年版,第100页。
⑦ 孙中山:《三民主义》,岳麓书社2000年版,第261页。
⑧ 《孙中山全集》,中华书局1981年版,第21页。

起初的"五族共和"也被否定了，其实是歧视少数民族，推行大汉族主义。"民族自决"要求民族之间的平等，而以孙中山为代表的国民党人推行同化政策和大汉族主义，不可能实现民族之间的平等，更不会实现"民族自决"，最终实现的只会是汉民族的自决。这可说是孙中山在前一个阶段对于"民族"问题认识的延续，同时也必须认识到，一方面，结合当时的历史状况，以孙中山为代表的国民党对自己曾经提出的"五族共和"的否定，和他们当时同北洋军阀的矛盾斗争密不可分，同时也与他认为中国应该模仿美国的民族国家模式的思想认识有关。包括之前提出的"驱除鞑虏、恢复中华"，以及强调排满革命的章太炎等人的认识，也是出于推翻清政府的目的，因此，他们的这些观点是由于政治目的，或政治需要而提出的，而不是一种带有客观性的理论认识。另一方面，这些观点并不是孙中山对"中华民族"观念认识的全部，他在晚年就力主民族自决、民族平等的主张，曾多次强调"'民族自决'说，就是本党的民族主义"[①]，再如1924年孙中山认为民族主义"有两方面之意义：一则中国民族自求解放；二则境内各民族一律平等"[②]，非常科学地表达了中华民族对外团结一致抗击侵略，实现民族解放；对内各民族平等相待的民族观念。"完整地体现了中华民族作为世界上人口最多的民族共同体，对自己的根本利益和光明前途的认识。"[③]

在这个阶段，中国共产党人深受"民族自决"理论的影响，对"中华民族"观念的理解也在逐步深入，早在1917年，作为共产党先驱的李大钊认为：

"以余观之，五族之文化已渐趋一致，而又隶于一自由平等共和国体之下，则前之满云、汉云、蒙云、回云、藏云，乃至苗云、瑶云，举为历史上残留之名辞，今已早无是界，凡籍隶于中华民国之人，皆为新中华民族矣。"[④]

李大钊提出了"新中华民族"的观点，此后中国共产党对于"中华民族"观念的理解主要体现在两个方面：一是对待民族问题始终坚持民族平等，如尊重民族之间的差异，1922年中共二大宣言中称"这些地方（新疆、蒙古、西藏等地）不独在历史上为异种民族久远聚居的区域，而且在经济上与中国本部各省根本不同"[⑤]，再如尊重民族风俗，长征途中颁布《对回民之三大禁条四大注意口号》尊重回民风俗，禁止毁坏回文书籍等，再如从政策上坚持民族平等，1925年中共四大的《对于民族革命运动之议决案》明确反对同化其他民族的大汉族

①　邹鲁：《中国国民党史稿》，中华书局1960年版，第618页。
②　《孙中山选集》，人民出版社1956年版，第525页。
③　陈其泰：《中华民族在近代的觉醒》，载《兰州大学学报》2009年第3期。
④　《李大钊文集》，人民出版社1984年版，第579—580页。
⑤　中共中央统战部：《民族问题文献汇编》，中央党校出版社1991年版，第17页。

主义，反对民族歧视，1935 年的《中国工农红军布告》摒弃带有歧视性的夷族称谓，而是改为彝族等。二是对于"中华民族"含义的理解，也是在不断变化的，受当时列宁"民族自决"思维的影响，1923 年中共三大制定的《中国共产党党纲草案》明确提出了"民族自决"的主张，1925 年李大钊在《蒙古民族的解放运动》中，提到"渴望中蒙两民族的自由联合外认明此（民族解放）为两民族在国民革命旗帜下提携共进的良机"，把中国民族与蒙古民族对等起来。1926 年又提到"援助蒙古民族和援助中国民族是同一的理由"，还是把二者并列起来，这种对等并列关系实际上等于是把蒙古族排除在中华民族之外。1931 年的中华苏维埃共和国的《宪法大纲》甚至还承认了各民族独立建国的权利，这就过于强化汉族和各个民族之间的对等关系，忽视了中华民族的整体性，"弱化了中共的中华民族整体观，更直接影响到'中华民族'观念的健全发展"[1]。再如 1936 年的《中华苏维埃中央政府对回族人民的宣言》中仍然把汉族和其他民族并列起来，以"解放中华民族及其他各弱小民族为其基本任务"[2]，这里的中华民族实际上还是主要指汉族，对于中华民族的内涵还没有一个全面的认识。

在这个阶段，中国共产党人对于中华民族观念的理解还体现在从最初的空泛到之后的具体认知，如中国共产党成立之前的 1920 年，李大钊把对中华民族的认识放在世界民族的大范围内来理解，认为中华民族是受压迫的弱小民族，1925 年中共承接李大钊的思路，认为中国的民族运动是世界所有民族运动的一部分，这种认识在长征途中随着对国内形势的认识的深入，在抗日战争爆发前开始变化，1935 年提出"中国是我们的祖国！中国民族就是我们全体同胞"[3]，同年 12 月的瓦窑堡会议提出"中华民族的基本利益，在于中国的自由独立与统一"[4]，这与起初的经常与世界民族联系在一起的宽泛相比，更加明确地意识到了自我的中华民族属性，自我民族意识显著增强。

总之，这个时期各党派对"中华民族"观念的认识是一直在不断变化的，从梁启超的"我中国人"的民族意识的尝试，到国民党起初的"五族共和"，后来的自我否定，再之后的民族同化和大汉族主义，再到中国共产党人承认民族差异的民族平等和对"民族自决"理论的运用，这些看似凌乱的认识，反映了"中华民族"观念在发展中的曲折变化，这种变化正体现了民族意识正在为国人所重视，认识也在不断加深，同时还应该看到，这个阶段"中华民族"观念并没有得到普遍认同，如"中华""中国民族"等概念经常和"中华民族"对等使用，除了上文已经提到的之外，再如 1933 年，中共中央在给四川省委的信中要

---

① 陈韵：《民国时期中共"中华民族"观念的嬗变》，载《党史研究与教学》2013 年第 4 期。
② 中共中央统战部：《民族问题文献汇编》，中央党校出版社 1991 年版，第 396、302、332 页。
③ 中共中央统战部：《民族问题文献汇编》，中央党校出版社 1991 年版，第 396、302、332 页。
④ 中共中央统战部：《民族问题文献汇编》，中央党校出版社 1991 年版，第 396、302、332 页。

求四川省委动员群众，"为中国民族的独立解放与领土完整而斗争"等，而"中华民族"观念也没有得到广泛认同。民族复兴思潮不断发展。"当时中共党人对使用不带感情色彩的'中国民族'的偏好，虽与其照搬苏联的'民族自决'主张不无关系，但追根究底，仍是由其'中华民族'观念的不成熟所导致"①，这些问题在抗战爆发后，随着"中华民族"观念的普及，逐渐得以解决。

## 三、普及阶段：以民族复兴为核心

如果从历史的角度来考察，中国的民族复兴思潮从近代西方列强的入侵之后，就已经开始了，早在鸦片战争时期，魏源、林则徐等人，就主张"西学中用"，学习西方的先进技术，以达到"师夷长技以制夷"的目的，只是那个时候他们的民族复兴意识是在维护清政府统治的前提下生发的，是不自觉的或者说是无意识的，这可以说是中国近代民族复兴思潮的萌芽。之后 1894 年孙中山在檀香山联合爱国志士建立"兴中会"，孙中山起草的《兴中会宣言》郑重申明："是会（檀香山兴中会）之设，专为振兴中华，维持国体起见。"② 指出中国面临被帝国主义瓜分的民族危机，揭露清政府的腐朽统治，要求救国必先推翻清政府，开启了近代民族复兴的新阶段。1898 年的戊戌维新变法试图通过改良来实现国家振兴，在仅仅三个月后就以失败告终，也证明了依靠清政府的腐朽统治不可能实现国家的富强、独立。梁启超的"中华民族"观念的提出，唤起了国人的民族意识，推动了民族复兴思潮的发展。"五四"前后，李大钊通过《晨钟》杂志发文认为"吾人须知吾之国家若民族，所以扬其光华于二十秋之世界者⋯⋯不在白发中华之保存，而在青春中华之创造"③，指出青年是实现民族复兴的关键，之后又提出"中华民族之复活"的思想，意味着他的民族复兴意识此时已经形成。"九一八"事变后，以"民族复兴"为宗旨的杂志，如《再生》《评论周报》《复兴月刊》等，开辟专栏，发表了大量围绕民族复兴进行讨论的文章。1935 年吼出"中华民族到了最危险的时候"的《义勇军进行曲》，传唱大江南北，激励无数中华儿女奔赴前线英勇抗战。此后民族复兴成为影响广泛的社会思潮，并在抗战爆发后成为全国各族人民团结一致、积极抗战的精神动力。

在这个阶段，中华民族观念得到越来越多的认同，之前"中华""中国民族""中华民族"等概念反复共同出现的现象大大减少，而"中华民族"一词则被广泛使用。此外对中华民族内涵的理解更为深刻，早在 1935 年，《为抗日救国告全体同胞书》中提到"中国民族就是我们全体同胞"，就表明中国共产党人对于中华民族概念的理解已经不再局限于汉族，1937 年中共号召全国民族内部要

① 陈韵：《民国时期中共"中华民族"观念的嬗变》，载《党史研究与教学》2013 年第 4 期。
② 《孙中山全集》，中华书局 1981 年版，第 19 页。
③ 李大钊：《〈晨钟〉之使命——青春中华之创造》，载《晨钟》创刊号 1916 年 8 月 15 日。

团结起来为中华民族而战，这里的"中华民族"实际上指中国境内的各个民族。截至 1938 年，杨松在《论民族》中提出中华民族是"从汉人、满人、汉回人、汉番人、熟苗人、熟黎人及一部分蒙古人等等共同组成的"①，他代表了国内包括汉族在内的所有民族，这就从根本上认识到了中国境内的各个民族相互依存的密切关系，认识到了中华民族观念的整体性与完整性。中国共产党的民族政策都是在民族平等、民族团结的基础上进行的，没有偏见和歧视，始终把民族平等作为处理民族问题的基本原则，视各族人民均为中华民族的组成部分，如 1938 年为团结各族人民，特设立西北工作委员会，其中专设少数民族问题研究室，高度重视民族问题，中国共产党的"中华民族"观念由此开始逐步完善，并在一定程度上接近现代意义上的中华民族概念。1939 年毛泽东提出"中国是一个由多民族结合而成的拥有广大人口的国家"②（《中国革命和中国共产党》），共产党人此时对"中华民族"概念已经有了更为清晰、深刻的认识，中国共产党"已完全确立中华民族是一个不可分割的、血脉相连的命运共同体的民族整体性意识。这意味着中共'中华民族'观念的理论升华，开始进入到全面系统化、理论化的阶段"③。

抗日战争"使中国人民空前团结起来，使中华民族焕发出巨大的凝聚力和旺盛的生命力"，"在中华民族反抗外来侵略的历史上，从来没有像抗日战争这样，民族觉醒如此深刻，动员程度如此广泛"④，"中华民族"观念得到普及，实现了民族意识最大的觉醒，大大增强了国人的民族认同感，壮大了中华民族的民族力量，为抗日战争的最后胜利提供了巨大的精神支柱，正是在这种民族复兴思潮的推动下和民族意识觉醒的感召下，全国各族人民团结一致，蒋介石在《对中国共产党宣言的谈话》中认为国共两党"均以民族利益为重，放弃意见，而共趋一致"，国共两党最终合作，形成了最为广泛的抗日统一战线。战场上将士奋勇杀敌，后方各族人民克服困难，为前线支援物资，如敌后军民开展的大生产运动，再如中国港澳和海外同胞在抗战期间不仅捐资支援祖国，而且大批华侨回国直接参与到抗战工作中。抗日战争的伟大胜利，促使"中华民族"观念得到普遍认同，民族意识和向心力也得以空前增强。1949 年，《义勇军进行曲》成为中华人民共和国国歌，"中华民族"观念得到进一步的升华。

## 结　语

"中华民族"观念在近代的发展、嬗变中，各阶层、各党派对它的理解虽然

---

① 中共中央统战部：《民族问题文献汇编》，中央党校出版社 1991 年版，第 767 页。
② 中共中央统战部：《民族问题文献汇编》，中央党校出版社 1991 年版，第 626 页。
③ 陈韵：《民国时期中共"中华民族"观念的嬗变》，载《党史研究与教学》2013 年第 4 期。
④ 胡锦涛：《在纪念中国人民抗日战争暨世界反法西斯战争胜利 60 周年大会上的讲话》，人民出版社 2005 年版，第 8 页。

不尽相同，但是整体上都不同程度地起到了一定的推动作用，而且伴随着它的发展、普及，中国近代的民族意识也逐步觉醒，在提升国人的民族自豪感和民族自信心方面有着不可替代的作用。其理论建构从最初的建立民族国家，到"民族自决"，再到民族复兴，完整体现了对民族理论的认识过程，而且时至今日，"实现中华民族伟大复兴，是中华民族近代以来最伟大的梦想"①，源自近代的"中华民族"整体观念和民族复兴思潮，在为中华民族的伟大复兴而奋斗的今天，仍然是宝贵的精神财富，仍然是不可或缺的精神动力。

（《江西社会科学》2016 年第 3 期发表）

---

① 习近平：《承前继后 继往开来，继续朝着中华民族伟大复兴目标奋勇前进》，载《人民日报》2012 年 11 月 30 日。

# 论抗战时期老舍对传统"忠君"思想的改造利用

## ——以京剧为媒介

刘亚美*

抗战时期老舍特别强调完全效忠国家的写作主题，这种观念的理论资源既包含着近代民族国家观念，又来自于对传统伦理思想的吸取与改造。仅就后者而言，老舍改造传统文化的目的是为了建构新的现代思想与新文艺，以便其为抗战救国服务，完成现代民族国家的认同。而象征着传统文化的京剧成为其主要媒介和表达形式，他坦言："无论是旧戏，还是鼓词，虽然都是陈旧的东西，可是它们也还都活着。我们来写，就是要给这些活着的东西一些新的血液，使它们进步，使它们对抗战发生作用。"① 事实上，老舍选取京剧为媒介并非偶然行为。京剧等民间文化及艺术形式曾深刻影响了老舍的成长，抗战时期知识分子们为抗战积极寻求道德重塑及精神支持，在政府推动及社会思潮的启发下，思考将传统伦理道德进行现代转化以支持全民族的抗战建国。在这一过程中，老舍充分利用了京剧作为这一活动的核心媒介。而京剧作为封建社会官方意识形态最有效的载体之一，散布于民间社会以及穷乡僻壤为统治者树立主要的道德规范起了重要作用。传统京剧虽然题材各异，但在劝善惩恶、忠孝节义方面，却是一以贯之的，其中的核心观念——"忠"是最严格的道德律令，是绝大部分传统京剧宣扬的主题。基于此，老舍为了创造现代忠诚理念，将封建"忠"的观念改造为现代民族国家的"认同"理念：他将君国一体的"忠君"改造为忠于国家与民族，呈现了他对传统道德等价值观念的创造性思考。

以传统京剧为媒介，抗战时期的老舍选取了一条与众不同的写作道路：在艺术形式上青睐包括京剧在内的通俗文艺；在思想观念上则转向传统伦理观念的"复归"。这种"复归"最为典型的表现之一就是赋予传统"忠"理念以现代性含义，并以抗战京剧的形式进行直观表达，维护封建统治权威的忠君思想被老舍改造为忠诚民族和国家、以死报国的全新忠诚理念。这种战时忠诚理念与封建时

---

* 作者简介：刘亚美（1985—　　），文学博士，河南财经政法大学文化传播学院讲师，研究方向为中国现代文学。

① 老舍：《我怎样写通俗文艺》，载《抗战文艺》1941 年第 7 卷第 1 期。

代的"忠君"有着本质区别。战时忠诚理念，其实质是对于现代民族国家的全然认同，而现代民族国家本身是现代性的产物，是基于民族同一的历史、文化、语言而想象或构建的政治共同体。传统时代的"忠君"，则是封建统治者维护自身的统治地位而建构出的一套伦理道德和行为规范，君王或者说封建统治者就代表着国家。二者的共同点在于：无论是"忠"还是"认同"，本质都是一种"服从"的态度，这种服从态度对于抗战时期是亟需的个体态度和行为。正是"服从"这一态度或方式，构成了二者得以转化的心理基础。

## 一、从"君国一体"到效忠国族

传统"君国一体"认为君王是国家的象征，是代天行事的"天子"。冯友兰曾指出封建时代的"国"与"帝王"的家是一个概念："旧日所谓国，即是皇帝之家，所谓家天下者是也。"① 忠君就是维护天子的绝对权威。老舍在抗战时期竭力推崇"国家至上"的观念，强调国家的无上崇高及效忠。在其创作表现中，效忠君主与效忠国家的相同之处在于"忠"字及效忠的方式上，这也正是老舍选取"忠君"思想为改造利用的核心原因。虽然也有些京剧表现了金戈铁马壮烈、雄浑的战争场面，忠君思想与爱国思想互为表里，荡气回肠，如经典的杨家将戏、岳飞戏等，但绝大部分忠君之戏都是在渲染忠于帝王和忠于统治阶层。传统京剧的忠君思想是封建正统意识形态，也是封建时代的政治理想。老舍正是看重"忠君"与"爱国"的一致性，封建时期忠臣良将们宁愿赴死也要维护君王的权威性与抗战时期将士们誓死保家卫国的赤胆忠心的不谋而合，才选取京剧这一最能被民众接受的媒介来谈相对抽象的忠诚理念，如老舍多次提到京剧《连环套》，该剧将黄天霸塑造成为朝廷寻马、为父亲洗刷冤案，智勇双全的"忠义"英雄形象。剧中的官方代表梁九公上场就自表忠心："一片丹心，保大清，锦绣乾坤"，奠定了全剧的道德基调。黄天霸忠于朝廷，绿林好汉窦尔墩出于道义愧疚不安，献出御马的行为也是对清廷的一种归降。梁九公、黄天霸、窦尔墩都被塑造成为忠于官府者。老舍还时常提及京剧《草桥关》，剧中将刘秀塑造成不忘故交、知恩图报、英明神武的一代圣君，多次直言："我主乃有道明君！"皇宫内外其乐融融："每日宫廷多欢笑，饮御宴酒乐逍遥。陪伴君王多有道，文臣武将贺圣朝"，君臣同乐，一片祥和。传统京剧中彰显的这种忠君观念正是老舍建构战时忠诚理念的基础。

在写作中，老舍借助传统艺术形式融现实意义于历史题材，向传统中寻求现代性内涵，选择传统京剧作为改造的媒介为服务抗战，将其中的核心伦理——忠君理念改造为"国家至上"、忠于国家和民族的战时观念，这是老舍在抗战期间

---

① 冯友兰：《原忠孝》，《贞元六书》（上），中华书局出版社 2014 年版，第 3 版，第 292 页。

苦心追求的精神要义,其最典型的例子当属抗战京剧《忠烈图》。老舍通过卢沟桥战争呼唤为国尽忠,剧中老生陈自修一出场即唱到:"卢沟桥上起狼烟,战士激昂誓不还。血洗江山重整顿,中华雄立万千年!"其弟战死沙场,三七祭奠时,陈自修对自己年迈无法上战场倍感羞愧,唱到:"兄弟吓!你我恩爱好弟兄,愧我年迈难尽忠,水酒三杯休嫌薄,手足情肠热泪中。"① 陈寡妇也盛赞亡夫殉国的英勇:"我夫殉国不虚生,生有忠心死有灵,但愿国民齐舍命,管教贼兵一扫平!"② 陈家对日兵痛恨不已,虽不能直接上战场却以自己的方式完成了对国家民族的忠诚使命。从陈自修的渴望为国尽忠、其弟战死沙场、陈寡妇盛赞亡夫等不难发现,老舍特别凸显的是抗战英雄们的精忠报国理念,张扬了其"忠诚民族""报效祖国""舍己为国"等传统精神品格,表达了老舍对传统忠诚理念的改造利用。除京剧外,老舍对忠肝义胆的赞颂也尽显于其他通俗文艺作品中:如鼓词《二期抗战》唱到:"爱国就是爱自己,莫要胡疑信谣言。二期抗战大胜利,最后胜利在眼前。奉劝同胞齐努力,赤胆忠心渡难关。"《赞国花》中有言:"中华抗战国不老,恰似古梅花满条""战士们雪地冰天把血仇报,侠肠义胆建功劳";《贺新约》中说:"我们要奋勇反击无畏无惧,我们要精忠报国不迟不疑";《陪都赞》中呼吁:"陪都雄立军心奋,精忠报国仰仗诸君";《王小赶驴》以"说一回王小赶驴全忠义,千秋万代姓名香。人人要是都这样,管教日本把国亡"赞颂为打探日寇消息壮烈牺牲的王小……实际上,战后老舍对传统"忠"观念的借取也一直存在,如1959年所创作的新编历史剧《青霞丹雪》仍是借忠诚来呼唤爱国。

对于不忠于国族者,老舍在其京剧创作中也有批判。以薛二娘为核心人物的抗战京剧《薛二娘》又名《烈妇殉国》,讲述"不忠者"刘璃球和妻子薛二娘的不同战争选择,其中人物可分为两派:一派是我方密探和普通群众;另一派是为虎作伥的汉奸和恶人。为钱财,刘璃球欲将嫂子王氏献给日本人,薛二娘指责其丧尽天良,唱道:"细想想,做汉奸,廉耻全无!卖兄嫂,良心丧,天理难恕。我劝你,要自强,去把敌诛!"刘璃球不知廉耻、拳脚相加,说:"得了吧,人家日本放枪,没放在咱身上,放火也没烧了咱的房。你倒叫我去打他们,是不是不知好歹?当汉奸,不当汉奸谁给钱花呀?妇道人家,懂得什么?"③ 被毒打昏迷后醒来的薛二娘怒斥贼人:"你也是中国人应知仁义,你为何降日本狼狈相依?枉作了男儿汉全无志气,只是个亡国奴向贼屈膝!"④ 通过薛二娘的劝慰、控诉、怒斥,老舍直言刘璃球这类投敌卖国者的无耻。除京剧创作外,为更彻底、更集

---

① 老舍:《忠烈图》,载《文艺阵地》1938年第1卷第1期。
② 老舍:《忠烈图》,载《文艺阵地》1938年第1卷第1期。
③ 老舍:《烈妇殉国》(《薛二娘》),载《抗战戏剧》1938年第2卷第1期。
④ 老舍:《烈妇殉国》(《薛二娘》),载《抗战戏剧》1938年第2卷第1期。

中地揭露卖国者的丑恶行径，老舍在小说《四世同堂》中以京剧脸谱的方式塑造了一大批活灵活现的"不忠者"。脸谱是戏剧舞台上的人物塑造方式，以明快夸张的色彩、富于神韵的线条来表现人物职业身份、社会地位及个性特征、品德气质、命运走向，蕴含了一目了然的道德褒贬。《四世同堂》中的几类"不忠者"正是以此来塑造的：

第一类：大奸大恶的卖国贼如"大白脸的奸雄"①汪精卫。"大白脸"属于京剧净角脸谱，表示奸诈、阴险、邪恶。老舍将汪精卫塑造成曹操一样的国贼，并痛心地评论说："一个革命的领袖为什么可以摇身一变就变作卖国贼。革命只污辱了历史，而志士们的热血不过只培养出几个汉奸而已……汪逆已经不是人，而且把多少爱国的男女的脸丢净。他的投降，即使无碍于抗战，也足以教全世界怀疑中国人，轻看中国人。汪逆，在瑞宣心里，比敌人还更可恨。"②汪精卫的卖国求荣给老舍非常沉重的打击：曾经的革命领袖甘心做了不忠者，那么革命就变得不再神圣，革命志士们的热血白白抛洒掉。从根本上来说，汪逆的行为动摇了青年们的信仰，这是最可怕最可恶的，所以汪逆"不是人"，是"一点渣滓"③。卖国求荣的行为与"大白脸"的外在描写内外呼应，虽然着墨不多，老舍还是十分清晰地给予汪精卫大奸臣的定位。

第二类：次一等的奸恶之徒如"绿脸"蓝东阳。老舍借用京剧副净脸谱对不忠者文人进行想象塑造，"绿脸"就是其中一种。蓝东阳的绿脸和暴躁卑鄙的个性都和副净中的二花脸十分相似，这种夸张的人物塑造手法正是京剧的表达方式，目的在于将蓝东阳的丑恶扩大化。和京剧中的绿脸角色一样，蓝东阳个性莽撞、暴躁，近似丑角，老舍将其塑造地十分诙谐：蓝东阳外貌丑恶，五官扭曲，整个就是一副戏剧脸谱，其表演十分具有戏剧性。在参加日伪组织"新民会"的面试时，表现出出奇的卑贱和对日本人的虔诚，他的脸绿得像茶叶，将面试官都感动得要落泪。在老舍笔下，蓝东阳写诗更具有表演性，如他攻击大赤包为共产党："夫大赤包者，绰号也。何必曰赤？红也！红者共产党也！有血气者，皆曰红者可死，故大赤包必死！"④成功加剧了大赤包的死亡。此外，他在华北文艺座谈会赋诗一首宣称："我们是文艺家，天然的和大日本的文豪们是一家！"⑤念完得意地低声自我夸赞又得佳作，其目的很明确——谄媚讨好日本人。诗人蓝东阳这个角色就是鲁迅先生说的二花脸："身份比小丑高，而性格却比小丑坏。他有点上等人模样，也懂些琴棋书画，也来得行令猜谜，但倚靠的是权门，凌蔑

---

① 老舍：《四世同堂》，《老舍文集》（第5卷），人民文学出版社1983年版，第328页。
② 老舍：《四世同堂》，《老舍文集》（第5卷），人民文学出版社1983年版，第328页。
③ 老舍：《四世同堂》，《老舍文集》（第6卷），人民文学出版社1984年版，第52页。
④ 老舍：《四世同堂》，《老舍文集》（第6卷），人民文学出版社1984年版，第19页。
⑤ 老舍：《四世同堂》，《老舍文集》（第5卷），人民文学出版社1983年版，第254页。

的是百姓，世间只要有权门，一定有恶势力，有恶势力，就一定有二花脸，而且有二花脸艺术。"① 老舍对蓝东阳的塑造从外在形象到内在性格都借取了京剧二花脸的表现手法，将其写成一个"成功"的汉奸，这个角色也精彩传达了老舍对特殊时期知识分子灵魂的审视。

第三类："帮闲"类不忠者如"小三花脸"祁瑞丰与冠晓荷。三花脸又叫小花脸，是"丑行"的一类。俗话说："无丑不成戏。"京剧的丑往往夸张滑稽而又十分耀眼，又叫小丑、三花脸、小花脸，因其以鼻子为中心在脸上勾画一块白色得名。丑在京剧行当中极其重要，类型繁多，但老舍笔下的丑却大都是阴险奸诈、卑鄙无耻的，类似鲁迅先生所说的"帮闲"②，他们极力讨好、自愿充当日军铁蹄下的歌功颂德者。帮闲者为权贵凑趣效劳，祁瑞丰经常吹捧蓝东阳的诗作，并毛遂自荐愿带领游行，他帮闲是为了口腹、打扮和炫耀，"并非是什么罪大恶极的人，是个小三花脸儿，还离大白脸的奸雄很远很远。"③ 老舍塑造的丑还有冠晓荷。他有京剧丑角的滑稽、无聊：在妻妾对骂闹翻天时，冠晓荷也并不调解，悄然躲在屋里轻轻哼唱《空城计》，还不忘准确地打节拍、点板眼；他有帮闲者的知识储备：懂一切知识，却又说不清任何一种，他的佛经、符咒、法术都是交际的手段和需要；他自认为很有帮闲的能力：既然日本人占据中国，必然一朝天子一朝臣，会起用他这样的名士为官，然而他依然奔走无门。冠晓荷最典型的个性特征是类似丑角的卑鄙无耻，他一心巴结讨好日本人无所不用其极，连女儿招弟被流氓军阀李空山霸占都不觉得羞耻，反而以为自己可以做日伪科长的岳父而感到十分光荣。被日本人抄家，他还向扬长而去的日本人的背影柔媚地深深鞠躬。更为滑稽的是被日本人抄家的冠晓荷仍坚信自己和日本人是好朋友，仍念念不忘要向日本人打小报告。丑角一样夸张疯狂的人物形象代表了老舍对帮闲者的鄙夷。祁瑞丰与冠晓荷在亡国的情况下也要争着请客，在几杯酒、几道可口的小菜下肚后，觉到世界依然是那么美好，"熟到了稀烂"的文化使人们忘记国家的生存危亡，转向吃喝享乐。冠晓荷代表了一个附庸风雅的小官僚的浑水摸鱼，而祁瑞丰则显示了国破家亡之际普通青年的浮浅无聊与堕落沉沦，共同之处是凑热闹帮闲和急于巴结日本人的滑稽夸张。

不难发现，这三类不忠者性格都较为单一，与其脸谱相吻合，这就是戏曲舞台上的"人可以貌相"。京剧脸谱不仅是舞台视觉符号、人物的外在特征，也具有表现角色忠奸好坏的指示功能，是"表里如一"的舞台艺术。老舍借取这种艺术来塑造不忠者是为了更直观地展示人物性格、夸大人物的丑恶形象，但在某

---

① 丰之余（鲁迅）：《二丑艺术》，载《申报·自由谈》1933年6月18日。

② 鲁迅在《帮忙文学与帮闲文学》中说："那些会念书会下棋会画画的人，陪主人念念书，下下棋，画几笔画，这叫作帮闲。倘若主子忙于行凶作恶，那自然也就是帮凶。"

③ 老舍：《四世同堂》，《老舍文集》（第5卷），人民文学出版社1983年版，第389页。

种程度上也使人物显得不够丰满。此外，老舍对不忠者的叙事基本上也沿用了传统京剧的故事脉络：祁瑞宣上课时特别注意观察年轻学生们是不是会被日本人的奴化教育同化，令人高兴的是"有一两个不忠者家庭的子弟，观点和他们父亲的截然不同"。① 不忠者可恶，但其后代却不一定都是糊涂的。这种父子选择不同道路的故事套路与传统京剧极为相似，代表着老舍对青年一代读书人的期望，对胜利曙光的展望。

总之，秉持忠于国族的新理念，老舍以京剧花脸脸谱为依托进行虚构想象，塑造了各色不忠者形象，这是其对抗战时期普通市民灵魂的关注、对知识分子人格的审视，更是老舍在民族危亡的紧急关头寻求民族自救和国家振兴的一种努力。

## 二、从"以死忠君"到"以死报国"

老舍将传统京剧中臣民甘愿为君王死的理念改造成为国家利益不惜自我牺牲的爱国热情，这一改造的出发点在于臣民为君王死即是为国家死，本质上还是为了江山社稷的稳定，这与战时誓死抗击敌兵保家卫国是一致的。如老舍时常提及的《斩黄袍》中的郑恩就是以死忠君的典型：赵匡胤沉迷女色欲斩屡次劝谏的郑恩，郑恩怒斥："诗句题在粉壁墙。女娲娘娘冲冲怒，招取妲己乱朝纲。比干丞相剖心丧，贾氏夫人坠楼亡。黄飞虎父子造了反，八百诸侯反朝堂。摘星楼纣王火焚丧，保定周室在朝堂。"并坚决反对其子郑英发兵造反："住口！畜生若提造反之事，靴尖之下，送儿的残生！"并唱："郑家本是忠良将，岂肯做了反叛臣？"郑恩宁死不叛乱的形象是对"明君圣主"的呼唤，也是站在统治阶级的立场对周室稳定的维护。老舍将这种"君叫臣死，臣不得不死"、甘愿为君王而死等死亡理念转化为战时"以死报国"的献身意识，直言"为国一死也甘心"。老舍还直言，十分崇拜"磊落豪放的气概与心胸，必是艰苦卓绝，以牺牲为荣，为正义而战的那种伟大的英雄主义"。② 为保家卫国，老舍笔下不少义士常常罔顾危险，为了信仰、大义往往不惜自我牺牲、以死相拼，如《忠烈图》中陈自修对着坟的唱词："兄弟！衣冠墓，不由人，泪珠滚滚！为国家，丧了命，赤胆忠心！可恨那，野心的，小心日本，前六载，无情理，满洲来侵。我中华，锦山河，四省不存！……好男儿，有血性，谁能再忍？杀上去，保国土，才算良民。我兄弟，抛家小，舍身上阵，留得个，美名儿，万古流芳！"③ 连仆人刘忠也表示："保家爱国人有份，为国一死也甘心！"④ 由此，通过新京剧的写作，老舍营

---

① 老舍：《四世同堂》，《老舍文集》（第 6 卷），人民文学出版社 1984 年版，第 213 页。
② 老舍：《一封信》，《宇宙风·乙刊》1939 年第 9 期。
③ 老舍：《忠烈图》，载《文艺阵地》1938 年第 1 卷第 1 期。
④ 老舍：《忠烈图》，载《文艺阵地》1938 年第 1 卷第 1 期。

造了为国家不惜壮烈牺牲的崇高美感，这也是其一直追求的审美品格。

不仅是抗战京剧，老舍在其他曲艺中也多次强调这一点：鼓词《张忠定计》中，张忠抗战杀敌前对妻子说："我若不归丧了命，烧张纸来哭一场。儿女长大若问爸，就说为国阵上亡。"《二期抗战》中说："日本就怕打长仗，我们不怕打二年""忍苦耐劳为国事，粉身碎骨心也甘。"① 英雄们上战场之前甚至已经做好为国英勇捐躯的准备。话剧《张自忠》中爱国将领张自忠弹尽粮绝、孤立无援时，坚守战略要点，浴血奋战，以身殉国；《谁先到了重庆》中吴凤鸣只身闯虎穴，在与日伪的枪战中，为国捐躯，魂归"重庆"。小说中更是如此：《火葬》中两名队长英勇抗日、壮烈牺牲；《八太爷》中农村青年王二铁则是一个民间草莽英雄，出于本能憎恨日本侵略者，射杀六个日本鬼子后被杀身亡。《四世同堂》中钱默吟在抗战一开始就坚定了与北平共存亡的信念："北平若不幸丢失了，我想我就不必再活下去！"② 为国牺牲还伴随着英雄们的光荣感："自己会因为国事军事而受刑……感到忽然来到的光荣。他咬上了牙，准备忍受更多的痛苦，为是多得到一些光荣！"③ 钱默吟将苦难看成是光荣，追求形而上的快乐和诗意，"由饮酒栽花的隐士变成敢流血的战士"④ 表明中国不会亡，支持他奋斗下去的不仅是对敌寇的刻骨仇恨，还源于他觉醒的国家至上主义。

"以死报国"的一个独特之处是意味着不屈服，不忍辱偷生。老舍专门塑造了以死相拼的票友小文。出身贵族的小文有浓郁的艺术气质，8 岁会模仿谭叫天，10 岁就能拉一手地道的胡琴，成年后更是沉醉在京剧艺术的梦里。在为日军举办的文艺会演"义赈游艺会"上，当扮相俊美的妻子不愿接受日本醉鬼的侮辱而被杀时，一向安静儒雅的小文扔下正在演奏的笛子，从台上一跃而下手刃醉鬼，自己也死在日本人手里，其血性行为赢得邻居们的赞扬，大家都说"唱戏的"也是血性中国人。小文虽是票友却都是自己舞台上的主角，虽然他是出于为妻报仇才手刃日本侵略者，但其不假思索拼上性命奋勇杀敌，客观上也是以身殉国的壮烈行为。与小文的英勇对应，老舍还写了一大批忍辱偷生者，《四世同堂》中的"老姚"就是其中一个：50 多岁的老姚得知保定陷落十分难过，不愿听从蓝东阳的安排带领学生去游行庆祝，忍辱偷生使他违背良心和道义，还是叹着气扛起旗子出发，他是一大批苟活于世不敢反抗的中国人的缩影，通过这个不起眼的小角色的塑造，老舍说："一个具有爱和平的美德的民族，敢放胆地去打断手足上的锁镣，它就必能刚毅起来，而和平与刚毅揉到一起才是最好的品

---

① 老舍：《二期抗战》，载长沙《抗战日报》1938 年 5 月 20 日。
② 老舍：《四世同堂》，《老舍文集》（第 4 卷），人民文学出版社 1983 年版，第 24 页。
③ 老舍：《四世同堂》，《老舍文集》（第 4 卷），人民文学出版社 1983 年版，第 404 页。
④ 老舍：《四世同堂》，《老舍文集》（第 5 卷），人民文学出版社 1983 年版，第 38 页。

德。"① 民族品性里落后、愚昧的一面就是它的锁镣，追求和平和刚毅是中华民族的优良品性，而这种品性的发扬，有时是需要暴力甚至以身殉国完成的。

老舍"以死报国"的另一个独特之处是对团结的呼唤。团结是老舍忠诚理念的核心之一。民族矛盾、家庭矛盾让位于目标一致的抗击侵略，也是老舍在抗战时期为自己旗人身份寻求定位的努力，对少数民族社会归属感的焦虑表述。抗战京剧《王家镇》就是一例：宣讲员薛成义动员大家积极抗战，扮作难民动员大户王万发出钱出力，号召全镇齐动员保护王家镇。日兵来犯，全镇上下团结一致奋勇杀敌誓死保家卫国，村民王老三更是在激战中壮烈牺牲完成了以死报国的英雄使命。借王家镇映射国家，这部剧主题很简单：报效国家需要上下团结一致。正如老舍在《忠烈图》中说的那样："国家兴亡，匹夫有责。"京剧《薛二娘》也有同样明确的主题，刘忠义动员弟弟投军："为兄的本是文弱书生，事到临头，也还能舍命救国，兄弟你年轻力壮，岂可自暴自弃？古人有云：国家兴亡，匹夫有责。兄弟要再思再想！"② 老舍团结理念的特殊之处在于他还写了一大批以死报国的少数民族英雄。满人身份使老舍一直对少数民族较为关注，抗战时期也不例外，他塑造了庞大的少数民族英雄群体，如在风格奇特的歌舞话剧《大地龙蛇》中，老舍将中华民族比成睡龙，将日寇比成毒蛇，面对毒蛇肆虐，中华各民族大团结奋起抗日，蒙古族的巴颜图、回族的穆沙、藏族的罗桑旺赞、朝鲜族的朴继周等在抗战中视死如归。在话剧《国家至上》中面对汉奸金四把的挑唆，回族英豪张老师和黄子清捐弃前嫌，率领回汉两族齐心抗战，抛头颅洒热血献出了宝贵的生命。少数民族和汉族齐心协力，为了抗战胜利甘洒热血。老舍笔下英雄人物都是普通人，身上都有对传统忠诚理念和家国思想的张扬，却能在关键时刻以死相拼，无不献出生命来保全国家和自己的气节以追求国族的安定和平，用生命换取和平才能得到真正的和平，"我们的抗战不仅是报仇，以眼还眼，以牙还牙，而是打击穷兵黩武，好建设将来的和平。"③

总之，源于对传统忠君思想的改造利用，老舍将传统对于君王及其代表的"天下"的忠诚改造成带有鲜明现代性色彩的、现代民族国家"认同"的理念，将现代民族国家看成唯一效忠和认同的对象，二者得以改造和转化的基础在于无论是传统"忠"君还是现代民族国家"认同"，核心理念都要求个体的服从态度。前者是服从于君王，后者服从于集体或者国家。通过新的忠诚理念书写，老舍展示了一条救国救民之路，也是一条改造文化之路。他坚持从文化道德角度出发看人情世故和国家命运，将文化的滞后与病态看成是国族、个人不幸的根源，并将其当作一贯坚持的写作原则之一。从这个意义上来说，抗战时期老舍的传统

---

① 老舍：《四世同堂》，《老舍文集》（第4卷），人民文学出版社1983年版，第20页。
② 老舍：《烈妇殉国》（《薛二娘》），载《抗战戏剧》1938年第2卷第1期。
③ 老舍：《四世同堂》《老舍文集》（第6卷），人民文学出版社1984年版，第168页。

伦理的改造是必然的。固定人群创造的独有的物质生活与精神世界就是文化，文化是一个国家一个民族特有的、区别于其他国家和民族的独特品格，而且"有文化的自由生存，才有历史的繁荣与延续——人存而文化亡，必系奴隶。"① 他弘扬传统文化中的优秀成分，摒弃其中的痼疾，认为文化与民族、国家荣辱与共、休戚相关，热爱珍视民族文化就等同于热爱国家和民族，在抗战时期这种理念更为突出。老舍文化理想体系中判断某种文化优劣与否的标准很简单即能否使国家不被欺侮、昌盛富强，而传统文化、传统伦理正是符合增强民心一致抵御外侮的战时要求才被老舍所用。因此，京人、旗人、穷人、文人四种身份加上爱国情怀共同造就老舍对中国传统文化的痴迷眷恋和不懈探求，尤其在民族危亡的危急关头，他依然以"向后看"的思考方式从文化积累中汲取经验，向过往寻求民族振兴、民族自救，并以其实际创作证实了其独特性与可行性。因此，老舍的文化改造之路不仅是战时鼓舞民心的良药，也是值得借鉴的文化经验。另外，改造传统文化也是老舍为战争带来的矛盾和苦难寻求精神归属的一种努力。这种对忠诚理念的现代性改造与其说是老舍对民众的道德要求，不如说也是其自身的一种心理欲求，对归属感的渴望，他自觉地将传统道德为主要内容的整个中国传统文化浪漫化、理想化，如在40年代的写作中除了对传统忠诚的重新审视、塑造了一大批形而上的英雄人物外，他还抒写了贤妻良母的重要意义。在老舍塑造的文化世界里，意识形态的新旧、文化观念的现代与保守时常是模糊的，比起对这些问题的苦苦追寻，他更看重幸福和平等现世的稳定如对传统四世同堂家庭的幸福和谐的向往。

（《山东师范大学学报》2017 年第 3 期发表）

---

① 老舍：《大地龙蛇·序》，载《文艺杂志》1942 年第 1 卷第 2 期。

# 祀孔与立学：宋濂"天子立学之法"
# 与孔子圣师地位论争

张彦聪*

## 一、"天子立学之法"：宋濂引发的论争

宋濂自号"儒者"，《明史·宋濂传》说他"性诚谨，官内庭久，未尝讦人过。所居室，署'温树'"。①树欲静而风不止。洪武四年（1371），这位身处政教旋涡中的谦谦君子，便因议论"孔庙祀典"卷入到一场论争之中。

关于这场论争，宋濂本传语焉不详，只提到宋濂于洪武"四年迁国子司业，坐考祀孔子礼不以时奏，谪安远知县，旋召为礼部主事。"②较为详细的情形记载于《明史·贝琼传》：

宋濂之为司业也，建议立四学，并祀舜、禹、汤、文为先圣。太祖既绌其说，琼复为释奠解驳之，识者多是琼议。③

徐永明先生《宋濂年谱》一书，系此事于洪武四年（1371）八月某日，并征引了相关史料，其中以《明通鉴》的叙述较为翔实，择要引之如下：

是月，谪国子司业宋濂安远县。先是，濂迁国子司业，会京师修文庙，爰命礼官儒臣厘正祀典。濂乃上《孔子庙堂议》……议上，上以舜、禹、汤、文不宜祀于国学，不悦，遂坐不以时奏，谪安远知县。其后助教贝琼希旨，作《释奠解》驳之。时祭酒魏观亦被谪。而同时翰林院待制王祎，亦著《孔庙从祀议》……其语多与濂合。厥后上置国子监，先圣改用木主，卒从濂议。④

---

* 作者简介：张彦聪（1984—　），教育学博士，河南财经政法大学讲师，华东师范大学教育高等研究院兼职研究人员，主要从事教育文化与社会、学校建筑文化、教育环境设计等方面的研究。

① 张廷玉等撰：《明史》，中华书局 1974 年版：第 3784—3788 页。
② 张廷玉等撰：《明史》，中华书局 1974 年版，第 3784—3788 页。
③ 张廷玉等撰：《明史》，中华书局 1974 年版，第 3954 页。
④ 徐永明：《宋濂年谱》，浙江大学出版社 2011 年版，第 149—150 页。

洪武初年孔庙祀典的论争，涉及相当广泛而繁杂的问题。在《孔子庙堂议》中，宋濂感叹道："若夫庙制之非宜，冕服之无章，器用则杂乎雅俗，升降则昧乎左右，如此类甚多，虽更仆不可尽也。"①在他看来，彼时孔庙"亵祀"问题繁多，一时难以完全厘正。因此，宋濂《孔子庙堂议》陈述了孔庙中诸多"亵祀"现象，并一一指出厘正之法。不过，大概出乎宋濂意料，该文末尾托出的"天子立学之法"竟然引起了巨大的争议：

> 或者则曰："子之言，信辩矣。建安熊氏欲以伏羲为道统之宗，神农、黄帝、尧、舜、禹、汤、文、武各以次而列焉，皋陶、伊尹、太公望、周公暨稷、契、夷、益、傅说、箕子皆可与享于先王，天子公卿所宜师式也，当以此秩祀天子之学。若孔子实兼祖述宪章之任，其为通祀，则自天子下达矣。苟如其言，则道统益尊，三皇不汩于医师，太公不辱于武夫也，不识可乎？"昔周有天下，立四代之学，其所谓先圣者，虞庠则以舜，夏学则以禹，殷学则以汤，东膠则以文王，复各取当时左右四圣成其德业者，为之先师以配享焉。此固天子立学之法也，奚为其不可也？②

由上引《明史》和《明通鉴》的史料来看，反对宋濂"天子立学之法"的力量来自两个方面：一是朱元璋，二是贝琼等士大夫。因此，这场表面上展开于宋濂和贝琼之间的论争实际上包含着一个"三角关系"；虽然朱元璋的观点是隐晦的，但是他无疑支配着宋濂与贝琼之间的这场论争。

洪武十五年新建国子监时，朱元璋只是采纳了"改塑像为木主"等枝节性建议，而对于宋濂的"天子立学之法"，他的不悦之情是显而易见的。因此，《明通鉴》"厥后上置国子监，先圣改用木主，卒从濂议"的评论，并没有把握到这场论争的主调和焦点。

对于这场论争，黄进兴、余英时、邓志峰和朱鸿林等学者曾从不同视角、在不同层面上论及。仔细梳理几位学者的著作和文章，笔者发现贝琼《释奠解》一文是以往研究最为薄弱处，或许能够成为深入研讨这场论争的重要视点或突破口。而细读《释奠解》之后，笔者也感觉到有些问题确实值得进一步商榷，下面就在上述几位学者研究的基础上，谈谈笔者对这场论争的诠释。

## 二、"贞观之制"的破与立：贝琼对宋濂的反驳

贝琼对宋濂的反驳，有上引《明史》和《明通鉴》的史料依据。据笔者所

---

① 罗月霞主编：《宋濂全集》（第一册），浙江古籍出版社 1999 年版，第 19121 页。
② 罗月霞主编：《宋濂全集》（第一册），浙江古籍出版社 1999 年版，第 19121 页。

见文献，仅有朱鸿林先生《明太祖的孔子崇拜》一文简略论及这一问题，故而认为这是以往研究最为单薄的地方。朱先生指出，"贝琼是认定宋濂要把孔子视作先圣之末、先师之首的"，所以他才著文论宋濂之非，以维护孔子之先圣地位。①

由此可见，朱先生已经把握到两人论争的主题是孔子圣师地位问题。或许是为《明太祖的孔子崇拜》一文的论题所限，朱先生对宋濂与贝琼之间的论争点到为止，并未论述其详情。本文想强调的是：二人的论争虽然针对孔子的圣师地位问题，但是细读《释奠解》，不难发现贝琼对宋濂的反驳围绕着是否坚持"贞观之制"这个主题而展开。在该文末尾，贝琼交代著文旨趣道：

时余为国子助教，适闻有以邪说言于朝，破贞观之制者，既斥而不用矣。予惧其惑人也，故辨之。②

换言之，贝琼将他与宋濂的论争归结或提升到是否坚持"贞观之制"这一问题上来。这是特别值得注意的现象！何谓"贞观之制"呢？对于汉唐之间孔子圣师地位的历史演变，高明士先生曾作如下言简意赅的总结：

从后汉起，学校（含辟雍）的祭礼，其祭祀对象分成两个阶段，后汉之际是奉祀周、孔，魏晋南北朝隋代是奉祀孔、颜，到唐高祖武德时代采用后汉制，太宗贞观时代又用六朝隋代制，高宗永徽年间再采用武德制，显庆年间又恢复贞观制。自此以后，孔、颜在学校祭礼的地位确立不移。③

因此，"贞观之制"的历史意义是在学校祭礼中确立孔子的先圣地位。据此可知，在贝琼看来，宋濂所谓"天子立学之法"的要害是破坏了"贞观之制"，从而动摇孔子独一无二的先圣地位。于是，他才著文《释奠解》，驳斥了宋濂《孔子庙堂议》提出的"天子立学之法"。

值得注意的是，该文字里行间处处折射着贝琼的鲜明立场和坚定信念，他详述了唐虞至明初学校释奠先圣、先师的历史演变，并且掷地有声地指出：

贞观之制出于天下之公，而非一人之私见，阅万世不可易者。今欲崇三皇为先圣，使居孔子之上，不足以褒其功；降孔子为先师，使混于高堂生之列，适所

---

① 朱鸿林：《中国近世儒学实质的思辨与习学》，北京大学出版社 2005 年版，第 70—119 页。
② 贝琼著，李鸣校点：《贝琼集》，吉林出版集团、吉林文史出版社 2010 年版，第 7918 页。
③ 高明士：《唐代东亚教育圈的形成——东亚世界形成史的一个侧面》，"国立编译馆"中华丛书编审委员会，"中华民国"73 年，第 157 页。

以贬其德。故吾的然以为不可也。①

此外，《明通鉴》明言"助教贝琼希旨"，是否属实呢？对此问题，笔者想强调的是：只要读一读《释奠解》，就会发现贝琼的观点牢固地建立在对历史经验的总结之上；所以，即便贝琼受到朱元璋或隐或显的影响，他也绝非传声筒式的士大夫，而是对孔子圣师地位的历史演变有着深刻的思考和认识。

然而，辨析贝琼希旨问题，无疑能够深化我们对贝琼反驳宋濂动机的认识。在以往研究中，笔者未见有学者探讨过这个问题；除《明通鉴》外，也未见到其他史料言及"助教贝琼希旨"。因此，笔者推测这或许是史家的推断之论，并无确切的证据。

不过，史家推断贝琼希旨，也并非空穴来风。我们细读《明通鉴》叙事的时间顺序，便可体会史家的逻辑：宋濂上《孔子庙堂议》、太祖贬谪宋濂、助教贝琼作《释奠解》驳斥宋濂等三件事接连发生，故而朱元璋授意贝琼或贝琼揣摩圣意从而反驳宋濂，都是有可能发生的事情。

更重要的原因或许是，与宋濂的"天子立学之法"相比，贝琼关于孔子圣师地位问题的观点与朱元璋的立场更为接近。据《明太祖实录》记载：

（洪武六年八月）上曰："五帝、三王及汉、唐、宋创业之君，俱宜于京师立庙致祭，其余守成贤君，令有司祭于陵庙，皆每岁春秋祭之。"②

如果贬谪宋濂是太祖对其"天子立学之法"的隐晦表态，那么下诏营建历代帝王庙无疑是太祖的明朗化表态。事实上，在《释奠解》一文中，贝琼在反驳"天子立学之法"时已经提出过类似的动议了：

或又曰："古者祀舜于虞庠，祀禹于夏学，祀汤于殷学，祀文王于周学。舜、禹、汤、文得以祀于学，而不得祀三皇，何拘于贞观之制耶？"曰："周王天下，立四代之学，故祀舜、禹、汤、文，而三皇将祀之于何学欤？"或进曰："先生之言详矣。三皇、孔子，其道一也。崇孔子之祀，当崇三皇之祀焉。以佛氏之苦空寂灭，老氏之荒唐怪诞，无益于人与国，且崇广殿，儗于王宫，法亦弗之禁。矧三皇之功及于人者如此，而领之于医，不亦襄乎？"曰："领之于医，特主神农尝药之一事，理固有未尽者。宜定其制，设官主之，以丰其祀可也。祀于学，则非义矣。"③

---

① 贝琼著，李鸣校点：《贝琼集》，吉林出版集团、吉林文史出版社2010年版，第7918页。
② 中央研究院历史语言研究所校印：《明太祖实录》，卷八十四，第3页。
③ 贝琼著，李鸣校点：《贝琼集》，吉林出版集团、吉林文史出版社2010年版，第7918页。

历代帝王庙的营建可谓对贝琼"定其制，设官主之，以丰其祀"主张的实施。还有一个间接的证据，就是在《释奠解》中，贝琼论证帝王尊孔话题时提及："周太祖屈万乘过阙里，拜其像，又拜其墓，视汉之高帝、明帝，尤重其礼，论者亦不以为过。"①笔者注意到在洪武十五年议定帝王"释菜"礼仪时，朱元璋讲了类似的话。据《南雍志》记载：

（洪武十五年夏四月）丁巳，上谓礼部尚书刘仲质曰："国学新成，朕将释菜，令诸儒议礼。议礼者曰：'孔子虽圣，人臣也。礼宜一奠而再拜。'朕以为孔子明道德以教后世，岂可以职位论哉？昔周太祖如孔子祠，将拜。左右曰：'孔子，陪臣，不宜拜。'周太祖曰：'百世帝王之师，敢不拜乎？'遂再拜。朕深嘉其明断，不惑于左右之言。今朕有天下，敬礼百神，于先师之礼益加尊。"②

鉴于这些历史事件的内在联系，史家推断"助教贝琼希旨"也在情理之中。

### 三、宋濂为何提出"天子立学之法"？

但是，作为明朝"开国文臣之首"，熟读经史子集的宋濂，难道不了解贝琼所论的那些有关孔子圣师地位的历史掌故吗？他又为何要打破在学校祭礼中确立孔子先圣地位的"贞观之制"呢？

在"道统与治统"的思考框架中，黄进兴和余英时等学者都强调宋濂"道统意识"的重要性。比如，黄进兴先生将孔庙视为"道统的制度化、政治化"，并在"道统"与"治统"的微妙关系中考察孔庙制度的历史嬗变。他将朱元璋停止"通祀"孔子，作为明代皇权打压"道统"的标志，而宋濂的言论则是对这种打压的曲折而隐晦的抗拒。

对于熊铄和宋濂在讨论孔庙祀典中，节外生枝地提出"立学"建议，黄先生的解释是：熊铄意在突破元代孔庙的尴尬格局（即在孔庙祀典中，"安置象征人君的'圣寿辇'于孔圣右边，居曾子、孟子位上，形成君师并临的格局"），而"宋氏不止需背负改革胡元之制的任务，尚需应付明太祖方停天下通祀孔子之举。"黄先生认为："'天子之学'正是请'君'入瓮，净化孔庙祭典的绝妙计策。"③

余英时先生也是在道统与治统的张力中思考相关问题的，他曾援引《明史·钱唐传》指出：钱唐和程徐二人早在洪武二年，就先于宋濂正式提出了"同样

① 贝琼著，李鸣校点：《贝琼集》，吉林出版集团、吉林文史出版社 2010 年版，第 7918 页。
② 首都图书馆编辑：《太学文献大成》（第一册），学苑出版社 1996 年版。
③ 黄进兴：《圣贤与圣徒》，北京大学出版社 2005 年版，第 237—246 页。

的主张";他认为,熊鈇《祀典议》中"尊道有祠,为道统设也"的观点,"至元末已为儒家士大夫普遍接受"。①

笔者以为,士大夫阶层道统意识的不断强化确是值得深究的思想文化现象,但是将熊鈇的观点"普遍化"是否也忽视了"贝琼"一派士大夫的观点?关键问题是,将"治统"与"道统"的矛盾作为把握孔庙问题的主线,是否就意味着朱元璋一定是站在"治统"的立场上打压"道统",而宋濂一定是站在"道统"的立场上抗拒"治统"?

对于宋濂《孔子庙堂议》一文,邓志峰先生就提出了不同的观点,他认为:"假如注意到在明代通祀天下并不是尊隆的表示,那么宋濂此疏本意只能是张扬君道。可惜马屁拍到马腿上,朱元璋并未理解。宋濂最终以'考祀孔子礼不以时奏'为由,谪为安远知县,只能说可笑极了。"

基于"通祀并非尊隆"的判断,邓先生指出:"当时朱元璋主张天下通祀城隍,而罢孔子。儒者们以通祀孔子相争,在我看来其实是出于排斥民间宗教的考虑,这与传统上排佛攘老内蕴相同。黄进兴以此来证明当时学者的目的是尊崇道统,似乎并不成立。此外,宋濂主张以伏羲为'道统之宗',以历代帝王为先圣,其实是贬低孔子作为先圣的地位,因此后来才有可能被明世宗加以利用。"②

笔者认为,同一历史现象有着矛盾的解读,对错不一定是判然分明的,对立的解读往往是历史现象自身矛盾的折射和表征。当我们使用"治统"和"道统"等宏大概念编制而成的"意义之网"、诠释特定历史情景中的人物和事件时,并不意味着可以忽略社会个体的复杂动机和行动策略。

实际上,宋濂"天子立学之法"的提出,有着更为复杂的历史文化语境。祭祀圣师是中国古代学校的文化传统,但是谁为先圣、谁为先师在儒家经典中并无"定名",这也是导致儒士阶层内部关于孔子圣师地位问题之观念冲突的重要原因。贝琼也认识到了这一点,在《释奠解》一文中,他说:

> 按《周礼》,凡有道有德者使教焉,死则以为乐祖,祭于瞽宗。故《文王世子》篇曰:"凡学,春官释奠于其先师,秋冬亦如之。"若《礼》有高堂生,《乐》有制氏,《诗》有毛公,《书》有伏生,皆先师之类也。又曰:"凡始立学者,必释奠于先圣、先师。"释者曰:"先圣,若周公、孔子。"其下云:"凡释奠者,必有合也,有国故则否。"盖谓国无先圣先师,则所释奠者当与邻国合。若唐虞有夔、伯夷,周有周公,鲁有孔子,则各奠之,不合也。是唐虞与周所主先圣先师,固无定名,未有及于三皇也。再稽之史,汉魏之王,取舍各异,周、孔迭为先圣,孔、颜互为先师。唐武德间,亦以孔子配周公。至太宗贞观二年,

---

① 余英时:《宋明理学与政治文化》,吉林出版集团有限公司 2008 年版,第 167—169 页。
② 邓志峰:《王学与晚明的师道复兴运动》,社会科学文献出版社 2004 年版,第 97 页。

房玄龄言释奠于学以孔子也。大业以前，皆以孔子为先圣，颜子为先师。若周公制礼作乐，宜享王者之祀。于是罢周公，升孔子，配以颜子。高宗永徽中，又复武德旧制。显庆二年，以长孙无忌言，正孔子为先圣，仍以周公配武王。历宋迄今，释奠孔子，定位不易之典。是唐宋所主先圣先师，已有定名，未有及于三皇也。①

当朱元璋"驱除鞑虏，恢复中华"的历史伟业行将成功时，如何恢复政治社会秩序就成为摆在他面前的时代课题。朱鸿林先生指出："明太祖致治的要领，是农桑和学校并重的长期国策，加上洪武年间所制定的各种礼制。"②这确是持平之论。事实上，洪武初年孔庙祀典的论争语境正是洪武兴学运动，由于孔子的圣师地位深刻地关联着朱元璋的兴学国策，所以在洪武初年的历史情境中，诸儒之议论孔庙祀典焉能无视这一基本国策？

笔者认为，《孔子庙堂议》正是宋濂对朱元璋兴学国策的回应和主张，这在"天子立学之法"上体现得最为明显。上文提及洪武六年营建历代帝王庙事件，事实上，《明太祖实录》中还记载着朱元璋关于三皇功绩和祭祀问题的两段谈话：

洪武四年三月丁未，遣使祭历代帝王陵寝。上谕中书省臣曰："天下都邑，咸有三皇庙；前代帝王大臣皆不亲祭，徒委之医药之流，且令郡县通祀，岂不亵渎？至于尧、舜、禹，皆圣人，有功于天下，后世又不立庙，朕不知其何说也。宜令礼部会诸儒详考以闻。"……上曰："三皇继天立极，以开万世教化之源，而汩于医师，其可乎？自今天命天下郡县，勿得亵祀。"③

根据徐永明先生《宋濂年谱》，宋濂上《孔子庙堂议》发生于洪武四年八月。若将上述明太祖实录史料与《孔子庙堂议》比照阅读，可知宋濂"天子立学之法"的提出一方面虽然有"道统益尊"的考虑，另一方面似乎也是对朱元璋关于"三皇亵祀问题"谈话的回应。由此也可见，贝琼驳斥宋濂之"天子立学之法"，侧重于"三皇问题"，也不是无的放矢（见上引《释奠解》文字），而是与宋濂一样，包含着回应朱元璋兴学国策的意图。

再者，宋濂"天子立学之法"标榜"周有天下，立四代之学"，也似乎是对朱元璋兴学国策的回应，因为遵行"周制"是洪武初年朱元璋钦定的国学教育方针。据《南雍志》记载：

①　贝琼著，李鸣校点：《贝琼集》，吉林出版集团、吉林文史出版社 2010 年版，第 7918 页。
②　朱鸿林：《中国近世儒学实质的思辨与习学》，北京大学出版社 2005 年版，第 70—119 页。
③　中央研究院历史语言研究所校印：《明太祖实录》，卷六十二，第 3 页。

（洪武元年）六月以太子宾客梁贞兼祭酒，上命贞仿周制，以六德六艺从容训迪，务底于成。

（二年）六月丁卯，上谕国子学官曰："治天下以人材为本，人材以教导为先。今太学之教，本之德行，文以六艺者，遵古制也。人材之兴，将有其效。"①

相对于贝琼的鲜明立场和坚定信念，儒者宋濂的思虑更为隐晦而复杂。从上述分析可知，"天子立学之法"大概是宋濂在道统与治统的夹缝中回应朱元璋兴学国策的一条"折衷之策"。如果我们只是基于"道统意识"诠释宋濂的主张，无疑将遮蔽诸多潜藏在历史表层之下的真相。

## 四、太祖不悦、宋濂遭贬谪的真实原因

如果宋濂的"天子立学之法"是对朱元璋兴学国策的积极响应，那么太祖为何"不悦"？宋濂遭贬谪的深层原因是什么？以往的研究认为，宋濂遭贬的主要原因并非"不以时奏"，这不过是朱元璋贬谪司业宋濂的由头，其深层原因则是洪武二年朱元璋下诏停止天下通祀孔子，而宋濂《孔子庙堂议》继钱唐和程徐之后，进谏恢复天下学校对孔子的通祀，故而引发朱元璋的"不悦"。

在黄进兴、余英时和朱鸿林等学者的分析中，洪武二年朱元璋停止"通祀"孔子成为重要话题。黄进兴先生曾经指出洪武元年朱元璋与曲阜孔府之间的"龃龉"，作为分析该事件的一个由头。②余英时先生则进一步指出"此事关系不小，绝非太祖个人一时的好恶所能解释"。如果朱元璋停止"通祀"孔子并非由于朱元璋个人好恶而打压道统的表示，其深层原因是什么？余先生的解释如下：

在明朝建立以前，朱元璋已延揽了一批江浙的士大夫如刘基、宋濂等人；他们当然极力要把他引归儒教。所以明王朝建立之际，朱元璋阵营中形成了吴晗所谓"儒生与武将相持之局"，而武将与士卒多为明教信徒，可以接受佛教，但未必能改从儒教。洪武元年明太祖在宗教活动方面有两件大事：一是二月举行祭孔子之礼，一是闰七月下诏禁止白莲社、明教等"淫祠"。前者是为政权取得合法性，后者则是为了防止别人继续利用"明王"的名号与他争天下。这是再清楚不过的了。但这样一来，儒生一方面固然兴高采烈，武将一方面恐不免疑虑丛生。我相信太祖必很快便察觉了将士方面有负面的影响。这时天下尚未平定，正是将士用命之际，而且江浙一带明教仍然在下层社会十分活跃。……太祖为了稳定军心，于是不得不于第二年明诏停止孔子"通祀"，以示他于儒、释、道三教

① 首都图书馆编辑：《太学文献大成》（第一册），学苑出版社1996年版。
② 黄进兴：《优入圣域：权力、信仰与正当性》，中华书局2010年版，第126—128页。

无所偏袒之意。①

在《明太祖的孔子崇拜》一文中，笔者也见到朱鸿林先生对这一事件的新解释。他认为"明初地方学校不通祀孔子，亦即不行释奠之礼，明显不是故意轻视之事"，也不是为了节省"区区祭物"，而是担心地方学校释奠孔子"近于渎"，因为"祀神不渎，正是敬神的重要表现。这是太祖的一贯思想所在"。对于为何直到洪武十五年才下诏通祀孔子问题，朱先生的解释是：

一方面应是配合同年新建太学落成启用的大事之故。另一方面，也不能和十三年丞相胡惟庸谋反之事无关。从此事之后太祖多次征召儒士看来，他显然需要儒士之助，也需要加强地方学校生员的思想意识，所以才把释奠之礼行于全国，重申尊师重道和忠君爱国之义。②

针对同一事件，再次出现不同的解读。对于这一事件，笔者不能提出超于三位学者之外的新观点，也不拟调和或折中他们观点的矛盾之处。这里想强调的是诤谏恢复孔子的通祀，或许并非宋濂遭到贬谪的真实原因。理由是：《释奠解》中也有天下"通祀"孔子的言论，贝琼却并未遭到贬谪。换言之，在洪武初年，通祀孔子问题也许并非如后人想象的那样是一个极具政治敏感性的言论禁区。因此，从道统与治统博弈的思考框架出发，深挖朱元璋与宋濂等士大夫关于通祀孔子问题的对抗，对此诠释这个问题来说，也许是一个不大不小的"方向性失误"。

再来细读《孔子庙堂议》一文，宋濂关于孔庙"褒祀"问题的论述，也构不成触犯龙颜的理由。那么，"太祖不悦"的深层原因是什么？上文所引《明史》和《明通鉴》的史料都表明，要害是"天子立学之法"，这才是洪武初年孔子圣师地位论争的导火索，也是宋濂遭贬谪的主要原因。不过，以往史家都未详细剖析宋濂"天子立学之法"的敏感点究竟何在的问题。笔者试解之，以就教于海内方家。

笔者认为，关节之处正是贝琼所讲"贞观之制"的破与立。诸位去细读宋濂《孔子庙堂议》，文中有一段话至关紧要：

学校既废，天下莫知所师。孔子集群圣之大成，颜回、曾参、孔伋、孟轲实传孔子之道，尊之以为先圣先师，而通祀于天下固宜。其余当各及其邦之先贤，虽七十二子之祀，亦当罢去，而于国学设之，庶几弗悖礼仪。③

① 余英时：《宋明理学与政治文化》，吉林出版集团有限公司 2008 年版，第 167—169 页。
② 朱鸿林：《中国近世儒学实质的思辨与习学》，北京大学出版社 2005 年版，第 70—119 页。
③ 罗月霞主编：《宋濂全集》（第一册），浙江古籍出版社 1999 年版，第 19121 页。

在《明太祖的孔子崇拜》一文"学校祭祀的别制"一节，朱鸿林先生分析了宋濂与熊鉌之"天子立学之法"的差异，他指出：

> 太学祀先圣以及孔子，熊鉌是没有主从的问题的。宋濂却有主先王而从孔子之嫌，尽管他认为太学不须像地方学校一样，可以祀及从祀的孔门七十二子。照宋氏意见，四配和七十二子之外的任何儒者，是不当从祀于任何孔庙的。这样的形象后果不难想象：孔庙和祭孔的阵仗都会大为减少，孔子的威严和光采也将消退失色不少。太祖没有接纳宋濂的议论，可能便是考虑到孔子地位因而下降这一点。①

笔者认为，作为"学校祭祀的别制"，宋濂的"天子立学之法"除了关乎孔子地位的荣辱沉浮这一点之外，更为紧要的是宋濂的立学建议将"天子之学"与地方学校的祭祀礼仪明显地区分开来，这无疑破坏了"贞观之制"所确立的从中央到地方以孔子为核心建构起来的统一化的学校祭祀体制，从而与朱元璋的兴学国策产生无法调和的裂痕。而贝琼从坚守"贞观之制"的立场，破宋濂"天子立学之法"这种惑人的"邪说"，则恰恰击中了宋濂《孔子庙堂议》中"天子立学之法"的要害之处，从而取得了当时诸多士大夫的认同。

直到洪武十五年，孔子圣师地位终于明朗化，集中了帝国权力的朱元璋也在一道"谕"中清楚而明确地表露了他试图利用强大的皇权，以孔子为核心构建和奠立大明王朝一元化的学校祭祀体制的坚定立场。《南雍志》上记载：

> 洪武十五年夏四月丙戌，诏天下通祀孔子，赐学粮、增师生廪膳。上谕礼部尚书刘仲质曰："孔子明帝王之道以教后人，使君君、臣臣、父父、子子，纲常以正，彝伦攸叙，其功参乎天地。今天下郡县庙学并建，而报祀之礼止行于京师，岂非阙典？卿与儒臣其定释奠礼仪，颁之天下学校，令以每岁春秋仲月通祀孔子。"②

（《教育学报》2015 年第 4 期发表）

---

① 朱鸿林：《中国近世儒学实质的思辨与习学》，北京大学出版社 2005 年版，第 70—119 页。
② 首都图书馆编辑：《太学文献大成》（第一册），学苑出版社 1996 年版。

# 道教神仙思想与韩国汉文小说的"仙遇"主题

## 王雅静[*]

　　道教神仙思想是以神仙崇拜为核心，旨在通过宣传神仙的完美居所、长生不死和通天法术来吸引信众的一种思想信仰，其渊源可追溯至中国古代先民对长生不老和自由生活的向往。《庄子·逍遥游》中就有对神仙形象及能力的大致描述："神人"居于"藐姑射之山"，"肌肤若冰雪，绰约若处子；不食五谷，吸风饮露；乘云气，御飞龙，而游乎四海之外；其神凝，使物不疵疠而年谷熟。"[①]此外如《山海经》之《海外南经》中的"不死民"，《大荒南经》中的"不死之国"[②]，这些都是早期典籍中的神仙雏形。道教发展了这些典籍对于"神仙"养生、修炼、形貌、能力的描写，认为世人是可以通过服食等修炼方法而达到长生不老、随意变化的神仙境界。如葛洪《抱朴子·论仙》说"若夫仙人，以药物养身，以术数延命，使内疾不生，外患不入，虽久视不死，而旧身不改，苟有其道，无以为难也"[③]，即表明神仙可通过服食养生等方法修炼而成。而得道后的"神仙"能够"或竦身入云，无翅而飞；或驾龙乘云，上造太阶；或化为鸟兽，浮游青云；或潜行江海，翱翔名山。"[④] 它的产生对中国古代小说影响深远，如魏晋六朝陶渊明《搜神后记》中的《桃花源记》，刘义庆《幽明录》中的《刘晨、阮肇天台遇仙》，唐代传奇小说中张鷟的《游仙窟》，宋代类书《太平广记》中的《玄怪录·古元子》，明代邓志谟的《飞剑记》、清代李百川的《绿野仙踪》等，都可见道教神仙思想的渗透。

　　道教神仙思想不仅深刻影响了中国古代小说创作，而且也波及包括韩国汉文小说在内的整个东亚汉字文化圈的小说面貌。本文拟就道教神仙思想与韩国汉文小说的"仙遇"主题做初步的探讨。

---

　　* 作者简介：王雅静（1990—　　），文学博士，河南财经政法大学讲师，主要从事中国古代文学与文化、中国古代小说、域外汉文小说等方面的研究。此文得到导师孙逊教授的悉心指导，在此表示感谢。

　　① 郭庆藩：《庄子集释》卷一上，中华书局1961年版，第28页。
　　② 袁珂：《山海经校注》，上海古籍出版社1980年版，第196，370页。
　　③ 王明：《抱朴子内篇校释》卷二《论仙》，中华书局1985年版，第14页。
　　④ 胡守为：《神仙传校释》卷一《彭祖》，中华书局2010年版，第16页。

## 一、道教思想在韩国的传播与影响

古代朝鲜作为中国的邻邦，早在三国时期就受到道教思想的影响。高句丽是三国中与中国接壤的国家，所以较早引入了道教，记载也最为明确。荣留王七年（公元 624 年），唐高祖即"遣道士，送天尊像，来讲《道德经》，王与国人听之。"① 642 年宝藏王即位后，也欲"并兴三教"，其宠相盖苏文告王曰："三教譬如鼎足，阙一不足。今儒释并兴，而道教未盛，非所谓备天下之道术者也。伏请遣使于唐，求道教以训国人。"宝藏王听后深以为然，于是向唐朝"奉表陈请，太宗遣道士叔达等八人，兼赐老子《道德经》，王喜，取僧寺馆之。"② 宝藏王有感于盖苏文的"唯有儒释，无道教，故国危矣"的劝诫，向唐太宗陈请引入道教，且"以佛寺为道馆，尊道士，坐儒士之上。道士等行镇国内有名山川。古平壤城势，新月城也，道士等咒敕南河龙，加筑为满月城，因名龙堰城。"③ 道教后来居上，大有超越儒、释之势，由此可见高句丽对道教的尊崇。

道教传入百济虽未有直接的史料记载，但在近肖古王时，公元 375 年，"高句丽国冈王由亲来侵，近肖古王遣太子拒之"。太子"大败之，追奔逐北，至于水谷城之西北"时，莫古解劝诫太子适可而止，说"尝闻道家之言，'知足不辱，知止不殆'，今所得多矣，何必求多。"④ 又义慈王二十年（660），发现一龟背上有文曰："百济同月轮，新罗如月新。"巫师对义慈王解释说："同月轮者满也，满则亏。如月新者未满也，未满则渐盈。"⑤ 无论是莫古解劝诫太子时对道教思想的运用，还是巫师在解读谶言时所化用的道教话语，都反映了道教思想在百济的渗入与影响。

新罗位于朝鲜半岛东南部，由于地理位置的原因，道教传入新罗的时间最晚。真平王（？—632）颇好田猎，大臣金后稷借用老子《道德经》中的话劝诫真平大王说："今殿下日与狂夫猎士，放鹰犬，逐雉兔，奔驰山野，不能自止。老子曰：'驰骋田猎，令人心狂。'书曰：'内作色荒，外作禽荒。有一于此，未或不亡。'由是观之，内则荡心，外则亡国，不可不省也，殿下其念之。"⑥ 由此可见，新罗大臣对道教等中国典籍的娴熟运用。还有太宗大王第二子金仁问"幼儿就学，多读儒家之书，兼涉庄老浮屠之说"。⑦ 也从侧面印证了道教在新罗的传播。

---

① 一然：《三国遗事》卷三《宝藏奉老、普德移庵》，岳麓书社 2009 年版，第 235 页。
② 金富轼：《三国史记·高句丽本纪·宝藏王上》，吉林文史出版社 2003 年版，第 254—255 页。
③ 一然：《三国遗事》卷三《宝藏奉老、普德移庵》，岳麓书社 2009 年版，第 236 页。
④ 金富轼：《三国史记·百济本纪·近仇首王》，吉林文史出版社 2003 年版，第 295 页。
⑤ 金富轼：《三国史记·百济本纪·义慈王》，吉林文史出版社 2003 年版，第 330 页。
⑥ 金富轼：《三国史记·金后稷传》，吉林文史出版社 2003 年版，第 516 页。
⑦ 金富轼：《三国史记·金仁问传》，吉林文史出版社 2003 年版，第 508 页。

　　统一新罗时代（668—901），唐遣使赴新罗并赠送道教经典，促进了道教思想在当地的传播。《三国史记》中记载："唐玄宗闻圣德王薨，悼惜久之，遣左赞善大夫邢璹，以鸿胪少卿往吊祭……夏四月，唐使臣邢璹以老子《道德经》等文书，献于王。"① 新罗派遣的留学生在中国也学习道教的内容，如唐代诗人章孝标《送金可纪归新罗》就记录了新罗人金可纪入唐习道、修炼并一度返国的史实："登唐科第语唐音，望日初生忆故林。鲛室夜眠阴火冷，蜃楼朝泊晓霞深。风高一叶飞鱼背，潮净三山出海心。想把文章合夷乐，蟠桃花里醉人参。"② 《云笈七签》卷——三下有其小传："金可记，新罗人也。宾贡进士。性沉静好道，不尚华侈，或服气炼形，自以为乐。博学强记，属文清丽。美姿容，举动言谈，迥有中华之风。俄擢第不仕，隐于终南山子午谷葺居，怀退逸之趣，手植奇花异果极多。常焚香静坐，若有念思。又诵《道德》及诸仙经不辍。后三年，思归本国，航海而去。复来，衣道服，却入终南。"③ 这些资料反映了金可纪入唐学道的经历。留唐学生崔致远的《桂苑笔耕集》卷也收录了道教斋醮时所使用的青词，其中《中元斋词》记载："年月朔，启请如科仪。伏以道本强名，固绝琢磨之理；身为大患，深惊宠辱之机。能审自然而然，必知无可不可。是以雕词赞美，则乖妙旨于混成；矫志求真，则爽奇功于积学。冀标玉籍，在守金科。"④ 这些资料反映了道教的斋醮仪式和斋醮时所使用的青词的特点。以上记载足以说明道教思想已被新罗的文人广泛认可并接受。

　　高丽之时，道教发展最为兴盛。道教的经书总集《道藏》于此时传进高丽，高丽国王睿宗六年（1110），即采纳了曾赴宋习道的李仲若的建议，建立了朝鲜史上第一座道观福源观，并向宋徽宗请求派遣道士为之培训道徒。宋人徐兢出使过高丽，也曾对当地道教的情况作了一番描述：

　　"臣闻高丽地滨东海，尝与道山仙岛相距不远。其民非不知向慕长生久视之教，第中原前此多事征讨，无以清净无为之道化之者。唐祚之兴，尊事混元始祖，故武德间，高丽遣使勾请道士，至彼讲五千文，开释玄微。高祖神尧奇之，悉以其请，自是之后，始崇道教，瑜于释典矣。大观庚寅，天子眷彼遐方，愿闻妙道，因遣信使，以羽流二人从行，遴择通达教法者，以训导之。王侯笃于信仰，政和中，始立福源观，以奉高真道士十余人。"⑤

————————

　　① 金富轼：《三国史记·新罗本纪·孝成王》，吉林文史出版社 2003 年版，第 121 页。
　　② 《全唐诗》卷五〇六，中华书局 1960 年版，第 5753 页。
　　③ 张君房编：《云笈七签》，齐鲁书社影印 1988 年版，第 628 页。
　　④ 崔致远撰，党银平：《桂苑笔耕集校注》卷一五，中华书局 2007 年版，第 498 页。
　　⑤ 徐兢撰，朴庆辉标注：《朝鲜文献选辑·宣和奉使高丽图经》卷一八，吉林文史出版社 1986 年版，第 37 页。

不但沿用中国道教的斋醮仪式，以作祈福禳灾之用，而且效仿中国道教供奉神仙的做法，建立妈祖庙、八圣堂、城隍庙等道观，以供奉妈祖、八仙、瘟神等诸神灵。正是由于高丽统治者的大力推崇与提倡以及与宋廷之间的密切交流，道教得以在当地长足发展。

李朝建立后，虽效仿明代施行崇儒抑佛的政策，连带道教一并抑制，但道教仍在朝鲜传播和盛行。李朝太宗十七年（1417），明成祖遣使将道教劝人行善的《阴骘文》赠予朝鲜。另外，道教对朝鲜的民间习俗影响至深，如"壬辰倭乱"时期明军援朝时带去的关帝信仰和道教的土地神、灶神、宅地神等与人们生活息息相关的道教神等，都被朝鲜民众接受并加以祭祀。道教的守庚申活动，李朝继高丽朝之后也一直举行。而且，李朝一代已有学者开始研究道教及老庄哲学，如西山大师撰的《道家高抬贵手》，朴世堂写的《新诠道德经》，韩源震著的《庄子新解》，徐命膺的《道德经指归》等。①

由此可见，道教自唐代传入高句丽、百济、新罗后，经统一新罗时期留唐学生与统治者的推崇，高丽时期自上而下的崇信，道教思想已融入古代朝鲜的民众生活和习俗中，并对古代朝鲜的文学、音乐、建筑、医学等诸多方面产生广泛影响。其中，对汉文小说"仙遇"主题的影响尤其深远。

## 二、道教神仙思想在韩国汉文小说中的多样呈现

在韩国以"仙遇"为主题的汉文小说创作中，无论是小说外部场景的描写，还是具体情节的设置，都迎合了道教神仙思想影响下人们对于仙境及仙人生活的向往。韩国汉文小说对仙境、仙居、仙聚、仙修、仙术等仙人生活场景的建构，就直接脱胎于道教的神仙思想。

《桓真人升仙记》是这样形容仙境的："有长年之光景，日月不夜之山川，宝盖城台，四时明媚。金壶盛不死之酒，琉璃藏延寿之丹。桃树花芳，千年一谢；云英珍结，万载圆成。"② 韩国汉文小说中的仙境描写正是在道教典籍的基础上加以渲染和夸饰。如《蒋都令授丹酬德》对仙境的描绘：

"忽有翠苑弥亘数里，玉城嵯峨，金阙重叠，琼楼绮阁，银窗壁户，缥缈辉映，于时洞天日晓，红云交影，珠贝金碧，玲珑眩晃，乃历重门，转长廊，至一堂，窗栏阶砌皆饰以云母、水晶，琳筵珠帐，银床锦屏，莹澈通明，令人骨冷神清，况如羽化而登旋。有侍姬数十，花冠月佩，云裳霞裙，各持银筝玉箫，鸾笙凤管，奏云天霓裳之曲，樽设琼浆玉醴，盘登火枣水桃，异香浓郁，祥霭缬晕。

---

① 关于道教思想在韩国的传播，杨昭全《中国——朝鲜·韩国文化交流史》和白锐译《韩国哲学史》多有论及，本文参考了两书论述的相关内容。

② 李一氓编：《道藏》（5），文物出版社、上海书店、天津古籍出版社1996年版，第513页。

又有众仙骖麟，驾鹤乘云，驭风而迭相往来，洵是清都阆苑，真仙之攸居也。"①

　　再如《陈学究指窟避祸》提到的天上仙宫："近见有高门口圆如井，入则洞天光明，楼殿罗络，阶砌皆苍玉祥凤，微拂彩云如蒸，空中音乐嘹亮，异香扑鼻。庭有一树，高数丈，开赤花，大如莲。树下一女子梼绛纱衣，艳丽无双。"②

　　这里，小说中的仙境大都由金玉珠宝、云母水晶装饰的宫殿，花容月貌、多才多艺的侍女，余音绕梁的仙乐和芳香馥郁的佳酿果品等要素组成。住在仙境中的人都云冠霞衣，驭风驾鹤，法术高明。仙境不仅景色优美，植物异常，有诸如叶大如莲的树木、散发异香的瓜果、色泽如玉的酒水等，而且其珍禽异兽也为人所用，与人和谐共处，体现着道教"天人合一"的思想。

　　仙人的生活更是逍遥惬意的，他们住的是高楼，吃的是佳肴，饮的是美酒，不为琐事烦心，过着自在的日子，还时常组织聚会。如《携客登岳唤神将》中郭思汉少时蒙异人传授秘书，能够在自己家中制造出一个仙境，邀来诸仙友："房中变成一大湖，水色清莹，如铺万顷琉璃，红荷绿柳，互映交荫，珍禽游鳞，翔泳其中。湖上有一彩阁素户，雕窗珠帘画栏，玲珑夺眼，不可名状。其夫坐于楼上，方援琴鼓之，与五六羽衣者对坐而杯盘狼藉，又有云裳霞裾之女，或吹弹或歌舞，其形貌声音历历可辨。"③ 郭思汉用道术在房中变幻出一片湖光庭院，与其他仙人共享得道之乐，表现了作者运用道教的理念与思维方式，将对于仙境的想象移至人间，使之具象化。聚会中仙乐是必不可少的，正如道经里仙家聚会时仙乐不可或缺一样，《大洞真经》中就有上清西华紫妃及西王母在仙家的聚会上命各侍女演奏不同乐器的描写。

　　正因为仙人的居住环境和日常生活是如此美好，吸引着人们对于学道成仙的向往，因此，修仙就成了人生一件要事。修炼的首要之务是要断食，所以学习辟谷就成了重要一环。《义兵肩挂漆匏竿》中抗击倭寇的义兵领袖郭再佑就是通过辟谷得道成仙的："或经月不食，惟日食松花小片，就鹫山沧岩为栖息地，扁以忘忧，永谢烟火，多有异事。一日忽大雷雨震其房舍，公已化异香满室传仙去。"④ 把历史上真实的抗倭英雄神仙化，表现了对英雄的崇敬和思念。再如《司印僧留客朝真》中的神僧传授南宫斗"长生之方"时，就问"第能绝谷否？""对曰：'何难之有？'斗本大嚼，未克遽断哺啜。僧使之渐次减食，昨一箪而今一盂，过几日，至废食而不知肚馁。"⑤ 说明了辟谷是可以实现的。

---

① 郑明基：《原本东野汇辑》（上），宝库社1999年版，第513页。
② 郑明基：《原本东野汇辑》（上），宝库社1999年版，第520页。
③ 郑明基：《原本东野汇辑》（上），宝库社1999年版，第543—544页。
④ 郑明基：《原本东野汇辑》（上），宝库社1999年版，第186页。
⑤ 郑明基：《原本东野汇辑》（上），宝库社1999年版，第488页。

凡人经由适当的方法修炼，就可以得道，得道后的仙人自然就超凡脱俗。《曳杖翁引人成亲》中的老人"龟形鹤状，戍削清高，衣六珠碧纱袍，抱九节绿玉杖，洵是仙风道骨，迥出尘表。"①《蒋都令授丹酬德》中的蒋都令是上仙，即使他将自己装扮成乞丐，荫官还是能看出他"虽形鹄衣鹑，而状貌有异""气骨决非汩没于流丐中者"，② 说明了得道成仙之人形貌的不同寻常。

成仙之人往往身怀绝术，会万般变化。《授器换金试奇术》中的李士亭就在夫人面前演示了神奇的道术："即就缝衣桱器中取其众色锦绸，小小裁余，握在手中，微作咒语，俄而散掷空中，蝴蝶纷然，满室五色灿烂，各随裁余本色而成，翩翩飞舞，眩转难测。"③《陈学究指窟避祸》中的陈学究则为高玉成在园中变化出一场盛宴，将苦寒萧瑟的冬日之况变为暮春时的芳菲之景："高墙粉壁，垂柳乔松，围绕院宇。天气和畅，异鸟成群乱弄，仿佛暮春时候。亭中几案皆镶玉玛瑙，铺一水晶屏，莹澈可鉴，中有花树摇曳，白禽回翔，以手抚之，殊无一物。"④ 仙术的神奇，可谓令人叹为观止。

小说从道教神仙思想中汲取养分，详细描绘了仙境的状貌，以及仙人聚会的场景、修炼的方法、法术的神奇等，都迎合了世人对于神仙世界及仙人生活的向往。在道教神仙思想的影响下，"仙遇"主题就成为韩国汉文小说中的一个普遍母题。

## 三、韩国汉文小说的"仙遇"主题及其本土特色

道教的神仙思想为凡人经由一定的努力得道成仙，或凭借一定的机遇偶遇仙人提供了一种理论依据，且道家成仙讲究积累功德，《真诰》卷六南极夫人说："夫人学道者，行阴德莫大于施惠，解救患莫大于守身奉道，其福甚大，其生甚固矣。"⑤ 道教将积累功德作为得道成仙的条件，创造出许多与凡人遇合的机会。韩国汉文小说中的"仙遇"主题包含了仙凡之恋、仙人周穷济急和仙人预知吉凶等几个方面。

"仙遇"小说中的主人公偶遇仙人大都是因为深山失路，误入其中。如《问异形洛江逢图隐》，猎手日暮失路，闯入洞中。⑥ 由于仙人的居所较为偏僻，沟通仙界与人世的桥梁多是重山叠嶂，主人公要跋山涉水才能进入。如《建碑书喻示大义》里成承旨迷路后，"靡靡逾阡，转入叠嶂，邃樾之间，四顾无人"。进

---

① 郑明基：《原本东野汇辑》（上），宝库社 1999 年版，第 497 页。
② 郑明基：《原本东野汇辑》（上），宝库社 1999 年版，第 509 页。
③ 郑明基：《原本东野汇辑》（上），宝库社 1999 年版，第 50—51 页。
④ 郑明基：《原本东野汇辑》（上），宝库社 1999 年版，第 518 页。
⑤ 李一泯编：《道藏》（20），文物出版社、上海书店、天津古籍出版社 1996 年版，第 524 页中—下。
⑥ 《青邱野谈》（下），亚细亚文化社 1985 年版，第 300 页。

退维谷时，又"过了几曲湾，逾一岭而入"，乘着月光，才见"炭坼野开，村容榔比中有一大屋，鱼缉鳞于碧瓦，雁列齿于花础，仿佛朱门甲第"。① 再如《觇天星深峡逢异人》中士人山行失路，"忽见大石中开，若石门然，有大川自其中流出菁叶，时时随流而下"，② 浮水而入，方得遇仙人。

这类小说的结构因袭《桃花源记》的痕迹相当明显，都以"误入—交往—回归"为线索。以《麻衣对坐说天运》一文为例：南师古游览白头山时，"忽见岩石中开，有菖烟乍起，意谓人居，遂至其处，果有数家临溪依岩，茅庐莆洒，地无纤尘。若非武陵仙源，便是天台隐居也。"果然迎面就碰见一位"衣冠古野，携筇而出"的老翁，告诉他"此地深邃不与人世通烟，已百有余年，世无知者"，并向他提供了"非烟火界所唉"的"酒食、山肴、野簌"，后南师古又重返人世。③

仙凡之恋的主人公进入仙境的方式与小说结构也不例外，且多呈现为女仙与凡男的恋爱模式。如《曳杖翁引人成亲》，咸永龟在前往关东的途中，僮奴和马均暴死，进退维谷之际遇到了一位老人，老人指引他来到"玄圃阆苑"处，并言说："吾有拙女，久堕尘寰，未得良偶，知君有夙世赤绳，故引刘阮到天台耳。"直接化用刘阮入天台的故事敷衍而来。咸永龟与女仙成婚后，未得衽席之好，凡遇强就时，女仙就说"仙家夫妇只在神交"，颇类似于道教的"偶景术"，变"黄赤之道"为"人神双修"。④ 小说沿袭魏晋六朝小说中的仙凡之恋，将普通男性迎娶"白富美"，走向人生巅峰的愿望绘制周详。

小说中的凡男家境普遍清寒，因此除了希望与女仙爱恋外，还希冀仙人能帮助自己改善生活窘况。如《建碑书喻示大义》一文，成承旨因家庭贫穷，妹妹到了结婚的年龄无法成礼，便带了一马一僮，到海西寻找富裕的逋奴，希望得到帮助。抵达海西境时得遇仙人，初次见面，仙人便赠予一千两银子，助他脱贫致富。⑤《授器换金试奇术》中，仙人李士亭"周行四海，穷探幽奇，三入济州，自为商贾，以教民赤手赢生业，数年积谷巨万，尽散之贫民"，⑥ 表现了仙人周济穷人的救世情怀。

小说中的仙人不但乐于救济穷人，更能预知吉凶，帮人化解灾难。如《授器换金试奇术》直言李士亭"未来之事皆预知，世称以神人。"⑦《陈学究指窟避祸》中的仙人陈学究为报答高玉成的悉心照料，带他领略仙府后便令其坠入一

---

① 郑明基：《原本东野汇辑》（上），宝库社 1999 年版，第 523—524 页。
② 《青邱野谈》（下），亚细亚文化社 1985 年版，第 290 页。
③ 郑明基：《原本东野汇辑》（上），宝库社 1999 年版，第 380—381 页。
④ 郑明基：《原本东野汇辑》（上），宝库社 1999 年版，第 499、503 页。
⑤ 郑明基：《原本东野汇辑》（上），宝库社 1999 年版，第 523—529 页。
⑥ 郑明基：《原本东野汇辑》（上），宝库社 1999 年版，第 48 页。
⑦ 郑明基：《原本东野汇辑》（上），宝库社 1999 年版，第 48 页。

窟，安排其观看三老对弈，直至结束方教其御云返家。后从其妻处得知，陈学究令其堕入窟穴的遇仙经历，令其避开了二鬼的捉拿，挽救了他的性命。① 再如《曳杖翁引人成亲》中的咸永龟因思念亲人离开仙境，女仙提前告知了"壬辰倭乱"的迹象，使其得以举家迁移至女仙营造的"桃源避秦之所"。② 这都反映了人类寄希望于神灵能护佑自己摆脱厄运的愿望。

虽然中国魏晋六朝出现的遇仙小说如《桃花源记》《刘晨、阮肇天台遇仙》等，已成为一种普遍的模式，在韩国汉文小说中反复出现，但韩国以"仙遇"为主题的汉文小说在承袭魏晋六朝的遇仙模式的同时，也展示了同中之异，主要表现为释、道身份的合一，以及儒、道思想的互融两个方面。

在韩国汉文小说中，僧人也可以承担仙人的角色，拥有仙人的本领。如《教童攀绳摘仙桃》中的田禹治遇见的神仙，即是一位僧人。此僧是"道术者"，不仅能够预知未来，随意变化，"游于六艺之门，演易义而通神"，还能带领田禹治领略"上仙会宴之所"。③《设白帐避兵获安》中的洪斯文遨游山水时见到的僧人，也是"广通道教"，会飞升之术，洪斯文脚力所不能抵达的地方，他就与之"偕行，从僻路升降"，至断裂处，僧人"展两袖据岸悬身而仰卧，令洪跃来，投其怀中"。房兵将至时，洪斯文赖"僧之神术坐免兵祸"。④《司印僧留客朝真》中，传授南宫斗延年益寿之法的也是僧人，此僧在雉裳山修行，是司印僧。他教南宫斗绝谷，传长生之方，授《皇庭经》及内外丹秘诀，临行又赠其锁精之药，⑤ 全然是一位披着僧衣的道士所为。

小说将飞升之法、长生之方这些本是道教的内容赋予一名僧人，实现了释、道身份的合一，其渊源可以追溯到古代新罗的"花郎道"信仰上。"花郎道"又叫"风流道"，源于新罗真兴王。真兴王"天性风味，多尚神仙"，因此，"择人家娘子美艳者，捧为'原花'。""花郎道"选择美艳女子为"原花"，与道教对应女仙的尊崇如出一辙。推选出的"原花"，负有领导徒众修行的职责，并导引徒众以"孝悌忠信"自勉。在道教中，女仙确实承担教授有仙缘的凡间男子以长生之法，引导他们脱凡飞升的责任，正和"原花"所处的领导地位与引导作用相似，由此可知"花郎道"与道教神仙信仰之间有着千丝万缕的联系。"花郎道"信仰还将佛教弥勒奉为"仙花"，称为"弥勒仙花"："有兴轮寺僧真慈，每就堂主弥勒像前，发愿誓言：'愿我大圣化作花郎，出现于世，我常亲近晬容，奉以周旋。'"弥勒被他的诚意所打动，便托梦使，真慈得以在水源寺见到"弥

<hr>

① 郑明基：《原本东野汇辑》（上），宝库社1999年版，第515—522页。
② 郑明基：《原本东野汇辑》（上），宝库社1999年版，第506—507页。
③ 郑明基：《原本东野汇辑》（上），宝库社1999年版，第537—538页。
④ 郑明基：《原本东野汇辑》（上），宝库社1999年版，第580、583页。
⑤ 郑明基：《原本东野汇辑》（上），宝库社1999年版，第486—489页。

勒仙花"。新罗真智王听说后即到处遍访，最终于灵妙寺附近找到"弥勒仙花"，并将其奉为"国仙"。① 这里，"弥勒仙花"融佛教的弥勒信仰于"花郎道"之中，将释、道身份合而归一，反映了古代朝鲜小说"仙遇"主题独特的一面。

韩国汉文小说的"仙遇"主题，不仅表现为小说主人公释、道身份的合一，还表现在内容上儒、道思想的互融。《曳杖翁引人成亲》一文中的老翁，身为女仙的父亲，他劝说咸永龟迎娶女仙。女仙如同凡间的女子一样，依遵父命，与咸永龟相结合，这是儒家伦理中"父母之命，媒妁之言"的再现；女仙不嫌弃咸永龟尘世中的妻子，并愿意与之共同拥有一个丈夫，没有嫉妒，这体现了女仙对儒家伦理观念的自觉践行。② 《荷叶留诗赠宝墨》中仙女倾慕李泽堂的才艺，听到他的朗读声后，便下降告以身份，即使被误解，仍在临行前赠他一砚一墨，并告知"用此砚墨必文思骤进，擢高第且显官"，③ 将传统儒家读书人封妻荫子、光耀门庭的愿望，与道教中女仙来降、引导男子的方式完美结合。因此，其女仙形象也与魏晋六朝遇仙小说迥然有异：魏晋六朝小说中的女仙在两性关系中往往处于主导地位，不容拒绝。如《弦超附智琼》，女仙智琼选择弦超是因为天帝的命令，倘若弦超拒绝智琼，就会招致祸害，"纳我荣五族，逆我致祸灾。"④ 与之相比，韩国汉文小说中的女仙少了一些凌厉与专横，多了几分约束与柔婉气息，说明古代朝鲜在表现仙凡遇合等道教神仙思想时糅合了儒家的道德伦理。

小说中儒、道思想的融合，其原因也与"花郎道"密不可分。"花郎道"在推选"原花"时，要"聚徒选士，教之以孝悌忠信"，并将此视为"理国之大要"，⑤ 可见"花郎道"以儒家的"孝悌忠信"为精神内核，与其日常生活的"游娱山川""相悦以歌乐"的外在形态相结合，体现了儒家精神道义与道家行为方式的有机融合。

古代朝鲜精神信仰的原型是"花郎道"，所谓"国有玄妙之道，曰风流，设教之源，备详仙史，实乃包含三教，且如入则孝于家，出则忠于国，鲁司寇之旨也。处无为之事，行不言之教，周柱史之宗也。诸恶莫作，诸善奉行，竺干太子之化也。"⑥ 由以上论述可以看出，"花郎道"的源头是道教神仙思想。所谓"设教之源，备详仙史"，它实与道教一脉相承，故称"玄妙之道"，又曰"风流"。但在发展演进过程中，吸纳了儒、佛两教的思想，形成了以"玄妙之道"为基础，实乃"包含三教，接化群生"的"花郎道"信仰。正是由于独特的"花郎道"信仰，形成了韩国汉文小说"仙遇"主题的本土特色。

---

① 一然《三国遗事》卷三《弥勒仙花、未尸郎、真慈师》，岳麓书社 2009 年版，第 291—292 页。
② 郑明基：《原本东野汇辑》（上），宝库社 1999 年版，第 499—507 页。
③ 郑明基：《原本东野汇辑》（上），宝库社 1999 年版，第 309—310 页。
④ 干宝：《搜神记》卷一，中华书局 1979 年版，第 17 页。
⑤ 一然：《三国遗事》卷三《弥勒仙花、未尸郎、真慈师》，岳麓书社 2009 年版，第 291 页。
⑥ 金富轼：《三国史记·新罗本纪·真兴王》，吉林文史出版社 2003 年版，第 56 页。

综上所述，道教的神仙思想产生于灾难繁多的汉魏六朝，它所宣导的完美居所与长生不死之术，给饱受灾难的人们提供了一个理想世界。古代朝鲜与中国接壤，战争多发，灾害频现，朝鲜民众自然也希冀有一个理想的可以安身立命的地方。因此，道教神仙思想就顺理成章地被接受，韩国"仙遇"主题的小说应运而生。此类小说中无论是令人神往的仙境描写，还是仙人生活的虚构描绘，或是仙凡遇合的浪漫想象，其目的都是为了寻求乱世解脱，为生活在现实中的人们提供一种精神的寄托和慰藉。

（《中华文史论丛》2016 年第 2 期发表）

# 第三部分

## 文化产业发展研究

"文创时代"凸显了文化、美学与经济和资本的紧密关系，文化产业正成为经济发展新的引擎。文化产业是现代服务业的核心产业，是以满足人们的精神文化需要作为主要目标的经济活动，我国学界一般将文化产业界定为从事文化产品生产和提供文化服务的经营性行业。文化产业的基本要素包括文化创意、体验价值和规模生产三个有机构成要素，体现了产业价值形成以及增值的过程。文化产业具有精神属性、经济属性和意识形态属性。在当代，文化产业发展由传统文化产业、特色文化产业到新兴文化产业，或文化创意产业，越来越成为强大的经济实体，成为一国综合国力的最直观和最具体的反映，更成为综合国力竞争的重要方面。文化产业的发展态势和产业布局已上升到诸多国家发展的战略思考层面，目前全球文化产业的基本格局是：美国处于强势地位；英、法、德、澳、日、韩等国家有着自己的产业优势和竞争实力；其他国家的文化产业多数在探索和发展阶段，未能形成世界性的影响。

　　文化产业是典型的绿色经济，是国民经济中具有先导发生、战略性、支柱性的产业，是推动经济结构调整、转变经济发展方式的重要着力点，是满足人民多样化精神文化需求的重要途径，是建设文化强国、文化强省的重要载体，是推动中华文化、中原文化走出去的主导力量。2017 年上半年，全国规模以上文化及相关产业增速提高了 3.8 个百分点，继续保持较快增长。河南将文化产业发展纳入各级政府扶持重点范围，支持文化企业加快发展，推动文化产业成长为国民经济支柱性产业。我校依托经、管、法等优势学科，成立"现代服务业河南省协同创新中心"，其中的文化与旅游产业创新研究平台聚集了多位学术骨干，完成了多项专题调研报告，并指导硕士生和本科生参与"挑战杯"比赛和社会实践调研，所形成的报告在校内获得佳绩。本团队立足中原文化，积极研究文化产业发展的重点、热点问题，立志成长为区域文化产业发展研究的重要智库。

——编者按

# 创意时代新媒体内容生产的变革与创新

方雪琴*

　　创意时代的来临带来了文化创意产业的蓬勃发展，政府在"十二五"时期致力于推动文化创意产业成为国民经济支柱性产业的战略部署，预示着新媒体产业将蕴含着重大的发展机遇。作为文化创意产业的重要组成部分，新媒体已经成为各地大力发展文化创意产业的抓手和重点。由于新的传播渠道迅速扩张，为新媒体内容产业带来了巨大的发展空间，也对既有的内容生产模式提出了挑战。在新的传播环境下，传媒内容的制作、供应及传播将会发生怎样的转变？来势汹汹的新媒体将给传统媒体既有的内容制作及传播带来怎样的冲击？面对高质量媒体内容稀缺的现状，如何通过不断的创新来满足市场需求？这些问题成了新媒体产业健康快速发展必须面对的现实问题。

## 一、新媒体内容生产面临的三大变革

　　新媒体的即时互动性、便携性，颠覆了传统的内容生产与传播模式，深刻地改变着信息传播环境和传媒的经营业态，造就了新的媒介消费方式和新一代的媒介消费者。数字出版、影视制作、动漫游戏、版权贸易、文化传媒、广告会展等数字内容需求日益高涨，"内容为王"在新媒体时代表现得更加突出。在新的媒介环境下，内容生产面临着一些新的变革，这些变革促使内容生产者必须具有整合资源的创意和想象力，创新数字产品形态，以开发潜在的内容资源，寻求新的发展空间。

### 1. 内容呈现多终端化

　　新媒体时代，内容呈现终端的种类和数量快速膨胀，从机顶盒、个人计算机、互联网电视机、电子阅读器、PDA 到智能手机、iPhone、iPad 平板电脑等，新型终端已经不单是向受众传达信息的工具，而是能够承载多种功能的在线媒体，将所有受众连接在一个巨大的网络中，并且让其在任何时间、任何地点都能够保持在线状态。传统终端只是被动展现平面的、线性内容的工具，而多样化的

　　* 作者简介：方雪琴（1971—　　），新闻传播学博士，教授，河南财经政法大学文化传播学院副院长，河南省学术技术带头人，河南省高校青年骨干教师，主要从事新媒体传播研究。

新型终端具有了多功能、全媒体的特质，用户可以点击、浏览、下载，甚至上传，使得内容生产集成方式向平台化的内容库结构变化，这将促成内容生产、内容集成和内容销售模式的根本性变化。电子阅读器、手机阅读等移动终端的出现，使内容量有了无限扩展的可能，其内容集成也从平面的思维向着平台化的方向发展。由于机顶盒的推广和 IPTV 用户的不断增加，视频内容被重新编辑成平台化的内容库，用点播、回看、推荐、评论等方式代替传统的线性播出方式，让用户自由选择。随着终端功能的不断增强，终端对用户的生活和媒体接触行为的影响也在不断深入，并不断催生出新的内容产业模式。终端从影响受众这个层面开始，向内容生产及产品建设拓展，带动了一场由原有媒体产业链下层开始向上层蔓延的变革。

2. 内容产品的社区化

"媒介融合时代的产品革命，是以营造全新的传媒与用户的关系为起点，为归宿。"[①] 新媒体内容的生产，不仅包括新闻和其他信息产品的生产，还应包括其他多种产品，如社区、游戏、搜索、娱乐、通信、商务等产品的开发，也就是从纯内容产品的生产发展到"内容＋关系"产品的生产。人与人之间的关系、人与媒介之间的关系等，常常是影响人们选择内容产品的重要依据。因此，在新媒体时代，"社区不仅成为聚集人气的重要手段，也成为内容生产的重要平台，更成为其他各种产品的聚合平台"[②]，在经营内容产品的同时，把内容、服务、社区有机结合起来，开拓有利于加强用户与媒介之间、用户与用户之间的关系的全方位创新产品。

3. 内容生产主体的多元化

新媒体提供了社会公众参与内容生产的可能性，任何人都可以借助手机、博客、播客、BBS、微博、网络社区等，在任何时间、任何地点对任何人发布多媒体内容。Web 2.0 的发展使得内容生产出现了革命性的变化：网民参与内容制作的程度增强；传统的记者编辑撰写内容将会被具有互动性的用户自创内容超越。新媒体内容由机构性生产转变为机构性生产和个体性生产两种模式。机构性生产的主体是大型内容生产商，而个体性生产的主体则是社会公众。个体性生产主要指个人通过"上传功能"实现内容产品的提供。随着传播终端技术的发展，拥有内容生产能力的个体数量会大幅增加，使个体性生产成为新媒体内容的重要来源。

## 二、应对多终端化：传统媒体向全媒体转型，打造文化产业集群

随着媒介融合进程的加快，传统媒体为了应对多终端化的冲击，开始实施全

---

① 彭兰：《媒介融合三步曲解析》，载《新闻与写作》2010 年第 2 期。

② 彭兰：《媒介融合三步曲解析》，载《新闻与写作》2010 年第 2 期。

媒体战略。所谓"全媒体",是指运用多种媒介表现形式,并通过多种终端来传输内容的一种新的传播形态。从 2009 年开始,一些主流媒体认识到信息终端技术带来的变革,朝着既拥有传统媒体也拥有新媒体,既拥有平面媒体也拥有视频媒体的全媒体集团方向发展,传统媒体开始了一场新的"跑马圈地"运动。

1. 拓展多元化终端,打造文化产业集群,是传统媒介全媒体战略的发展思路

传统媒体数字化转型的关键是从内容服务商向全媒体信息服务商转变,不仅要重视内容的采集,而且还要高度重视传播终端的选择,实现新闻信息一次采集,多终端发布,实施跨媒介集成战略。新华社不满足于传统通讯社图文内容提供者的定位,构建起以新华网为代表的网络媒体群、以"新华手机报"和手机电视为代表的手机新媒体群以及移动电视、户外电视和 IPTV 等电视新媒体群,大力创办中国新华新闻电视网,新推出的"新华频媒电子阅读"可为国内新闻、出版单位提供数字阅读的传播平台,同时为个人提供互联网出版渠道的销售平台,传播终端将以类纸显示电子阅读器为主,同时涵盖手机、PDA、桌面电脑等多种个人电子媒介。中央电视台通过多元化的内容呈现方式,业务触角遍及数字电视、网络电视、手机电视、IPTV、车载电视等众多融合新媒体领域,已经成为中国最大的视听全媒体平台。解放日报报业集团实施手机报(i-news)、数码杂志(i-mook)、电子报纸(i-paper)和公共视频(i-street)四位一体的"4i工程",建设新闻搜索和分析平台、多通道复合数字出版平台、智能手机新闻互动服务平台三大运营平台,在网站、手机报、电子报、数码杂志、二维码等领域积极进行全媒体流程的探索,打造了一个全新的文化产业集群①。

文化产业集群是指"一定时间内生存和坐落于特定区域或环境内的各种文化创意产业实体所形成的空间聚合体"②。集群化对传统媒体来说,可以形成区域竞争优势,促进产业的升级和创新。在我国,文化创意产业园区是产业集群的重要载体。2011 年 1 月 11 日,新华网产业园区开园,产业园区以新华网和中国政府网等国家级政府网站为主体,以新华社和中国移动合资建设的国家搜索为重点,以新一代智能搜索、多媒体技术和新媒体产品为突破口,集网络媒体、搜索引擎、移动互联网、网络视频、数字出版、电子商务等于一体的新媒体产业链和网站集群。新华网产业园区作为新华社第一个传媒高新技术研发生产基地,是新华社拓展全媒体业态的重要成果,对于增强新华社在新兴媒体领域的传播力和竞争力,推动文化创意产业和国家新媒体产业基地的发展,具有十分重要的意义。

---

① 以上资料引自暨南大学新闻与传播学院"中国媒体融合发展报告"课题组的研究成果(2010.11.15 发布),主持人董天策。

② 邵培仁、杨丽萍:《文化产业导刊》,2010 年第 5 期。

2. 终端引领传媒变革，传统媒体实施采编流程的再造

全媒体战略对新闻机构的内容生产提出了新的要求，原有的采编系统无法满足多终端共享内容资源、各取所需的需要，无法实现与用户的深度互动。因此，许多传统媒体先后建立了多媒体数字技术平台，为内容生产提供强有力的支持。

烟台日报传媒集团 2008 年 3 月研发"全媒体数字复合出版系统"，率先成立全媒体新闻中心，从集团层面再造内容采编流程。全媒体记者采集各种介质的素材，传输到全媒体采编平台，再根据新闻特点和不同媒体终端的特点进行组合，向 N 个平台进行 24 小时滚动发布与播报，通过多次售卖内容产品等获取增值收益，推动从报纸生产商向内容供应商的转型。烟台日报将 iPhone 融入全媒体建设，2010 年 4 月推出新闻客户端"银钮"工程，选择 iPhone 终端作为切入点，既可以作为信息采集的工具，又可以作为信息发布的终端。使用"银钮"无须安装远程办公系统，记者可随时随地将文图视频等传回全媒体采编系统，并且可直接实现"银钮"滚动发布。用户可通过"银钮"随时随地提供爆料，iPhone 手机记者团队即刻随时出发。烟台日报社郑强社长这样评价他们的全媒体转型："第一，报社不再是报纸社，而是'报道社'；第二，报业不是报纸产业而是内容产业；第三，新闻纸不只是纸，而是一种类似于手机、PC、阅读器的显示终端和存储介质。"

## 三、应对产品的社区化：从经营内容到经营平台，发挥从业人员的创意能力

新、旧媒体最重要的差别在于，一方面旧媒体是以内容为中心导向，通过广告吸引受众并形成商机；另一方面，内容也可以打造媒体的品牌及定位。因此，媒体的首要任务就是创造具有吸引力的内容来服务受众。一旦受众群建立，市场也就随之出现；媒体既是意见领袖也是品位的塑造者，而品牌也变成交流的平台（见图 3 – 1)[①]。

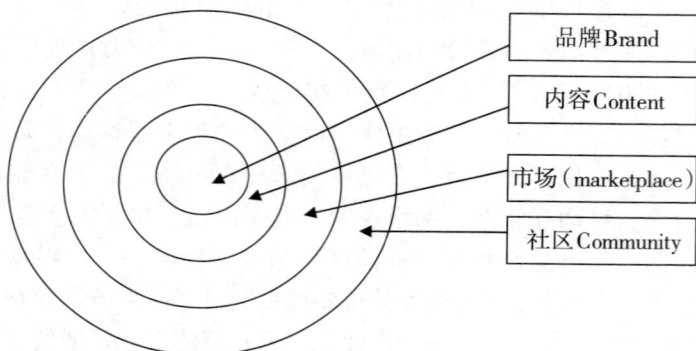

品牌 Brand
内容 Content
市场（marketplace）
社区 Community

图 3 – 1　Media 1.0：内容驱动（Content driven）

---

①　资料来源：UX Magazine，"This is Media 2.0" http：//www.uxmag.com/strategy/93/this – is – media – 20.

新媒体的发展与前者恰好相反，它是以"交流平台"为中心。通过交流平台，让一群素昧平生的使用者集结为网络社区，在彼此信任的基础上，相互联结、相互分享，人与人之间形成紧密的关系。平台汇集了多元想法及各式观点，形成一个信息交流中心，加入同一社区的网友越多，反映的意见越多元化，新媒体的价值也就越大。有影响力的网友既是意见领袖，也是品位塑造者，所有的内容都经由网友讨论决定，社区的经营者会试图提供不同的内容而形成差异，这就形成了品牌。品牌所代表的是共同生活方式、兴趣与偏好者的集合表现（见图3-2）。

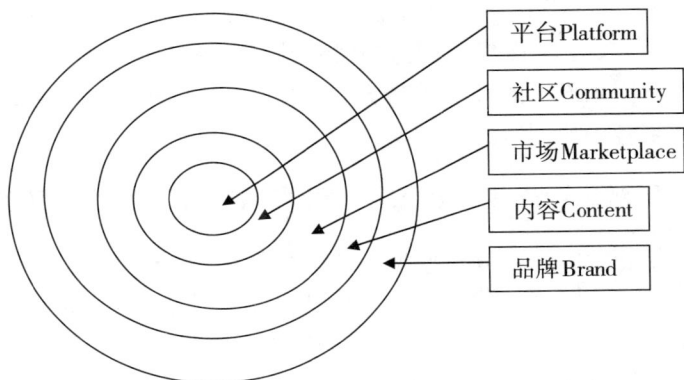

图3-2 Media 2.0：平台驱动（Platform driven）

新媒体的发展呈现了以人为中心的社区化趋势，即在强调人与人关系的基础上，高度的沟通和高频率的人际互动，并形成各种特定主题下的用户聚集。因此，新媒体在强调自身内容质量的同时，必须为用户营造一个社会化的交流平台，以提高对新媒体的业务黏性。社区为阅听人（或消费者）提供了一个虚拟的共同空间，让关心相同主题的阅听人之间彼此互动、交换信息与情感联系。维系社区的要素在于共享者的价值，由社区成员之间的讨论互动与回馈产生新的内容，以此吸引新的成员继续加入。新媒体的决胜点在于能否聚合"人"的动员能力，能否提供有价值的信息与吸引"人"的内容，让使用者愿意回到社区中来。社区化为新媒体带来更多的用户互动并产生丰富内容，使新媒体服务的使用价值与吸引力都大为增加。如小型网站"豆瓣网"可以让用户自由发表对各种书籍、音乐、电影内容的评论，并组成各种兴趣小组进行集体讨论，"豆瓣网"后台的数据挖掘系统会对每一名用户的兴趣爱好进行智能分析，并依据分析结果向用户有针对性地推荐其他的内容和更多的朋友。这种智能社区化的商业模式，使得"豆瓣网"形成了一个以高学历人群为主的市场，成功实现了盈利。

新媒体未来的发展必须超越"内容为王"的单一视野，因为今天的互联网已经从内容平台发展到社交平台，一直到今天的生活工作平台。在这样的背景下，新媒体经营的核心正在发生变化，"内容"的地位正在被动摇，而关系"平台"的经营成了新的着力点。Web 2.0 的指向就是试图把人与内容的关系深化为人与人的关系。UGC（用户生产内容）的目的，是以内容为纽带，编织自己的社会关系网络。论坛、即时通信、博客、SNS、微博客等新媒体之所以成为网络应用热点，是因为它们都是网民建造与发展关系的手段。特别是微博成了影响很大的一种社交性媒介，就是将关系和内容相结合起来，营造了一个个人的社交圈子，提供了一个个人生产与传播信息的平台，也就是"个人门户"平台。因此，新媒体的内容生产必须调整产品策略，首要的是要经营好平台，以关系建设为出发点，构建内容、社区和服务的产品链。而经营好关系平台，需要发挥从业人员的创意能力。比方说，一个媒介产品如何通过多次售卖使其增值；如何对内容进行整合，针对不同用户、面对不同终端，分发什么样的产品和服务；如何与用户交流互动，并聚合用户创造的内容等。

## 四、应对生产主体的多元化：开发微内容以激发全民智慧

创意时代是一个全民参与的时代。BBC（英国广播公司）全球新闻部主管查德·塞姆布鲁克用 5 个字来形容今天的传播变革："观众进场了。"所谓的"观众进场"，是指传播者和受众对新闻现场的共同参与。当受众手持智能手机使用微博报道着现场的一切时，这种即时表达、即时互动的微内容真正产生了推动社会变革与进步的"微动力"，也成了新媒体内容创新的有力支撑，对于"微内容"的聚合、呈现和利用有可能成就互联网的未来。

1. UGC 走上前台，其商业价值正在被发掘

来自 DCCI 调研机构的数据显示，截至 2010 年 6 月，以论坛为主的各种社区的 UGC（用户生产内容）已超过网站专业内容的流量，占整个互联网的比例达 50.7%[①]。这些由草根用户自己生产的微内容激发了全民智慧，正在成为极具商业价值的新媒体内容。2011 年 1 月 5 日，百度悄然上线一款新 UGC 产品"大全"[②]。"大全"是由用户团队将某一特定主题下的资源进行人工整理，帮助浏览者迅速获得精选信息。如人气漫画"柯南"吧，新推出的"大全"像是有关"柯南"的一个导航门户，整合精品讨论帖、视频、相册、漫迷原创等诸多资源。百度有可能借鉴百度百科的编辑模式，发动百度贴吧数百万核心用户，用 UGC 的方式编辑数以万计互联网热门关键词的精选信息。这就意味着新媒体的内容将由单一的编辑模式向"UGC + 编辑模式"发展，被称作 Web 2.0 的产品——服务于用户个体的微内容的收集、创建、发布、管理、分享、合作、维护

---

① DCCI 互联网数据中心（DATA CENTER OF CHINA INTERNET，简称 DCCI），是中国互联网独立的第三方市场监测、受众测量平台，专业数据采集与研究平台。

② 新华网科技频道. http：//news. xinhuanet. com/tech/2011 - 01/06/c_ 12950992. htm, 2011 - 1 - 06.

等的平台。

　　针对 UGC 内容质量、专业度等方面和专业机构的差距，未来 UGC 的发展趋势之一即是精品化、优质化策略。有网友推出了"吧刊"，走的就是 UGC 精品化路线。2010 年 11 月 3 日在女明星林青霞生日之际，林青霞贴吧的网友推选出的 17 人编辑团队为偶像制作了生日礼物，集图、文、声、色、玩于一体的电子杂志——"吧刊"。虽然出自草根之手，但质量丝毫并不逊色于专业电子杂志。据统计，"吧刊"截至目前出版超过 2000 期。"吧刊"的素材来源于贴吧网友的原创，制作由专门的"吧刊"编辑完成，团队协作成为其重要特点之一。原创、精品化、团队协作被业内人士认为是 UGC 完成第二次革命的主要推动力[1]。

　　2. 新闻能够在线生产，新闻报道成了记者和公众互动参与的过程

　　路透社全球总编辑 David Schlesinger 认为，在竞争日趋激烈的新闻报道领域，作为新闻工作者，仅报道有趣的新闻故事是远远不够的，"给你的读者讲述和呈现一个新闻故事仅仅是你的工作的开始，事实上，关于新闻故事的探讨、交流已经像新闻报道工作本身一样重要。"[2]

　　传统媒体的全媒体转型不仅包括传播终端的多样化和采编流程的再造，还包括新闻生产模式的创新。新媒体环境下的新闻生产由职业新闻工作者的独家垄断转变为与社会公众共享。通过新闻的在线生产过程，媒介和公众可以依托网络进行互动，新闻报道方式也发生了转变，由单线性的平面化方式转变为非线性、立体化的方式。在网络平台上，媒介和受众可以投入几近无限的空间去探究某一新闻事件，新闻生产没有"产品"，只有"过程"，因为互联网的特点就是"迭代"（即不断完善）。

　　美国学者保罗·布拉德肖（Paul Bradshaw）设计出一个能够体现速度和深度的新闻报道模式即钻石模型（The News Diamond）[3]。他把以融合报道为核心的新闻编辑部的新闻报道过程分为七步：快讯——草稿——报道——背景——分析/反思——互动——定制。第一步，记者一旦意识到新闻事件正在发生，就可以通过移动互联网发出快讯，那些订阅用户就能在第一时间获知消息。第二步，发出快讯之后，记者可以在网上贴出一篇相对详细的草稿，这是非常好的博客文章，用户可以补充细节，或提供新的新闻线索以完善记者的报道。第三步，在报道阶段，融合编辑部可以决定用什么样的媒介形态来发布，网络、广播电视、报纸等终端都可以选择。第四步，依靠网络的超文本结构，提供广泛的背景资料。第五

---

　　[1]　新华网科技频道. http：//news. xinhuanet. com/tech/2010 - 11/11/c_ 12761070. htm, 2010 - 11 - 11.

　　[2]　David Schlesinger 于 2010 年 10 月 15 日在中国香港外国记者会（The Foreign Correspondents' Club, Hong Kong）做有关新媒体和新闻产业变革的主题演讲。

　　[3]　白红义、张志安：《平衡速度与深度的"钻石模型"——移动互联网时代的新闻生产策略》，载《新闻实践》，2010 年第 6 期。

步，进一步的报道就是对事件的分析和反思，记者可以博客、论坛、SNS 和微博上获知一些知情者、利益相关者的反应，把他们的一些讨论写进深度报道中。第六步，在互动阶段，可以为用户提供一个可以长期访问的"长尾"资源[1]：Flash互动可提供超文本、视频、音频、动画与数据库的组合；论坛可提供一个收集和发布信息的地方；聊天室可以让用户和新闻人物、记者和专家对话。第七步，用户可以订阅特定报道的电子邮件或 RSS 更新，还可以采取数据库驱动的新闻，允许用户补充和反馈信息进去。

新闻的在线生产使得新闻不再是以一篇新闻报道作为基本报道单元，在网络平台上，新闻报道以"新闻流"的动态形式存在：在一个新闻报道主题中，各种报道、评论、网民跟帖、数据库共同组成一个基本报道单元。公众可以通过发表评论、跟帖等多种形式提供新闻线索，寻找知情人士，揭露事实真相，和记者一起共同完成新闻报道。

## 五、新媒体背景下政府内容产业管理方面的冲击

新媒体为内容的生产与传播提供了新的空间和新的途径，针对新媒体的内容生产，已经成为一个重要的产业，拥有强大的发展动力和广阔的市场前景。但新媒体给内容产业带来的不仅是机遇，还有政府管理方面的冲击。一是管理法规的冲击。我国现行媒体的管理法规是以载体划分管辖范畴，在"内容"的管理办法中，也是以载体为区分方式进行管理。这种管理模式与数字融合的趋势背道而驰。二是传统媒体转型的冲击。传统媒体产业在能享受新媒体的获利之前，势必要先经过转型的阵痛，业界普遍存在着"数字焦虑"，游走于要转型与不转型之间，因为旧媒体产业的转型除了要了解各种创新应用技术的趋势、新的商业模式之外，更要适应新传播内容，同时也会连带影响到组织再造以及节目内容的改变。三是数字版权保护的冲击。在所有数字内容创作及数字内容再利用（含公开传输、公开播送）过程中，版权是保障创作者权益的最后防线，也是交易流通的根本，以网络为传输途径的新媒体，由于传播快速、容易分享的特性，让侵权行为加速扩散。四是全民媒体的冲击。随着新媒体时代来临，主流媒体的采访供稿方式将发生根本性的变化。但是在网络这个低成本、高互动、容易建构内容的大众传播工具中，环境提供的选择越多元化、互动性越高，反而越让阅听人无所适从，当人人都可以成为公民记者时，直接冲击新闻的严谨度与正确性。怎样善于用新媒体的传播力量，也是对政府管理方式的考验。

（《河南社会科学》2011 年第 3 期发表）

---

① 白红义、张志安：《平衡速度与深度的"钻石模型"——移动互联网时代的新闻生产策略》，载《新闻实践》，2010 年第 6 期。

# 我国特色文化产品区域品牌营销机制构建研究

蒋洛丹*

## 一、我国特色文化产品区域品牌的营销现状及存在问题

### （一）我国特色文化产品区域品牌的营销现状

特色文化产业是指依托各地独特的文化资源，通过创意转化、科技提升和市场运作，提供具有鲜明区域特点和民族特色的文化产品和服务的产业形态[①]。我国拥有众多独具特色和地方性、代表性的文化品类。以河南省许昌市禹州市神垕镇钧瓷为例，形成了以孔家钧窑、荣昌钧窑、苗家钧窑、金堂钧窑、晋家钧窑、大宋官窑、朝斐钧窑等品牌为代表的钧瓷生产区域品牌，各个窑口生产的钧瓷制品各具艺术特色，拥有独家工艺较强的专利性和保密性。各个品牌窑口以神垕钧瓷为共同的区域品牌形象，建立了钧瓷文化产业园，真正在生产、销售、传播等方面进行资源的分享与补充。再以我国刺绣为例，除了著名的四大刺绣苏绣、湘绣、粤绣和蜀绣之外，还有汴绣、瓯绣、京绣、鲁绣、杭绣、汉绣、闽绣等地方刺绣，少数民族也都有自己特色的民族刺绣。不同区域的刺绣产品形成了独特的地域产品和地域品牌，为地方特色文化产业保留了民族文化的优秀成果，开拓了文化产业发展的新路径。

我国特色文化产品的区域品牌营销主要呈现出以下特点：第一，大多数的特色文化企业每年销售额很高，但是真正能用于新产品开发和相关领域研发的资金很少，这是制约特色文化产业发展的重要因素。比如河南省淮阳泥泥狗的产品就存在缺乏层次性、缺乏精品、缺乏针对不同年龄段或者不同职业群体的消费者进行细分化开发、分销渠道不畅通等问题。第二，我国特色文化产品的销售区域大多数限于我国各地区，外销国外和境外的特色文化产品很少，销售渠道区域有限，缺乏品牌传播意识。第三，特色文化产业还没有真正融入新媒体经济，这也是特色文化产品销售额不高、知名度不高的重要原因。

---

\* 作者简介：蒋洛丹（1983— ），传播学硕士，河南财经政法大学文化传播学院讲师，研究方向为大数据广告营销技术研究、网络舆情咨询研究、数字整合营销。

① 周建军、张爱民：《论特色文化产业的内涵和发展途径》，载《社会科学研究》2010 年第 6 期。

### （二）我国特色文化产品区域品牌营销存在的问题

根据相关地域局部调查显示，我国特色文化产业大部分都拥有独立的品牌营销部门，但是大约有三分之一的特色文化企业无自主品牌①。由此可见，我国大部分特色文化企业十分重视互联网传播，被调研企业大多已意识到品牌传播对于本公司市场拓展及产品销售的重要价值及影响，对自身的品牌传播及构建表现出浓厚的兴趣及关注度，但是却苦于没有相应的人才和成熟的经营理念以及资金的限制，以致没有形成自主品牌。第一，大部分特色文化企业经营已经转变了传统的销售思路，由传统的促销思想转化为营销思想，由"卖产品"转变为"卖品牌"，也逐步开始使用电子商务O2O、B2C、C2C等营销途径。第二，我国大部分特色文化企业目前虽然通过各种途径进行线上线下的整合营销传播（线上传播营销企业占72.22%，线下整合公关营销占55.56%），但是传统的人际关系传播仍然占有较大比例（占61.11%）②，这也是特色文化企业营销区域受限、产品销售不稳定的原因之一。被调研企业分别尝试过以下渠道进行自身的品牌传播活动。譬如在传统或新兴媒体上投放广告、搭建专门的企业网站、进行企业形象和品牌的宣传、利用微博、微信公众号等新兴社交媒体进行品牌推广和营销、线下举办各类活动（如公关赞助、新闻事件、促销活动等）进行品牌的营销传播，或是利用人际关系进行口碑传播等。当然，同样存在一些企业尽管已经意识到品牌传播的重要作用，但苦于产品销售不景气，因而并无多余资金投入，由此陷入经营不善的恶性循环。

总体来说，我国的文化企业缺乏有效的品牌营销策略，无法在国际市场形成品牌竞争优势，文化产品在品牌传播中未能与消费者进行深入交流。同时很多企业也面临着资金匮乏的问题，最主要的原因是没有形成系统化、规模化、专业化的品牌形象建设系统，以至于生产与销售脱节，资金链断裂，资金难以快速回笼。

## 二、特色文化产品大数据品牌营销机制

根据我国特色文化产业区域品牌的营销状况，可以判断出目前我国特色文化产业发展最大的"瓶颈"是销售渠道不畅、品牌核心价值不明、广告传播资源有限、产品定位不明、资金流通不畅等，急需构建一套特色文化产品大数据品牌营销机制用来解决存在的问题。

### （一）大数据品牌营销机制解决的问题

首先，解决特色文化产品的品牌定位问题。我国特色文化产品大多数都承载着厚重的历史文化，品牌定位的实质是制造强势品牌，在消费者心智中形成强烈

---

① 相关数据转引自河南省现代协同创新中心招标课题《河南省特色文化产业发展调查研究》课题组的实地调研。

② 相关数据转引自河南省现代协同创新中心招标课题《河南省特色文化产业发展调查研究》课题组的实地调研。

的印象，从而让消费者深刻地记住该品牌，因此，要将特色文化产品的品牌定位为独一无二、实用、创新、文化积淀，使之成为其品牌的核心价值。特色文化产品拥有厚重的文化积淀，但这并不是每一个潜在消费者都可以认知并理解认同的，把消费者的潜在需求与产品定位紧密结合是加快特色文化产品发展的必由之路。同时，特色文化产品的品牌定位也旨在能够引领消费导向，特色文化产品以前的定位皆以欣赏、把玩、装饰为主，因此其销售途径非常有限，但是重新定位特色文化产品可以拓展其使用空间，尤其以其文化品位为核心，以美观实用为品牌特色，引领特色文化产品消费的新时尚是其宗旨。

其次，以互联网技术移动营销为背景，解决怎样挖掘消费者潜在需求，开创特色文化产品利基市场，创建行业壁垒的问题。利基市场是更窄地确定某些群体，通过对市场的细分，企业集中力量于某个特定的目标市场，或严格针对一个细分市场，或重点经营一个产品和服务，创造出产品和服务优势①。特色文化产品市场无论是国内市场还是国外市场都是在分众市场进行细分，挖掘消费者潜在需求，由于本身的独特性和制作工艺保密性等因素，特色文化产品很容易建立市场壁垒，增强竞争优势，在目标消费群体的选择上也更容易达成特殊偏好的消费群体。网络社交平台成为主流营销手段，运用云数据计算技术，企业自身可以建立特色文化产品网站，在这些网站上企业可以根据页面二维码扫码，独立级域名的直接访问统计出会员的各项消费行为数据，如订单统计、年龄分布、区域分布、销量分布等，从而有效地制订并执行切实的营销销售计划，达到事半功倍的效果。

最后，解决企业如何与消费者进行长期稳定互动的关系的问题。由于特色文化产品市场的利基性特点，其消费者也具有特殊的消费偏好，消费者的身份认同感也较强，成为品牌忠诚消费者的可能性也较大，因此，加强与消费者长期稳定的有效沟通与联系是十分必要的。在本模型中借助大数据广告，可以完成企业的自媒体营销和精准的手机广告投放，让消费者充分认知特色文化产品；通过实施竞价广告操作平台不仅可以有效地分析消费者需求，而且还可以通过低成本的营销方式与消费者保持密切长期的线上、线下互动，这正是我国特色文化产品在目前的营销环境下需要不断补充和加强的。

**（二）大数据品牌营销机制的特点**

首先，互联网思维必须构建。特色文化产业从传统工业制造业升级至新兴文化产业成为必然趋势，而升级的关键就是互联网思维的全面渗透，只有在这个大环境下，特色文化产业才能从内部打破创造新的生存契机。

其次，在整合营销传播思想为主的关系营销和互联网思维的双重影响下，企业供应链各环节将进行互联网化整合营销传播的关系改造，以保证实现企业内、外部

---

① ［美］菲利普·科特勒、［美］凯文·莱恩·凯勒著，王永贵译：《营销管理》，格致出版社2009年第13版，第254页。

关系的有效建立，这个内、外部关系包括企业内部员工的有效关系、企业与消费者的有效关系以及企业与外部利益组织的有效关系等。大量关系的建立重构了企业发展的目标和方法，为建立新型企业发展提供了必要的数据资源和业务资源。

最后，企业"互联网＋"理念日益深入融合。移动互联网时代下的网络营销势在必行，随着用户行为全面向移动端转移，移动营销将成为企业推广的重要渠道，微信公众账号推广和微店运营则更适合小微企业。云计算、物联网、大数据技术和相关产业迅速崛起，多种新型服务蓬勃发展，不断催生新应用和新业态，推动传统产业创新融合发展。以软件即服务、平台即服务、基础设施即服务为代表的云服务已经被应用于多层次、多种类的企业级互联网应用中。对于以特色文化产业为代表的传统制造业来说，推动智能化生产和实现大数据营销技术，降低先进技术和智能设备的应用门槛，真正实现市场与制造的相结合。

### 三、特色文化产品区域品牌营销效率的提升战略

对于发展特色文化产业来说，富有经济效率和生产效率的集群式开发和充满竞争力的品牌才是营销的王道，定位特色文化产业的产业发展模式即创新型产业集聚模式和区域品牌竞争型产业模式是提高特色文化产品区域品牌营销效率的有效战略。

#### （一）产业集群式特色文化产业发展模式研究

在国家文化产业总体思路的指引下，我国采取政府招商、园区招商、以商招商、产业招商等方式，规划和建设了一批文化产业园区和基地，比如河南省有国家级文化产业示范园区 1 个、示范基地 9 个，省级文化产业示范园区 8 个、示范基地 52 个，已建成和在建的文化产业园区 40 多个[①]。特色文化产业凭借其得天独厚的资源优势和政策导向的创新意识，不断进行着产业集群，逐渐形成河南省特色文化产业的集聚效应、规模效应、外部效应和区域竞争力。创新型产业集群的特点：一是拥有一大批致力于创新的企业家和人才，这里的企业包括供应商、用户企业、竞争企业和相关企业（互补性企业、关联企业）等。二是集群内的主要产业是知识或技术含量较高的产业。三是具有创新组织网络体系和商业模式。四是具有有利于企业创新的制度和文化环境。

壮大文化企业规模，需要三个方面的支持：第一是逐步建立健全产品标准、环境标准、政策标准、专家信息数据库，为企业发展提供信息平台。第二是构建有效的市场自我调节系统。第三是借力发展，以优惠的政策、诚信的态度、灵活的方式大胆引进外资，为企业发展注入活力。特色文化产业创新型产业集聚模式提高了文化产业的整体竞争能力，由于地理位置的集中性，在集群内可以有效地

---

① 卫绍生：《集聚发展促河南文化产业做大做强》，载《河南日报》2014 年 4 月 23 日。

刺激企业创新和企业衍生，同时可以有效地加强集群内企业间的有效合作，为企业创造了一种良好的创新氛围，文化产业集聚模式有利于企业促进知识和技术的转移扩散，降低企业的创新成本，提高集聚区内企业的生产经营效益。

### （二）区域品牌竞争式特色文化产业发展模式研究

区域品牌的基本构成要素主要包括区域特征、品牌内涵和产业基础等①。特色文化产业具有构建区域品牌的竞争优势：第一，品牌的文化属性明显，特色文化产业大多历史悠久。例如，青海省拥有藏羌彝等众多少数民族，很多少数民族拥有十分珍贵的历史遗存和民族特色文化产品，因此青海省建立了特色文化产业发展工程、藏羌彝文化产业走廊、丝绸之路文化产业等富有地方区域特色的文化产业工程，为区域品牌建立创造了良好的外部环境②。第二，产业集群是目前区域品牌构建的最有利的条件之一。在产业集群规模扩张的过程中，国内外各种相关生产要素会流入该地区，为集群内企业带来范围经济和规模经济效应，增强企业的市场竞争力。例如，河南镇平的中国玉雕大师园围绕着独山玉这个文化资源，集中了玉雕工艺、玉质品加工制作、玉雕工艺研究等产业链条，进行集中的区域品牌形象宣传，形成强大的宣传攻势。第三，区域品牌具有生产者和消费者形成的基于信任的隐形契约，以区域口碑、信誉和沉没成本为产品品质提供保障，降低消费者选择的不确定性。

## 四、我国特色文化产业发展之不足及展望

依托深厚的文化资源，着力打造"文化中国"的品牌形象，重点发展其区域优势经济，为我国第三产业发展提供了切实可行的实践经验。但是，由于互联网经济及其技术发展速度远远超于其可应用实践的速度，由此造成互联网金融经济发展模式与市场发展不匹配、生产销售脱节、资金链断裂、市场信息不对称等问题，也阻碍着文化产业的发展。高品质的创新型、稀缺型、知名艺术文化产品市场缺乏，本机制是就我国特色文化产品的销售问题提出了针对性的初步解决方案，从宏观角度而言，该机制还要参考我国总体经济发展的特征、速度以及发展中的不足之处。要想真正发挥特色文化产业的区域竞争优势，还必须依靠企业自身的经营、组织以及政府的积极干预以及相关产业的联动发展，比如互联网数字技术产业的发展，这样才能真正带动我国特色文化产业的真正有效、快速发展，为我国特色文化产品的区域品牌构建产生积极作用。

（《中州学刊》2016 年第 12 期发表，基金项目：国家社会科学基金青年项目"大数据驱动下实时竞价广告的运作与实证研究"，编号：15CX037。）

---

① 陈栋：《区域品牌的内涵及其价值》，载《光明日报》2012 年 1 月 12 日。
② 李欣：《我省 19 个特色文化产业项目入选国家重点项目》，载《青海日报》2015 年 11 月 1 日。

# 出版上市企业投融资关系研究

李　瑞*

## 一、出版上市企业的融资近况分析

出版上市企业近年来的融资渠道呈现出多样化的趋势，但从类别划分的角度看，无外乎股权融资与债权融资两种方式。由于本文的视角主要着重出版上市企业在股票资本市场中的投融资关系分析，故而下文所谓的融资，主要指的是股权融资。

股票发行作为资本运营的高级形态，能够为出版企业在一级市场募集到较为充裕的发展资金。股权融资在为出版企业发展融得大额资本的同时，也为其后续发展建立了持续融资的平台，即出版上市企业还可运用增发、配股、可转债、权证等一系列方式开展资本运营。目前，出版业已经基本由增量增长发展到了存量整合的阶段，并购整合将成为下一阶段的主题。这个过程需要大量的资金支持，而上市融资则为实现区域整合、行业整合提供了坚实的资金基础。但也有学者曾指出，在股票发行的同时，为了避免管理权和控制权的转移对出版业带来的负面影响，必须把握好出版上市企业股权结构中国有股和其他投资机构持有股份的比例均衡点。

股权融资的优势主要体现在：不增加企业负债的同时在短期内获得大量稳定且长期的资金。股权融资具有无到期日、无须归还、无利息压力的优点，非常适合企业的长期发展。作为企业进行改制重组的最重要途径，通过股权融资可使企业快速实现正规化、公司化的运营。但与此同时，股权融资对企业自身实力和资本运作能力的要求较高。股权融资的上述特点正好能够解决我国出版业长期以来积累少，自有资金不足，现阶段又需要大量资金投入的矛盾。经过笔者的汇总统计发现，截至 2013 年 9 月 24 日，各家出版公司自上市以来，向股东募集资金及派现情况如表 3 - 1 所示。

---

* 作者简介：李瑞（1986—　），博士，编辑出版专业，河南财经政法大学文化传播学院讲师，主要从事传媒经济学等方面的研究。

表3-1　出版上市公司融资及派现情况一览表（单位：亿元）

| 股票名称 | 融资次数 | 募集资金 | 分红次数 | 累计派现 | 派现金额占募资金额的比例（%） |
|---|---|---|---|---|---|
| 凤凰传媒 | 1 | 44.79 | 3 | 7.63 | 17.05 |
| 中南传媒 | 1 | 42.43 | 3 | 6.47 | 15.24 |
| 长江传媒 | 5 | 20.81 | 5 | 1.28 | 6.15 |
| 中文传媒 | 3 | 14.19 | 8 | 5.32 | 37.51 |
| 皖新传媒 | 1 | 12.98 | 4 | 4.19 | 32.25 |
| 出版传媒 | 1 | 6.50 | 4 | 0.75 | 11.62 |
| 时代传媒 | 3 | 6.18 | 6 | 2.71 | 43.87 |
| 大地传媒 | 1 | 1.10 | 2 | 0.07 | 6.62 |

　　由于各家出版上市企业的股本总数及上市时机不尽相同，故而对其股票发行价等相关信息进行横向对比，并不具备研究的相关性价值。在此只是汇总出各只股票的融资及分红次数，募集资金总额及累计派现的数额。从表3-1中发现，凤凰传媒在八家出版传媒上市企业的一次性融资数额对比中处于领先地位，其累计派现的总金额也相当高。可以解释为凤凰传媒在资本市场中的融资能力较强，中南传媒则紧随其后，各项数据指标显示其在资本市场中亦有良好的表现；对于融资能力相对较差的出版传媒、时代传媒、大地传媒三家出版上市企业，其资本运作能力有待提升。从各家上市公司派现金额的相对值来看，时代传媒回馈给投资者的收益最为丰厚，其派现金额占到了募资金额总数的43.87%，遥遥领先于其他几家出版上市企业。

　　需要指出的是，上市并非是传媒企业对接资本市场的唯一通道，还需要辅之以银行信贷、债券融资、票据发行等多种手段。随着国家宏观调控政策日益趋紧，银行贷款难度逐步增加，而中短期融资债券、票据有别于商业贷款，其利率低、审批快、成本稳定、准备周期短，是传媒集团丰富债务融资的重要手段，降低融资风险的有利补充。事实上，每一种融资手段都有其特点和规律。出版上市企业应致力于拓宽融资渠道，降低融资成本，提高融资比例，改善融资结构，探索符合自身发展规律的融资方式。

## 二、出版上市企业的投资近况分析

　　出版传媒上市公司基于项目运作的投资是所有投资行为中最为常见的形式，这一方面是基于证监会关于募集资金使用的细化要求，另一方面也是培育投资者信心，顺利获得项目融资的筹码。在出版业投融资实务中，项目投资与项目融资经常作为一组相对的概念出现，也通常在一些语用表述中被合并称为"募投项目"。为了与上文"股权融资"的特指进行对接与呼应，下文中的"募投项目"也将专指出版上市企业通过 IPO 或再融资募集来的资金投产的项目。

当前出版上市公司的融资行为，大多建立在已有具体投资项目支撑的基础上。在出版上市公司于证券市场上公开募集资金的同时，一般都要按照证监会的惯例进行前期的项目论证及信息发布。笔者对近年来我国 7 家出版上市公司的募投资料进行了汇总，然而篇幅所囿，为了用尽可能简洁的叙述以还原当前出版上市公司投资行为的风貌，给读者提供相对感性的认知视角，以下仅举出其中较具有代表性与典型性的凤凰传媒案例加以分析，并试图对当前出版上市企业的投资行为进行分类述评：

其中，凤凰传媒于 2011 年 12 月发行募集资金总额为人民币 447920.00 万元，扣除发行费用后实际募集资金净额为人民币 431845.07 万元。截至 2012 年 6 月，凤凰传媒承诺将募集资金用于以下项目的投资：

1. 大型书城（文化 Mall）建设项目（其中包括苏州凤凰国际书城、南通凤凰国际书城、扬州凤凰书城、镇江凤凰书城、姜堰凤凰书城）合计 10855 万元；

2. 连锁经营网点改造项目 7903 万元；

3. 文化数码用品连锁经营项目 7494 万元；

4. 新港物流中心二期建设项目 34990 万元；

5. 教育类出版物省外营销渠道建设项目 17308 万元；

6. 基础教育出版数字化建设项目 35350 万元；

7. 职业教育教材复合出版项目 2523 万元；

8. ERP 建设项目 20059 万元；

9. 电子商务平台建设项目 5110 万元；

10. 补充流动资金 25000 万元。

结合其他 6 家出版上市公司的具体募投项目分析，其募投方向大致有四种类型的"必选项"，即在以下四种类型的募投项目中最易发生"交集"，分别是：内容制作项目、发行暨物流配送综合体运营项目、数字出版类平台项目、图书商城及文化地产建设项目。以下将分别对这四种类型进行评述：

（一）内容制作项目：从 7 家出版上市企业的主业投资情况来看，其投资于内容制作相关项目主要有两种途径：第一，直接投资内容生产或者通过产业链的业务延伸向内容制作领域扩张。如辽宁出版集团上市后募集资金中就有 8646 万元（占 12.28%）投向旗下的万卷出版有限责任公司，专门负责出版策划业务。而对于以前主要从事发行主业的新华文轩而言，则属于后一种情形。经过近年的努力，新华文轩成功地把业务触角伸向了图书策划出版领域，其于 2007 年策划出版的图书达 2 亿多码洋，投资策划了"文轩精致图文丛书"等一批广受读者欢迎的图书。第二,通过战略重组或并购来获取优质内容资源。譬如江苏和海南两省新华书店集团的跨地区战略重组。[①]

(二)发行暨物流配送综合体运营项目:出版企业在实现上市之后,不再满足于本行政区域内的市场,为了解决发行渠道相对单一及闭塞的问题,许多出版集团开始尝试借助于资本市场的资源整合功能及杠杆收购机制投资建设省外发行渠道。有研究人员曾对中南传媒、天舟文化、中文传媒、新华传媒、出版传媒、时代出版、皖新传媒7家上市出版企业的募集资金投向进行过跟踪。研究发现,这7家上市公司投向渠道建设资金占募集资金比例的70%以上,只有少部分资金投入内容策划业务。由此可见,目前存在的区域壁垒仍旧是导致上市出版企业将募集资金主要投向省外发行渠道建设的重要原因之一。虽然,出版集团进行省外渠道建设属于市场主体行为,本无可厚非,但从整个产业发展的角度考虑,这种做法必然会削减产业的整体效率,造成大量的重复性建设。从更深层次来讲,区域壁垒造成的更大问题是限制了资本在省际间的自由流动,这将使许多跨区域的兼并重组计划夭折或搁浅,无法取得实质性的进展。从目前较短时段的产业实践来看,出版上市企业基于渠道建设的投资计划,其经济效益及最终的社会效果都还有待进一步的追踪观测。

(三)数字出版类平台项目:近年来,我国传媒产业投资呈现出良好的发展势头,投资的速度和规模都有较大的提升,但社会资本对传媒产业不同领域的投资呈现出明显的不平衡性。以传媒企业上市融资为例,截至2012年8月,在我国深交所和上交所上市的传媒类企业60余家,这其中仅数字内容与服务企业就达24家,占全部上市公司总数的40%,而上市企业数最少的则是展览展示与动漫动画行业,分别仅有2家,分别仅占全部上市公司总数的3.0%,各领域投资明显不平衡。从目前出版企业战略投资的具体业务方向来看,与数字出版相关的项目仍旧扮演着“核心题材”的角色地位。当前,数字阅读在潜移默化中颠覆传统阅读习惯的同时,也正在深刻地影响并改变着传统出版产业的格局。出版上市公司适时地“迎合”资本市场的投资偏好,浓墨重彩地推出数字出版类的投资项目,实际上也是借力打力,试图通过资本力量以实现自身的战略转型。

(四)图书商城及文化地产建设项目:当前,有些出版上市企业将发展“文化地产”作为实现“做大做强”的一条战略“捷径”。从近年来出版上市企业的募投态势看,几乎所有的出版集团都在运作规模可观的地产项目,有的是盘活原有出版社、新华书店门店的资产,有的则是新投资的地产业,不少集团还成立了专门的地产经营公司。有业内人士指出,所谓的“文化地产”,文化只是一个标签而已。上海世纪出版集团总裁陈昕指出,那种一谈多元化就主张进入房地产、

---

① 龙阳:《我国上市出版集团募集资金投向初探》,载《出版发行研究》2008年第8期。

旅游、宾馆业的做法是有问题的。但问题是，仅靠传统出版业实现资本扩张、做大做强的目标，是极其困难的。以提高综合实力反哺书业主业，似乎成了当下共识和现实路径。① 从这个角度看，多元化投资的初衷是为了更加科学合理地利用所融资金，然而，这种方式是否符合出版产业的发展规律，却是有待在实践中进一步论证的。

综观当前上市出版企业的项目募投情况发现：从募投项目的方向来看，出版上市公司大多围绕主业开展投资，主要用于硬件设施建设、软件系统升级、发行体系完善、新媒体业务建设等方向。即便是文化地产这样的投资项目，大都也是密切围绕主业进行的相关性投资。另外，对于出版集团实际募集的资金超过项目资金需求量的情况，根据有关规定，公司可以将富余的募集资金用于补充流动资金。图书出版行业由于发行环节的长周期性，导致了销售回款的周期较长，这就加大了公司的经营、财务风险。在销售资金回笼之前，公司必须准备一定的流动资金，用于日常性的资金投入。② 综观以上 7 家出版上市企业，基本上均有募集资金补充流动资金的情形。

## 三、出版上市公司投融资决策的相互影响

出版业投融资行为历史发生顺序的确认，一度是困扰笔者确认研究起点的"瓶颈"。从企业会计准则和现金流量表的编制顺序来看，是先核算投资项目，再核算融资项目的。这一编制顺序有其会计学的合理解释，即依照不同行为对于企业管理者的重要性递减顺序（这点类似于新闻写作的"倒金字塔结构"，先罗列关键性要素）。无论是对于管理者还是对于投资者来说，对经营活动的描述都远比对投融资活动的描述重要，而投资行为对企业的意义又略显著于融资行为，即如何通过现金流带来更大利润，远比"钱是怎样来的"更重要。所以，从这个角度看，先有投资行为还是先有融资行为，并非像"先有鸡还是先有蛋"命题一样存在着逻辑上的悖论。这也能解释人们为何在语意习惯上默认"投融资"这一表述。投融资行为总是关涉至少两方主体，即 A 主体的融资行为，其背后必然有一个投资者 B。出版产业近年来提出的"打造战略投资者"，其实这一概念背后已然化合了投资和融资的双向行为。这样看来，投资者和融资者实际上可以看作是对立统一的一组矛盾。

中国出版企业在上市之前，一直处在较为低阶的资本运作水平上，加上垄断性的政策优势和进入壁垒，导致我国大多数出版企业对资本的需求并不强烈。以致对于最早的一批上市出版企业来说，困扰其更多的并不是"圈不到钱"，而是面对资本市场的热切关注，自身并没有强健的资本消化能力。目前的业界和学

① 伍旭升：《反思当前出版发行集团上市热潮》，载《现代出版》，2011 年第 3 期。
② 魏鹏举、周正兵：《文化产业投融资》，湖南文艺出版社 2008 年版。

界，更多地将"投融资"当成了一个偏义复词，将注意力更多地倾注在了融资环节。对于投资的实践和研究，远远滞后于对融资的探索。这种断裂一方面是实务界和理论界的隔膜使然；另一方面也是出版业和金融业之间缺乏有效沟通造成的。

在现代金融资本市场中，投资和融资往往是同一个资本活动的两个方面，投资环节是融资问题的应有之义。广义的融资包括了资金的融入和融出，既包括吸纳各种具有特定利益诉求的资本，也包括把所吸纳的资本向更有利可图的领域输出的过程。融资与投资的资本流动方向是相反相成的，投资是把现有的确定的钱花出去换取未来的不确定的收益，而融资则是要用未来不确定的收益承诺换取现有的确定的资金。①

出版产业的投融资不仅是资金的融入过程，还应包括前期的项目寻找、项目投资价值的评估、所需资金的融入、投资、对整个项目的管理以及后续资金的退出等。（有学者将这四个环节概括为：融、选、帮、退。）出版上市企业的成功募资尤其需要投资项目前期的科学论证。从某种程度上来讲，出版产业投融资的运行机制即是指从项目寻找到资金退出的全过程。因此，建立完善的出版产业投融资运行机制的核心，就是要规范出版产业投融资的微观管理机制，以有效控制并合理地规避出版产业的投资风险。

融资是为了投资，资本积聚是为了资本使用，只有通过把资本投入到生产经营活动中，才能满足资本对剩余价值的追求。资本的偿还性决定了融入资本要讲求其使用效益，只有在融入资本的最终使用能获得较好的投资收益，资本周转顺利经过各种形态，最终回到货币资本形态时，才能按时归还借入资本，并且在周转过程中，实现资本增殖，在交付融资利息和费用后，获得经济利益。资本的使用效益取决于资本投资的回报率。只要投资项目效益好，即使融资成本较高，借款本息到期仍有偿还能力，最终仍能实现资本对剩余价值的追求；相反地，若融入资本使用效益差，投资回报率低，在资本运转过程中发生沉淀，融入资金积压，无法支付借款本息，即便是融资成本较低，仍无法偿还债务的能力，最终仍然不能实现资本增殖的需求。所以，不管采用何种融资方式，资本的最终使用效益都将是其选择的根本制约因素。②

据统计，国外大型出版企业在成功融资后，主要用于兼并、重组其他弱势出版企业，实现低成本扩张，用经济手段调整出版产业结构，迅速形成规模效应；而我国的出版业在融资后却主要用于出版社内部建设。目前，大多数出版上市企业已经主动参与到资本运作的洪流当中，但融资和投资活动的规模与其他行业相比还非常小。由于大多数出版企业在上市之前就拥有着大量的闲置资金，且资金

---

① 刘春长、王长友：《资本运营家》，中国城市出版社1997年版。
② 王关义、孙海宁：《出版集团上市面临的内生矛盾探析》，载《科技与出版》2007年第9期。

来源多为自有资金，所以在最开始涉入资本市场的同时，对于融资的诉求不太明显，显示出某种"纳呆"的症候。综观各大出版上市企业的募投项目，其投资方向较多地集中于固定资产建设、扩展下游产业、发展数字出版等项目，具体表现为投资项目的单一性重复，多样性及特殊性得不到很好的体现。出版业由于获准进入资本市场的时间较晚，因此，对于资本市场的功能认识尚停留在较为初级的阶段，有目的的杠杆收购活动、重组兼并活动还较少。从出版上市企业的整体表现来看，我国出版企业的资产规模及资金实力都还处于明显的弱势地位，在投融资决策互动中尚缺乏经验的积累及创新性的产业实践。

（《现代出版》2014 年第 6 期发表）

# 国外财政扶持出版数字化转型的问题与启示

王　萌[*]

2014年4月国家新闻出版广电总局、财政部出台《关于推动新闻出版业数字化转型升级的指导意见》提出新闻出版数字化转型升级的主要任务,详细阐述了开展数字化转型升级标准化、提升技术装备水平、加强人才队伍建设、探索新模式四个主要任务,将新闻出版业数字化转型升级项目作为重大项目纳入中央文化产业发展专项资金扶持范围,支持方式包括项目补助、贷款贴息、绩效奖励等。在省级层面,早在2011年上海市就颁布了《关于促进本市数字出版产业发展的若干意见》,细致规定了扶持对象与方式,成为国内支持出版数字化转型政策扶持的先行者。

世界主要国家普遍对文化产业及其传统出版实施财税扶持政策,其内容通常适用于数字出版。出版处于数字化转型时期,各国就出版数字化专门采取财税引导、规范和控制措施。美国信息技术和大型传媒企业实力雄厚,政府主要通过税收和基金支持数字出版产业的非营利组织;欧盟国家则直接或间接扶持数字出版企业,英国较为完善的版权保护体系为新闻出版数字化迅速发展奠定了基础;韩国、日本政府则注重转型时期出版数字化顶层设计。

## 一、国外出版数字化转型面临的问题

### (一)大型国际企业的潜在垄断威胁

出版产业数字化初期成本巨大,英国培生集团在2007—2012年投入40亿英镑进行数字化内容采集。在硬件制造、传播渠道、内容生产等产业链各环节,除美国外,许多国家暂缺能够主导构建数字化盈利模式和具有实力培育数字阅读市场的企业。Amazon、Sony等电子阅读器生产公司和Apple、Google等大型互联网企业已经培育市场多年,风险投资愿意支持这些前景较好的企业度过市场培育期,这些大型集团可能冲击他国尚未成熟的数字出版体系,威胁民族企业,形成垄断。

---

* 王萌(1987—　),文化产业学博士,河南财经政法大学文化传播学院讲师,主要从事文化产业与公共文化服务研究。

生产阅读器设备 Kindle 的 Amazon 在全球电子书市场上份额巨大，在英国约 2 亿英镑的市场规模中占比达 68%，而且用户忠诚度较高，接近 25% 经常下载电子书的英国客户只使用 Kindle。早在 2003 年 Google 就对欧洲提出图书馆藏书扫描与上网计划，便于读者运用搜索引擎检索图书内容，进行部分阅读和购买图书。

国际电子书阅读器和线上图书平台为出版商提供数字渠道，提高出版公司的网站点击率，节省广告费用。有助于内容提供商专注数字化阅读方式改变下内容提供的专业化，在"内容为王"的文化产业体系中塑造核心地位。但大型国际渠道商依托雄厚的经济实力，产业链拓展速度和博弈能力远大于本国传统内容生产商，日益具有重塑产业链的实力。国内内容提供与出版商依托阅读数字平台虽然迅速进入国际数字分销产业链，获得购书和广告两方面的收益，但新增读者所带来的利益面临被国际企业蚕食的危机。

**（二）纸质出版产业与数字出版产业关系失衡**

各国对技术革新下传统出版与数字出版关系的认识不同，这种认识指导下的顶层战略影响具体政策制定。早先在法、德、西班牙等欧洲国家，传统出版作为文化产品以及需要保护的文化遗产享受各种税收优惠，电子书等数字出版被划归为增值税税率较高的软件类别，消费者购买纸介书籍和下载电子图书时支付不同的增值税，形成"增值税税率剪刀差"：德国为 19% 和 7%；法国为 19.6% 和 5.5%；意大利为 20% 和 4%；英国和爱尔兰分别为 20% 和 0，一度导致欧洲许多国家新闻出版数字化落后于美、韩等国，形成当前美、韩、日等国构成世界电子书市场第一阵营，而德国、法国、意大利等国位居第二阵营的局面。

为应对数字出版落后的状况，法国政府自 2012 年 1 月起将电子书增值税由 19.6% 调低为 5.5%，与实体书保持一致。目前，英国等国不愿下调电子出版增值税的原因在于经济低迷和欧盟法律。2009 年西班牙政府曾将电子书增值税税率从过去的 16% 下降到 4%，增值税下调的结果是带动了电子书的发展，但西班牙整个图书产业却陷入困境。2010 年，西班牙政府又将电子书的增值税税率上调到 21%。

**（三）数字出版产品价格竞争**

数字出版产品介质"轻量化"不同于传统纸张媒介，产品本身依托物质载体很少，消费者对电子阅读的预期价格很低。新闻出版数字化初期，企业更是以压低价格为市场战略，在电子书领域尤为明显，定价权成为企业市场竞争的爆发点，出版商都必须接受不断降价的市场压力。如 Amazon 和 Apple 相继压低电子书价格，对于其他国家发展电子出版产业极为不利。

## 二、国外政府应对数字化转型问题的策略

**（一）强调出版数字化转型远景任务和顶层设计**

英国数字出版发展迅速与政府较早的引导和支持相关。2007 年英国技术战

略委员会实施"知识转型网络"计划，以未来数字出版发展为导向。政府在放松干预、自由发展策略下，通过融资、基金等方式为数字产业的持续发展提供资金支持。

2007 年 4 月，韩国文化观光部公布《知识强国的发展动力、出版知识产业培育方案——出版·印刷文化产业振兴计划（2007—2011）》提出出版数字化发展课题，还提出"线上线下出版并行发展策略"，从电子出版生产、流通、环境、海外出口、大众文化五个方面开展具体项目，搭建实现数字出版的基础设施。韩国政府设立了具体推动数字出版产业的专门机构——泛在出版振兴中心，负责运营数字出版共同制作设施和研发技术。

法国在发展战略层面引导报刊产业升级，设立报刊发展战略基金，主要用于设备更新现代化项目升级、在线报刊媒体服务投资、发展报刊读者三个方面。2012 年该资金对三项内容的金额分别为 1098.8 万欧元、976.7 万欧元和 366.3 万欧元，其占比分别为 45%、40% 和 15%。

### （二）鼓励自建数据库和销售平台、统一价格应对数字出版国际企业冲击

以图书出版为例，法、德两国尝试建立全国甚至遍及欧洲的图书数据库和销售平台。德国提出自主实现图书数字化或建立共同销售平台抗衡 Google、Amazon 等私有企业。德国自主图书数字化的实现途径是由出版商按照一定的格式扫描图书，保存在自己的服务器和网站上，用户可以通过网络搜索引擎搜索。由于拒绝使用 Google 公司的服务器而保留了一定的渠道收益。法国曾提出欧洲数字图书馆计划抵制 Google 的图书馆计划，最终却仍旧以 Google 为平台，其经验教训是想要政策干预和政府力量搭建数据库与平台，首先要解决资金不足、利益协调和管理实施的问题。

法国从实体书统一定价规则中汲取经验，为有效降低图书价格和减少盗版，于 2011 年施行电子书统一价格法令，规定法国市场中的出版商必须为电子书制定唯一的零售价格。

### （三）调整数字出版相关产品国内外流通的财税政策

补贴国内文化产品出口是许多国家文化产业财税政策的重要内容。数字出版产业链全球化特征带来国内外内容提供商、平台商等主体的利益博弈，欧洲国家为了应对国外企业的威胁一直不断调整数字出版的税率、征收办法和对象，比如自 2009 年以来的法国、意大利"谷歌税"争议延续至今。

日本一度对进口的教育、文化出版物免税，对国内企业极为不利。目前，日本已计划对通过互联网向国内发送的电子书等项目征收 10% 的消费税，纳税者为在日本国税当局注册的海外企业，接受海外内容的国内企业和向个人出售电子书产品的海外企业。日本专家认为为抵消消费税带来的不利影响，需要在提高消费税的同时保证对银行的借款。

## 三、我国应对出版数字化转型的政策建议

### （一）按照分类原则制定出版数字化扶持政策

公共财政在扶持文化产业发展中主要承担弥补市场调节失灵和公共产品提供，财政扶持文化产业的基本原则和方式仍适用于数字出版。我国出版社、报社、期刊，按照公益经济二重属性和职责不同，在数字出版转型中面临的问题各异。对国内代表公共利益的全国性公共信息服务，对国外执行公共外交、文化传播重要职能的媒体，如党报党刊，一度缺乏数字化的经济动力。继续以财政拨款为主要方式，引导其积极应对数字化阅读引发的变革，财政性资金优先采购此类新闻出版的单位电子版广告，鼓励开展数字订阅，也有助于减轻财政压力。

### （二）撬动社会资本进入新闻出版数字化转型领域

数字出版培育期资金投入巨大，我国传统出版集团在市场环境中的金融运作能力不足，传统出版单位历史事业单位运作机制和政府统包统管对出版业的影响仍未消除，表现在经营内容、资金来源、盈利模式比较单一，财务报表反映出我国媒体筹资、融资、投资的资本运营方面与世界主流媒体仍然具有较大差距，资本结构不符合市场要求。在新媒体环境下，媒体发展机遇转瞬即逝，适当引导风投资金为开展数字出版业务的企业注资，制定配套政策降低投资者的投资成本与风险。

### （三）促进财政扶持出版数字化转型科学化

继续细化和实施财税扶持，突破出版数字化基础性重点难点。利用直接补贴、配套资助、特殊补助、税收减免、基金、低息贷款、银行担保、土地优惠、政府提供广告等多种方式支持出版数字化转型，考虑数字出版内容提供商、出版商、软件商、硬件公司、平台商、行业协会、消费者、图书馆等多元化主体。

### （四）发挥行业自治在财政扶持出版数字化转型中的作用

出版数字化转型时期亟待建立企业、行业协会和政府协同运转的机制。政府的角色是战略定位、引导扶持、规范监督。行业协会辅助财政支持出版数字转型的做法需要更为灵活，美国政府就通过免税、基金支持等多种方式支持美国书业研究会和美国出版商协会等非营利组织进行行业管理。

行业组织统计行业数据，为政府财政政策的制定提供依据；汇聚数字出版业界专业力量，有助于提高财政支持的行业适用性；探索版权保护的新措施；以非政府身份与国际出版商协会（IPA）和各国出版行业组织对话，处理国际贸易中的侵害版权等摩擦；执行行业中其他公共事务，如制定和推广书业标准、规划人才培养战略、推动高新技术成果转化，甚至接受委托成为财政政策的具体执行者。

（《出版发行研究》2015 年第 5 期发表）

**参考文献**

［1］VAT Rates Applied in the Member States of the European Union. European Commission Taxation and Customs Union. Situation at 1st January 2012.

［2］莫林虎：《西班牙新闻出版财税政策及效用新探》，《出版与印刷》2008 年第 4 期。

［3］宫丽颖：《日本政府振兴数字出版产业发展的举措分析》，《出版发行研究》2013 年第 4 期。

［4］张新新：《数字出版业态中政府与市场的关系——以传统出版单位为视角》，《出版广角》2014 年第 6 期。

［5］范军：《让税收杠杆撬动新闻出版业改革发展》，《中国新闻出版报》2014 年 12 月 1 日。

# 康百万庄园雕刻艺术及其文化内涵探析

张玉寒*

康百万庄园坐落在巩义市康店镇，是明清时期中原地区传统民居建筑的典范，2001 年被列入第五批全国重点文物保护单位。它遵循"天人合一、师法自然"的原则进行选址，临街建楼房，靠崖筑窑洞，据险垒寨墙，滨河设码头，建成了一个各成系统、功能齐全、布局严谨、等级森严的集农、官、商风格为一体的大型封建地主庄园。其石雕、砖雕、木雕技艺精湛，雕刻精准细腻，图案繁简适度，画面丰富多彩，意蕴厚重深刻，既给人们带来视觉和精神上的享受，又是一种具有丰富文化内涵的"象征符号"。

## 一、康百万庄园的雕刻艺术

### （一）木雕

康百万庄园的木雕工艺精湛，题材丰富，不仅富有装饰性，而且大都寄托着主人美好的祝福与希望，洋溢着亲切的民俗气氛。装饰部位主要分布在檐下（月梁、额枋、花罩、斗拱、隔扇、门窗）、家具和一些单体雕塑等。雕刻的材料主要用楝木、黄杨、桐木等，木质纹理粗细皆有，这类木材色泽本身就有良好效果，油饰后效果更佳。檐下部位大多雕刻有植物如牡丹、月季、葫芦、葡萄等，也有少量的动物。家具包括平时的椅子、桌子、床等都是雕饰的对象。园内上房内一张雕花顶子床（见图 3-3），被称为木雕艺术的典范。床内外采用透雕、镂空雕刻等多种形式雕花卉、人物、鸟兽等装饰图案 80 余种。床顶最上层正面透雕一组"状元及第"图。顶部从里向外分三层雕刻悬檐，前檐下垂 4 个大莲蓬，精心镂刻着活动自如的 7 个莲子。第一层正中，双层透雕有福、禄、寿三星，三星两侧依次雕刻有"喜鹊闹梅""蝴蝶恋花""礼让""课读""教子"等图案。第二层雕刻"凤凰戏牡丹"及"富贵不断头"花纹。第三层雕刻"麒麟送子""蝙蝠献寿"等图案。床裙板刻精益求精，正面雕刻堆成的"双凤戏牡丹"图案，两侧分别雕刻宝剑、长笛、绣球等图案，后壁分别雕饰有简册、如意、宝

* 作者简介：张玉寒（1984—　），文学硕士，河南财经政法大学文化传播学院讲师，主要从事民间文化、民间文学等方面的研究。

剑、腰刀及盛满花卉的花瓶。床腿雕刻象鼻形，正面雕吉祥如意和金瓜卷草纹。更为精妙之处，其床柱雕刻为一节比一节长的竹节形，寓含了主人希望生活如"芝麻开花节节高"和"高风亮节"及"竹报平安"等美好意愿①。

### （二）砖雕

康百万庄园砖雕主要集中在墀头、檐口、影壁、门楣等部位上。常用的雕刻技法有线刻、线浮雕、高浮雕、半圆雕、透雕等类型，其构图丰满、纹饰繁缛，刀法浑厚朴茂，于雄浑之余透出粗犷之气。硬山墙的墀头砖雕遍及庄园各处，是重点表现对象，既有常见的福禄寿禧、吉祥如意的内容，也有地方流传的民间故事。庄园门楣

图3-3 雕花顶子床

上一条独特的砖雕横额（见图3-4），是一组别有深意的藏字游戏，从左到右，分别为"青气、南元、方便、财主"，"青气"二字采用形意法，把青色的气形

图3-4 砖雕横额

象比喻为天；"南元"为"官"的代称；"方便"为"赐"，来源于佛教用语；财主则代表"福"。这里面隐藏着民间广为流传的吉祥语"天官赐福"，寄予着康氏家族及民众的美好祝愿。

### （三）石雕

康百万庄园的石雕主要运用圆雕、镂雕、浮雕等工艺技法，创意独特，雕刻

---

① 王振和、李春晓：《走进康百万庄园》，学苑出版社2007年版，第37页。

图3-5　精品门枕石

精美，寓意丰富。石雕装饰主要集中于柱础、门枕石等。柱础有基座式、鼓式、覆斗式、复合式等样式，分别雕刻牡丹、葡萄、龙凤纹等多种纹样。庄园内门枕石形式多样，造型独特，有单体狮子、抱鼓石、精美组合图形等。其中精品组合图形是门枕石的主要类型，这种门枕石一般分为几层，采用多种技法分别雕刻。如位于庄园内主宅区三院的一组精品门枕石（见图3-5），是石雕艺术的代表作品。整块青石上下分三层雕刻而成，第一层是姿态慵懒、温顺可爱的狮子，呈现半卧状，显示了康家的富有、安定；第二层是采用剔地突起的雕刻手法，刻出了一幅具有深刻教育意义的人物故事，且这两幅图案分别与两边楹联相互照应，显示了康家对装饰艺术的讲究。上联为"处事无他莫若为善"，配图案为尊老爱幼图、妯娌和睦图；下联为传家有道还是读书，配图案为拜师求读图、宾客宴饮图。第三层是一组传统的图案，有凤凰牡丹图、麒麟送子图、金鸡报晓图等。一幅幅传统礼仪的画面表达了人与人之间，甚至是人与动植物之间和谐相处的关系。

## 二、康百万庄园雕刻艺术的文化解读

### （一）多子多福、养生增寿

#### 1. 对生命繁荣的期盼

生殖文化在我国传统文化中占有很重要的地位，孟子有云："不孝有三，无后为大。"说明了中国子子孙孙延续的重要性，生子关系到宗族的兴旺和国家的强盛，故结婚是民众的终身大事，生子则是大事中的大事。在康百万庄园的雕刻图案中，有关生殖和渴望子孙满堂的图案占有不少比例，主要是由植物组成，如有莲花、石榴、葡萄等与生殖有关的吉祥物。莲花、石榴、葡萄都是多子之物，表达了民众对多子多孙、家族繁荣的期盼。

#### 2. 对生命长存的渴望

中国历来有"五福寿为先"的说法，表明中国人将延年益寿看作人生最为吉祥幸福之事。为了祈求长寿，表达长寿的愿望，民众除了探索种种长寿的诀窍、方法外，还雕刻了种种寿神以供膜拜，表达民众对生命的重视。八仙、暗八仙、寿星和福禄寿三星组合是康百万庄园常见的雕刻图案。寿星图案多雕刻在照壁、墙体上，且福禄寿三星一块崇拜。寿星（见图3-6）的形象为额头又高又圆，耳垂长大，鹤发童颜，眉毛也很长，右手拄着弯拐杖，左手捧大寿桃，一副笑容可掬的可爱模样。可以看出民间对寿星的崇拜及渴望长寿的愿望。

图3-6　福禄寿三星

### （二）驱邪禳灾、平安如意

#### 1. 驱邪禳灾的神灵寄托

中国的神话和传说中，龙是一种神异动物，是民众心目中的万兽之首、万能之神，集勇武、威严、吉祥、喜庆于一体。康百万庄园内有关龙的吉祥图案很多，有龙吻（见图3-7）、双龙捧碑、二龙戏珠、双龙戏凤、龙凤戏珠等，普遍散布在庄园建筑的屋顶、门、雀替、碑楼等各个角落。王充在《论衡·解除篇》中对人们的这种用意进行了解释："龙虎猛神，天之正鬼也，飞尸流凶安敢妄集？犹主人猛勇，奸客不敢窥也。"① 龙是一种神灵，是吉祥、瑞祥的象征，龙的神威震慑到了整个院落，满足了人们求吉辟邪的意愿。狮子也是雕刻图案中常见的驱邪吉祥物，起着保护主人平安、吓阻凶恶的作用。

图3-7　龙吻图

#### 2. 幸福如意的正面表达

福！多与祭祀、神明、祈祷、企盼有关。在甲骨文中，古代的所谓福，是双手捧着美酒敬献于神前，祈求祖先保佑，即"求福"，这就是"福"的本义。《尚书》所载"五福"，即寿、富、康宁、攸好德和考终命，"寿"是长寿，"富"是富贵，"康宁"是身体健康且心灵安宁，"攸好德"是指所好者美德，"考终命"是指善终而没有遭到横祸。从物质生活和精神生活两个方面表达了民众对"福"字的全面理解，寄托了人们对幸福生活的向往，也是对美好未来的祝愿。康百万庄园内供奉的福星，如图3-6中，天庭饱满，头戴花冠，身穿长袍，手持如意，是一个大富大贵的长者形象，能赐予民众福气幸运。"福"字雕刻在墙壁、照壁、门楣上，表达了为康家祈福、希望康家有福气的美好祝愿。

---

① ［汉］王充：《论衡》，上海商务印书馆1936年版，第242页。

### （三）勤学苦读、追求富贵

#### 1. 传家有道还是读书

图3-8　课读图

在以农业和手工业为主要生产方式的封建社会时代，传统文化存在着根深蒂固的"兴农抑商"和"重仕轻商"思想。康家非常重视子孙的教育，把学习文化知识看作是头等重要的大事。在庄园雕刻的图案中有关学习知识的很多，有拜师图、教子图、课读图（见图3-8）、课间嬉戏图、惩罚图等，以此来鼓励、督促康家子孙勤学苦读，目的是考取功名，光宗耀祖。庄园内也雕刻有科举求吉的状元及第图、鲤鱼跳龙门图等，表明了康家希望子孙能考取功名，拿国家俸禄以光宗耀祖。

#### 2. "富—贵—禄"一体化的生活追求

财富是人类永恒的主体，但现有的关于"财"的雕刻图案并不是很多，内容比较单一，这并不能表明民众对"财"的追求不狂热，其实中国古人传统价值观中追求财富、享受富贵、加官进禄是联系在一起的，财富是一定要追求的，但是要"贵"，要想"贵"，只有追求"禄"，古人认为，只有这三项整体地组合在一起，才能达到民众真正追寻的理想境界。对于康家来说也是如此，他们追求真正的"富—贵—禄"一体化的理想状态，推崇文化的兼容并蓄，亦儒亦农亦商。庄园内有财神图案、算盘图案、聚宝盆图案等祈求发财；有富贵牡丹图案、凤凰戏牡丹图案、"富贵不断头"花纹表达富贵；有禄星图案（见图3-6）、状元及第图案、文官出任图案、武官出征图案渴望康家有拿俸禄的人出现，从而实现真正的"富—贵—禄"一体化。

### （四）气节高洁、名利淡泊

康百万庄园雕刻的图案大多是以驱邪求吉为主要内容，带有很强的功利性目的。但也有一部分雕刻图案，如林和靖爱梅图（见图3-9）、耕读渔樵图、梅竹组合图等，表达康家人追求心灵的淡然、高雅的情操和人格的不断完善。梅是康家喜爱的雕刻对象，在这里赋予梅花以人的品格。这个"人"，不是那种空虚庸下追求物质享受的俗人，而是品格

图3-9　林和靖爱梅图

高尚的风雅之士。康家人也以此勉励自己有这种高洁、淡泊名利的人格追求。竹有君子之德，有"本固、性直、心空、节真"的高贵品格，也是康百万庄园常见的雕刻对象，表达了康家人对竹的喜爱，最重要的是对竹子品格的向往。

## 三、康百万庄园雕刻艺术的文化透视

### （一）儒家思想的渗透

雕刻作为一种民间文化艺术，方方面面渗透着儒家思想。从康百万庄园的雕刻艺术来看，孝道伦理和积极入世是其主题。在儒家思想中，孝是中国文化最突出的特色①。就家庭伦理规范体系来说，孝主要表现在尊祖敬宗、孝敬父母、关爱兄弟、传宗接代等。从康百万庄园的雕刻图案中观察，孝敬长辈、传宗接代为重要内容，对维护家庭秩序具有非常重要的作用。庄园内有许多尊老、爱老的图案，特别是石牌坊上的二十四孝图说明康家对"孝"的宣扬程度。同时，传宗接代在儒家孝道思想中也是极其重要的。"不孝有三，无后为大"②，家族生命的传承关系到家族的兴旺发达，因为"无子为其绝世也。"③ 所以婚姻便成了民众传宗接代的一件大事。康家作为一个大家族，更是注重传宗接代，园内有关送子、多子的吉祥图案随处可见，有麒麟送子图、连生贵子图、观音送子图等表达了对子嗣延续的渴望；有葫芦、石榴、葡萄等多籽的植物图案则表达对多子多福的期盼。

### （二）道家思想的融合

鲁迅先生曾说过"中国文化的根底全在道家"④！道家思想在中国民居雕刻艺术中有着不可替代的影响。如果说儒家思想代表了一种务实的道德理想和积极的人生态度，那么道家思想以"道"为核心，追求"道"为人生的终极目标，追求一种遗世独立的脱俗人格和艺术精神。表面上看来儒道两家是相互对立的，一个入世，另一个出世；一个积极进取，另一个消极避退。但实际上他们互为补充，协调统一⑤。就康百万庄园的雕刻艺术来说，道教对其影响深远，养生增寿和"无为"思想是其主题。

道教把人生命的价值放在首位，且通过一些神仙方术、鬼神崇拜和巫术活动祈求长生不老，甚至得道成仙。而对于普通民众来说，通常选取道教的神仙或神仙器物来达到长寿的目的。"八仙"纹和"暗八仙"是庄园内常见的雕刻对象。

---

①　杨国枢：《中国人的蜕变》，台北桂冠图书公司 1988 年版，第 31 页。

②　［宋］朱熹：《四书集注·孟子》，湖南岳麓书社 1987 年版，第 411 页。

③　［汉］戴德著、［周］卢辩注：《大戴礼记》，上海商务印书馆 1936 年版，第 69 页。

④　鲁迅：《鲁迅全集》第 9 卷，人民文学出版社 1958 年版，第 285 页。

⑤　孙琦：《文化人格的立体展演——江浙传统民居纹饰研究》，华东师范大学 2008 年硕士学位论文，第 55 页。

"八仙"是民众所熟悉的得道神仙，宋元以来，民众不断地把神话传说和民间故事附加到八位仙人身上，使八仙变得神通广大且有人情味。民间传说八仙经常下凡民间，帮助民众解决疾苦，引渡得"道"的有缘人成仙以长生不老。采用八仙手持之物代表各位神仙的纹饰称为"暗八仙"，"八仙"和"暗八仙"纹的出现在心理上满足了民众长生不老的愿望。

道家的"无为"，是一种处世态度，并非不求有所作为，只是指凡事要"顺天之时，随地之性，因人之心"。而要做到这种无为的境界，就要顺应自然规律，而后才能实现精神上的超越。庄子在此基础上提出了"逍遥游"从而实现精神上的超凡脱俗，追求一种"淡泊、宁静"的生活。康百万庄园内耕读渔樵图、四爱图及一些梅兰竹菊图时常出现，表现了康家人在积极入世的同时，追求悠闲自乐、淡泊宁静、独善其身的心灵境界，是高尚情操和自甘淡泊的人格写照。

### （三）民间"天人合一"思想的解说

"天人合一"是中华传统文化的核心概念，充分体现了人类精神与自然界的和谐统一。对民间来说，"天命"和"人生"是合二为一的关系。离开天命无从讲人生，离开人生无从讲天命。所以中国古人认为人生与天命最高贵最伟大处，便能把它们合二为一。[①] 在这种"天人合一"观念的影响下，民众为了有更好的命运，常常通过祖先崇拜、神灵崇拜、占卜风水、禁忌习俗等多种民间信仰方式来"敬天"，企图趋福避祸，从而得到一种精神上的安慰，具有明显的功利性[②]。康百万庄园内大部分雕刻的图案都有着明确的求吉求福目的。如龙、狮、虎图案辟邪求福，寿星、乌龟、寿石图案保佑长寿，文财神、武财神图案保佑发财，葡萄、石榴、葫芦象征多子，凤凰、牡丹代表富贵等。这些图案的人物、动物、植物大多具有神性，或是天上的神仙，或是具有神奇的传说，只要对这些灵物虔诚信仰就能得到具有万能的神灵庇护。正是这种功利性使得民众拥有乐观向上的生活，这是雕刻艺术的持久生命力之所在！

## 结　语

雕刻艺术是中华民族优秀的民间传统艺术，作为一种特殊语言，早已成为人类传递情感和思想、分享信息和经验的一种重要文化行为[③]。康百万庄园作为明清时期我国中原地区民居建筑的典范，木雕、砖雕、石雕艺术可称为我国民间艺术优秀的代表，反映了特定自然和社会条件下民众及康氏家族的生活理想、价值取向和审美追求。无论是砖雕、木雕，还是石雕，都可归结为一个主题：求吉纳

---

① 尹笑非：《中国民间传统吉祥图案的理论阐释》，上海世纪出版集团、上海书店出版社 2009 年版，第 180 页。

② 钟敬文：《民俗学概论》，上海文艺出版社 1999 年版，第 204 页。

③ 屈伟广：《浅谈巴林石雕刻艺术与人文理念的融合》，载《赤峰学院学报》2009 年第 4 期。

福。且这种求吉纳福主题是民众对于自己人生信仰和家族信仰的主动谋划，目的是让家族或家庭能兴旺发达、千秋万代。通过康百万庄园的雕刻艺术可以看出，雕刻艺术与传统文化有着密切的关系，儒家思想、道家思想及民间"天人合一"思想对雕刻的内容产生了深刻的影响，且影响不是单向的，而是相互作用、相互融合的一个过程。

（《安徽文学》2014 年第 11 期发表）

# 货币·距离·艺术

## 谢朝坤*

早在 150 多年前，马克思就极为肯定地预言：资产阶级，由于开拓了世界市场，使一切国家的生产和消费都成为世界性的了。① 而今，这一预言早已成为众所周知的现实。我们身在中国，可以享用到地球的另一端如美国生产的食品，可以用他们生产的计算机，看他们拍摄的电影，坐德国制造的汽车，穿法国设计的衣服。虽然导致这种情形的原因纷繁复杂，但有一点可以肯定：在此全球化过程中，货币起着难以替代的作用。因为"只有通过货币手段，某个德国资本家和也是在德国的某个工人才可能实际地卷入西班牙的一桩内阁人事变动，涉足非洲金矿的利润，以及一次南美洲革命的成果。"② 正是货币克服了距离，使距离缩小并趋零，将世界联结，使一切人一切事都卷入世界的进程中去。

距离趋零之论并不新鲜，前人对此的研究可称硕果累累，只是切入角度不同而已。马克思论证了资本的无限扩张联结世界，麦克卢汉论述了电信技术造成了现代社会距离的消失，而德里达就是从此角度切入并以情书的消失来说明距离趋零导致文学艺术的终结，中国著名学者金惠敏则在阐发麦克卢汉、德里达等理论的基础上得出了文学危机的结论。

然而，距离趋零只是现实的一面，对现代人影响更大也更为隐蔽的是现实的另一面：距离不断产生并日益扩大。

虽然，诚如麦克卢汉所说，现代电信创造了"世界范围的联结"，赢得了"对距离的胜利"，地球也被不无夸张地概括为"地球村"，距离被压缩为趋零距离。③ 但是，这里的距离恐仅指物理距离而言，对于人的心理距离，现实恐怕是另外一番情景。虽然现代电信技术可将远在天边之物拉至近在眼前，但这种物理距离的缩小又何曾拉近了人与世界、社会、与自我之间的距离？反倒是人越来越

---

* 谢朝坤（1983—　），文学硕士，河南财经政法大学文化传播学院讲师，主要从事现当代文学和文艺学研究。

① 马克思，恩格斯：《共产党宣言》，人民出版社 1997 年第 3 版，第 31 页。
② ［德］齐美尔著、陈戎女等译：《货币哲学》，华夏出版社 2007 年版，第 388 页。
③ 金惠敏：《媒介的后果》，人民出版社 2005 年版，第 10 页。

迷恋于现代电信技术等工具或手段本身，却不再关心人与世界、社会及自我之间的关系，其间的距离也越来越遥远了。齐美尔对此有清醒的批评："人们用乙炔灯和电灯换掉了油灯，但是热衷于完善照明设备有时却使我们忘记了最根本的事情不是照明本身，而是能够更看得清楚东西。人们对电报电话的成功倍感狂喜，这常常使他们忽略了真正要紧的是人们说的话的价值。"①

在距离不断扩大的过程中，货币起着推波助澜的作用，具体表现在以下几个方面。

第一，货币扩大了人与人之间的距离。"货币发挥着使单个个体原子式裂化的作用，出借给个体一种脱离集体利益的全新的独立性。"② 货币经济的高度发展瓦解了传统社会中人与人之间较强的依赖关系。由于货币的无所不能，使得个体不再依赖亲人或邻居。只要有足够的货币，他就可以从市场上买到他所需要的任何商品与服务。传统社会中的人与人之间相互依赖的关系彻底地沦为一种束缚，也逐渐被现代人视为累赘而被毫不犹豫地清扫掉。单独的个体不再依赖固定的另一个体。因此，只要人有了足够的货币，就可以不依赖任何特定的人和任何特定的集体，也就意味着有了足够的独立与自由。但是，因为任何个体都是可以替代的，其作用都可以用货币在市场上购买到，所以，与这种独立与自由相伴随的，却是现代个体的空前的孤独、麻木与冷漠。老子所说的"鸡犬之声相闻，老死不相往来"已是都市司空见惯的生活场景。齐美尔在《空间社会学》中描述的——（他们）数分钟甚至数小时之久地相互盯视却彼此一言不发——已是都市人生活的一部分现象。而做了几年的邻居"对面不相识"已是见怪不怪的常事了。

个人从传统家庭与集体中独立出来，使现代社会里所遭遇的"白首如新，倾盖如故"的现象渐渐地普遍化为生活的常态。白首如新源于"货币经济使人与人关系中的内在维度不再必需，人与人内在情感的维系被人与金钱物质的抽象的关系所取代，人跟钱更亲近了，人跟人反倒疏远了。"人们不再关注身边的亲朋好友，而是把目光投向了可以赚取更多金钱的地方；而倾盖如故则源于"货币使新的聚合形式成为可能"，③ "等价物的货币形式使个人更容易与外界接触，更容易进入那些不太熟悉的、只对金钱价值的成就或其成员在金钱上的贡献感兴趣的圈子"。④ 而在交往过程中，金钱扯下了人与人之间温情脉脉的面纱，占据了交往的中心。他们不再有心理会对方的性情，也不再管是否意气相投、脾气相合，因为他们来自五湖四海只为了一个目的：赚取更大数量的货币，"共享一种金钱

---

① ［德］齐美尔著、陈戎女等译：《货币哲学》，华夏出版社2007年版，第393页。
② ［德］齐美尔著、陈戎女等译：《货币哲学》，华夏出版社2007年版，第265页。
③ ［德］齐美尔著、陈戎女等译：《货币哲学》，华夏出版社2007年版，第266页。
④ ［德］齐美尔著、陈戎女等译：《货币哲学》，华夏出版社2007年版，第388页。

利益"。①

齐美尔说："货币给我们提供了一种确凿的、独一无二的可能性，它一边把个人联合在一起，一边绝对地排除了一切个人的、具体的东西。"② 人的性情、个性、追求都变成了有碍交流的、多余的东西而应该予以清除。传统的富于诗意、人情味与个性的交往方式已经不能容于货币统治的时代。都市中人与人之间的会面既短暂又稀疏。每个人都尽快地直奔主题，在最短的时间内留下突出的印象。像古代人所有的乘兴而来、兴尽而归的富于诗情画意的交流方式已随着历史的车轮而被永远抛弃了。取而代之的是冰冷的、麻木的、程式化的交往，个性在此已被瓦解殆尽，毫无存身之地了。

第二，货币扩大了人与世界之间的距离。近代以来，人的工具理性高度而畸形的发展，人与世界的关系不再如古代一般和谐，人也不再把世界与自然看成是自己的庇护所和出生地。在现代科技的武装下，人企图以科技力量来征服世界与自然，人与世界、自然开始变得对立。在此过程中，货币显然起着难以替代的作用，它以自己的方式扩大着人与世界、自然的距离。齐美尔说："一如货币横亘于人与人之间，它也横亘在人与商品之间。货币经济甫一出现，我们就不再直接面对经济交易的对象了。我们对商品的兴趣通过货币这个中介被瓦解了，商品自身的客观意义离人的意识比较远，因为商品的金钱价值或多或少地渗漏到了商品在我们的兴趣关联中的集团之外。"③ 随着货币经济的高度发展，一切事物、一切价值，全都臣服、匍匐在货币的麾下，货币也以空前的威力统治四方、驾驭一切，以残酷无情的客观性衡量一切对象，"凡是不能用金钱来衡量的东西都是无价值的"。④ 但是货币统治一切、衡量一切的表面之下，是货币对事物本身价值的夷平，是对其他事物本身绝对价值的消除。货币衡量一切的本能使人对事物本身的价值视而不见。人只看到了事物的金钱价值而根本看不到价值属于事物而不属于金钱，于是，金钱在人与物之间树立了一层厚厚的壁障，将人与事物隔离开来，将人从事物、从自然、从世界中揪出，并扩大其中的距离。因此，"事物质的意义上的本质在我们的视阈之外，我们和事物完整的、与众不同的存在之间的内在关联被瓦解分裂了"。⑤

金钱对事物的夷平使事物的尊严丧失殆尽，使事物的个性遭到泯灭，使事物本身的价值遭到损毁，使人们再也感受不到事物本身的价值与个性。"呈现在我们面前的全景图当然意味着真正内在的关系中的距离的日益拉大，而外在关系中

---

① ［德］齐美尔著、陈戎女等译：《货币哲学》，华夏出版社 2007 年版，第 266 页。
② ［德］齐美尔著、陈戎女等译：《货币哲学》，华夏出版社 2007 年版，第 268 页。
③ ［德］齐美尔著、陈戎女等译：《货币哲学》，华夏出版社 2007 年版，第 389 页。
④ ［德］齐美尔著、陈戎女等译：《货币哲学》，华夏出版社 2007 年版，第 347 页。
⑤ ［德］齐美尔著、陈戎女等译：《货币哲学》，华夏出版社 2007 年版，第 347 页。

的距离却日益缩小……在这里最遥远的东西离人近了，而代价却是原初和人亲近的东西越来越遥不可及。"① 用海德格尔的话说，"我们越来越不能切近事物本身"。我们与事物、世界之间的距离越来越大，以至于我们不再感觉现实、感受世界，我们能感觉到的只是博德利亚所谓的"超现实"，而这个超现实已经和我们存身于其中的现实没有任何实质的关联。它本身就是纯粹的拟像。

第三，货币扩大了人与自我之间的关系。货币经济的高度发展使得客观文化压倒了主观文化，"文化造就了一个不断加宽的利益之环，也就是说，利益的客体位于其中的外围越来越远离自我这个中心"，其结果便是"现代人不得不以一种不同的方式工作，比原始人付出更大的努力，在他与他为之努力的客体之间的跨度是大得多了，并且有更大的阻碍挡在他的路上。"② 而为了克服日渐增大的距离，我们不得不努力创造出更繁多也更为复杂的工具，而更可怕的是我们可能因此而忘却了自己真正的需要是什么。我们就如那只掰玉米、摘西瓜、又扔了西瓜去追兔子的猴子，在一路忙碌之后，依然两手空空，一无所获，满心失望。一首流行歌曲中两句歌词也正反映出了现代人那难以获得的满足感："我们都在不断赶路忘记了出路，在失望中追求偶尔的满足。"对此，齐美尔警告说："金钱只是通向最终目的的桥梁，而人是无法栖居在桥上的。"③ 在货币的统治之下，"生活的核心与意义从我们的手指间一次次地溜走，确定无疑的满足感越来越罕见，所有的努力与活动实际上都没有价值。"④ 现代人越是利用更多的工具来武装自己，他越是远离自己的终极目标，而他也更需要越来越多的努力才有可能获得原始人十分容易得到的满足。用弗洛伊德的话说，"与原始社会的人相比，现代人要压抑更多的快乐，才能得到可怜而又卑微的很小的满足"。更为严峻的是，由于现代大多数人都把获取金钱作为其生活的终极目标而全力以赴，于是就产生了这样一种观点：即生活中全部幸福与满足感都在于占有大量的货币。在这种观点的支配下，货币由纯粹的手段向内生长成为一种终极目的。但在达到这一目标之后，频繁而致命的无聊与失望就会接踵而来。⑤ 因此，齐美尔与叔本华可谓不谋而合。

齐美尔曾援引一位德国作家汉斯·萨克斯的说法："金钱是这个世界的世俗之神。"世俗之神既然统治着世界，那当然包括生于这世界中的人。货币以自己的逻辑与性格塑造着现代人的秉性与人格。斯宾格勒说："想要得到更多的金钱，人只能以金钱的方式来思考。"⑥ 以货币的方式来思考的现代人只能变得如货币

① ［德］齐美尔著、陈戎女等译：《货币哲学》，华夏出版社 2007 年版，第 389 页。
② ［德］齐美尔著、陈戎女等译：《货币哲学》，华夏出版社 2007 年版，第 389 页。
③ ［德］齐美尔著、费勇译：《时尚的哲学》，文化艺术出版社 2001 年版，第 103 页。
④ ［德］齐美尔著、费勇译：《时尚的哲学》，文化艺术出版社 2001 年版，第 101 页。
⑤ ［德］齐美尔著、费勇译：《时尚的哲学》，文化艺术出版社 2001 年版，第 103 页。
⑥ ［德］斯宾格勒著、吴琼译：《西方的没落》第二卷，上海三联出版社 2006 年版，第 458 页。

一般的冷漠无情、麻木不仁、精于算计、刻板。人的一切的行动都遵循着金钱的逻辑，人的情感的价值被扫荡，人的丰富的可能性被空前压缩，最终只能变成马尔库塞预言的"单面人"。

人与人之间的这种距离的空前扩大是可悲的，但更为可悲的是，这种距离的存在及扩大对都市人有着天然的必要性。"若无这层心理上的距离，大都市交往的彼此拥挤和杂乱无序简直不堪忍受……种种关系的金钱性——要么公开的，要么以上千种形式隐藏起来的——在人与人之间塞入了一种无形的、发挥作用的距离，它对我们文化生活中的过分拥堵挤迫和摩擦是一种内在的保护与协调。"① 距离的存在与扩大保护着都市人的心灵与健康，否则，现代人会因为过多的陌生人的接触而发疯。

关注距离的理论家并非仅齐美尔一个人，只是在不同的理论家那里，其表现方式迥异而已。如金惠敏所说："布洛主题不能被解除，实际上也没有被后人解除。在海德格尔对'人诗意地栖居'的憧憬中，在他对电子媒介造成地理距离的消除而并未因此使人多少地更切近于'物'的批评中，在德里达对因电信技术而导致情书的哀悼中；在杰姆逊关于后现代主义新空间如何使'批判距离'消解的描述和他对于安迪·沃霍尔'无深度'艺术的深度剖析中……"② 都展现了思想家们对距离的深入关切与思考。

齐美尔不但考察了货币对距离的影响，而且研究了距离的美学意义。

自布洛提出距离美学以来，后继众多，由此形成蔚为大观的距离美学流派。齐美尔将距离与艺术风格联系起来，深入研究距离的美学意义。齐美尔重申了人只有在抛开功利之心、和事物保持一定的距离才能获得美感的说法。一切艺术均改变了我们的源初地、自然地置身于现实时的视界。"一方面艺术使我们离现实更近，艺术使现实独特的最深层的含义与我们发生了一种更为直接的关系；艺术向我们揭示了隐藏在外部世界冰冷的陌生性背后的存在之灵魂性，通过这种灵魂性使存在与人相关，为人所理解。然而在此之外，一切艺术还产生了疏远事物的直接性；艺术使刺激的具体性消退，在我们与艺术刺激之间拉起了一层纱，仿佛笼罩在远山上淡蓝色的细细薄雾。艺术接近和疏离人与现实之间的距离的两种效果有同样强烈的吸引力。"③ 在这一点上，齐美尔和倡导距离美学的布洛的观点高度契合。正是艺术的力量削弱了现实刺激的具体性与力度，使人远离其真实动机与功利诉求，从而能够从现实的强烈的刺激中脱身而出，进入审美状态。可以说，距离的存在是主体得以进入审美状态的先决条件。

---

① ［德］齐美尔著、陈戎女等译：《货币哲学》，华夏出版社2007年版，第388页。

② 金惠敏：《两种"距离"，两种"现代性"——以布洛和齐美尔为例》，《天津社会科学》2007年第4期。

③ ［德］齐美尔著、陈戎女等译：《货币哲学》，华夏出版社2007年版，第384页。

但其最为创新之处则在于将艺术风格的产生追溯到了艺术作品与现实的距离上："艺术风格的内在含义可以解释为各种艺术风格在我们和事物之间产生的远近不同的距离造成的后果。不同艺术风格的产生是因为与现实的距离不同。自然主义风格是由于与现实距离太近，而其他风格的艺术的形成则在于与现实的距离太远。"① 从此角度出发，齐美尔突破了将艺术风格追溯到艺术创作主体的特点的传统研究路向，将艺术风格的形成与距离联系起来。但艺术风格究竟怎么由距离形成，以及什么距离产生什么艺术风格，还有艺术生产者怎么与现实保持距离等一系列相关问题，齐美尔论述得并不具体。

在这个充满碎片、满目断裂的世界里，距离可谓无所不在、无处不有。虽然距离产生美（艺术），但这并不会给艺术挚爱者带来丝毫欣喜，只因为有距离并不意味着有艺术，只因为"艺术诚然需要距离，但艺术所需要的那种距离从来是有节度的。"② 过大的距离显然并不利于艺术的生产与生存。在齐美尔看来，当前货币统治下的文化暴露了严重的危机，在客体文化优于主观文化的情形下，人的神经萎缩，人开始并已经变得麻木、冷漠、精于算计了，而这样的主体显然很难生产出什么伟大的艺术来。

（《邢台学院学报》2012 年第 1 期发表）

---

① ［德］齐美尔著、陈戎女等译：《货币哲学》，华夏出版社 2007 年版，第 384 页。

② 金惠敏：《两种"距离"，两种"现代性"——以布洛和齐美尔为例》，《天津社会科学》2007 年第 4 期。

# 张之洞工艺思想探析

刘娟娟[*]

在中国近代史上，张之洞（1837—1909）集政治家、军事家、实业家、教育家于一身，有着朝廷重臣和学界巨擘的多重身份。后世对张之洞的研究历久不衰，但在众多研究成果中却几乎都未涉及他在近代工艺及工艺教育方面所做出的成绩。殊不知，无论是在他创办的各种学堂中，还是在他著名的《劝学篇》中，抑或是在他参与厘定的"癸卯学制"中，都体现出他对近代工艺及工艺教育发展的关注和重视，他也通过各种实践活动为中国近代工艺及工艺教育的发展做出了贡献，在一定程度上推动了中国近代设计教育的诞生和发展。

## 一、打破"重道轻器"传统观念，提高工艺的社会地位

中国古代长期以来一直存在着"重道轻器"的传统，其源头可以追溯到先秦时期。《周易·系辞》谓："形而上者谓之道，形而下者谓之器。"首次将道、器作了明确的界定与区分。虽然这种对道、器的区分未必有高下尊卑、重道轻器之意，但在现实中，由于读书人皆注重于修、齐、治、平之"大道"，而对于稼穑、制器等具体的实业，既不关注也不通晓，因此形成了轻视实业、卑视器用的道学传统，对我国工艺事业的发展产生了极大的负面影响。

清末时期，统治阶层中的封建顽固派视西方先进文明和科学技术为"奇技淫巧之术"，坚称"制造乃匠工之事，儒者不屑为之""立国之道尚礼义而不尚权谋，根本之图在人心而不在技艺。"这种思想极大地阻碍了近代科技的进步、工艺的发展。在这一背景之下，张之洞敏锐地意识到农、工、商三者对于国家富强、人民富裕的重要性，以及工艺发展水平的决定性作用。他从"求强""求富"的角度出发，多次强调工艺的重要性及工艺发展与国家工业、经济发展之间的关系，提高工艺社会地位。早在1898年他撰写《劝学篇》时就指出，"夫政刑兵食，国势邦交，士之智也；种宜土化，农具粪料，农之智也；机器之用，物化之学，工之智也；访新地，创新货，察人国之好恶，较各国之息耗，商之智

　＊ 刘娟娟（1980—　），女，美术学博士，河南财经政法大学讲师，主要从事美术教育、美术史论等方面的研究。

也；船械营垒，测绘工程，兵之智也。此教养富强之实政也，非所谓奇技淫巧也。"① 对当时人们普遍视西方技艺为"奇技淫巧之术"的认识给予反驳，肯定了各种技艺在工业发展和国家富强中的重要作用。1903 年他在《采用西法十一条折》第五条"劝工艺"中进一步强调，"世人多谓西国之富以商，而不知西国之富实以工艺。"②（《遵旨筹议变法谨拟采用西法十一条折》）在张之洞看来，这种"工艺"，既含有"工者造未成之货"的"制造"能力，又含有"粗者之精，贱者之贵"的"技艺"水平；既包括生产制造阶段的"工"，也包括使物品"精"与"美"的"艺"。他从提升国家工业水平、推动经济发展的角度出发，将工艺发展与国家富强、人民富裕相联系，打破中国长期以来"道本器末""重道轻器""重德轻艺"等观念，在一定程度上提升了工艺的社会地位，促进了近代工艺事业的发展。

## 二、兴办工艺学堂，培养有创造力的工艺人才

既然工艺水平对国家工业、经济的发展都有重要作用，那么应如何发展工艺呢？张之洞认为人才培养尤为重要，"工学之要如何？曰教工师。……工有二道：一曰工师，专以讲明机器学、理化学为事，悟新理、变新式，非读书士人不能为，所谓智者创物也。一曰匠首，习其器，守其法，心能解，目能明，指能运，所谓巧者述之也。"③（《劝学篇·外篇·农工商学第九》）而培养有创造力人才的关键在于创办工艺学堂，"中国局厂良匠多有通晓机器者，然不明化学、算学，故物料不美；不晓其源，机器不合，不通其变，且自秘其技，不肯传授多人，徒以把持居齐，鼓众生事为得计……今欲教工师，或遣人赴洋厂学习，或设工艺学堂，均以士人学之，名曰'工学生'。将来学成后，名曰'工学人员'，使之转教匠首。"④ 他所说的"工师"与"匠首"的区别即《考工记》中"知者造之，巧者述之守之"之意，"工师"即相当于设计师，而"匠首"为技术工匠。在他看来，对工艺发展而言培养具有创造力的设计师尤为重要，应该通过开办工艺学堂传授专门知识，培养技艺的创造者。

纵览张之洞的一生，他也一直以自己的多重身份和政治影响力推动并践行着这样的工艺教育观。1896 年他在金陵（今南京）设立"江南储才学堂"，开设交涉、农政、工艺、商务四大专业；1896 年由他创办的江南陆师学堂附设矿物铁路学堂中也开设测算、绘图等课程；1898 年年初他又提出在湖北创办工艺学堂

① 张之洞、何启、胡礼垣撰，冯天瑜、肖川评注：《劝学篇·劝学篇书后》，湖北人民出版社 2002 年版，第 129 页。
② 苑书义等编：《张之洞全集》，河北人民出版社 1998 年版，第 1439 页。
③ 苑书义等编：《张之洞全集》，河北人民出版社 1998 年版，第 9756 页。
④ 苑书义等编：《张之洞全集》，河北人民出版社 1998 年版，第 9756 页。

的设想并于当年秋天正式招生。湖北学堂招生公告中写道："照得中国材产富饶，人物领袖甲于五洲，而开物成实较各国为最早。惟近数百年来，机器之灵巧，制造之精美，中国转逊于外人，盖由洋人工艺各有专门，悉本格致、理化、测算诸学。精益求精，日新月盛。而中国士人皆不屑讲求，凡诸百工类多目不识丁之人，沿袭旧业，不特不能自出心裁，创物制器，即继述前人尚多失其真传精意，以致土货日就窳陋，洋货日见充斥，民智日拙，游惰日多。亟应设法劝导振兴，以挽风气而塞漏卮。是以本部堂于武备、自强、农务诸学堂之外，复奏设工艺学堂于湖北省城，选绅商士人子弟肄业，其中择中、东匠首教习分授工艺十数门，兼课格致、理化、算绘诸学，使生徒熟习各项工艺之法，兼探机器制造立法之本原，庶三年学成之后，既明其理，复达其用，旁通十余门之制造，根基既立，中人以上随时加功讲求，或可创制新奇，即中人以下亦不致流为无业游民。"（《札发招考工艺学生告示章程》）① 这不仅阐明了该学堂设置、招生的初衷，也道出了张之洞重视工艺、发展工艺教育的原委。1904 年"癸卯学制"颁布之后，经张之洞督促开办的各类工艺学堂、艺徒学堂、工艺局等更多不胜举。这些工艺教育思想和办学实践不但对当时中国近代工艺和工艺教育的发展起到了重要的推动作用，也在一定程度上促进了中国近代设计及设计教育的萌芽。

### 三、倡导开办劝工场、赛品会，促进工艺交流

除了开办工艺学堂外，张之洞认为还可以通过设立劝工场或开办赛品会（即早期商品博览会），陈列各地货物、器具，供人参观，比较优劣，切磋技艺。他说，劝工之道有三：一、工艺学堂。二、设劝工场。三、良工奖以官职。"三事并行，中国工艺自然而进"② 。"凡冲要口岸，集本省之工作各物，陈列于中，以待四方估客之来观。第其高下，察其好恶，巧者多销，拙者见绌。此亦劝百工之要术也。"③ 主政两湖不久，张之洞便指示江汉关道仿照西欧各国做法设立"工劝商公所"，展览湖北土特产及工业制品。同时，召集有一定经验的商人比较物产精粗，评判工艺优劣，"以期日出日广，日造日精，民生藉以藉舒，地方益臻繁盛。"④ 1902 年张之洞又委派高如松等会同承办劝业场工程，"照得各国都会地方，多设有劝工场及商品陈列所，聚百货于其中，分行罗列，以类相从，物标定价，听人观览购取。工者价昂而售速，劣者价贬而滞销，彼此相形，自生激励。此外又设立博览赛珍等会所，以劝工商实业者，洵属法良意美。"⑤ 在张之洞的

---

① 苑书义等编：《张之洞全集》，河北人民出版社 1998 年版，第 4905 页。
② 苑书义等编：《张之洞全集》，河北人民出版社 1998 年版，第 1439—1441 页。
③ 张之洞、何启、胡礼垣撰，冯天瑜、肖川评注：《劝学篇·劝学篇书后》，湖北人民出版社 2002 年版，第 180 页。
④ 苑书义等编：《张之洞全集》，河北人民出版社 1998 年版，第 4234 页。
⑤ 同上。

督导下，高如松等在武昌兰陵街筹办的"两湖劝业场"规模宏大，展品丰富，包括各种手工制造品、货物机器、两湖地区土产等，影响颇大。

张之洞以其开办商品陈列所、劝业场、赛品会等，在两湖乃至中国倡导了产品赛会之风。1905 年清政府商部在北京开设"京师劝工陈列所"，"以调取全国工艺出品及天产物，……以期工业之改良而图商业之进步"，仅开办三日，就有包括外国人在内的 8000 多人前来参观，销售商品 1000 多元。① 1909 年春继任两湖总督的陈夔龙札饬湖北劝业道暨官钱局总办筹设劝业博览会，旨在"萃各种实业家所创造经营之物品于一处，比较其优劣而劝勉之，而奖进之，意不在现在之物品，而在将来之物品，重在制造之人。"② 此次展出的物品包括天产部、工艺部、美术部、教育部、古物部五部分，涉及大量工艺、美术制品。如工艺部包括染织、服装、陶瓷、五金、玉石、化学制造等 12 类 3512 种；美术部包括绣织、绘画、雕塑、手工编制、陶烧等 6 类 564 种；教育部包括教育用具、理化器械、图画等 5 类 941 种；古物部包括金石、陶瓷、书画、杂物等 5 类 1137 种。该会历时约一个半月，合计参观者约 205569 人，可称得上是中国首次大型地方商品博览会。③ 在如此大规模的劝业会上展出众多工艺品、美术品，其对工艺事业发展所起到的推动作用不言而喻。

## 四、厘定新学制，将工艺教育纳入学校教育体系

如果说张之洞对工艺的认识和开办工艺学堂、举办劝业会、赛品会的举措还只是在所辖范围内进行的局部推行的话，那么，1903 年奉命厘定新学制则给了他将发展工艺教育的思想在全国范围推广的机会。由他主持制定的"癸卯学制"以国家法律形式对工艺教育予以高度重视，在普通教育、师范教育，特别是实业教育中广为开设。"癸卯学制"中的基础教育、师范教育中均设置有图画、手工课程；实业学堂中则设置有染织科、窑业科、漆工科、木工科等工艺门类，并根据专业不同设置各类制图、绘图课程。这种学校教育制度下的工艺教育，突破传统"师徒相授"教学模式，引进班级授课制，吸收了西方国家及日本的教学内容，甚至引进国外先进技术和工艺，对中国传统工艺的发展起到了一定的促进作用。"20 世纪中国的艺术设计通过新式美术教育中的图画手工教学和图案教学而得到发展"。④（陈瑞林《20 世纪前期中国艺术设计发展的历史回顾》）

"癸卯学制"颁布之后，各地实业学堂及工艺学堂迅速发展，如顺天府中等农业学堂、湖南高等实业学堂、江南中等商业学堂、四川实业学堂等，都开设有

① 陈锦江：《清末现代企业与官商关系》，中国社会科学出版社 1997 年版，第 199—200 页。
② 张廷海：《奏办武汉劝业奖进会一览》，上海经武公司宣统元年十二月，第 230 页。
③ 同上
④ 潘耀昌：《20 世纪中国美术教育研究》，上海书画出版社 1999 年版，第 502 页。

图画、制图等工艺教育课程。不少学堂在办学中由于侧重于工业设计、产品设计及传统手工业的改造，进而成为中国近代工艺美术学校、艺术设计学校的前身，为中国艺术设计院校的成立奠定了基础。如农工商部所设艺徒学堂中开设图画课程，授以铅笔、毛笔、水彩和几何画法，以改良各种工艺之基；完全科的专修课目中设置金工科、木工科、漆工科、染织科和窑业科，聘任日本人担任陶瓷器、雕刻、金工、漆器绘画、染织等科目教员，培养工业（工艺）和手工业（工艺美术）方面人才，可以认为是近代中国最早的工业产品设计专业和工艺美术职业学校的雏形。

## 结　语

综上所述，张之洞作为一代权臣和"洋务运动"晚期的主要代表，他对近代工艺及工艺教育的关注和重视，突破传统"重道轻器"观念，在一定程度上提高了近代工艺的社会地位；他开办工艺学堂，倡导开设劝工场、赛品会的诸多实践也为近代工艺的发展和工艺人才的培养做出了贡献；将工艺教育引入新学制更是从学校体制建设方面推动和促进了中国近代学校设计教育的萌芽和发展，为中国近代工艺和工艺教育的发展做出了不可低估的贡献。

（《装饰》2013 年第 8 期发表）

# 旅游演艺品牌的营销策略研究

## ——以《禅宗少林·音乐大典》为例

许结结等[*]

## 前　言

随着我国经济结构的逐步调整，第三产业在国民经济体系中的比重不断扩大。旅游业作为第三产业的一个组成部分迎来了难得的发展机遇。目前，旅游演艺、阳光娱乐已经成为我国群众文化生活的重要内容之一，中国的旅游演艺需求日益旺盛，旅游演艺发展的空间也是很大的。河南中原厚重的文化旅游是展现在游客面前的一个灵活、动态的演绎文化，从而满足游客多种形式的审美需求。演艺业在河南的发展有着得天独厚的优势，在新形势下，适应演艺文化和旅游产业模式发展的时代出现了，并取得了显著成效。河南旅游演艺文化的现状是缺乏创新，思路单一的商业化运作，高标准、大规格则是旅游演艺文化未来发展的需要。

国内知名演艺品牌主要有：《宋城·千古情》《印象·刘三姐》《京华烟云》《印象·丽江》《丽水·金沙》《云南·映象》《蝴蝶之梦》《香巴拉印象》《风中少林》《森林密码》《时空魅影》《仿唐乐舞》《梦回大唐》等。目前，国内对旅游演艺品牌营销的研究主要集中于以下几点：开发旅游演艺产品、提升旅游地区形象、创造旅游地区品牌、推动区域经济发展和促进非物质文化遗产保护。但其中仍然存在一些缺陷：旅游演艺业打造品牌的意识不强、品牌建设不科学、市场定位不准确、品牌传播的构建体系不完善、品牌资产管理与维护不到位。

以《禅宗少林·音乐大典》为例进行旅游演艺品牌研究，主要思路是：a. 通过品牌知名度、认知程度、品牌联想、品牌忠诚度和品牌资产等方面着手演艺品牌营销；b. 规划品牌内涵，如品牌形象、品牌个性、品牌文化等；c. 明确品牌定位，打造具有本土特色的旅游演艺品牌，区别于其他具有共性的演艺品牌；d. 开展营销传播，传递品牌内涵；e. 对品牌价值进行后续的维护和管理，如成立专门的品牌管理部门及岗位，制定品牌规则和流程等；f. 进行品牌资产的

* 本报告由文化传播学院 2012 级本科生许结结、李丰华、杨萌、武羽裳、王倩男团队完成，获得了全国大学生挑战杯河南省三等奖，沙家强博士为指导教师。

审计，固化成功经验，改善营销策略。

　　研究的目的在于以下三点：一是健全旅游演艺品牌立体化营销传播体系。以《禅宗少林·音乐大典》为例，旅游演艺品牌营销可围绕旅游演艺产品设计、演艺品牌知名度宣传、演艺品牌认知程度、演艺品牌忠诚度维系等方面展开，利用现代化新媒体技术宣传演艺文化内涵，扩大品牌影响力，提高观众对舞台表演活动的接受程度，增强演艺产品表现力，更高效和全面地展示旅游演艺产品资源和服务；二是提炼旅游演艺品牌定位。以《禅宗少林·音乐大典》为例，在分析市场需求及现有旅游演艺资源的基础上，选择一个区别于其他演艺品牌且对目标市场具有吸引力的形象，在消费者头脑中占据明确的优势位置。塑造并设计相应的旅游演艺业形象及宣传策略，以争取目标消费者的认同。利用《禅宗少林·音乐大典》演艺资源及河南登封地域文化，为游客带来独特的精神享受；三是促进新兴文化产业的发展，带动经济增长，扩大文化影响。目前，从旅游演艺品牌的角度来进行营销的研究才刚开始，对于文化与营销融合的研究还不够深入。以《禅宗少林·音乐大典》为例，研究分析旅游演艺品牌的营销策略，有利于扩大优秀传统文化影响，带动相关产品市场的开发，对促进新兴文化产业的发展具有极其重要的意义。

## 一、《禅宗少林·音乐大典》旅游品牌营销环境分析

### （一）宏观环境分析

1. 政治法律环境

　　除了人口大省、粮食大省、文化大省的标签之外，河南还要成为凸显厚重历史和文化优势的旅游大省。

　　近日颁发的《国务院关于支持河南省加快建设中原经济区的指导意见》明确指出，河南要建成世界知名、全国一流的旅游目的地。2009 年，国务院发布《国务院关于加快发展旅游业的意见》（国办发〔2009〕41 号），确定将旅游行业发展成为国民经济的支柱性产业和使人民更加满意的现代化服务业。旅游产业是能耗小且无污染的绿色产业，是建设环境友好型和资源节约型社会的先导型产业。

　　2012 年 6 月国家旅游局出台《关于鼓励和引导民间资本投资旅游业的实施意见》，与此同时，河南省将旅游产业作为实现中原崛起、振兴河南省经济的重点对象，并出台了一系列扶持旅游行业发展的政策。实施这些政策措施必然会发展河南的旅游业并为其带来更多的机遇。2012 年，《河南省"十二五"旅游产业发展规划》（以下简称《规划》）正式出台，该《规划》对河南省的旅游产业发展做了详细的阐述，指出河南旅游业发展要从"浅层观光旅游向深度文化体验转变，进一步凸显河南厚重的历史和文化优势"，并提出构筑河南旅游发展"一区两带四

板块"的总体格局。

2. 经济环境

河南经济发展速度多年居中西部第一，GDP 近几年连续居全国第 5 位；2013年，全国 31 个省的 GDP 总和约为 63.07 万亿元，河南省的 GDP 总和为 32158 亿元，较去年增加 8.64%，人均收入 34187 元，人均 GDP 在全国排名第 23 位；"十二五"期间河南省的人均生产总值年均增长率将达到 10%。随着人们传统思想的转变，旅游消费将进入大众消费阶段。外出旅游将成为人们休闲、度假的主要方式，国内的消费群体将成为旅游市场的主体。

3. 社会环境

旅游演艺是依托旅游资源并充分挖掘地域传统文化，将本地文化通过歌舞方式表现出来，不仅能增强本地市场竞争力，有效支撑旅游业的可持续发展，而且丰富了休闲旅游方式，能更好地满足游客的体验需求。随着社会经济的发展和人们生活水平的提高，人们对于生活质量的要求也是越来越高，并逐渐向高层次、多样化的方向发展。由于旅游能够很好地增长见识、开阔视野，已成为丰富人们生活的首选。因此，旅游会成为民众日常生活的一部分，且日益多样化的旅游方式也会变多，旅游客户也将以散客为主流。传统的观光旅游方式也已经逐渐为多样化的旅游方式及项目所替代，旅游项目正朝着一个多样化的方向发展，集参与、探险、疗养、商务于一体的新型旅游项目应运而生，而人们根据自身的兴趣爱好来选择不同的旅游方式将成为一种新的时尚。

4. 技术环境

技术发展对旅游产业的最直接的影响表现在以下三个方面：

第一，技术发展方便了人们的出行，同时扩展了旅游景区的商圈范围。方便的交通，缩短了相同时间内人们可到达的距离，一个旅游景点能带动周边经济的发展，随着技术的发展，旅游景点带动周边经济发展的范围也将扩大。

第二，信息技术的发展使得信息传播方式快速增长，旅游产业的营销信息可以通过立体化的信息传播体系顺畅地传递给民众。随着信息技术的快速发展，旅游局及旅游产业经营单位可以借助多种形式的营销传播媒介。

第三，科学技术的发展，会增加人们旅游的方式和旅游种类。由于科技的发展，旅游的方式不断翻出新的花样。随着经济水平的提高，旅游行业和文化产业在演进过程中相互融合，衍生出兼文化表演和旅游功能为一体的新兴旅游方式——旅游演艺，即依托旅游资源并充分挖掘地域传统文化，并结合先进的声、光、电和舞台，打造出一场视觉盛宴。

**（二）微观环境分析**

1. 整体行业分析

近年来，全国各地都十分重视发展文化旅游产业，河南作为文化旅游资源大省，有着客源、区位、资源、基础设施等发展文化旅游产业的诸多优势。2013年，全省共接待海内外游客 4.1 亿人次，同比增长 13%，其中接待入境游客 207 万人次，同比增长 8.7%；实现旅游总收入 3875.5 亿元，同比增长 15.2%，相当于全省 GDP 的 12%。

2014 年 10 月 9 日，由人民网旅游频道统计出的 2014 年 "十一" 黄金周各省旅游收入排行新鲜出炉。表格显示，在各省的名次中，河南位居第三，与 2013 年 "十一" 黄金周相比，排名下降一名，收入被四川赶上。但据省旅游局统计，2014 年 "十一" 黄金周收入较去年还是增加了 26.38 亿元。经过多年悉心经营，河南省旅游产业布局日趋完善，旅游产业集聚效应显现。"十二五" 期间，河南省为了整合集聚旅游产业，培育旅游企业群体，形成旅游产业新优势，增强对区域经济发展的拉动作用，重点培育了十大旅游产业集聚区，分别为：郑东新区旅游产业集聚区、郑州嵩山旅游产业集聚区、焦作云台山旅游产业集聚区、平顶山尧山大佛旅游产业集聚区、洛阳龙门文化旅游产业集聚区、信阳鸡公山旅游产业集聚区、商丘永城芒砀山旅游产业集聚区、许昌鄢陵旅游产业集聚区、驻马店嵖岈山旅游产业集聚区、南阳卧龙岗旅游产业集聚区。该十大旅游产业集聚区分布于全省各地，大多依托具有较高知名度的旅游资源，功能定位明确，具有较好的发展基础。其中，我们本篇研究的就是郑州嵩山旅游产业集聚区的一个旅游演绎品牌《禅宗少林·音乐大典》。

2. 消费者分析

目前，河南省国内客源来源主要是省内和周边省份，境外游客比重偏低。游客大多以观光旅游为主，停留时间短，消费水平较低，导致综合效益较差。同时，客源的波动性比较大，旺季火爆，淡季冷淡。

3. SWOT 分析

SWOT 分析，是一种竞争态势分析方法，通过对经济组织自身所具备的竞争优势（Strengths）、劣势（Weaknesses），外部环境所面临的机会（Opportunities）和威胁（Threats）进行深入全面的分析，从而制定相应的战略和策略。本章采用此方法，对《禅宗少林·音乐大典》旅游演艺品牌营销所处的环境进行全面的分析和判断。

S：优势分析

a. 丰富的自然旅游资源

这里山峦起伏，峻峰奇异。著名胜迹有北魏嵩岳寺塔、汉代嵩山三阙（太室阙、少室阙、启母阙）、元代观星台及少林寺、中岳庙、会善寺、法王寺塔、永泰寺、净藏禅师塔、初祖庵、嵩阳书院、石淙河摩崖题记、刘碑寺石碑和八方古文化遗址等，均为游览胜地。

b. 深厚的文化底蕴

少林寺的禅文化形成较早，西汉末年，佛教由丝绸之路传入中国，由于在此期间中国思想界经过了战国时期的"百花争鸣"后，又经历了秦始皇的"焚书坑儒"和汉武帝的"罢黜百家，独尊儒术"，此时中国的思想界受儒家三纲五常及各种约束条件的限制，极其渴望新思想的传入。而佛教是一种伦理道德色彩相当浓厚的宗教，与儒家思想冲突并不是很明显，所以受到了当时很多学者的追捧。东汉末年，汉译大量佛教经典，佛教教义开始同中国传统伦理和宗教观念相结合，得到传播。

c. 优越的旅游区位优势

登封市是一个县级市，地处河南省中部，隶属于河南省会郑州市。登封市东与新密接壤，西与伊川相邻，南与禹州、汝州毗连，北与偃师、巩义相接，是郑州、洛阳、许昌的枢纽，207国道与217、316省道贯通全境，郑少洛、禹登高速公路纵横交错，登封铁路与京广、陇海、焦枝铁路干线相连，形成了四通八达、方便快捷的交通网络。

W：劣势分析

a. 行业凝聚力不强

登封市虽然旅游景点众多，但是游客主要游玩的地方是少林寺，去其他旅游景点的游客远远少于去少林寺的游客，更甚者除了少林寺之外，根本不知道其他景点，可见产业凝聚力较弱。

b. 主推部分景点，忽略其他景点的建设和宣传

我们在登封考察期间，去过少林寺以外的其他不是太著名的景点，景点的工作人员表示，政府对景区建设多是争取上级扶贫、新农村建设等补助资金，财政投入的资金较少，有实力的企业对旅游开发缺乏投资热情。

O：机会分析

a. 河南旅游产业规模扩大为登封市旅游产业提供了机遇

多年来，河南省一直将旅游产业作为重点产业之一加以培育和支持。"十一五"期间河南省不断推进旅游产品开发，提升服务水平，拉长产业链，优化发展环境，打造精品旅游品牌，旅游产业为全省整体形象提升和社会经济做出了积极贡献。省辖市和重点旅游发展县（市）普遍出台了具体措施和政策，都修编或编制了相应的发展旅游规划，形成了河南旅游发展的区域格局，为旅游产业发展创造了良好环境，营造了旅游业蓬勃发展的政策环境和社会氛围。在此背景下，河南省旅游产业迅速发展，产业规模不断扩大。2013年，全省共接待海内外游客4.1亿人次，实现旅游总收入3875.5亿元。

b. 特色旅游发展迅速，为登封市旅游发展指明了方向

登封作为郑州都市区的重要组团之一，必须紧紧围绕打造郑州都市区文化旅

游特色功能区的定位，坚持以新型城镇化引领"三化"协调发展，加快推进登封新城建设，努力把登封打造成"自然之美、城乡和谐、生态宜居、社会公平"的宜居旅游名城。

T：威胁分析

a. 周边地区的竞争压力

"十一五"时期，河南培育了一批国内外知名的旅游品牌。一是做响了区域旅游品牌。如"文化河南·壮美中原"旅游形象通过国内主流媒体大力宣传，品牌效应不断扩大；二是做强了若干旅游景区品牌。如云台山景区、龙门石窟景区、大宋文化旅游园区、殷商文化旅游区等成为国内外知名旅游景区；三是做亮了旅游文化品牌。如《大宋·东京梦华》《君山追梦》《河洛风》等形成了一批优秀旅游演艺节目，寻根文化、少林文化、太极文化等形成独具河南特色的文化旅游产品。与这些知名旅游品牌竞争，《禅宗少林·音乐大典》旅游品牌面临巨大压力。

b. 其他一些产业环境的威胁

a）旅游信息化水平较低

目前，登封市旅游信息化总体上仍处于较低水平发展阶段。信息化建设投入少，应用程度低，标准不统一，发展不平衡，信息服务基础薄弱，信息化专业人才匮乏，电子商务发展滞后。

b）旅游人才支撑力不强

旅游人才数量少，部分从业人员素质偏低，特别是中高级旅游人才极为缺乏，人才培训机制不健全，资金缺乏，人才流失严重。

c）产业融合发展程度低

旅游与农业、工业、文化、体育、商贸、信息、金融等相关产业融合发展程度低，其关联性、带动性作用发挥不够。

## 二、《禅宗少林·音乐大典》旅游演艺品牌营销现状及问题

为得到严谨的品牌问题分析结果，我们采用了科学、系统的研究方法：

### （一）研究方法

科学的研究方法是实现研究目的的前提和基础。本次使用的研究方法主要有以下几种：

1. 资料收集方法

定性和定量研究相结合。以定性的理论为基础和落脚点，通过旅游地问卷调查，定量、科学地分析旅游消费者的行为特征，为旅游地的品牌营销提供客观合理的建议。

2. 问卷调查方法

对游客进行问卷调查，对调查数据资料进行整理加工，用统计量对其进行描述分析。

3. 深度访谈方法

深度访谈将从五个方面着手：采访市委、市政府了解政策；采访登封市委宣传部、旅游局、文化局等职能部门听取建议；采访旅游演艺相关企业负责人了解运作；采访编创演出群体听取看法；采访市民、游客、导游和旅行社了解反响和存在的问题。

4. 资料分析方法

把文化营销的理论与旅游演艺实践相结合，在研究过程中，对代表性的旅游演艺业《禅宗少林·音乐大典》进行实地调研，直接掌握第一手资料。就其关键问题做出研究和解决，提供可行的旅游演艺品牌营销策略。

旅游演艺产品类别多样，通过分析旅游演艺品牌如《云南·映象》《印象·刘三姐》等的发展历程及现状，发现问题、分析问题，归纳并总结出演艺品牌之间的共性和个性，提出适合《禅宗少林·音乐大典》演艺产品的文化营销策略。

旅游是一门多学科交叉的边缘学科。在进行相关研究的过程中，使用相关经济学、社会学、人类学、管理学等学科的理论知识和方法，力求对问题的研究更为深刻与科学。

**（二）《禅宗少林·音乐大典》旅游演艺产品资源现状**

《禅宗少林·音乐大典》旅游演艺产品资源现状：以中岳嵩山为自然舞台，以禅宗文化和少林武术为底蕴，展示出中国文化的和谐意境，以山水为实景，演出把舞台搭建在嵩山主峰少室山的待仙沟中，以此山此谷为背景，以地域为特色，以嵩山为依托，以中原数千年的和谐文化为背景，打造出的舞台演艺产品。包括水乐、木乐、风乐、光乐、石乐大型实景演出。如今《禅宗少林·音乐大典》实景演出已经成为河南的一张旅游名片。

**（三）《禅宗少林·音乐大典》旅游演艺品牌营销现状**

1. 《禅宗少林·音乐大典》品牌营销的内涵

以深度挖掘禅宗和少林武功资源为切入点，以山水为实景，以文化为内核，以地域为特色，把一台大型山水实景演出做成了一个文化品牌。

2. 《禅宗少林·音乐大典》品牌营销的定位

以现代科技和传统文化的高度融合打造一张具有河南地域文化特色的旅游名片。

**（四）旅游演艺品牌内涵**

1. 旅游演艺品牌内涵设计

旅游演艺品牌是一种以旅游品牌文化为灵魂，以高科技为支撑，以舞台表演为艺术形式，极具现场情境性特色的新兴旅游产业品牌。依托于旅游演艺品牌，旅游演艺业发展势头良好。目前，国内知名演艺品牌有：《印象·刘三姐》《宋城·千古情》《印象·丽江》《丽水·金沙》《云南·映象》《蝴蝶之梦》《香巴拉印象》《禅宗少林·音乐大典》《京华烟云》《五台山》《井冈山》《梦回大唐》《康熙大帝·雍正王朝》。2012年，中国旅游演艺联盟的成立，标志着旅游演艺产业进入到理性的、自觉的专门行业发展阶段。

2. 旅游演艺品牌定位情况

品牌定位是基于市场定位和产品定位的基础上，企业根据具体的品牌在经营决策中的文化取向和个性差异，也就是使商品在消费者的心中占领一个特殊的位置，当某种需要突然产生时，随即想到的品牌。当然，品牌定位的影响因素包括消费者的消费心理、产品属性、市场环境、市场细分基础。

通过品牌定位的概念可以得出：品牌定位是基于旅游资源或地域的不同，带给游客独特的精神享受的承诺。其意义有以下几个方面：一、方向性。确定旅游品牌的战略方向，旅游品牌的发展将围绕这一目标实施操作；二、特别性。景区要有自己独特的个性品牌定位；三、体现精神层面内涵。旅游品牌的定位不是简单的旅游资源功能或大致概括，而是挖掘旅游景点的文化基础和对精神文明的资产承载，以满足游客的精神需求。

### 三、旅游演艺品牌营销面临的问题

#### （一）旅游演艺品牌建设不科学

虽然演艺资源丰富，历史文化积淀深厚，但品牌建设跟不上现实需求，缺乏特色品牌，演出现场中屡次运用张艺谋印象系列中次第亮灯、人体发光、人数呐喊等元素，缺少一定创新的精神；票价较高；演出场地在室外，受环境、天气等因素影响较大；出售门票方式单一，不宜购票选票；配套延伸服务不齐，如酒店不充足。

#### （二）《禅宗少林·音乐大典》品牌传播体系待完善

观众接受程度不理想，舞台表演故事性不足，大部分观众对佛教文化不甚了解，而演出过程中没有宣传讲解材料的发放，观众无法通畅理解。在利用现代化新媒体技术宣传其文化内涵及品牌影响力的程度上仍需加强。而且在旅游演艺产品设计、演艺品牌知名度宣传、品牌认知程度、品牌忠诚度维系等方面仍有不足。

#### （三）《禅宗少林·音乐大典》品牌资产管理与维护不到位

持续优化旅游发展环境，提升游客满意度，加强旅游演艺行业监管，提升服务品质，仍然是《禅宗少林·音乐大典》品牌资产保护的一个重要内容。

**（四）从游客调研报告分析《禅宗少林·音乐大典》所面临的营销问题**

根据图3－11调查结果显示，游客年龄分布居多在20—40岁，所占比率高达59.62%；20岁以下以及40—60岁所占的比例相当；60岁以上比例较小，为4.81%。从调查结果可知，需要针对年龄进行专门化的营销传播手段。20—40岁年龄阶段接受新媒体传播影响较大，针对比较大型的目标群体，可加大新媒体传播营销力度。且从图中可得，60岁以上的人群为未开发的消费者群体，同时也是比较有潜力的消费者群体，可考虑采用该年龄阶段所使用的传统媒体进行传播（见图3－10、图3－11）。

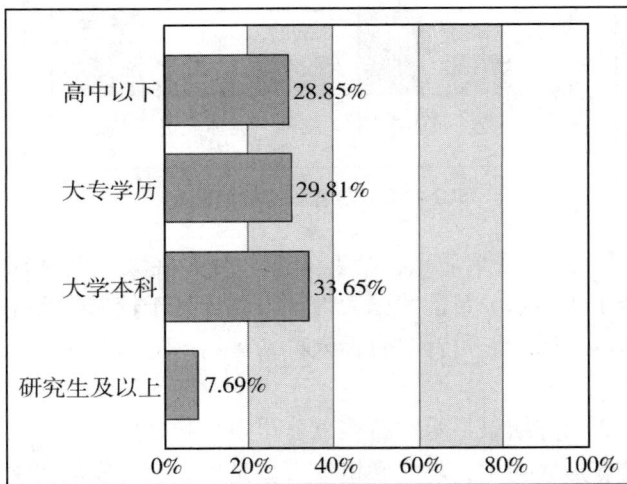

图3－10　年龄分析

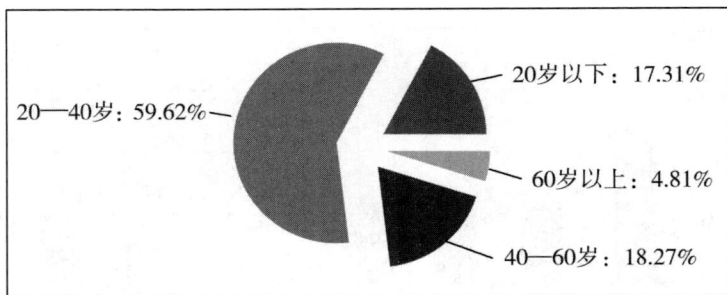

图3－11　受教育程度

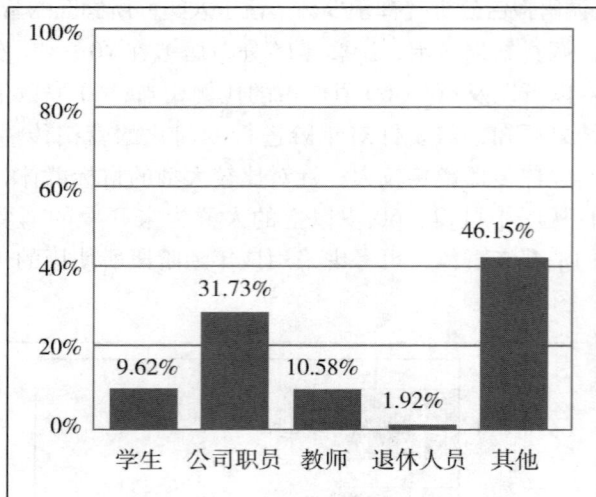

图 3 - 12  游客职业类型分布

根据图 3 - 11 调查结果显示，游客大部分分布在大专及其以上学历的人群中。由专业调查报告显示，目前我国大部分人群还处于较低学历中，低学历人群还处于未开发市场。因此，可针对目标人群，运用 STP 营销策略，进行相应的营销传播方案。

根据图 3 - 12 调查结果显示，游客以公司职员和自由职业人员为主体。公司职员多以团体游客形式为主，学生和退休人员是未完全开发的消费群体。

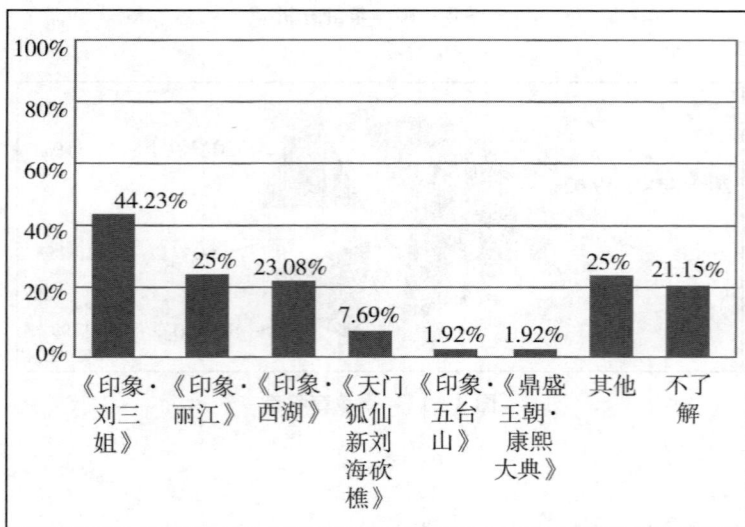

图 3 - 13  游客对其具有共性的旅游演艺品牌的认知程度

根据图 3 - 13 调查结果显示：游客对于印象系列具有较高的认知程度，可参照印象系列营销传播模式，具体实施在自身旅游演艺品牌本身。

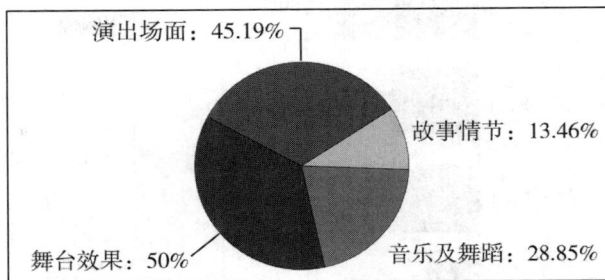

图 3 - 14    游客观赏完《禅宗少林·音乐大典》印象深刻部分分布

根据图 3 - 14 调查结果显示：游客对演出场面、舞台效果和音乐及舞蹈方面印象较为深刻，而故事情节方面，游客对其印象不深刻。从该方面出发，可通过增加游客对演出的理解程度来增加游客的再观赏意识和推荐意识。

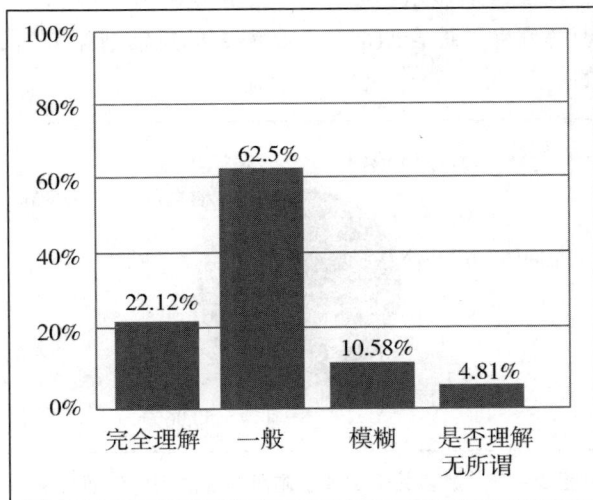

图 3 - 15    游客对故事情节的理解程度

根据图 3 - 15 调查结果显示：游客对故事情节的理解程度多处于一般程度，完全理解份额较小。为了加深游客对故事情节的理解程度，可采取便利的新媒体对现场观众进行信息传播，既增加了游客与现场演出的参与性，又在一定程度上增加了游客对演出故事情节的理解程度。

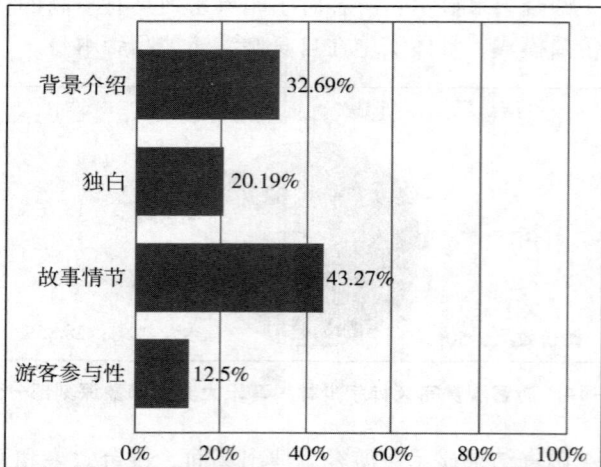

图 3 - 16　增加哪方面的内容来提高游客对其理解程度

　　根据图 3 - 16 调查结果显示：43.27% 的游客认为应增加演出的故事情节内容来提高游客的理解程度。综合四部分，从游客的反馈数据来看，背景介绍和独白都是应该增加的。

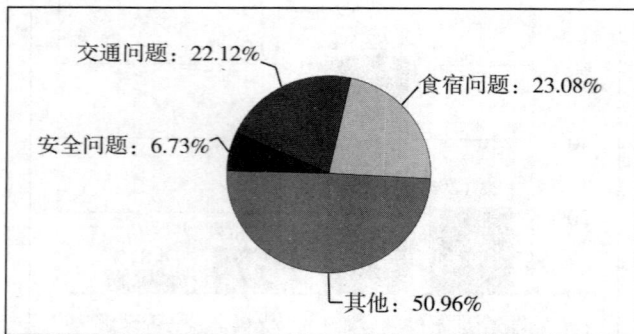

图 3 - 17　游客关于配套设施所存在的问题调研分析

　　根据图 3 - 17 调查结果显示：游客对周围的配套设施不满意，其中交通、安全和食宿是较为集中的问题，可针对此方面做出进一步的完善。

| 选项 | 小计 | 比例 |
|---|---|---|
| 适宜，满足好奇心，充分利用资源 | 22 | 21.15% |
| 不适宜，会破坏设施 | 67 | 64.42% |
| 不清楚 | 6 | 5.77% |
| 无所谓 | 9 | 8.65% |
| **本题有效填写人次** | 104 | |

图 3 - 18　《禅宗少林·音乐大典》在白天是否适宜开放

根据图 3 – 18 调查结果显示：64.42% 的游客认为白天不适宜开放，会破坏设施，但同时有 21.15% 的游客认为白天适宜开放，所以在考虑维护好现场设施和有效管理游客的基础上，可适当增加当地旅游资源的利用。

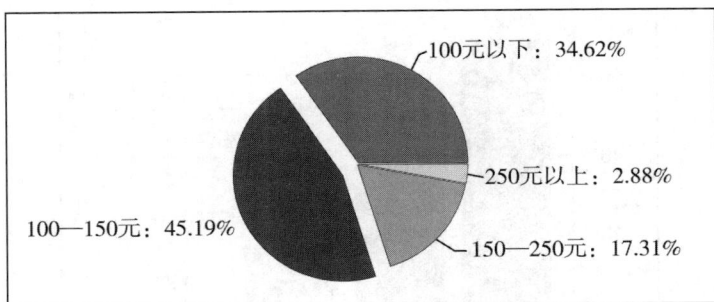

图 3 – 19　游客认同的票价区间

根据图 3 – 19 调查结果显示：45.19% 的游客认为票价应定在 100 元—150 元，超过 80% 的游客认为票价不能匹配演出所含有的价值。

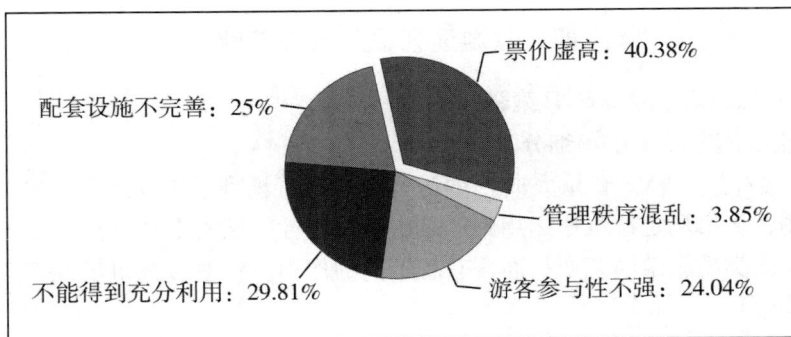

图 3 – 20　游客对现有营销状况提出的问题

根据图 3 – 20 调查结果显示：40.38% 的人认为票价虚高，配套设施和旅游资源以及参与性问题都是音乐大典面临和要解决的问题。在品牌自身建设的基础上，要注意周边的配套设施以及新媒体的利用来增强游客的参与性。

根据图 3 – 21 调查结果显示：微信占据 69.23% 的人群意愿分布，其次是微博、腾讯 QQ，充分利用新媒体对音乐大典的内容进行有效传播，是建立健全的传播体系所具备的必要环节。

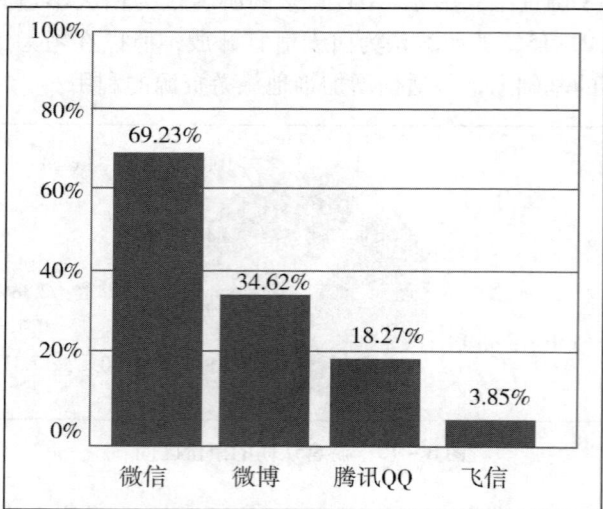

图 3 –21　新媒体在音乐大典的使用中的意愿分布

## 四、旅游演艺品牌营销策略

### （一）旅游演艺品牌 STP 策略

1. 旅游演艺品牌市场细分

（1）《禅宗少林·音乐大典》的运营商已经意识到了市场细分、选择最好的目标市场、将市场定位策略运用到产品中的重要性。然而市场细分对于不同的运营者和不同类的旅游演艺产品而言有着不同的作用。针对目标市场经常会调查以下几个问题：

他们是谁？我们对他们有多少了解？对于他们来说观看这些演出能够收获什么？哪个类型的媒体宣传对他们最有效果？如何能使他们看到媒体的宣传？应该在哪里出现？我们希望他们从媒体宣传中得到的想法和感觉是什么？他们无法做出购买我们产品的障碍有哪些？在宣传时最优先考虑的媒体是什么？

《禅宗少林·音乐大典》有针对性地将目标定位于那些喜欢禅文化、热衷于佛教文化的群体，所以它的客源定位是商务、旅游等高端客户。

（2）消费者往会根据自己不同的心理需求而进行不同的选择，也会因为自己不同的情绪对产品的满意程度有所不同。只有从观众心理的角度进行广告宣传，才能抓住观众的心。这也是"体验经济"时代非实体产品的产业在市场策略上必须重视的问题之一。因为产品的不可触摸性、易逝性、不可储存性、生产与消费同时进行等特点决定了其宣传手段必须从观众入手，而不是产品本身。

《禅宗少林·音乐大典》的组织者除了大力宣传演出产品特色之外，还可以针对观众在看完之后能够获得怎样的感受，或是在享受演出同时能获得怎样的娱乐、教育、审美，甚至是逃避现实的体验进行演出宣传，将观众作为消费者更是最好的宣传者对旅游演艺产品进行市场细分。同时在国内旅游演艺项目进行市场细分时，因为旅游演艺本身是为了吸引旅游者逗留和丰富他们旅游活动而出现的带有较强娱乐性的演出产品。

因此，在目标市场细分时更倾向于吸引较喜欢轻松、时尚、娱乐的观众群，而非严肃的、喜欢高雅艺术的人群。前类人群更喜欢参与其中，使自己成为舞台的一部分，融入其中。

2. 旅游演艺品牌目标市场选择

对于旅游演艺市场而言，市场意味着一个充满竞争对手、分销商、媒体、资金提供者、赞助商以及观众的一个客观环境。旅游演艺的客户主要是指观看演出的观众或潜在观众。旅游演艺的市场决策体系包括定价、分销、市场推广及促销，还包括与整体市场的沟通以及演艺产品本身。

整个市场营销决策的过程相对于旅游演艺产品而言是一个非常理性的活动，并且难以去争论其好坏。虽然在早期的旅游演艺市场营销决策中，市场营销常常会被认为破坏了艺术性而被艺术家或者演艺人员认为是演艺活动的"敌人"，但对于现代旅游演艺市场而言，只要有对演艺的认知度，通过具有创造力和有丰富管理和营销经验的团队整合，以上的问题都是可以避免的，当然这不是说这些营销手段就没有风险了。最好的市场营销决策是建立在足够的市场调研数据并且将直觉和创造性都体现在市场营销的过程中。

3. 旅游演艺品牌品牌定位

《禅宗少林·音乐大典》是中国的和谐文化、谭盾的无形资产和少林寺这个世界级文化品牌的整合。

（1）禅的创意

《禅宗少林·音乐大典》邀请了各界一系列的顶尖人物联手合作，把少林寺直接做成股东，完成了中国的和谐文化、谭盾的无形资产和少林寺这个世界级文化品牌的整合，以期占领市场的制高点。

（2）品牌的运营

《禅宗少林·音乐大典》在运作模式上，借鉴《印象·刘三姐》的经验，努力探索文化产业发展"票房销售——带动旅游——地产增值——商业服务——拉动就业——品牌效应——吸引投资——股份升值"的新模式。将《禅宗少林·音乐人典》的市场营销分为三个阶段：第一个阶段是市场培育期；第二个阶段是成长期；第三个阶段是成熟期。

（3）文化打造成品牌

《禅宗少林·音乐人典》以演绎和谐中原文化为主题，以深度挖掘禅宗和少林武功资源为切入点，成功地把一台人型山水实景演出做成了一个文化品牌，并且带动了一系列周边产品开发的良好市场。

**（二）旅游演艺品牌品牌营销策略**

1. 品牌核心价值的确定

文化打造成品牌——永远的赢家，还有"少林功夫"品牌的带动。

《禅宗少林·音乐大典》跟其他的实景演出相比有什么更先进的新模式呢？可以把它创意的成功经验归纳为以下几点：

（1）以山水为实景无法复制

演出把舞台搭建在嵩山主峰少室山的待仙沟中，以此山此谷为背景。这里的一草一木、一溪一石都参与着演出。这里 36 亿年的石头奏出的乐章、潺潺流水的歌唱都是那么的朴实却震撼人心，在每个人心底都是唯一的，无法被取代，更无法被超越。

（2）以文化为内核无法复制

整台晚会以"禅"这样一个在世间蓄积了上千年内涵的文化积淀为思想内核来开发演绎，在人们以舒松筋骨为目的旅游的同时，更是让人们的心灵得到一次洗礼和释怀。以"禅"为思想内核的演出产品这是第一家，至今也是唯一的一家。并且借助少林寺这个世界级的千年品牌的力量，相信它将成为最正宗、最地道的禅文化的音乐演绎品牌。

（3）以地域为特色无法复制

"海内灵岳，莫如嵩山"，以这样一个人杰地灵的名山为依托，以中原数千年的和谐文化为背景，打造出的舞台演绎产品，自然摘取了同类品牌的桂冠。

（4）搭建好文化与市场之间的桥梁

文化与市场不能脱节，有观众、有市场的文化才是精英文化。而做好文化与市场的衔接是关键，就让文化雅俗共赏，就让市场去见证文化的魅力，找到文化与市场的切合点，让所有人都能受到先进文化的熏陶，让先进文化去带动社会的和谐发展。

2. 品牌文化建设

以少林寺为代表的佛教文化，以中岳庙为代表的道教文化，以嵩阳书院为代表的儒家文化，《禅宗少林·音乐大典》集三家文化于一体，相通相融，打造成了嵩山文化品牌的"新名片"。

嵩山少林当年因电影《少林寺》而闻名世界，无人不知。但是，多年来少林寺旅游景区还一直处于门票经济阶段，并没有实现从卖景点到卖文化，从旅游景点到旅游目的地的转变。多年来，嵩山旅游缺乏延伸旅游项目的动力，产业链条不完善，游客"白天看庙，晚上睡觉"，停留时间短。《禅宗少林·音乐大典》的上演，使少林寺旅游夜生活不再匮乏，打造了一个全新体验少林文化的旅游目的地。

## 五、旅游演艺品牌品牌营销保障措施

### （一）构建旅游品牌项目支撑体系

重点要做好以下五项系统工程：

一是旅游信息化建设工程。信息化建设是建设旅游目的地服务体系的重要内容。可以设立《禅宗少林·音乐大典》旅游咨询服务中心，使其成为《禅宗少林·音乐大典》旅游咨询服务网络的中枢，完善自助游信息服务系统，打造以登封旅游资讯网为载体的旅游服务网站，开通旅游咨询电话服务；推进全市旅游信息服务网络系统建设，共享信息资源，打造集票务、住宿、餐饮、商品等功能于一体的旅游电子商务平台；建立快捷、高效、安全的信息处理系统，健全旅游信息调查、假日旅游预报、旅游预警、重大事故应急处置等机制。

二是旅游交通建设工程。旅游交通是推进建设旅游目的地服务体系的基础性工程。科学规划和建设连接《禅宗少林·音乐大典》的交通线路，形成境内旅游交通环线。延伸城市公交至市内景区点，开通重点景区点的旅游公交，开通连接各景区点的旅游环线公交。加快《禅宗少林·音乐大典》景区旅游厕所、旅游停车场、购物一条街等项目建设，完善景区各项基础设施，提升景区品位。

三是旅游标识系统建设工程。旅游标识系统是旅游目的地基础设施的重要组成部分，也是展示城市公共服务形象的窗口。《禅宗少林·音乐大典》可以继续完善高速公路、国道、省道、旅游区道路上的旅游交通标识，完善市区内的旅游交通标示、公共信息标识、景区指示牌、旅游广告牌等，完善景区内部的全景牌示、景点牌示、服务牌示、线路牌示、忠告牌示，方便游客通畅游览活动。

四是节庆旅游整合升级工程。节庆旅游具有关联度大、带动力强、传播形象广的效能，可以有效吸引社会和媒体关注，提高城市知名度和美誉度。可以成立相关的节庆旅游办公室，对现有节庆旅游活动进行整合升级，提高节庆策划水平，形成节庆系列化，做到长流水、不断线、年年有突破、季季有亮点。举办一些重大节庆活动，做好优惠活动及相关营销。

### （二）完善旅游产品及服务项目

重点要做好如下几个服务项目：

一是加强旅行社与《禅宗少林·音乐大典》的合作力度。既增强旅行社发展活力，充分发挥旅行社在旅游六要素中的核心作用，又推进旅游演艺行业细化分工，形成集团化、专业化、合理化的格局。

二是提升旅游购物业。加大旅游商品的开发设计力度，加强创意，不断丰富品种，提升档次，打造各种特色旅游演艺工艺品品牌以及在登封市区等区域设立地方特色旅游购物场所。

三是繁荣旅游娱乐业。完善并不断发展旅游演艺项目，形成新旅游娱乐业态的集聚化、多元化。配合《禅宗少林·音乐大典》发展市游园的夜游线路，拉动夜间消费，打造"休闲旅游夜经济"。

四是壮大旅游餐饮业。针对市场需求，开发生态餐饮、绿色餐饮、养颜餐饮、保健餐饮等新的产业，弘扬登封市本地餐饮文化，提升餐饮品质，打造乡土美食品牌，不断提高旅游餐饮业的服务水平与管理水平。

五是强化旅游住宿业。积极发展《禅宗少林·音乐大典》周边酒店，大力发展文化主题酒店、温泉度假酒店、山地度假村、乡村农家客栈等多业态的住宿产品，形成布局合理、特色明显、层次多元的旅游住宿产品体系。倡导绿色消费理念与"金钥匙"服务理念，提高旅游住宿业经营水平，不断提升行业服务人员的服务意识与服务技能。

六是推进旅游交通业。加快推进公路客运网络建设，打通登封市景区同周边县市区景区道路。发展连接各景区景点的旅游环线公交，构建科学的旅游交通圈。

七是加强衍生产品开发，延伸演艺产业链的发展。把旅游演出作为龙头项目，延伸带动其他相关项目开发，既是对演艺产品品牌效应的充分利用，也是大型旅游演艺产品产业化开发的重要途径。不难看出，衍生产品的开发可以有力地扩大旅游演艺产品的品牌效应，反过来也提升了旅游演艺产品的品牌知名度。

除了以上七个方面外，同时还要做好相关行业管理工作，改善旅游演艺品牌认知质量，不断提高游客满意度。演艺旅游项目流程需要规范，提高产品质量的表演艺术。强化独特的艺术项目性质，使质量和规模达到统一；节目穿插游客互动，适当提高观看者的积极性；强调纪律性，尽量减少游客迟到，吸烟等不文明行为。

### （三）为旅游品牌建设提供人才保障

旅游演艺产业是旅游与表演相结合的结果，整个演出过程也是游客的体验过程。实证结果表明，游客对旅游演艺品牌体验性的感知能在较大程度上影响其重游意愿、推荐意愿和总体满意度。这一结果充分说明高体验性感知能带给游客内心的满足，要想加强游客下次选择推荐并购买的欲望，就必须加强《禅宗少林·音乐大典》旅游演艺产业的基础设施和人才建设。

"发展旅游演艺产业，人才是关键。如果懂文化的不懂旅游，懂旅游的不懂文化，二者就很难协调发展。"王衍用说，"所以，文化部门和旅游部门要加强合作，建立一批文化旅游培训和实践基地，积极培育文化旅游人才。"

要想发展好旅游演艺业、旅游演艺品牌，除了要不断提高基本的服务人员素质外，更要培养相关的管理人才。要积极加快旅游人才体系建设，注重初级旅游人才培养地方化，中高级旅游专业人才培养途径多元化，在职旅游从业人员培训制度化、常态化。并且实施大旅游人力资源开发策略，同时加强行政职能部门对旅游人力人才的管理。

定期组织员工培训，提高工作人员和表演人员的服务水平，全面提高服务质量；以登封市政府对文化产业的大力支持为契机，吸引优秀的旅游演出营销策划人、音乐人和制作人等。

**（四）加强产品创新和资源整合**

创意是旅游演艺项目存在和发展的基本元素，而品牌是大力发展旅游演艺产业的有效途径。

一是充分利用现有资源，打造演艺品牌。以登封市旅游文化为平台，不断挖掘当地特色，避免产品雷同现象，推出不可复制的旅游演出，努力实现旅游产业的规模化要求，打造鲜明的品牌旅游演艺节目。

二是进行旅游市场细分。传统的市场细分主要在更多的地理、人口、心理和行为变量的基础上进行划分。《禅宗少林·音乐大典》旅游市场可以从游客或社会阶层的消费模式进行细分，并提出关于各项分类的营销战略和战术。在游客的年龄组中，《禅宗少林·音乐大典》旅游演艺的观看者集中在中青年群体、少数老年游客。由此可知，为增加老年客源，则应该通过调查获悉老年人的演艺节目偏好，设计推出其他老年人喜爱的节目。

三是加强售后服务营销。可以建立登封旅游演艺 VIP 俱乐部，对消费能力较强、多次重复购买以及对登封市旅游演艺产业有特殊贡献的游客发放会员卡。

四是合理科学制定票价。旅游演艺经营者可以尝试以游客价值作为节目定价标准，采取差别定价策略，根据表演者的知名度，演出时间和座位等方面，进行灵活的定价差异；价格主管部门要实施干预价格和最高限价管理，演艺场所要严格审核票价，加强监督检查力度，增加演艺项目收费的透明度。

**（五）利用新媒体为旅游品牌建设提供技术支撑**

通过对《禅宗少林·音乐大典》的品牌营销策略研究分析，运用新媒体营销分众、精准、个性、交互、口碑、长尾的鲜明的传播特点，重点借助微博、微信、网络视频、网络社区、IPTV、移动电视、手机等工具进行品牌传播。在塑造旅游演艺品牌的过程中，构建立体化、互动化和整合化的营销传播体系。

利用新媒体为旅游品牌建设提供技术支撑，进行充分宣传。《禅宗少林·音乐大典》要充分利用多种宣传渠道，可以将重点放在网络平台上，利用央视、湖南卫视等知名媒体，适当通过旅游、展览等活动，宣传策划推广演艺项目，聘请专业的公司和相关人员，并利用国内国外两个市场，细分新闻电视媒体，增强关注度。

# 结　语

在本文的写作过程中，借鉴了大量品牌建设的相关文献，参考了旅游演艺品牌建设的成功案例，认真学习了这些案例中的先进经验，并在此基础上梳理了《禅宗少林·音乐大典》的营销现状，并为旅游演艺品牌的进一步发展提出了建议。现将本研究的结论总结如下：

**（一）本研究所做的工作**

本研究中笔者主要做了以下两个方面的工作：

第一，查阅了大量品牌建设的相关文献，深入学习旅游演艺品牌概念、品牌资产运营、品牌塑造的理论框架、品牌传播策略、品牌资产维护等方面的内容，并将其中内容与《禅宗少林·音乐大典》营销现状和问题相结合，对该旅游演艺品牌营销活动做了梳理和分析。

第二，走访了登封市旅游和文物局及其他相关管理部门，调查了解登封市旅游产业发展规划、发展现状及所面临的问题。实地观看《禅宗少林·音乐大典》，采访了其营销部和市场部相关人员，并做了大量调查问卷，调研其发展现状、市场竞争和市场需求特征等方面的现状及问题。力求更具体、更深刻地把握旅游演艺品牌建设所处的环境。

**（二）本研究的主要结论**

通过查阅文献、实地走访、大量调研工作，我们认为本研究的主要结论有以下几个方面：

第一，在我国经济持续高速发展促进产业升级的大背景下，旅游演艺品牌的发展应该依托于进一步挖掘旅游资源优势，整合社会各界力量打造富有区域竞争力的旅游产业。特别是应加强旅游演艺品牌建设，为有形的旅游资源充实富有丰富内涵的无形资产。要做好这一工作，需要政府制定具有鼓励效果的政策制度，不仅需要投资者的积极参与，更需要民众的参与和支持。

第二，旅游演艺品牌营销和品牌建设需要进一步提炼品牌个性内涵，并将这种内涵与当地旅游资源相匹配。可利用各种旅游景点和各方利益团体实现有机整合，这种多元化的状态更有利于品牌信息的提炼和传播。

第三，旅游演艺品牌传播体系还需要进一步完善。美国整合营销传播学者汤姆·邓肯曾说："营销即传播。"品牌建设的核心工作就是传播，并且在当前旅游市场竞争激烈的背景下，如何提炼和规划清晰一致的信息，构建立体化的信息传播体系，实现与目标群体之间持续而互动的沟通关乎着品牌建设的效率和效果。

目前，《禅宗少林·音乐大典》应进一步拓展品牌传播渠道，特别是要借助于网络、手机、自媒体等新媒体开展营销传播活动。

第四，根据一系列调研及数据分析，提出了旅游演艺品牌营销保障措施。在构建旅游品牌项目支撑体系，利用新媒体为旅游品牌建设提供技术支撑，为旅游品牌建设提供人才保障，加强产品创新和资源整合，完善旅游产品及服务项目等方面建立立体化、互动化和整合化的营销传播体系。

第五，旅游演艺品牌营销是一项持久性工作，因为人们记住、接受、喜爱一个品牌需要过程。因此，旅游品牌建设不仅要做好旅游产品规划、服务监管、品牌宣传等基础性工作，更重要的是建立稳定和持久的旅游业发展氛围和体制机制。

### （三）本研究的不足之处

本研究由于受到研究视野和资金等因素的制约，无法对国内现有的所有旅游演艺进行调查，同时鉴于国内外关于旅游演艺品牌营销战略的研究较少，本文只是对旅游演艺品牌营销战略进行初步研究，仍存在一些不足。

1. 本研究为保证数据的真实性和有效性，所有数据均源自 18 岁以上旅游演出观演者观演后的调查，但由于种种原因，无效问卷仍然较多，最终有效问卷只有 104 份，样本数量相对有限，研究结果可能无法完全代表观演者的营销感知，影响研究结果的普适性。另外，案例地点局限在《禅宗少林·音乐大典》，无法代表整个旅游演艺品牌的营销战略。

2. 本研究在经过大量文献的分析总结后，从旅游演艺品牌来进行实证分析的研究较少，为本文撰写带来难度。我们综合体验文献、听取专家和旅游演艺产业工作人员意见，结合旅游演艺产业的实际情况写出了这份报告，其科学合理性还有待进一步验证。

3. 旅游演艺行业作为文化产业的一种新形式，本文的结论与餐饮、零售等服务业之间会有一些差异。这项关于旅游演艺品牌营销策略的分析可能无法用到其他服务行业。

### （四）研究展望

综上研究结论，我们认为还存在较大的研究空间，具体可从以下三个方面进行后续研究：

1. 扩大样本数量，从旅游演艺产业的表演者、利益相关者和游客等多角度拓宽研究，以期提高研究成果的普适性。

2. 加深游客的研究，从游客的预期值、行为特征和生活方式等方面进行对游客的感知价值、行为意向等方面研究品牌营销战略，将旅游市场营销的感性营销研究经验纳入研究方向。

3. 拓宽横向研究，将众多类型旅游演艺产业的表演艺术的发展现状和各项产品目前的发展关系进行深化研究，以更好地促进旅游演艺市场的健康发展。将全国不同类型的旅游产业进行了比较分析，以避免重复。

### 参考文献

［1］大河图书编辑室编：《厚重河南》，中州古籍出版社 2003 年版。

［2］王彦武主编：《中原文化与现代化》，大象出版社 2002 年版。

［3］黄成林主编：《旅游文化》，安徽人民出版社 2006 版。

［4］张玉玲：《旅游实景演出动辄几亿，能否留客且收回投资》，中国文化传媒网 2011。

［5］邱菀华、邓达、刘晓峰：《现代文化产业项目管理如何成功运作大型活动》，北京机械工业出版社 2005 年版。

［6］汤蓓华：《国内旅游演艺的发展环境分析》，载《上海师范大学学报》2011 年第 3 期。

［7］张倩：文化打造品牌《禅宗少林·音乐大典》，载《安徽文学》2009 期刊论文（下半月）。

# 浚县泥咕咕特色文化产业发展现状调研报告

吴琪等[*]

## 前　言

　　文化产业是一种特殊的文化经济形态，其定义并无统一的说法。英国、新加坡等国家称其为创意产业；西班牙则叫作文化休闲产业；日本、韩国称为内容产业；美国是从文化产品具有知识产权的角度将其界定为版权产业。而中国对"文化及相关产业"的界定是：为社会公众提供文化娱乐产品和服务的活动，以及与这些活动有关联的活动的集合。不同称谓下，文化产业的内涵和外延也不相同，但文化产品的精神性、娱乐性等基本特征不变。因此，本文将文化产业界定为具有精神性和娱乐性的文化产品的生产、流通和消费活动。

　　特色文化产业是指依托各地独特的文化资源，通过创意转化、科技提升和市场运作，提供具有鲜明区域特点和民族特色的文化产品和服务的产业形态。与欧美、日韩等国家及我国其他地区所不同的是，中原文化具有博大精深、源远流长的特点，改革开放以来我省多项文化产业充分利用这一优势重点发展了特色文化产业。

　　2014 年 8 月，我国文化部、财政部联合印发《关于推动特色文化产业发展的指导意见》，首次在国家层面明确了特色文化产业发展的原则、目标、任务和政策保障。意见指出：发展特色文化产业对深入挖掘和阐发中华优秀传统文化的时代价值、培育和弘扬社会主义核心价值观、优化文化产业布局、推动区域经济社会发展、促进社会和谐、加快经济转型升级和新型城镇化建设，发挥文化育民、乐民、富民作用，具有重要意义。随着中国经济迅速发展，当人们初级的、物质层面的消费需求得到满足之后，就会产生更高层次的精神文化消费需求。社会消费结构将向发展型、享受型转变，相当一部分居民的消费重心开始向教育、科技、文化、旅游等领域转移。这为特色文化产业的发展提供了更为广泛的市场需求。

---

　　[*] 本报告由文化传播学院 2013 级本科生吴琪、朱真仪、张珊、段铭铭、李亚敏、程贺、柳梦洁、张希燕团队完成，获得校优秀社会实践调研报告，沙家强博士为指导教师。

近年来，中国文化产业的发展已经进入到文化资源的调整及整合时期。随着文化资源的进一步开发，文化和旅游的相结合，深度旅游在中国会不断发展起来。文化内涵或元素植入到制造材料中的发展趋势将文化和制造业相结合，既提高了产品的文化含量又提高了产品的附加值。文化体制改革将向发挥市场机制作用的方向发展，充分发挥文化产业基地的孵化和集聚功能。在此基础上加强规划、调控引导显得十分必要。

## 一、浚县泥咕咕特色文化产业发展环境

### （一）政策环境

河南地处中原腹地，历史悠久，有开封汴绣、朱仙镇木板年画、禹州钧瓷、南阳独山玉、浚县泥咕咕等众多传统特色文化产业。《河南省文化厅"十二五"文化产业规划纲要》中明确指出，"文化产业，是推动中华文化、中原文化走出去的重要力量，是省国民经济中具有先导性、战略性和支柱性的重要产业，中原经济区建设的重要支撑。"

"泥咕咕"在2006年被列为国家级非物质文化遗产后，当地政府开始重视它的传承与发展，浚县县委、县政府相继出台了一系列《建设文化强县推动文化大发展大繁荣的实施意见》，大力推动"泥咕咕"等特色文化产业的发展，对像王蓝田、宋学海等常年从事"泥咕咕"制作的人给予政策支持和资金补助，当地文化部门和旅游局出台了相应措施为"泥咕咕"的销售提供渠道。但是"泥咕咕"特色产业体系的形成仍困难重重，厂房、土地、资金等资源的支持仍需要进一步落实。

### （二）产业环境

近年来，浚县逐步形成了以浚县大佛为代表的人文旅游，以正月古庙会为代表的民俗文化，以泥塑、古陶为代表的民间工艺品制造等区域特色鲜明的文化产业体系。据官方早期资料得知，全县文化产业从业人员4.83万人，其中泥塑从业人员2000多人，年产量达100万件，产值达1300万元。浚县发展特色文化产业具有国家历史文化名城、丰厚的文化品牌、可进行文化资源整合的比较优势和优越条件；同时存在观念陈旧、体制羁绊、投入不足、缺乏创意导致的难以整合开发文化资源的缺陷。目前，泥咕咕产业发展中不少文化资源处于闲置状态，存在开发浅、精品少、链条短等突出问题。

## 二、"泥咕咕"历史及文化背景

### （一）产地及历史脉络

"泥咕咕"产自河南鹤壁市浚县。浚县泥塑又主要集中在杨圮屯，据史料记载，在隋末农民起义军与隋军的战争中，双方为争夺黎阳仓，有一员叫杨圮的大

将在此屯兵，并把自己的泥塑技艺传授给当地人，故后人将此村命名为杨玘屯村。当时，为了纪念在战场上阵亡的战友，将士们常捏制一些鸪鸪、战马、骑兵等以表怀念之情。唐朝建立后，天下安定，百姓安居乐业，早已厌倦戎马生涯的杨玘率部分手下解甲归田，开垦荒地，兴建家园，在屯兵之地兴建了一个村落（即今浚县杨玘屯），大将杨玘把自己的手艺传授给当地人，此后捏塑技艺开始流传，成为一种极富艺术魅力的泥玩具。当地群众将泥塑技艺作为谋生手段，把捏出的泥玩具拿到正月庙会上去卖。在每年一度的浚县正月庙会上，总有许多民间艺人提着篮子在路边出售"泥咕咕"，形成庙会上一道绚丽的风景。

浚县泥咕咕从最初作为一种祭品出现，到后来成为玩具，经庙会传播而成为一种民俗物品后被用于装饰和收藏，历经几百年而长盛不衰。现在，浚县泥塑的创作题材有了很大拓展，又出现了狮子、小鸟、十二生肖等，其特点继承并发展了古代雕塑的传统工艺，表现出古朴、活泼、夸张和豪放的共性。

### （二）基本特征和主要文化内涵

传统的泥咕咕通常都是黑色打底，现在也有极少数是褐色打底。泥咕咕的造型及纹样图案在日积月累中逐渐丰富定型，形成了一定的套路，具有明显的程式化和符号化特征。

在整体造型与装饰上，除了人物面部和动物头部之外，沿用传统的花草纹装饰。花草纹的种类繁多，形象鲜明，大概二十多种，有兰草纹、菊花纹、鸟羽纹等。这些纹样运用在泥咕咕上并没有经过刻意的规定，只是根据塑造对象形体的不同而对纹样做相应的调整。勾勒手法轻松自如，流畅优美；设色随意、概括，没有蓄意雕琢的痕迹，符合中国传统装饰的对称、象征、隐喻的特点，充分体现了中国民间艺术古拙沉稳、天然质朴的传统风格，同时也表现出明显的"符号化"特征。

泥咕咕是对浚县泥塑玩具的一种泛称，因其尾部有孔，一吹就能发出类似斑鸠（俗称咕咕鸟）的鸣叫声而得名。不仅如此，泥咕咕所包容、传递、承载的历史文化信息十分丰富和隐秘。它不仅源自史前人类的鸟图腾信仰，而且其中的动物形象也与老百姓生活息息相关，如羊、牛和鸡等。泥咕咕作为当地传统民俗文化中的吉祥物，被人们赋予了吉祥美好的寓意并以其来表达对美好生活的向往。

## 三、调研方法及实践内容

### （一）问卷调查

经过前期的认真筹备，调研小组设计了泥咕咕生产商及消费者问卷在2015年暑假赴河南省鹤壁市浚县实地调查。2015年7月8—10日，小组成员在杨玘屯村，针对该村泥咕咕生产商进行问卷调查。团队分为四组，两两结合，一访一拍。发放问卷的主要目的是了解生产商的发展，对产品的自我评价，产品销售以及品牌宣传等方面的基本情况。到达目的地之后，成员以小组形式按街道分区域走访。经过两天的问卷调查及走访，小组成员共走访当地居民近 400 家，收集生产商问卷共 57 份。

通过简单的实地统计，该村居民共约 1000 户，分为东、西杨圯屯两部分，目前仍在从事生产制作泥咕咕的村户在 80—100 户，约占总村户的 10%。队员们在走访时了解到在很久之前，这个村子 80% 的村户都以制作泥咕咕作为补贴家用的来源，改革开放后经济迅速发展，年轻人倾向于外出务工，致使制作人数逐渐减少。

调研队员们在队长的带领下在浚县县城内向路人和大伾山下的游客发放调查问卷，调查内容主要关于"泥咕咕"的知名度和"泥咕咕"的消费情况。由于大伾山下的外地游客较少，故调查问卷的发放对象主要为浚县本地人。

本次关于泥咕咕消费者问卷共 206 份有效问卷。结果显示浚县"泥咕咕"在本地的知名度很高，被访人员中 90% 以上表示了解"泥咕咕"，70% 以上购买过"泥咕咕"，但被访人员中半数以上的年轻人对于"泥咕咕"的制作过程了解较少，都没动手做过。反映了如今"泥咕咕"这门传统手艺的继承令人堪忧，出现了老一辈手艺人与年轻一辈手艺人关于传与承的"断层"局面。

### （二）代表性传承人采访

1. 探寻"泥咕咕"特色文化内涵与魅力——访国家级代表性传承人王学锋

2015 年 7 月 11 日，调研团队以深入了解泥咕咕的传承和发展为目的来到王学锋老师的工作室，对他进行了专访。作为中国民间文化杰出传承人和国家级非物质文化遗产项目（浚县泥咕咕）的代表性传承人，王学锋老师从 8 岁起跟随父亲学艺，至今捏制泥咕咕已有 50 多年。

当天下午 3 点，我们来到了王学锋老师的蓝田泥作坊，王老师"做活儿"的地方完全不同于想象中的那样"专业"，甚至没有任何特别之处。简简单单的一间平房，吱呀吱呀旋转的老式风扇，一大块木板放在铁架上，就是工作台了。与此形成鲜明对比的是，单调小屋的桌案上摆放着几十套刚刚做好的成品，做工堪称精美，动物形象栩栩如生。王老师以典型泥咕咕作品为例，详细讲解了泥咕咕的形态、颜色、寓意和哨孔。哨孔一般扎在动物、人物的底部，扎两个孔眼使之互成倾斜角度贯通，进而达到发声的效果。

2011 年王学锋成立了蓝田泥咕咕文化艺术专业合作社，他表示虽然自己是泥咕咕的国家级传承人，但他希望更多的人参与进来，保护继承"泥咕咕"。只有被更多的人了解和认识，只有泥咕咕深厚的文化底蕴被更多的人熟知，才会有更多的人继承和发扬它。

2. 打造产业化平台路在何方——访省级代表性传承人宋学海

2015 年 7 月 12 日，我们再次来到杨玘屯村，采访了泥咕咕文化遗产省级代表性传承人宋学海。

一大早宋先生热情地带领采访队员参观了他家中的展室，展架上满满的都是宋先生亲手捏制的泥塑作品，有十二生肖、泥人、芝麻官、摇头狮、高头马等。

宋先生讲到曾有位领导人提过"扩大生产，生产性保护"，何谓生产性保护？宋先生解释道："生产力发展经济，传承人自身无法生产怎么谈保护"。如何进行生产性保护？宋先生向小分队介绍了他一直在筹划的浚县泥塑研究会的相关情况。宋先生希望成立这个研究会，大家有统一的组织，共同的目的，对本村泥咕咕文化进行挖掘、整理、发展、培训、创新，然后推入市场，实现泥咕咕产业化。

借助政府近几年对文化产业方面的政策倾斜的好时机，引起地方领导的重视，搭建平台把杨玘屯建设成一个真正的文化旅游村。一村一品，泥咕咕就是杨玘屯的品牌，把这个品牌打好了，再与政府联合将村子的基础建设搞好，如把村子的卫生环境变得干净整洁；立雕像，墙上可以雕浮雕，使人一来就感受到村子里浓厚的泥塑文化气息；还可以在村里建家庭旅馆，发展农家乐，教授泥咕咕捏制，进行文化学习，形成集旅游、餐饮、文化于一体的市场模式，打造泥塑文化旅游村。以泥咕咕为主题发展旅游业，带动就业，减少村子里闲散人员，使人人有事做，人人有钱赚。

3. 传统模式下的生存与发展——访市级代表性传承人李连顺

当天下午 3 点，调研队来到了李连顺先生家中，此时李连顺先生正和夫人以及三名雇工在地下室一起捏制泥咕咕。李先生以捏制脸谱咕咕闻名，人称"脸谱李"，是市级非物质文化遗产代表性传承人。他笑着告诉队员们，小时候捏泥咕咕是家庭作业，必须捏完才能玩耍，后来机缘巧合自学了画脸谱，捏制了浚县独一家的脸谱咕咕。随后他向队员们介绍了脸谱的取材，如红脸的关公、黄脸的典韦等取自戏曲、封神榜、三国演义等历史及神话故事，仅种类和样式就有上千种。据悉，一件作品完工少则半个月，多则半年，也正是由于这种纯手工技艺的耗时、耗力，泥咕咕大规模生产并不能轻松实现。

最后，李先生表示不会在宣传和经营上下太大的功夫，实实在在做好泥咕咕才是硬道理。

4. 文化创意园内的新型发展模式——访新生代传承人宋楷战

7 月 13 日下午，团队参观了宋楷战先生的憨刀文化创意园。在观摩宋楷战先生制作泥塑憨老六后，队友们有幸在憨刀先生的指导下参与泥塑捏制并观看了泥猴的完整制作过程。其间，憨刀先生与我们交流了泥塑、美术的传统与现代，并参观了憨刀先生的私人泥塑展览厅。队友们真正感受到了艺术的魅力和产业化发展新的可能性。

憨刀先生接受了团队的采访并和我们探讨了泥咕咕特色文化产业的相关发展情况。

问：公司的销售渠道和宣传方式是什么？

憨刀：让利。现在必须主动出击，自己做宣传，通过网络将利润空间让给经销商。举个例子，如果你的门面装饰得足够有意思，我可以免费把作品给你上橱柜，你省下来的钱用来装修门市。这样主要是为了宣传，让别人认可并了解其文化内涵。宣传推广有一定效果，比如 2008 年，我开始与学校建立合作，授课学生前前后后有 4 万多人。广东、山东、浙江、西安、中央美院、杭州的学生都过来，每年呈上升趋势。今年光鹤壁市小学生就接待了 2000 多人。

问：有很多年轻人做着就外出打工不再做，您对浚县泥塑文化传承的看法是什么？

憨刀：如果政府不去重视、保护，泥沽沽面临失传的问题就在眼前，我出生在 80 年代，现代发展太快，个人浮躁，空了。年轻人思想太聪明，做艺术太聪明就不一根筋了，做艺术还是需要一根筋的，我说的"憨"是真正的憨。

5. "一人制"公司下的继承与创新——访新生代传承人宋庆春

为进一步了解年轻人对泥咕咕特色文化产业发展的观点，我们来到了位于杨圮屯村村委大院儿的庆春泥塑展厅，映入眼帘的是墙壁上木质格子展架上件件精美的泥塑作品。宋庆春是宋学海老师的徒弟，后来单独建立了魂子泥塑艺术有限公司，成为年轻一代中制作泥塑的代表。当被问及泥塑手艺的传承问题时，宋庆春先生表示他有意愿在当地建立一所免费的泥塑培训学校，最近正在做有关方面的工作。小分队提出疑问，如果要成立免费的培训学校，怎么维持呢？宋先生幽默一笑："倒贴钱呗。"他解释说，会和其他单位进行合作并签订合同。

据采访得知，作为一个年轻的传承者，宋庆春先生不仅手艺一绝，也颇具商业头脑。他在 2011 年成立了魂子泥塑艺术有限公司。公司的经营和管理，大多由他一人在做。他表示渠道难做、产业化的难度也不小。他们公司的泥塑成品除了通过经销商进行分销外，还通过订制、拍卖和收藏等途径售出，他指着一件传统"泥咕咕"作品说道："如果作为收藏品发展下去，那就必须要创新设计，一位收藏家不会收藏同样的两件收藏品。"对于品牌的建立和宣传推广，宋庆春说他们做得并不够，尤其是新媒体推广这一块儿，缺乏人才来组建推广团队。

6. "90 后"的保守与坚持——访新生代传承人李卫雪

李卫雪于 1991 年出生，是李连顺老师的长女。2004 年 8 月，当选为河南省民间文艺家协会会员，浚县泥塑艺术协会理事。2006 年 10 月，脸谱作品获"黄河民俗文化展演优秀作品"奖。2007 年 1 月，其作品《包拯》获"郑州首届民间工艺美术精品展"优秀奖。2008 年 10 月，经典艺术作品《泥咕咕》在第十届亚洲艺术节荣获特别荣誉奖。2010年《泥泥咕咕》《浚浚县脸谱一组》被河南郑州市档案馆永久收藏。李卫雪2010年被鹤壁市非物质文化遗产保护中心评为"市级非物质文化遗产代表性传承人"，2011年被河南鹤壁市浚县泥咕咕研究院聘请为研究员。

"90后"的她做起泥咕咕来一点儿也不含糊。她向我们介绍了展台上各式各样的泥咕咕，"主要分为传统的比如十二生肖、咕咕鸟，以及现代的比如从动画取材的喜羊羊、灰太狼、叮当猫等上色烤制的泥咕咕；我自己是擅长捏制现代民间人物形象、场景，如孙子给老奶奶洗脚、两个老人下棋等不上色的泥塑。"

问及销售和宣传方面的问题时，李卫雪表示一般是新闻媒体主动找过来做宣传，并不考虑出去推销，自家并不担心销量问题，做的基本都销售完了，可以说供不应求。家里会继续以作坊式经营为主，不会向公司制发展。

### （三）深入当地县委了解政府政策

为了能够对浚县特色文化产业有更加系统全面的认知，小组成员联系到浚县县委文化产业办的相关工作人员。2015年7月11日上午，调研队到达浚县县委，文化产业办相关工作人员热情地接待了我们，在查找资料时回答了我们提出的问题。

县委文化产业办对于泥咕咕产业发展采取过一系列措施，其中包括民俗文化节的建立及两个泥塑博物馆设立过程中遇到的各种问题的协商解决。针对一些散户经营规模太小不足以支撑整个家庭生活的情况，政府采取了公司＋农户经营模式，即一些知名度较高的大公司接受订单，然后交给散户来制作，以达到双方共赢。最终的目的是建立集观光、旅游、培训学习为一体的含有生态园的泥塑村，但这一目标的实现需要较长一段时间，不可能快速取得成效，只能根据实际情况调整发展。在打响泥咕咕知名度这一方面，县委文化产业办也在全国建立了销售点及展区，让外地人能够较充分地了解泥咕咕。

## 四、泥咕咕产业发展现状问卷调查分析

经过对生产商、消费者两份问卷的数据分析，我们发现杨圯屯村分为东、西两部分，共有在住居民1000余户，其中有80—100户目前仍从事生产制作泥咕咕，约占总村户的10%。在走访当地居民400余户后，队员们共收集到57份生产商问卷。该问卷针对生产商，围绕生产者特征、生产形式、经营模式、产品、销售、宣传等方面展开。此外，队员们在浚县当地随机发放了206份消费者问卷，其中有150人曾购买过泥咕咕。该问卷内容主要围绕消费者对泥咕咕的认知情况、购买动机、价格等方面展开。

调研期间，实践队采访到多位"泥咕咕"代表性传承人：国家级非物质文化遗产项目"泥咕咕"代表性传承人王学锋、河南省非物质文化遗产代表性传

承人宋学海、鹤壁市市级非物质文化遗产代表性传承人李连顺等，详细交流了泥咕咕的文化历史与制作工艺。在对泥咕咕生产商的调查问卷中显示从事泥咕咕生产的时间在 10 年以上的占到总泥咕咕生产者的 84.62%（见图 3-22）。

而老一辈的泥咕咕艺人大多是从记事起就开始学习捏制泥咕咕，那时候将捏咕咕视作家庭作业的他们经过数十年不停的创作，把从事泥咕咕生产制作变为了一种文化传承的责任。

您从事生产泥咕咕的时间有
答题人数 52

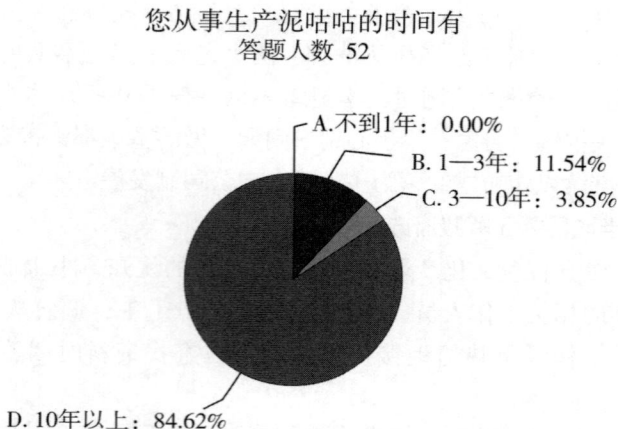

图 3-22　从事生产泥咕咕的时间

## （一）经营规模

目前，以杨玘屯为主要生产地的浚县泥咕咕仍以家庭作坊为主要生产模式，同时建立了多个艺术合作社及文化公司，采取公司＋农户的经营模式。泥咕咕生产逐渐集中化，产品向精致装饰品和特色艺术品方向发展，融合艺术培训、文化教育、旅游观光、产品售卖等多个方面，盈利逐渐加大，初步形成特色文化产业链条。

以新生代传承人宋楷战的文化创意园新型发展模式为例，该公司自成立以来迅速发展，公司业务包含艺术品研发、泥咕咕研究（博物馆）、文化授课、泥塑生产等方面，其中泥咕咕作品的销售占公司业务的 70% 左右，每年的投资超过 20 万元，平均净利润在 50 万—60 万元，且有每年递增的趋势。如 2008 年开始，宋楷战与学校建立合作，授课学生前前后后有 4 万多人。成立创意园后，广东、山东、浙江、西安、中央美院、杭州的学生都去过那里学习，每年呈上升趋势。今年（7 月采访时）仅鹤壁市小学生就接待了 2000 多人。

但大多数散户生产商的经营规模、销售渠道、盈利额都较小，无法和大型泥咕咕文化公司相比较（图 3-23—图 3-25）。

贵公司的规模有多大
答题人数 51

D.创建艺术培训：5.88%
C.开办公司：3.92%
B.作坊合并：23.53%
A.家庭作坊：仅66.67%

图3-23　生产商经营规模

贵公司销售泥咕咕的年度净利润在以下哪个区间
答题人数 50

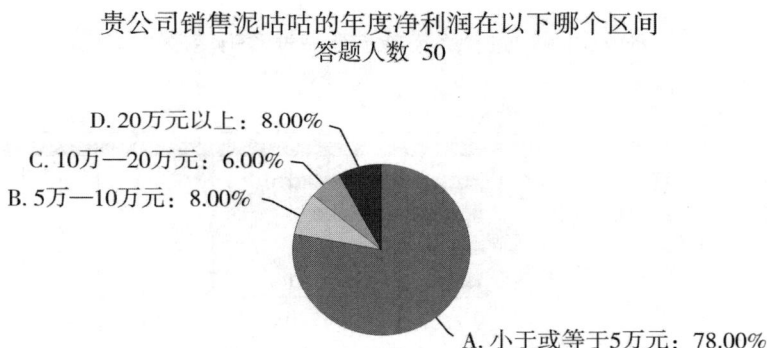

D. 20万元以上：8.00%
C. 10万—20万元：6.00%
B. 5万—10万元：8.00%
A. 小于或等于5万元：78.00%

图3-24　生产商的年度净利润

贵公司所生产的泥咕咕主要卖到哪些地区（可多选）
答题人数 43

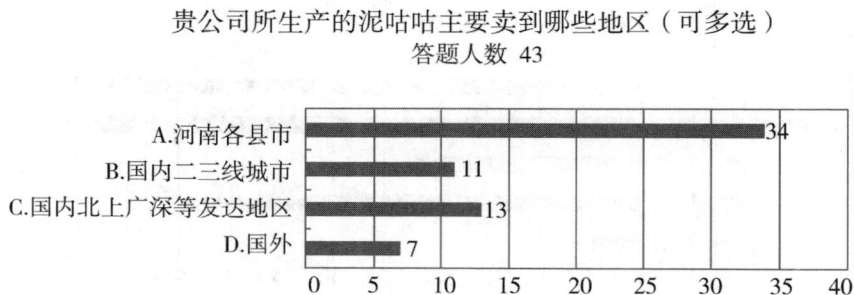

图3-25　生产商的销售

## （二）宣传推广

在对泥咕咕的宣传推广方面，大多散户生产商没有进行过任何宣传措施，主要依靠当地庙会摆摊、批发商主动上门收购的方式销售，经营规模、销售渠道与盈利都较小，并没有宣传的想法。而代表性的泥咕咕传承人设立的工作室，依靠泥咕咕的传统文化自会有新闻媒体主动采访报道，产品多是供不应求，大多也没有进行过推广，但年青一辈的泥咕咕生产者已有借助媒体宣传的想法。

贵公司泥咕咕通过什么渠道销售出去（可多选）
答题人数 50

A.庙会摆摊　38
B.开实体店
C.靠分销商　22
D.网络营销　7
E.其他　1

0　5　10　15　20　25　30　35　40

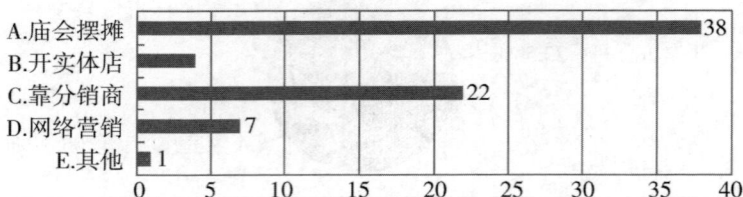

图3-26　生产商销售渠道

贵公司采取过什么措施进行品牌营销传播（可多选）
答题人数 44

A.没有采取过任何措施　28
B.在传播媒体（电视、广播、报纸）　10
C.在网络媒体（微博、微信、门……）　9
D.设立专门的企业网站　1
E.其他　2

0　2　4　6　8　10　12　14　16　18　20　22　24　26　28　30

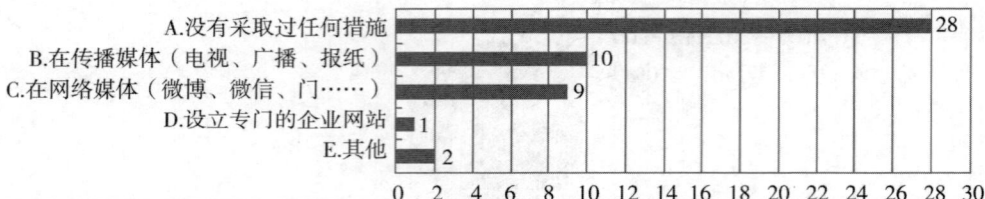

图3-27　生产商品牌营销传播

您购买泥咕咕的目的是（可多选）
答题人数 150

A.让小孩子玩耍　53
B.当作装饰品摆设　55
C.当作艺术品收藏　20
D.赠送他人　40
E.其他　5

0　5　10　15　20　25　30　35　40　45　50　55　60

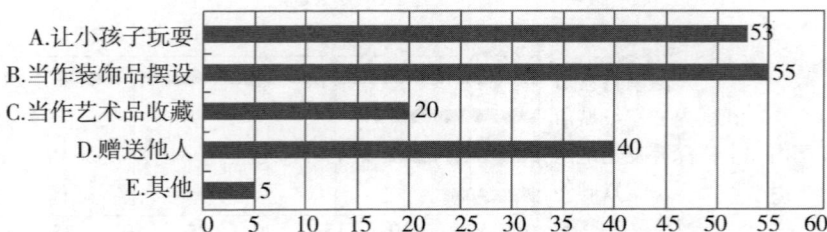

图3-28　消费者购买泥咕咕的目的

　　通过图3-26—图3-28调查结果可知，杨坯屯的多数生产商仅以家庭作坊为经营模式，盈利不多，品牌营销传播及推广意识薄弱，大型的、完整的产业链并未形成。同时，大部分泥咕咕生产商的产品主要是销售到河南的其他县市。泥咕咕的本地知名度很高，当地消费者主要以类似"特产"的形式赠送他人，泥咕咕产品主要以人际传播为人所知，媒体宣传较少。由此可知，要想真正把泥咕咕特色文化产业发展壮大，除了把产品本身做得更加精致之外，更加需要品牌打造意识以及实施真正有效的品牌营销推广策略，适应当今"互联网＋"时代，充分借助新媒体的力量扩大宣传，加强泥咕咕传统文化的生命力。

### （三）产品创新

据悉，一件作品完工少则半个月，多则半年，也正是由于这种纯手工技艺的耗时、耗力，泥咕咕大规模生产并不能轻松实现。为了获得更高利润，就必须使产品向高端艺术品、收藏品方向发展。

作为一个年轻的传承者，宋庆春先生不仅手艺一绝，也颇具商业头脑。他在2011年成立了魂子泥塑艺术有限公司。该公司的泥塑成品除了通过经销商进行分销外，还通过订制、拍卖和收藏等途径售出，他指着一件传统"泥咕咕"作品说："如果作为收藏品发展下去，那就必须要创新设计，一位收藏家不会收藏同样的两件收藏品。"

您对泥咕咕今后的发展有什么期待（可多选）
答题人数　206

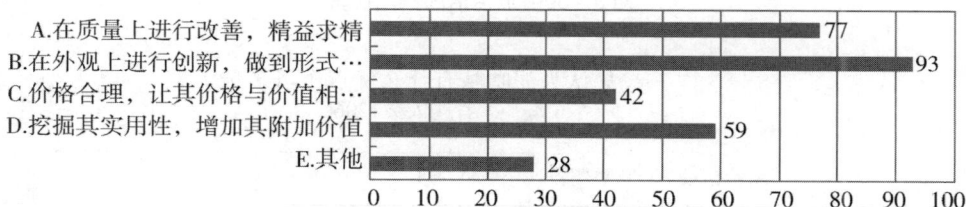

图3－29　消费者对泥沽沽今后的发展有什么期待

通过图3－29调查结果可知，大多数人认为"泥咕咕"是艺术品，具有收藏价值，但同时有外观单一的缺点，需要进行创新。也有部分人认为"泥咕咕"现在的发展情况非常好，样式新颖，不需要进行任何改进。"泥咕咕"的批量生产和批量购买现象较为普遍，较发达的城市销售商直接到规模较大的生产商那里下单或是老艺人为一些顾客专门手工制作，这样带来较高的经济效益。

### （四）文化传承

对于王学锋老师来说，捏制泥咕咕不仅是家里世代相传的手艺，更蕴含着他难忘的童年记忆。"小时候我和伙伴们晚上在牲口棚里捏咕咕，一会儿捏个小猴，一会儿捏个小猪，边捏边猜谜语，很有意思，我十分喜欢，创作热情也很高。"如今，泥咕咕从过去的民间玩具，上升为艺术作品；捏泥咕咕也从小时候的家庭作业变为一种文化传承的责任。

2011年王学锋成立了蓝田泥咕咕文化艺术专业合作社，他表示虽然自己是泥咕咕的国家级传承人，但他希望更多的人参与进来，保护并继承"泥咕咕"。只有被更多的人了解和认识，只有泥咕咕深厚的文化底蕴被更多的人熟知，才会有更多的人继承发扬它。虽然"泥咕咕"在发展、传承以及宣传推广上较困难，但这些老一辈的手艺人依然为保护走向没落的传统文化做出努力和坚持。

在观察与实践中我们体会到泥咕咕中所蕴含的劳动人民的美好祝愿和浓厚情感，深切感受到传统文化的生命力和魅力在快节奏的社会里更加熠熠生辉（见图3－30、图3－31）。

您认为泥咕咕的产品优势是什么（可多选）
答题人数 48

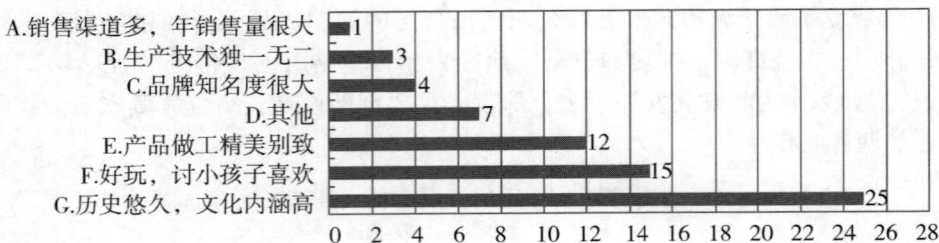

图3－30　泥沽沽的产品优势

您认为泥咕咕有什么优点（可多选）
答题人数 206

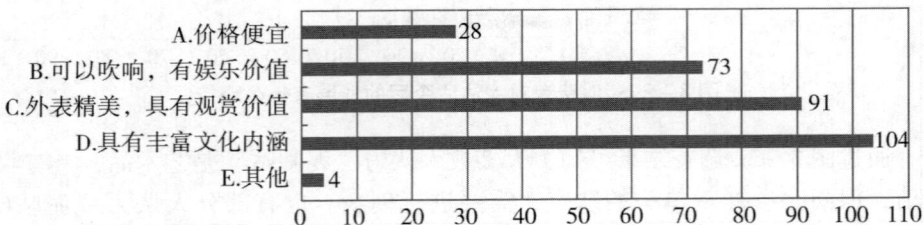

图3－31　泥沽沽的优点

## 五、浚县泥咕咕特色文化产业存在问题及解决方案

### （一）存在问题

1. 手艺面临失传风险，生产规模较小

本地年轻人多外出务工，不愿意继续学习这门手艺，手工艺品的制作技艺逐步失传。"泥咕咕"的生产单位大多为家庭作坊，规模普遍偏小。另外杨圯屯村地处经济欠发达的河南浚县，产品的设计、加工、包装、运输等配套服务行业数量少、质量低，产业的集中度差。

2. 经营管理方式落后，缺乏专业人才

"泥咕咕"产业缺乏相应的专业经营和营销人才，生产经营分散且方式较落后，缺乏先进的文化产业管理思想与管理模式，市场运作与营销策略经验不足。

经营模式多为家庭传承模式，很难开拓新的销售渠道，提高经营效率。几家尝试着网上销售模式的生产商也不得不因没有专门的网上销售人才而终止。除此之外作为泥咕咕特色文化产业发展，缺乏熟悉现代资本运营、具有较强的市场把握能力的职业经理人，严重制约了"泥咕咕"的产业化发展。

3. 定价不合理，市场定位不清晰

"泥咕咕"的市场价格相对较低，生产分为手工和模具两种形式，价格也因方式的不同而有所不同。一般模具生产成本低廉，定价较低，但会造成传统手工艺技术的流失与破坏。而手工"泥咕咕"需要的生产时间长，从事生产的手工人员多使生产"泥咕咕"的成本上升。同时市场上没有相对统一的定价标准，定价机制不合理且比较混乱。淮阳的泥泥狗、无锡的惠山泥人和天津的"泥人张"以及陕西凤翔的泥彩绘等所处地区科技和管理模式发达，具有相当的市场份额，相比之下浚县"泥咕咕"没有清晰的市场定位，所占市场份额相对很小。

4. 市场化发展程度低，产业生命力弱

多数"泥咕咕"的销售渠道是旅游单位，而几家大的生产作坊，如蓝田"泥咕咕"合作社生产的作品多为手工制作，制作工艺精妙细致，其主要销路是文化局或旅游局主办的展览会上，销售方面对政府的依赖度很高，某种程度上失去了发展的生命力。

**（二）问题解决方案和策略**

1. 重点培养、吸引专业人才

设立"泥咕咕"民间文化产品产业研究机构，多渠道有针对性地培养所需专业人才。引导院校、职业培训机构、产业基地与相关企业合作，设立文化产业职业培训机构和教学科研实习基地；深化分配制度改革，完善人才激励机制，探索建立以知识产权、无形资产、技术要素等参与分配的新路径，营造有利于人才脱颖而出的良好氛围。

2. 深度挖掘产品价值和附加价值

地方政府和"泥咕咕"特色文化企业作为核心力量，应该深入调研产品价值，了解本区域范围内有哪些资源是可为发展特色文化产业所利用；制订一个完善的挖掘利用文化资源计划，邀请专业文化创意产业人员进行规划设计，对泥咕咕特色文化进行包装、加工，给出发展建议；注重分类等级包装策略，根据"泥咕咕"的等级分类标准，对泥咕咕进行分类包装，如对于出口的、个人定制送礼的进行精美包装，提高附加值。

3. 进行文化资源整合，完善产业链

加大对文化资源的整合，优化资源配置。将"泥咕咕"作为当地的先行产业，以扩大经营规模为目标，逐步拓展市场，扩大"泥咕咕"产业区，发挥产业聚集效应。因此，鼓励当地散户进行合作生产、资源重组，从而发挥"泥咕咕"行业对当地经济发展的推动作用。鉴于目前产业规模较小且未形成产业链的局面，政府应大力扶持一些特色文化企业的发展，组建文化产业发展集团，充分利用现有资源，以引进人才、技术或资金等方式，不断壮大产业的规模，从资源调研到产品宣传，地方政府应承担起完善产业链的职责。

4. 加强品牌传播，形成文化品牌

倾力打造具有本地区特色的文化创意产品，树立精品意识，注重文化产业品牌的建设，最终形成具有市场占有率的知名文化品牌，发展强势文化产业，使泥咕咕特色文化产业成为浚县经济发展的真正增长点和助推力。企业要深入做好市场调研，充分挖掘地方文化资源，运用现代科技和营销手段，打造一批科技含量高、文化内涵深、影响力大的原创文化品牌。要做好文化品牌的经营管理，实施品牌延伸策略，在拓展产业链的同时，加强对衍生产品的管理，维护品牌核心价值。

5. 拓宽产品营销渠道

数字化、网络化已成为其发展的必然趋势。"泥咕咕"也应该尝试"互联网＋"模式，采取网络销售、电视销售等新兴手段，促进产品销售与推广。"泥咕咕"目前知名度较低，仅限于当地和周边县市。网络、电视销售不仅能够扩大其知名度，也能提高销售量，创造经济效益。当地商户应大胆尝试，不能拘泥于传统销售方式，应该让渐渐没落的"泥咕咕""活"起来。

6. 创新政府管理模式

将现代科技引入泥咕咕文化创作、生产、经营和服务等各环节，改造传统生产经营和传播方式，推进核心层产业升级，延伸产业链。深化体制改革，培养市场主体。合理划分文化行政管理部门的职能，减少和下放具体审批事项，将工作重点放在制定规划、完善服务上来。在发展特色文化产业的过程中，政府应转变观念，以开放的心态，将区域特色文化产业与工业、农业、旅游业等传统行业一道，作为经济增长的重要突破点进行部署，制定切实可行的扶持政策，全面出台有利于文化产业发展的配套政策体系，简化行政审批程序，在企业征地、税收、融资渠道、对外宣传推广等各个方面给予支持。

## 六、调研成果

调研活动期间，小组成员收获颇多。在浚县杨玘屯中，我们采访到了多位对泥咕咕有着深刻了解并从事多年的师傅，获得了第一手的信息和资料，通过对他们的采访，使我们在进一步了解泥咕咕的同时也留下了他们对于泥咕咕未来发展的期望，了解了当地人民对于泥咕咕的认识和对于政府行为的期望，搜集到大量宝贵的文字、图片、视频或音频等第一手资料。

在当地已经初步完成的相关稿件也在进一步完善后获得了发表，对于数据也马上开始进行录入分析，而为了更好地推广宣传泥咕咕的文化形象，我们制作了宣传片等进行网上传播。经过所有人的努力，各方面的事情都圆满完成，相关微博、简报也得到了校团委的认可，使泥咕咕的形象在校园范围内得到了一定的推广。接下来，队员们也将进一步推进整个调研团的各项事务，以期得到一个双赢的局面。

泥咕咕产业的发展创新是刻不容缓的事情，不仅是外人对泥咕咕的了解明显不够，而且就连当地有些居民也认为泥咕咕并没有什么发展前景。作为一个流传几百年而依然长盛不衰的传统文化符号，泥咕咕的传承与发展存在很高的意义和价值，但由于宣传、管理方式以及市场定位等不到位，导致其在成为国家第一批非物质文化遗产以后依然没有得到飞速发展，也没有完善产业链。此次调研，也是想通过我们自己的一点专业知识，使人们认识有一个"泥咕咕"的存在，并且重视它的发展和创新。就目前情况来看，有管理、宣传意识的几个"大家"也是能够获得不错的收益，而当地政府就应该大力推广并加强对其产业链进行完善休整，以使其能够长远发展。

调研团的顺利进行除了队员们的共同努力外，更离不开周围很多人的帮助。指导老师帮助我们厘清思路，为整个调研奠定了基础，当地文化办的相关负责人提供了很多珍贵文件，帮助我们联系泥咕咕代表性传承人顺利完成采访。在生产商调查中，工作人员不仅配合我们填写调查问卷，在我们提出想要参观时，更是不厌其烦地给我们讲解每个步骤以及一些道具的使用方法，而那些无论是经历过多少次采访的传承人，在面对我们时，都没有把我们当成一个学生，而是认真回答我们的问题，与我们的队员讨论如何扩大泥咕咕的知名度和市场，被认真对待、被尊重的我们也希望可以回报他们同样的热情，为泥咕咕的发展贡献一分力量。

**参考文献**

［1］管宁：《文化遗产与文化产业：从资源存量到产业竞争力》，载《综合竞争》2011年第5期。

［2］何峰：《商丘文化产业发展中存在的问题及对策》，载《商丘职业技术学院》2011年第3期。

［3］纪峰：《宿迁区域特色文化产业发展对策研究》，载《现代商贸工业》2014年第19期。

［4］方化祎：《"艺民"追捧天价泥咕咕》，载《河南日报》2011年5月12日。

［5］马刚：《浚县泥咕咕形象艺术特征考释》，载《装饰》2005年10月期。

［6］马永利：《档案部门如何应对文化产业发展的机遇和挑战》，载《黑龙江档案》2011年第4期。

［7］倪宝诚：《浚县泥咕咕与鸟信仰》，载《寻根》2008第2期。

[8] 王志标:《文化产业链设计》,载《科学学研究》2007 年 4 期。

[9] 章建刚:《文化产业发展的几个基本逻辑》,载《南方论丛》2003 年第 2 期。

[10] 杨耀文:《区域性特色文化产业发展的问题与对策》,载《职业》2012 年第 6 期。

[11] 左汉中:《浚县泥咕咕——王学峰世家》,北京人民出版社 2007 年版。

[12] 张新词:《浚县"泥咕咕"艺术特色和审美意义》,载《装饰》2005 年第 2 期。

# 第四部分

## 管理美学研究

当今时代，或者更具体地说"文创时代"，美学发展的一个重要趋势是从思辨、哲理走向实验和实用，这是日常生活审美化的表征。当前美学研究出现了"审美消费""审美资本主义""文化创意时代的美学转型"等热点话题。而美学的泛化，让作为应用美学的管理美学应运而生。如今很多大企业家都投资艺术，而政治家和企业家都读有关美学的书，都从艺术中获得了他们企业创新的灵感。可以说，审美的很多原则又直接成为社会改革和经济管理的指导思想和操作的原则。所以，管理美学是美学自身发展的需要，也是管理学发展的产物，尤其是产生于人本化管理实践的结果。管理美学是美学与管理理论和管理实践相联系的纽带和桥梁。在当代社会经济发展过程中，管理美学具有越来越大的用途。深入研究管理美学，将对指导企业管理活动或公共管理，提高企业管理或社会公共管理水平，增强竞争力，具有重要的现实意义。在以经济、管理和法律为主流专业的河南财经政法大学，文学和美学等人文学科如何与学校主流学科交叉融合，发展自己的特色，彰显自身的优势，开拓新的学术增长点，是一个亟待解决的现实问题。2014 年学校批准成立了管理美学研究中心，中心聚集了一批专门从事文艺美学、中国古典美学、西方美学、人才美学、企业文化以及文化产业管理等研究的科研团队。通过各类课题的研究以及积极与学校主流学科对接交叉，中心逐步成为一个明确有效的互融互通的学术性聚合平台。

当前管理美学的研究还处于探索当中，本团队的研究也起步不久，我们决心立足于现有研究成果以及时代提出的新问题，尝试进行有价值探索，以开拓出新的学术增长空间。

——编者按

# 对话：寻找文学、美学与管理学的对接点

蔡树堂　沙家强[*]

**沙家强（以下简称"沙"）**：蔡教授，您好！很高兴在这个秋高气爽的季节与您交流。我知道，您是管理学，尤其是企业战略管理研究方面的专家，我想问的是，目前管理学研究主要经历了哪几个阶段？

**蔡树堂（以下简称"蔡"）**：关于管理学发展的阶段，目前学术界观点不一，但还是有个基本共识。一般来说，大致经历了四大阶段。第一个阶段是古典管理阶段，第二个阶段是行为科学管理阶段，第三个阶段是现代管理阶段，第四个阶段有人称为后现代管理阶段。

**沙**：后现代管理就是当代管理的前沿？

**蔡**：是，由于现代科学技术的快速发展和经济全球化的影响，现代管理学理论遇到了很大的挑战，迫切需要提出新的管理学观点，于是后现代管理学理论出现了。

**沙**：蔡教授，管理研究的对象有哪些？

**蔡**：管理研究对象很宽，既包括各行各业，又包括组织的各个层次。如实际中的管理涉及工商管理、行政管理、社会事业管理、军队管理、政治管理、文化管理等。就工商管理来说，研究的内容既有基础理论方面的研究，也有各个职能部门管理的研究，还有对企业的综合性管理的研究。基础研究就是研究管理学原理；职能部门管理，如生产管理、营销管理、财务管理、信息管理等；综合性管理就是战略管理，是对企业整体进行的全局管理。

**沙**：说到战略管理，我的理解应该是一种宏观的管理，具有长远性、全局性。那么企业战略管理研究什么？

**蔡**：企业战略管理主要研究企业之间业绩差异的原因。站在企业的全局或整

---

* 作者简介：蔡树堂（1965—　），教授，管理学博士，河南财经政法大学企业战略管理研究所所长，工商管理学院副院长，河南省教育厅学术技术带头人。研究方向为战略管理、企业成长、企业自主创新能力、产学研战略联盟等领域研究；沙家强（1975—　），文学博士，副教授，河南省高校青年骨干教师，河南财经政法大学文艺学校级重点学科带头人，主要从事文学理论、中西美学和文化产业发展等方面研究。

体角度来研究企业的发展，来谋划总体布局，所以它是一门综合性管理学科。

沙：现在很多企业都非常重视战略管理。

蔡：不错。因为在目前这样一个动态的环境下，如果企业不重视战略管理的话，如果它的方向错了、发展路径错了，那就是一种根本性的错误。企业的生产、销售等各职能部门工作做得再好，也是徒劳的。

沙：蔡教授，您认为，管理是否涉及人的问题？比如谁来管理，谁来谋划未来，以及管理谁和达到什么效果等问题。既然涉及人，人都是有情感或社会需求的。很明显，在这里管理与文学或美学产生了交集。以前我们多次交流过管理和文学的融合，尤其是文学对管理智慧的启发意义。在此，我想问您，从文学中能得到哪些管理学研究意义上的启发？

蔡：至于管理和文学之间的关系，或者借鉴文学中一些素养来提炼管理智慧，我认为是一件很有意义的事情。文学是研究人的，是关于人的学问。因为管理的主体是人，管理的对象除了物之外也是人。既然如此，管理就可以从文学中汲取养分。

沙：文学与管理始终是相通的，都涉及人的行为及人的情感。

蔡：对，因为从文学中汲取人的情感、信念、行为等方面的知识，对于更好地管理人的行为，提高人的工作效率，具有重要意义。

沙：那您在过往的研究当中，有没有通过文学作品，对您的管理学研究产生过一些启发？

蔡：应该说有不少文学著作，比如说中国的四大名著，即《西游记》《三国演义》《红楼梦》《水浒传》等。《三国演义》中诸葛亮运筹帷幄地描述，就可以启发我们如何做战略决策。

沙：是的，古今中外的经典文学作品以及哲学思想对管理智慧的提升很有借鉴价值，也有不少人关注这方面的研究。我现在手里就有两本关于文学和管理方面的书，一本就是周国林作《文学与管理》（岳麓书社 2002 年版），这本书应该是一本论文集性质的，这本书更多的是强调"文以载道"，即文学的功能方面，从文学对治政理国的意义来思考文学对管理的价值，这是很好理解的。另一本书是来自台湾的一个学者陈超明与企业家谢剑平进行的对话，书名很有意思《用简单方法做复杂的事：文学与管理的对话》（台北聊经出版事业股份公司 2015 年版）。他们对话的核心观点是，成功的管理者，不仅要掌握有效的管理技巧，更要从理念与人文的观点，建立宏观思维。所谓好的领导者是价值、理念驱动追随者。他们认为，管理永远是对人的，若不能从人出发，就会丧失主体性；管理是一门艺术，管理从运用艺术的观点，从美学观点切入，建立一个令人感动与投入的运作模式；管理是一种智慧。而科学与艺术的相结合，就是管理的精髓，那些大战略性管理问题实质取决于信念及思维。他们明确提出培养管理美学，对未来决策会有更多清晰的视野。这些观点很有价值，他们更多的是从实践的角度谈管理艺术或管理美学，这对具体管理活动很有启发意义。您认为文学或美学这种所谓的情感化、艺术化的表达方式，对现实中各项管理活动发挥的作用体现在哪些方面？您又是如何看待的？

**蔡：**我认为文学对管理很有启示，因为文学是人的学问，研究人的，揭示人性。企业管理的主要管理对象是人，一个管理者如果不懂得人性的话，那么他对人的管理策略可能就不一定恰当，甚至会发生错误。只有很好地把握人性，把握人的行为规律，从文学或美学中汲取营养，对一个管理者来讲，就可帮助他针对不同的对象、不同的人的特征，实施针对性的对策。比如说激励问题，对那些普通的劳动者，他们的基本需求应该说是生存、温饱，对这类人管理就应该多一些物质方面的激励；对那些受过良好教育的、高素质的知识分子的管理，由于他们主要的追求是自我实现，精神层面的需求多一些，所以对这类人的管理应该采取更多的是关心、关爱，给他们提供发展的平台，为他们提供更好的环境，让他们能够实现自己的价值。

**沙：**说到这儿，我想起了《用简单方法做复杂的事：文学与管理的对话》这本书中有一句话说得很有意思，即文学关注的是人的思维，这与你刚才说的人性是相似的。企业战略方面，要求战略家、企业家甚至说领袖，内在要有一些东西和文学密切相关，比如他的格局、勇气、洞察力、反省力，都与文学密切相关。

**蔡：**这些方面的确是文学所揭示的，而作为管理者应该很好地从这里边去吸取这些方面的知识或素养。有些文学作品揭示了领导人的特征，如领导人的风格、格局、理念这些方面的内容，那么作为一个管理者可以从文学作品里面有关领导行为的鲜活描述中，去提炼优秀的领导者的性格特征和一些行为的倾向。

**沙：**前段时间对浙江大学长江学者王杰教授进行访谈，他说，当今时代进入一个人们对自己的精神诉求要求很高的文化创意时代，如今很多大的企业家都投资艺术，政治家和企业家都阅读有关美学的书、历史的书、哲学的书，都从艺术中获得他们企业创新的灵感。可以说，审美的很多原则又直接成了社会改革和经济管理的指导思想和操作的原则。事实的确如此，人们的审美能力或审美需求明显提升，就管理而言，这是不是与您刚才说的后现代管理模式相关？

**蔡：**这种现象应是后现代管理一个很重要的内容。

**沙：**美学家们定位今天中国美学叫当代美学转型，即审美与资本、审美与经济、审美与政治乃至审美与生活的关系越发紧密。美学现在不是几个学院派关心的事了，那些中国顶端的知名企业家们，他们的演讲、他们出的书几乎都彰显出了管理美学的光芒。这应该就是后现代管理阶段的特征及表现。

**蔡：**后现代管理阶段一个很重要的特征就是注重文化层面的管理，以及人性的管理，也可以说是添加了美学层面的管理。

**沙：** 对。

**蔡：** 管理要讲究和谐，讲究人和自然的和谐、企业与环境的和谐。

**沙：** 讲究舒心、快乐与幸福感。

**蔡：** 企业内部人与人之间的和谐，就是一种美，所以我认为管理最高的境界就是追求一种内外和谐、自身的和谐。管理的最高境界实质上就是一种美。

**沙：** 我在想这个话题，其实和我专业相关，因为我这几年给研究生开了一门"文化产业管理"课程，这门课程与文学、美学和经济学交叉性很强。文化产业涉及满足人的精神需求，美学话题。文化产业给社会提供文化产品、提供服务、创造利润，它依然达到人的精神满足，这里面更能集中体现出美学元素。

**蔡：** 是这样的，我刚才也说过了，企业管理最高的境界是达到一种和谐的美，但企业中经常存在种种的不协调，如上下级之间的不协调、企业员工之间的不协调，实际上是不美的状态。一家企业要健康发展，就要上下、左右、内外和谐，和谐了那家企业就必然会有一个好的发展，就必然会有一个好的效益。

**沙：** 几年前我与我们团队尝试着做交叉学科研究，在管理美学体系建构方面，力争开拓一些学术增长空间，切实做到把基础学科融入主流学科，并起到很好的支撑作用。您作为管理学研究专家，对我们从事这样的研究有何建议？

**蔡：** 我们现在强调培养创新人才，就是要把各个学科相互融合交叉，管理美学研究是一个很好的选项和研究领域。建议加强学术成果的共享，在培养创新人才方面多做文章；努力实践，解决现实问题，为社会服务或经济发展做出积极贡献。

**沙：** 最后一个问题，蔡教授你觉得管理与文学和美学对接，未来的发展趋势会是什么样？

**蔡：** 刚才谈到管理的发展阶段，管理现在正在进入后现代管理阶段，后现代管理阶段研究的内容很多。经济越发展，社会越多元化，越需要运用文学、美学的思想来处理复杂的矛盾问题。我理解美学实际上就是要处理好各方面的矛盾关系，达到一种和谐共享的美好状态。作为管理，无论是企业管理、社会管理，或者是其他领域的管理，实际上都是要追求这个事物和谐发展，所以我认为今后现代管理一个很重要的方向就是要运用文学、美学的思想。

**沙：** 非常感谢蔡教授抽出时间来做这次交流！时间虽然短暂，但是很有意义。

**蔡：** 谢谢！不客气。

2017 年 10 月 10 日于龙子湖校区

# 管理美学论纲

沙家强[*]

当代美学发展的一个重要趋势是从思辨、哲理走向实验和实用，这是日常生活审美化的结果。美学的泛化，让作为应用美学的管理美学应运而生。管理美学是美学自身发展的需要，也是管理学发展的产物，尤其是产生于人本化管理实践的结果。但是，当前管理美学的研究还处于探索当中，国内外的学者对管理美学的研究工作比较少，系统性的研究更是寥寥无几，可参考文献资料一般都集中在零散的基础性研究工作上。因此，深入研究管理美学并系统建构管理美学的体系，具有重要的理论价值和应用价值。

## 一、管理美学研究现状

研究管理美学，首先要从国内管理美学研究的现状入手，详细梳理管理美学的渊源、专著成果和相关论文创新要点，概括总结出目前研究"管理美学"有代表性的成果。

管理美学的理论渊源应追溯到古希腊色诺芬的《经济论——关于财产管理的讨论》[①]，色诺芬用经营管理的方式阐释了经济思想对"美"的解释以及财富观和美学观的统一性，但这还不是严格意义上的管理科学。学界普遍认为，管理科学真正由泰勒创始，之后经历了古典管理学、行为管理学、管理科学学和企业文化管理学四个阶段。

国内学界对管理美学的关注则是近 25 年前才开始的，（一）强调"管理美学"的应用价值，呼吁系统的"管理美学"理论的出现。马惠娣强调以艺术视角建构"管理美学"理论（《管理与决策中的艺术因素——关于管理美学的思考》1990）[②]，程朝阶立足于现代管理学的发展趋势，强调管理美学系统理论建

---

* 作者简介：沙家强（1975—　　），文学博士，副教授，河南省高校青年骨干教师，河南财经政法大学文艺学校级重点学科带头人，主要从事文学理论、中西美学和文化产业发展等方面研究。

① 徐永禄：《略论色诺芬的经营管理美学思想》，载《上海社会科学院季刊》1986 年第 1 期。

② 马惠娣：《管理与决策中的艺术因素——关于管理美学的思考》，载《未来与发展》1990 年第 6 期。

构的意义和价值（《中国更需要管理美学——关于构建管理美学学科的刍议》2002）①。（二）"管理美学"专著体系的尝试性建构。田蕴荻以授课漫谈的形式出现的《管理美学谈》，主要阐释了管理过程中的"部门美"内涵（《管理美学谈》2003）②；程朝阶从美学的基本理论较为系统地建构了管理美学原理和管理的审美形式（《管理美学》2005）③。（三）立足于现代企业管理内涵的提升，尝试梳理和建构企业管理美学理论。白宗新从企业管理美学的"理论篇""应用篇"和"挑战篇"三部分，强调企业管理美学的内涵机制和当代价值（《企业管理美学》1995）④；黄河涛从现代市场消费的审美化趋势现实背景出发，建构企业审美文化的具体内涵（《现代市场的美学冲击：企业审美文化论》1996）⑤。（四）从古典哲学和文学作品汲取管理智慧；或从中国古代文学的"文以载道"的功能上，探寻文学的管理思想（《文学与管理》2002）⑥；或与企业管理实践结合探讨管理艺术化的可能性（《用简单方法做复杂的事：文学与管理的对话》2015）⑦；或从中国古代哲学文献史料中，梳理其中的管理智慧（《中国古代管理哲学概论》⑧ 1992；《中国哲学智慧和现代企业管理》2006）⑨；司莹的硕士学位论文从中西管理美学思想史，总结管理美学的审美表现形式（《管理美学的内容、范畴及当代意义研究》2010）⑩。

## 二、管理美学研究的必要性

管理美学研究具有充分的理论必要性和现实必要性。管理美学研究在国内兴盛的时间度不长，所获得的研究成果也与现实需要不够一致，在理论和现实两方面都还有很多值得拓展的空间，值得深入研究。

### （一）理论研究的必要性

从以上国内外研究成果综述中，可以看出，目前学界对管理美学理论的研究与建构都很有一定的价值，但也存在诸多缺陷：（1）经验性描述较多，系统性不足，尤其是在美学基本原理的逻辑起点上还不够清晰。诸多理论在阐述"管理

① 程朝阶：《中国更需要管理美学——关于构建管理美学学科的刍议》，载《人文杂志》2002年第4期。

② 田蕴荻：《管理美学谈》，作家出版社2003年版。

③ 程朝阶：《管理美学》，北方文艺出版社2005年版。

④ 白宗新：《企业管理美学》，吉林人民出版社1995年版。

⑤ 黄河涛：《现代市场的美学冲击：企业审美文化论》，人民出版社1996年版。

⑥ 周国林：《文学与管理》，岳麓书社2002年版。

⑦ 陈超明，谢剑平：《用简单方法做复杂的事：文学与管理的对话》，聊经出版事业股份公司2015年版。

⑧ 肖民重：《中国古代管理哲学概论》，安徽教育出版社1992年版。

⑨ 葛晋荣：《中国哲学智慧和现代企业管理》，中国人民大学出版社2006年版。

⑩ 中国知网，学位论文库。

美学"的内涵时，把大量美学基本理论命题堆置或牵强硬套，没能确定一个明晰的作为逻辑起点的美学命题。（2）已出版的专著体系大多显得散而游离，缺乏贯穿始终具有一定哲学深度的逻辑红线，甚至把"部门美"或"方法"都归纳为管理美学的基本原理。（3）研究的视野普遍显得狭窄，往往把"管理美学"视同为"企业管理美学"。（4）理论化色彩浓厚，实践应用性不足，大多没能阐释管理美学的具体实施方法。

**（二）现实必要性**

现实应用价值方面，系统地研究管理美学，可以帮助人们认识管理中的审美对象，发掘管理中的美学因素，透析管理实践中的审美心理过程，提示管理的审美规律，从而使管理艺术化、审美化；通过美学的形式、情感、语言和过程来熏陶人们的审美情操，提高管理艺术水平，增大管理效果，进而提高劳动生产率，最终达到提高经济效益和社会效益的目的。但在现实中，人们往往更重视绩效和利润，忽视人性因素，往往现实管理效果不佳。为了印证这种状况，笔者曾组织了一个课题调研组，于2016年3月6—8日到黛颐兰质美容集团（中国郑州）有限公司进行了问卷调研和访谈。访谈主要针对的是全体员工，高层领导未在调研之中。发出问卷65份，收回61份，问卷回收率为93.8%。黛颐兰质美容集团是个年轻的现代公司，在把国学元素引入企业后，管理效益发生了很大的变化。国学与企业管理有机融合，是管理美学研究的一个很好的案例。此次调研就是针对国学元素融入前后发生的变化，以此说明以国学为核心元素的管理上的美学化，对企业的发展产生着巨大的影响。首先，国学元素引入企业之前，管理的水平及效益存在较大问题，也直接说明了管理美学研究的现实必要性，下面是关于这方面的调研分析。

在国学元素引入前，企业的管理状况如下：

1. 有80%以上的员工认为该企业对于传统文化的引入并不重视，可见大家对于传统文化引入的需求还是很高的（如图4-1）。

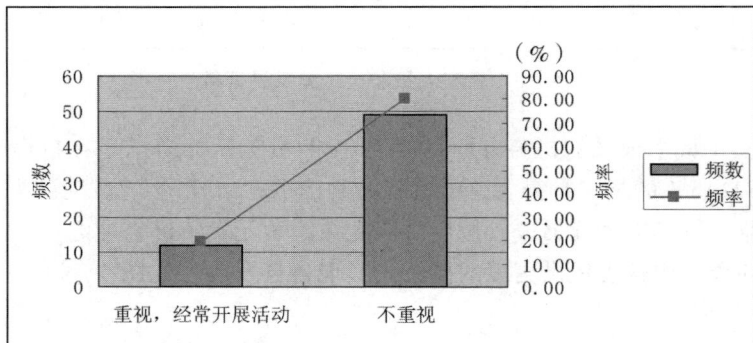

图4-1　是否重视传统文化的引入

2. 对于员工或者客户的意见反馈，仅有 37.7% 的员工认为企业能够做到注重意见反馈；18.03% 的员工认为该企业完全没有注重员工客户意见；44.26% 的员工认为该企业有较少的意见反馈（如图 2-2）。

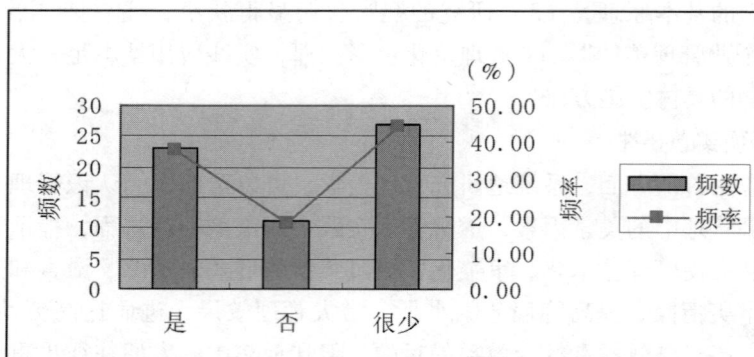

**图 4-2　是否重视员工或客户的意见反馈**

3. 关于管理人员和员工关系融洽方面，57.38% 的员工认为两者之间有少许的感情；29.51% 认为两者之间感情荒漠，很被动，只是简单地为了完成工作；只有 13.11% 的员工认为两者之间关系融洽。因此从这项调查来看，该企业急迫需要在企业管理中引入国学元素（如图 4-3）。

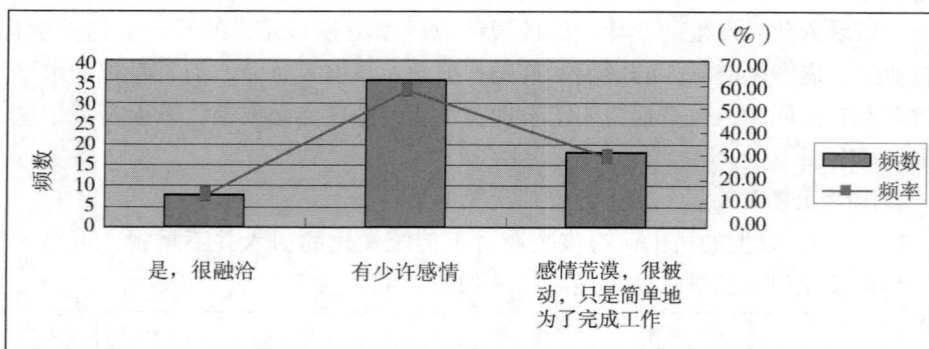

**图 4-3　管理人员和员工关系是否融洽**

4. 在员工读书成长的机会方面，44.26% 的员工认为自己是在拼命工作没有时间；而 31.15% 的员工是需要自己去找时间读书；14.75% 的员工认为完全没有感觉到企业为员工提供读书成长机会。因此在国学元素引进企业之后，企业应当针对员工的个人成长去提供更多的机会去实现自身发展（如图 4-4）。

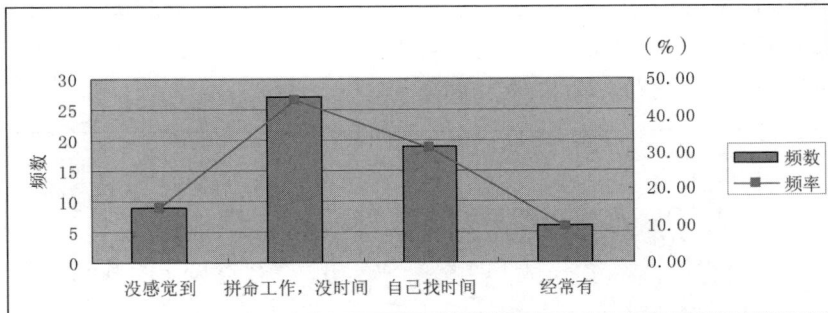

图4-4　能否给员工提供读书成长的机会

5. 44.26%的员工认为企业优越感较强，并没有品牌意识，仅有9.84%的员工认为企业的品牌形象鲜明（如图4-5）。

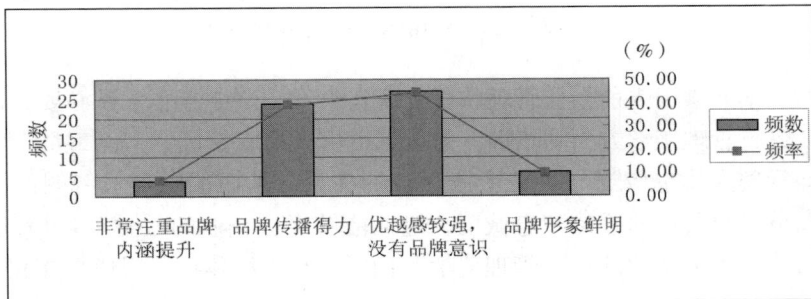

图4-5　品牌建设情况

6. 67.21%的被调查人员认为该企业并没有鲜明的企业文化，只是讲求效益（如图4-6）。

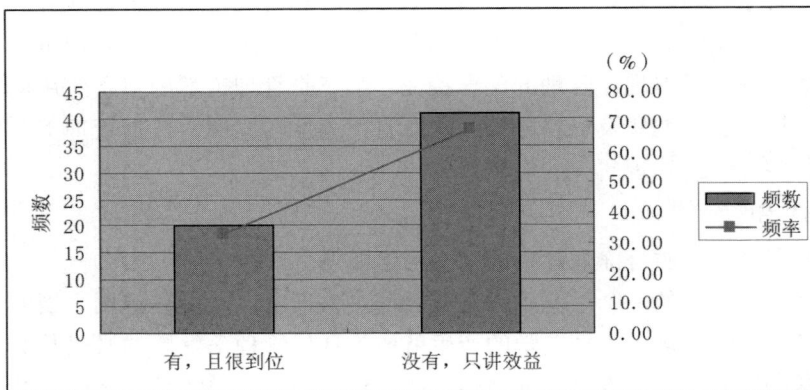

图4-6　是否具有鲜明的企业文化

7. 对公司没有感情，只是为了简单的生存，只求高工资的员工占了一半以上，有 57.38%；对公司没有忠诚度，随时准备跳槽的员工占 19.67%；认为和企业很有感情的员工仅占 22.95%（如图 4-7）。

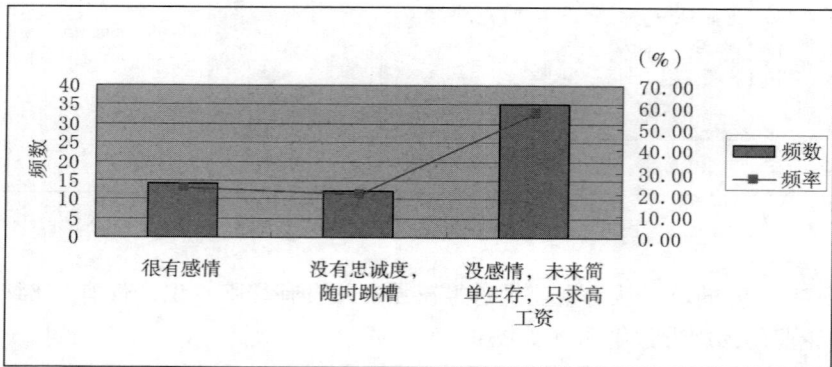

**图 4-7　您对公司的感情或忠诚度如何**

从对国学元素引入前企业管理状况的调查来看，该企业非常有必要，而且急需对企业进行管理美学方面的培训，为员工提供读书成长机会，注重员工意见反馈，企业管理人员也应当与员工形成融洽的关系，从而能够形成鲜明的企业文化，提高员工对公司的感情和忠诚度，进而能够促进企业的效益和环境的提升。那么如何从学理上，尝试对"管理美学"内涵进行系统建构？很值得探究。

## 三、管理美学研究的思路设计

笔者根据国内外研究现状，在此尝试进行较有体系的研究设计，主要从引言、原理篇、方法篇和案例篇四部分进行研究和体系建构。即第一主要从管理美学的研究背景、研究现状、研究价值、研究思路和研究方法等方面展开。第二是原理篇，主要阐释管理美学的基本原理及内在理路：美的本质，管理审美意识生成，管理美的符号展现，管理的美学特征。第三是管理美学的实践应用研究。最后是案例篇，通过调研及资料分析，选取有代表性的案例，依据管理美学的基本原理进行解读，以体现研究的应用价值。

### （一）引言

管理美学——亟待深入建构的新兴美学学科。

当代美学发展的一个重要趋势是从思辨、哲理走向实验和应用，当前美学正渗透于各个学科领域，管理美学的产生就成为现代管理学发展的必然趋势。实质上，美学的核心心理元素是人性情感，而管理学的根本内涵是人之精神的创造性活动，二者在人之主体性张扬、艺术化趋求与人性美的激发、情感的沟通等方面产生了交集。然而，作为对一种新兴学科管理美学的研究，目前的研究成果与当前管理学发展的新趋势还不相适应，也不够深入。那么，管理美学的研究背景、研究现状、研究价值、研究思路和研究方法等方面，就成为管理美学体系深入建构的必要前提，这是本部分所要阐释的主要内容。

**（二）原理篇**

主要阐释管理美学的基本原理及内在理路：美的本质，管理审美意识生成，管理美的符号展现，管理的美学特征。

首先，基于历代中西美学思想或关于美本质的探讨，原创性地提出"美是一种看得见的竞争力"观点①，并且此观点是本课题重要的逻辑起点。"看得见"旨在说明美依托一种符号的形式展现，并且这种符号往往与注意力的吸引密切相关；而"竞争力"的核心则是指以情感为核心的审美力，即在审美的情感体验中直接渗透着、融化了的审美情感判断。

其次，生存美学的自觉建构乃管理审美意识生成的哲学根基。人之生存是多维度展开的，既有依附文化权力，又有韧性索求自由；既有遥想过去，又有畅想未来；既有无奈面对客观现实，又有诗意栖居精神空间。"实践"与"存在"构成了生存美学两个关键的维度。唯其如此，人才不是单向度的存在。正是源于人之主观的对诗意的自由向往，人更加重视情感的表现与沟通，进而有美感产生以及审美意识的生发。现代管理的审美意识正基于生存的诗意观怀以及情感的激发，基于人性化的情感沟通和相互尊重，基于对生命美学洞察意义上的超越境界，也基于按美的规律创造世界的实践原则。

再次，管理美以诸多符号为载体，外在现实世界。人类符号学家认为，人类的一切思想和经验都是符号活动，并且符号是以一定形式客观存在的。而"管理"作为人之创造性的精神活动，其审美表现形式也以诸多符号形象客观存在于外界。诸如语言、景观、建筑、声音、文化、身体、品牌等。

最后，管理的美学特征呈现出自身的特色。美学追求的目标是合目的即"美"，管理追求的目标是合规律即"真"，管理美学就是合规律与合目的即"真"与"美"的完美融合。所以，管理的美学特征主要体现在人情向善、人际和谐、绩效最优、社会竞争力趋强等方面。

**（三）方法篇**

主要阐释基于以上原理，如何在具体实践中进行运用，是对管理美学方法的具体介绍。这些方法主要包括：管理者审美修养的自觉提升，管理者情商的培

①　蒋勋：《美，看不见的竞争力》，中信出版社2011年版。蒋勋从美的内蕴层面上认为，美是在一定符号掩盖下、看不见的理念存在，但这恰恰成为美的价值所在，是美之所以美最具含金量的价值。本人认为，正是美依托于一定符号，所以美是看得见的感性存在。而重要的是这种竞争力不能简单地认为是品牌力，其核心内涵是审美力，即情感判断力。拥有一定情感判断力的内涵才是一种不可估量的竞争力所在。

育，职员自身主体的美化，空间环境美的营造，产品符号美的外显，注意力的科学运用。

第一，管理者审美修养的自觉提升。管理者审美修养提升的核心内涵就是审美力的提升，这是管理极具竞争力效果的关键所在。管理者审美修养的提升应做到：从文学中汲取管理智慧，从中外古典哲学中汲取管理营养，以生态意识尊重管理对象，以美丽人生导引健康生活，以审美力提升领导力与领导艺术等。

第二，管理者情商的培育。管理者情商的高低关键在于对自己情绪的控制程度，而管理者情商的高低对管理美的成功展现具有重要制约作用。培育和提升情商的关键在于管理者要换位思考、知己知彼、阳光温情、沟通尊重、怀揣梦想等。

第三，职员自身主体的美化。职员作为管理体系中重要主体，其自身的美化首要在于重视身体美，即作为肉体符号的形体美和作为精神身体的气蕴美；树立身体本身就是部门或企业的符号载体这种强烈的责任意识；职员的情感与管理者情感或其他职员情感主动舒心沟通，营造和谐的人际氛围。

第四，空间环境美的营造。人是存在于一定空间概念中的，对空间的美化和环境美的营造，创造最佳的工作环境，让劳动者在此环境中工作，身心感到愉悦，这是管理美的重要符号体现。如建筑布局、办公空间装饰、色彩搭配、音乐播放、景观创意、工作服装设计、制度修订、企业审美文化浸润、自然社会环境协调等，都是管理美的外在显现，这些对管理的最终美学效果的实现都产生着非常重要的影响。

第五，产品符号美的外显。管理美学的研究贯穿于整个管理活动始终，就单纯相对于企业而言，就是从生产到营销的整个过程，其中产品因艺术精神元素的融入和适当地美学包装，而具有独特的符号形象和审美价值，这是管理美显现的一个直接体现。简单地说，产品符号美的外显，就是真（货真价实）、善（物美价廉）和美（独特设计和良好服务）的完美统一，最终使设计美和包装美的产品充分满足人们的审美需要。

第六，注意力的科学运用。注意力是信息社会中一种重要的经济现象，也是最为短缺的一种资源。注意力经济是基于注意力这种稀缺资源的生产、加工、分配、交换和消费的新型经济形态。注意力经济是网络世界一种占主导地位的经济现象。在注意力经济时代，一个非常重要的素质是注意力的配置能力，包括付出注意、吸引注意和逃避注意的能力。注意力是企业和个人的真正货币。注意力是一种转瞬即逝的、抓不住的资产。理解和管理注意力是现今商业成功的最重要的决定性因素之一。管理美以一定的符号形象外显于客观世界，这必然要涉及注意力的配置问题。因此，科学合理地运用注意力经济原理对于管理效果的提高、管理美的最佳呈现，都具有重要的现实意义。

（四）案例篇

通过调研及资料分析，选取有代表性的案例，依据管理美学的基本原理进行解读，以体现研究的应用价值。初步选取行政管理美学、企业管理美学、高校管理美学或农业扶贫管理美学等领域的某个典型案例，进行应用分析，以给管理美学的具体实践提供方法论参照。

以上，只是本人对"管理美学"研究思路的基本设计，针对当前学界研究的缺陷，立足于"美是一种看得见的竞争力"这个逻辑起点，尝试建构"管理美学"的研究体系，以期给学界提供一种新的思路和借鉴。

# 管理中人性思想的演变与精神管理的导出

齐善鸿　李培林*

　　"人是研究人类、组织和管理的基本分析单位。"① 管理是人的活动，管理的属人本性使管理的人性基础成为可能。美国著名管理哲学家道格拉斯·麦格雷戈在《企业的人性面》中说："在每一个管理决策或每一项管理措施的背后，都必有某些关于人性本质及人性行为的假定。"② 这一论断实际上是说，管理都必然以人性假设为基础或前提。19 世纪末 20 世纪初，以泰勒为代表的科学管理的出现，标志着人类对其自身管理活动深刻的自觉与反思，是对传统经验管理的质的超越。综观古典管理理论、行为科学理论和现代管理理论发展的轨迹，在人性认知方面，基本上遵循人性假设模式；在管理的逻辑方面，把人分为两类：一类是管理者，负责管理别人；另一类是被管理者，要接受管理者的管理。管理者变成了约束人、支配人的一种权力，被管理者却被异化为企业发展的工具。而根植于人性中的人的主体性却没有在管理中得到充分的体现和重视。实践证明了人的主体性，决定了外部管理的无效性。因此，管理虽然经历了各种人性假设，却始终未能走出困境。究其原因：其一，这些人性假设是结合当时人的行为表现而提出的，属于简单概括性的；其二，没有充分关注人的主体性和精神管理价值。本文对 19 世纪以来西方人性理论进行了回顾、评述和反思，并在基于对我国优秀传统文化和马克思主义科学人性观认知的基础上，结合当代社会和人性发展的现状，提出了新的人性观点和管理应回归人的主体性——精神管理的新理念。

## 一、西方人性理论的演变回顾与评述

### （一）人性理论演变的回顾

　　西方管理理论对人性的认识主要以人性假设方式来加以研究，并建构了相应

---

　　* 作者简介：齐善鸿（1963—　）男，教授，博士生导师，南开大学医院院长，研究方向为人力资源管理与企业文化；李培林（1966—　）男，教授，管理学博士，河南财经政法大学国际交流合作处副处长，硕士生导师，郑州市行为科学会副会长，研究方向为企业文化与公司治理。
　　① 丹尼尔·雷恩：《管理思想的演变》，中国社会科学出版社 1997 年版。
　　② 麦格雷戈：《企业的人性面》，台湾中华企业管理发展中心 1979 年版。

的管理模式。19 世纪末以来，西方先后出现了"理性经济人""社会人""自我实现的人"和"复杂人"等人性理论。人性理论演变的历程反映了管理者对人性认识的不断深入。

1. "理性经济人"（Rational – economic Man）假设①产生于早期科学管理时期，其理论来源是亚当·斯密（Adam Smith）的劳动交换的经济理论。该理论认为大多数人的本性是贪图享乐、唯利是图的，不愿承担任何责任，并且懒惰自私，干工作都只是为了获取经济报酬。因此，以泰勒（Taylor）为首的专家通过对劳工具体操作的动作——时间分析，结合设计差额奖惩激励制度来提高劳动生产效率，这种用金钱等经济因素去刺激人们的积极性，用严厉的惩罚去处理消极怠工者的方法被人们称为"胡萝卜加大棒"的管理方式。但是，从人的本性来说，其需求是多层次的。随着时代的发展，人们的追求已不仅仅满足于物质层面的追求，而是转向各种"精神"的层面。

2. "社会人"假设是梅奥（E. Mayo）教授在 1924—1933 年，在著名的霍桑实验中首次发现了管理中人的因素对生产效率的巨大影响后而提出的。该理论认为，工人不是机械的、被动的动物，对工人的劳动积极性产生影响的也绝不只是"工资""奖金"等经济报酬，工人还有一系列社会的心理需求，如尊重、良好的人际关系等。因而，满足工人的社会性需求，往往更能激励工人的劳动积极性。"社会人"的人性观不仅看到了人具有满足自身物质的需要，而且进一步认识到人还有尊重的需要、社交的需要等其他一些社会需要，较之"理性经济人"的人性理论，又向前迈进了一大步。

3. "自我实现的人"假设是由心理学家马斯洛（Abraham H. Maslow）提出来的。该假设认为，人是自主的、勤奋的，自我实现的需要是人的最高层次的需要。所谓"自我实现"，指的是人都需要发挥自己的潜力，表现自己的才能，只有人的潜能充分发挥出来，人才会感到最大的满足。以管理哲学家麦格雷戈为代表的管理学家们设计出了一种调动被管理者的工作积极性，使人发挥潜力，充分实现自我的管理对策，即"Y 理论"。

4. "复杂人"假设②是埃德加·薛恩（Edgar H. Schein）等人在二十世纪七十年代初提出的。他们认为，长期的研究证明：无论是"经济人""社会人"还是"自我实现的人"假设，都有其合理的一面，但都不适用于一切人。该理论认识到了人是复杂人，因而以威廉·大内（William Ouchi）为代表的管理学家们设计出了一种根据具体情况采取相应管理措施，既能突出管理方式的灵活性，又能体现被管理者个性的差异性的权变理论，即"Z 理论"。

---

① 埃德加·薛恩：《组织心理学》，经济管理出版社 1987 年版，第 62—64 页。
② 埃德加·薛恩：《组织心理学》，经济管理出版社 1987 年版，第 116—119 页。

### （二）人性理论演变之评述

上述四种人性假设理论是学者们在当时社会背景下，根据人的行为表现对人认知的结果，对调动劳动者工作积极性和提高生产率起到了重要的作用。当然，由于条件限制，也各自存在着一定的历史局限性。

"理性经济人"假设，首先，认定人天生懒惰，实质上是一种遗传决定论；其次，视人为物或把人仅当作经济动物，注重金钱对人的刺激而忽视了人的社会性；注重物质性管理价值，而忽视精神管理价值。总的来说，这个时代的管理实践所运用的科学方法虽然极大地提高了生产效率，但也带来了人的极端异化。

"社会人"假设在一定程度上存在否认经济利益对人的激励功用，过分强调了人的社会需求对管理的作用，而轻视合理的理性逻辑的作用，与"理性经济人"假设相比，"社会人"对人性的设定走向了另一个极端。

"自我实现人"假设，首先，在对人性的认识上依然具有明显的先验决定论的倾向和遗传决定论的痕迹，对人性的设定同样过于片面了，它抛开了个人的社会性本质，以抽象的、理想化的、脱离社会的人性设定来代替生活世界里"现实的个人"，认为人都是好人，忽视对经济利益的关注和经济动机的激励。其次，它仅仅看到了人们不能做到"自我实现"的微观环境限制，却忽略了大的社会前提，不可能从根本上解决劳动者在社会中的真正地位的。当然，"自我实现人"假设和相应管理策略，也具有一定的进步意义，某些具体做法也可为我们所借鉴。关于"复杂人"①假设，"应当承认，'复杂人'假设和应变理论含有辩证法的因素，它强调根据不同的具体情况，针对不同的人采取灵活机动的管理措施……"②在这一点上是值得我们借鉴的。然而，其在方法论方面有些不足："复杂人"假设以生活现实中人们的个性与行为表现作为人性的内容，这本身就把本属哲学层次的人性问题降低到了心理层次的个性方面，其结果，必然导致只见人们的差异，而忽略了人类不同于一般动物的最根本的属性。

### （三）人性理论研究方法错误分析

上述人性理论之所以出现众说纷纭、莫衷一是的局面，是由于人性研究方法的错误而导致的。人性研究的方法错误大致可以归结为以下五种类型。

（1）低级归纳错误。归纳是人类认识事物的基本方法之一。归纳的质量，取决于归纳所依据的现象之代表性、典型性和体现本质的程度，如果只是根据社会中的现象直接进行本质界定，就是把现象等同于本质，这种归纳自然是错误的。"理性经济人""社会人""自我实现人"和"复杂人"人性假设，都不同程度具有低级归纳错误的色彩。这些人性假设的提出，基本上是提出者根据自己

---

① 齐善鸿：《论人性与激励战略》，天津人民出版社1996年版，第38页。
② 卢盛忠：《管理心理学》，浙江教育出版社1985年版，第56页。

所观察到的有限事实所得出的结论：人穷时，主要追求金钱，因此就是"理性经济人"；生活水平提高了，就会寻求交往和尊重，于是就变成"社会人"了；等到再进一步发展，人的需求多了，还会不断地变化，就成为"复杂人"了。低级归纳错误，没有搞清楚这些现象背后的原因和真正的人的行为动机，只是就现象说现象而已。

（2）静态认知错误。人类在漫长的发展历程中，虽然不断更新着自己的状态，但却向着一个始终不变的目标前进。上述人性认知的错误，关键在于把发展历程中的一种状态静止化、绝对化。当人发展了，又出现了新的状态，已有的假设就变得不合时宜了。实际上，人性有其稳定的内核，而变化的更多是现象和不成熟的人性表现。

（3）现实反推错误。人的行为是人性的一种表现方式，但表现方式常常因为一些条件的制约而出现一些假象。因此，简单地通过现象去反推人性，就会因为用假象作为判断依据而得出荒谬的"假设"。

（4）不可知论的错误。当研究者看到人的行为复杂多变而无法找到一个标准答案时，就会从低级而武断的认知错误走向另外一个极端——实在太复杂，实在说不清。这是认识论上的"不可知论"倾向，与科学精神是相违背的。

（5）过度推论错误。以个别现象作为推导人性的依据，常常会犯"过度推论错误"。不管是基于道德价值的"善恶论"，还是基于现实需求特点的"需求论"，所犯的逻辑错误都是雷同的。

综上所述，无论是"理性经济人"，还是"社会人""自我实现人""复杂人"假设，都没能对人性有一个正确的认识，没有摆脱管理对人的外部激励和人的外部控制，没有解决人的主体性和人的行为动力问题，这些问题若得不到解决就无法走出管理的困境。

## 二、"新人性观"的提出

前述几种人性理论虽然在当时对提高生产率起到了一定的推动作用，但最终未能解决人的行为动力问题，未能使管理走出困境，因而有必要对人性做进一步探讨。

被西方科学界列为改变了人类近代思想的马克思，对人性问题进行了卓有见识的探索，他的思路对我们今天科学地探讨人性问题有着重要的启发价值。

马克思抛弃了旧唯物主义哲学的单一性、片面性、表面性和静止性，真正吸取了黑格尔的辩证法思想，对人性展开了多角度、多层次、多因素、多方面的研究。他从人的活动和人的物质生活条件入手，不仅看到了人的自然性，更重要的是看到了人的社会性，认为人始终保持着与社会的联系，创立了人性的系统理论。

在马克思科学人性理论的指导下，经过对传统人性理论的反思，我们认为，人性主要有以下几个方面的特征：首先，人性具有自然属性（动物属性）和社会属性。人的这两种属性是客观存在的，却不是平行存在、平行发展的。人的社会属性处于主导和支配地位，自然属性受社会属性的制约。在总的原则上，人性的全部内容就包含在"人的自然属性、社会属性及二者的和谐"之中；其次，人性主要是人类在后天的社会实践和社会生活中逐渐形成的，不存在天赋的、与生俱来的人性；再次，人具有主体性，人的主体性是人具有自主意识、自觉行动、自我反思、协调发展的能力，人的行为动力来自于自我精神的驱动；最后，人必须参与、遵守、更新和提升人群中的社会规范，使之更有利于生活和工作。人活着一般是为了追求生存优越和实现自己的理想。立足现实、改造自己、改造外部环境，是最终的人性问题。

基于上述人性的特征，我们认为新的人性观点是：以社会性为基础，用理性和不断修正的理性寻找有效的方法，不断追求自由、满足自身不断提升的物质和精神需求，不断认识自己、改造自己、发展自己和超越自己，不断追求生存优越和快乐，使自己人生逐渐达到至善境地而接近理想人性品格，具有主体性和自我驱动性的社会性动物的一种属性。

新人性观解决了长期以来传统人性理论忽视人的主体性和人的行为动力问题，使人性得到了解放，人的主体性得到了回归。

## 三、基于新人性观的管理——精神管理

### （一）精神管理提出的时代背景

20 世纪 90 年代以来，全球经济呈现出一体化趋势，企业所面临的是一个动荡复杂的国际和国内竞争的市场环境，管理情境和人性也发生了重大的变化，具体表现为：第一，随着社会的发展和科技的进步，人们的物质生活水平有了很大的提高，物质刺激的边际效用逐步递减，人们的精神需求也在不断地提升，精神的重要作用也受到了高度的重视。2000 年，埃德加·薛恩（Edgar H. Schein）教授在美国的 Cape Cod 2000 论坛举办为期一周的讲座，主题为"过程咨询、对话和组织文化"，（Process Consultation Dialogue and Organizational Culture）重申了精神因素在企业中的作用。Dave Iverson 从人性与精神的角度阐释了精神在企业中的巨大作用（Nature and the Hunan Spirit）。德国管理学家 Birgit Klostemeier 撰文专门阐述了管理的精神与精神的管理（Spirit of Management Management of Spirit）；第二，知识经济的迅速发展，更多的脑力劳动代替了体力劳动，古典管理理论所倡导的测定方法和外部督导来提高劳动生产率的方法已经不适应新形势；第三，人们价值理念逐步由原来的"物本主义"转向"人本主义"，人们工作的目的主要是为了追求人生的价值和意义；第四，人的主体性意识不断提升，使在管理中

"控制"变得十分困难，而"自我管理"显得尤为重要。因此，时代的变化，需要适应人性和时代要求的新的管理理念。

### （二）精神管理的含义

精神是人的行为动力的源泉。德国哲学家威廉·狄尔泰（Wilhelm Dilthey）认为，精神对人类世界特别重要，只有世界充满了精神，才是真正的人的世界。人和其他动物的区别在于，人始终处在自己的精神产品——"文化关联"之中，人创造了文化，同时也被文化所制约。

精神是一门科学。精神科学来自于社会和历史的生活本身，是对真实生命的反映和抽象，精神科学首先必须能够回归到社会实践中，回归到人的实际需要中，应当在实际的社会生活中对人们的行为具有指导作用。所以，精神科学是具有方向性的学问，在理论和实践方面是人们对社会和历史进行反思的重要工具，其对人类所发挥最重要、最深刻的作用是"启迪"。

从哲学理论的角度看，精神的作用是巨大的，精神的规律是独特的，与物质要素对人的作用相比，精神的作用是无限循环的，是生产性的而不是消耗性的，并决定着物质发展最终对人的意义和价值。因此，要解决管理中人的行为问题，就要从解决人的精神开始。本文对精神概念的界定是：精神指人类特有的，由原初无自觉的自我，经过自我反思、自我否定，经过自我外化、自我思维博弈而达自觉的主体。

精神管理指在管理中充分尊重人的主体性并顺应人性发展的规律，引导和启迪人们对自身行为进行自我调节、自我管理，从不自觉的行为发展成为自觉性的精神的一种管理方式，其目的在于提升人的价值，以实现人的全面发展及人与自然的和谐发展。

### （三）精神管理的逻辑

与传统管理重点强调对人的行为外部控制性相比，精神管理充分尊重人的主体性作用，引导人的自我管理和自我驱动，重视人的精神需求和人的行为动力问题，使外部管理与自我管理处于一个良性的互动状态。

精神管理的逻辑主要体现在以下几个方面：（1）人的精神来源于物质，在第一个决定过程中，是由物质决定的。但精神一旦产生，就会变成一种特殊的存在，具有相对独立性，并与精神感知下的物质共同作用，决定着新物质的产生和物质对人的意义；（2）人的精神是物质与意识长期反复作用的历史范畴，凝聚着人类文明的成果；（3）精神的形成和发展是在意识的基础上，从量变到质变；（4）人的行为会受到外部因素的影响，精神是判断外部环境的标尺，精神是最终的驱动力；（5）由人的精神属性所决定的管理必然是以人类文明所积淀的文明成果为基础的，人的管理必然以人的精神规律为基础和追求，必须尊重人的主体性，构建顺应人性规律的自我管理为主、组织引导为辅的管理模式；（6）生产力的提升只是手段，而不是目的，工作中人与人之间的关系是主体与主体之间的关系，管理与被管理者之间只是分工的不同，不存在等级的差别。这就是说，人在这个范围内具有意志的自主性、行为的责任心和让一切事情屈服于精神的能力，并且能够与人自身中的无拘无束相对抗。管理的目标只有依靠人的主体性的发挥才能得以实现，人的一切目标、价值和目的都蕴含在这个独立发挥效用的精神世界之中。

### （四）人性与精神管理的展望

人类的管理活动绝不是单纯的创造物质产品的行为，更不是简单的机械行为。不仅需要精神活动的参与，灌注精神意识于管理活动之中，而且管理必然产生一定的精神状态和产品，满足人们一定的精神需要。人们通过参加、体察或研究一定的管理活动，产生相应的管理情绪、管理意识、管理思想。管理理论、管理艺术、管理哲学等，都可视为管理价值在精神方面的体现。它们不仅从各种不同的角度满足人们在管理价值上的精神需要，而且也充实和推动着人类的意识形态和科学文化的发展①。

综观管理思想的发展历史，可以发现，管理是基于对人性进行各种不同假设的基础上进行的，管理与人性不可分离。管理思想的演变逐步从重视对物的管理到重视对人的管理，从满足人的物质需求到满足人的精神需求，由物质性价值的管理到精神性价值的管理。

近现代管理实践证明了物质对人的作用是巨大的，但在精神缺失的情况下，企业也面临着一种越来越明显的尴尬局面：物质刺激的边际效用在不断地递减，这直接导致了管理成本的上升和管理效用的下降。究其原因，人的精神是自主的，人的行为是受人的精神支配的，而不是由外界刺激决定的，要解决管理中人的行为问题，就要从对人性的认知和了解人的精神开始，忽视精神的决定作用，过分强调物质刺激，就会引发动物般的反抗。人与动物的最大区别：人是精神性动物，人具有不断认识自己、不断超越自己、不断追求生存优越的趋力，我们探讨人性的目的就是发现人性和人的精神规律，在管理中建立适应人性的精神管理。

精神管理是以新人性观为基础的，它能顺应人性规律和尊重人的主体性，激发和引导人的自我管理能力，帮助人们实现自己的目标，以人的发展促进经济的发展，以经济的发展促进人的全面发展，让物质的成果服务于人的不断完善。精神管理理论的宗旨就是：用科学理论服务于社会精神文明建设，促进社会健康发展②！

因此，基于新人性观的精神管理不再是在物质刺激效果逐渐降低的时候出现

---

① 崔绪治、徐厚德：《现代管理哲学概论》，安徽人民出版社 1986 年版，第 50—51 页。
② 齐善鸿：《精神管理》中国经济出版社 2002 年版，第 91 页。

的一种新的精神"麻醉剂"，更不是一种更加巧妙的管理控制手法，而是对传统的企业理性管理模式的超越和辩证扬弃，是人性化管理的最高层次，是人类对管理的反思，是对经济万能论的一种否定，是人性的一次重大的复归，是管理思想发展史上一场深刻的"革命"。

（《科技管理研究》2007 年第 4 期发表）

# 研发人员激励制度对企业技术创新
# 能力影响程度的实证研究[①]

## ——以科技型中小企业为例

蔡树堂[*]

## 引　言

知识经济背景下，企业技术创新能力在激烈的竞争环境中日益彰显出其重要性。但对于科技型中小企业而言，虽然在推动社会不断进步中起着重要的作用，但其技术创新能力却存在着一定的不足，如何增强科技型中小企业的技术创新能力成为研究的重点。而研发人员作为企业的核心人力资源之一，也肩负着企业持续发展的重任。学术界就研发人员激励对企业技术创新能力的影响从不同角度进行了研究，证实了通过对研发人员进行不同内容和形式的激励，可以激发研发人员的积极性和创造性，进而有效促进企业技术创新能力的提升。笔者综合前人研究成果，发现还存在以下不足：①已有研究虽然指出激励体系的建立可以调动员工的主动性和创造性、对企业技术创新能力有推动作用，也有些学者明确指出了培训、表彰和晋升等手段可提高员工创新能力，甚至还实证了激励体系对企业技术创新能力的正向影响（张根明、温秋兴，2010）[②]，但却没有明确这些激励手段或形式中哪些对提高企业技术创新能力的作用更明显、影响程度更大；②关于研发人员激励的研究，从激励的内容、时间等角度进行了分析，也就激励制度进行了阐述，但是缺乏进一步的挖掘，没有就不同激励制度的不同激励作用或效果

*　作者简介：蔡树堂（1965—　），教授，管理学博士，河南财经政法大学企业战略管理研究所所长，工商管理学院副院长，河南省教育厅学术技术带头人。研究方向为战略管理、企业成长、企业自主创新能力、产学研战略联盟等领域研究。

①　基金项目：河南财经政法大学 2012 年度校重大研究课题"基于组织能力理论的制造企业自主创新能力培育路径研究"（201203）；2014 年度河南省软科学研究计划项目"河南省新型工业化评价指标体系构建研究"（142400410310）；2014 年度河南省政府决策研究招标课题"商业模式创新路径研究"（2014311）。

②　张根明、温秋兴：《企业创新：激励体系与企业创新能力关系研究》，科学学与科学技术管理 2010年第 31 期。

进行比较。因此，本文的目的是以科技型中小企业为研究对象，将研发人员激励制度进行重新分类和界定，构建研发人员激励制度对企业技术创新能力影响的概念模型，借助多元回归模型实证不同研发人员激励制度对企业技术创新能力的影响程度并进行系统分析，据此提出相应的管理建议。

## 一、文献回顾及评述

社会的发展和技术的进步无一不说明知识正变得越来越重要，科技型中小企业作为我国技术创新的主要载体和经济增长的重要推动力，对知识性人才的需求更是毋庸置疑。研发人员作为企业中最重要的人才之一，对企业的发展起着至关重要的作用。学者们指出，为了更好地激发研发人员的主动性和创造性，对其采取一定的激励措施将具有明显的效果。其中 Balkin（1984）[1]、Peter（1992）[2] 指出，在各种不同的激励因素中，物质激励是最重要的因素，强调了物质激励的重要性。而 James（1984）[3] 和 Edwina（2000）[4] 等人指出，工作内容的丰富性和自主性、工作任务的明确性、工作本身带来的成就感、工作培训和晋升的机会以及职业生涯的管理等都对研发人员有着重要的影响。同时我国学者也指出，企业给研发人员提供有竞争力的工资报酬和福利、有挑战性的工作、更加公平的就业机会、具有积极创造性的环境氛围以及合理的晋升通道等都对其有着积极的影响，尤其是给员工提供股权、期权的激励手段，对其影响更加明显（刘锡元等，2012）[5]。

此外，有些学者经过研究指出，通过对研发人员进行激励可以提高其积极性和创造性，进而促进企业技术创新能力的提升。如国外的 Harry Bouwman、Wim Hulsink（2004）[6] 指出，只有通过有效的激励体系，充分调动员工的主动性和创造性，企业的创新能力才能得以提高并持续下去。国内的孔宪香（2007）[7] 明确提出，良好的员工培训计划与培训制度是企业不可或缺的重要因素，通过增加对

① Balkin D. B. Gomez – Mejia L. R. Determinants of R&D compensation strategies in the high – tech industry [J]. Personnel Psychology, 1984, 37 (4): 635 – 650.

② Muhlemeyer Peter. R&D Personnel Management by Incentive Management Result [J]. Personnel Review, 1992 (21): 27 – 33.

③ James S. Phillips, Sara M. Freedman. Situational performance constraints and task characteristics: Their relationship to motivation and satisfaction [J]. Journal of Management, 1984, 10 (3): 321 – 331.

④ James Hoyt, Edwina A. Gerloff. Organizational environment, changing economic conditions and the effective supervision of technical personnel: a management challenge [J]. The Journal of High Technology Management Research, 2000, 10 (2): 275 – 293.

⑤ 李锡元、刘艺婷、熊柏柳：《拟上市中小型科技企业股权激励方案设计和风险防范——来自华烁科技的实践》，载《科技进步与对策》2012 年第 29 期。

⑥ Bouwman, H., Hulsink, W. A dynamic model of cyber – entrepreneurship and cluster formation: Applications in the United States and in the Low Countries [J]. Telematics and Informatics, 2004, 19 (4): 291 – 313.

⑦ 孔宪香：《科技创新体系建设中的企业人力资本激励制度研究》，载《科技管理研究》2007 年第 5 期。

员工培训的资金投入，可以提升员工的创新能力；龙小兵（2012）① 也认为激励机制是企业技术创新的原动力，在企业创新过程中起着关键性的作用；而张根明和温秋兴（2010）[1] 则通过实证研究了激励体系对企业技术创新能力的影响，并明确了创新激励制度对技术创新能力的正向影响。可见，研发人员激励制度在促进研发人员积极性和创造性、提高企业技术创新能力方面确实有着重要的影响。

关于企业技术创新能力，研究角度不同，评价指标有所差异。有从技术创新主体、战略管理视角进行研究的，也有从经营活动和创新过程角度进行研究的，但总体来说都是基于整个企业视角进行研究的。

所以，在以往的研究中缺乏不同激励制度对企业技术创新能力提升影响程度的研究，而技术创新能力也可从激励所带来的影响这一角度入手，重新挑选评价指标进行单一角度具体测量。因此，本文提出将研发人员激励制度进行重新分类，即分为薪酬福利激励制度、股权激励制度、培训激励制度、发展激励制度、成就激励制度和环境激励制度六个方面，就其对提高企业技术创新能力不同程度的影响进行研究，从而确定哪些激励制度更有效，为科技型中小企业提供管理建议。

## 二、理论模型和研究假设

### （一）理论模型

根据相关文献研究，本文提出了研发人员激励制度对企业技术创新能力影响的理论模型，如图 4-8 所示。

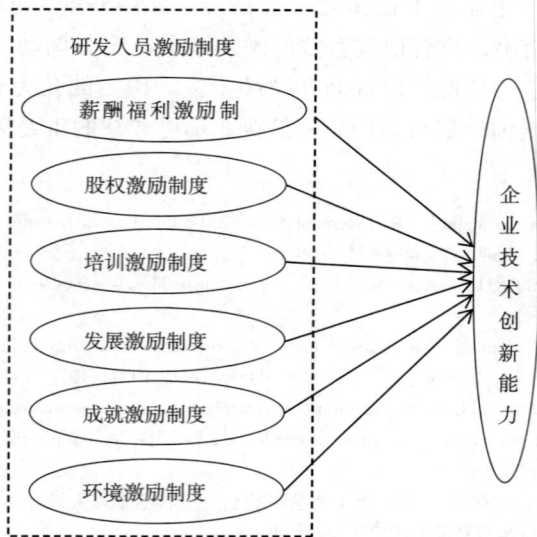

图 4-8　研发人员激励制度对企业技术创新能力影响的理论模型

---

① 龙小兵：《知识型企业员工非物质激励机制与创新绩效研究》，湖南：中南大学商学院 2012 年。

## （二）研究假设

通过对研发人员激励和企业技术创新能力关系的相关文献分析可以发现，研发人员激励制度对企业技术创新能力有着重要的影响，能通过激发研发人员的积极性和创造性来提高企业的创新能力。经过进一步的分析，笔者发现不同研发人员激励制度所呈现的对企业技术创新能力不同程度的影响存在着以下关系：

1. 股权激励制度和薪酬福利激励制度对企业技术创新能力的影响比较。股权激励和薪酬福利激励都是对企业员工的直接或间接经济报酬，其中薪酬福利激励是员工生存需求的保障，是企业为员工提供的最基本的劳动报酬，它通过给予企业员工有区别的薪金待遇来实现对员工的激励。而股权激励则是从长期角度进行考虑，将企业员工，尤其是研发人员的个人利益同企业的长期发展联系在一起，使研发人员产生一种归属感和责任感，促使研发人员更好地为企业服务，对员工的激励作用更明显，更有利于企业创新能力的提升。尤其是随着经济的不断发展，长期的激励效果更加明显，股权激励也得到更多的重视。通过以上分析，提出以下假设：

H1 相较于薪酬福利激励制度，股权激励制度对于提高企业技术创新能力的作用更明显。

2. 培训激励、发展激励、成就激励和环境激励制度对企业技术创新能力的影响比较。培训、发展、成就和环境激励是非经济报酬，它们与经济报酬不同，分别是通过给员工提供培训和进修等自我提升的机会、提供发展或晋升通道条件、满足他们对于表彰和荣誉等成就感的追求以及对工作环境条件和融洽度的要求等来对企业员工加以激励，激发他们的积极性和创造性，从而增强其创新能力，进而带动企业技术创新能力的提高。在这四种激励制度中，环境激励制度的建立是基础和保障，主要是通过改善工作环境、生活环境和人际环境等吸引、激励和稳定人才，为企业员工提供最基本的政治、工作、生活和人际环境，为其他几种激励制度有效的实施提供支撑。而培训激励制度的建立主要是通过给员工提供进修、培训的机会来丰富他们的知识体系、完善他们的知识构架，增强员工的积极性和创造性，有助于企业创新能力的提高。

此外，发展激励制度的建立为员工制订了清晰的职业发展规划、明确了职业晋升通道，并根据研发人员的工作表现将其晋升到适合的岗位，不仅满足员工对岗位晋升的需求，也激发了员工的积极性，对于促进企业技术创新能力的提升有着积极的推动作用。同时，企业内部培训激励制度的建立也可以更好地实现员工对晋升的需求，增加员工晋升的机会，对员工发展的需求有进一步的促进作用。根据赫茨伯格的双因素理论，使员工在工作中得到激励的因素是那些与工作本身相关的，能够给其带来成就感的因素，而培训使研发人员拥有了更多参与挑战性工作的机会，使其工作成果能更好地得到认可，同时企业研发人员通过这些工作机会所获得的荣誉和领导的奖赏进一步地使其感到一种责任感和使命感，也会带来更多的成就感。可见，通过在企业内部建立成就激励制度可以更好地满足员工对成就的需求，而培训激励是成就激励制度得以实现的基础和保障，发展激励制度的建立则有助于成就激励的实现。通过以上分析，提出以下几个假设：

H2 在非经济激励中，环境激励制度的建立对提高企业技术创新能力的作用最明显。

H3 培训激励制度的建立在提高企业技术创新能力方面的作用强于发展和成就激励制度。

H4 发展激励制度相较于成就激励制度对企业技术创新能力的作用更明显。

目前我国正处于经济发展的战略转型期，和其他国家经济发展现状相比，仍然有着很大的不同，虽然企业员工的需求在不断地发生变化，对培训、发展和成就等方面的需求也日益加强，但是就我国目前的发展现状而言，笔者认为对经济方面的需求仍然是最重要的需求，即企业员工更倾向于经济报酬。所以，提出如下假设：

H5 相较于非经济激励、薪酬福利和股权激励制度在提高企业技术创新能力方面更重要。

## 三、实证研究

### （一）问卷设计

通过前面的分析，本文确定了科技型中小企业中研发人员激励制度和企业技术创新能力因素的各变量、各变量的最终计量指标及其计量量表。通过对各量表及企业研发人员背景变量的进一步整理，最终形成了本研究的调查问卷，各量表均采用五级李克特量表方式。

### （二）数据收集及样本描述

本研究以科技型中小企业为调研对象，采用问卷调查的方法收集样本，共在郑州市金水区、中原区、经济技术开发区、郑东新区四个区域发放 180 份问卷，共回收 132 份问卷，其中包含有效问卷 115 份，有效回收率 63.89%。被调查者为企业中的研发人员、人力资源管理类人员和技术解决等部门的人员。从性别来看，被调查者男性比例较高，达到 67%，这比较符合研发部门男多女少的性别比例。年龄方面以 25—35 岁居多，35—45 岁次之，但整体相差无几，说明科技型中小企业研发人员年龄趋向于年轻化。职称以中级为主，初级和高级职称的人数比例接近。

### （三）数据检验

1. 量表的信度和效度检验

在数据收集完成后，通过 Cronbach's α 系数来检验原始量表的信度，采用

KMO 和巴特利特球度检验来确定量表是否适合做因子分析。检验结果如表 4 –
1—表 4 – 3 所示。

表 4 – 1　可靠性统计
Table 4 – 1　Reliability Statistics

| Cronbach's Alpha | N of Items |
|---|---|
| 0. 813 | 24 |

表 4 – 2　研发人员激励制度的 KMO 和 Bartlett 检验
Table 4 – 2　KMO and Bartlett's Test

| Kaiser – Meyer – Olkin Measure of SamplingAdequacy | | 0. 783 |
|---|---|---|
| Bartlett's Test of Sphericity | Approx. Chi – Square | 1. 471E3 |
| | df | 190 |
| | Sig. | 0. 000 |

表 4 – 3　企业技术创新能力的 KMO 和 Bartlett 检验
Table 4 – 3　KMO and Bartlett's Test

| Kaiser – Meyer – Olkin Measure of Sampling Adequacy | | 0. 757 |
|---|---|---|
| Bartlett's Test of Sphericity | Approx. Chi – Square | 364. 225 |
| | df | 6 |
| | Sig. | 0. 000 |

根据量表信度测试结果显示，表 4 – 1 所测量变量的 Cronbach's α 系数高于
0. 7，说明该问卷设计的研发人员激励制度因素和企业技术创新能力变量的测量
具有很好的信度；同时表 4 – 2 和表 4 – 3 所示的研发人员激励制度和企业技术创
新能力的 KMO 值均大于 0. 7，说明适合做因子分析。

2. 因子分析

用因子分析对问卷的构建效度进行验证，最大方差法正交旋转后，保留特征
值大于 1 的指标，研发人员激励制度共提取出 6 个相互独立的共同因子，企业技
术创新能力提取出一个公因子，分析的结果与预期的模型设计基本一致，符合因
子分析的基本要求，如表 4 – 4 所示。

表 4 −4　因子提取

| 公因子命名 | 旋转后因子负载量 |
|---|---|
| 培训激励制度 | 进修、培训、学习和自我提升的机会 0.775；参与管理的机会 0.556；发挥自身特长、才能和挖掘自身潜力的机会 0.714；工作内容丰富性 0.66 |
| 发展激励制度 | 公平合理的晋升机制 0.662；清晰的职业发展规划 0.539；企业未来的发展前景 0.759 |
| 薪酬福利激励制度 | 薪金福利待遇 0.773 |
| 股权激励制度 | 拥有股权期权的机会 0.892 |
| 成就激励制度 | 参与挑战性工作的机会 0.629；工作过程中获得的责任感和使命感 0.767；工作成就得到认可 0.614；从工作中获得荣誉和领导的嘉奖 0.825；工作带来的成就感 0.56 |
| 环境激励制度 | 团队合作研发氛围的融洽度 0.778；提供安全、有保障的工作岗位 0.843；提供舒适的工作环境 0.693；企业人际关系融洽度 0.858；工作自主性和独立性强度 0.667；工作过程中感受到的公平性 0.638 |
| 企业技术创新能力 | 专利或产品拥有量 0.831；年均新产品开发速度 0.781；新技术或产品的开发速度 0.92；新产品销售收入占企业销售收入的比重 0.947 |

3. 模型的回归分析和假设检验

本研究运用 SPSS16.0 软件，采用主成分分析法对变量因子进行提取，最终提取出六个因子，即培训激励因子、发展激励因子、薪酬福利激励因子、股权激励因子、成就激励因子和环境激励因子。为了验证六种激励制度和企业技术创新能力之间的关系，以技术创新能力为因变量（Y），以企业激励制度的六种方式为自变量进行回归模型的拟合，即多元线性回归（$Y = B_0 + B_1 F_1 + B_2 F_2 + B_3 F_3 + B_4 F_4 + B_5 F_5 + B_6 F_6 + \varepsilon$）。分析结果如下表 4 −5 和表 4 −6 所示。

表 4 −5　模型总体参数
Table 4 −5　Model Summary

| Model | R | R Square | Adjusted R Square | Std. Error of the Estimate |
|---|---|---|---|---|
| 1 | 0.762a | 0.581 | 0.513 | 6.237 |

模型的拟合度在 0—1，数据越接近 1，说明模型的拟合度越高。由上表数据

可知，模型的拟合度为0.513，说明该模型的拟合度是可以接受的。

表4-6　回归系数及显著性检验表

Table 4-6　Coefficients[a]

| Model | | Unstandardized Coefficients | | Standardized Coefficients | t | Sig. |
|---|---|---|---|---|---|---|
| | | B | Std. Error | Beta | | |
| 1 | (Constant) | 1.984E-16 | 0.093 | | 0.000 | 1.000 |
| | 培训激励制度（$F_1$） | 0.314 | 0.093 | 0.314 | 1.717 | 0.032 |
| | 发展激励制度（$F_2$） | 0.342 | 0.093 | 0.342 | 1.839 | 0.019 |
| | 薪酬福利激励制度（$F_3$） | 0.463 | 0.093 | 0.463 | 2.021 | 0.009 |
| | 股权激励制度（$F_4$） | 0.574 | 0.093 | 0.574 | 2.152 | 0.003 |
| | 成就激励制度（$F_5$） | 0.202 | 0.093 | 0.202 | 1.291 | 0.042 |
| | 环境激励制度（$F_6$） | 0.318 | 0.093 | 0.318 | 1.725 | 0.029 |

由回归分析结果得出本文的多元回归模型方程：

$$Y = 1.984E - 16 + 0.314F_1 + 0.342F_2 + 0.463F_3 + 0.574F_4 + 0.202F_5 + 0.318F_6$$

从上述方程中可以看出，六种激励制度的Sig.均小于0.05，说明各个自变量与因变量在0.05水平（双侧）上显著相关。综合以上分析结果，各假设检验结果如表4-7所示。

表4-7　假设检验结果

| 编号 | 假设内容 | 检验结果 |
|---|---|---|
| H1 | 相较于薪酬福利激励制度，股权激励制度对于提高企业技术创新能力的作用更明显 | 成立 |
| H2 | 在非经济激励中，环境激励制度的建立对提高企业技术创新能力的作用最明显 | 不成立 |
| H3 | 培训激励制度的建立在提高企业技术创新能力方面的作用强于发展和成就激励制度 | 不成立 |
| H4 | 发展激励制度相较于成就激励制度对企业技术创新能力的作用更明显 | 成立 |
| H5 | 相较于非经济激励、薪酬福利和股权激励制度在提高企业技术创新能力方面更重要 | 成立 |

## 4. 结果讨论

实证研究结果显示，H1、H4 和 H5 都得到了验证，证实了对于我国科技型中小企业中的研发人员来说，虽然非经济激励受到越来越高的重视，但是经济激励对企业技术创新能力的作用仍然大于非经济激励。同时，在经济激励中，长期的股权激励的作用明显大于薪酬福利等短期激励的作用；而在非经济激励中，发展激励制度的作用最明显，其次是环境和培训激励制度，成就激励制度的作用最小。

本研究中 H2 和 H3 没有得到验证，即环境激励制度在提高企业技术创新能力方面并不是最重要的，培训激励制度的作用也没有发展和成就激励制度的作用明显。但值得注意的是，在培训、发展和成就激励制度中，培训激励制度的建立是发展和成就激励制度得以有效实施的基础和保证。尤其是随着经济的不断进步，研发人员对知识的渴求更加强烈，培训不仅可以满足研发人员对知识的追求，为其未来的职业发展和成就的实现奠定基础，还可以增强企业的技术创新能力，培训激励将变得越发重要。

## 结　语

知识经济时代，企业的发展离不开企业技术创新能力的提高，研发人员等知识型人才作为企业中最重要的人力资源之一，对企业技术创新能力有着重要的影响。在企业内部制定有效的激励制度，对于提高企业研发人员工作的积极性和创造性有着重要的影响。而当前文献虽然对以上内容有了深入的研究，但就不同激励制度在提高企业技术创新能力的影响程度上缺乏深入的研究。本研究着重分析不同激励制度在提高企业技术创新能力上的影响程度，从中探索哪种激励制度对提升企业技术创新能力作用更明显、影响更大。从本研究的结论可以看出，虽然精神激励受到越来越多的重视，对企业员工的影响也越来越明显，但是就我国目前的发展现状来说，物质激励仍然占据着重要的地位。同时，对于企业中的研发人员来说，未来的职业发展是提高其工作积极性的一个重要因素。在企业内建立有效的发展激励制度，明确职业发展路径和晋升机制，对于激发其创新动机具有强烈的推动作用。当然，环境激励制度的建立也是不可或缺的重要内容，工作环境的高要求也是企业员工注重的内容之一。最后，更是要在企业内设计高效的培训体系和具体的培训激励制度，本研究关于培训激励制度的假设虽未得到证实，但培训激励制度的建立仍是员工实现长久发展、满足成就感的重要内容，值得引起企业的重视。

（《工业技术经济》2015 年第 5 期发表）

# 新员工融入企业共同体的进路

王义忠 *

新员工是企业持续快速发展的活水泉源，也是企业共同体永葆生机的活力所在。然而很多企业共同体在如何让新员工尽快融入这方面却仍停留在朦胧的不系统的层面，同时目前国内对新员工融入企业共同体的进路研究不多，所以本文试图从文化、培训以及学习型组织建设方面，系统探讨新员工融入企业共同体的进路，以期能给一些企业共同体提供有益的参考。

## 一、文化是新员工融入企业共同体的"圣经"

一个企业共同体的文化是联结其历史、现实与未来的桥梁，它发轫于企业成立之时、积累于企业成长之中、盛行于企业辉煌之际，它能够切实地为新员工所洞察、所体会，它能够切实地影响、波动新员工的思想与行为。一个没有自己文化的企业共同体，就如同天堂之中没有创造世界的上帝一样不可思议，这也是文化能够成为新员工融入企业共同体"圣经"的原因所在。

其实，一个企业共同体有三种文化，即落后的文化（B、b），占主导地位的文化（A、a），先进的文化（C、c）。如果说一个企业共同体已沉淀的文化是 A、B、C，那么在其发展过程中形成的文化就是 a、b、c。在企业持续发展过程中，会有 a、b、c 分别不断充实 A、B、C，企业共同体要及时将其发展中形成的优质文化"生铁"，以合适的方式嵌入到其已沉淀文化的"合金钢"中。新员工加盟企业共同体后，有意识或无意识地都会受到其文化的影响。如果企业共同体采取切实有效的措施，正确而又科学地处理了第一种文化（B、b）、有效而又成功地引导了第三种文化（C、c），那么这三种文化就会殊途同归。优秀的文化对企业共同体的发展具有隐性的推动作用，因为它会像磁石一样吸引新员工不遗余力地发挥自己的才智，使其尽快找到归宿，渐趋成为同化的个体；拙劣的文化对企业共同体的发展具有显性的阻碍作用，因为它会像加湿器一样使新员工的思想与行为由一点而向四周发散，使其逐渐偏离共同体，渐趋成为异化的个体。"如果雇

* 作者简介：王义忠（1971— ），管理学博士，河南财经政法大学 MBA 学院硕士研究生导师，研究方向为管理实践的热点问题、中国古代管理哲学思想、可持续性领导力与团队建设等。

员们拥有广泛的共同经历，通过这种试金石般的共同经历，雇员们在沟通的时候就展现出许多微妙的私人关系，在这个时候，组织文化就形成了。"① 这为企业共同体打造优秀的文化提供了一种可行的具体思路和重要的借鉴价值，也从侧面说明了新员工融入企业共同体的进路是可以有效打通的。

那么，如何驾驭这三种文化并使新员工尽快融入企业共同体呢？首先，要正确认识文化的五种特性，即承前性、启后性、同生性、共振性、融合性。所谓承前性，就是一个企业共同体或多或少地要继承其之前的文化，或先进或落后；所谓启后性，就是一个企业共同体的文化既能为其未来发展提供源源不断的动力，又能为其未来发展提供丰富充实的营养，或较大或较小；所谓同生性，就是一个企业共同体发展过程中形成的文化与其已沉淀的文化并驾齐驱地前进，或较快或较慢；所谓共振性，就是一个企业共同体的文化在磨合中共进，不是已沉淀的文化吸纳其在发展过程中形成的文化，就是在发展过程中形成的文化吸纳其已沉淀的文化，或较多或较少；所谓融合性，就是一个企业共同体已沉淀的文化与其发展中形成的文化经过一段时间的磨合而融为一体，或较高或较低。如果说已沉淀的文化是企业共同体的静脉，那么发展中形成的文化就是企业共同体的动脉，唯有动脉与静脉相得益彰，才能为新员工融入企业共同体提供优秀的文化基础。

其次，要将企业共同体文化有效梳理呈现给新员工。一是将企业共同体从之前继承或延续下来的文化进行去粗取精的清理，对那些落后的不合时宜的与企业发展偏离的文化（B、b）毫不犹豫地竭力清除。对那些与企业发展相适应的文化尽最大可能地继承，形成占主导地位的企业共同体文化（A、a），为新员工融入企业共同体提供有益的沉淀文化；二是将企业共同体发展中衍生出来的文化进行筛选扬弃，积极吸纳与时俱进的文化，坚决抵制歪风邪气的文化，从而形成先进的企业共同体文化（C、c），为新员工融入企业共同体提供积极的动力文化；三是将企业发展过程中形成的主流文化与其已沉淀的主体文化进行天衣无缝的对接，形成未来居主导地位的企业共同体文化（A、a），为新员工融入企业共同体提供正向的引导文化；四是将企业共同体在发展过程形成的创新文化与其已沉淀的变革文化进行砥砺融合，形成先进的渐趋成为主导地位的企业共同体文化（C、A），为新员工融入企业共同体提供昂扬的激情文化；五是将企业共同体长期沉淀的文化与其发展中基本定型的文化进行充分整合，形成占主导地位的企业共同体文化（A、a），为新员工融入企业共同体提供全面的整体文化。

再次，要将企业共同体文化科学灌输给新员工。"文化是后天习得的，而非与生俱来。"② 这说明文化的科学灌输具有可行性。企业共同体文化不是用理性

① ［美］威廉·大内著，朱燕斌译：《Z 理论》，机械工业出版社 2007 年版，第 31 页。
② ［荷］吉尔特·霍夫斯泰德、格特·扬·霍夫斯泰德著，李原、孙健敏译：《文化与组织：心理软件的力量》，中国人民大学出版社 2010 年版，第 4 页。

代替感性，也不是用理论代替实践，更不是用物质代替精神。企业共同体要将之前继承、延续整合下来的优秀文化，在新员工加盟后，及时通过内部刊物等形式将其在第一时间内向他们宣传，让他们切实感受企业共同体历史积淀的文化力量。对于一个企业共同体宣传部门来说，企业共同体文化不是说什么或做什么，而是应该如何说或如何做，如何让企业共同体的文化血脉传承。客观上，作为一项任务，要把企业共同体文化的内容宣贯到每一位新员工；主观上，作为一项使命，要尽可能地让每一位新员工自觉自愿地接受这种文化。通过宣贯教化，把企业共同体文化嵌入到每位新员工的思想与行为中。当宣贯人员站在新员工面前时，要用心打开企业共同体文化的全景图，将其中的全部画意呈现给他们；要用智推开企业共同体文化的那扇窗，将其中的全部诗意描绘给他们。在这一过程中，宣贯人员要确保让新员工观之动心、听之动容，让激情文化冉冉升起、徐徐绽放，让文化激情转化为工作激情，让文化动力转化为工作动力，使新员工在不知不觉中融入了企业共同体。

最后，要将企业共同体文化对新员工的效应作用发挥出来。"一个有理性的存在者一般地（因而以其自由）对随便什么目的的这种适应性的产生过程，就是文化。"① 企业共同体文化是其发展过程中浓缩的至尊精华，是全体新员工集体智慧的真实结晶，具有"聚合效应"和"释放效应"。前者体现在企业共同体对新员工具有一种向心力，一旦这种向心力在企业共同体中形成，它的凝聚力、战斗力就会增强；后者体现在企业共同体新员工之间的有效配合，这种完美的配合力，必将大幅提高企业共同体的工作效率，全面呈现 $1+1>2$ 的"协同效应"。这三种持续的"效应"，短期可能会使企业共同体利润呈几何级数增长，长期可能会使其整体绩效呈算数级数上升。因此，在企业共同体发展中形成的文化，其中蕴含着一种魔力，这种魔力就是把无形的东西转化为有形的东西，把潜存的东西转化为现实的东西，把零散的东西转化为严整的东西。这样的企业共同体文化形成后，不是自己与自己对话，而是它与新员工互动对话，这种对话经过一段时间后就能够使新员工将其个人主义的思潮淹没于集体主义的汪洋大海，从而使新员工有机融入企业共同体之中。

文化具有一种无比强大的力量，是新员工融入企业共同体的"圣经"，它能把背景素质迥异的新员工塑造统一起来。对于一个新加盟的员工来说，要记住古希腊德尔菲神庙里的题铭——"认识你自己"，从而为企业共同体的发展倾力奉献；而对于一个企业共同体文化来说，则要记住丹麦哲学家克尔凯郭尔的名言——"选择你自己"，从而为企业共同体的发展推波助澜。

---

① 康德：《判断力批判》，人民出版社 2002 年版，第 287 页。

## 二、培训是引导新员工融入企业共同体的宝典

培训是现代企业共同体实现跨越发展中必不可少的重要一环，是引导新员工融入企业共同体的宝典，而不是拘于形式、领导出席拍拍照，用于公司对外形象宣传，其目的是使新员工了解企业共同体的历史、现实与未来，有利于他们融入企业共同体。

1. 培训可以增强新员工融入企业共同体的意识。"如果管理确实是一门科学，而且如果这种实践是一门艺术的话，那么，我们就不仅必须详细阐述这门科学，而且必须提供对这门实践艺术的培训。"① 所以，企业共同体要通过定期、不定期地开展形式多样、方式灵活的培训活动，全面培养新员工高度的思想政治意识、极强的创新创造意识、正确的职业道德意识、良好的遵规守纪意识、积极的合作共赢意识。如果新员工都有了这"五种意识"，那么该企业共同体就会自觉、不自觉地对其实现"规范的管"。之所以这么说，主要是因为在于一个企业共同体的制度体系再完善，如果新员工的素质能力没有达到或者不能完全达到，那么这样的制度体系无异于空中楼阁，必定会被束之高阁。通过培训提高了新员工的整体素质，然后让他们适时参与企业共同体的决策。这既可充分挖掘新员工的内在潜力，又可让新员工有效地参与管理，还可减少企业共同体内部的矛盾或冲突，进而提高企业共同体的执行力。"只有企业共同体在培训雇员上舍得投资，然后与他们分享影响决策的权力，企业共同体才能充分发挥他们的潜力。没有培训，邀请他们参与决策的结果只能是遭遇挫折和引发矛盾。没有决策权力的分享，培训投资既无效果，也会造成浪费。"威廉·大内的这段精辟分析与总结，充分体现了培训对现代企业共同体的价值与意义。随着新员工在培训中综合素质的提高，他们时刻自觉、不自觉地以符合企业共同体的利益和发展要求的价值标准审视他们自己的一切思想、理念和行为，时刻警惕并防止有害于企业共同体的思想、理念与行为的发生与蔓延，自觉把违背企业共同体发展的一切言行都视作自己的禁区。因此，只要是符合新员工素质提高和企业共同体发展要求的培训，就应该积极鼓励去做；只要是符合新员工素质提高和企业共同体发展要求的事情，就应该及时给予肯定和褒扬。反之，就应该及时制止或否定。

2. 培训可以提升新员工融入企业共同体的能力。企业共同体要通过定期、不定期地开展内容丰富、富有特色的培训活动，全面培养新员工的技术革新能力、业余学习能力、优质服务能力与人际交往能力。如果新员工都有了这"四种能力"，那么该企业共同体就会有形、无形地对其实现"科学的理"。之所以这么说，主要是因为在于员工的素质提高了、能力增强了。马歇尔教授曾说过，

---

① ［英］奥利弗·谢尔登著，刘敬鲁译：《管理哲学》，商务印书馆 2013 年版，第 245 页。

"在过去几十年间，由技术进步所带来的工业发展比过去任何时候都远远更加迅猛——尽管这是事实，但是现代进步的最主要的特征是对能力和才能的日益增加的依赖，这种能力即使不是通过某种学院式的训练获得的，也是通过耐心学习获得的。"① 因此，从某种意义上说，新员工培训提升的是他们的技术、技能，激活的是他们的思维、理念，激发的是他们的创新、创造。正如当我们看到一个蓝色弹子循着直线运动向一个红色弹子时，如果蓝色的弹子与红色的弹子接触或相撞，那么红色的弹子必定会发生位移，无论它是快速向前移动，还是匀速向前移动，抑或是缓慢向前移动。显然，在这里，当一个弹子撞上另一个弹子时，自然就会有另一个弹子的运动随之而来。试想，当一个新员工遇到一个优秀培训师，能不会有一个新的优秀新员工应运而生吗？这就是"弹子理论"给现代企业共同体新员工培训的启示。通过培训，新员工切实增强了能力，他们能够有意识地立足企业共同体，放眼全球，从有限中寻求无限、从暂时中把握永恒、从相对中看到绝对、从有条件的东西中寻求无条件的东西，使之确定下来，积累下去，运用于车间的生产实践，指导企业共同体未来发展。通过培训增强了新员工融入企业共同体的能力，也可以提振新员工的士气，使他们始终处于一种饱满的精神状态，从而有利于企业共同体目标的达成，这是因为良好的精神状态在一定条件下能够促进新员工能动性的发挥，"被坚定了的精神意志也可以促使人们战胜现实生活中的困难。"

3. 培训可以增进新员工融入企业共同体的效度。培训的价值看似无形的，实则是有形的；看似虚无缥缈的，实则是可以感同身受的。新员工的培训犹如农闲时修建防洪工程，投进去了很多人力、财力、物力，表面上看不出太大的效果，似乎只是在花钱，创造不了直接的经济效益。然而，如果省下了这笔钱，河道的泥沙就会越积越多，河床就会越抬越高。一旦洪水涌来，极易造成瞬间决堤，损失的可能是不可估量的。"的确，为了使职员能够在日益突出的、已经高度发展的管理系统层级中承担合法的职位，对职员的培训是必要的，这也是对工业领域中以下趋势的必然的和实际的认可——打造一支接受过高质量培训和广泛教育的职员队伍，是有效管理所必须的。"② 这是著名管理哲学家奥利弗·谢尔登（Oliver Sheldon）在 90 年前给予我们的经典教诲，至今仍有极强的指导意义和借鉴价值。当然，对新员工的培训，不能搞花架子，要以简洁实用为主。任何一个能够发展到规模化的企业共同体，都会有一些新员工持续加盟，如果企业共同体的管理者能把这些优秀新员工的能力全部发挥出来，那么对企业共同体来说，将是一种强大的无形推动力。同时对新员工的培训要将内部培训与外部培训有机结合起来，切实增进新员工融入企业共同体的效度。由于内部培训更贴近企

---

① 阿尔弗雷德·马歇尔：《工业和贸易》，麦克米兰出版社 1919 版。
② ［英］奥利弗·谢尔登著，刘敬鲁译：《管理哲学》商务印书馆 2013 年版，第 273 页。

业共同体的发展实际、更贴近车间的一线实际、更贴近新员工的需求实际，有时会比外部培训更有效果、更易于接受；当然外部培训也有它的独特好处，它可以使新员工感到加盟前吃的"面包营养"与加盟后吃的"面包营养"不一样，它可以使受训新员工在思维上高度活跃，在行动上高度一致。只有思维活跃，才能有车间生产技术的革新；只有行动统一，才能有企业共同体目标的达成。外部培训可以使新员工始终保持积极向上、奋发有为的精神状态，为新员工融入企业共同体提供可能；内部培训可以使新员工始终保持兢兢业业、脚踏实地的工作作风，使新员工融入企业共同体变为现实。"只有在企业共同体培训雇员上舍得投资，然后与他们分享影响决策的权力，企业共同体才能充分发挥他们的潜力。没有培训，邀请参与决策的结果只能是遭遇挫折和引发矛盾。没有决策权力的分享，培训投资既无效果，也会造成浪费。"① 因此，现代企业共同体要把培训新员工与他们有效参与决策紧密结合起来，最大限度地将新员工的潜力释放出来。

现代企业共同体每走一步都要记住：管理企业共同体的新员工，绝不能像胜利者管理俘虏那样，绝不能像站在新员工之外的人似的，相反地，管理人员连同企业共同体发展的命脉（一流的产品品质、优质的后勤服务等）都是掌握在新老员工手中的；企业共同体管理人员对新员工的管理，就在于他们比其他一些新员工视野更宽、素质更高、能力更强，能够正确认识和运用企业共同体发展与运营的规律。"这种长期的关系通常根植于企业共同体的复杂性质；通常，它要求大量的在职培训。因此，这些公司希望留住雇员，花钱让他们参加培训，以便在这样一个独特的环境中创造出优异的成绩。"②

### 三、学习型组织建设是新员工融入企业共同体的纽带

学习型组织③建设，是新员工加盟企业共同体后务必要做好的一项重要工作，特别是老员工对新员工的言传身教（传、帮、带），是促进新员工尽快融入企业共同体的纽带。

1. 团队学习是新员工融入企业共同体的重要途径。

团队学习是老员工传授新员工经验的机会，在工作中学习，在学习中工作，是建立学习型企业共同体的集中诠释。通过团队学习，新员工能够在学习中激活自己的思想，在工作中修正自身的行为。学习型企业共同体强调的是干中学、学中干，不断掀起创新的波澜。在这一过程中，它既提升了共同体的整体绩效，又兼顾了每个鲜活的个体；既尊重了有生命力的个体，又活跃了团队学习的整体。

学习型企业共同体中的学习，旨在把学习力转化为生产力，把学习作为一种

---

① ［英］奥利弗·谢尔登著，刘敬鲁译：《管理哲学》，商务印书馆 2013 年版，第 200 页。
② ［美］威廉·大内著，朱燕斌译：《Z 理论》，机械工业出版社 2007 年版，第 53 页。
③ ［美］彼德·圣吉著，郭进隆译：《第五项修炼：学习型组织的艺术与实践》，中信出版社。

工具，是有"学"有"习"的学习，是"学"与"习"的有机结合，而不是只"学"不"习"的学习，或者只"习"不"学"的学习。之所以强调学习型企业共同体要进行"学"与"习"，主要是因为团队力量的均值整体上大于个体力量，团队智慧的均值总体上大于个人智慧。新员工在团队学习中可以发现自己的不足、发掘自己的特长，透过集体力量的影响，找出个人劣势弱点，在团队学习中去弱补劣，使自己渐趋变得更为优秀和融入企业共同体。

2. 沟通交流是新员工融入企业共同体的重要形式。

沟通交流是老员工帮、带新员工的重要形式，在全面放松的环境下，新老员工都能各抒己见、畅所欲言，还能消除"隔膜"，在轻松愉快的活动之中碰撞出精彩的灵感火花，为企业共同体的技术创新与改进、工艺变更与完善提供新的思路或思维。同时新员工在工作中或多或少会遇到困难或问题或者不解之处。通过与老员工的及时沟通，他们会帮助新员工破解疑难、消除疑问，有时甚至亲自带领新员工进行演示操作，老员工的工作效率高，这样新员工在其潜移默化的影响下也会如此。

沟通交流还可以采用董事长或总经理每月不定期下午茶漫谈、每季度末集体定期茶话会、春秋季的集体郊游、新员工生日宴会等形式，新员工在这种自由畅快的沟通交流中，无上下、前后、主次、尊卑之别，从而能够实现领导与新员工之间零距离对话、无间隔地交流。这让一线新员工能直接体会或知晓或理解高层的决策思想与智慧光辉，也能让高层领导直接了解一线新员工的思想动态，有时还能从他们那里吸纳最新鲜的知识营养。这种形式长期坚持下去就会在企业共同体内部渐趋形成相互理解支持、互动学习思考、协调配合的融合统一体。

3. 辩论演讲竞赛是新员工融入企业共同体的重要内容。

杰克·韦尔奇曾指出，"你从越多的人中获取智慧，那么你得到的智慧就越多，水准被提升得就越高。"辩论演讲竞赛是新员工智慧火花撞击的最佳场所。这就需要企业共同体结合自身发展的实际，科学设计辩论演讲话题，将企业共同体中存在的不合时宜现象、存在分歧的难点问题以辩题或演讲的形式呈现，让新员工用己方的观点、论证说服对方同意，在辩论之中指出这种现象的危害性，从而于无声处解开意见分歧的难点症结。

通过激辩或演讲，新员工那种开放的思辨言辞、激情的深邃理念、创新的智慧洞见、灵感的技改火花都会呈现出来，那种对企业共同体鲜活问题的论辩气息都会呈现出来，那种凸显酣畅淋漓、妙趣横生的激情对话都会流淌出来，进而使新员工始终保持昂扬向上的工作劲头，加速他们融入企业共同体。此外，为了让新员工尽快融入企业共同体，可以定期不定期地开展棋牌、羽毛球、乒乓球、篮球、短跑、登山、越野、歌舞、小品、乐队、拔河等不同形式的比赛，一方面可以使新员工近距离、无障碍地互动；另一方面也可以使新员工增强体质、提高技能。同时还可以发现人才，在岁末年初或者重大节日时挑选出能歌善舞、技艺非凡的优秀人才，为企业共同体奉上优美的娱乐大餐。

因此，只要学习型组织沿着"时间的箭头"① 持续建设，员工"彼此间不满情绪全都写在脸上"② 的现象必会消逝，同时还会给新员工插上腾飞的翅膀，使他们尽快融入企业共同体之中，进而为优秀企业共同体文化的构建源源不断地输送新鲜的血液。

（《公共行政与人力资源》2014 年第 9 期发表）

---

① ［英］斯诺著，陈克艰、秦小虎译：《两种文化》，上海科学技术出版社 2003 年版，第 71 页。
② ［英］斯诺著，陈克艰、秦小虎译：《两种文化》，上海科学技术出版社 2003 年版，第 16 页。

# 后　记

　　信息时代、移动互联网时代、微时代，"文创时代"，应该说是"新时代"中国之所谓"新"的重要元素构成。文化产业的蓬勃发展正印证着人们对美好生活的热情期待与诉求，文化正以"美"的形式和内涵，打破疆域界限从小众专享向大众消费传递，点燃了以创意为核心要素的全新的"文化创意时代"，即"文创时代"。"文创时代"的到来，带来了当下生活及其审美趣味与方式、文学艺术活动等的广泛改变。直面"文创时代"文化、艺术、日常生活乃至管理活动中的问题域，揭示"文创时代"日常经验和生活意义的重构，以及文化、艺术观念、审美思潮以及管理新阶段的当代流变，不仅有助于深化文艺与日常生活关系的研究，也将有力于拓展文艺、美学或管理学研究的视野。正如著名美学研究专家、浙江大学王杰教授所言："如今几乎所有的大的企业家都投资艺术，政治家和企业家都读有关美学的书，都从艺术中获得他们企业创新的灵感。可以说，审美的很多原则又直接成了社会改革和经济管理的指导思想和操作的原则"。

　　正是基于以上背景的考量，河南财经政法大学文艺学校级重点学科团队围绕"文创时代文学如何回应"这一基点，展开了富有特色的跨学科专题研究。如今，学科融合、跨学科研究似乎成为当前不可回避的研究趋势，为此方能开拓出新的学术增长点。本学科立足于文学、美学和艺术学等专业所长，力图与经济、管理、法学等主流学科进行交叉跨界研究，一方面积极发挥基础学科对主流学科的支撑作用，另一方面也坚守文艺学等基础学科自身的本色与亮点。为此，作为团队研究成果首次集体展示的论文集分为四大板块："文艺美学研究"、"中华优秀传统文化研究"、"文化产业发展研究"和"管理美学研究"，分别由刘晓燕博士、钟彦飞博士、王萌博士和沙家强博士负责编辑，并撰写出相应的"编者按"内容，以方便读者了解板块设计思路和更好地进行学术交流。在编辑过程中，很荣幸得到教育部长江学者、浙江大学王杰教授的大力支持，王教授在百忙之中还接受了我们的访谈，此次富有学术张力的访谈给本集增色很多，也给处于学校"边缘"的文艺学学科增加了底气和自信。在本集交付出版社出版之际，经过团队精心努力，文艺学校级重点学科周期（2015－2017）验收成绩为优秀，全校仅三个学科为优秀层级，这着实给我们更多的鼓励，也赋予更多的责任。

　　每当非常用心用力完成一个项目，都有很多感触、感动和感恩。文艺学校级重点学科的获批，离不开文化传播学院领导班子的大力支持，离不开学校有关部门的指导和肯定。本集汇聚了40余名学者的力作，集体展示了作为基础学科研究团队的特色与优势，这40余名学者多来自文化传播学院、素质教育中心大学美育团队、工商管理和MBA学院等，这其中也有学生优秀的调研报告，感谢他们的无私和智慧相助！作为学科带头人，我深知其中责任之大，唯恐因自己的不才遮蔽各位学者学术的光辉。但本人坚信，只要用心去做，以鲜明的问题意识，直面"新时代"的问题域，并让团队学术集体发出声音，或许更能彰显学术自身的特色与厚度。

　　敬请各位方家指正！

编　者

2018年岁首于郑州龙子湖毓苑